근대 문학,
갈림길에 선
작가들

2001-2002

탄생 100주년 문학인 기념문학제 논문집

근대 문학,
갈림길에 선
작가들

김윤식 · 유종호 외

탄생 100주년 문학인 기념문학제 논문집 2001-2002

민음사

차 례

제2부 2002 식민지의 노래와 꿈

탄생 100주년 문학인 기념문학제 논문집

근대 문학, 갈림길에 선 작가들

2001

탓으로 돌리는 의식과 경험적 의식 사이를 오고 간 여섯 명의 아이들

탄생 백 주년을 맞는 문사들을 위하여

김윤식(문학평론가 · 서울대 명예교수)

벌거벗은 여섯 명의 아이들

한 몸으로 두 세기를 살아갈 수 있고 또 그럴 수밖에 없는 우리에게 있어 지난 세기는 음미의 대상이기에 앞서 구체적인 경험의 지평 속에 있다. 그것은 상흔으로서가 아니라 일종의 종기와 흡사하다. 조금만 건드려도 금방 그 속살이 터져나오는 그러한 20세기를 안고 바야흐로 우리는 지구촌이라고 말하는 21세기 원년에 섰다. 우리의 발목을 잡고 있는 20세기란 대체 어떤 세기였을까. 이를 알아보는 길은 여러 가지이겠으나 그중의 하나로 20세기 원년에 태어난 갓난아기 여섯 명의 행적 알아보기를 들 수 있으리라. 이상화, 박종화, 최남선, 김동환, 심훈, 박영희 등이 그들이다.

이들이 태어났을 땐 청일전쟁(1895)이 일어난 지 5년 뒤이자 러일전쟁(1905)이 일본의 승리로 끝나기 5년 전이었다. 니체가 죽고 프로이트가 『꿈의 해석』을 낸 해이자 한강 철교가 준공되고 경인 철도가 개통된 해였고 톨스토이의 『부활』이 간행된 것은 이보다 바로 한 해 전이었다. 이들 여섯 명의 아이들이 철이 날 무렵 세계는 참으로 급변해 갔다. 세계는 이른바 약육강식의 제국주의 시대로 접어든 지 이미 한참이 지났으며 한반도의 운명도 이 거센 폭풍우 속에서 자유로울 수 없었다. 이 폭풍우를 일컬어 훗날 사람들은 서구발 근대라 불렀다.

근대성이란 의미까지 포괄하여 근대를 규정한다면 그 보편성으로 국민국가(nation-state)와 자본제 생산양식(mode of capitalist production)을 들 수 있다. 자본제 생산양식을 주축으로 한 국민국가의 성립을 두고 국민주의(nationalism)라 부른다면 그것의 해외 진출을 일러 제국주의라 했다. 국민국가를 먼저 이룬 서구 제국은 자본제 생산양식이 빚어낸 필연적 결과로 해외 진출이 모색되었다. 식민지화 시대가 도래한 것이었다. 그 폭풍우 속에서 살아남기 위한 필사적 노력이 비서구권 지역에서 전개되었지만 동양의 경우 일본을 제하면 대체로 실패했다. 1910년에 한국은 국권을 상실했으며 여섯 아이들의 운명도 이 현실 속에 휩싸이지 않으면 안 되었다. 이들이 철이 들면서 알게 모르게 알아차리기 시작한 것은 두 가지다. 그중 하나가 반제 투쟁이다. 국민국가를 기본항으로 하는 근대의 대열에 끼어들기 위해서는 이를 지향하면서도 동시에 이를 부정하는 것으로 정리되는 이 반제 투쟁은 이들 여섯 명 아이들이 당면한 운명일 뿐 아니라 육당, 만해, 춘원, 상섭 등 이 나라 근대 문인 대부분의 그것이기도 했다. 국민국가와 그것의 전적인 부인이 되는 이 절대 모순을 드러내는 방식으로 가장 직접적인 것의 하나가 그들 눈엔 문학으로 보였다. 『님의 침묵』(1925)의 시인에게서 이 점이 선명하다. 88편으로 이루어진 이 시집의 중간에 놓인 것이 「당신의 편지」이다. 임의 향방을 찾던 중 임이 "남의 나라 군함"에 있음이 판명되었을 터, 어떻게 하면 그 임을 만날 수 있을까. 이 시집의 마지막 작품 「사랑의 끝판」에 그 해답이 들어 있다. "만일 당신을 쫓아오는 사람이 있으면 당신은 나의 죽음의 뒤에 서십시오."가 그것. "죽음의 앞에는 군함과 포대가 티끌"이 되기 때문이다. '죽음'으로서만 비로소 이 모순성이 초극됨이란 새삼 무엇인가. 절대 모순, 곧 통렬한 아이러니가 아닐 수 없다. 이를 두고 문학이라 불렀다.

다른 하나는 이것이 반제 투쟁 못지않게 문제적이거니와 반봉건 투쟁이 그것이다. 자본제 생산양식을 지향하면서도 이를 부정하는 것으로 요약된다. 이 또한 절대 모순이 아닐 수 없다. 카프(1925~1935)가 이 나라 문학판에서 차지하는 모종의 심각성은 이를 반영한 것으로 볼 것이다. 반제 투쟁, 반봉건 투쟁은 국민국가, 자본제 생산양식으로 표상되는 인류사적 보편성에 견줄 때 이 나라 아이들이 대면하지 않으면 안 되었던 특수성으로서의 근대적 과제라 할 것이다.

이런 표상들을 여섯 명 아이들이 철들면서 어떻게 바라보았으며 또 행동해 갔을까. 과연 그들은 이 두 개의 절대 모순을 어떻게 소화했고, 또 어떻게 실패하고 이기면서 절뚝거리며 살아왔을까.

유독 이들 여섯 명의 아이들에게 이 두 절대 모순의 표상을 문제 삼는 것은 거의 자명한 사실에서 말미암는다. 20세기 전체의 모순적 과제를 순수하게 안고 태어난 아이들이라는 객관적 사실 때문이다. 이들의 탄생 백주년을 특히 문제 삼는 것은 바로 이런 곡절에서 말미암는다.

제도로서의 근대 문학

이들 여섯 명의 아이들은 뉘집 자식이며 어디서 낳고 어떻게 공부했고 살고 사랑하고 죽었는가를 묻기 전에 어째서 하필 '문학'을 선택하기에 이르렀는가에 대해 잠시 고찰해 볼 필요가 있다. 문학이란 시대의 산물인 만큼 시대의 의의와 분리시켜 이를 논의하기 어려운 까닭이다.

이 과제에서 먼저 손쉽게 들 수 있는 사항은 조선조의 국가적 이념인 선비중심주의다. 여기에 대해서는 문정공(文貞公, 송시열의 시호)을 조선조 최고의 시호로 인식하는 국가 이념이 보장하고 있어 새삼 중언부언할 사항은 아닐 터이나 중요한 것은 이른바 거부할 수도 외면할 수도 없는, 그러니까 '죽음'이 아니고는 수용할 수밖에 없는 근대를 살아갈 여섯 명 아이들 또는 그들로 대표되는 세대 단위의 지식인에게 있어 이 조선조의 선비중심주의는 무의식 속에서 가치관으로 작동되었다고 볼 것이다. 한일병합이 선포되었을 때, 조선조에 벼슬하지 못한 선비 황현(매천)이 절명시를 남기고 자결한 것은 이를 새삼 일깨우는 하나의 사건이다.

이들 여섯 명 아이들에게 있어 이러한 선비 의식은 몸에 밴 유전성이어서 이미 체질화되었다고 볼 수 있을 법 하지만 그렇다고 그것이 죽음까지 걸고 나온 것은 아닐 터이다. 이른바 근대란 앞에서 이미 살폈듯 '죽음'까지 초월한 것이 아니며 어디까지나 삶에 기초를 둔 것이다. 사람은 어떤 조건 속에서도 가장 합리적 방식을 터득한다는 헤겔적 사고를 떠나면 근대를 논의함이란 무의미해지기 쉽다. 이런 사실을 염두에 둔다면 이들 여섯 명 아이들에게 있어 근대적 의미의 '문학'에 대한 별도의 인식이 문제였을 것으로 보인다. 꼭 적절하다고는 할 수 없으나 이들 아이보다 한 해 먼저 태어난 김동인의 작품에 「유성기」(1921)가 있거니와 여기서 문제가 된 '유성기'란 썩 문제적이다. 조선의 시골 호농(豪農)의 장남으로 태어난 주인공은 음악가가 되겠노라는 포부를 세우고 동경 유학에 나아갔고 마침내 음악학교를 졸업했다. "졸업 증서를 받을 때의 기쁨, 졸업생 축하회, 졸업생 송별회 등으로 모였을 때의 기쁨, 졸업생끼리만 모여 덤빌 때의 기쁨, 모든 세포는 뛰놀았다. 핏방울마다 춤추었다."[1] 이러한 아들이 아비의 편지를 받는다. 시골에도 유성기가 들어왔으며 그것을 살 돈을 보내니 지체 없이 사가지고 귀국하라는 아비의 귀국 명령을 받은 아들이 먹을 줄도 모르는 술에 취해 귀국 열차에 몸을 실었다는 줄거리를 담은 이 소설은 음미할 점이 많다. 그중 빠뜨릴 수 없는 대목이 근대 교육의 이데올로기적 과제가 아닐 수 없다.

여기서 우리가 말하는 '근대'란 임화(林和)적 의미에서 이식문학사와 알게 모르게 관련된다.[2] 문학 또는 예술이란 무엇인가. 그것이 어째서 근대적 삶의 전개에서 그토록 큰 비중을 가지는 것일까. 이런 물음은 되풀이하여 음미하고 규명할 필요가 있거니와 조선조 선비중심주의와는 또 다른 차원,

---

1) 『김동인 전집(1)』(삼중당), 110쪽.
2) 임화, 「신문학사의 방법」, 1940.

곧 근대(주의)로서의 예술중심주의적 근거를 확인하는 과제에 연결되는 것으로 인식되기 때문이다. 근대 문학(예술)을 문제 삼는 마당이라면 임화의 이런 문제 제기를 무조건 비판하기보다 어느 수준에서 허심탄회하게 수용할 대목은 수용함이 불가피해진다.

어째서 그러한가. 이 자리를 빌려 이 물음에 보충 설명을 해보면 어떠할까. 그것은 제도로서의 교육과 관련된다.

봉건제를 나름대로 극복하고 신흥 제국주의로 출발한 메이지 일본 근대 국가의 정신적 거점은 과연 무엇이었던가. 이 물음에 제일 민첩하게 반응한 조선인은 임화였음을 앞에서 이미 지적했거니와 제국주의로 급성장한 일본 국가의 정신적 거점이 다름 아닌 신칸트 철학이었다는 사실은 크게 주목할 필요가 있다. 제도로서의 일본 국가의 교육적 기능이 이를 거점으로 하여 전면적 의식 개혁의 임무를 수행한 까닭이다.(푸코의 논법에 의하면 이 기능만큼 결정적인 것은 없다. 『감옥의 탄생』참조) 푸코 식으로 말하면 권력 행사로서의 '담론'이겠는데, 이를 이해하는 방식으로 정작 일본 철학계에서도 매우 심각하게 논의된 바 있어 주목된다. 제국주의 노선에 등장한 메이지 신흥 국가 일본이 기댄 정신적 거점(철학)이 선진국 영국도, 프랑스도 아닌 후진국 독일이었다는 사실은 가장 강조할 만한 사항이다.

후진국 독일의 배경에 놓인 이념적 사유 패턴이 신칸트 철학이었음이란 구체적으로 무엇을 뜻하는 것일까. '사실 판단'과 '가치 판단'의 구별과 후자의 우위성에 그 사상적 기반을 두게 된 후진 독일 제국의 형편을 신흥 제국 일본이 선호했음은 쉽사리 이해되는 대목이다. '가치 판단'의 주체에 의해 승인된 최고의 것이란 무엇일까. 일목요연한 해답이 주어진다. 진, 선, 미가 그것이다. 이를 총체적으로 표현한 것이 문화(Kultur)이며 초월성, 지상성(至上性)을 바탕으로 한 이 문화 과학의 다른 명칭이 이른바 '교양'이었다. 다이쇼 교양주의라 일컫는 것은 이를 가리킴에 다름아니었다. 문학이나 철학을 중시하고 기술 범주에 드는 과학을 문명이라 비하한 것은 이와 결코 무관하지 않다.[3]

이러한 시대적 담론 아래 일본의 국가적 교육 제도가 성립되었다면 우리의 논의는 조금 유연성을 띨 수 있겠다. 문학 예술이 지닌 미학적 이상주의와 예술에 대한 지향성이 메이지 국가의 이념(교육 제도)과 병행하여 청소년의 마음을 사로잡았을 터이며 이를 증거하는 사례의 하나로 귀족 출신 청년들이 창간하여 일본 근대화의 한 지표를 마련한 것으로 평가되는 잡지 ≪시라카바≫(1910~1923)를 들 수 있다.

조선에 대한 일본의 식민지 교육의 원형도 이와 무관하지 않았을 터이다. 식민지에 세워진 최고 교육 기관인 경성제대(1926년 창설)의 교육 제도는 어떠했던가. 이 물음이 유진오, 이효석 등의 문학 지향성의 해명으로 이어질 성질의 것이라 한다 해도 크게 빗나간 판단은 아닐지 모른다.[4]

어째서 이 여섯 명의 아이들이 유독 '문학'을 선택함으로써 그들의 운명을 살아왔을까에 대한 시대적 의의는 그들도 미처 알아차리지 못한, 푸코적 의미의 '담론' 혹은 프레드릭 제임슨적 의미의 무의식 이데올로기에 가까운 것으로 이해됨직한 과제가 아닐 것인가.

탓으로 돌리는 의식의 두 방향성

지금까지의 논의란 요약컨대 알몸으로 태어난 여섯 명의 아이들이 어째서 하필 문학을 선택했으며 그것이 지닌 시대적 의의를 나름대로 검토해 본 것이라면, 이번엔 각도를 달리하여 이 아이들을 둘러싼 개별적 환경의 고유성을 점검해 볼 순서이다.

그러나 이러한 명제에도 몇 단계의 중간 점검이 필요하다. 각 개인을 둘러싼 계층적 의의가 그중 하나다. 한 개인의 세계관(이데올로기)을 문제 삼

---

3) 미야카와 도루, 『일본 정신사에의 서론』(기노쿠니야신서, 1966), 64쪽.
4) 이들이 훗날 이른바 이중어 창작에까지 나아갈 수 있는 것은 물론 이들의 자질과 무관하지 않겠지만, 민족 문학도 문학(글쓰기) 속의 한 가지임을 증명해 보인 사례로 볼 수도 있겠다. 졸고, 「조선 작가의 일어 창작에 대한 한 고찰」, ≪예술논문집≫ 39집, 2000 참조.

는 일은 작품 해석의 객관성 도출을 위한 한 가지 유력한 방법인 만큼 이에 대한 많은 논의가 이미 있었다. 작품이란 작가 세계관의 반영이라 전제한 사실주의의 시선에서 말하는 그 세계관이란 무엇인가. 만일 세계관이란 직접적이고 경험적인 사실이 아니라 개념적 가설이라면 그것은 또 어떻게 형성된 것일까. 이런 물음에 대해 상당한 성과가 있다는 것도 알려져 있는 바, 이런 사상적 체계와 어떤 문학 작품 사이에 같은 점이 존재한다는 골드만적 업적도 그러한 사례의 하나다. 문학사회학이 구사하는 이러한 방법적 처지가 좀 더 직접성을 띠고 제시된 것으로는 경험적 의식과 탓으로 돌리는 의식(진정한 의식)을 준별하고 후자에 무게 중심을 두는 학설이 상당한 유연성을 확보한 것으로 평가된 바 있다. 사회 집단과 계급들에 의한 역사적 행동을 이해하는 데 핵심이 되는, 탓으로 돌리는 의식이란 과연 무엇인가. 경험적 의식이 실제로 각자가 체험한 의식의 총체를 가리킴이겠지만, 탓으로 돌리는 의식이란 개개인이 느끼고 생각한 그런 것의 총합도 평균치도 아닌, 그럼에도 역사적으로 보아 그 계급의 중대한 행동은 이 같은 의식에 의해 결정되는 그런 의식을 가리킴이라 규정된다.[5]

이 자리에서 새삼 지난 세기의 거대한 쟁점 사항이었던 '민족 의식'과 '계급 의식'을 왈가왈부하기엔 적절치 않겠지만 이들 여섯 명 아이들이 살아간 세계가 지난 세기였던 만큼 그들의 삶과 문학의 상관 관계를 이해함에는 한 가지 지표 구실을 할 수 있다고 본다.

탓으로 돌리는 의식의 범주에서 여섯 명 아이를 바라보면 과연 어떠할까. 매우 도식적이겠지만 박영희, 박종화 두 아이들부터 살펴보기로 한다. 우선 두 아이의 출생지가 서울이라는 사실과 함께 중인 계층 출신이라는 점에 주목할 것이다. 서울에서 태어난 박영희는 서대문구 천연동 99번지에서 평생을 살았으며 그의 집안은 모물전(남바위, 조끼, 목도리 등 털로 만든 방한구 등을 파는 의류 가게)을 경영하고 있었다.[6] 그 사업의 규모라든가 사

---

5) 루카치, 『역사와 계급 의식』(거름, 1993). 이를 정교하게 적용한 것은 골드만, 『숨은 신』(인동출판사, 1980).

업의 성격 등에 관해서는 알기 어려우나 분명한 것은 중인 계층이라는 점이다. 박종화 역시 중인 계층으로 보이나 그 규모와 성격이 조금 다르다. 훈련원의 첨정을 지낸 박종화의 조부가 전주 백지와 장지를 수입하여 서울과 이북에 조달하는 일종의 무역업으로 재산을 모은 것으로 되어 있기 때문이다.[7]

이상화와 심훈은 서울 출생이자 중인 계층 출신의 박영희, 박종화와는 어느 측면에서 볼 때 대조적인 위치에 서 있다고 볼 것이다. 대구에서 태어난 이상화는 맏형 이상정 장군(독립군)으로 표상되고 백부 이일우로 말해지듯 대지주이자 명망 있는 가문 출신으로 되어 있고 이 점에서 심훈도 매우 비슷하다. 태생지가 경기도 시흥군 신북면 흑석리(오늘의 영등포구 노량진)이지만 청송(靑松)인 심훈의 가문은 충남 당진을 고향으로 하여 삼백 석의 지주로 넉넉한 편이었다. 총독부 출입 기자 심우섭(이광수의 『무정』에 등장하는 신문기자 신우선은 그를 모델로 한 것이다.)이 맏형인 심훈이 왕족인 후작 이해승의 누이와 혼인한 사실은 특별한 의의가 있다.[8] 이른바 국혼(國婚)에 해당되기 때문이다.

서울의 두 아이, 대구와 경기도의 두 아이와는 썩 다른 곳, 또 썩 다른 계층에서 또 다른 아이가 태어나 문사가 되었다는 사실은 무슨 의의일까. 이런 물음에 가장 뚜렷이 응해 오는 아이들이 바로 김동환과 최서해다.

참새나 백조 떼 우글거리는 문단에 「적성을 손가락질하며」(1924)로 등장한 김동환은 단연 한 마리 까마귀였던 바, 이 까마귀의 본 모습은 잇달아 발표된 「국경의 밤」(1925)에서 확연해졌다. 서사시냐의 여부로 논란을 빚고 있는 이 작품이 갖는 과도기적 양상은 '탓으로 돌리는 의식'을 시험할 수 있는 한 가지 사례로 봄직하다.

본명이 최학송인 서해가 태어난 곳은 함북 성진으로 되어 있으나 매우

6) 이어령, 『한국 작가 전기 연구(상)』(동아출판공사, 1975), 150쪽.
7) 김용성, 『한국현대문학사탐방』(현암사, 1984), 94쪽.
8) 이어령, 앞의 책(상), 198쪽.

불확실하다.[9] 이러한 불확실성은 그의 가문의 불확실성의 반영에 다름 아닐 터이다. 그의 부친의 이름 또한 밝혀져 있지 않다. 그의 아비가 구한말 지방 하급 관리로 지내다 소작농을 지냈다는 것, 1910년 간도 지방으로 갔다는 것 등이 알려져 있을 뿐, 최서해 자신의 학력도 소학 중퇴인지 여부조차 불투명하다. 간도 지방을 헤매다 귀국한 때가 계해년(1923)이며 ≪북선일일신문≫에 시 「자신」을 발표한 것은 그후로 보인다.[10] 변방에서 태어난 또 다른 아이로 함경북도 경성군 오촌면 수송동 89번지에서 태어난 김동환이 있다.

조선 땅에 태어난 이 아이들의 운명이 세계사적 흐름에서 자유로울 수 없지만(민족 의식), 동시에 자기의 계층적 의식(계급 의식)에서도 역시 그러했음에 틀림없다. 어떻게 「월광으로 짠 병실」을 읊던 박영희가 신경향파 문학으로 치달아 마침내 카프 결성의 중심 분자로 나아갔으며 또 뒷날엔 전향에 앞장설 수 있었을까. 어떻게 「흑방비곡」의 박종화는 '력(力)의 예술'에 기울어 백조 해체의 중심에 섰다가 『금삼의 피』(1938)를 쓴 보수적 민족주의 노선의 역사 소설가로 나서지 않으면 안 되었을까. 「나의 침실로」의 백조파 시인 이상화가 카프에 들고 「빼앗긴 들에도 봄은 오는가」(1926)를 읊어야 했던가. 「먼동이 틀 때」의 심훈은 또 어째서 「그날이 오면」(1930)을 읊고 『상록수』(1935)를 남길 수 있었을까. 최서해의 「홍염」(1927)이 어째서 카프 문학의 초기를 대표하는 소설의 하나로 될 수 있었을까.

이러한 한덩이의 물음에 일관된 그럴듯한 해답을 찾아낼 수 없을까. 이렇게 계속 묻고 헤매며 해답을 모색하는 장소가 이른바 문학사이다. 해답이 쉽사리 찾아지지 않음과 이러한 장소의 효능이 결코 무관하진 않겠지만, 각각 별개로 존재할 수 있다는 사실도 존중되어야 마땅할 것이다.

---

9) 이어령, 앞의 책(하), 181쪽.
10) 최학송, 「그립은 어린 때」, ≪조선문단≫ 6호, 1925, 75쪽.

두 의식의 균형 감각

위에서 '탓으로 돌리는 의식'을 문제 삼았다면 '경험적 의식'도 살펴보아야 하는 바, 그런 장소를 두고 연구 영역에서는 보통 '작가론'이라 일컫는다. 이때 주의를 기울여야 할 것은 위의 두 의식의 결합 방식을 알아내는 일이다. 꼭 적절하다고는 할 수 없다 해도 이러한 과제를 위한 예비 조치로 아래와 같은 사례를 지적하면 어떨까.

겨울은 이 가난한 —— 백두산 서북편 서간도 한 구통이에 잇는 이 가난한 촌락 '쌔허(白河)'에도 차저 드럿다. 겨울이 차저 들면 조그마한 강을 아페 끼고 큰 산을 등진 '쌔허'는 쓸쓸히 눈ㅅ속에 무치어서 차듸찬 조븐 하늘을 치어다 보게 된다. (중략)

등진 산과 아프로 씬 강ㅅ새이에 게짝지처럼 끼여잇는 것이 이 쌔허의 촌락이다. 통트러서 다서ㅅ호밧게 되지 안는 집이나마 바틀 싸라서 이리저리 흐터저 잇다. 모다 커단 나무를 찍어다가 우물정ㅅ자(井)로 틀을 짜 지흔 집인데 엇기ㅅ사람들은 이것을 '귀틀집'이라 한다. 지붕은 대개 좃집이오 혹은 나무껍찔로도 예엇다. 그 꼴은 마치 우리 내지(간도서는 조선을 내지라 한다)의 거름ㅅ집(堆肥舍)과 가트다. 심하게 말하는 이는 도야지 굴과 갓다고 한다.

이것이 남부여대로 서간도 산ㅅ골을 차저드러서 사는 조선ㅅ사람의 집들이다. 쌔허의 집들은 그러한 조흔 표본이다.

이 대목은 최서해의 대표작 「홍염」의 서두이다. 소재는 빈궁함, 구성은 대립 구성, 결말은 살인 방화로 된 신경향 문학의 자연 발생적 창작 방법의 한 전형으로 꼽히는 「홍염」이 '탓으로 돌리는 의식'과 결코 무관하지 않겠지만 이를 가능케 한 직접성을 문제 삼을진대 단연 작가 최서해의 경험적 의식에 주목해야 된다. 북간도에 대한 서간도, 백두산에서 첫 번째 마을 '쌔허'(오늘날 이도백하(二道白河)라 불리는 곳), 거기에 뿌리를 내리고자 하는 조선 이민자들의 삶을 그린 이 작품은 작가의 경험적 의식이 가장 직

18

접적이다. 철들 무렵 아비를 찾아 간도 지방을 헤맨 작가의 경험적 사실과 「홍염」을 비롯하여 「탈출기」(1925), 「해돋이」(1926) 등이 지닌 '탓으로 돌리는 의식'이 어떻게 결합되었는가를 묻는 일은 창작 방법론의 가장 깊은 곳을 두드리는 과제이다. 이러한 사정은 "아하, 무사히 건넜을까 / 이 한밤 남편은 / 두만강을 탈 없이 건넜을까"로 시작되는 「국경의 밤」에서도 선명하다. 「적성을 손가락질하며」와 곧장 연결되는 이 서사시적 작품은 재가승(여진족)으로 표상되는 시인의 변방적 경험을 떠나서는 논의의 유연성을 얻어내기 어렵다.

그렇다면 어째서 전자가 소설임에 대해 후자는 서사시였을까. 아직도 이에 대한 만족할 만한 답이 발견되지 못했지만 그렇다고 모종의 징후조차 감감한 것은 아니다. 서사시 자체가 실상은 서사 문학의 한 갈래이며 그 근대적 발현 양식이 소설임을 염두에 둔다면 어떠할까. 「국경의 밤」의 시인이 결국 서사시적 세계를 더 이상 밀고 나가지 못하고 '신가요' 또는 민요풍의 가요 작사자로 낙착되었으며, 「홍염」의 작가는 또한 끝내 일면적인 단편에 멈추었음을 문제 삼을 때 그 해명의 한 가지로 「홍염」이나 「국경의 밤」이 지닌 근대적 의미의 장르 미달 현상을 들 것이다.

'경험적 의식'과 '탓으로 돌리는 의식'의 관계항의 모색에서 또 하나 주목할 것은 박영희의 경우에서이다. 카프의 이론가답게 그는 이렇게 고백한 바 있었다.

유물 철학이나 소위 마르크스의 『자본론』에 대하여는 거진 칠팔 년의 세월을 허비하면서 나로서는 대개 읽고 연구하여 본 것이었다. (중략) 결국 이러한 노력은 경제학을 전공하려는 것이 아니라 굳은 혁명적 이론을 배우며 그 신념의 만족을 얻기 위함이었다. 따라서 이것은 조선의 해방을 위하여 일본 제국주의와 싸우는 젊은 혁명가의 철석과 같은 신념을 넣기 위하여 큰 도움이 되었다고 볼 수 있다. 그것은 사람의 생각과 행동을 우연한 것으로 보지 않고 과학적인 필연성으로 해석하는 인생관과 철학관이 전부 혁명 운동에 부합하는 이론이 되는 까닭이다. 그러므로 이러한 이론에서 출발한 혁명가는 일시적 감정이나 울분에서가 아니라 영원한 혁명 법칙에서 자기의 행동과 신념을 굳게 할 수 있었던 것이다.[11]

유물 변증법이 '과학'으로 인식되었음은 이로써 뚜렷하다. 그러나 전주 감옥에 수감되었을 때, 기독교 신자인 어머니의 편지를 받은 박영희는 옥중에서 이렇게 전해 왔다.

전능하신 하느님은 착하고 옳은 일 하는 사람을 구원하여 주신다. 베드로와 바울과 실라가 옥중에 갇혔었지마는 하느님의 전능으로 다 나오게 하신 것이 아니냐. 칼쓰기를 좋아하는 자는 칼로 망한다는 뜻은 무단 정치를 하는 일본의 멸망을 암시하신 것이 아닌가. 그러니 모든 어려운 것을 참고 이기자. 그러면 나중에는 반드시 좋은 결과를 얻게 될 것이라는 것이며 이러한 하느님이 너를 항상 안고 계신 것을 알고 항상 기도하고 굳센 신앙심을 얻으라는 말씀인 것을 알았다. 이렇게 그 뜻을 해석한 나는 마음이 즐겁고 상쾌하였다. 새로운 기운이 났다. 힘이 생겼다. (중략) 나는 주먹으로 내 앞에 놓인 책상을 가비얍게 한 번 때리고 '옳다! 반드시 그렇다!' 하고 벌떡 일어났다.(앞의 글, 201~202쪽)

이는 바야흐로 탓으로 돌리는 의식과 경험적 의식이 마주쳐 후자의 강세로 자리바꿈하는 장면이라 할 만한 사항이 아닐까.
이러한 갈등과는 달리 두 의식이 적절히 상승작용을 일으켜 시적 유연성을 획득하는 사례로 이상화의 「빼앗긴 들에도 봄은 오는가」를 들 수 있다.

혼자라도 갓부게 나가자

---

11) 박영희, 「독방」, 《현대문학》, 1959. 2, 205~206쪽.

마른논을 안고도는 착한 도랑이
젖먹이 달래는 노래를 하고 제혼자 엇게춤만 추고 가네.
나비 제비야 쌥치지 마라
맨드램이 들마꽃에도 인사를 해야지
아주까리 기름을 바른이가 지심매든 그 들이라 다 보고 싶다.

나비 제비에 대응된 식물이 맨드램이와 들마꽃이다. 사투리 '쌥치다(재촉
하다)'가 이 시인의 경험적 의식의 산물이듯 "맨드램이"도 "들마꽃"도 그러
하다. 가을에야 피는 '맨드라미'가 어째서 봄에 등장했는가의 의문은 이로
써 저절로 해소된다. 경험적 의식(지방적, 개인적 고유성)이 탓으로 돌리는
의식을 능가하거나 새로 빛을 던지고 있는 형국으로 이 정황이 설명될 터
이다.

실존적 의식의 영역

20세기란 대체 무엇이었던가. 이 물음은 한 몸으로 두 세기를 살아가는
우리에게 두고두고 던져지는 화두의 하나이다. 이 화두에 관련된 문학적
과제로 지금까지 20세기 벽두에 알몸으로 태어난 여섯 명 아이들의 삶과
문학을 잠시 엿보고자 했다. 이 아이들을 바라보는 방법론은 매우 소박한
것이었다. 경험적 의식과 탓으로 돌리는 의식이라는 두 가지 시선이 그것
인 바, 이 두 의식의 결합 방식(우위성, 균형성 등)이 어느 수준에서 정밀화
될 수 있다면 나름의 성과로 간주될 것이다. 이 단계에서 좀 더 깊이 파고
든다면 경험적 의식의 한 영역으로 작가 개인의 실존적 과제가 문제성을
띨 수 있을 것이다. 가령 다음과 같은 작품이 있다고 하자.

그날이 오면 그날이 오면는
三角山이 일어나 더덩실 춤이라도 추고

漢江물이 뒤집혀 용솟음칠 그날이,
이 목숨이 끊지기 전에 와주기만 하량이면,
나는 밤하늘에 나는 까마귀와 같이
鐘路의 人磬을 머리로 드리받아 울리오리다,
頭蓋骨은 깨어져 散散조각이 나도
기뻐서 죽사오매 오히려 무슨 恨이 남으오리까

그날이 와서 오오 그날이 와서
六曹앞 넓은 길을 울며 뛰며 딩굴어도
그래도 넘치는 기쁨에 가슴이 미어질 듯하거든
드는 칼로 이몸의 가죽이라도 벗겨서
커다란 북(鼓)을 만들어 둘처메고는
여러분의 行列에 앞장을 서오리다,
우렁찬 그 소리를 한 번이라도 듣기만 하면
그 자리에 꺼꾸러져도 눈을 감겠소이다.
                    ── 심훈의 「그날이 오면」 전문

　　심훈에 대한 믿을 만한 전기가 나온다면 그의 성격과 그가 벼랑에 몰린
내면적 성찰에서 위의 시를 조금 깊이 엿볼 수 있을지 모른다. 정치적 단
위와 민족적 단위가 일치되지 않으면 안 된다는 하나의 정치적 원리가 국
민(민족)주의이다. '감정으로서' 또 '운동으로서'의 이 정치적 원리란 침해를
받았을 때 솟아오르는 노여움의 기분과 그것이 실현되었을 때의 환희의 기
분을 동시에 안고 있을 터이다. 위의 시는 이 두 가지 기분을 상상적인 육
체 파괴 현상에서 고조시켜 놓았다. 시인의 실존적 위기와 이를 분리시켜
논의하기 어려운 것은 이 때문이다.
　　결론을 맺자. 한 몸으로 두 세기를 살아가는 우리에게 지난 20세기란 무
엇인가를 문학으로 물을 때 그 벽두에 태어났던 여섯 명 아이들과 우선 마

주칠 수 있다는 것이다. 우리가 열고 가야 할 21세기가 좀 더 겸허해지기 위한 또 하나의 '의식'도 이로써 비로소 가능해지리라는 것이다. 이 같은 또 하나의 의식을 가꾸는 노력이 문학의 이름으로 주어져 있다는 것이다.

【제1주제 | 근대 문학을 어떻게 볼 것인가】

인공 선택과 장기 생성으로서의 근대 문학

정과리(문학평론가 · 연세대 교수)

근대 문학을 이해하기 위한 세 가지 관점을 제출하고자 한다.

첫째, 장기 생성의 시각에서 근대 문학을 바라볼 필요가 있다. 한국의 경우 이 시각은 특별히 의미심장하다. 왜냐하면 낯선 틀이 그물처럼 던져져 한국의 문학적 자원과 활동 일체를 가두고 재편성했는데 그것은 지금의 '입장'에서 보면 불가피한 것이기 때문이다. 이 낯선 틀의 피할 수 없는 수용을 우리는 인공 선택(자연 선택(natural selection)과 대조되는 의미에서의)이라고 부를 수 있는데 인공 선택의 과정은 바깥의 이물(異物)을 육체화하는 과정, 이식되는 것을 내장하는 과정 그리고 그물을 신경망으로 변환하는 과정이다. 따라서 이 과정은 본질적으로 장기(臟器) 생성의 과정이며 동시에 장기(長期) 생성의 과정이다.

근대의 장기 생성은 자동적으로 이루어지지 않는다. 그것은 그것과 경쟁하는 다른 흐름들과의 교섭과 길항을 통해서 복잡하게 변주되며 이루어진다. 그 다른 경쟁적 흐름들은 크게 셋으로 요약할 수 있다.

하나, 장기 지속의 흐름이다. 이것은 재래적인 것, 즉 전통의 완강한 지속을 말한다. 본래 브로델의 용어인 '장기 지속'을 요령 있게 차용한 르 고

24

프는 중세의 지속을 18세기까지 연장했다. 마찬가지로 한국의 유교적 세계는 고려 말엽에서 현대까지 장기 지속하고 있다. 그것이 한국인의 장기(臟器)가 되었기 때문이다.

둘, 장기 이식의 흐름이다. 이것은 근대의 삼투 과정 그 자체를 가리킨다. 그러나 장기 생성은 이로부터 태어났지만 동시에 이로부터 이탈하는 돌연변이적 계기들을 통해 형성된다. 이렇다는 것은 문학에 있어서 '이식 문학사'를 있는 그대로 받아들일 수 없다는 것을 뜻한다. 인공 선택은 인공이 아니다.

셋, 장기 부재의 흐름 혹은 검은 소용돌이다. 이것은 외세의 침입이 없었다고 가정했을 때 조선 말엽부터의 한국 사회가 승선했을 흐름이다. 그러니까 전통의 미래이고 근대의 이종(異種)이다. 비유하자면 이것은 강정구 교수가 제창한 '순수 해방 공간'과 유사하다. 그러나 사회학자의 오류는 부재를 실체로 착각한 데 있다. 다시 말해 이 흐름은 근본적으로 결락된 흐름이며 오직 부재로서만 끈질기게 작용한다.

엄격하게 말하면 장기 생성은 이 세 흐름의 다원적 결정의 결과이다. 장기 생성은 따로 시작된 것이 아니라 위 세 흐름의 복합적 상호 작용을 통해 태어났다는 뜻이다. 한국의 근대는 장기 이식의 흐름에 의해 강하게 견인되었으나 장기 지속의 흐름의 거센 저항에 부딪히는 과정 속에서 장기 부재의 흐름에 의해 수용의 경계선을 변화시키고 장기 지속의 흐름과 교섭하여 수용의 지형을 변모시키면서 자율적인 흐름으로 생장하였다.

우리는 오늘의 정황에 비추어 여기에 하나의 흐름을 더 추가할 수 있을 것이다.

넷, 장기 교체의 흐름이다. 이것은 탈근대적 흐름들을 가리킨다. 그런데 이것은 그 자체로서 썩 이질적인 흐름들의 다발로 이루어져 있다. 큰 줄기만을 거론하면 일본으로부터 유입된 근대 초극의 논리, 마르크시즘의 도입을 통한 사회주의 이념 그리고 정보화 사회의 진입과 더불어 급류의 물결을 타게 된 신문명 사회(사유하는 기계의 사회)의 전망이 그것들이다. 지속

기간이 가장 긴 근대 초극의 논리는 사실상 장기 부재의 흐름으로부터 태어나 부재가 실체화됨으로써 구성된 역흐름이며 근대의 대안으로서 가장 강력한 힘을 발휘했던 사회주의 전망은 현실 사회주의의 붕괴와 더불어 여타의 흐름들에 흩어져 뒤섞여 들어갔고 나이가 가장 어린 신문명 사회의 흐름은 앞으로 근대를 대체할 가능성이 무엇보다도 큰, 한창 성장 중인 흐름이다. 이 흐름은 장기 파열의 흐름이라고도 이름 붙일 수 있는데 더 이상 장기는 주체의 내부에 있지 않고 바깥에, 좀 더 정확하게 말해 장기 운동 자체가 주체이기 때문이다.

백 년 전의 시점에서 보면 장기 교체의 흐름들은 실질적으로 장기 부재의 에피파니로서 나타났고 또한 그것의 왜곡(실체화)으로서 기능하였다. (근대 초극의 관점이 논리적인 우세함을 갖췄으면서도 실제적으로 파탄에 이르고 만 까닭이 여기에 있다.) 장기 생성의 다원적 결정 요인으로 이 흐름을 포함하지 않은 소이이다.

아무튼 인공 선택과 장기 생성이라는 이러한 관점이 근대 문학을 이해하는 데 어떤 도움을 주는가. 무엇보다도 한국 문학의 근대에 관한 은근히 치열한 개념들의 대치, 전통 집착과 이식 문학론 사이의 대치 그리고 이에 대한 극복으로 제출된 내재적 맹아론과 다양한 형태의 근대 성찰(관찰과 비판)론들의 대립을 넘어설 수 있다. 외세의 침입이 없었다고 가정했을 때 한국 사회가 어떻게 나아갔을지에 대해 우리는 아무것도 알 수 없다. 또한 사실의 차원에서 그러한 가정은 무의미한 일이다. 그럼에도 불구하고 사람들은 빈번히 그것을 가정하고 그것에 매달린다. 그럼으로써 그것은 거꾸로 힘을 발휘한다. 근대라는 상상의 건축 속에서 현존하는 근대를 끝없이 결여와 미완으로 남게 하는 집념의 허방으로 작용하는 것이다. 사실의 차원에서 그러한 가정이 무의미하다는 것은 결국 근대(modernity)가 바깥으로부터 '주사'된 것임을 인정하지 않을 수 없게 한다. 근대는 인공이다. 그러나 장기 생성의 관점에서 보면 실제로 일어난 것은 인공이 아니라 인공 선택이다. 다시 말해 바깥으로부터 주사된 것을 받아들이는 육체의 자발성이 중요하다는 것이다. 육체의 자발성은 바깥과의 만남의 순간부터 작동한다. 삼투하는 바깥과 수용하는 안 사이에는 교섭과 협상 그리고 변형이 전개된다. 다시 말해 인공 선택에 의해서 한국의 근대 문학은 서양의 그것을 그대로 모방하지 않는다. 아무리 모방하려고 애써도 모방되지 않는다. 그것은 원본으로부터 이탈하는 돌연변이의 원소들을 많이, 다양하게, 다층적으로 품고 있으며 그 원소들에 의해서 한국 근대 문학의 양태는 고유한 자율적 체제를 이루며 생장하게 된다.

아쉽게도 이러한 관점이 실제적으로 적용된 연구 혹은 비평의 선례를 쉽게 찾을 수 없다. 또한 그렇기 때문에 강조해야 마땅한 것이다.

둘째, 문학사는 문학적 모듈들의 역사이다. 따라서 근대 문학의 '계기들'은 사방에 분산되어 있다.

인지과학과 컴퓨터 프로그래밍에서 주로 쓰이다가 진화심리학에 의해 인문학의 영역으로 성큼 들어온 모듈(module)이란 자원과 방법을 동시에 품고 있는 목적 지향적 프로그램의 단위를 뜻한다. 모듈의 개념은 그것이 복수라는 사실에 우선 의미가 있다. 다시 말해 어떠한 체제도 모듈들의 집합으로 이루어져 있다는 것이다. 아무리 작은 체제라 할지라도 그렇다. "작은 것은 복잡하다."는 바슐라르의 명제가 여기에 맞춤하다고 할 수 있다. 이 관점에서 보면 근대 한국 문학은 문학의 근대적 모듈들의 다발이다. 그러나 여기까지만 얘기해서는 안 된다. 더 중요한 것은 모듈은 자원과 방법을 동시에 품고 있다는 것이다. 따라서 그것들은 각각 자율적인 생의 줄기를 가지고 있으며 그들의 관계는 결코 일방적이지 않다. 다시 말해 다른 모듈들을 통제하는 하나의 대표 모듈, 즉 CPU(중앙 처리 장치)는 없다.

모듈의 개념을 활용할 때 우리는 한국 근대 문학에 대한 시끄러운 기점 논쟁에서 유연한 태도를 취할 수 있다.

우선 근대 문학이 문학의 근대적 모듈들의 집합이라고 할 때 근대 문학의 계기들은 도처에 있다고 할 수 있다. 그러나 중앙 처리 장치는 없지만 중요한 모듈들은 있다. 중요한 모듈들은 사회와의 관계를 통해 문학성을 형성하는 데 참여하는 것들이다. 다음은 중요한 모듈들의 항목들이다.

하나, 언어: 문학의 매체는 언어이고 좀 더 정확히 말해서 문자다. 근대 문학의 표징은 주지하시다시피 구어에서 문어로, 귀족어에서 일상어로의 이행에 있다.

둘, 주체: 근대 문학의 주체는 개인이다.

셋, 세계 인식: 일상성에 대한 자각, 즉 규범이 아닌 생활 그 자체의 모습을 찾는 것이다.

넷, 문화적 정황: 그 어원(땅의 경작)에 맞추어 문화는 바로 침전된 삶이다. 문화의 분산, 즉 삶의 영역들 그리고 활동 영역의 분화, 아니 분화 운동 그 자체가 근대의 표징이다.

다섯, 사회적 조건: 시민 사회의 제도화이다.

이 항목들은 자원에 해당한다. 이 자원들은 저마다의 방법을 동반하고 있다. 그 방법들은 다음과 같다.

하나, 문체와 구성: 규칙으로부터의 해방이다. 좀 더 정확히 말해 규칙 부재가 규칙인 것이다.

둘, 세계관: 말할 것도 없이 자유다.

셋, 세계와 자아의 동위성: 디드로가 예전에 선포했고 아우얼바하가 스탕달, 발자크에 대해 적용했듯이 하찮은 것을 심각하게 다루는 것이다.

넷, 발명: 새로움의 추구가 분산하는 영역들의 방법이다.

다섯, 비판과 반성: 근대 문학은 근대 국가에 대해 병행적이 아니라 역류적 혹은 추월적이다.

이렇게 모듈들의 다발로 이해할 때 가령 지금은 용도 폐기당한 조선조 말엽의 국어 의식의 대두와 일상성에 대한 자각에 근거하여 태어난 문학 작품들을 근대 문학의 집합에 포함시키는 탄력을 확보할 수 있다. 그것은 마치 시민 국가가 수립되기 수세기도 전에 개화한 르네상스기의 문학 텍스트를 서양의 근대 문학으로 바라보는 것과 같은 이치다. (이를 통해 라블레, 세르반테스, 심지어 비용까지 근대 문학의 범주에 들어오게 되며 그것이 이안 와트류의 편협한 경계 설정보다 훨씬 유효하고 생산적이다.) 다만 조선조 말엽의 인식과 텍스트 실천에서의 변화는 타자에 대한 발견과 더불어 있기는 하지만 타자의 침범을 염두에 둔 것은 아니었다. 따라서 이것은 결락(장기 부재)의 블랙홀로 이어지는 과정이라는 반론이 가능하다. 이 반론을 수용했을 때, 이 시기를 로만 데카당스(로마 제국 몰락기)와 같은 의미에서 조선 데카당스라고 부르거나 아니면 전 낭만주의(pre-romanticism)와 같은 의미에서 전 근대라고 부르는 방법도 생각해 볼 수 있을 것이다.

셋째, 근대와 근대 문학은 구별되어야 한다.

이식 문학론의 재인식은 한국 그리고 한국 문학에서 근대의 진행에 대한 객관적인 관찰을 가능케 했다. 그럼으로써 한국 문학 작품에서의 그에 대한 광범위한 탐구가 이루어졌다. 초기에 주로 현실 인식과 주체의 자의식의 내용에 초점을 맞췄던 연구는 최근 들어 "이데올로기는 물질적이다."라는 알튀세르적 의미에서 근대의 물질적 표징들이 문학 텍스트에서 출현하고 주체의 행동에 작용하는 양태에 대한 정치한 분석을 해내는 수준에까지 다달았다. 이 괄목할 만한 탐구의 향상은 분명 바람직한 일이지만 이 과정 중에서 자칫 간과되고 있는 측면이 있다는 사실은 짚고 넘어갈 필요가 있다. 그것은 근대성의 출현에 몰두한 나머지 근대와 근대 문학의 차이를 무시한다는 것이다. 근대 문학은 근대의 문학일 뿐만 아니라 근대에 대한 문학이고 동시에 근대에 반하는 문학이다. 서양의 경우 근대와 근대 문학은 적대적 쌍생아로 태어났다. 근대가 바깥으로부터 들어온 것인 한 한국 문학의 경우도 예외일 수 없다. 근대 문학은 근대의 철저성을 추구하는 문학이면서 동시에 근대를 반성하는 문학이다.

탄생 백 년을 맞는 시인들

이상화, 심훈, 김동환의 시

최동호(시인 · 고려대 교수)

새로운 세기를 모색한 시인들

21세기의 길목에서 20세기의 첫 장을 열었던 시인들의 삶과 시를 돌이켜 본다는 것은 시대의 변화가 아무리 엄청나다 해도 결코 무의미한 일은 아니다. 19세기에서 20세기로의 전환이 그러했듯이 20세기에서 21세기로의 전환 또한 거대한 변화의 물결 앞에 새로운 지평을 조망하는 자는 누구나 전율하지 않을 수 없다는 점에서 어떤 공통점을 찾을 수 있는 것이다.

역사 앞에 선 인간은 언제나 왜소하고 초라한 존재다. 시대를 선도하는 선각적 개인이 때로 영웅적 모습으로 비쳐질 수도 있지만 그 내면에서 바라볼 때 그는 더 깊이 갈등하고 번뇌하는 개체일 뿐이다. 시인이란 선도자의 모습과 갈등하는 개체의 양면을 가진 존재이며 그 양면성은 그의 선택이 자유로울 수 없는 식민지 상황의 경우 더욱 큰 괴리감을 가질 수밖에 없다.

20세기 초반 한국의 상황은 국권을 빼앗긴 상태에서 역사의 진로를 가늠할 수 없는 어둠으로 세계사에 떠오른다. 주체적 결정 능력을 상실한 민족으로서 이민족의 압제와 더불어 20세기를 맞이한 한국에서 태어난 이상화, 심훈, 김동환 같은 시인들은 그들 나름의 고뇌와 갈등의 궤적을 그리면서 자신들의 생을 이끌어 나갔다. 그들의 문학과 삶은 역사 저편으로 사라진 것이 아니라 언제나 다시 재연될 수 있는 가능성을 갖는다는 점에서 음미하고 돌이켜 보아야 할 역사적 교훈으로서 값을 지닌다. 어둠에서 광명으로의 길이 얼마나 어려운 것인가를 보여 주는 시금석이 된다는 점에서 삶과 문학에 대한 그들의 고찰은 지금도 생기를 잃지 않는다고 할 것이다.

백 년 전에 탄생한 시인들이 품었던 시대 인식은 박종화의 「사(死)의 예찬」에 다음과 같이 집약된다.

　　젊은 사람의 무리야!
　　모든 새로운 살림을
　　이 세상 위에 세우려는 무리야!
　　부르짖어라, 그대들의
　　얇으나 강한 성대가
　　찢어져 해이(解弛)될 때까지 부르짖어라.
　　격분에 뛰는 빨간 염통이 터져
　　아름다운 피를 뿜고 넘어질 때까지
　　힘껏 성내어 보아라
　　그러나 얻을 수 없나니
　　그것은 흐트러진 만화경(萬華鏡) 조각
　　아지 못할 한때의 꿈자리이다.

　　　　　　　　　　　　　　　　──「사의 예찬」, 3연

1923년 《백조》 3호에 발표된 이 시에서 우리는 격렬한 열정이 생에 대한 허위 의식으로 인하여 자기 파멸로 치닫고 있음을 본다. 진리는 어느 곳에도 있지 않다. 살과 혼의 찬연한 축제에도 불구하고 진리의 빛은 꺼지고 세상은 암흑에 휩싸여 있다는 것이 1901년에 탄생한 20세 초반의 젊은 시인들이 느꼈던 공통의 시대 인식이었음을 상기할 필요가 있다. 1910년의 한일합방, 1919년의 삼일운동으로 요약되는 외압과 좌절로 인해 죽음 의식이 그들을 지배했고 역사적 파멸에 대응한 논리를 근거로 결성된 것이 1925년의 카프이며 그것의 해체와 더불어 또 다른 변신을 거듭해야 했던 것이 1901년 태생의 젊은 문사에게 부여되었던 역사적 운명이라 할 수 있다.

시에서 평론으로 또는 시에서 소설로 장르를 전환하거나 민족주의에서 친일 문학으로, 유미주의에서 마르크시즘으로 생의 지표를 바꾸는 변신 속에서 그들의 삶과 문학이 오늘의 우리에게 남기는 의미가 무엇인가를 살피는 것이 이 글의 목적이다. 이 글은 이상화, 심훈, 김동환의 시적 변신에 주목하면서 동세대이자 시에서 소설로 입지를 굳힌 박종화와 시에서 평론으로 나아간 박영희 등이 그리는 문학적 풍경을 원경으로 삼아 전개될 것이다.

이상화 시의 문학사적 의미와 향토성

대구에서 출생한 이상화는 1922년 ≪백조≫ 창간호에 실린 「말세(末世)의 희탄」을 필두로 하여 작고하기 두 해 전인 1941년 「서러운 해조(諧調)」를 발표하기까지 문단 활동을 전개했다. 이 기간 동안 그는 「나의 침실로」에서 「빼앗긴 들에도 봄은 오는가」로 대표되는 시적인 방향 전환과 시에서 비평으로 장르를 전환하는 등 극적인 변신의 모습을 보여 준다.

≪백조≫에 발표된 초기 시들은 유미적이고 탐미적이며 감상적인 백조 동인들의 성격을 그대로 지니고 있다. 「환몽병(幻夢病)」, 「말세의 희탄」, 「이중의 사망」에서 나타나고 있는 감정의 과잉과 관능적인 열정은 삶의 구체적인 현실과는 거리가 있는 감정 자체로의 낭만적 탐닉이었다고 볼 수 있다. 그가 열정적인 어조로 읊고 있는 자아의 감정은 개화기 시가에서 몰각되었던 자아 의식을 발견하고 강조한 것으로 개화기 시가에 대한 극복의 양상으로 이해될 수 있다.

이상화 시에 나오는 자아의 노출과 강조는 시대적 절박성 앞에서 현실보다는 꿈을 통해 나타난다. 초기 시에서 두드러지는 꿈의 모티프는 현실의 비탄과 좌절에 대한 보상이며 좌절과 실의와 허무의 심리적 방어 기제이자 도피 전략이다. 꿈의 이미지들은 어둠, 밤, 동굴, 도취, 관능 등과 관련되며 현실과 꿈은 희망과 가능성을 동시에 내포하고 있다. 현실 세계에 대한 환멸과 꿈의 세계에 대한 낭만적인 동경이 복합되어 빚어진 「나의 침실로」(1923)는 "마돈나"를 기다리는 긴장된 밤의 시간과 "침실"이라는 부활의 공간을 열망하는 시인의 동경이 교차하는 곳에 자리한다.

> "마돈나" 지금은 밤도, 모든 목거지에, 다니노라 피곤하야 돌아가려는도다.
> 아, 너도, 먼동이 트기 전으로, 수밀도(水蜜桃)의 네 가슴에, 이슬이 맺도록
> 달려오느라. (중략)
> "마돈나" 밤이 주는 꿈, 우리가 얽은 꿈, 사람이 안고 궁그는 목숨의 꿈이
> 다르지 안흐니,
> 아, 어린애 가슴처럼 세월 모르는 나의 침실로 가자, 아름답고 오랜 거기로.
> ──「나의 침실로」, 1연과 11연

새로운 삶을 획득할 수 있는 내밀한 세계, 죽음 저편의 세계로 애타게 부르는 초조하고 목마른 목소리는 현실에서는 실현되기 힘든 이상적인 것을 부르는 목소리다. '마음과 몸이 타는' 듯 초조한 고통의 체험은 꿈과 현실 사이에 놓인 시인의 것이다. 「나의 침실로」는 이상화의 낭만적인 세계관을 잘 보여 주는 작품으로 그의 초기 시의 특질을 가장 성공적으로 드러내고 있다.

이후 이상화는 초기 시가 지니고 있던 내향성이나 도피성을 탈피하여 외부적 현실, 즉 운명 공동체로서의 민족 현실에 대한 관심을 고조시킨다. 「빈촌(貧村)의 밤」, 「가상(街相)」, 「비를 다고」 등의 작품에서는 농민이나 노동자의 삶을 그리고 있으며 「가장 비통한 기욕(祈慾)」에서는 간도 이민자의 비애와 울분을 토로하고 있다. 이러한 시들은 당대 한국의 암울한 시

대상을 표현한 일련의 민족주의에 근거한 것이나 형상화 면에서 볼 때 전 단계의 시에서 보여 준 섬세하고 감각적인 표현은 감소된다. 이상화의 시에서 민족 현실에 대한 강한 자의식이 자연을 대상으로 하여 나타날 때는 직정적인 진술이 사라지고 현실의 왜곡된 삶을 회복할 수 있는 친화의 세계가 마련된다. 「빼앗긴 들에도 봄은 오는가」(1926)는 바로 이러한 그의 자연 신뢰를 바탕으로 하는 작품이다.

지금은 남의 땅 —— 빼앗긴 들에도 봄은 오는가

나는 온몸에 햇살을 받고
푸른 한울 푸른 들이 맛부튼 곳으로
가름아 가튼 논길을 따라 꿈속을 가듯 거러만 간다.

입술을 다문 한울아 들아
내 맘에는 내 혼자 온 것 갓지를 안쿠나
네가 끌엇느냐 누가 부르드냐 답답워라 말을 해다오.
—— 「빼앗긴 들에도 봄은 오는가」, 1~3연

"지금은 남의 땅"인 식민지의 어두운 현실 속에서 "온몸에 햇살"을 받고 걸어가는 것이 그에게는 "꿈"으로 느껴진다. 그것은 어김없는 자연의 순환 질서를 발견한 기쁨 때문이다. 그곳은 자연과 자연이 친화하는 세계이고 사람과 자연이 친화하는 세계이자 우리에게 익숙한 삶의 터전인 동시에 아름다운 삶의 공간이다. "웃음"과 "설움"이 공존하는 공간에서 "들을 빼앗게 봄조차 빼앗기것네."라는 강렬한 울분을 내포하고 있는 이 시는 이상화 시에 있어서 최고 수준에 도달한 걸작이라고 평가할 수 있다. 초기의 폐쇄 공간과 개인 의식에서 확대된 개방 공간과 민족이라는 집단 의식을 바탕으로 비장미 어린 민족적, 정치적 저항을 담고 있을 뿐만 아니라 시인 자신이 늘 갈구했던 '대아(大我)'를 시적으로 실현한 것이라고 볼 수 있다.

이후 발표된 시들은 훼손된 삶의 표현에 멈추고 있으며 이를 자연 속에서 얻는 회복의 의지까지 극복해 나가지 못한다. 자연과 유리된 자아, 도전 의지를 상실한 자아의 표출은 후기시의 한계로 지적될 수 있다.

초기의 관능적이고 유미적인 시 세계를 통해 백조 동인을 대표할 수 있는 작품을 남겼던 그가 시와 삶을 일치시킨 지점에서 「빼앗긴 들에도 봄은 오는가」와 같이 저항적인 민족주의를 담은 시를 썼다는 시적인 편력의 관점에서, 또 그가 보여 준 시적 형상화의 높이에 있어서도 이상화의 시는 한국 근대시사에서 주목할 만한 대상이다.

탄생 백 주년을 맞이하는 오늘의 시점에서 돌이켜 볼 때 이상화의 문학사적 의미는 한용운과 더불어 주요한의 「불놀이」(1919)를 넘어서는 산문적 시형의 개척자로 평가되며 카프의 참여를 통해 프로 문학의 이데올로기를 시적으로 형상화하고 뒤이어 1930년대 임화의 프로 시가에 깊은 영향을 주었다는 점에서 의의를 찾을 수 있다. 그러나 여기에서 한 걸음 더 나아가 그가 대구 지방의 토박이말을 그의 시에 구사하여 식민지하의 압박 속에서도 민족어의 숨결을 되살렸다는 것 또한 높게 평가되어야 할 점이다. 토박이말은 어떤 외적 압력에도 굴하지 않고 자신을 지키려는 주체적 삶의 감정을 개성적으로 표현하는 원천이 되기 때문이다. 시적 표현의 신기성이나 이데올로기적 가치의 유효성이 사라져도 토박이말은 지금 여기에서의 삶에 뿌리내린 감성의 표현인 것이다. 이것은 세계화 시대인 오늘날에도 인공어나 세계어에 저항하는 민족 문화의 보고라는 점에서 그 의의가 새롭게 인식되기 때문이다.

심훈의 역정성과 저항성

소설가, 시인, 극작가, 영화인 등 다방면에 걸쳐 활동했던 심훈의 시는 그의 소설 『상록수』(1935)에 가려 그다지 세인의 주목을 받지 못했다. 그러나 식민지 시대의 대표적인 저항시 「그날이 오면」을 낳은 그의 시 세계는 『상록수』를 이해하는 데도 필수적인 것이다.

1919년 삼일운동 참여 및 투옥과 철필구락부 사건으로 불리는 동아일보 기자 시절의 임금 투쟁과 그로 인한 퇴사 등을 겪은 정력적인 행동인이며 지식인이었던 심훈의 문필 활동은 1919년 감옥에서 간수 몰래 써 보낸 「감옥에서 어머님께 올린 글월」에서 비롯된다. 그는 이듬해인 1920년 겨울에 중국 유학을 떠나게 된다. 유학 기간 중 그는 혁명의 꿈자리처럼 어지럽고 어수선한 현실 상황과 젊은 학도가 지닌 낭만적인 꿈 사이의 갈등을 겪으며 이로 인해 감상적 외로움이 담긴 「상해(上海)의 밤」과 같은 시를 쓰게 된다. 이때 그는 기존의 것에 대한 부정과 새로운 세계 창조의 꿈을 담은 시편들을 발표하였다. 결혼의 속박과 같은 보수적인 윤리의 틀을 부술 것을 주장하게 된 것 역시 활력적인 삶의 의욕 때문이었다.

중국에서 귀국한 이후 그의 시는 궁핍에 찌든 동포들의 참상, 바로 조선의 얼굴 모습을 담고 있는가 하면 그러한 가운데도 「나의 강산이여」 같은 시에처럼 민족의 삶의 터전인 조국 강산의 모습을 예찬함으로써 민족 정신을 굳건히 유지하고 있음을 보여 준다. 「산에 오르라」 등의 시에서 그는 산, 바다, 흙 등 현실적인 압제를 받지 않는 원시적인 대상들과 함께함으로써 현실에서의 우울과 좌절 등을 씻어 버리고자 한다. 민족 해방 투쟁을 통해 희망의 봄을 맞이하겠다는 의지보다도 겨울이 지나면 봄은 오고야 말 것이라는 자연의 순리에 바탕한 그의 낙관적 신념은 당위적 논리보다도 더욱 커다란 힘을 갖는다. 사회적 인식과 현실의 실천적 운동 사이에서 때때로 머뭇거리는 모습을 보여 주기도 하지만 그의 이러한 낙관적 사고는 어떠한 상황에서도 결코 절망하거나 헛되이 눈물을 흘리지 않는다는 점에서 원초적인 강한 생명력을 지닌 것이었다.

심훈의 시를 대표하는 절창 「그날이 오면」(1930)은 1930년대에 들어 식민지 체제가 더욱 확고히 구축되어 가던 시기의 산물이다.

그날이 오면 그날이 오면은
삼각산이 일어나 더덩실 춤이라도 추고
한강물이 뒤집혀 용솟음칠 그날이,
이 목숨이 끊치기 전에 와 주기만 하량이면,
나는 밤하늘에 날으는 까마귀와 같이
종로의 인경(人磬)을 머리로 들이받아 울리오리다.
두개골은 깨어져 산산조각이 나도
기뻐서 죽사오매 오히려 무슨 한이 남으오리까.

　　　　　　　　　　　　　──「그날이 오면」, 1연

　이 시는 심훈의 단점으로 지적되어 온 거칠고 직접적인 시어가 충일하고
정열적인 감정과 극점에서 마주침으로써 오히려 직정적으로 심금을 울린다.
1920년대 이상화의 「빼앗긴 들에도 봄은 오는가」, 1930년대 이육사의 「절
정(絶頂)」과 함께 이 시는 식민지 시대를 대표하는 저항시라 할 수 있다.
너무나도 강력한 초월적 충동은 극대화된 억압의 와중에서 오히려 민족 해
방의 날, 그날의 감격을 구체적으로 노래할 수 있게 한 것이다.
　심훈의 작품 가운데는 현실적인 궁핍에 고통스러워하는 모습을 절제된 언
어로 형상화한 시, 격정과 번민에 좌충우돌하던 도시 생활을 벗어나 평화스
러운 농촌 생활을 읊은 시, 1936년 베를린 올림픽에서 우승한 손기정, 남승
룡 두 선수의 울음이 핍박받던 온 겨레의 심장 속에 되살아나 한 사람 한 사
람의 혈관 속을 달리고 있다는 민족 정신을 노래한 시 등이 공존하고 있다.

　오늘 밤 그대들은 꿈 속에서 조국의 戰勝을 전하고자
　마라톤 험한 길을 달리다가 절명한 아테네의 병사들을 만나보리다.
　그보다도 더 용감하였던 선조들의 精靈이 加護하였음에
　두 勇士 서로 껴안고 느껴느껴 울었으리라.

　　　　　　　　　　　　　──「오오 朝鮮의 男兒여」, 3연

위의 시는 베를린 올림픽 마라톤에서 손기정, 남승룡 두 선수의 우승 축보를 전한 ≪중앙일보≫ 호외 뒷면에 쓴 심훈의 절필시의 일부이다. 두 용사가 흘린 감격의 눈물이 당시 핍박받던 온 겨레의 심장에서 용솟음쳐 한 사람 한 사람의 혈관 속을 달리고 있다는 심훈의 외침은 개인의 것일 뿐 아니라 식민지하 우리 민족 모두의 함성을 집약한 것이라 하지 않을 수 없다.

심훈의 열정은 어떤 이념이나 당위의 논리보다도 더 강한 원초적인 힘을 갖는데 이러한 특징은 그의 다른 시에도 나타난다. 새봄의 희망을 노래한 그의 시편들 가운데서 우리는 자연의 질서와 역사의 필연성에 대한 강한 신념을 지니고 있는 그의 시 정신을 엿볼 수 있다. 「그날이 오면」 같은 시에는 육체의 파괴를 전제로 한 황홀경에 마조히즘적 요소가 내포되어 있는 것이 사실이지만 자유의 그날을 갈구하는 신선한 소명감은 압도적이다. 이러한 그의 시 정신은 삼일운동에 참여했던 그의 경험과 민족 해방을 향한 염원이 10여 년의 세월을 거쳐 육화됨으로써 비로소 독자적 목소리로 현현될 수 있었던 것이다.

심훈은 「1923년의 문단 전망」이라는 평론에서 민족주의 문학의 은둔적, 비투쟁적 성격을 지적하는 한편 프로 문학에 대해서는 "대부분의 프로 작가들이 진정한 프로 작품을 생산할 수 있는 체험이 적다."고 통렬히 비판한 바 있다. 체험을 강조한 그의 이러한 언급은 그의 훌륭한 작품이 체험의 형상화로부터 얻어진 것임을 반영한다. 심훈의 시집은 검열에 걸려 일제하에서도 출판되지 못했고 해방 후 1949년에 그의 수필과 시가집 『그날이 오면』이 간행되었다.

김동환 시의 북방 정서와 서사의 확장

파인(巴人) 김동환은 1924년 5월 ≪금성≫에 「적성을 손가락질하며」로 등단하고 이어 1925년 한국 근대 문학사상 최초의 서사시 「국경의 밤」을 발표하여 다기한 사조의 혼류 속에 방향을 잡지 못하고 부유하던 당대의 기성 문단에 충격적 반향을 불러일으켰다. 그는 근대 초기 시단에서 보기 드문 장중한 남성적 어조로 황량한 설원 북극의 정서를 노래하여 고향을 떠난 이들의 향수를 자극하고 민족사의 비극을 일깨웠다.

북국(北國)에는 날마다 밤마다 눈이 내리느니
회색 하늘 속으로 흰 눈이 퍼부을 때마다
눈 속에 파묻히는 하얀 북조선이 보이느니.

가끔 가다가 당나귀 울리는 눈보라가
막북(漠北) 강 건너로 굵은 모래를 쥐어다가
추위에 얼어 떠는 백의인(白衣人)의 귓불을 때리느니.

춥길래 멀리서 오신 손님을
부득이 만류도 못하느니
봄이라고 개나리꽃 보러 온 손님을
눈 발귀에 실어 곱게 남국(南國)에 돌려보내느니.
——「적성을 손가락질하며」, 1~3연

그는 한때 신경향파 취향의 시가를 발표했으며 또한 따뜻한 남국과 봄을 그리는 정을 아름다운 선율에 담은 민요시를 발표하여 인구에 회자되기도 했다. 김동환의 시 세계는 대략 다음과 같이 4기로 나누어진다.

제1기는 시집 『국경의 밤』, 『승천하는 청춘』을 상재한 1925년까지다. 「국경의 밤」은 여진족 출신의 여주인공 순이의 애인과의 이별, 남편의 죽음 등 이중의 비극적 상황을 통해 소외된 국경 지대 사람들의 궁핍한 생활상 및 식민지하의 비정한 현실 의식을 담고 있으며 「승천하는 청춘」은 1923년 일본의 관동 대지진 당시 이재민 수용소로 표상되는 우리 민족의 비극, 그리고 모순된 당대 조선의 사회 구조와 개인적 욕망 및 조화로운 이상 세계에의 염원 사이에서 갈등을 겪는 조선의 한 여인과 청년의 이야기를 시화하고 있다. 이 시들은 1980년대 들어 폭발적으로 제작된 장시, 서사시 등의 원류이기도 하다.

> (아아, 무사히 건넜을까.
> 이 한밤에 남편은
> 두만강을 탈 없이 건넜을까.
> 저리 국경강안을 경비하는
> 외투 쓴 검은 순경이
> 왔다 갔다
> 오르며 내리며 분주히 하는데
> 발각도 안 되고 무사히 건넜을까?)
> 소금실이 밀수출마차(密輸出馬車)를 띠어 놓고
> 밤새 가며 속 태우는 젊은 아낙네
> 물레 젓던 손도 맥이 풀려서
> 파아 하고 붙는 어유(魚油) 등잔만 바라본다,
> 북국의 겨울밤은 차차 깊어가는데.
>
> ──「국경의 밤」, 첫 부분

제2기는 프로 문학 운동이 맹위를 떨치던 1920년대 후반기로서 김동환은 이 시기에 노동요 등 프로 문학의 이념에 동조하는 작품들을 발표하는 한편 「봄이 오면」, 「산 너머 남촌에는」, 「자장가」 등 섬세하고 부드러운 민요조의 율조에 향토적 서정을 담은 노래를 발표했다. 여기에 자주 나타나는 '봄'은 회생 또는 소생에의 소망이 담긴 시적 대상이다. 이 시기의 시들은 널리 보급되는 노래의 힘을 빌려 미래에 대한 전망을 상실하고 침체되어 있던 당대 조선의 민중들에게 '님'과의 재결합 또는 조선의 광복에 관한 낙관적 신념을 불어넣고자 하는 의도적 창작의 산물이다.

제3기는 프로 문학 운동이 급격히 쇠퇴하고 순수시 운동이 새로이 전개되던 1930년대 전반기로서 김동환이 이제까지의 격정과 대사회적 관심을 잠재우고 자신의 내부 세계로 침잠하는 시기다. 「황혼의 수표교(水標橋)」 등의 시에는 적극적이고 낙관적이었던 '기다림'의 정서가 점차 지향할 바를 찾지 못하고 떠도는 개인적 서정의 세계로 변모되는 모습이 드러나 있다. 그는 이제까지의 낙관적 세계 인식에 회의를 품게 되고 청춘의 열정이 담긴 행동에의 의지가 사그라지면서 스스로에게 사형선고를 내리는 「나의 묘비명」과 같은 시를 남긴다. 그러나 이러한 자기 파멸의 순간에도 철저한 자기 반성을 하지 못하고 불행한 시대에 태어난 자신의 처지를 안타까워하는 등 현실 도피적인 태도를 보인다.

1930년대 후반기 이후를 제4기로 묶을 수 있다. 이제 그는 지금껏 자신을 지탱해 온 미래 세계에의 낙관적 전망을 완전히 상실하고 수심과 실의에 잠겨 아무 곳에나 자기를 내던지는 자기 방기를 행하면서(『정원사장』) '님'을 향한 미련조차 내던지고 모든 연정의 불씨를 '망각의 강' 속에 잠재우며 심한 패배 의식과 좌절감에 젖는다. 이와 함께 이 시기의 그의 작품들 가운데는 「즐거운 세상」, 「천지의 기쁨에」, 「즐거운 우리 가정」 등 우주와 자연의 섭리에 따라 유토피아적 조화를 이루는 현상계의 모습을 찬양하는 시들이 등장한다. 이는 시대의 아픔은 물론 개인적 고민과도 동떨어진 작품들로서 스스로도 "오히려 외로운 심정을 가리기 위하여 써 본 것들"이라고 고백하고 있다. 1940년대 초 그는 「총, 일억 자루 나아간다」, 「비율빈(比律賓) 하늘 위의 일장기」 등의 시뿐만 아니라 수필, 기행문, 담화 등을 통해 친일의 길로 적극 나아갔다. 해방이 되자 그는 곧 스스로 과오를 뉘우치고 「돌아온 날개」 등의 시편을 통해 광복의 기쁨과 새 나라 건설에의 힘찬 의욕을 보여 주기도 한다. 1950년 7월 전쟁 중 그는 피랍되었다. 납북 직후에는 공산당에 협력하지 않아 인쇄소 문선공 및 잡역부로 일했다고 한다.

김동환은 1930년대 후반 이후 낭만적 허위에 의한 시대 착오로 현실과의 타협 및 순응, 훼절의 길을 걸으며 시적으로도 파탄에 이르렀다. 그러나 그는 그 이전에 씌어진 「북청 물장사」, 「국경의 밤」, 「승천하는 청춘」 그리고 「봄이 오면」 등의 민요시 몇 편만으로도 한국 근대시사에서 나름대로 자신의 위치를 차지한다.

문학의 저항성과 문학사적 동선

세기의 선두 주자로 나선 젊은 시인들에게 20세 초반이 절망과 좌절로 인해 파멸로 인식될 때 그들은 더욱더 탐미적 세계를 추구하게 되고 젊음의 수사가 빚어내는 화려함이 부질없는 것이라 하더라도 그 부질없음의 화려함에 집착하고자 하는 열정을 갖게 만드는 것이 우리가 위에서 살펴본 시인들의 일차적 충동이라고 할 수 있는 것이다. 시에서 평론으로 장르를 전환하여 카프의 전위적 평론을 펼쳤던 박영희가 "얻은 것은 이데올로기요 잃은 것은 예술 자신"(≪동아일보≫, 1934. 1.4)이라는 또 다른 전향을 선언한 것은 다음의 시에서 볼 수 있는 허위 의식의 화려한 빛을 추구한 결과가 아닐까 한다.

나는 날보다 힘센 백색의 거인과 갓치
바람 몹시 불고 해빗 잘 쪼이는
모래밧 우에 광채 나는 황금탑을
날마다 몃개식 세워놋토다
녯날부터 지금까지 세운 탑들은
헤일 수 업시 섯섯것마는
때마처 드러오는 푸른 조수(潮水)
모래와 한가지 휩쓸어갓도다
그 중 꼿흐로는 어린 황금탑을 세우고
그 우에는 머리에 화곤을 씨운 애인을

어엿부게 안치고 나는 기도하기를
이 황금탑 우에 애인이여!
이 세상이 다 어둡드라도
우리의 황금탑의 광채는 길이 잇쓸지어다
——「환영(幻影)의 황금탑(黃金塔)」, 1연

이 세상의 어둠 속에서도 황금탑의 광채는 길이 계속될 것이라는 선언은 신기루를 좇는 젊은 시인의 고백이나 다름없다. 이 지점이 동세대의 다른 시인들에게도 위태롭게 지켜지는 한 기준이 된다는 것은 그들 모두 아마도 하나의 민족 공동체의 일원이었기 때문일 것이다.

백 년의 시차를 둔, 위에서 검토한 시인들의 문학사적 전개를 살펴본다면 대체로 다음 몇 가지 문학사적 동선이 파악된다.

(1) 주요한의 「불놀이」 → 이상화의 「빼앗긴 들에도 봄은 오는가」 → 심훈의 「그날이 오면」 → 이육사의 「광야」 등으로 나아간 저항시적 전개.

(2) 김동환의 「국경의 밤」 → 조기천의 「백두산」 → 신동엽의 「금강」 → 80년대의 서사시로 이어지는 서사시적 전개.

(3) 이상화의 「나의 침실로」와 박종화의 「사의 예찬」 → 임화의 「우리 오빠와 화로」 → 김동환의 「총, 일억 자루 나아간다」 등의 유미 의식에서 친일시로의 전개.

거칠게 요약된 것이지만 (1)은 민족 의식의 맥을 잇고 있는 문학사적 동선이며 (2)는 서사시 계보를 나타내 준다. 이 서사시 계보가 1960년대를 거쳐 1980년대까지 길게 영향을 미치고 있다는 것은 주목할 만한 문학사적 사실로 인식된다. (3)은 시적 의식의 양극을 보여 주는 것으로 유미 의식과 프로 의식의 양극이 충돌하면서 그 하나의 가닥이 친일시로 나아가고 있음을 알려 준다.

(1)과 (2)에 비해 (3)의 동선은 진리의 빛이 사라진 시대를 어떻게 살아야 하는가를 극명하게 되비쳐 준다는 점에서 하나의 문학사적 교훈에 값한다. 이상화와 심훈의 경우는 친일의 문제에서 자유롭다. 심훈의 경우는 요절이, 이상화의 경우 유미 의식과 민족 의식의 양극을 보여 주고 있지만 투철한 시대 인식으로 인해 그 자신의 의지와 신념이 그의 시적 정체성을 지켜 주었다고 할 것이다. 이상화의 경우 남과 북의 문학사에서 모두 높이 평가되는 이채로운 시인으로 기록된다. 식민지 지배에서 민족 분단으로 전개된 20세기 한국 문학사에서 이상화의 존재가 뚜렷하게 부각되는 것은 여러모로 음미해 보아야 할 점이다. 그의 시가 시적 상상의 모태가 되는 대구 지방 토박이말에 깊게 뿌리내리고 있다는 점도 기억해야 할 것이다. 토박이말은 보수성과 배타성을 지니고 있기는 하지만 뿌리 깊은 나무처럼 인간의 심성에 깊이 뿌리내린 원초적 감성에 근거한 것으로서 토박이말의 선택 그 자체가 역으로 이상화의 인간적 성품과 시적 개성을 규정하는 근거가 된다고 할 것이다.

진리의 빛이 사라진 암흑의 시대에 찬란한 황금꽃의 빛만이 영원하리라 믿었던 세대들에게 어쩌면 백 년의 세월은 짧았는지도 모른다. 그러나 그들이 섰던 갈림길은 오늘의 젊은 세대들에게 많은 것을 시사하는 역사적 사실이 될 것이다. 흐트러진 만화경의 조각을 붙잡고 사이버 세상의 화려한 불꽃놀이로 나아갈 것인가 아니면 화려한 시적 수사의 껍질을 던져버리고 시대사적 보편성을 이룩할 것인가 하는 과제가 백 년 전의 시인들이 그러했던 것처럼 오늘의 시인들에게도 새로운 선택으로 남겨져 있다는 점에서 그러하다.

이상화 생애 연보[1]

1901년 음력 4월 5일 대구시 서문로 2가 11번지에서 아버지 이시우와 어머니
       김신자 사이의 4형제 중 차남으로 출생했다. 본관은 경주이고, 아호는
       무량(無量), 상화(想華), 상화(尙火), 백아(白啞)이다. 상화가 여덟
       살부터 편모 슬하에서 자랐으나 백부 이일우의 가르침을 받아 상화의
       형제들은 모두 이름을 빛냈다. 백부 이일우는 3천여 석지기 지주이자
       대구의 명망가로서 우현서루(友弦書樓 : 현재 대구시 수창동 101번
       지)를 창건하여 많은 서적을 비치하고 각지의 우국지사들을 모아 연
       구하게 했으며 달서여학교를 설립하여 부인 야학을 열기도 했다. 독립
       운동가였던 상화의 맏형 이상정 장군을 통해 독립운동 자금을 대기도
       하였다.

1908년 부친 이시우가 별세했다.

1914년 백부 이일우가 가정에 설치한 사숙(私塾)에서 동료 7,8명과 더불어
       수학했다.

1915년 서울로 유학, 경성 중앙학교에 입학했고 계동 32번지 전진한의 집에서
       하숙했다. 학교 성적은 우수했고 야구부 투수로 활약했다. 3학년 시절
       부터 인생과 우주에 관한 철학적 고뇌에 빠져들었다.

1917년 대구에서 친구 백기만과 현진건, 아우 이상백 등과 함께 습작용 프린
       트본『거화(炬火)』를 발간했다고 하나 현재 전해지지 않는다.

1918년 3월 25일 경성 중앙학교 3년 수료 후 고향으로 내려와 독서와 명상으

---

1) 이상화의 연보를 작성하는 데는 이기철 교수의『이상화 전집』(1982)과 이상규 교수의
 『이상화 시전집』(2001)의 도움이 컸음을 밝히고 이 자리를 빌려 두 분께 사의를 전한다.

로 보냈으며 금강산 등 강원도 일대를 3개월 동안 방랑했다.

1919년 기미독립운동 당시 백기만, 이곤희, 허범, 하윤실, 김수천 등과 함께 대구고보와 계성학교, 신명학교 학생들을 동원하여 시위 행사에 앞장 섰으나 사전 검거를 피해 서울로 탈출하여 서대문 밖 냉동 92번지 고향 친구인 성악가 박태원의 하숙에 머물러 있었다. 상화의 시「이중의 사망」은 친구 박태원이 죽고 난 후 쓴 작품이다. 12월 4일 백부의 강권으로 공주 서한보의 딸 서온순과 결혼하였다.

1922년 5월경 동향인 현진건의 소개로 박종화를 만나 백조의 동인으로 참여, 창간호에「말세의 희탄」등을 발표했다. 프랑스 유학을 계획하고 도일하여 도쿄의 아테네 프랑세에 입학, 불어와 불문학을 공부했다.

1923년 아테네 프랑세를 수료했다. 일본에서 관동대지진의 참상을 목격하였다.

1924년 관동대지진의 참상을 보고 충격을 받아 프랑스 유학을 포기하고 그해 봄에 귀국하여 서울 가회동 취운정에 거처를 정한 뒤 현진건, 홍사용, 박종화, 김기진, 나도향 등 백조 동인들과 교유했다. 이어 백조가 해체되고 그 멤버였던 김기진, 박영희 등과 함께 파스큘라에 참여했다.

1925년 8월에 카프에 가담, 경향파의 색조가 그의 시에 나타나기도 했다.

1926년 장남 용희가 태어났다. 절창「빼앗긴 들에도 봄은 오는가」를 발표했다. 카프 기관지 ≪문예운동≫의 주간을 맡았다.

1927년 의열단 이종암 사건[2]과 장진홍 조선은행 지점 폭탄 투척 사건에 연루된 혐의로 조사를 받은 뒤 다시 대구로 낙향했으나 일제 관헌의 감시와 가택 수색 등이 계속되었다. 당시 상화의 사랑방은 '담교장'이라 하여 독립지사들을 비롯한 대구의 문우들이 모여들어 울분을 토로했다. 이해 명치정(현재 대구 계산동 2가 84번지)으로 이사했다.

1928년 독립운동 자금을 마련하기 위한 'ㄱ당 사건'에 연루되어 대구 경찰서

---

2) 이기철의 연보에 따르면 이종암(당시 양건호라는 가명을 사용)은 1923년 이후 일본 경찰에 체포되어 13년 형을 받고 복역 중 병사하여 이상화와는 직접적 관련이 희박하다고 한다. 이기철 엮음,『이상화 전집』(문장사, 1982) 365쪽 각주1) 참조.

에 구금되었다. 당시 신간회 대구 지회 간사직을 맡았다.

1934년　향우들의 권고와 생계 유지를 위해 조선일보 경북 총국을 맡아 경영
했으나 경영 미숙으로 1년 만에 포기했다. 차남 충희가 출생했다.

1937년　당시 북경에 머물고 있던 맏형 이상정 장군을 만나기 위해 중국에 건
너가 약 3개월간 중국 각지를 돌아보고 귀국했으나 귀국 즉시 경찰에
다시 구금되어 온갖 고초를 겪었다. 대구 교남학교(현 대구 대륜중학
교의 전신)에서 영어와 작문을 무보수로 가르쳤다. 1940년까지 4년간
무보수 교사 외에 학교 교우지 간행을 직접 지도하기도 하고 권투부
코치를 맡기도 했다. 권투에 대한 그의 열의는 훗날 대구 권투의 요람
이 된 '태백 권투 구락부'의 모태가 되었다. 또한 1940년 대륜중학의
설립도 그의 보이지 않는 노력에 의한 것이라고 한다.

1938년　삼남 태희가 태어났다.

1940년　교남학교를 사임했다. 『춘향전』 영역, 국문학사 집필, 프랑스 시 평역
등에 관심을 두었으나 완성을 보지 못했다.

1943년　음력 1월 병석에 누워 3월 21일 오전 8시, 대구 명치정(현재 계산동
2가 84번지)에서 43세를 일기로 별세했다. 위암이었다. 동향의 벗이자
백조 동인이었던 현진건도 같은 날 세상을 떠났다. 이해 가을 고향 친
구들의 정성으로 묘비가 세워졌다. 묘비 건립은 백기만과 서동진, 박
명조, 이홍로, 윤갑기, 김준묵 등 십여 명의 동의를 얻어 일제의 강압
을 피해 비밀리에 진행되었다고 한다. 비면(碑面)에는 '詩人 白啞 李
公相和之墓'라고 음각되었을 뿐이다.

1948년　3월에 김소운의 발의로 대구 달성 공원 북쪽에 상화의 시비가 세워졌
다. 앞면에는 상화의 시 「나의 침실로」의 일절을 막내아들 태희(당시
11세)의 글씨로 새겨 넣었다. 뒷면은 김소운의 글과 시비 제막 경위가
서동균의 글씨로 새겨져 있다.

1951년　상화의 오랜 친구 백기만에 의해 시집 『尙火와 古月』이 편찬되었다
(16편 수록).

1977년   대통령 표창이 수여되었다.

1985년   죽순문학회에서 '상화 시인상'을 제정했다.

1986년   독립기념관에 「빼앗긴 들에도 봄은 오는가」의 시비를 건립했다.

1990년   국민훈장 애족장을 추서했다.

1996년   대구 두류공원 내에 이상화 좌상과 시비를 건립했다.

1998년   3월에 문화관광부에서 선정하는 '이달의 문화 인물'이 되었고, 이를 기념하여 대구문인협회에서 『이상화 시집』을 간행했다.

2001년   5월 22일, 탄신 백 주년 기념 특별전 행사가 대구 MBC 2층 특별 전시장에서 개최되었다. 대구 문인협회와 죽순문학회의 주관으로 대구광역시가 주최, 대구 문화방송 후원으로 열린 것이다. 대구 문인협회에서는 『李相和 詩全集』을 간행하고 『李相和 詩選集』을 CD로 제작했다. 그리고 대구 MBC에서 이상화 유품 전시회를 개최했고 사진화보집 『李相和』를 간행했다.

이상화 작품 연보

발표일	분류	제 목	발표지
1922. 1	시	말세의 희탄, 단조	백조 1호
1922. 5	시	가을의 풍경, To ——	백조 2호
1923. 9	시	나의 침실로, 이중의 사망, 마음의 꽃	백조 3호
1923. 9.17	시	독백	동아일보
1924. 7.14	수필	選後의 한마디	동아일보
1924. 12	시	허무교도의 찬송가, 방문거절, 지반정경	개벽 54호
1925. 1	시	단장 오편 (緋音, 가장 비통한 祈慾, 빈촌의 밤, 조소, 어머니의 웃음)	개벽 55호
1925. 1	번역소설	단장	신여성 18호
1925. 1.10-11	평론	잡문횡행관	조선일보
1925. 2	번역소설	새로운 동무	신여성 19호
1925. 3	시	이별을 하느니	조선문단 6호
1925. 3	시	폭풍우를 기다리는 마음, 바다의 노래	개벽 57호
1925. 3	수필	출가자의 유서	개벽 57호
1925. 4	평론	문단측면관	개벽 58호

발표일	분류	제 목	발표지
1925. 5	시	극단, 선구자의 노래	개벽 59호
1925. 6	시	街相(구루마꾼, 엿장사, 거러지)	개벽 60호
1925. 6	평론	지난 달 시와 소설 : 감상과 단견	개벽 60호
1925. 6	산문시	금강송가, 청량세계	여명 2호
1925. 6.30	평론	시의 생활화	시대일보
1925. 7	시	오늘의 노래	개벽 61호
1925. 7.4-12.25	번역소설	풍부	시대일보
1925. 10	산문시	몽환병	조선문단 12호
1925. 10	번역시	새 세계	신민 6호
1925. 11	수필	방백	개벽 63호
1925. 11.9	수필	讀後孕像	시대일보
1925. 11.22	평론	가엽슨 鈍覺이여 惶文으로 보아라	조선일보
1925	번역시	제목 미상(미들래톤)	신여성 18호
1926. 1.4	수필	청년을 조상한다, 웃을 줄 아는 사람들	시대일보
1926. 1	시	도-교-에서	문예운동 1호
1926. 1	수필	속사포	문예운동 1호
1926. 1	평론	문예의 시대적 변위와 작가의 의식적 태도론	문예운동 1호
1926. 1	시	조선병, 겨울마음, 초혼	개벽 65호
1926. 1	평론	무산작가와 무산작품(상)	개벽 65호
1926. 1	수필	단 한마디 ──신년 문단을	개벽 65호

발표일	분류	제 목	발표지
		바라보면서	
1926. 1	번역소설	파리의 밤	신여성 30호
1926. 1.4	시	본능의 노래	시대일보
1926. 2	평론	무산작가와 무산작품(중)	개벽 66호
1926. 3	시	원시적 읍울, 이 해를	개벽 67호
		보내는 노래	
1926. 4	시	시인에게, 통곡	개벽 68호
1926. 4	평론	世界三視野	개벽 68호
1926. 5	시	설어운 調和, 머-ㄴ 企待[3]	문예운동 2호
1926. 5	수필	心境一夜[4]	문예운동 2호
1926. 6	시	빼앗긴 들에도 봄은 오는가,	개벽 70호
		비 갠 아츰, 달밤-도회	
1926. 6	시	달아, 파-란비	신여성
1926. 6-7	창작소설	숙자	신여성
1926. 7	번역소설	사형밧는 여자	개벽 71호
1926. 11	시	병적 계절	조선지광
1926. 11	시	지구 흑점의 노래	별건곤 1호
1928. 7	시	저무는 놀 안에서, 비를 다고	조선지광 69호
1929. 6	시	곡자사(哭子詞)	조선문단 2호

---

3) 이 시들은 조사자가 새롭게 찾은 자료들이다. 그러나 조사자가 소장하고 있던 ≪문예운
동≫ 2호는 복사 자료로서 시 「설어운 調和」의 첫 행 "일은 몸 말업는 한울은"(27쪽)만
남은 채 그 뒷부분과 시 「머-ㄴ 企待」가 수록된 한 면(28쪽)이 사라지고 대신 광고로
채워져 있다. 시 두 편이 한 쪽 정도밖에 안 되는 것으로 보아 아주 짧은 시편들로 짐작
될 뿐, 아쉽게도 시의 전문을 현재로서는 확인할 수가 없다. 다만 목차에서만 확인될 뿐
이다.
4) 이 글 역시 조사자가 새롭게 찾은 자료로서 ≪문예운동≫ 2호의 25~27쪽에 걸쳐 수록
된 수필이다.

발표일	분류	제 목	발표지
1930. 10	시	대구 행진곡	별건곤
1932. 10	창작소설	초동(初冬)	신여성
1932. 10	시	예지(叡智)	만국부인
1933. 7	시	반딧불	신가정 7호
1933. 10.10	시	농촌의 집	조선중앙일보
1935. 2	시	역천	시원
1935. 2	시	나는 해를 먹다	조광
1936. 4	설문답	나의 아호	중앙 4권 4호
1936. 5	수필	나의 어머니(공동제 수필)	중앙 4권 5호
1936. 5	시조	기미년	중앙 4권 5호
1937	시	만주벌	발표지 미상
1938. 10	서한	「흑방비곡」의 시인에게	삼천리
1941. 4	시	서러운 해조	문장 25호
1951. 9	시집	『상화와 고월』(백기만 엮음) -시러저가는 미술관, 청년, 무제, 그날이 그립다	청구출판사
1957	시집	『作故詩人選』(서정주 엮음)	정음사
1963	시	눈이 오시네	고 이윤수 시인 소장 필사본
1973	시집	『상화 시선』	정음사
1977	시집	『이상화 작품집』(김학동 엮음)	형설출판사
1981	전집	『마돈나, 언젠들 안 갈 수 있으랴──이상화 전집』 (정진규 엮음)	문학세계사
1982	전집	『이상화 전집──빼앗긴 들에도	문장사

발표일	분류	제 목	발표지
		봄은 오는가』(이기철 엮음)	
1984	전집	『한국현대시문학대계 3 : 李相和, 朴種和 外』(김흥규 엮음)	지식산업사
1985	시집	『이상화 시집』	범우사
1987	전집	『이상화 전집』(김학동 엮음)	새문사
1988	시집	『빼앗긴 들에도 봄은 오는가』	문현사
1989	시집	『빼앗긴 들에도 봄은 오는가』	선영사
1991	시집	『빼앗긴 들에도 봄은 오는가』	상아
1992	시집	『빼앗긴 들에도 봄은 오는가』	미래사
1993	시집	『이상화』(정진규 엮음)	문학세계사
1994	시집	『빼앗긴 들에도 봄은 오는가』	청년사
1997	시집	『빼앗긴 들에도 봄은 오는가』	청목
1998	전집	『이상화 전집 —— 빼앗긴 들에도 봄은 오는가』(대구문협 엮음)	그루출판사
1999	시집	『빼앗긴 들에도 봄은 오는가』	인문출판사
1999	시집	『빼앗긴 들에도 봄은 오는가』	신라출판사
2001	시집	『이상화 시전집』(이상규 엮음)	정림사

이상화 연구 서지

1922. 5	박종화, 「오호 아문단」, ≪백조≫ 2호.
1923	김억, 「시단의 1년」, ≪개벽≫』 42호.
1923. 1	박종화, 「문단 1년을 추억하며」, ≪개벽≫ 31호.
1925	김안서, 「문예 잡담」, ≪개벽≫ 57호.
1925	김기진, 「현 시단의 시인」, ≪개벽≫ 58호.
1925	김억, 「3월 시평」, ≪조선문단≫ 7호.
1925. 11.19	김억, 「황문(荒文)에 대한 잡문: '잡문횡행관' 필자에게」, ≪동아일보≫.
1925	김팔봉, 「문단 잡답」, ≪개벽≫ 57호.
1925	방인근, 「문사들의 이 모양 저 모양」, ≪조선문단≫ 5호.
1926	양주동, 「5월의 시평」, ≪조선문단≫.
1936. 2	박종화, 「백조 시대의 그들」, ≪중앙≫.
1936. 9	홍사용, 「젊은 문학도의 그리던 꿈 —— 백조 시대에 남긴 여담」, ≪조광≫.
1939. 9.13	박영희, 「백조(白潮), 화려한 시절」, ≪조선일보≫.
1942. 11	임화, 「백조의 문학사적 의의」, ≪춘추≫.
1943. 6	박종화, 「빙허와 상화」, ≪춘추≫ 4권 6호.
1946. 6	한효, 「조선 낭만주의론」, ≪신문학≫.
1948. 3	윤곤강, 「早春詩情 —— 고월과 상화와 나」, ≪죽순≫ 3권 2호.
1948. 4	이문기, 「상화의 시와 시대 의식」, ≪무궁화≫ 15호.
1948. 4	조우식, 「이상화 시비를 보고」, ≪부인≫ 3권 2호.

1948. 4	백기만, 「고 이상화 소전」, ≪부인≫ 3권 2호.
1954. 2	박종화, 「백조 시대와 그 전야」, ≪신천지≫.
1954. 9	김기진, 「이상화 형: 잊혀지지 않는 사람들」, ≪신천지≫ 9권 9호.
1955. 12.13	박양균, 「시와 현실성」, ≪계원(계성고)≫.
1955. 12.13	이설주, 「상화와 나」, ≪계원(계성고)≫.
1956	권경옥, 「시인의 감각──특히 상화와 고월을 중심으로」, ≪국어국문학논집(경북대)≫.
1956	송욱, 「시와 지성」, ≪문학예술≫ 3권 1호.
1956. 1	조영암, 「일제에 저항한 시인 군상」, ≪전망≫.
1957	박혁, 『현대조선문학선집(2)──리상화 편』, 로동신문출판사.
1957. 10	정태용, 「상화와 민족적 애상」, ≪현대문학≫ 2권 10호.
1958. 6	전정남, 「상화 연구」, ≪국문학논집(경북대)≫ 6집.
1958. 11	박영희, 「현대 한국 문학사」, ≪사상계≫ 64호.
1958	한영환, 「근대 한국 낭만주의 문학」, 연세대 석사 논문.
1959	김상일, 「사용(思容)과 상화」, ≪현대문학≫ 58호.
1959	박봉우, 「마돈나, 슬픈 나의 침실로」, ≪여원≫.
1959. 9	박영희, 「초창기의 문단측면사」, ≪현대문학≫.
1959. 2	백기만, 『상화 전기──씨 뿌린 사람들』, 사조사.
1959. 11	백기만, 「상화의 시와 그 배경」, ≪자유문학≫ 4권 11호.
1963. 4.30	김동사, 「방치된 고대(高大) 시비(詩碑)」, ≪대한일보≫.
1963. 5.17	김석성, 「이상화와 빼앗긴 들」, ≪한국일보≫.
1963	박종화, 「이상화와 그의 백씨」, ≪현대문학≫ 9권 1호.
1964	박봉우, 「상화와 시와 인간」, ≪한양≫.
1964. 5	박종화, 「장미촌과 백조와 나」, ≪문학춘추≫ 2호.
1964. 12	김춘수, 「이상화론──퇴폐와 그 청산」, ≪문학춘추≫ 3호.
1965. 5.20	설창수, 「상화 이상화 씨──芳醇한 色暈感을 형성한 소년 시인」, ≪대한일보≫.

1966	김용팔, 「한국 근대시 초기와 상징주의」, ≪문조(文潮)≫ 4집, 건국대학교.
1966	김학동, 『이상화』, 서강대출판부.
1966	손혜숙, 「이상화 시 연구」, 성신여대 석사 논문.
1967. 8.15	김재영, 「'빼앗긴 들에도 봄은 오는가'의 상화(尙火) 이상화 시인의 고향」, ≪서울신문≫.
1968. 5.25	김기진, 「시문학 60년」, ≪동아일보≫.
1968	김은전, 「한국 상징주의 시 연구」, ≪국문학논문집(서울대)≫ 1집.
1968	김용직, 「백조 고찰: 자료면을 중심으로」, ≪국문학논집(단국대)≫ 2집.
1968	김용직, 「현대 한국의 낭만주의 시 연구」, ≪논문집(서울대)≫ 14집.
1969	서정주, 『이상화와 그의 시』, 일지사.
1969	이성교, 「이상화 연구」, ≪연구논문집(성신여사대)≫ 2집.
1969. 6	문덕수, 「이상화론」, ≪월간문학≫ 2권 6호.
1970	김혜니, 「한국 낭만주의 고찰」, 이화여대 석사 논문.
1970	김학동, 「한국 낭만주의의 성립」, ≪서강≫ 1집.
1970	박두진, 「이상화와 홍사용」, 『한국현대시론』, 일조각.
1971	김춘수, 「이상화론——'나의 침실로'를 중심으로」, 『시론』, 송원문화사.
1971	대륜고등학교 엮음, 「교은들」, 『대륜 50년사』.
1971	이성교, 「이상화 시 세계」, ≪현대시학≫ 27호.
1971. 6	김학동, 「이상화 문학의 유산」, ≪현대시학≫ 3권 6호.
1972. 9	김남석, 「이상화, 저항 의식의 반일제 열화(熱火)」, 『시정신론』, 현대문학사.
1972. 12	김학동, 「이상화 연구(상)」, ≪진단학보≫ 34호.
1973	김인환, 「주관의 명징성」, ≪문학사상≫ 10호.

1973   김용성, 「이상화」, 『한국 현대문학사 탐방』, 국민서관.

1973. 2   김인환, 「이상화론」, 『풀과별 8』, 풀과별사.

1973. 4   김학동, 「이상화 연구(하)」, ≪진단학보≫ 35호.

1973. 7   김학동, 「이상화 문학의 재구(再構)」, ≪문학사상≫ 10호.

1973. 7   백순재, 「상화와 고월 연구의 문제점」, ≪문학사상≫ 10호.

1973. 7   이광훈, 「어느 혁명적 로맨티스트의 좌절 : 상화의 문학사적 위치」,
            ≪문학사상≫ 10호.

1973. 7   정병규 외, 「새 자료로 본 두 시인의 생애」, ≪문학사상≫ 10호.

1973. 7   홍기삼, 「한 역사의 상처 : 상화 연구의 문제점 몇 가지」, ≪문학
            사상≫ 10호.

1973. 8.18~9.7 박종화, 「월탄 회고록」, ≪한국일보≫.

1974   김상일, 「낭만주의의 대두와 새로운 문학 의식」, ≪월간문학≫ 7권
            10호.

1974   김용직 외, 『일제 시대의 항일문학』, 신구문화사.

1974   김학동, 「상화 이상화론」, 『한국 근대시인 연구』, 일조각.

1974   이선영, 「식민지 시대의 시인의 자세와 시적 성과」, ≪창작과비평≫
            9권 2호.

1975   김윤식, 「1920년대 시 장르 선택의 조건」, 『한국 현대시론 비판』,
            일지사.

1976   배능자, 「백조파 시인 연구 : 이상화, 홍사용, 박종화 작품을 중
            심으로」, 동아대 석사 논문.

1976   신동욱, 「백조파와 낭만주의」, 『문학의 해석』, 고대출판부.

1976   이선영, 「식민지 시대의 시인」, 『현대 한국작가 연구』, 민음사.

1976   정태용, 「이상화론」, 『한국현대시인 연구』, 어문각.

1976   조동일, 「김소월, 이상화, 한용운의 님」, ≪문학과지성≫ 24호.

1976   홍기삼, 「이상화론」, ≪문학과지성≫ 24호.

1977   강희근, 「예술로 승화된 저항」, ≪월간문학≫ 10권 3호.

1977   김용직, 「포괄 능력과 민족주의」, 《문학사상》.

1977   김학동 엮음, 『이상화 작품집』, 형설출판사.

1977   이명자, 「빼앗긴 상화 시의 형태와 시어」, 《문학사상》.

1977   이선영, 「식민지 시대의 시인 — 이상화론」, 《국문학논문선》 9집.

1977   이태동, 「생명 원체로서의 창조」, 《문학사상》.

1978   김시태, 「저항과 좌절의 악순환 — 이상화론」, 『현대시와 전통』,
        성문각.

1978   송명희, 「이상화의 낭만적 사상에 관한 고찰」, 《비교문학 및 비
        교문화》 2집.

1978   오세영, 「어두운 빛의 미학」, 《현대문학》 84호.

1978   조동일, 「현대시에 나타난 전통적 율격의 계승」, 『문장의 이론과
        실제』, 영남대출판부.

1979   김용직, 『전환기의 한국 문예비평』, 열화당.

1979   박영건, 「이상화 연구」, 동아대 교육대학원 석사 논문.

1979   조동민, 「어둠의 미학」, 《현대문학》 296호.

1980   김홍규, 『문학과 역사적 인간』, 창작과비평사.

1980   김치수 외, 『식민지 시대의 문학 연구』, 깊은샘.

1980   박철희, 「자기 회복의 시인 — 이상화론」, 《현대문학》 308호.

1980   이기철, 「'나의 침실로'의 구조」, 《영남어문학》 7집.

1980   조병춘, 「빼앗긴 땅의 저항시들」, 《월간조선》 1권 5호.

1981   신동욱 엮음, 『이상화 연구 — 이상화의 서정시와 그 아름다움』,
        새문사.
        -오세영, 「어두운 빛의 미학 — '나의 침실로'의 작품 분석」.
        -조동일, 「이상화의 '나의 침실로' 분석과 이해」.
        -김춘수, 「'나의 침실로'의 내용 전개와 구조」.
        -김용직, 「식민지 시대의 창조적 감각 — '빼앗긴 들에도 봄은
        오는가'의 이해」.

-신동욱, 「'빼앗긴 들에도 봄은 오는가'의 율격미」.

-이기서, 「이상화의 시와 그 미적 특질」.

-김학동, 「낭만과 저항의 한계성——이상화의 시 세계」.

-문덕수, 「이상화와 노만주의」.

-이명재, 「이상화의 시와 저항의식 연구」.

-송명희, 「'나의 침실로'의 상징 구조와 수사적 기법」.

-최동호, 「이상화 시의 연구사적 검토」.

-박철희, 「이상화 시의 정체」.

-정한모, 「이상화의 시와 그 문학사적 의의」.

-조항래, 「이상화의 시와 그 배경」.

1981	정진규, 「마돈나, 언젠들 안 갈 수 있으랴」, 『이상화 전집』, 문학세계사.
1982	이명재, 「일제하 시인의 양상——이상화론」, 『현대 한국 문학론』, 중앙출판인쇄주식회사.
1982	최원식, 『민족문화의 이해』, 창작과비평사.
1983	김봉군, 『한국 현대 작가론』, 민지사.
1983	박유미, 「이상화 연구」, 성균관대 석사 논문.
1983	백남규, 「이상화 연구」, 연세대 석사 논문.
1983	장사선, 「이상화와 로맨티시즘」, 『한국현대시사 연구』, 일지사.
1983	조창환, 「이상화, 나의 침실로——환상적 관능미의 탐구」, 『한국 대표시 평설』, 문학세계사.
1983	이정수, 『이상화』, 내외신서.
1983. 2	조영관, 「한국 근대시의 주체성」, ≪대학문화(서울시립대)≫ 6호.
1983. 8	김혜순, 「신화적 동일성과 원형적 동일성의 획득」, ≪논문집(건국대)≫ 17집.
1984	백남규, 「이상화 시 연구」, 연세대 석사 논문.
1984	전동섭, 「이상화 연구」, 인하대 교육대학원 석사 논문.

| 1984 | 조기섭, 「이상화 연구」, 건국대 석사 논문. |

1984   황정산, 「이상화 연구」, 고려대 석사 논문.

1984   박유미, 「이상화 연구」, 성균관대 석사 논문.

1984. 2 이문걸, 「식민지 시대의 창조적 미학: 1920년대 상화 시를 중심으로」, 《동의논집(동의대)》 10호.

1985   김준오, 「파토스와 저항 —— 이상화의 저항시론」, 『식민지 시대의 시인 연구』, 시인사.

1985   이기철, 「이상화 연구」, 영남대 박사 논문.

1985   정효구, 「'빼앗긴 들에도 봄은 오는가'의 구조시학적 분석」, 《관악어문연구(서울대)》 10호.

1985   최동호, 「이상화 시의 연구사」, 『현대시의 정신사』, 열음사.

1985   황미경, 「이상화 시의 이미지 연구」, 충남대 석사 논문.

1985   김치성, 「상화 시 세계의 변천 고찰」, 조선대 교육대학원 석사 논문.

1986   강정숙, 「한국 현대시의 상징에 관한 연구 —— 이상화 시에 있어서의 상징성」, 《성심어문논집》 11집.

1986   김옥순, 「낭만적 영웅주의에서 예술적 승화로」, 《문학사상》 164호.

1986   김재홍, 「한국 문학사의 쟁점」, 『장덕순교수 정년퇴임기념문집』, 집문당.

1986   김재홍, 「상화 이상화」, 『한국현대시인 연구』, 일지사.

1986   김학동, 「상화의 시세계」, 《문학사상》 164호.

1986   이상섭, 「자연 심상으로 걸러낸 식민 현실」, 《문학사상》 164호.

1986   이숭원, 「환상을 부정한 현실 의식」, 《문학사상》 164호.

1986   이승훈, 「이상화 대표시 20편, 이렇게 읽는다」, 《문학사상》 164호.

1986   조창환, 『한국 현대시의 운율론적 연구』, 일지사.

1986   하재현, 「이상화 시의 연구」, 경남대 교육대학원 석사 논문.

1986. 9   이병문, 「이상화의 시 연구 : 항일시를 중심으로」, 《논문집(광주보건전문대학)》.

1987   김학동 엮음, 『이상화 전집』, 새문사.

1987   박민수, 「'나의 침실로'의 구조와 상상력」, 《심상》 157-158호.

1987   조기섭, 『이상화의 시세계 1』, 대구대.

1987   조기섭, 『이상화의 시세계 2』, 대구대.

1987. 8   이승훈, 「'빼앗긴 들에도 봄은 오는가'의 구조 분석」, 《한국학논집(한양대)》 12집.

1987. 12   이몽희, 「이상화 시의 무속적 연구」, 《논문집(부산경상전문대)》 7집.

1988   강동춘, 「이상화 시 의식의 전개에 대한 고찰」, 조선대 교육대학원 석사 논문.

1988   권윤현, 「식민지 시대의 저항시에 나타난 현실인식 : 이상화, 이육사, 윤동주의 시를 중심으로」, 경북대 석사 논문.

1988   손광은, 「한국 시의 구조적 특성 연구 —— 상화, 고월, 만해의 시를 중심으로」, 《홍익어문》 7집.

1988   이몽희, 「한국 근대시와 무속적 구조 연구 : 김소월, 이상화, 이육사, 서정주를 중심으로」, 동아대 박사 논문.

1988   이상호, 「한국 현대시에 나타난 자아의식에 관한 연구 : 이상화와 윤동주의 시를 중심으로」, 동국대 박사 논문.

1988   김동수, 『일제 침략기 민족시가 연구』, 인문당.

1988. 5   마승우, 「이상화 시어 해석에 문제 많다」, 《신동아》 344호.

1988. 12   차한수, 「'나의 침실로'와 '이별을 하느니'의 비교 고찰」, 《국어국문학(동아대)》 8호.

1989   이선화, 「이상화 시의 시간·공간 연구」, 이화여대 석사 논문.

1989. 6   최영호, 「이상화 시에 나타난 '닫힌 현실'과 '기독교관' 연구」, 《해사논문집》 29집.

1989. 12   차한수, 「이상화 시의 시사적 의미」, ≪국어국문학(동아대)≫ 9집.

1990   차한수, 「이상화 시 연구」, 인하대 박사 논문.

1990   양애경, 「이상화 시의 구조 연구」, 충남대 박사 논문.

1990   정회근, 「상화와 육사 시 비교 연구」, 충북대 교육대학원 석사 논문.

1990. 2   조형호, 「'초혼'과 '빼앗긴 들에도 봄은 오는가'의 공간 미의식 연구 : 하늘과 땅 사이를 중심으로」, ≪계명어문학≫ 5집.

1990. 6   김형필, 「식민지 시대의 시 정신 연구 : 이상화」, ≪논문집(한국외대)≫ 23집.

1990. 12   최병선, 「이상화 시의 시어 연구 : 종결 형태를 중심으로」, ≪한양어문연구≫ 8호.

1991   김태수, 「이상화의 시 의식 고찰」, 조선대 교육대학원 석사 논문.

1991   김학동, 「민족시와 저항의 한계」, 『이상화 ── 빼앗긴 들에도 봄은 오는가』, 미래사.

1991   이명재, 『식민지 시대의 한국 문학』, 중앙대출판부.

1991. 2   정현기, 「이상화 연구 : 어둠 속에서 불빛을 찾아 헤맨 시적 편력」, ≪매지논총(연세대)≫ 8집.

1991. 2   이문걸, 「상화 시의 미적 구경(구경)」, ≪동의어문논집≫ 5집.

1991. 3   박원석, 「시적 대상 인식의 문제 ; 소월과 상화의 '님'에 대하여」, ≪목멱어문(동국대)≫ 4집.

1991. 4   이필규, 「가장 아름다운 꿈 : '나의 침실로'론」, ≪국민어문연구(국민대)≫ 3집.

1991. 12   김은철, 「이상화의 시사적 위상」, ≪국어국문학연구(영남대)≫ 19집.

1991. 12   최영호, 「문학의 발전과 시의 사회적 기능 : 두보, 이상화, 조지훈의 시」, ≪해사논문집≫ 34집.

1992   김은철, 「한국 근대 관념주의 시 연구」, 영남대 박사 논문.

1992   정효구, 「'빼앗긴 들에도 봄은 오는가'의 구조시학적 분석」, ≪현

대시학≫.

1992	이기철, 『이상화 : 빼앗긴 들에서 찾은 민족혼』, 동아일보사.
1992. 2	이탄, 「'빼앗긴 들에도 봄은 오는가'의 문제점」, ≪현대시학≫ 275호.
1992. 12	최영호, 「작품 이해에 있어 그 해석과 평가의 객관성 문제 : '빼앗긴 들에도 봄은 오는가'를 중심으로」, ≪어문논집(고려대)≫ 31집.
1993	하영진, 「이상화 시의 아이러니 연구」, 동아대 교육대학원 석사 논문.
1993	추준길, 「이상화 시 연구 : 시의 변모 양상을 중심으로」, 전남대 교육대학원 석사 논문.
1993. 2	구명숙, 「소월과 상화, 하이네의 시에 나타난 아이러니 고찰」, ≪어문논집(숙명여대)≫ 3집.
1994	조찬호, 「이상화 시 연구」, 전주우석대 석사 논문.
1994	염창권, 「한국 현대시의 공간 구조와 교육적 적용 방안 연구」, 한국교원대 박사 논문.
1994. 5	정신재, 「작가 심리와 작품의 상관성 : 이상화 시의 경우」, ≪국어국문학≫ 111집.
1995. 7	정신재, 「작가 심리와 작품의 상관성 : 이상화 시의 경우」, ≪시문학≫ 288호.
1995. 8	이숭원, 「1920년대 시의 상승적 국면들」, ≪현대시≫ 6·8호.
1996	김재홍, 『이상화 —— 저항시의 활화산』, 건국대출판부.
1996	손혜숙, 「이상화 시 연구」, 성신여대 교육대학원 석사 논문.
1996	전봉관, 「1920년대 한국 낭만주의 시의 미적 특성에 관한 연구 : 이상화, 김소월을 중심으로」, 서울대 석사 논문.
1996	조병범, 「이상화 시 연구 : 특히 대지 이미지를 중심으로」, 중앙대 석사 논문.

1996   홍성식, 「이상화 시 연구」, 상지대 교육대학원 석사 논문.

1996. 5   정대호, 「이상화의 시에 나타난 비극성 고찰」, ≪문학과 언어≫ 17호.

1996. 10   이대규, 「이상화의 '빼앗긴 들에도 봄은 오는가'는 저항시인가」, ≪선청어문(영남대)≫ 24집.

1996. 11   김윤태, 「이상화 시의 리얼리즘적 지향성」, ≪기전어문학(수원대)≫ 10·11호.

1996. 12   황규수, 「한국 현대시와 시간 상징 : 만해, 상화, 파인의 시를 중심으로」, ≪한국학연구(인하대)≫ 6·7.

1996. 12   구명숙, 「1920년대 한국 낭만주의 시 연구 : 이상화의 시를 중심으로」, ≪독일문화≫ 3호.

1996. 12   정우택, 「이상화가 선 자리 : 이상화 초기 시의 특성」, ≪반교어문연구≫ 7호.

1997   이성교, 『한국현대시인연구』, 태학사.

1997. 8   양병호, 「'빼앗긴 들에도 봄은 오는가'의 인지의미론적 연구」, ≪국어문학≫ 32호.

1997. 8   김은철, 「김소월과 이상화의 비교연구」, *Comparative Korean Studies* 3, International Association of Comparative Korean Studies.

1997. 12   조두섭, 「이상화 시의 주체 형태」, ≪인문과학예술문화연구(대구대)≫ 16호.

1998. 8   육근웅, 「'빼앗긴 들에도 봄은 오는가'의 한 이해」, ≪한민족문화연구≫ 3집.

1998. 9   이상규, 「멋대로 고쳐진 이상화 시」, ≪문학사상≫ 311호.

1998. 12   홍문표, 「자기 동일성의 상실과 회복 : '나의 침실로'에 대한 언술적 의미」, ≪인문과학연구논총(명지대)≫ 18호.

1998. 12   박윤우, 「이상화 시의 사회적 성격과 민족주의의 형태 발전」, ≪인문과학연구(서경대)≫ 6호.

1999	이상규, 『경북 방언 문법 연구』, 박이정.
1999	유혜숙, 『우리 시의 서정과 인식』, 태학사.
1999	염창권, 『집 없는 시대의 길가기 : 일제 강점기 한국 현대시의 공간 구조』, 한국문화사.
1999	박진환, 『한국현대시인연구』, 자유지성사.
1999. 2	육근웅, 「'빼앗긴 들에도 봄은 오는가'의 한 이해」, 《대전어문학》 16호.
1999. 5	김종환, 김진익, 「이상화 시의 변모 양상」, 《논문집(육군제3사)》 48집.
1999. 9	이상규, 「상화 시에 나타난 방언과 텍스트」, 《수련어문논집》 25집.
1999. 11	渡邊直紀, 「李相和の詩における‘祈り’: 自我表出の變遷における斷絶と連續」, 《일본학연구(한림대)》 4집.
1999. 12	정우택, 「'근대 시인' 이상화」, 《반교어문연구》 10집.
1999	조영복, 「동인지 시대 시 해석에 대한 몇 가지 문제」, 《한국학보》.
2000	김윤정, 「이상화 시 연구」, 명지대 교육대학원 석사 논문.
2000	전정구, 『언어의 꿈을 찾아서』, 평민사.
2000	최전승, 「시어와 방언」, 《국어문학》 35호.
2000	표영조, 「이상화 시 연구 : 시적 주체와 어조를 중심으로」, 고려대 석사 논문.
2000	박경숙, 「일제하 시인의 현실 인식 연구 : 상화와 영랑을 중심으로」, 충북대 교육대학원 석사 논문.
2000. 1	황현산, 「이상화의 침실」, 《현대시학》 370호.
2000. 3	홍정선, 「이상화와 김소월」, 《황해문화》 26호.
2000. 3	유혜숙, 「이상화론 : 순일의 서정시인」, 《기전어문학(수원대)》 12·13호.
2000. 8	박경옥, 「'빼앗긴 들에도 봄은 오는가'의 상징적 의미에 대하여」,

≪단산학지≫ 6호.

2000. 12   김창근, 「우리 현대시의 항일 저항적 성격」, ≪새얼어문논집≫ 13집.

2000. 12   김두한, 「상화의 생애」, ≪논문집(안동정보대학)≫ 8집.

2001   권기호, 「상화의 시세계」, 『상화 선생 탄신 100주년 문학의 밤 강연 초록』.

2001   최동호, 「이상화 시의 향토성과 문학성」, 『상화 선생 탄신 100주년 문학의 밤 강연 초록』.

2001   이상규, 「상화 시에 나타난 방언」, ≪영남학(경북대)≫ 창간호.

2001   정재완, 『한국 현대시인 연구』, 전남대출판부.

2001   황정산, 『주변에서 글쓰기 : 황정산 시론집』, 하늘연못.

2001   김윤태, 『한국 현대시와 리얼리티』, 소명출판사.

2001. 8   이명례, 「현대시에 있어서의 선비 정신 연구 : 이육사와 이상화를 중심으로」, ≪인문과학논집(청주대)≫ 23집.

2001. 8   이동순, 「태산교악(泰山喬嶽)의 시 정신 : 이상화론」, ≪문학사상≫ 346호.

2001. 11   이상규, 「상화 시와 방언」, ≪울산어문논집≫ 15집.

2001   최동호, 「탄생 백 년을 맞는 시인들——이상화, 심훈, 김동환의 시」, ≪내일을여는작가≫ 25호.

2001   임규찬, 「회월의 재평가와 상화의 재인식」, ≪내일을여는작가≫ 25호.

2002   홍기옥, 「이상화 시에 나타난 경북 방언 분석」, 경북대 석사 논문.

2002   전병준, 「이상화와 임화의 시 비교 연구」, 고려대 석사 논문.

2002   권석창, 「한국 근대시의 현실 대응 양상 연구 : 만해, 상화, 육사, 동주를 중심으로」, 대구대 박사 논문.

2002. 5-6   권상구, 「잠겨진 문, 상화 고택」, ≪대구사회비평≫ 3호.

2002. 8   조두섭, 「이상화 시의 근대성」, ≪우리말글≫ 25호.

2002. 12   유지현, 「식민지 시대 시에 나타난 동경과 구원의 시학」, ≪논문집(한경대)≫ 34집.

2003   정양정, 「이상화 시 연구: 교육 방법론을 중심으로」, 성균관대 교육대학원 석사 논문.

2004   정우택, 『한국 근대 시인의 영혼과 형식』, 깊은샘.

작성자 김윤태 서울대 대학원 졸. 문학 박사. 한신대 학술원 연구교수.

심훈 생애 연보[1]

1901년 9월 12일에 서울 동작구 흑석동 중앙대 부근(당시 주소는 시흥군 신
북면 6-10)에서 3남 1녀 중 막내로 출생했다. 본명은 대섭(大燮)으로
현 경기고인 경성제일고보 퇴학생 학적부에도 이 이름과 생년월일이
사용되었다. 훈(고 유병석 교수의 조사에 의하면 1960년대 초반까지의
몇몇 사전에 등재된 '薰'은 잘못이며 '熏'이 맞다.)은 「탈춤」(1925) 발
표 때부터 사용한 이름이다. 아호는 '금강샘'이고 항주 유학시에 '백랑
(白浪)'을 사용하기도 했다. 아명은 '삼준이' 또는 '삼보'였고 그 밖의
아호로는 '금호초동(琴湖樵童)'과 '백랑(白浪)'이 있다. 집안은 청송
심씨로 소헌왕후를 배출한 가문이고 경기도 용인에서 상당 기간 행세
했다. 제일고보의 퇴학생 학적부에 의하면 조부는 정택(鼎澤), 부친은
상정(相珽)으로 면장을 지냈고 모친은 해평 윤씨. 신분 직업란에 부
친은 양반 공리로 되어 있고 자산은 1만2천 원, 동산은 2천 원으로 되
어 있어 상당한 재산가였던 것으로 생각된다. 척(戚)은 윤정구(尹政
求)이고 그의 신분 직업란에 '양반 농'으로 되어 있는 것으로 보아 외
가는 한미한 양반이었음이 짐작된다. 형제로는 여섯 살 위의 누이인
원섭과 장형 우섭과 중형 명섭(나중에 목사가 되었고 심훈의 일부 작
품을 완성시키기도 했으며 한국전쟁 때 납북되었다.)이 있다. 아버지
가 그가 경성제일고보 제적 당시에 시흥군 신북면장이었고 『무정』의

---

1) 본 연보의 작성에 특히 신경림(1982), 고광헌(1990), 최원식(1990), 이어령 『한국문학연
구사전』(1990) 등에서 많은 도움을 받았다. 그리고 학적부를 열람하게 해주신 경기고등
학교에 감사드린다.

모델 신우선으로 알려진 우섭은 어용지 매일신보의 기자로 중앙방송 국장을 지냈다. 우섭은 매일신보 사장 아베(阿部充家)와도 친한 인물이었고 사이또(齋藤實) 총독과도 서른한 번의 면회 기록을 가졌을 만큼 직업적 친일 성향을 가지고 있었다. 이런 점 때문에 성격적으로는 매우 분방하고 활달했지만 내적인 분열의 가능성에서 자유롭지 못했던 심훈은 형을 일본군 장교로 두었으면서도 만세 사건을 일으킨 염상섭과 비견될만하다. 그러나 심훈은 직설적이고 시인적인 기질로 인해 더욱 격정적인 데가 있으며 「박군의 얼굴」이나 「그날이 오면」 등에서 보듯 놀라운 집중의 힘을 보여준다.

1915년   교동보통학교를 거쳐 같은 해에 현 경기고 전신인 경성제일고등보통학교에 입학했다. 당시 급우로는 고종 사촌이자 동요 작곡가인 윤극영, 교육가 조재호, 박열과 박헌영(시 「박군의 얼굴」 주인공) 등 운동가들이 있다. 보통학교 시절에는 고종 사촌인 윤극영과 함께 소격동 고모 댁에서 기숙하였다. 일주일에 한 번 정도 흑석동 집에 다녔고 고보에 입학하면서부터 노량진에서 기차로 통학했다. 이듬해부터는 자전거로 통학했다.

1917년   3월에 같은 학교 3학년 재학시 왕족으로 후작위를 받은 이해승의 누이이며 두 살 연상인 이해영과 결혼했다. 훈의 부친과 이해승은 함께 자란 죽마고우다. 일본인 교사의 모욕적 언사에 반항하기 위해 백지를 내는 바람에 유급당한 것으로 알려졌다.

1919년   삼일운동에 가담했고 3월 5일 지금의 덕수궁인 별궁 앞 해명 여관 앞에서 일 헌병에 체포되어 투옥되었다. 서대문 형무소에서 목사, 시골 노인, 천주교도 노인, 학생 등 아홉 명과 함께 지냈고 7월에 집행유예로 출옥했다. 「어머님께 올린 글월」의 일부는 옥중에서 몰래 써서 보낸 것인데 이 사건으로 학교에서 퇴학을 당했다. 제일고보의 '대정 6년(1917) 퇴학생 명부' 142번으로 기록되어 있고 이것이 그의 공식 학적부인 셈이다. 1학년, 2학년, 3학년을 두 번씩 다닌 것으로 되어 있고 삼일운동 관계로 제적된 해인 4학년에는 성적 사항이 기록되어 있지 않다.

1920년   흑석동 집과 가회동 우섭의 집에 머무르면서 문학 수업을 하는 한편, 선배 이희승으로부터 한글 맞춤법을 배웠다. 이 기간 동안의 일기가 ≪사상계≫(1963년 문예특별 증간호)에 남아 있다. 겨울에 변성명, 로이드 안경을 쓰고 가장하여 중국으로 망명, 유학의 길을 떠났다.

1921년   상해와 남경을 거쳐 항주의 지강(之江)대학에 입학하여 수학했다. 연극을 공부한 듯하나 졸업하지 못하고 귀국했다. 독립운동에 깊이 개입한 것으로는 보이지 않으나 이동녕, 이시영 등과 교류를 통해 많은 감화를 받았으며 엄항섭, 유우상(柳禹相), 정진국(鄭鎭國) 등 임정의 애국 청년과도 가깝게 지냈다. 이때 습작으로 「겨울 밤에 내리는 비」, 「기적(汽笛)」, 「전당강상(錢塘江上)에서」, 「심야과황하(深夜過黃河)」, 「뻐꾹새가 운다」 등이 있다. 시조로는 「평호추월」(平湖秋月), 「채련곡(採蓮曲)」, 「소제춘효(蘇提春曉)」, 「남병만종(南屛晚鐘)」, 「누외루(樓外樓)」, 「악왕분(岳王墳)」, 「항성(杭城)의 밤」 등이 있다. 그 밖에 「칠현금(七絃琴)」, 「전당(錢塘)의 황혼」, 「목동」, 「삼담인월(三潭印月)」, 「방학정(放鶴亭)」 등이 있다.

1922년   9월에 이적효, 이호, 김홍파, 김두수, 최승일, 김영팔, 송영 등과 함께 염군사(焰群社)를 조직했다.

1923년   중국으로부터 귀국했다. 최승일 등과 극문회(劇文會)를 조직했다. 구성원으로는 고한승, 최승일, 김영팔, 안석주, 화가 이승만 등이 있다.

1924년   동아일보 기자로 입사했고 부인 이해영과 이혼했다. 윤극영이 조직한 소녀 합창단 따리아회(會)에 출입하면서 일본 동요의 퇴치 수단으로 「반달」 등 윤극영의 노래를 적극적으로 선전해야 한다고 주장하고 저널에 알리는 일을 했으며 합창을 민족 의식을 일깨우는 중요한 예술로 생각했다. 나중에 둘째 부인이 된 안정옥은 따리아 회원으로 당시 열두 살이었다.

1925년 조선프롤레타리아 예술동맹(카프)에 가담했다. 한국 최초의 영화 소설 「탈춤」을 ≪동아일보≫에 연재하면서 처음으로 훈(熏)이란 필명을 사용하기 시작했다. 당시 유명 배우인 나운규, 김정숙, 남궁운 등의 연기를 직접 사진으로 실었다. 오자끼고요(尾崎紅葉)의 「금색야차(金色夜叉)」를 번안한 「장한몽」을 영화화할 때 이수일 역의 후반부를 대역했다. 시 「패성(浿城)의 가인(佳人)」을 창작했다.

1926년 동아일보 학예부에서 사회부로 옮겼으나 지사풍의 설의식(薛義植) 사회부장과 분방한 성격의 훈 사이에는 마찰이 있었다. 민태원, 이서구, 최원순이 함께한 철필구락부(鐵筆俱樂部)라는 기자 클럽에 가입하여 임금 인상을 내걸고 투쟁한 소위 '철필구락부 사건'으로 동아일보에서 추방되었다. 근육염으로 8개월간 대학병원에서 병상 생활을 했다. 수필 「병상잡조(病床雜俎)」와 시 「나의 강산이여」, 「짝 잃은 기러기 통곡 속에서」 등을 발표했다.

1927년 봄에 영화 공부를 위해 도일했다. 경도의 일활(日活) 촬영소에서 무라따(村田實) 감독의 지도를 받았고 같은 촬영소의 「춘희(椿姬)」에 엑스트라로 잠깐 출연(한인 최초의 일본 영화 출연)했다. 하반기에 귀국하여 영화 「먼동이 틀 때」의 원작을 쓰고 감독을 맡았으며 단성사에서 개봉하여 흥행에 성공했다. (원제는 「어둠에서 어둠으로」인데 검열 당국의 변경 요구로 심훈은 아예 정반대의 제목을 붙였다.) 시 「잘 있거라 나의 서울이여」, 「현해탄」, 「무장야(武藏野)에서」, 「만가」, 「박군의 얼굴」, 「너에게 무엇을 주랴」를 발표했다.

1928년 조선일보 기자로 입사했고 무용가 최승희와 염문을 뿌렸다. 시 「태양의 임종」을 발표했고 프로 작가들에 반대하여 영화 예술 논쟁을 벌였다.

1929년 「밤」, 「피리」, 「봄비」, 「거리의 봄」, 「춘삼수(春三數)」, 「어린이날에」, 「조선은 술을 먹인다」, 「독백」, 「고독」, 「가배절(嘉俳節)」, 「눈밤」, 「동우(冬雨)」 등과 발표되지 않은 「눈 오는 밤」, 「야구」, 「원단잡음」, 「가을의 노래」 등을 썼다.

1930년　소설 「동방의 애인」을 ≪조선일보≫에 연재하다가 불온하다 하여 정
　　　　지 처분을 받았다. (1949년 발표된 『불사조』는 형 명섭에 의해 완결되
　　　　었다.) 시 「필경」, 「그날이 오면」, 「한강의 달밤」, 「풀밭에 누워서」,
　　　　「소야악」, 「첫눈」, 「선생님 생각」, 「마음의 낙인」 등을 발표했다. 12월
　　　　24일에 안정옥과 재혼했고 김기진이 들러리를 섰다.

1931년　조선일보를 그만두고 경성방송국 문예 담당으로 취직했으나 사상 관
　　　　계로 3개월 만에 추방되었다. 6월에 카프 1차 검거가 있었는데 심훈
　　　　의 이름이 보이지 않는 것으로 보아 이미 그 전에 카프를 탈퇴한 것
　　　　으로 생각된다. 시 「봄의 서곡」, 「조선의 자매여」를 발표했다.

1932년　경제 생활에 불안을 느끼다가 한 해 전에 낙향한 부모와 조카인 재영
　　　　이 사는 충남 당진군 송악면 부곡리로 내려가 1년 반 동안 머물렀다.
　　　　4월에 장자 재건이 서울 평동에서 출생했다. 시 「송도원」, 「명사십리」,
　　　　「해당화」, 「생명의 한 토막」, 「고향은 그리워도」, 「추야장」, 「토막 생
　　　　각」, 「어린 것에게」, 「R씨의 초상」, 「곡서해(哭曙海)」, 「웅(雄)의 무
　　　　덤에서」 등을 썼다. 9월에 『그날이 오면』의 출판을 시도했으나 검찰의
　　　　간섭으로 무산되었다.

1933년　8월에 조선중앙일보에 학예부장으로 취임했으나 연말에 낙향하여 같
　　　　은 신문사의 ≪중앙≫ 창간호를 편집했다. 당진에서 『영원의 미소』를
　　　　탈고하여 9월 ≪조선중앙일보≫에 연재했고 다음해에 완결했다.

1934년　1월에 조선중앙일보 학예부장을 그만두었다. 『직녀성』을 ≪조선중앙일
　　　　보≫에 연재하면서 대중적 인기가 확고해졌다. 고료로 필경사란 집을
　　　　설계, 완성했고 부곡리의 '공동경작회' 회원들과 어울려 지냈다. 필경
　　　　사에서 차남 재광이 출생했다. 고백적 수기 「필경사 잡기」를 썼다.

1935년　『상록수』를 집필하여 응모에 당선했다. 『상록수』는 낙향해 있던 당진
　　　　군 부곡리에서 조카 심재영 등 열두 명의 젊은이들이 중심이 되어 공
　　　　동 경작 사업과 문맹 퇴치 운동 등 농촌 계몽 운동을 벌이고 1월에 경
　　　　기도 수원시 반월면 샘골 마을에서 최용신(崔容信)이라는 여학생이

농촌 계몽 운동에 헌신한 끝에 사망한 사건을 토대로 한 것이다. 상금 5백 엔 중 백 엔으로 상록 학원을 설립했다.

1936년 『상록수』를 영화화(공동 각색 및 감독)했다. 4월에 3남 재호가 출생했다(후에 동아일보에 근무하다가 미국으로 이주). 손기정의 베를린 마라톤 우승의 제보를 듣고 즉흥시 「절필」을 발표했다. 『상록수』 출판 관계로 상경했다가 장티푸스에 걸려 9월 16일에 대학병원에서 영면했다. 시 「황공의 최후」와 '필경사 잡필' 제하의 「우당(宇堂)과 단재」, 「봄은 어느 곳에」, 「이월 초하룻날」, 「적권세심기(赤拳洗心記), 「조선의 영웅」 등 수필을 발표했다.

심훈 작품 연보

발표일	분류	제 목	발표지
1919. 8.29	서간	감옥에서 어머님께 올린 글월	미발표 (①, ②)[2]
1919. 12	시	북경의 걸인	미발표 (①, ②)
1919. 12.19	시	고루(鼓樓)의 3경	미발표 (①, ②)
1920	산문	항주유기(杭州遊記)	미발표 (①)
1920. 2	시	심야과황하(深夜過黃河)	미발표 (①, ②)
1920. 6	시	새벽빛(필명 : 금강샘)	權花 창간호
1920. 8.1	소설	찬미가에 싸인 원혼	신청년 3호
1920. 10.11	시	노동의 노래(현상노동가모집)	共濟 2호
1920. 11	시	상해의 밤	미발표 (①, ②)
1921	시조	평호추월(平湖秋月), 삼담인월(三潭印月), 채련곡 (採蓮曲), 소제춘효(蘇提春曉), 남병만종(南屛晚鐘), 누외루 (樓外樓), 방학정(放鶴亭), 악왕분(岳王墳), 고려사(高麗寺, 항성(杭城)의 밤	미발표 (①, ②)
1921. 4.8	시	전당강상에서	미발표 (①, ②)

2) 각 미발표 작품이 수록된 단행본을 『그날이 오면』(심훈 전집 7, 한성도서, 1949(1953))
은 ①로, 『그날이 오면 그날이 오며는』(신경림 엮음, 지문사, 1981)은 ②로 표시한다.

발표일	분류	제 목	발표지
1921. 1.5	시	겨울 밤에 내리는 비	미발표 (①, ②)
1921. 2.16	시	기적	미발표 (①, ②)
1921. 5.5	시	뻐꾹새가 운다	미발표 (①, ②)
1922. 2	시	돌아가지이다	미발표 (①, ②)
1923. 10	시	광란(狂瀾)의 꿈	미발표 (①, ②)
1925. 2	시	패성(浿城)의 가인(佳人)	미발표 (①, ②)
1926. 2	시	짝 잃은 기러기	미발표 (①, ②)
1926. 2	시	현해탄	미발표 (①, ②)
1926. 5	시	나의 강산이여	미발표 (①, ②)
1926. 11.9-12.16	영화소설	탈춤	동아일보
1926. 12	시	만가, 야시(夜市), 일년후	계명
1927. 1	수필	몽유병자의 일기	문예시대
1927. 2	시	잘 있거라 나의 서울이여	미발표 (①, ②)
1927. 2	시	武藏野(무사시노)에서	미발표 (①, ②)
1927. 3	시	너에게 무엇을 주랴	미발표 (①, ②)
1927. 8	수필	남가일몽	별건곤
1927. 9	시	만가(輓歌)	미발표 (②)
1927. 12.2	시	박군의 얼굴	미발표 (①, ②)
1928. 3.14	수필	춘색뇌인면부득(春色惱 人眠不得)	조선일보
1928. 3.15	수필	교통차단	조선일보
1928. 3.20-21	평론	입센의 문제극	조선일보
1928. 7.11-7.28	평론	우리 민중은 어떠한 예술을 요구하는가?	중외일보
1928. 9.25	시	가을의 노래	조선일보

발표일	분류	제 목	발표지
1928. 11.11	시	저창(低唱) 3수	조선일보
1928. 10	시	태양의 임종	미발표 (①, ②)
1928. 11	소설	기남(奇男)의 모험	새 벗
1929. 1.2	시	원단잡음(元旦雜吟)	조선일보
1929. 3.20~21	수필	오월비상(飛翔)	조선일보
1929. 4	시	피리	미발표 (①, ②)
1929. 4	시	봄비	미발표 (①, ②)
1929. 4.19	시	거리의 봄	미발표 (①, ②)
1929. 4.28	시	영춘(咏春)의 3수	미발표 (①, ②)
1929. 5	평론	문예작품의 영화화 문제	문예공론
1929. 5		내가 좋아하는 작품과 작가	문예공론
1929. 5.5	시	어린이날	미발표 (①, ②)
1929. 6	시	송(頌) 삼천리	삼천리
1929. 6.13	시	독백	미발표 (①, ②)
1929. 8	시	젊은이여	학생
1929. 9.17	시	가배절(嘉俳節)	미발표 (①, ②)
1929. 10.10	시	고독	미발표 (①, ②)
1929	시	밤	미발표 (①, ②)
1929. 12	시	조선은 술을 먹인다	미발표 (①, ②)
1929. 12.14	시	동우(冬雨)	미발표 (①, ②)
1929. 12.23	시	눈밤	미발표 (①, ②)
1930	시	소야악(小夜樂)	미발표 (①)
1930. 1.5	시	선생님 생각	미발표 (①, ②)
1930. 6	시	마음의 낙인	대중공론
1930. 7	시	필경(筆耕)	철필(鐵筆)

발표일	분류	제 목	발표지
1930. 3.1	시	그날이 오면	미발표 (①, ②)
1930. 4.29	시	통곡 속에서	미발표 (①, ②)
1930. 8	시	한강의 달밤	미발표 (①, ②)
1930. 9.18	시	풀밭에 누워서	미발표 (①, ②)
1930. 10.29-12.10	중편	동방의 애인	
1930. 11	시	첫눈	미발표 (①, ②)
1931. 2.23	시	봄의 서곡	미발표 (①, ②)
1931. 4.9	시	조선의 자매여——홍, 김 두 여성의 금사(琴死)를 보고	미발표 (①, ②)
1931. 8.16-12.29	장편	『불사조』	조선일보
1932	수필	머리말씀	미발표 (①, ②)
1932	시	명사십리	미발표 (①, ②)
1932	시	송도원(松濤園)	미발표 (①, ②)
1932	시	해당화	미발표 (①, ②)
1932. 4.24	시	토막 생각	미발표 (①, ②)
1932. 5	시	토막상식	동방평론
1932. 7.10.	시	곡(哭) 서해(曙海)	동아일보
1932. 8.10	시	총석정	미발표 (①, ②)
1932. 9.4	시	어린 것에게	미발표 (①, ②)
1932. 9.5	시	R씨의 초상	미발표 (①, ②)
1932. 10.	평론	'홍염'의 영화화·기타	동광
1932. 10.6	시	고향은 그리워도	미발표 (①, ②)
1932. 10.9	시	추야장(秋夜長)	미발표 (①, ②)
1933. 5	수필	경도(京都)의 일활(日活) 촬영소	신동아

발표일	분류	제 목	발표지
1933. 7.10	장편	『영원의 미소』(연재)	조선중앙일보
1934. 1.10			
1933. 10	시	가을밤	학등
1933. 11	시	생명의 한 토막(1932.10.8 작)	중앙
1934. 4	시	농촌의 고(告)	중앙
1934. 3.24	장편	『직녀성』(연재)	조선중앙일보
1935. 2.26			
1934. 6.15	평론	열창냉어(熱窓冷語) 감상 비판 주장, 무딘 연장과 녹이 슬은 무기, 언어와 문장에 관한 우감	동아일보
1934. 7	수필	산도 강도 바다도	신동아
1934. 11.12	시조	근음(近吟) 3수	조선일보
1935	소설집	『영원의 미소』	
1935. 1	수필	필경사 잡기	호수신간
1935. 9.10	장편	『상록수』(연재)	동아일보
1936. 2			
1935. 12.7	평론	박기채 씨 제일 작품 〈춘풍〉 (春風)을 보고서	조선일보
1936	수필	조선의 영웅」	미발표 (①)
1936	수필	이월 초하룻날	미발표 (①)
1936	수필	적권세심기(赤拳洗心記)	미발표 (①)
1936	수필	봄은 어느 곳에	미발표 (①)
1936	소설집	『상록수』	한성도서
1936	수필	7월의 바다	미발표 (①)

발표일	분류	제 목	발표지
1936. 1	단편	황공(黃公)의 최후	신동아
1936. 8.10	시	오오, 조선의 남아여!	미발표 (①)
		(베를린 마라톤 우승 기념시)	
1937	소설집	『직녀성』	한성도서
1948	소설집	『상록수』	한성도서
1949. 7	시가·수필집	『그날이 오면』	한성도서
1950	소설집	『영원의 미소』	한성도서
1952	전집	『심훈 전집』(제7권)	한성도서
1953	전집	『상록수』	한성도서
1953	전집	『불사조』	한성도서
1966		『심훈문학전집 1, 2, 3』	탐구당

심훈 연구 서지

1928. 7.1-7.9	한설야, 「영화예술에 대한 관견」, 《중외일보》.
1928. 7.28-8.4	임화, 「조선 영화가 가진 반동적 소시민성」, 《중외일보》.
1949	백철, 『조선신문학사조사 : 현대편』, 백양당.
1949. 11.12	최영수, 「고사우(故思友) —— 심훈과 상록수」, 《국도신문》.
1949. 12	이석훈, 「이효석, 송계월, 심훈, 백신애, 김유정 등(고인회상)」, 《삼천리》.
1956	유달영, 『최용신 양의 생애』, 아테네사.
1962	윤병로, 「심훈과 그의 문학」, 《성균》 17호.
1963. 1	홍효민, 「『상록수』와 심훈」, 《현대문학》.
1963. 12	윤석중, 「고향에서의 객사」, 《사상계》.
1964	김현, 「위선과 패배의 인간상 ——『흙』과 『상록수』를 중심으로」, 《세대》 17호.
1964	유병석, 「심훈 연구 —— 생애와 작품」, 서울대 석사 논문.
1968	유병석, 「심훈의 생애 연구」, 《국어교육》 14호.
1970	유병석, 「심훈 소설에 투영된 작가의 체험 —— 심훈의 『불사조』와 『직녀성』을 중심으로」, 《연구논문집(강원대)》 4집.
1972	홍이섭, 「30년대 초 농촌과 심훈 문학」, 《창작과비평》.
1973	김우종, 「심훈론」, 『작가론』, 동화출판공사.
1973	김윤식, 김현, 「속죄양 의식의 대두」, 『한국문학사』, 민음사.
1974	류창목, 「심훈 작품에서의 인간 과제 —— 주로 『상록수』를 중심으로」, 경북대 교육대학원 석사 논문.

1974   오경, 「1930년대 한국 농촌문학의 성격 연구──이광수, 심훈, 이무영의 작품을 중심으로」, 이화여대 석사 논문.

1974   유창목, 「심훈 작품에 있어서 인간 과제」, 경북대 교육대학원 석사 논문.

1974   정요섭, 「일제 치하 브나로드 운동에 관한 연구」, ≪논문집(숙명여대)≫ 14집.

1975   이어령, 「심훈」, 『한국 작가 전기 연구(상)』, 동화출판공사.

1975   정진석, 『일제하 언론투쟁사』, 정음사.

1977   이두성, 「심훈의 『상록수』를 중심으로 한 계몽주의 문학 연구」, ≪명지어문학≫ 9호.

1979   심재홍, 「심훈 소설 연구」, 연세대 교육대학원 석사 논문.

1980   김진석, 「1930년대 한국 농민소설 연구」, 고려대 석사 논문.

1980   신춘호, 「한국 농민소설 연구」, 고려대 박사 논문.

1981   백승구, 「심훈의 연보를 제고한다」, ≪신평≫.

1981   송백헌, 「심훈의 상록수」, 이재선, 조동일 엮음, 『한국현대소설작품론』, 문장사.

1981. 11.30   尾井陟, 「ブ. ナロド 運動の課題か」, ≪讀賣新聞≫.

1981   신동욱, 「근대소설에 나타난 민족 주체성」, 『우리 시의 역사적 연구』, 새문사.

1981   정한숙, 「농민소설의 변용 과정」, 『현대한국소설론』, 고려대 출판부.

1981. 6   백남상, 「심훈 연구──시대적 사회상과 사상을 중심으로」, ≪어문논집(중앙대)≫ 15집.

1981. 7   송백헌, 「희생양의 이미지──심훈의 『상록수』 고(考)」, ≪심상≫.

1982   宇利谷信, 「小說 ‘常綠樹’の世界」, ≪立敎大學新聞≫ 復刊 2號.

1982   김붕구, 『작가와 사회』, 일조각.

1982   신경림 엮음, 『그날이 오면 그날이 오며는』, 지문사.

1982. 2   和田春樹, 「プ. ナロド '常綠樹'の證言」, ≪書堂≫.

1982   신상식, 「『흙』과 『상록수』의 계몽주의적 성격」, 고려대 교
            육대학원 석사 논문.

1982   이경진, 「심훈의 『상록수』 연구 —— 작품 분석을 중심으로」,
            고려대 석사 논문.

1982   加藤兼三, 「沈熏著'常綠樹'の飜譯を終えて」, ≪三千里≫
            29號.

1982   한점돌, 「심훈의 시와 소설을 통해서 본 작가 의식의 변모
            과정」, ≪국어교육≫ 41호.

1983   김성환, 「심훈 연구」, 충남대 교육대학원 석사 논문.

1983   신승혜, 「심훈 소설 연구」, 고려대 석사 논문.

1983   이정미, 「심훈 연구 ——『탈춤』, 『영원의 미소』, 『상록수』를
            중심으로」, 충북대 교육대학원 석사 논문.

1983   이주형, 「1930년대 장편 소설 연구」, 서울대 박사 논문.

1983   이항재, 「뚜르게네프『처녀지』와 심훈의 『상록수』의 비교
            문학적 연구」, 고려대 석사 논문.

1983. 8   김윤식, 「심훈과 박두진 —— 황홀경의 환각에 대하여」, ≪시
            문학≫.

1984   고광헌, 「심훈의 시 연구 —— 그의 생애와의 관련을 중심으
            로」, 경희대 석사 논문.

1984   심재복, 「『흙』과 『상록수』의 비교연구」, 충남대 석사 논문.

1984   오양호, 『농촌소설론』, 형설출판사.

1984   임무출, 「심훈 소설 연구 —— 작품 속에 나타난 작가 의식
            을 중심으로」, 영남대 석사 논문.

1984. 9   鴻農映二, 「심훈의 저항시들」, ≪현대문학≫.

1984. 11	유병석, 「심훈의 작품 세계」, 전광용 외, 『한국현대소설사 연구』, 민음사.
1984. 12	김이상, 「심훈 시의 연구」, 《어문학교육》.
1985	백승구, 『심훈의 재발견』, 미문출판사.
1985	오종주, 「『흙』과 『상록수』의 비교 고찰」, 조선대 교육대학원 석사 논문.
1985	유현목, 『한국영화발달사』, 한진출판사, 99~106쪽.
1985	이재권, 「심훈 소설 연구」, 전북대 교육대학원 석사 논문.
1985	최동호, 「심훈 시의 전개와 시대적 상황의 인식」, 서준섭 외, 『식민지 시대의 시인 연구』, 시인사.
1985. 7	이인복, 「심훈과 기독교 사상 ——『상록수』를 중심으로」, 《월간문학》.
1986	임영환, 「1930년대 한국 농촌사회소설 연구」, 서울대 박사 논문.
1986	전광용, 「심훈과 『상록수』」, 『한국현대문학론고』, 민음사.
1986	정경훈, 「심훈의 장편소설 연구 ——인물과 배경을 중심으로」, 충남대 교육대학원 석사 논문.
1986	조남철, 「일제하 한국 농민소설 연구」, 연세대 박사 논문.
1986. 6	전영태, 「진보주의적 정열과 계몽주의적 이성 ——심훈론」, 《현대문학》.
1986. 8	김재홍, 「심훈, 저항 의식과 예언자적 지성 ——한국 대표 시인론」, 《소설문학》.
1987	백인식, 「심훈 연구」, 경북대 석사 논문.
1987	유인경, 「심훈 소설의 연구」, 건국대 석사 논문.
1987	한양숙, 「심훈 연구 ——작가 의식을 중심으로」, 계명대 석사 논문.
1987. 6	조남현, 「『직녀성』의 갈등 구조」, 《한국문학》.

1988	김동수, 「심훈 시의 시사적 조명」, 『일제 침략기 민족시가 연구』, 175~197쪽.
1988	김윤식, 정호웅 엮음, 『한국 근대 리얼리즘 작가 연구』, 문학과지성사.
1988	박종원, 류만, 『조선문학 개관』, 인동.
1988	조동일, 『한국 문학통사 5』, 지식산업사.
1988. 8	윤병로, 「심훈 ── 식민지 현실과 자유주의와의 만남」, 《동양문학》 2호.
1988. 12	최희연, 「심훈의 『직녀성』에서의 인물의 전형성과 역사적 전망의 문제」, 《연세어문학》 21호.
1989	김선, 「각혈처럼 쏟아낸 저항의 노래 ── 심훈의 작가적 모랄과 고뇌에 대하여」, 《동양문학》 12호.
1989	민현기, 『한국 근대소설과 민족현실』, 문학과지성사.
1989	박종휘, 「심훈 소설 연구」, 서울대 교육대학원 석사 논문.
1989	신순자, 「심훈 농촌소설의 재조명 ── 그의 문학적 성숙 과정을 중심으로」, 경희대 교육대학원 석사 논문.
1989	이중원, 「심훈 소설 연구 ── 『동방의 애인』, 『불사조』, 『직녀성』을 중심으로」, 계명대 교육대학원 석사 논문.
1989	장성수, 「1930년대 경향소설 연구」, 고려대 박사 논문.
1989. 2	진영일, 「심훈 시 연구」, 《동국어문논집》 3집.
1989. 12	한승옥, 「기독교와 소설문학」, 《인문과학(숭실대)》 19호.
1990	신헌재, 「30년대 로망스의 소설 기법」, 『한국현대장편소설 연구』, 삼지원.
1990	최원식, 「심훈 문학 연구 서설」, 김학성 외, 『한국 근대 문학사의 쟁점』, 창작과비평.
1990. 2	김영선, 「심훈 장편소설 연구」, 《국어교육논지(대구교대)》 16호.

1991   백원일, 「1930년대 한국 농민소설의 성격 연구──이광수, 심훈, 이무영 작품을 중심으로」, 동국대 교육대학원 석사 논문.

1991   최희연, 「심훈 소설 연구」, 연세대 박사 논문.

1991. 6   김형필, 「식민지 시대의 시 정신 연구──심훈」, ≪논문집 (한국외대)≫ 24집.

1991. 8   유문선, 「나로드니키의 로망스──심훈의 『상록수』에 대하여」, ≪문학정신≫ 58호.

1992   인주승 엮음, 『상록수와 최용신의 생애』, 홍익재.

1992. 3   이탄, 「조명희와 심훈」, ≪현대시학≫ 276호.

1993   김재용, 이상경, 오성호, 하정일, 「봉건적 인습 비판과 지식인의 자기 헌신──심훈」, 『한국근대민족문학사』, 한길사.

1993   김종욱, 「『상록수』의 통속성과 영화적 구성 원리」, ≪외국문학≫ 34호.

1993   오현주, 「심훈의 리얼리즘 문학 연구」, 한국 문학연구회 엮음, 『1930년대 문학 연구』, 평민사.

1993   최갑진, 「1930년대 귀농소설 연구」, 고려대 박사 논문.

1993. 6   송지현, 「심훈의 『직녀성』 고──그 드라마적 특성을 중심으로」, ≪한국언어문학≫ 31호.

1994. 2   조두섭, 「심훈 시의 다성성 의미」, ≪외국어교육연구(대구대)≫ 9호.

1995. 9   신덕룡, 「심훈, 맞섬과 반역의 정신──시의 복원과 시정신을 중심으로」, ≪문학아카데미≫ 3호.

1996   강진호, 「작가의 생가와 문학의 세계 8 ──『상록수』의 산실, 필경사」, ≪문화예술≫ 205호.

1996   조남현, 「『상록수』 연구」, ≪인문논총(서울대)≫ 35집.

1996. 12   곽근, 「한국 항일문학 연구──심훈 소설을 중심으로」, ≪성

균어문연구》 31호.

1997   박명순, 「심훈 시 연구」, 한국외대 교육대학원 석사 논문.

1997. 12   한만수, 「1930년대 귀농소설의 지식인상 연구 —— 이광수의
              『흙』과 심훈의 『상록수』 대비를 중심으로」, 《연구논집(중
              앙대)》 17집.

1999   이영원, 「심훈 장편소설 연구」, 경북대 석사 논문.

1999. 12   신춘자, 「기독교와 심훈의 『상록수』 연구」, 《인문사회과학
              논문집(성결대)》 28호.

2000   윤성희, 「심훈의 시 바로 읽기」, 《내포문화》 12호.

2001   진선정, 「『상록수』에 나타난 여성 인식 양상」, 《한남어문
              학》 25호.

2001. 9   류양선, 「광복을 선취한 늘 푸른빛: 심훈의 생애와 문학
              재조명」, 《문학사상》.

2001. 12   박소은, 「새로운 여성상과 사랑의 이념: 심훈의 『직녀성』」,
              《한국문학연구(동국대)》 24호.

2001. 12   이상경, 「근대소설과 구여성: 심훈의 『직녀성』을 중심으로」,
              《민족문학사연구》 19호.

2001. 12   조기연, 「심훈 연구」, 《인문논총(배재대)》 17호.

2002   구인환, 『근대 작가의 삶과 문학의 향취』, 푸른사상사.

2002. 6   권희선, 「중세 서사체의 계승 혹은 애도: 심훈의 『직녀성』
              연구」, 《민족문학사연구》 20호.

2002. 6   최원식, 「서구 근대소설 對 동아시아 서사: 심훈 『직녀성』
              의 계보」, 《대동문화연구》 40호, 성균관대.

2002. 8   문광영, 「심훈의 장편 『직녀성』의 소설 기법」, 《교육논총》
              20호, 인천교대.

2002. 8   장동현, 「심훈의 문학 세계와 한국 문학의 세계화」, 《순국
              (殉國)》 139호.

2003	김성욱, 「심훈의 『상록수』 연구」, 한양대 석사 논문.
2003	김종성, 「심훈 소설 연구」, 성균관대 교육대학원 석사 논문.
2003	박정희, 「심훈 소설 연구」, 서울대 석사 논문.
2003. 6	한기형, 「습작기(1919~1920)의 심훈: 신자료 소개와 관련하여」, ≪민족문학사연구≫ 22호.
2004	최지현, 「근대소설에 나타난 학교」, 동국대 석사 논문.

작성자 문영진 서울대 대학원 졸. 문학박사. 한국교육과정평가원 전문연구원

박성란 인하대 대학원 박사과정 수료. 인하대 강사.

김동환 생애 연보[1]

1901년   9월 27일, 함경북도 경성군 오촌면 수송동 89번지에서 부친 김석구와
         모친 마윤옥 사이의 4남 3녀 중 3남으로 태어났다. 아명은 삼룡(三龍 :
         1926년 10월 14일에 법적으로 개명하기까지 호적명이었다). 호는 파
         인(巴人), 취공(鷲公). 필명으로는 강북인(江北人), 김파인(金巴人),
         파인생(巴人生), 창랑객(滄浪客), 초병정(草兵丁), 목병정(木兵丁),
         석병정(石兵丁), 화병정(火兵丁), 초사(草士), 한양과객(漢陽過客),
         강서산인(江西山人), K.W.H. 등을 사용하였다. 창씨명은 白山靑樹.
         본관은 강릉. 중시조 매월당 김시습 공으로부터 18대 손이다. 부친 김
         석구는 향리 경성에서 과수원과 중학교 등을 경영했다. 모친 마윤옥은
         독실한 기독교 신자였다.

1908년   경성보통학교에 입학했다.

1910년   한일합방 후, 부친 김석구는 망국의 울분으로 인해 승암산 아래 옥토
         만여 평(지금 경성역 터)을 자신이 경영에 참여하고 있던 경성 소재
         성일학교에 희사한 후 국외(북간도, 러시아 등)로 떠나 가사를 돌보지
         않았다. 모친 마윤옥이 빈한한 생활을 하면서 4남 3녀를 길렀다.

1912년   경성보통학교를 졸업했다. 가난한 집안 형편으로 경성군청에서 일했다.

1913년   해삼위로 건너가 부친을 찾아 방황했다.

1916년   서울에 올라와 중동중학교에 입학했다. 학비는 고학하여 마련했다.

1917년   8월, 북간도와 아령 등지로 방랑했다.

---

1) 파인 김동환의 자제 김영식 선생의 도움에 크게 힘입어 이 연보와 서지를 작성할 수 있
   었다. 이 자리를 빌려 감사드린다.

1920년 4학년에 재학하던 10월에 그의 시 「異性때와 美」가 학생들이 집필자
　　　　이자 편집인이었던 ≪학생계≫지 현상 공모에 1등으로 당선되었다.

1921년 3월에 중동중학교를 5회로 졸업했다. 현해탄을 건너 일본 동경에 있는
　　　　동양대학 문화학과에 입학했다. 역시 학비는 고학으로 마련했다.

1922년 동경 유학생들이 창립한 재일조선노동총연맹 중앙집행위원으로 일했다.

1923년 3학년 재학 중 9월 1일 동경 일대를 강타한 관동대진재로 학업을 중
　　　　단하고 귀국했다.

1924년 5월에 ≪금성≫지에 양주동 추천으로 시 「적성을 손가락질하며」로 등
　　　　단했다. 9월에 함경북도 나남시 소재 경성일일신문의 조선문판 기자가
　　　　되었다. 동아일보 사회부 기자로 옮겨 일하면서 문단에서 시문 활동을
　　　　했다.

1925년 각 신문사 사회부 기자 친목회인 철필구락부 회원이 되었다. 3월 25
　　　　일에 첫 시집 『국경의 밤』을 간행했고, 12월 25일에 시집 『승천하는
　　　　청춘』을 간행했다. 이해 6월부터 이듬해 8월까지 시대일보 사회부 기
　　　　자로 일했다.

1926년 2월에 극단 '백조회'에 참여했다. 3월 14일에 원산시 진성여학교 교원
　　　　인 두 살 연하의 신원혜와 함경북도 경성읍내에 있는 청년 회관에서
　　　　결혼식을 올렸다. 신원혜는 함경남도 원산시에서 출생하여 경성정신여
　　　　자고등보통학교를 졸업, 함경북도 회령군 보흥여학교, 해삼위의 삼일
　　　　여학교, 해삼위 장로교회 광해 야학부, 북간도 용정시 소재 명신여학
　　　　교 등에서 교원을 지냈다. 파인은 아내에게 '백구(白鷗)'라는 예명을
　　　　지어주었다. 5월 6일에 경성 변호사 신문기자 유지 연맹의 실행 위원
　　　　이 되었다. 10월 27일에 장남 영사가 출생했고, 11월부터 중외일보 사
　　　　회부 기자로 일했다.

1927년 1월 25일에 '불개미 극단'을 창단했다. 5월에 조선일보 사회부 기자가
　　　　되고 그 후 사회부 차장을 맡았다. (일설에는 1926년 10월부터 조선
　　　　일보 기자였다고도 한다.) 7월에 극단 '종합예술협회'에 참여했고 10월

에 전위기자동맹 총무부원이 되었다.

1929년 2월 22일에 조선가요협회 창립에 참여하여 선전부 간사가 되었다.
6월에 삼천리사를 창사하여 월간종합잡지 ≪삼천리≫(통권 152권)를 발행하기 시작했다. ≪삼천리≫를 운영하는 데는 조만식, 김동원, 오윤선 등의 도움이 있었다고 한다. 10월 30일에 이광수, 주요한, 김동환의 시가 작품을 모아 『시가집』을 엮은 뒤 삼천리사에서 간행했다.

1930년 7월 30일에 차남 영창이 출생했다. 신간회 중앙집행위원이 되어 활동하던 중 12월 18일에 경성부 서대문 경찰서에 검속되었다가 방면되었다.

1931년 3월 17일에 서울잡지협회 집행위원이 되었다. 이즈음 최정희가 삼천리사에 입사하여 기자 생활을 했다.

1932년 2월 5일에 평론집 『평화와 자유』를 엮어서 삼천리사에서 간행했다. 10월 1일에 ≪삼천리≫지의 자매지인 여성월간잡지 ≪만국부인≫(통권 3호)을 발행했다.

1933년 12월 7일에 3남 영식이 출생했다.

1936년 3월 15일에 『조선명작선집』을 편하여 삼천리사에서 발행했다.

1937년 7월경 민족 정신 운운한 글이 말썽이 되어 종로서 유치장에 갇혔다가 한 달여 만에 풀려났다. 그때 이대위, 이광수, 김윤경 등이 동우회(同友會) 사건으로 검거되어 잡혀 들어왔다. 특히 이대위 씨는 바로 옆 감방에 있었다.

1938년 1월 1일에 순수문예계간지 ≪삼천리문학≫(통권 2집)을 발행했다. 1월 22일에 장녀 영주 출생.

1939년 10월에 조선문인협회 간사가 되었다.

1940년 이때부터 해방 때까지 일본군 경성 헌병대 산하의 경성 헌병분실에 의해 '요시찰인 특(사회주의자)'으로 분류되어 최상급의 감시 대상이 되었다.

1941년 5월 30일에 기행문집 『반도산하』를 엮어 삼천리사에서 간행했다.

1942년 2월에 삼천리사가 문을 닫았다. 3월에 대동아사를 창사, 월간종합잡지

≪대동아≫(통권 3호)를 발행하기 시작했다. 5월 1일에 서정시집 『해당화』를 대동아사에서 간행했다. 10월 17일에 장남 영사가 늑막염으로 병사했다. 11월 30일에 차녀 지원(아명 娥蘭) 출생(최정희의 딸). 이혼을 요구하는 아내 신원혜와 별거에 들어갔다.

1943년   1월부터 1950년 7월까지 삼천리사의 ≪부인≫ 기자 겸 편집장이었던 여류 소설가 최정희와 동거했다. 3월경 저명 인사 100인으로 구성된 '100인 결사대'의 한 사람으로서 유인물을 작성, 이를 삼천리사에 감추어 가지고 있었다는 혐의로 종로경찰서 형사에게 붙들려 구타당하고 유치장에 들어갔다. 그 후 제작자가 밝혀짐에 따라 풀려났다.

1944년   12월, 경성부 종로경찰서에 체포되어 경관 두 명의 호송 아래 강원도 영월경찰서로 이송되었다가 풀려났다.

1946년   2월 1일, 조선민주당 대변인 격으로 정당 활동을 했다. 12월 12일에 서울 종로구 적선동 183번지 소재 가옥이 화재로 전소되어 후에 경기도 덕소로 이사하여 살았다. 12월 13일에 삼녀 채원(아명 恒蘭) 출생(최정희의 딸).

1947년   5월 2일에 차남 영창이 폐렴으로 병사했다.

1948년   5월에 삼천리사를 재창사하고 1950년 6월까지 타인 명의(편집 겸 발행인 최낙종)를 빌려 ≪삼천리 속간≫(통권 20호)을 발행하는 등 출판인으로 일했다.

1949년   2월 28일, 반민족행위처벌법 위반 피의 사건과 관련하여 반민족행위특별조사위원회에 자수했다. 8월에 공민권 정지 5년의 선고를 받았다.

1950년   4월 27일에 『총선거 정견집(상)』을 엮어 삼천리사에서 간행했다(편집인 겸 발행인 김동환). 한국전쟁이 한창이던 7월 23일에 서울에서 북한 정치보위부에 의해 납북되었다.

1952년   4월 20일에 유고 수필집 『꽃피는 한반도』가 간행되었다.

1958년   평남일보 교정원 및 제본원을 거쳐 납북, 월북 인사들로 구성된 재북평화통일촉진협의회 중앙위원으로 일했다. 12월에 평안북도 철산 지방의 집단 수용소로 추방당한 후 생사불명되었다.

1962년   3월 30일에 유고 시집『돌아온 날개』가 간행되었다.

1980년   12월 2일에 아내 신원혜가 서울 가정법원에 실종 선고를 청구, 이후 5년간 생사불명으로 인한 실종 선고 판정을 받았다.

1990년   12월 21일에 파인의 소생인 두 딸 김지원, 채원을 남기고 최정희가 작고했다.

1993년   3월 18일에 아내 신원혜가 작고했다.

1994년   파인의 삼남 김영식이『아버지 파인 김동환』(국학자료원)을 펴냈다. 6월 27일에 서울 가정법원으로부터 실종 선고 취소 판정을 받았다.

1995년   『파인 김동환 전집』(전5권, 국학자료원)과『≪삼천리≫ 영인본』(전32권, 한빛)이 간행되었다.

1998년   김동환의 문학과 관련된 각종 연구 논문 및 비평 등을 망라한 자료집 『파인 김동환 문학 연구』(전30권, 논문자료사)가 간행되었다. 6월 17일, 한국문인협회가 SBS 문화재단의 후원을 받아 '파인 김동환 선생의 문학 동산'이란 표징을 세웠다. 경기도 파주시 금촌동 기독교 묘지에 세워진 이 표징은 김동환의 가묘를 만들어 아내 신원혜와 합장한 곳에 있다.

2000년   9월 30일에『언론인 파인 김동환 연구』(전15권, 신성출판사)가 간행되었다.

2001년   2월 24일에 한국언론재단에서 출판문화협회 주최로 학술 포럼 제1부가 '잡지, 출판인으로서의 파인 김동환 연구'라는 주제로 열렸다. 9월 20일, '탄생 100주년 문학인 기념 문학제가 '근대 문학, 갈림길에 선 작가들——김동환, 박종화, 박영희, 심훈, 이상화, 최서해'라는 주제로 민족문학작가회의와 대산문화재단 공동 주최로 세종문화회관에서 개최되었다. 파인의 문학과 관련해서는 최동호 교수의 주제 발표가 있었다. 아울러 여섯 명 작가에 대한 정확한 연보 및 서지 사항을 조사하여 소책자를 발간하기도 하였다. 9월 22일에 탄생 100주년을 기념하여 아들 김영식에 의해『'파인 김동환의 문학과 삶' 자료전, 시화전, 작고 문인 육필 서한집』이 도록(圖錄)으로 발간되고 24일부터 30일까지 영풍문고에서 전시회가 열렸다.

2002년 9월에 아들 김영식이『파인 김동환 탄생 100주년 기념집』을 발간했다.

김동환 작품 연보

발표일	분류	제 목	발표지
1920. 10	시	異性따와 美	학생계
1924. 5	시	적성을 손가락질하며	금성 3호
1924. 10.13	시	북청 물장수	동아일보
1924. 10.13-20	평론	문학혁명의 기운	동아일보
1924. 10.27	시	또 갑니다	동아일보
1924. 11.3	시	옛날의 터전, 노래를 심어서	동아일보
1924. 11.17	평론	조선과 천재	동아일보
1924. 11.24	시	별후, 순사	동아일보
1925. 1.12	시	꿈길	동아일보
1925. 2.9	시	애별	동아일보
1925. 2.16	시	방화범	동아일보
1925. 2.23	시	무제	동아일보
1925. 3.20	시집	『國境의 밤』	한성도서
1925. 4.26	시	봄	동아일보
1925. 4.30	시	야시장	동아일보
1925. 5	시	신랑신부	조선문단 8호
1925. 5.20	시	몰락	동아일보
1925. 6	시	애들아, 그날이 왔다, 봄놀이, 춘소애상, 구십춘광	조선문단 9호

발표일	분류	제 목	발표지
1925. 7	시	쫓겨가는 무리, 파업, 가는 가을	조선문단 10호
1925. 7	설문답	戀是戀非(제가의 연애관)	조선문단 10호
1925. 10	시	정조, 연애	조선문단 12호
1925. 11	시	우리 사남매	조선문단 13호
1925. 11	시	雜短詩 八題, 결혼仮面	
1925. 11.1	평론	근래의 신문예	시대일보
1925. 11.30	소설	추격	시대일보
1925. 12	시	시체를 안고	개벽 64호
1925. 12	수필	독자연구	가면(仮面) 2호
1925. 12.25	시집	『승천하는 청춘』	신문학사
1925. 12.27	수필	잡담수제	시대일보
1926. 1	시	어떤 항의, 아침의 노래	신민 9호
1926. 3	시	사군	신여성
1926. 3	시	석수장, 밤불, 봄, 가마, 경복궁 타령, 제문	개벽 67호
1926. 3	소설	밋천	가면
1926. 3	희곡	不復歸	조선문단 14호
1926. 5.2-9	수필	전원비가	시대일보
1926. 5.9	시	애도	시대일보
1926. 5.31-6.6	평론	선인의 행적	시대일보
1926. 7.31	시	산사칠수	시대일보
1926. 11	시	고지령, 주천자 외 2편	조선지광 61호
1926. 11.29-30	평론	횡설수설	중외일보
1927. 1	시	첫날밤, 동정녀(민요),	조선문단 18호

발표일	분류	제 목	발표지
		참대밭(민요), 해녀의 노래(민요), 웃은 죄(민요), 면화밭(민요), 도련님 당신은(동요)	
1927. 1	희곡	자장가 부르는 여성	신민 3호
1927. 1	희곡	김옥균의 최후	조선지광 63호
1927. 1	희곡	바지저고리	문예시대 2호
1927. 1	수필	호반애가	조선문단 18호
1927. 1	설문답	문단 침체의 원인과 그 대책	조선문단 18호
1927. 1	설문답	1927년의 신문단에 대한 나의 희망	조선지광
1927. 2	시	월미도 해녀요, 그애 못 본 날은	습작시대 1호
1927. 3	시	배천가, 동지(가곡4수), 농부가(타령)	동광 11호
1927. 4	수필	북국의 춘	별건곤
1927. 4	희곡	逆天群	현대평론 4호
1927. 5	시	술회, 오월의 향기, 해안	조선지광 67호
1927. 5.12-19	평론	애국문학에 대하야	동아일보
1927. 6	평론	시조배격소의	조선지광 68호
1927. 7.9-11	평론	현대작가와 작품 순례	동아일보
1927. 8.21	시	신추풍경, 주먹, 석류	조선일보
1927. 8	수필	납량소화	조선지광 70호
1927. 8	평론	신문기자 나빈군	현대평론 7호
1927. 8	평론	망국적 가요 소멸책	조선지광 70호
1927. 8.10-19	평론	조선무용진흥론	조선일보
1927. 8	전설	꽃가튼 낭자와 고승의 애련비사	별건곤 8호

발표일	분류	제 목	발표지
1927. 9.20-10.10	시	산천의 향기(9회 연재)	조선일보
1927. 9.21	수필	명문장	조선일보
1927. 9	수필	秋夜月과 玉銅簫	조선지광 71호
1927. 9	설문답	여성의 선택에 달렷다 (결혼관, 여성관)	조선지광 71호
1927. 9.23-27	평론	신흥 민중과 문과 검	동아일보
1927. 10	전설	해녀와 용사의 부부암	별건곤 9호
1927. 10.25	평론	공약부터 세우자	조선일보
1927. 10.16	시	천재, 낙화, 일백단일	조선일보
1927. 10.28	시	약산동대가	조선일보
1927. 11	시	거지의 꿈	별곤건 9호
1927. 11.9	평론	학생 문예에 대하어	조선일보
1927. 11.12-15	평론	남자를 해방하라	조선일보
1927. 11.15	시	최후의 일각	중외일보
1927. 11.19	평론	시가와 상상력	동아일보
1927. 12	전설	향낭과 메나리꼿 노래	별건곤 10호
1927. 12.9	평론	계월향과 논개	조선일보
1927. 12.17	평론	희유의 명연극을 다수 민중아 보라!	조선일보
1927. 12.20-22	수필	아하, 천상의 누나	조선일보
1927. 12.18	시	송년부	조선일보
1928. 1.1	시	기는 꼿혔다	중외일보
1928. 1.1	평론	문학상 긴급 문제	조선일보
1928. 1.10	시	봄이 오면(속요1)	조선일보
1928. 1.11	시	종로 네거리(속요2)	조선일보

발표일	분류	제 목	발표지
1928. 1.12	시	언제 오시나(속요3)	조선일보
1928. 1.14	시	자장가(속요4)	조선일보
1928. 1.27	시	밤낮 땅 파네(속요5)	조선일보
1928. 1.29	시	이팔청춘가(속요7)	조선일보
1928. 1	수필	상무적 소년이 되라	어린이
1928. 1	설문답	현 단계의 조선 사람은 엇더한 예술을 요구하는가	조선지광 75호
1928. 2	평론	초춘잡감	조선지광 76호
1928. 2.28	수필	작자의 첫인사	조선일보
1928. 3.10-11.20	소설	전쟁과 연애	조선일보
1928. 3.31	시	오호불복환	조선일보
1928. 4.8	시	춘영집(1), 춘영집(2)	조선일보
1928. 4.12	시	봄의 서울밤	조선일보
1928. 4.24	시	봄비	조선일보
1928. 4	수필	만춘잡감	조선지광 77호
1928. 5	수필	보신각 종성과 봄	조선지광 78호
1928. 7	전설	사비水가의 공주와 무사	별건곤 14호
1928. 7	수필	신문과 문예	신문연구 1호
1928. 7.4	설문답	문단제가의 견해	중외일보
1928. 7.15-26	기행	초하의 관북기행	동아일보
1928. 9.27-10.2	수필	가을의 서울	조선일보
1928. 10.13	수필	혼동의 횡액	조선일보
1928. 10.16	시	가을	조선일보
1928. 11.1	시	지재조선	조선일보
1928. 11	시	추야장, 기적만 운다	조선시단

발표일	분류	제 목	발표지
1929. 1.1	평론	신가요운동	조선일보
1929. 1	수필	「전쟁과 연애」를 쓴 뒤	별건곤 18호
1929. 1	설문답	문제는 작가에 잇다 (조선문단진흥책)	별곤건 18호
1929. 1	평론	조선민요의 특질과 기장래	조선지광 82호
1929. 1	설문답	조선예술운동의 당면과제	조선지광 82호
1929. 2	시	눈녹기 전후, 아리랑 고개 (속요), 팔려가는 섬색시(속요), 님의 얼굴	조선지광 83호
1929. 2.19	수필	원산 내왕	중외일보
1929. 2	설문답	잘 웃고 잘 우는 여성 (내가 조케 생각하는 여자)	별곤건 19호
1929. 3.19-22	수필	초춘의 반도산하	조선일보
1929. 3.27-31	수필	석왕사의 춘색	조선일보
1929. 3.28-30	소설	재판장과 코	조선일보
1929. 3.31	시	종로행진곡(속요1)	조선일보
1929. 4	시	봄	신생 7호
1929. 4.4	시	강이 풀리면(속요3)	조선일보
1929. 4.5	시	아무데도 난 싫어(속요4)	조선일보
1929. 4	수필	단상잡기	조선지광 84호
1929. 4	수필	반도에 春色動	학생 2호
1929. 4	수필	버들	별건곤
1929. 4.27	수필	치마 한감에 삼원도 비싸다	조선일보
1929. 5	수필	문병갓다가	문예공론 2호
1929. 6	시	젊은이들아, 그리운 곡조	별건곤

발표일	분류	제 목	발표지
1929. 7	기행	논개야 논개야 부르며 초하의 촉석루 차저	삼천리
1929. 8	시	손톱으로 새긴 노래	조선지광 86호
1929. 8.10	시	삼방과차, 心自閑, 적멸	조선일보
1929. 8	수필	인생의 綠陰	학생 5호
1929. 10.30	시집	『詩歌集』(李光洙, 朱耀翰, 金東煥 共著)	삼천리사
1930. 1	시	우유차, 그이 그리워	신소설
1930. 1	시	십사인묘	조선지광 89호
1930. 1	수필	민요감상	삼천리
1930. 4	시	사공의 노래, 사공의 아내, 아리랑, 지게꾼, 갈매기, 시골색시	삼천리
1930. 5.18	시	근조남강선생	조선일보
1930. 5	수필	문예잡감	삼천리
1930	시	꽃의 삼천리	『해당화 필 때』[2]
1930. 7	시	한강 지키자	삼천리
1930. 7	기행	대동강과 선죽교	삼천리
1930. 7	번역	불란서, 독일, 노서아 국가	삼천리
1930. 7	설문답	책과 절연하라 (귀향 학생들에게의 부탁)	학생 16호
1930. 9	시	팔월의 바람, 오호, 수재	삼천리
1930. 9	시	일광과 자장가, 말을 타고, 그사람, 기다림	대중생활
1930. 9	평론	애란의 부활제 난동	삼천리

---

2) 김동환이 엮은 가곡집으로 삼천리사에서 간행했다.

발표일	분류	제 목	발표지
1930. 10	수필	만월대의 추야월	삼천리
1930. 10	번역시	고향의 하늘(蘇格蘭민요)	삼천리
1931. 1	시	김옥균묘, 목화따는 소녀	동광 17호
1931. 1	평론	露西亞의 盲詩人 에레시엥코	삼천리
1931. 1	수필	쎌렐의 「윌리암 텔」	삼천리
1931. 1	수필	牙山古戰場에서	삼천리
1931. 1	설문답	오직 깃브다(신미년을 맞음)	동광 17호
1931. 2	시	불국사의 동백꽃, 청춘, 풍년이 왔구나	삼천리
1931. 3	시	강남제비(소곡)	삼천리
1931. 4	수필	奈巴倫의 연애	삼천리
1931. 4.21-24	평론	문예시평에 대하야 ── 한설야 씨에 답함	조선일보
1931. 6	수필	이순신과 一錢운동	삼천리
1931. 7	시	수리개	삼천리
1931. 7	수필	잡감	삼천리
1931. 9	시	고독의 가을, 기다림, 황혼의 수표교	삼천리
1931. 9	시	애원성	신여성
1931. 9	수필	해당화 필 때──명사십리에서	삼천리
1931. 10	시	백운심, 조심	삼천리
1931. 10	평론	조선여성의 사상 검토	신여성
1931. 10	수필	장덕수씨에 與하는 공개장	삼천리
1931. 11	번역시	분묘(중국 陸志韋)	삼천리
1931. 12	시	행진, 나무꾼타령, 점심나르기,	삼천리

발표일	분류	제 목	발표지
		눈날리는 밤	
1931. 12	설문답	빗은 어둠에서	삼천리
		(내가 조와하는 소설 중의 여성)	
1932. 1	시	맹세	삼천리
1932. 1	수필	송아 주요한 씨	신동아 3호
1932. 2	수필	부벽루(고도의 봄빗)	삼천리
1932. 2	수필	해삼위 부두의 흰 눈을 밟으면서	신여성
1932. 2	설문답	최초의 저서『국경의 밤』	삼천리
1932. 2.5	평론집	『平和와 自由』	삼천리사
1932. 3	시	백두산월, 장별리(민요시작 2편)	신여성
1932. 3	시	춘우, 삼년후	신생 39호
1932. 3	수필	기념사	아이생활
1932. 3	설문답	조고마한 추억(괴테와 나)	문예월간 2호
1932. 4	시	동백꽃	『신문학선집』[3]
1932. 4	수필	철혈의 세례	신문학선집
1932. 4	수필	수표교 畔吟	삼천리
1932. 4	기행	백마강과 불국사	『신문학선집』
1932. 5	설문답	민족운동의 체계화	동방평론 2호
1932. 5.1	수필	수표교 반음	삼천리(初夏호)
1932. 5.15	수필	수표교 반음	삼천리(夏節호)
1932. 6	시	아홉 과부	여인 창간호
1932. 6	설문답	녹음·산수	신생
1932. 6.15	기행	부여에서	삼천리
1932. 8	수필	埋葬 후기	삼천리

---

3) 김동환이 엮었으며 삼천리사에서 간행하였다.

발표일	분류	제 목	발표지
1932. 9	수필	애수의 고향	신동아 11호
1932. 10	시	향불	만국부인 창간호
1932. 10	수필	창간사——여성과 고민	만국부인 창간호
1932. 11	수필	수표교 반음	삼천리
1932. 11	기행	가을의 신라산하	삼천리
1932. 11	설문답	신극 운동의 수립	신동아 13호
1932. 12	시	이 땅에 둥주리치라	삼천리
1932. 12.1	시	제야	조선일보
1932. 12	시	조(弔)	신인간
1932. 12	번역	독일국십계	삼천리
1933. 3	시	봄맞이	삼천리
1933. 3	수필	청춘예찬	여성조선
1933. 4.25	시	구름	『색진주』[4]
1933. 4	희곡	능수버들, 어두운 데로	삼천리
1933. 4	수필	고독의 春宵	삼천리
1933. 6	시	열여덟의 꿈, 옥수수	신여성
1933. 7	설문답	방학과 학생	신여성 2권 7호
1933. 8.20	시	방아타령	5대 레코드회사 대유행신창가집
1933. 9	수필	종각 雜記, 문인의 출세작	삼천리
1933. 9	평론	조선 현재 친미파 친로파 세력관	삼천리
1933. 10	시	실의, 추초, 추풍, 월광, 추천	삼천리
1933. 10	수필	종각 잡기	삼천리

4) 박기혁이 엮고 활문사에서 간행하였다.

발표일	분류	제 목	발표지
1933. 11	시	즉흥시	조선문학 4호
1934. 3	설문답	나오는 동무들에게	배재 16호
1934. 5	시	바람은 남풍	삼천리
1934. 5	수필	종각 잡기	삼천리
1934. 5	설문답	십년갈 명작 백년갈 명작	삼천리
1934. 6	시	청년의 노래, 그리운 제주도, 가실 길 막으려, 정한가(창), 대동강의 뱃노래, 홀로 핀 동백꽃, 고향의 하늘, 금년도 헛 피었소, 룸펜의 노래	삼천리
1934. 6.12	수필	살풍경한 쩌른 생애 ——서해의 3주기에(상)	조선중앙일보
1934. 6.13	수필	후계자 업는 아까운 그의 작품 —— 서해의 3주기에(하)	조선중앙일보
1934. 7.8	수필	산수의 미와 애착심	동아일보
1934. 7.26	수필	僧院의 조석(나의 하로)	동아일보
1934. 7	설문답	명사들의 이상과 낙원	신인문학 1호
1934. 8.26	평론	민요진흥소견	조선중앙일보
1934. 8.28	시	인생은 30부터(민요), 국사당(민요)	조선중앙일보
1934. 8	수필	진주와 촉석루, 대구장대의 상망, 부산의 潮風	삼천리
1934. 9	시	추야장	삼천리
1934. 9	시	은촉대	신인문학
1934. 10	설문답	한글 중시주의와 옹호 주장을	한글 16호

발표일	분류	제 목	발표지
		가지자	
1934. 11	시	바다바람, 약수터, 댕기	개벽 속간호
1934. 11	시	즉흥시(한시)	삼천리
1935. 3	시	송화강 뱃노래, 청노새, 꿈, 로맨스, 산너머 남촌에는	삼천리
1935. 4	수필	근래의 작품	학등 15호
1935. 6	수필	純宗의 御學友記	삼천리
1935. 6	수필	서정시인 하이네와 사랑	삼천리
1935. 7	수필	근래의 작품(2)	학등 17호
1935. 9	시	담바꾸야, 반월성, 한양학생가, 방랑가, 님 그리는 정, 빗, 창천유정, 불승청원, 나의 묘비명	삼천리
1935. 9	수필	생전의 서해 사후의 서해	신동아 47호
1935. 10	설문답	영화화하고 싶은 작품과 감명 깊었던 영화	영화시대
1935. 11	시	옥퉁소(민요)	조광 1호
1935. 11	수필	나와 붕어	조광 1호
1935. 12	시	첫치마, 그애 나이, 귀도 없니 입도 없니, 달밤, 원두꽃 필 때, 달 뜨는 것, 파랑새, 꿈길, 귀도 없나 입도 없나 (「귀도 없니 입도 없니」의 개작), 옥퉁소(「옥퉁소」의 개작)	삼천리
1936. 1	수필	새해의 새 기원	삼천리
1936. 1	설문답	신년좌우명	아이생활

발표일	분류	제 목	발표지
1936. 3	설문답	금은보화는 다 가져가도 아이들만 두고가소	아이생활
1936. 3.15	편저	『朝鮮名作選集』	삼천리사
1936. 4	시	기다림, 혼잣속	삼천리
1936. 6	시	구름	삼천리
1936. 7	설문답	무전여행(귀향하는 학생에게)	중앙 33호
1936. 10	수필	말 못할 그 무슨 책	아이생활
1937. 1	평론	삼천리 논단	삼천리
1937. 1	설문답	작가, 작품연대표(부기)	삼천리
1937. 5	시	청원 4장	삼천리
1937. 5	수필	선비의 혼	문원(文園) 2호
1937. 5.1	수필	돈을 먹는 출판, 원고료에 후한 조선	삼천리
1937. 12.1	수필	보신각 半月記	삼천리
1938. 1	시	별후	삼천리문학 1호
1938. 1	수필	소월시초	삼천리문학 1호
1938. 4	시	해당화도 피기 전에	여성 25호
1938. 4	수필	春服	삼천리문학 2호
1938. 4	수필	요한시초	삼천리문학 2호
1938. 5	평론	中央報財産 10만원의 處置	삼천리
1938. 5	수필	권문세가의 반성을 촉함	삼천리
1938. 10	기행	청주의 반월성	삼천리
1938. 11	수필	김옥균 선생의 묘(추야월 고인 생각)	삼천리
1938. 12	수필	불국사의 瑞西 황태자	삼천리

발표일	분류	제 목	발표지
1939. 3	시	진달래, 댕기, 봄소낙비	여성 39호
1939. 4	시	춘원초	조광 42호
1939. 4	시	청원집	문장 3호
1939. 6	수필	문화교역의 큰 사명	삼천리
1939. 9	수필	수표교	박문 11호
1939. 10	시	높은 성에 올라, 목화꽃 날리는	조광 48호
1939. 12	시	사나이 심정	조광 50호
1939. 12	설문답	금년 중에 가장 우수한 영화, 소설, 미술, 연극, 음악 (소화 14년의 총결산)	신세기 10호
1940. 3	시	춘수	문장 14호
1940. 3	시	객수	인문평론 6호
1940. 3	시	능수버들	여성 48호
1940. 3	수필	봉축, 건국제	삼천리
1940. 3.19-22	수필	將臺와 성루 ——팔도의 승지를 차저서	매일신보
1940. 4	시	함박꽃, 삼밭, 돌배나무	조광 54호
1940. 4	수필	봉축, 천장가절	삼천리
1940. 5	시	심화초, 첫 여름밤의 꿈	삼천리
1940. 5.20	연설집	『愛國大演說集』	삼천리사
1940. 6	시	아주까리 동백꽃	여성 51호
1940. 7	시	즐거운 세상, 아무도 모르라고, 어느 한 분 머언 데 두고도, 멀구 송이, 가슴 속엔, 탱자, 강물이 하도 좋아서	문장 17호

발표일	분류	제 목	발표지
1940. 7	시	고독, 숙명, 고운 마음, 모두 다 받고자, 그대 손길, 우리 사이에, 씨앗이나, 생명의 힘, 마음의 고향, 내 행복, 공막(空寞)	삼천리
1940. 7.6	수필	전승과 문화의 강성	매일신보
1940. 7.10	시	비원, 탯거리, 봉선화 축이는, 봉선화씨 원, 찾지를 못하고, 젊음의 힘, 재촉편지, 노래부르는 뜻	조선일보
1940. 7	수필	국방관념과 상무열의 고취	삼천리
1940. 7	수필	탄환과 펜의 인연	삼천리
1940. 7.27	수필	근대인과 예의생활	매일신보
1940. 8	시	기(희랍적 정열), 천지의 기쁨에 부엉새, 세모래, 황혼에, 촌각시되어, 부끄러움, 버들피리, 실인, 은날개	인문평론 11호
1940. 9	시	해당화, 샘물인 양, 거문고 안은 이 아끼고 감출, 희랍여인, 사랑하는 이에게, 무현금, 하늘이 뜻있는 양, 내일날, 물항아리, 어떤 사내의 '무도회의 수첩'	삼천리
1940. 9	수필	제2의 고향	조광 59호
1940. 9	설문답	我觀 「近衛首相」, 我觀 「히틀러총통」	삼천리
1940. 10	시	뜬소문	여성 55호

발표일	분류	제 목	발표지
1940. 11.19	수필	신윤리의 수립 ——국방 국가의 입장에서	매일신보
1940. 12	시	포도밭머리, 천, 그리움, 누베, 분두지, 새장 둘러메고, 샘, 부드러운 손길, 넋이, 별후, 이길 끝간 데에, 샘, D양에게, 낙엽, 오솔길, 추풍에 부치는 편지, B여사에게	삼천리
1940. 12	수필	조선신체제와 오인의 긴장, 상무정신의 고조	삼천리
1940. 12	시	일천병사의 '수풀'	삼천리
1941. 1	시	伯林凱旋	삼천리
1941. 1.1	평론	국민문학의 창건 ——국책과 협력하는 문학	매일신보
1941. 2	설문답	이천육백년 원단의 覺	家庭の友
1941. 2.24-27	수필	문화부대의 신궁공역봉사기	매일신보
1941. 5.30	기행문집	『半島山河』	삼천리사
1941. 6	수필	愛國精神と志願兵(일문)	삼천리
1941. 7	시	남선기행(일문)	삼천리
1941. 9	시	뻐꾹새 우는 마을, 해당화 필 때, 즐거운 우리 가정	삼천리
1941. 9	수필	文化政策に就って(일문)	『朝鮮文化』 (연설집)
1941. 9.18	수필	건국영웅과 문화	매일신보
1941. 11	수필	임전보국단결성에 제하야(일문)	삼천리

발표일	분류	제 목	발표지
1941. 11	시	一千兵士の森・皐蘭寺にて (일문)	삼천리
1941. 12	수필	父老に代り 捨石たれ(일문)	삼천리
1942. 1	수필	日米開戰上 동양의 장래	국민문학 3호
1942. 1.10	시	비율빈 하늘우에 일장기	매일신보
1942. 1.12	시	대전과 반도아동	매일신보
1942. 1.13	시	米英葬送曲	매일신보
1942. 1.14	시	남국에서 오는 배	매일신보
1942. 1.15	시	남방만리 새동무	매일신보
1942. 2	수필	미국의 백가지 죄	半島の光 51호
1942. 2.6-7	시	이십오만군의 대진군	매일신보
1942. 2.20	수필	축삼배(新嘉波 함락과 문화인의 감격)	매일신보
1942. 3	시	남원기행(임관, 운봉과 차, 춘향각 앞에서, 오작교를 지나면서, 광한루에 올라)	대동아
1942. 3	수필	內外同胞に訴ふ(일문)	대동아
1942. 3	시	軍服집는 각씨네, 우리들은 七人(일문)	대동아
1942. 3.9	시	오호, 태평 양상의 '군신'	매일신보
1942. 5.1	시집	『海棠花 : 金東煥抒情詩集』	대동아사
1942. 6	설문답	전시의 건민은 국가재	건강생활 32권 6호
1942. 8	수필	청년대원에 고함, 적의 항복하는 날까지	『대전과 조선민』[5]

---

5) 김동환이 엮은 연설집으로 대동아사에서 간행했다.

발표일	분류	제 목	발표지
1942. 8	설문답	조선가무의 건전화를 위하여	조선춘추
1943. 8.7	시	님의 부르심을 바뜰고서	매일신보
1943. 11.6	시	勸君 '就天命'	매일신보
1944. 1.6	시	적국 항복 받고지고	매일신보
1944. 7.20	연설집	『朝鮮同胞に告ぐ』	대동아사
1944. 12.30	설문답	황국사상에 투철	매일신보
1946. 4.10	시	누나, 추석날	『조선동요선집(1)』[6]
1948. 5-8	희곡	날개펴는 날(3막)	삼천리 속간 1,2,4호
1948. 6	시	수표교에 서서, 님, 또, 소생의 노래	삼천리 속간 2호
1948. 6	수필	선지자 에레미와와 島山, 우리 무명전사묘지의 설계, 우리 마을의 텔, 참새 열두마리	삼천리 속간 2호
1948. 6	수필	寸言集	삼천리 속간 2호
1948. 7	시	북악에 올라(파인시초)	삼천리 속간 3호
1948. 7	수필	대통령께 드리는 관, 용감, 자유, 寬仁, 여덜 閣氏와 여덜 무덤, 목가와 과학	삼천리 속간 3호
1948. 8	시	고구려에의 꿈길(파인시초)	삼천리 속간 4호
1948. 8	수필	국민 皆誦의 풍습, 감명의 하로, 한강유역과 포도밭, 따먹고 씨심으기로	삼천리 속간 4호
1948. 9	시	살아지이다(파인시초)	삼천리 속간 5호

6) 정태병이 엮고 신성문화사가 간행하였다.

발표일	분류	제 목	발표지
1949. 1	설문답	문화 중심의 국가로	삼천리 속간 9호
1955	수필	춘복 : 춘소수상 제1신	『현대평론수필선』[7]
1952. 4	수필집	『꽃피는 韓半島』	숭문사
1959	시집	『海棠花 ── 金東煥抒情詩集』	홍자출판사
1962. 3.30	시집	『돌아온 날개』	종로서관
1975	시집	『三人詩歌集』(李光洙, 朱耀翰, 金東煥 共著)	문학사상사
1975	시집	『海棠花』上, 下	문학사상사
1975	시집	『昇天하는 靑春』	문학사상사
1978	시집	『國境의 밤』	제일출판사
1984	시집	『이병기·이은상·양주동·김동환·김동명(韓國現代詩文學大系[5]』	지식산업사

---

7) 백철이 엮고 한성도서에서 간행했다.

1925. 5.20	팔봉산인, 「파인 시집 『국경의 밤』에 대하야」, 《동아일보》.
1926. 2.1-25	송아, 「이상주의와 현실주의 — 승천하는 청춘」, 《동아일보》.
1926. 4.1	양주동, 「3월 시단 총평」, 《조선문단》.
1927. 2.1	염상섭, 「문단 시평」, 《신민》.
1927. 4	요한, 「'참대밧' 외 작품 해설」 《동광》 12호.
1927. 5.10	주요한, 「신시 운동」, 《동광》.
1927. 6.13-14	유엽, 「평론을 평함」, 《조선일보》.
1927. 8	요한, 「'해안' 해설」, 《동광》 16호.
1927. 11.13-16	유도순, 「김동환 군의 '약산동대가'를 읽고」, 《동아일보》.
1928. 2.19	정순정, 「군소 비평가의 1인으로 김동환 씨를 박함」, 《중외일보》.
1929. 1.1-2.7	박팔양, 「조선신시운동개관」, 《조선일보》.
1929. 4.29	유도순, 「잘못 운 뻑국이 — 김동환 군의 시에 대하야」, 《중외일보》.
1929. 10.6	김명천, 「김동환 씨의 시를 읽고, 그의 시는 내 살이 되었다」, 《조선일보》.
1930. 3.7-9	曉種, 「파인 시편을 주로 하여 『삼인시가집』을 음미」, 《조선일보》.
1931. 4.15-20	한설야, 「문예시평」, 《조선일보》.
1931. 11.1	김안서, 「최근의 시평」, 《삼천리》.

1932. 7	김기림, 「김동환론」, 《동광》 35호.
1933. 8.2-8	이원조, 「최근의 창작평」, 《조선일보》.
1934. 1.1	김팔봉, 「조선문학의 현재의 수준」, 《신동아》.
1934. 11.27	한흑구, 「리앨리스트 시인 파인」, 《조선중앙일보》.
1939. 6.1	안서, 「삼천리와 余」, 《삼천리》.
1940. 7.23	김안서, 「파인과 백석(7월의 시단)」, 《조선일보》.
1942. 5.30-6.4	주요한, 「시단 시평」, 《매일신보》.
1957. 11	정태용, 「파인의 자연적 풍토」, 《현대문학》 35호.
1963. 1	주요한, 「김동환의 시 세계」, 《현대문학》 97호.
1966	임종국, 『친일문학론』, 평화출판사.
1971. 9	한흑구, 「파인과 최정희」, 《현대문학》.
1972	김남석, 「서정적 민요의 향토 색채」, 『시정신론』, 현대문학사.
1973	이명우, 「파인 김동환 연구 : 《삼천리》지 문학적 자료의 분석을 겸하여」, 고려대 교육대학원 석사 논문.
1975. 3	이해성, 「김동환의 생애 : 한국 현대문학의 재정리」, 《문학사상》 30호.
1975. 3	김우종, 「어두운 역사의 서사시 ── 문학사적 위치」, 《문학사상》 30호.
1975. 3	김종철, 「자기 객관화와 향수 ── 시 작품론」, 《문학사상》 30호.
1975. 3	홍기삼, 「한국 서사시의 실제와 가능성」, 《문학사상》 30호.
1976	정태용, 「김동환론」, 『한국현대시인연구·기타』, 어문각.
1977	조남현, 「파인 김동환론」, 《국어국문학》 75호.
1977	오세영, 「『국경의 밤』과 서사시의 문제」, 《국어국문학》 75호.
1977	오세영, 「김동환의 시와 시론」, 《인문과학논문집(충남대)》.
1977	오세영, 「역사로부터의 도피」, 《세계의문학》 4호.

1978	여윤동, 「김동환 연구」, 계명대 교육대학원 석사 논문.
1978	조남현, 「김동환의 서사시에 대한 연구」, ≪인문과학논총 (건국대)≫ 11집.
1980	오세영, 「파인 김동환 연구」, 『한국 낭만주의 시 연구』, 일지사.
1980	윤호병, 「시집 『국경의 밤』에 나타난 김동환의 시 세계」, ≪육사논문집≫ 20집.
1980	한영옥, 「파인 김동환의 시 특질 연구」, ≪연구논문집(성신여대)≫ 13집.
1980. 3	오양호, 「김동환론 —— 침몰과 상승의 서정」, ≪시문학≫.
1981	문병욱, 「김동환의 『국경의 밤』」, 『한국현대시작품론』, 문장사.
1981	염무웅, 「서사시의 가능성과 문제점」, 『한국 문학의 현단계』, 창작과비평사.
1981. 12	김용직, 「파인 김동환의 시론과 작품」, ≪한국문학≫.
1982	김용직, 「근대 서사시의 형성과 그 성격」, 임형택, 최원식 엮음, 『한국근대 문학사론』, 한길사.
1982	박경수, 「1920년대 민요시론과 그 시사적 성격」, 한국정신문화연구원 석사 논문.
1982	임종국, 『일제 침략과 친일파』, 실천문학사.
1982	장부일, 「파인 김동환 연구」, 서울대 석사 논문.
1983	육홍타, 「한국 서사시 연구 —— 이규보와 김동환의 작품을 중심으로」, 연세대 석사 논문.
1983	장부일, 「김동환의 현실 변용」, 『한국현대시사연구』, 일지사.
1984	김경옥, 「『국경의 밤』 연구」, 경북대 석사 논문.
1984	남정희, 「김동환의 장시 연구」, 성균관대 석사 논문.
1984	이병헌, 「김동환 연구」, 고려대 석사 논문.

1984   조성국, 「김동환 연구」, 서강대 석사 논문.

1984   이영희, 「김동환론」, 《논문집(호남대)》 4집.

1984. 5   민병욱, 「김동환의 서사적 세계와 갈래 체계」, 《현대시학》.

1985   김기현, 「김동환의 移民詩」, 《논문집(순천향대)》.

1985   이동하, 「김동환의 서사시에 대한 한 고찰」, 《가라문화》
              3호.

1986   김병걸, 김규동, 『친일문학작품선집 1, 2』, 실천문학사.

1986   김재홍, 『한국 현대시인 연구』, 일지사.

1986   송영목, 「파인의 『국경의 밤』」, 『한국 문학의 작품 세계』,
              도서출판그루.

1986   오성호, 「1920년대 민요시론의 형성 과정 연구 : 김안서,
              주요한, 김동환을 중심으로」, 연세대 대학원 석사 논문.

1986   이계양, 「『국경의 밤』에 나타난 시간 의식 고찰」, 《인문과
              학연구(조선대)》 8집.

1986   임헌영, 「영원한 방랑자, 영원한 패배자 ── 김동환의 인간
              과 문학」, 『모래야, 나는 얼만큼 작으냐』, 금문당.

1986. 3   김재흥, 「김동환, 서사적 저항과 순응주의」, 《소설문학》.

1987   임종국 엮음, 『친일논설선집』, 실천문학사.

1987   박정곤, 「김동환의 서사시에 관한 연구」, 영남대 교육대학
              원 석사 논문.

1987   민병욱, 「김동환의 시 세계와 서사 정신」, 『한국 서사시의
              비평적 성찰』, 지평.

1987   한이각, 「『국경의 밤』 소고」, 《태능어문(서울여대)》 4집.

1987   한이각, 「한국 현대 서사시 연구 ──『국경의 밤』과 『남해
              찬가』를 중심으로」, 서울여대 석사 논문.

1987. 1   김창수, 「전환기의 문학 양식 ── 김동환의 서사시를 중심
              으로」, 《문학사상》 171호.

1987. 3	권두환, 「승화의 의식으로 다룬 조국의 현실」, 《문학사상》 173호.
1987. 3	김봉군, 「나라 찾기 논리의 모순과 기다림의 미학」, 《문학사상》 173호.
1987. 3	김현자, 「정신적 그리움을 표상한 불의 시학」, 《문학사상》 173호.
1987. 3	이승훈, 「김동환 대표시 20편 이렇게 읽는다」, 《문학사상》 173호.
1987. 3	정효구, 「김동환 문학에의 입체적인 시각」, 《문학사상》 173호.
1987. 3	차한수, 「비극적 중층 구조와 서사적 충격」, 《문학사상》 173호.
1988	김혜선, 「한국 민요시 율격의 연구」, 경기대 석사 논문.
1988	이윤희, 「김동환 시에 나타난 장르의 복합성」, 이화여대 석사 논문.
1988	장윤익, 「파인 시의 성격과 출현 배경」, 《동양문학》 5호.
1989	김미현, 「1920년대 민요시 연구: 김억, 주요한, 김소월, 김동환을 중심으로」, 연세대 교육대학원 석사 논문.
1989	김봉군, 「김동환의 『국경의 밤』—— 서사적 충동과 상징의 공간」, 『한국 현대시 작품 연구』, 학문사.
1989. 5	홍신선, 「민요시론의 개발과 그 값」, 《현대시학》 242호.
1991	김규화, 「김동환 『국경의 밤』의 구조 분석과 그 교육적 적용」, 동국대 교육대학원 석사 논문.
1991	김용직, 「김동환」, 『현대 경향시 해석과 비판』, 느티나무.
1991	임종국, 『실록 친일파』, 돌베개.
1991	장부일, 「김동환 시의 양면성」, 『국경의 밤』, 미래사.
1992	김동환, 「『국경의 밤』의 비교문학적 고찰」, 《국어교육》

79 · 80호.

| 1992 | 신범순, 「『국경의 밤』의 서사적, 극적 형식과 신파극적 요소」, 『한국현대시사의 매듭과 혼』, 민지사. |

1992   신범순, 「『국경의 밤』의 서사적, 극적 형식과 신파극적 요소」, 『한국현대시사의 매듭과 혼』, 민지사.

1992   지현배, 「한국 현대 장시 연구」, 경북대 석사 논문.

1992   한봉욱, 「김동환의 『국경의 밤』 연구」, ≪논문집(동의공전)≫ 18집.

1993   김윤태, 「김동환」, 반민족문제연구소 엮음, 『친일파 99인 (3)』, 돌베개.

1993   윤한태, 「김동환의 단형 서사시 고찰」, ≪어문논집(순천향대)≫ 2집.

1993   이경훈, 「김동환의 민요시에 대하여」, ≪연세어문학≫ 25집.

1993   이월미, 「1920년대 민요시 연구 : 김억, 홍사용, 김동환을 중심으로」, 동아대 석사 논문.

1993   조남현, 「김동환의 『국경의 밤』 분석」, 『한국대표시평설』, 문학세계사.

1993   차한수, 「『국경의 밤』 고찰」, 『한국현대시인논총』, 충남대 출판부.

1993. 10   송희복, 「『국경의 밤』과 국제의 '기상도'」, ≪현대시≫.

1994   김영식, 『아버지 파인 김동환』, 국학자료원.

1994. 10   이재명, 「식민지 시대 시인들의 연극 활동 : 홍사용과 김동환을 중심으로」, ≪현대문학≫ 307호.

1995   최종성, 「김동환의 서사시 연구」, 상지대 교육대학원 석사 논문.

1995   김기현, 「김동환의 생애와 문학」, ≪우리문학연구≫ 10호.

1995   김기현, 「파인 김동환 연구」, ≪인문과학논총(순천향대)≫ 1집.

1995   김기현, 『한국 문학의 연구』, 수문서관.

1995   김영식 엮음, 『파인 김동환 전집』, 국학자료원.

1995	오세영, 「김동환론」, 『현대시인론』, 형설출판사.
1995	윤여탁, 「민요조 서정시론의 전개 —— 김억, 주요한, 김동환을 중심으로」, 『시의 논리와 서정시의 역사』, 태학사.
1995	윤한태, 「김동환의 『승천하는 청춘』 연구」, 『김기현교수 회갑기념논총』, 개문사.
1995	윤호병, 「김동환의 시 세계」, 『한국 현대시의 구조와 의미』, 시와시학사.
1995	이미원, 「파인 김동환 희곡 연구」, 《한국연극학》 7호.
1995	이인영, 「『국경의 밤』에 나타난 서사성에 관하여」, 『다시 읽는 역사문학』, 평민사.
1996	김영옥, 「한국 현대시의 서사성 연구 : 김동환, 임화, 신동엽을 중심으로」, 충남대 대학원 석사 논문.
1996	윤병호, 「파인 김동환 문학 연구」, 계명대 대학원 박사 논문.
1996	이정선, 「김동환의 서사시 연구」, 동덕여대 대학원 석사 논문.
1996	조용석, 「파인 김동환의 희곡 고찰」, 조선대 교육대학원 석사 논문.
1996	이숭원, 「북방 정서의 표현」, 『한국 현대시 감상론』, 집문당.
1996. 5	김영식, 「파인 김동환과 《삼천리》」, 《고서연구》 13호.
1996. 11.26	이어령, 「다시 읽는 한국 시 29 ——'웃은 죄'」, 《조선일보》.
1996. 12	황규수, 「한국 현대시와 시간 상징 : 만해, 상화, 파인의 시를 중심으로」, 《한국학연구(인하대)》 6·7집.
1997	정경희, 「《삼천리》를 통해 본 김동환의 언론관 연구 : 《삼천리》지 내용 분석을 중심으로」, 서강대 언론대학원 석사 논문.
1998	김영식, 『파인 김동환 연구 1』, 논문자료사.
1998	이향아, 『한국시, 한국시인』, 학문사.
1998. 9	송기한, 「『국경의 밤』은 과연 서사시인가」, 《시와시학》

31호.

1998. 10.19   정운현, 「명시 남긴 민족시인 끝내 변절의 길로」, ≪서울신문≫.

1998. 12   김영식, 「파인 김동환과 그의 저작」, ≪고서연구≫ 16호.

2000. 5   장윤익, 「김동환 시에 나타난 근대 의식」, ≪국제언어문학≫ 1호.

2001. 2   오성호, 『김동환 : 한 근대주의자의 행로』, 건국대출판부.

2001. 2   박호영, 「김동환과 이용악의 비교연구」, ≪국어교육≫ 104호.

2001. 2   김세아, 「김동환의 『국경의 밤』 서사성 연구」, ≪대전어문학≫ 18호.

2001. 3   정진석, 『역사와 언론인』, 커뮤니케이션북스.

2001. 6   장윤익, 「김동환 시에 나타난 선구자 의식과 근대 의식」, ≪월간문학≫.

2001. 7   강외석, 『일제 침략기의 한국 현대시 연구』, 국학자료원.

2001. 8   김용직, 「격랑기의 시와 인간 —— 파인 김동환론」, ≪문학사상≫ 346호.

2001. 8   김성수, 「김동환의 소설 '전쟁과 연애'와 서사시 『국경의 밤』」, ≪반교어문연구≫ 13집.

2001. 9   임헌영, 「『작고 문인 48인의 육필 서한집』 해설」, '파인 김동환의 문학과 삶' 자료전, 시화전, 작고 문인 육필 서한집』, 퍼펙트아트.

2001. 10   김연갑, 「파인 김동환의 '아리랑'」, ≪국악신문≫ 111호.

2001.   최동호, 「탄생 백 년을 맞는 시인들 —— 이상화, 심훈, 김동환의 시」, ≪내일을 여는 작가≫ 25호.

2001. 11   오세영, 「국민문학과 경향문학의 양면성 —— 세 번의 문학적 변모를 통해 본 파인 김동환의 문학 성향」, ≪문학사상≫ 349호.

2001. 11   고덕환, 「출판인 파인 김동환의 출판 활동」, ≪출판잡지연

구》 9권 1호.

2001. 11	유재엽, 「비애와 소망의 시 정신: 파인 김동환의 문학 세계」, 《출판잡지연구》 9권 1호.
2001. 11	부길만, 「파인 발행의 《삼천리 문학》과 《만국부인》 연구」, 《출판잡지연구》 9권 1호.
2001. 11	전영표, 「파인의 《삼천리》와 《대동아》지의 친일 성향 연구」, 《출판잡지연구》 9권 1호.
2001. 12	윤형두, 「출판인 김동환에 관한 소고」, 《고서연구》 19호.

작성자 김윤태 서울대 대학원 졸. 문학 박사. 한신대 학술원 연구교수.

현실성과 소설의 양상

박종화, 심훈, 최서해의 1930년대 장편소설을 중심으로

박상준(문학평론가 · 서울대 강사)

대상 설정과 연구의 초점

최서해와 심훈과 박종화를 함께 논하기란 여간 어려운 일이 아니다. 서로들 상이한 작품 세계를 구축했으며 창작 활동의 주된 시기가 얼마 겹치지도 않는데다가 1920년대 중기의 최서해를 제외하고는 소설사의 흐름에서 주류를 차지했다고 보기도 어려운 까닭이다.

사정이 이러하기 때문에 견강부회를 통해 단일한 기준을 마련하고 그에 비춰 이들의 작품 세계 중 일면만을 언급하는 것은 바람직하지 않다고 하겠다. 그렇게 마련되는 기준의 경우, 작품의 특질을 존중하기보다는 재단하거나 폄하하기 십상인 점도 고려되어야 한다.

이런 이유로 여기서는 이들의 창작 성과들 중에서 1930년대 장편소설을 주 대상으로 설정하고 거기서 확인되는 주된 특징을 밝히는 데서 그치고자 한다.

물론 궁색한 논의라 해도 검토의 초점이 없을 수는 없다. 여기서는 서구 서사 문학의 전통에 있어서 근대 장편소설 일반의 특징이라 할 '현실성'의 양상을 살피는 데 주안점을 두고자 한다. 인물들이 그 속에서 사건을 이루

며 맞서게 되는 작품 내 세계의 특징을 인물 구성과 서사 구성을 중심으로 파악해 보고자 한다. 이러한 특징이 빚어내는 작품 효과와 거기에 개입된 작가의 태도 등도 가능한 한 언급해 보고자 한다.[1]

최서해의 경우: 가족 단위 현실과 주제 표출의 맹목성

형식적인 면에서 볼 때 서해 소설의 가장 중요한 특징은 인물 및 서사 구성에 있어서 '가족'이 핵심적인 지위를 차지한다는 점이다. 이는 신경향 파 소설의 한 축을 담당하는 1920년대 중반의 작품들에서뿐만 아니라 작품 세계의 변모를 보였다고 평가되는 1920년대 후반의 작품들이나 유일한 장 편 『호외시대』의 경우에서도 마찬가지다.[2]

좌파적인 색채가 짙은 소설들의 경우, 두세 세대에 걸친 가족이 궁핍(또 는 그로 인한 질병)과 핍박에 고통받는 상태에서 혈육의 고통을 보다 못한 주인공이 광분하게 되는 구도를 즐겨 취하고 있다. 「기아와 살육」이나 「큰 물 진 뒤」, 「홍염」 등 신경향파 소설이 거의 그러하다. 고통을 겪는 식구에 대한 가족애와 정이 살인이나 방화 같은 급격한 사건 전개의 추동력으로 작용하는 것이다. 작품의 면모를 일신하고 있는 1920년대 후반의 작품들 중 상당수가 (중산층) 가정을 주 무대로 하고 있는 점도 사실이다. 이들 작 품이 밝을 수 있는 것은 외부의 문제가 차단된 가정으로 작품 세계가 좁혀 져 있기 때문이다. 이렇게 작품의 주제 및 효과는 거의 정반대로 바뀌었어

---

1) 넓게는 한국 근대 문학의 전개에 있어서, 좁게는 1930년대 문학계에 있어서 이들 세 작 가의 작품 세계가 어떤 의미를 띠는가 하는 점은 논의 구성상 긴요한 것이지만 필자의 천학비재(淺學非才)로 인해 후일을 기약해 볼 뿐이다.
2) 최서해 소설의 주된 특징을 지적하는 이하의 논의는 형식과 구성 측면에 국한된 것이 다. 최서해의 신경향파 소설 역시 단일한 것일 수 없는 상황에서(박상준, 『한국 근대 문 학의 형성과 신경향파』, 소명출판, 2000, 328~364쪽) 하물며 1920년대 중후기의 작품들 이 보이는 주제 및 분위기상의 차이를 무시하는 것은 전혀 아니다. 사정이 이러함에도 불구하고 소략한 논의로 최서해 소설들의 특징을 꼽는 데는 인물과 서사 구성상의 가족 범주가 첫손에 와야 하리라고 여겨진다.

도 식구와 가족 혹은 가정을 중심으로 작품 내 세계와 인물들을 구성하고 그 관계 속에서 사건이 전개되는 방식에는 변화가 없음을 알 수 있다.

약간 확장되기는 했어도 이러한 점은 『호외시대』에서도 마찬가지다. 대단한 분량의 장편이면서도 『호외시대』의 인물군은 실상 단순하다. 홍재훈 부부와 그 아들 찬형 및 그의 아내, 큰딸 경순, 작은딸 경애에다 홍재훈을 부친처럼 따르는 주동 인물 양두환을 홍씨 일가로 묶을 수 있다. 이 인물군에는 자신을 희생하면서까지 찬형과 홍씨 집안에 보탬이 되고자 하는 이정애와 두환의 일이라면 아무런 사심 없이 유무형의 도움을 제공하는 류숙경까지 포괄해도 무방하다. 이들 사이에는 넓은 의미의 가족주의가 자리하고 있는 까닭이다. 여기에 경애를 파탄에 빠뜨리는 김홍준과 정애를 첩으로 삼게 되는 허성찬 및 그를 도와주는 김정자, 삼성 은행에서 두환과 함께 근무하던 김동준, 기생 홍련을 더하면 의미 있는 인물이 모두 망라된다. 끝의 두 사람이 주 서사의 전개와는 무관한 지엽적이고 삽화적인 인물임을 고려하면 『호외시대』의 인물 구성 역시 (넓은 의미의) 홍씨 일가와 부정적인 인물 몇으로 단순화된다. 서해의 여타 소설들 대부분처럼 가족의 범주를 벗어나지 않는 것이다. 더 중요하게는 이 작품의 중심 사건이 바로 홍씨 집안의 몰락과 그에 따른 고생을 보다 못한 양두환에 의해서 전개된다는 점이다. 이로써 『호외시대』의 경우도 인물 및 서사 구성에 있어서 가족이라는 사회 단위에 기초해 있다는 점에서 서해의 이전 소설들의 연장선상에 있음을 알 수 있다.

서해 소설 일반의 또 다른 주요 특징은 서술자(작가)의 발화 전략이라는 맥락에서 확인된다. 일찍이 김동인이 "설교적 강박력"[3]이라고 지칭했던 바, 작품 내 세계의 맥락을 무시하는 서술자의 전횡, 달리 말하자면 성급하고도 맹목적인 주제 표출이 그것이다. 신경향파 시기의 서해 작품들이 인물을 메가폰화했다는 것은 주지하는 사실이거니와 「갈등」과 같은 1920년대

---

3) 김동인, 「韓國近代小說考」, 『김동인 문학 전집』(대중서관, 1983), 12권 471쪽.

후기의 대표작들에서도 서술자의 언어를 통한 주제의 직접적 노출은 변하지 않는다.

맹목적인 주제 표출이라는 특징은 다소 변형되기는 하지만 『호외시대』에서도 관철된다. 『호외시대』가 주는 일차적인 충격은 작품 내 세계에서 '범법 행위'에 대한 죄의식이나 반성이 전무하다는 점이다.[4] 엉뚱하게 범인으로 몰린 사람에 대한 죄의식은 보이면서도(『호외시대』, 384~388쪽) 은행 돈을 빼돌린 데 대한 어떠한 죄책감도 마련하지 않는 것은 설득력을 얻기 어렵다. 삼성은행이 '조선 사람의 힘으로 세운 가장 큰 은행'(『호외시대』, 35쪽)이며 은행 자본과 노동자 간의 갈등 등이 그려진 것도 전혀 아니라는 점을 고려하면 더욱 그렇다. 자수하려는 양두환을 대신해서 홍찬형이 감옥행을 주장하고 그것을 부친 홍재형이 선뜻 동의하(고 어떤 면에서는 사주하)는 것(『호외시대』, 426~434쪽)도 현실성이 거의 없다고 하겠다.

이러한 무리를 무릅쓰면서 『호외시대』가 그려 내고자 하는 것은 혈육과도 같은 사람을 위해서 자기 자신의 인생을 완전히 바치는 인물형이며 그런 인물들의 행위가 담고 있는 덕목이다. 말을 바꾸면 이러한 인물형과 그가 보이는 덕목을 드러내기 위해서 앞서 말한 바 사회 일반의 동의를 얻기 어려운 방식으로까지 서사를 이끌어 나간 것이라 할 수 있다. 이야말로 맹목적인 주제 표출 혹은 주제 표출의 강박력이 드러나는 한 형식이라 하겠다.

이때의 주제는 무엇인가. 사람 살이에서 가장 중요한 것은 개인적인 일신과 영달 등이 아니라 몸을 던지는 보은(報恩)이라는 것이다. 자본주의 사회의 경제적 논리, 금권만능주의를 거부하고 도의와 정리의 맥락을 따르

---

4) 범행과 관련한 두환의 계획과 심사가 가장 밀도 있게 제시되는 부분을 보면, 홍재훈이며 그가 운영하던 공장 직원들, 학교의 어린 생도들을 위한다는 등 자기 합리화를 꾀하면서 그들이 말릴까 봐 홍재훈이나 찬형에게 알리지 않은 채 비밀스럽게 일을 진행하려 하고 있다.(『호외시대』, 문학과지성사, 1994, 308~316쪽. 이하 작품에서의 인용은 처음에만 주를 단 뒤 본문 속에 쪽수를 병기한다. 다른 작품들도 마찬가지다.) 이 과정에서 보이는 그의 주도면밀한 범행 계획은 도구적 합리성의 극치를 보여 준다. 목적에 대한 반성이 전무한 것이다.

는 보은이야말로 이 시대에 중요한 것이라는 생각을 담고자 했던 것이다.

두환이나 정애, 찬형 등 주요 인물들의 행위가 바로 이 점에 과도하게 집중되어 있는 까닭에 인물의 형상화에서도 미진한 점이 드러난다. "큰 목적"을 입에 달고 다니는 두환이 대표적인 경우다. 사상 단체의 회원이었다는 전력(『호외시대』, 73쪽)이 소개되기는 해도 그의 "큰 목적"이 무엇인지는 알기 어렵다. 삼우회라는 모임의 성격도 매우 불분명하며(『호외시대』, 80쪽) 뒤로 가서는 삼우회와 두환이 어떤 관계에 이르게 되었는지도 알 수 없게 되어 있다. 허성찬의 첩으로 들어간 정애가 계획하는 바가 무엇인지가 밝혀지지 않음으로써 정애라는 인물이 현실성을 잃는 것이나 가정이 있는 여자로서 두환의 일이라면 무엇이든 돕는 류숙경의 현실성이 약한 점도 같은 맥락에서 지적할 수 있다.

서사 전개상 필요할 때마다 급조하듯이 별안간 제시되는 인물의 등장 방식 역시 작가의 조급함을 증명하는데 이러한 조급함을 완화시키는 요소들은 전체 서사와의 관련이 전혀 없어서 구성상 결함을 노정하기도 한다.[5]

심훈의 경우: 부정적 현실과 긍정적 인물의 균열

심훈은 『영원의 미소』, 『직녀성』, 『상록수』 세 편의 장편소설을 남기고 있다. 그 외에 『동방의 애인』(1930)과 『불사조』(1931)가 있으나 연재 도중 중단된 것이다.

심훈의 장편소설들에 대해서 후기작으로 갈수록 저항 운동의 색채가 점점 약해진다는 지적이 있다. 미완으로 중단된 『동방의 애인』과 『불사조』에서 『영원의 미소』를 거쳐 『직녀성』과 『상록수』로 오면서 사회주의적 색채가 사라져 간다는 것이다.[6] 그러나 이런 파악은 문학 운동사의 맥락 혹은

---

5) 전자의 예로는 강순철 부분(177~180쪽, 182쪽, 194~195쪽)을 들 수 있고 후자의 예로는 홍련 부분(274~285쪽, 399~417쪽)을 지적할 수 있다. 두환이 그리워하는 정군 부분(264~267쪽)도 전체 서사와는 아무런 관련도 없는 사족에 불과하다.

좌파 문학의 성쇠라는 구도에서 보는 경우 외에는 설득력이 없고, 따라서 별다른 의미도 지니기 어렵다. 각 작품들이 보이는 의도를 존중하지 않고 보고 싶은 것만 골라 보게 만드는 외재적인 기준으로 재단한 결과라고 생각되기 때문이다.

당연하게도 장편소설이란 대체로 복합적인 서사 구성을 보이며 주제적인 측면에서도 단일한 맥락으로 한정되지 않는다. 이 점과 관련해서 볼 때 심훈 소설이 보이는 가장 큰 특징은 서사의 종결부와 여타 부분 사이에서 확인되는 분열상이다. 분열의 틈은 『상록수』에서처럼 다소 미미하기도 하지만 『직녀성』에서처럼 대단히 뚜렷하기도 하다. 작품의 효과가 특정 인물의 설정이나 결말 부분의 구성에서만 발해지는 것은 아니라 할 때, 이러한 틈을 확인해 가며 (복합적인) 주제를 파악하는 자세가 필요하다.

이런 맥락에서 볼 때 (대체로 작품 결말부를 통해) 현실에 뿌리박은 삶을 강조하는 공통점이 있지만 이상의 세 작품은 형상화의 초점이나 주제 측면에서 적지 않게 상이하다고 할 수 있다. 『영원의 미소』가 궁핍한 시대에서 이상을 잃고 절망할 수밖에 없는 상황(서병식의 경우)과 그와는 달리 희망을 찾으려는 의지(김수영과 최계숙의 경우)를 보인다면 『직녀성』은 봉건적 가족 제도하에서 핍박받고 소진되는 여인의 삶을 조명하는 데 초점을 둔 뒤에 (맥락을 달리하여) 그 극복 방안을 제시하고 있다. 이들과는 달리 『상록수』는 위의 두 작품이 끝난 자리에서 시작하는 셈이다. 농민 계몽을 위해 시종여일하게 헌신적으로 현실에 근거하여 살아가는 인물형을 보여 주고 있는 것이다.

이렇게 서사 전개의 대부분을 차지하는 측면에서 확인되는 의미와 종결 부분이 강조하는 의미 사이의 거리를 염두에 두고 주제 면에서의 작품 효과를 파악할 때, 이들 세 작품은 실상 하나의 계선으로 묶는 것이 적절하지 않은 양상을 보여 준다.

---

6) 조남현, 『한국소설과 갈등』(문학과비평사, 1990), 207~210쪽.

심훈의 장편소설들이 보이는 둘째 특징은 부정적인 현실을 외면하지 않으면서 그 어려움을 극복하고자 몸을 던지는 긍정적 인물을 내세운다는 점이다. 좀 더 포괄적으로 적절히 말하자면 인물의 긍정적인 면모, 곧 상황에 눌리는 것이 아니라 주동적으로 그리고 더욱 강렬하게 상황에 맞서는 면모를 부각시킨다고 하겠다.

이 점은 특기할 만한데, 인물의 긍정성이 강화된다고 해서 작품 속의 상황과 현실이 인물들에 의해 자의적으로 개변되는 것은 아니기에 더욱 그러하다. 오히려 정반대로 현실의 위력은 조금도 손상되지 않고 작품 내 세계에 작용한다. 『영원의 미소』의 서병식이 자살로 생을 마감하는 것이나 『상록수』의 주인공들이 겪는 고초와 채영신의 죽음, 『직녀성』에서 오해가 풀린 뒤에도 막내며느리인 인숙에 대한 시집 식구들의 태도에 실질적인 변화가 없는 점 등에서 이러한 사실이 잘 확인된다.

이렇게 본다면 심훈 소설이 보이는 긍정적인 인물 혹은 인물의 긍정성이란 기본적으로 현실의 위력을 인정하여 작품 내 세계에 반영하되 그 현실의 부정적인 힘에 맞설 수밖에 없는 상황 속에 인물을 두거나 그들에게 강건한 의지를 부여하는 방식으로 구축된다고 하겠다.[7] 현실의 부정적인 힘을 담지하고 있는 인물들, 곧 매판 자본가나 지주 등의 윤리적 타락상을 강조하거나 그것을 원인으로 그들을 몰락시키는 방식 등을 통해서 주동 인물들의 긍정성을 대비적으로 부각시킴도 덧붙여야겠다.

심훈 소설의 긍정적 인물들은 세 가지 점에서 주목을 요한다. 카프 문학에서의 '매개적 인물'이나 '완결된 인물' 등속이 아니라는 점이 첫째인데 이는 이들의 의식 수준 혹은 상태가 완전무결한 것으로 '주어진' 것이 아님을 뜻한다. 작중 현실 속에서 긍정적 인물이 긍정적이게 되는 맥락이 부여되고 있다는 것이다. 『상록수』의 박동혁이 건배의 배신과 같은 이런저런 사단을 겪은 후에 경제적인 문제를 해결하는 데로 시선을 돌리게 되는 것이

---

7) 단순한 도식화의 위험을 무릅쓰고 인물을 대입해 본다면 박복순과 이인숙 등이 전자에 해당하고 김수영, 박동혁, 채영신, 박세철 등이 후자에 해당한다.

라든지[8] 『영원의 미소』의 김수영이 농촌의 참상을 절감하고서 마음을 다잡는 것이라든지[9] 『직녀성』의 이인숙이 오랜 고난 속에서 자기 주체성을 찾아가는 것[10] 등이 그러하다.

다음으로는 '긍정적'인 면모가 바로 농촌 현실을 개선하는 데서 구현된다는 점이다. 식민지 치하 국민의 80퍼센트가 농민이고 그 대다수가 소작농인 사실을 염두에 둘 때 일견 당연하다 싶기도 하지만 당대를 풍미했던 카프의 변혁 이론과 작품들의 양상에 비춰 보면 강조할 만한 것이라 할 수 있다.

끝으로 바로 이러한 인물형의 구축으로 인해서 앞서 말한 바 작품의 분열상이 두드러진다는 점이다. 남성중심적, 가부장제적 가정의 문제를 뼈저리게 겪고 통찰하게 된 이인숙이 작품 말미에 가서 농촌 운동에 가담하게 되는 『직녀성』의 경우가 대표적인 예라 할 수 있다. 작품의 주제를 심각하게 분열시키기까지 하기 때문이다. 『영원의 미소』의 최계숙이 김수영을 따라가는 과정의 할리우드 영화 같은 과장(『영원의 미소』, 474~476쪽)이나 『상록수』에서 박동혁이 청년회 회원들의 빚을 탕감하는 방식(『상록수』, 228~237쪽)이 주는 가십적 성격은 이런 분열상을 봉합하기 위해 어쩔 수 없이 끌어들인 것이며 바로 그러하기 때문에 역으로 분열상을 증명해 주는 것이기도 하다.

심훈의 소설들이 (특히 후반부나 종결부에 가서) 인물의 긍정성을 부각시키는 까닭에 분열된 모습을 보이며 그러한 긍정적 면모가 농촌 현실에 투신하는 것으로 대차 없이 설정된다고 할 때, 이들 작품들의 차이를 낳는 요소 곧 종결부와 분열상을 이루는 국면의 특징을 언급해 둘 필요가 있다.

익히 알려진 『상록수』를 잣대 삼아 말하자면 『상록수』가 투철한 의지에 기반한 농촌 운동에의 헌신을 부각시키는 반면 『영원의 미소』는 이상을 포

---

8) 『상록수』(청화, 1983), 216~218쪽.
9) 『영원의 미소』(어문각, 1982), 420~424쪽.
10) 『직녀성(下)』(한성도서주식회사, 1954), 181~182쪽, 260쪽, 296~297쪽 등.

기하고 좌절 속에서 끝내 생을 포기하게 되는 삶과 그와는 반대로 실현 방침을 갖지 못한 막연한 이상을 좇는 대신 농촌 현실로 들어가게 되는 과정에 초점이 맞춰져 있다 할 수 있다. 서병식과 그에 대비되는 김수영이나 최계숙의 행적이 앞뒤에 해당된다. 덧붙여서 최계숙의 경우에는 신여성적인 허영심과의 결별도 포함된다. 『직녀성』은 두 작품에 비해서뿐만 아니라 한국 근대 소설사 일반에 비추어도 특기할 만한 작품이다. 여기서 서사의 주된 전개는 반봉건적 사회 풍토 및 가정 내에서 여자(며느리)에게 행해지는 불합리한 속박을 근간으로 하고 있다. 여성 차별이 행해지는 가정이라는 사회 단위의 문제를 집중적으로 그리고 다각적으로 형상화하는 까닭에 서술의 밀도가 대단히 높다. 치밀한 심리 묘사와 소소한 일상에 대한 주도면밀한 서술이 일정한 톤으로 지속되는 것이다. 시증조모까지 살아 있는 귀족 집안이라는 구성이 보편성을 다소 해치기도 하지만 생존 노동의 담당자로서 여성이 집안에서 겪는 문제들에 대한 적확한 포착은 높이 살 만하다. 세철과 봉희를 다른 편에 세워 (당시로서는) 이상적인 부부의 모습을 제시한 것도 이러한 주제 요소를 부각시키는 데 기여한다.[11]

박종화의 경우: 미분화(微分化)를 통한 현실의 무력화

역사소설가로서 박종화의 위치는 독보적인 것이라 말해진다. 장장 60여 년의 창작 활동 대부분이 장편, 대하 역사소설에 집중된 까닭이다. 이광수나 김동인과 달리 과거를 충실히 재현하고 민족 의식을 고취했다는 평가도

---

11) 『직녀성』에 대한 기존 연구들이 여성 문제에 대한 비판적 해부라고 할 이 소설의 주제를 강조하지 않거나 간과하는 데는 심훈의 소설 세계를 한 맥락으로 보려는 욕망에서 『직녀성』을 『불사조』와 연관시키는 데 연유하는 것으로 보인다. 유병석(「소설에 투영된 작가의 체험」, 《강원대학 연구논문집》 4집, 1970과 『20세기 한국 문학의 이해』, 한양대학교출판원, 1996, 77~89쪽)이 이러한 작업의 선편을 쥐고 있으며 전영태(「진보주의적 정열과 계몽주의적 이성」, 김용성, 우한용 엮음, 『한국 근대 작가 연구』, 삼지원, 1985)가 그 뒤를 이은 바 있다.

내려진 바 있다.[12] 그러나 『금삼의 피』나 『대춘부』, 『전야』, 『다정불심』, 『여명』 등 식민지 기간에 발표된 작품들을 볼 때, 이러한 평가에 마냥 동의하기는 어려운 것도 사실이다.[13]

식민지 시기의 월탄의 역사소설이 보이는 중요한 특징은 작품 내 현실이 미분화(微分化)되면서 무력해져 버렸다는 점에 있다. 현실 자체와 그 변화 운동으로서의 사건들이 잘게 쪼개짐으로써 현실성이나 서사성이 극도로 취약해진 것이다. 이와 관련된 맥락에서 기존 연구들은 월탄의 역사소설이야말로 정사에 입각한 것이라고 지적하는데 그쳐 왔지만 정사에 기초했다는 사실[14]이 곧바로 서사 구성의 완미함으로 이어지는 것은 물론 아니다. 그의 작품들은 대개가 위인걸사(偉人傑士)에서 하층민까지 망라하는 개개인들의 에피소드들로 조합되어 있는데 그러한 에피소드들은 상호 긴밀한 관련 없이 병치되어 있는 편이다.

또한 에피소드들의 성격 자체도 대체로 보아 서사성의 강화와는 반대로 기능하게끔 짜여 있다. 민담 수준의 특이한 이야기가 주종을 이루는 것이다. 이들은 인물들의 기행이나 범인을 웃도는 처세, 보통 사람들은 보이기 어려운 기지와 담력 등을 한껏 강조하는 경향을 보인다. 이러한 에피소드들에서 인물의 행위는 내적인 신념이나 세상을 바라보는 믿기지 않는 혜안, 상상을 불허하는 능력 등에서만 추동력을 받을 뿐 역사적 현실이나 주변 상황이나 다른 인물들과는 사실상 무관하다. 누이의 충고로 폐비 윤씨에게 내리는 사약 집행에서 빠지게 되는 허종, 허침 형제의 일화나[15] 청나라 황제의 침실에서 모자를 훔쳐 내오는 일지청의 삽화나[16] 부친의 묘를 잘 쓰

---

12) 윤병로, 『한국 근현대 문학사』(명문당, 1991), 159~161쪽.
13) 실증이 뒷받침되지 않은 호의적인 평가들에 대한 정확한 비판으로 송백헌의 연구를 들 수 있다.(『한국 근대 역사소설 연구』, 삼지원, 1985와 『우리 문학과 그 현장』, 국학자료원, 2001 중 「박종화론」 참조)
14) 이 점도 실증적으로 꼼꼼히 따져 봐야 할 문제라고 여겨진다.
15) 『금삼의 피』(어문각, 1995), 118~120쪽.
16) 『대춘부』 전편(前篇)(을유문화사, 1955), 138~168쪽.

고자 김씨 일가의 벼루를 활용하는 이하응의 기지[17] 등은 한갓 옛날 이야기라 할 것이다.

이러한 에피소드들이 작품의 구성 원리가 되다시피 자주 등장한다는 데서 월탄 역사소설의 특징과 한계가 드러난다. 크게 보아서는 시간의 전개에 따라 역사적 사건을 구축해 가는 것처럼 보이지만 내부적으로 세밀하게 보면 자율적인 성격을 지닌 구체적인 사건들이 연관 없이 중첩되어 있을 뿐이어서 전체 서사의 흐름을 이끄는 작품 내적인 추동력은 찾을 수 없다. 작품 내 세계에 있어서 변화, 운동하는 현실 자체가 몇몇 개인들의 언행으로 대체됨으로써 실종된 것인데 이를 두고 현실의 미분화(微分化)에 따른 무력화라 할 수 있겠다.

『금삼의 피』의 경우는 역사적 현실 자체가 극도로 축소되어 사실상 실종된 경우라 할 수 있다. 연산군을 인간적인 측면에서 조명했다고 지적되기도 했지만, 말 그대로 진정성을 확보하기 힘든 궁중 비화를 그리고 있을 뿐이다. 진정성이 의심되는 것은 개개 인물들의 사적인 욕망만이 모든 사건의 추동력이 되는 까닭이다. 폐비나 정씨의 경우가 성종의 총애를 두고 서로 의심하고 경쟁하는 것이나 연산의 후궁들이 그의 환심을 사고자 노력하는 것들, 연산이 생모의 원수를 갚고자 하는 것들 모두가 사사로운 감정 차원의 문제다.[18] 이런 상황에서는 신분, 계급적 이해라든가 국가의 경영이라든가 하는 사회 역사적인 맥락의 문제가 중시되지 못한다. 설혹 작품의 내용이 역사적 사실에 부합하는 것이라 해도 서사의 기본 축이 이렇게 개인의 자의적인 욕망의 전횡에 맞춰지고 현실적 역학 관계는 누락된 까닭에 실상 소설이라기보다는 이야기에 가까워지는 것이다.

병자호란을 배경으로 하는 『대춘부』 역시 유사한 면모를 보인다. 중요 인물들의 사사로운 행적만이 전면화되어 부분적인 재미와 극적 긴장은 고조될지라도 전체 서사의 흐름이 주는 무게나 긴박감은 찾기 어렵다. 병자

---

17) 『전야』(어문각, 1982), 51~60쪽.
18) 유일하게 대왕대비만이 국가 곧 왕권을 탄탄히 유지하는 데 관심이 있을 뿐이다.

호란기가 실패한 역사임에도 불구하고 이 작품에서는 의인과 열녀와 충신 등 훌륭한 인물들이 셀 수 없이 많이 등장해서 오히려 이때가 민족적 기개를 현양(顯揚) 창달(暢達)한 시기인 것처럼 느껴지게 된다.

월탄의 역사소설에서 사회경제사와 민중사가 거의 누락되고 정치사 역시 몇몇 개인들의 행적 차원으로 축소되어 버린 데는 두 가지 원인을 들 수 있다.

작품 내적으로 보자면 주요 인물의 내면과 행적에 대한 작가—서술자의 태도가 모호해서 반성과 비판의 여지가 제거된 점을 지적해야 한다. 『금삼의 피』의 경우 연산의 행적에 대해 거리를 두고 기술한다기보다는 대체로 보아 인물과 서술자가 일체가 되어 그의 내면 묘사에 치중함으로써 반성적 성찰이 원천봉쇄되었다고 하겠다.[19] 이러한 사정은 대원군의 자리에 오르는 이하응의 행적을 철저히 그의 입장에서 서술하는 『전야』나 『여명』의 경우도 마찬가지고 청과의 화친을 주장하는 최명길이나 회천대업(回天大業)을 도모하는 임경업, 북벌을 기획하는 효종과 그를 따르는 이완 등 긍정적 인물을 형상화할 때 인물과 서술자 간의 거리가 자주 무화되는 『대춘부』 역시 예외가 아니다.

작품 외적 원인으로는 역사소설을 대하는 작가 월탄의 태도를 지적할 수 있다. 역사소설가로서 그가 중시하는 것은 해당 시대의 문물이나 풍속의 현상적 생생함과 정밀함일 뿐이다. 역사적 진실이라든가 역사학적 고증 등은 치지도외된 채 과거라는 '분위기'가 갖추어져 있는가가 문제될 뿐이다.[20]

---

19) 이렇게 개개 인물의 사적인 욕망(사사로운 감정 차원)에 의해서 사건이 추동됨으로써 현실성이 약화된 것은 "모든 일이 한 개 부질없는 장난"이라는 작가의 낭만적 시각(6~7쪽)이 서술 방식으로 철두철미하게 관철되었음을 의미하기도 한다.

20) 「역사소설과 고증」(≪문장≫, 1940. 10)에서 월탄은 "신수(神髓)! 그때의 시대적 분위기를 파악하면 그만이다."(138쪽) 하고 "시대 풍속과 생활 양상 또는 문물제도에 이르기까지 파고들어가 한 덩어리 분위기 속에 휩싸이지 않고는 얼른 붓을 잡을 수 없는 것이다."(139쪽)라 하여 자신의 창작상 주안점이 어디에 있는지를 밝힌 바 있다. '시대'라는 관자를 중시하다 보면 역사성이 게재되는 것처럼 보일 수도 있지만 유감스럽게도 그의 역사소설에서 '시대 분위기'는 의관 복색이나 문방구류나 주거 문화 등의 자연주의적 기

결어

이상으로 소략하고 거칠게나마 최서해와 심훈과 박종화의 작품 세계 일부를 살펴보았다.

최서해 소설의 경우 인물 및 서사 구성에 있어서 가족과 가정을 기반으로 하며 작품 내 세계의 현실성 약화에 구애되지 않고 주제를 표출한다는 점을 특징으로 한다. 『호외시대』에서는 사회 역사적으로 구애받지 않는 덕목과 가치를 강조하느라 서사의 전개가 실상 주요 인물들 사이의 정의적 관계를 원리로 해서만 이루어지고 있다.

심훈의 작품들은 능동적이고 적극적인 인물들을 제시하여 주어진 상황의 한계 속에서나마 최선을 다하는 모습을 형상화하고 있다. 그로 인해 작품 세계가 분열된 모습을 보이는 것이 중요한 특징이 된다. '한계 속에서의 최선'이 모습을 드러내는 방식은 역사적인 맥락에서의 체제나 계급 상황을 주목하지 않은 채 형상화되고 주장되는 현실 중시의 태도라고 할 수 있다. (체제나 상황이 문제되는 『영원의 미소』의 경우, 실제적 문제의 발생 직전에서 종결되고 있다.)

월탄의 역사소설들은 충효에 의해 구축되는 전근대적인 민족성으로 뭉친 인물 군상을 제시하고 있다. 실제적으로는 현실에 패배했지만 정신상으로나 기개상으로는 그렇지 않은 면모를 보이는 인물들 각각에 미시적으로 초점이 맞춰지면서 역사적 현실이 미분화되고 풍속 차원으로 떨어져 무력화됨을 알 수 있었다.

1930년대 문학사의 상황을 염두에 둘 때 이러한 모습은 정치적(좌파적) 이데올로기의 부재 혹은 소멸 이후 전개된 문학 상황의 몇 가지 양상에 해당된다고 할 수 있다. 카프가 대변했던 바 (넓은 의미에서) 소망으로서의 이데올로기를 중심으로 구축되는 서사성[21]이 소진되거나 좌절 혹은 폐기된

_____

술에 있어서 정확성의 문제로 축소되어 있다.
21) 작품 내 세계에 있어서 현실성을 갖춘 인물(계급) 간 그리고 인물 대 현실 사이에서의 갈등의 발생, 전개, 해결 혹은 해소 과정으로서의 서사(Erzählen)적 성격이다.

이후의 몇몇 작품형들인 것이다.

앞서의 정리에서 확인되는 작품 특성의 차이에도 불구하고 논의의 범주를 확대할 경우 이들로부터 한 가지 공통점을 찾을 수 있다. 위와 같은 특성을 낳은 형성 계기[22]로 꼽을 수 있는 '작가들의 조바심'이 그것이다. 현실적으로는 불행한 모습을 담아내면서도 희망찬 의지로 서사를 종결짓는 심훈의 방식이나 초라하고 한심한 역사를 기술하면서도 영웅이나 의로운 선비들의 우국의 정념을 기리는 월탄, 현실 논리를 무시하면서까지 특정 덕목을 강조하는 서해의 태도는 모두 작품을 이루는 요소 중에서 주제와 관련된 측면을 강조하고자 한다는 데서 공통점을 보인다.

이러한 조바심은 암울한 현실의 위력을 인정한 채 거짓 희망을 꿈꾸지 않으려는 내성소설이나 현실에 대한 해석을 삼가면서 현상의 표면을 담아내려는 세태소설과는 이질적이라 할 수 있다.[23] 실현될 수 없는 가치, 따라서 현실의 맥락에서 볼 때 거짓인 가치를 추구하며 그 추구가 실현될 수 있다는 혹은 실패한 것처럼 보여도 실상은 실현된 것이나 마찬가지라는 식으로 그린다는 점에서는 통속적이기도 하지만 달리 보자면 교술적 성격의 강화라고도 볼 수 있는 이러한 주제 표출의 강렬성에서 한국 근대 소설사의 전개상 이 작품들의 자리가 마련된다고 할 수 있을 듯도 싶다. 이 문제는 1930년대 소설계 일반의 특징을 파악한 위에서의 비교 검토를 통해서야 균형을 갖추며 해결될 수 있을 것이다. 차후의 과제로 남겨 둔다.

---

22) 이 개념에 대해서는 졸고인 「한국 근대소설 연구방법론 시고」, ≪한국학보≫ 87호, 1997 겨울 참조.
23) 임화가 긍정성을 살리며 지적했듯이 세태소설이나 내성소설이란 것이 희망의 포기나 자기배제로 단정될 수 있는 것은 물론 아니다(「세태소설론」, ≪비판≫ 61호, 1938. 4.1~4.6과 『임화 평론집-문학의 논리』, 서음출판사, 1989). 그러나 현실이나 역사를 재료 삼아 작품 내 세계를 축조함과 '동시에' 작가의 생각을 담아낸다는 점에서 우리가 검토한 소설들은 위의 이분법에서 벗어나 있다. 작품 세계의 진정성이 떨어진다는 점에서 가치를 잃을 수는 있어도 임화가 말하는 딜레마를 '인정하지 않는다'는 점은 주목할 만하다.

박종화 생애 연보[1]

1901년 10월 29일 서울 반석방 자암동(남대문 밖 서소문 근처)에서 내부 주
        사 송석 박대혁과 안동 김씨 사이의 3형제 중 차남으로 출생했다. 아
        호는 월탄, 조수루(釣水樓 또는 棗樹樓) 주인. 월탄의 집은 90칸 가
        량의 대저택으로 집안을 크게 일으킨 이는 조부인 송암 박태윤이었다.
1905년 사숙에 입학하여 12년간 한학을 수학했다. 월탄의 집안에는 지송욱이
        경영하던 책사 신구서림이 있었고, 월탄은 여기에서 많은 책을 볼 수
        있었다.
1916년 휘문의숙에 입학했다. 휘문에서 ≪피는 꽃≫이라는 등사판 회람 잡지
        를 만들기도 했고 정백(본명 정지현, 아호 노초)과 노작 홍사용을 알게
        되어 이후 깊이 사귀었다. 둘 다 학년으로는 월탄보다 하나 위였다.
1917년 김창남(18세)과 결혼했다.
1919년 12월 ≪서광≫ 창간호에 수필을 발표했다. 당시 ≪서광≫에는 정백이
        편집 책임자로 있었고 주간 이병조와도 마음이 통하는 사이였다.
1920년 3월에 휘문의숙을 졸업했다. 6월에 문학 동인지 ≪문우≫를 발간했는
        데, 이병조가 월탄과 정백에게 ≪서광≫ 외의 순문예지를 만들어 보자
        고 하여 계간지를 목표로 나온 것이 ≪문우≫였다. 9월에 ≪서광≫지
        에 시 「쫓김을 받은 이의 노래」를 발표했다.
1921년 배재 출신으로 '신청년'의 일을 보고 있던 나도향과 회월 박영희를 알
        게 되어 평생 지기가 되었다. 신청년을 주관하고 있던 최승일의 주창

---

1) 월탄 박종화의 생애 연보와 작품 연보를 작성함에 윤병로 교수의 저서 『박종화의 삶과
   문학』의 도움을 크게 받았음을 밝혀두면서 감사를 표한다.

으로 나도향, 박영희, 박종화, 현진건 등이 모여 새로운 잡지를 내고자 '白虹'이란 제호까지 지었으나 뜻을 이루지는 못했다. 그러나 후일의 ≪백조≫는 이것에 한 근원을 두고 있을 것이다. 5월에 황석우가 주관한 시 동인지 ≪장미촌≫에 시 「우유빛 거리」, 「오뇌의 청춘」을 발표했다. 9월에 첫 아이를 잃었다. 그 비통한 심정을 시 「만가」에 담았고 이 비보를 들은 박영희가 동경에서 써 보낸 조시가 「어린이의 항로」로 둘 다 ≪백조≫ 1호에 실렸다.

1922년   1월에 문학 동인지 ≪백조≫ 창간호를 냈다. 여기에 시 「밀실로 돌아가다」 등과 평론 등을 발표했다. 동인은 홍사용, 박종화, 나도향, 박영희, 현진건, 이상화, 노자영 등이었다. 장남 돈수가 태어났다.

1923년   1월에 평론 「문단의 일 년을 추억하야」를 발표했는데, 이 글에서 유명한 "역(力)의 예술"이 주창되었다. 2월에는 조부가 별세했다. 이해 초부터(늦어도 3월부터는) 팔봉 김기진이 문학적 변화를 촉구하는 서신을 보내면서 바르뷔스의 「지옥」, 로맹 롤랑의 「클라르테」, 中西伊之助의 「너희의 배후에서」 등 경향적인 작품을 읽어보라고 권해 왔다. 9월에는 단편 「목매이는 여자」를 ≪백조≫ 3호에 발표했다. 논자에 따라서는 이 소설을 우리 근대 역사소설의 첫 작품으로 보기도 한다.

1924년   3월에 발표한 「태팔칠팔」이란 글 속에서 이미 민중적인 예술을 주장하고 있다. 박영희의 경우 경향적인 문학으로의 완전한 전환이 1924년 말에서야 이루어지고 있다는 점을 생각한다면 월탄의 이 같은 전환은 대단히 빠른 것이었다. 그런데 월탄의 이 같은 빠른 전환은 오래 견지되지 못하고 1925년 하반기에는 경향 문학에서 이탈한 모습을 보여주고 있다. 이 같은 이탈은 아마 서울 부호 양반 출신이라는 실제 생활과의 괴리가 주는 갈등 때문이 아닌가 하는데 월탄 스스로도 "내가 내 환경에 대한 큰 고뇌를 가지고 섶에 누워 쓴 쓸개를 맛보는 듯한 비상한 고민과 쓰라린 모순의 사유를 느끼지 아니하였던들 회월보다도 앞장서서 팔봉과 같은 보조를 취하였을 것"이라고 말하고 있다. 어쨌든 1925년 2월의 파스큘라 강연회에는 파스큘라 구성원으로 참여한 것으로 보인다. 6월에 첫 시집 『흑방비곡』을 상재했다.

1925년   2월에 장녀 진수를 얻었다. 이 딸은 서너 살쯤에 병사했다고 한다.

1926년   이해 중반에 갑자기 붓을 놓고 상당한 공백기에 들어섰다.

1929년   문필 활동을 다시 시작했다.

1936년   3월에 장편 역사소설 『금삼의 피』를 연재하기 시작했는데 이후 근대 역사소설의 한 축을 이루게 된다.

1938년   11월에 첫 번째 소설집 『금삼의 피』가 박문서관에서 간행되었다. 이후 20여 종의 장편 역사소설을 단행본으로 발간했다.

1942년   3월에 수필집 『청태집』을 발간했다.

1943년   4월 17일에 결성된 조선문인보국회가 6월 17일 조직을 정비할 때 소설, 희곡부회의 상담역으로 이름을 올렸다.

1944년   친일적 내용의 수필 「입영의 아침」과 「동양은 동양 사람의 것」을 발표했다. 다음 해의 담화 한 편을 더하여 친일적 자세가 드러나는 글은 이 세 편뿐이고 끝내 창씨개명을 하지 않았다.

1945년   12월에 전조선문필가협회 부회장이 되었다.

1946년   5월에 두 번째 시집 『청자부』를 간행했다. 전국문화단체 총연합회 부위원장으로 민족주의 진영을 이끌었다. 9월에 동국대 교수로 취임했다.

1947년   9월에 성균관대 교수로 취임했다. 11월에 서울시 예술위원회 위원장에 임명되었고, 이후 행정부나 문화 단체의 수많은 집행, 심의, 자문 위원직을 수행했다.

1949년   5월에 한국문학가협회장, 6월에 서울신문사 사장으로 취임했다.(1954년 4월에 사임)

1950년   6·25 당시 그의 저택이 남하한 문학가동맹의 사무실로 쓰였다.

1951년   전국문화단체 총연합회 회장.

1952년   3월에 방중 문화사절단 단장으로 대만을 방문했다.

1954년   4월에 유네스코 한국 위원으로 임명되었고, 예술원 회원 피선에 이어

6월에 예술원 회장이 되었다.

1955년 7월에 예술원 제1회 공로상을 수상했다. 이후로 문화훈장 대통령장
(1962), 5·16 민족상 문학상 부문(1966), 국민훈장 무궁화장(1970)
등을 수상했다.

1957년 9월에 성균관대에서 명예문학박사 학위를 받았다.

1961년 회갑 기념으로『월탄 시선』을 간행했다. 대한성서공회 성서 개역 고문
으로 피임되었다.

1962년 2월에 성균관대를 정년퇴임하고 명예교수로 추대되었다.

1963년 한국문인협회 이사장. 성균관대 문리대 교수로 재취임했다.

1964년 2월에 한국예술문화단체 총연합회 회장에 피선되었다.

1965년 12월에 민족문화추진회 회장으로 취임해 고전 국역 사업을 추진했다.

1966년 5월에 5·16 민족상의 부상으로 받은 1백만 원으로 월탄문학상을 제
정했다.

1969년 9월에 한국문인협회 이사장, 예술원 회장을 연임하였다.

1971년 10월에 고희 기념식을 열고 기념 수필집『한 자락 세월을 열고』와 고
희송수기념문집『영원히 깃을 치는 산』을 발간했다.

1975년 10월에 충신동 자택이 도시 계획으로 헐리게 되어 평창동으로 옮겼다.

1978년 '세종문화회관'의 이름을 건의하여 명명되었다.

1981년 1월 13일에 작고했다.

박종화 작품 연보

발표일	분류	제 목	발표지
1919. 12	수필	努力과 懶散	서광 1호
1919. 12	수필	平壤行	서광 1호
1920. 3	평론	過去와 現在의 朝鮮의 佛敎	서광 4호
1920. 9	시	쫓김을 받은 이의 노래: 浪花의 한숨	서광 7호
1921. 5	시	牛乳빛 거리	장미촌 1호
1921. 5	시	懊惱의 靑春	장미촌 1호
1921. 6.2	시	忍耐하라	조선일보
1921. 7	시	해여진 褐色의 노래	신민공론 2호
1921. 7.12	시	붉은 밋친 여름이면은	조선일보
1921. 7.12	시	愛의 玉座로 나를 부를 때	조선일보
1921. 7.14	시	廢園에 누워서	조선일보
1922. 1	시	血書	신민공론 5호
1922. 1	시	密室로 도라가다	백조 1호
1922. 1	시	挽歌	백조 1호
1922. 1	수필	永遠의 僧房夢	백조 1호
1922. 1	평론	러시아의 民謠	백조 1호
1922. 5	시	黑房秘曲	백조 2호

발표일	분류	제 목	발표지
1922. 5	시	春의 小曲	백조 2호
1922. 5	시	白魚가튼 흰 손이	백조 2호
1922. 5	평론	嗚呼 我文壇(附月評)	백조 2호
1923. 1	시	紫金의 내 울음은	동명 18호
1923. 1	평론	文壇의 一年을 追憶하야:	개벽 31호
		現狀과 作品을 槪評하노라	
1923. 5	평론	抗議갓지 안흔 抗議者에게	개벽 35호
1923. 9	소설	목매이는 女子	백조 3호
1923. 9	시	死의 禮讚	백조 3호
1923. 9	시	老妓	백조 3호
1923. 9	시	愛道雅唱	백조 3호
1923. 9	시극	'죽음'보다 압흐다	백조 3호
1924. 2	소설	二年後	개벽 44호
1924. 2	평론	現文壇의 世界的 傾向:	개벽 44호
		아즉 알 수가 업는 日本文壇의	
		最近 傾向	
1924. 2	평론	文人印象互記: 金億君	개벽 44호
1924. 2	평론	文人印象互記: 玄鎭建君	개벽 44호
1924. 3	평론	新春創作評	개벽 45호
1924. 3.31	평론	太八七八(想華)	시대일보
1924. 5	평론	文壇放語	개벽 47호
1924. 6	시집	『黑房秘曲』[2]	조선도서
1924. 8	수필	雨蕭蕭	개벽 50호

---

2) 「黑房秘曲」, 「懊惱의 靑春」, 「自畵像」, 「푸른 門으로」, 「靜謐」 5부에 55편을 수록하
고 끝에 시극 「'죽음'보다 압흐다」를 덧붙였다. 회월 박영희가 시집 서문을 썼다.

발표일	분류	제 목	발표지
1924. 9	소설	아버지와 아들	개벽 51호
1924. 11.1	시	世紀苦	조선일보
1924. 12	평론	甲子文壇 縱橫觀	개벽 54호
1925. 1	소설	黎明	개벽 55호
1925. 2	소설	詩人	조선문단 5호
1925. 2	평론	文壇時評 : 作家와 風俗	개벽 56호
1925. 2	평론	階級文學是非論 : 人生生活에 必然的發生의 階級文學	개벽 56호
1925. 3	수필	處女作 發表 當時의 感想 : 女子의게 쌔겻다	조선문단 6호
1925. 4	수필	1월 1일	조선문단 7호
1925. 4	평론	3월 創作評	개벽 58호
1925. 10	소설	浮世	조선문단 12호
1925. 10	평론	9월의 詩壇	조선문단 12호
1925. 11	평론	漫評一束	조선문단 13호
1926. 1.2	평론	朝鮮과 新興文藝	조선일보
1926. 9	평론	嗚呼稻香	신민 17호
1929. 1.1-12	평론	大戰以後의 朝鮮의 文藝運動	동아일보
1929. 5	시	꿈에 路草를 뵈옵고	문예공론 1호
1929. 5	시	寒食	문예공론 1호
1929. 6	시	月光頌	문예공론 2호
1929. 12	평론	朝鮮文壇 回顧	신생 15호
1930. 2	시	북을 치며 노래 하나니	신생 17호

발표일	분류	제 목	발표지
1930. 3	시	봄·봄·봄, 봄·봄	신생 18호
1930. 6	수필	無題抄	신생 21호
1930. 7	시	아아, 房門을 열 이 없느냐?	별건곤 30호
1931. 5	시	崇禮門	신생 31호
1932. 7.12	수필	哭崔曙海	동아일보
1932. 8	수필	憶崔曙海 삼천리	
1933. 1	시	撑子	신생 49호
1933. 1	시	길 잃은 제비	신생 49호
1934. 7	시	餞春	신인문학 1호
1934. 8	시	食膳春色	삼천리
1934. 10	평론	文學上으로 본 丁茶山先生	신조선
1934. 11	시	故宮秋聲	삼천리 56호
1934. 11	시	田園이 살젓구료	삼천리 56호
1934. 11	시	玉簪花	삼천리 56호
1934. 11	시	秋夜宿山舍	삼천리 56호
1934. 11	시	漢江秋色	삼천리 56호
1934. 11	시	牽牛織女	삼천리 56호
1934. 12	시	弔六臣墓	개벽
1935. 1	시	靜謐	삼천리
1935. 1	시	푸른 門으로	삼천리
1935. 2	시	月夜煮茗	시원 1호
1935. 5	소설	尹氏	사해공론 1호
1935. 8	시	雨村點描	삼천리
1935. 9	수필	青山白雲帖	삼천리
1935. 9	평론	가버린 作家를 追憶하여:	신동아 47호

발표일	분류	제 목	발표지
1935. 10	평론	羅稻香 十年忌 追憶 片片 朝鮮文學의 主流論 ──우리가 장차 가져야 할 文學에 對한 諸家答 : 큰 害를 주지 안는 限에서	삼천리
1935. 12.12-13	평론	感受의 聯珠 『鄭芝溶詩集』	매일신보
1936. 1	시	和贈眞娘 時調 四首	조광 3호
1936. 1.1-5	평론	丙子文壇의 展望 : 文藝와 時代思潮	매일신보
1936. 2	평론	白潮 時代의 그들	중앙 28호
1936. 3	시	零下25°春色	조광 5호
1936. 3.20-12.29	소설	錦衫의 피	매일신보
1936. 4-1937. 1	평론	海外文學 講座 : 詩聖 白樂天 그의 生涯와 藝術	삼천리
1936. 4	평론	古今名詩 鑑賞	중앙
1936. 5	평론	名詩의 鑑賞	중앙
1936. 8	평론	朝鮮文學의 定義 : 朝鮮사람에게 읽히움에	삼천리 76호
1936. 8.7-9	소설	名妓 黃眞伊 : 황진이와 망석중	매일신보
1936. 12.27-29	평론	八峰의 『靑年金玉均』	매일신보
1937. 1	시	除夜雪	삼천리 81호
1937. 12.1 -1938. 12.25	소설	待春賦	매일신보
1938. 1	시	懷古(1~3)	삼천리문학 1호

발표일	분류	제 목	발표지
1938. 2	시	雨村點描	여성 23호
1938. 5	시	水仙花： 謝嘉藍贈水仙花漢詩譯	삼천리 96호
1938. 9	소설	釣水樓 綺譚	야담 33호
1938. 10-12	소설	銀愛傳	야담 34-36호
1938. 11	소설집	『錦衫의 피』	박문서관
1939. 1.26	평론	『川邊風景』을 읽고	매일신보
1939. 2	시	石窟庵	문장 1호
1939. 3	시	毘盧峰	문장 2호
1939. 3	수필	駱山月	박문 6호
1939. 3	평론	『川邊風景』을 읽고	박문 6호
1939. 4	시	早春	여성 40호
1939. 5	시	靈鐘	문장 4호
1939. 8	평론	稻香 著『어머니』	박문 10호
1939. 10	시	十一面 觀音菩薩	문장 9호
1939. 10	수필	作家生活의 回顧：回顧	박문 12호
1939. 10	평론	新刊評：嘉藍時調集	문장 9호
1939. 10.17	평론	懷月의 『戰線紀行』	동아일보
1939. 11	시	秋思	조광 49호
1939. 11	소설집	『待春賦』	박문서관
1939. 12	수필	戰線情景	박문 13호
1940. 1.9	평론	新春文藝選後感： 時調-리알한 솜씨를 取햇다	조선일보
1940. 1.25	수필	余心樂	조선일보
1940. 1.26	수필	水仙 업는 겨울	조선일보

발표일	분류	제 목	발표지
1940. 4	수필	紀行：南漢山城	삼천리
1940. 4.9-11	평론	時調는 어디로 가나?： 復興期에서 中興期로	조선일보
1940. 5	시	春雪	조광 55호
1940. 5.18	평론	李泰俊 著『文章講話』	조선일보
1940. 6	시	香怨 1~3	삼천리
1940. 6	시	靑磁賦	조광 56호
1940. 6	수필	詩壇 問答	시건설 8호
1940. 6	평론	杜子美의 生涯	삼천리
1940. 7	번역시	杜子美抄	삼천리 134호
1940. 7-1941. 10	소설	前夜	조광 57-72호
1940. 8	수필	歸帆	여성 53호
1940. 9	수필	私設放送局：朝鮮情趣	조광 59호
1940. 10	시	白磁賦	인문평론 12호
1940. 10	평론	歷史小說과 考證	문장 19호
1940. 11.16 -1941. 7.23	소설	多情佛心	매일신보
1940. 12	소설	아랑의 貞操	문장 21호
1940. 12	평론	稻香의 人物과 作品： 遺稿에 對하야	문장 21호
1941. 2.25	평론	兪鎭午 著『華想譜』를 읽고	매일신보
1941. 9	시	달마지	삼천리 148호
1942. 3	소설집	『多情佛心』	박문서관
1942. 3	수필집	『靑苔集』(재판)[3]	영창서관

발표일	분류	제 목	발표지
1942. 5	소설집	『前夜』	영창서관
1943. 6	평론	憑虛와 相和	춘추 29호
1944. 1.21	수필	入營의 아침 : 學兵 보내는 世紀의 感激	매일신보
1944. 8.27-9.2	수필	東洋은 東洋 사람의 것	매일신보
1944. 11	소설집	『黎明』	매일신보사
1945. 6.14	수필	困難克服의 生活 : 옛 '선비'를 본바드라(담화)	매일신보
1945. 11	소설	民族	중앙신문
1946. 1	시	回天頌	대조 1호
1946. 3.1-3	평론	3·1 前後의 文學運動	중앙신문
1946. 5	시집	『靑磁賦』[4]	고려문화사
1946. 6-7	소설	論介	신세대 3-4호
1946. 8	소설	笑春風의 外交	서울신문
1946. 8	수필	祖國아 오려무나	신천지 7호
1946. 12.5	평론	民族文學의 原理	경향신문
1946. 12.14	평론	露雀의 生涯와 藝術	동아일보
1947. 1.1	평론	文壇 一年의 總決算 : 우리 文壇의 回顧와 展望	동아일보
1947. 1.4	평론	朝鮮文學의 現段階 : 民族自決運動에 歸하라	민주일보
1947. 5.1	평론	思想과 責任 : 특히	민중일보

---

3) 1975년에 박영문고 75권으로 중간되었다.
4) 「靑磁賦」, 「毘盧峯」, 「新婦歎」, 「早春」, 「月光頌」, 「餞春」, 「素描」, 「時調」의 8부에
   48편이 수록되어 있다.

발표일	분류	제 목	발표지
		우리 文學徒들에게	
1947. 9.1-12.27	소설	靑春勝利	자유신문
1947. 10	평론	芭蕉와 思惟	예술조선
1947. 10.19	평론	歷史小說은 民族精神發揚의 母體	민중일보
1947. 12.8	평론	新文學의 胚胎期	경향신문
1947	소설집	『民族』	예문각
1948. 4	평론	朝鮮文學 再建에 대한 提議: 民族的 矜持를 高揚하라	백민 14호
1948. 8.8	평론	解放 4年의 文化蹟跡: 靜的 思索의 缺如	경향신문
1948. 10.1 -1949. 8.24	소설	洪景來	동아일보
1948. 11.14-21	수필	南行錄	동아일보
1948	소설집	『朴鍾和 歷史小說 選集』 (발간 중단)[5]	을유문화사
1949. 1	평론	藝術院을 急速運營	백민 17호
1949. 3.1	평론	3·1 前後의 文學靑年	연합신문
1949. 8	시	또 하나의 歲月	문예 1호
1949. 9	평론	民族精神의 理念과 그 昂揚 方法論(座談)	민족문화 1호
1949. 10	평론	白潮時代 回顧	문예 3호
1949. 10	평론	爲堂 鄭寅普論	주간서울 59호

---

5) 전7권 중 『대춘부』와 『다정불심』과 『전야』만 발간되고 『여명』, 『민족』, 『금삼의 피』는 간행되지 못했다.

발표일	분류	제 목	발표지
1949. 11.14	평론	故友思 : 稻香을 中心으로	국도신문
1949. 11.15	평론	言語의 美的 創造 : 詩人 永郞께 一苦言	서울신문
1949. 12	평론	現下時局과 文化人의 進路 : 民族大道에 立脚하라	신경향 1호
1949	소설집	『靑春勝利』	수선사
1950. 1.1	평론	民族文化와 새 希望	평화일보
1950. 6	평론	새로운 文學의 方向을 論함(座談)	문학 23호
1952. 1	시	오직 自由를 위하여	문예 13호
1952	수필집	『月灘 文學選』	수도문화사
1953. 6	시	省楸	문예 16호
1953. 11	시	空都賦	문예 18호
1953. 11	평론	作家의 自肅과 反省 : 民族의 罪人이 되지 말자	문화세계 4호
1954. 2	평론	新文化의 濫觴期 : 白潮 時代와 그 前夜	신천지 60호
1954. 3	시	焦土祈願	현대예술 1호
1954. 8	시	아무도 없네	신천지 66호
1954. 8	시	10년	신천지 66호
1954. 9.13 -1957. 4.18	소설	임진왜란	조선일보
1954. 9	수필	隨筆의 爭座位	새벽 1호
1954. 10	시	黃昏과 眞理	펜 1호
1954	소설집	『洪景來』	정음사

발표일	분류	제 목	발표지
1955. 3	시	불	새벽 4호
1955. 1	수필	毒素 排泄의 制壓	현대문학 1호
1955. 9-12	평론	黎明期의 韓國近世文化	현대문학 9-12호
1955. 11	소설	黃眞伊의 逆天	새벽 8호
1955.	소설집	『임진왜란』(전6권)	을유문화사
1956. 1.1-6	좌담	丙申年의 文學, 文壇 : 朴鍾和氏 金八峰氏 新春對談	동아일보
1956. 3	수필	少年때 이야기	문학예술 12호
1956. 6	평론	文學의 起點과 倫理 : 文豪를 길러낸 支配的인 精神力	신태양 46호
1957. 9-11	평론	詩人을 通해서 본 韓國文化	사상계 50-52호
1957. 10	수필	芭蕉開花 : 釣水樓散稿(1)	현대문학 34호
1957. 11	수필	황새와 까마귀 : 釣水樓散稿(2)	현대문학 35호
1957. 12	수필	불장난 : 釣水樓散稿(3)	현대문학 36호
1958. 1	수필	新羅人의 思惟 : 釣水樓散稿(4)	현대문학 37호
1958. 2	평론	民族文學의 基本 姿勢	현대문학 38호
1958. 2.25 -1959. 11.20	소설	三國風流	조선일보
1958. 4	시	모란꽃을	현대문학 40호
1958. 6	시	꽃밭	현대문학 42호
1958. 6	시	꽃과 '어네스트 죤'	사조 1호

발표일	분류	제 목	발표지
1958. 6	수필	봄과 庶人	지성 1호
1958. 10	평론	漢字廢止의 現實的 問題 : 文藝作品에서의 漢字의 廢止	사조 5호
1958. 11.11 -1959. 11.17	소설	女人天下	한국일보
1958. 12	평론	民族文化의 傳統	민족문화 30호
1959. 1	수필	나의 文學과 아버지	신문예 7호
1959. 8	수필	素月과 나	신문예 14호
1959. 8	수필	제비	사상계 73호
1959. 12.1 -1962. 7.21	소설	妖姬의 一生	국제신문[6]
1959	소설집	『三國風流』(전2권)	을유문화사
1959	소설집	『女人天下』(전2권)	여원사
1960. 10	시	푸름이 좋아서	자유문학
1960. 10	평론	六堂 崔南善 特輯 : 六堂의 '朝鮮心'과 新文學	현대문학 70호
1961. 7.25 -1965. 7.15	소설	자고 가는 저 구름아	조선일보
1961. 12	시집	月灘詩選	현대문학사
1962. 11.1 -1965. 12.30	소설	帝王三代	부산일보
1962	소설집	『論介와 桂月香』	삼중당
1962. 12	평론	나의 文學的 遍歷	현대문학

---

6) 단행본 발간시 『妖姬 張禧嬪』으로 개제했다.

발표일	분류	제 목	발표지
-1963. 12			96-108호
1963. 1	평론	作故文人 回顧: 李相和와 그의 伯氏	현대문학 97호
1963. 1.1 -1968. 5.7	소설	三國志	한국일보
1963. 4	수필	≪現代文學≫誌 百號 紀念에 對한 所感	현대문학 100호
1963. 5	평론	橫步 廉想涉 特輯: 젊은 時節의 廉想涉	현대문학 101호
1963. 11	평론	現代 靑年文學徒에게	신사조 22호
1964. 3	시	風竹	현대문학 111호
1965. 6	시	歲月을 운다	문학춘추
1965. 6	평론	歷史와 文學: 文學과 其他의 諸分野	현대문학 126호
1965. 9.22 -1969. 9.20	소설	아름다운 이 祖國을	중앙일보
1965	소설집	『자고 가는 저 구름아』(전5권)	삼성출판사
1965	수필집	『月灘 隨想錄: 달과 구름과 思想과』	휘문출판사
1966. 1.1 -1968. 12.28	소설	讓寧大君	부산일보
1966	소설집	『月灘 朴鍾和 代表作選集』(전6권)[7]	삼성출판사
1966	소설집	『妖姬 張禧嬪』(전3권)	삼성출판사

7) 「삼국풍류」, 「다정불심」, 「금삼의 피」, 「여인천하」, 「홍경래」, 「계월향」 수록되었다.

발표일	분류	제 목	발표지
1967	소설집	『三國志』(전5권)	삼성출판사
1968	소설집	『帝王時代』(전5권)[8]	삼성출판사
1969. 1.1 -1971. 6.30	소설	英雄	부산일보
1969. 3.1 -1977. 2.11	소설	세종대왕	조선일보
1970. 1.1-8.8	수필	20世紀 한국의 證言 : 月灘 朴鍾和 回顧錄	동아일보
1970	소설집	『아름다운 이 祖國을』(전5권)	조광출판사
1970	수필집	『한 자락 歲月을 열고 : 古稀紀念 수필집』	동화출판사
1970	수필집	『永遠히 깃을 치는 山 : 古稀頌壽 기념문집』	동화출판사
1971	수필집	『달여울에 낚싯대를 : 나의 人生觀』	휘문출판사
1973. 8	평론 ,	韓國現代文學의 再整理 ——懷月 朴英熙 : 白潮 時代와 懷月	문학사상 11호
1974	소설집	『朴鍾和 文學選集』(전6권) (재판)[9]	국문출판사
1975	수필집	『芭蕉 開花 : 月灘 隨筆 選集』	삼중당
1976	소설집	『아랑의 貞操』	범우사

---

8) 후일 『청산의 한 줌 흙들』로 개제, 발간되었다.
9) 1966년판 대표작 선집과 동일 판본이다.

발표일	분류	제 목	발표지
1977	소설집	『세종대왕』(전10권)	동화출판공사
1977 .	전집	『월탄 박종화 대표작 전집』(전18권)	삼경출판사
1978	수필집	『和音 激音 : 月灘 隨想錄』	영학
1979	수필집	『月灘 回顧錄 : 역사는 흐르는데 靑山은 말이 없네』	삼경출판사
1999. 6	전집	『월탄 문학 전집』(전15권)	성한출판

1923. 6	양주동, 「≪작문계≫의 김억 대 월탄의 논전을 보고」, ≪개벽≫.
1924. 2	안서, 「문인인상호기 : 박종화」, ≪개벽≫ 44호.
1938. 12.27	이병기, 「박종화 저 『금삼의 피』」, ≪동아일보≫.
1939. 1	정지용, 「월탄의 『금삼의 피』」, ≪박문≫ 4호.
1939. 1	유광렬, 「월탄의 『금상의 피』」, ≪박문≫ 4호.
1942. 5.2	홍효민, 「월탄 『청태집』」, ≪매일신보≫.
1942. 6.18-20	김팔봉 「장편시평 : 월탄의 『다정불심』」, ≪매일신보≫.
1942. 9.17-19	윤고종, 「수필의 본질 : 서평 『청태집』을 읽고」, ≪매일신보≫.
1946. 6.21	서정주, 「월탄시집 『청자부』 서평」, ≪민주일보≫.
1946. 7	조지훈, 「서평 『청자부』」, ≪동아일보≫.
1947. 11.24-30	김동리, 「월탄과 그의 '민족'」, ≪경향신문≫.
1949. 6	기자, 「월탄 박종화 댁 방문기」, ≪백민≫ 19호.
1949. 7	K생, 「문인 생활 별견기 : 월탄 박종화 씨와 횡보 염상섭 씨」, ≪민성≫ 36호.
1949. 9	김동리, 「월탄 박종화론」, ≪주간서울≫.
1949. 9	노천명, 「인간 박종화」, ≪문예≫ 2호.
1949. 12	손소희, 「월탄 박종화 선생의 학생 시절」, ≪학생월보≫.
1950. 5	최인욱, 「월탄의 시 세계」, ≪문학≫ 22호.
1956. 2	조연현, 「월탄 박종화론」, ≪신태양≫ 42호.
1967. 8	정태용, 「박종화론」, ≪현대문학≫ 152호.
1968. 10-1969. 1	박용구, 「월탄 박종화 연구」, ≪현대문학≫ 166-169호.

1980. 12	정재완, 「박종화론 : 『흑방비곡』의 역설적 의미」, ≪현대문학≫ 312호.
1981. 2	김구용, 「월탄의 인간과 문학」, ≪월간문학≫.
1981. 12	윤병로, 「월탄 박종화의 인간과 문학 : 낭만적 민족문학으로 시종」, ≪예술원보≫.
1981. 12	김동리, 「월탄 박종화 : 그의 인간과 문학」, ≪예술원보≫.
1981. 12	이은상, 「곡 월탄」, ≪예술원보≫.
1983. 12	송백헌, 「월탄의 역사소설 연구」, ≪인문과학논문집(충남대)≫.
1984. 9	송백헌, 「박종화의 역사소설 연구 서설」, ≪배재어문학≫.
1986. 2	정두식, 「월탄 박종화론 : 초기의 문학사상을 중심으로」, 성균관대 석사 논문.
1986. 6	윤병로, 「월탄 박종화 연구 : 초기 소설을 중심으로」, ≪인문과학(성균관대)≫.
1986. 7	조규일, 「박종화 역사소설 『금삼의 피』 소고」, ≪논문집(광운대)≫.
1986. 8	강영주, 「박종화의 역사소설」, ≪논문집(상명여대)≫.
1987	손해일, 「박종화 시 연구」, 홍익대 석사 논문.
1987	민숙자, 「월탄 박종화 시 연구 : 전기 시를 중심으로」, 성신여대 석사 논문.
1987	나준호, 「박종화의 역사소설 연구」, 전남대 석사 논문.
1988. 12	송백헌, 「박종화의 '민족' 연구」, ≪국어국문학≫ 100호.
1989. 2	조규일, 「월탄 박종화 역사소설 연구」, 성균관대 박사 논문.
1990	조규일, 「박종화의 『다정불심』 소고」, ≪논문집(광운대)≫ 19집.
1990	류미림, 「박종화의 역사소설 연구 : 『금삼의 피』, 『다정불심』을 중심으로」, 연세대 석사 논문.
1991	김형식, 「역사소설 『여명』 연구」, 충남대 교육대학원 석사 논문.

1992   조규일, 「박종화의 역사소설에 나타난 표현 기법 고찰」, 《논
                문집(광운대)》 21집.

1993. 1   윤병로, 『박종화의 삶과 문학 : 미공개 월탄 일기 평설』, 서
                울신문사.

1993   김인수, 「박종화 소설의 현실의식 연구」, 영남대 석사 논문.

1993   고정욱, 「한국 근대 역사소설 연구」, 성균관대 박사 논문.

1995. 9   조규일, 「월탄 박종화 역사소설 연구 2 : 『전야』, 『여명』을
                중심으로」, 《논문집(광운대)》 24집.

1995   홍경표, 「박종화의 역사소설 연구」, 《문학과 언어》 16호.

1997. 9   조규일, 「박종화 역사소설 『대춘부』 연구」, 《논문집(광운
                대)》 26집.

1998. 8   조규일, 「박종화 역사소설의 가공 인물 연구」, 《한민족문화
                연구》 3호.

1998. 12   윤병로, 「한국 문학의 거목을 재조명한다 8 ——소설가 박
                종화 : 역사적 사실과 낭만적 민족정신의 조화」, 《문학사
                상》 314호.

1998. 12   탁광혁, 「박종화 초기 작품론」, 《한국어문학연구(한국외대)》
                9집.

1998   장세진, 「박종화 장편 역사소설 연구」, 서남대 석사 논문.

2000. 6   송백헌, 「월탄의 역사소설 『여명』 연구」, 《인문학연구(충
                남대)》 27집.

2000. 8   강현모, 「김덕령 전승의 현대적 수용 양상과 의미 : 박종화
                의 『임진왜란』을 중심으로」, 《비교민속학》 19호.

2001. 12   김종일, 「역사소설의 현재적 의미 연구 : 월탄 박종화의 『여
                인천하』를 중심으로」, 《한민족문화연구》 9호.

2001. 12   조규일, 「박종화 역사소설 연구 3」, 《한민족문화연구》 9호.

2002. 12   고석호, 「월탄 박종화의 민족 각성」, 《성균어문연구》 37집.

2003   고석호, 「월탄 박종화 소설 연구: 1950년대 이후 작품을 중심으로」, 성균관대 박사 논문.

작성자 유문선 서울대 대학원 졸. 문학 박사. 한신대 교수.

     전승주 서울대 대학원 졸. 문학 박사. 한신대 학술원 연구교수.

최서해 생애 연보[1]

1901년   1월 21일, 함북 성진군 임명에서 부친 최씨와 모친 김능생 사이의 외
          아들로 출생했다. 아버지에게 한문을 배웠다. 아명은 저곡(苧谷)이나
          이 이름의 사용 여부는 불확실하며 지명인 듯하다. 본명은 학송(鶴松)
          이고 호는 설봉(雪峰)이다. 부친으로부터 혹은 서당을 통해 한문 공부
          를 한 듯하다. 성진보통학교를 중퇴한 것(3학년 또는 5학년)으로 알려
          져 있으나 신학문과 관련된 읽고 쓰는 능력의 발달 정도로 보면 중학
          교를 중퇴한 것으로 추정된다. 부친은 지방의 소관리였던 듯하다. 독
          립군이란 설(김동환)도 있으나 불명확하며 일제 강점기 이후 가족을
          돌보지 않은 듯하다. 모친은 바느질과 돈놀이 등으로 생계를 유지했
          다. 형제로는 누이 하나(청진 토박이에게 출가했다가 기생이 되었다.)
          와 여동생 하나가 있다.
1905년   함북 성진시 한천리 254번지에 사는 숙부 김순기의 집에서 기거했다.
1910년   이즈음에 부친이 간도 지방으로 간 듯하다. 부친이 가족을 돌보지 않
          았다는 것, 서해가 부친의 이름조차 기억할 수 없었다는 것은 개인사
          의 비극이지만 역사적인 상징으로도 볼 수 있다. 그의 소설에서 부친
          의 존재는 「홍염」에서와는 달리 미미한 것으로 나타날 수밖에 없었다.
1913년   신소설과 구소설을 닥치는 대로 읽었고 잡지 ≪청춘≫과 ≪학지
-1915년   광≫ 등을 사서 탐독했다.
1917년   이광수의 『무정』을 읽고 감동을 받았다.

---

1) 본 연보의 작성에 특히 문학과지성사의 『최서해 전집』과 이어령 『한국문학연구사전』
   (1990)으로부터 많은 도움을 받았음을 밝혀둔다.

1918년 이광수의 소개로 ≪학지광≫에 세 편의 수필(「우후 정원의 월광」, 「추
       교의 모색」, 「반도 청년에게」)을 발표했다. 어머니와 간도로 들어가
       유랑 생활을 했고 삐허에서 농노 생활을 했다.
1920년 한 여성과 동거했으나 빈곤으로 헤어졌고 곧 다른 여성과 재혼했으나
       사별했다. 삐허에서 야반도주한 뒤 음식점 머슴, 정거장 목도, 중 노릇
       등을 전전했다. 시인 조운을 만났다.
1921년 서간도에서 세번째 여성과 결혼하여 첫딸 백금을 낳았다.
1923년 얼따꼬우에서 살다 봄에 귀국, 회령 부근 어느 정거장에서 콩 자루를
       날라주는 등의 노동을 했다. 시조 「춘교에서」, 수필 「고적」이 ≪동아일
       보≫에 게재되었고 소설 「누구의 편지」와 「평화의 임금」은 ≪신생명≫
       에 게재되었다. 시 「자신」을 ≪북선일일신문≫에 투고했고 서해라는 필
       명을 사용했다. 단편 「토혈」을 ≪동아일보≫에 투고, 독자란에 게재되
       었다.
1924년 1월에 단편 「고국」이 ≪조선문단≫에 발표되었고 이어서 「매월」을 발
       표했다. 11월에 이광수를 찾아 노모와 처자를 살던 곳에 남겨둔 채 단
       신으로 상경했다. 잠시 김동환의 집에 기거했고 이광수의 소개로 경기
       도 양주군 봉선사로 들어가 중 노릇을 했으나 주지 이학수와 다투고
       다시 춘원 집으로 왔다. 아내가 시어머니와 딸을 버리고 집을 나갔다.
1925년 2월에 조선문단사에 입사했고 조선문단사 사주 방인근의 집에서 기거
       했다. 8월에 김기진의 권유로 조선프롤레타리아 예술동맹(카프)에 가
       입했다. 10월에 조선문단사를 퇴사했다. ≪조선문단≫에 「13원」, 「탈
       출기」, 「살려는 사람들」, 「박돌의 죽음」, 「기아와 살륙」, 평론 격인 「근
       대독일문단개관」 등을 발표, 문단의 중심적 작가가 되었다.
1926년 정초에 조선문단사의 수금차 지방 순회 중 영광의 조운 집에 들렀고
       이때 그의 누이 분려와 사귀었다. 4월 8일에 조선문단사에서 최남선의
       주례로 조운의 누이 분려와 결혼하여 명륜동 2가에서 살림을 시작했
       다. 이광수와 불화했다. 6월에 조선문단사가 휴간되자 퇴사하고 ≪현

대평론≫ 문예란 담당 기자로 얼마간 종사했다. 단편 「폭군」, 「설날밤」, 「의사」, 「5원 75전」, 「백금」, 「해돋이」, 「그믐밤」, 「누가 망하나」, 「농촌 야화」, 「기아」, 「8개월」, 「이역원혼」, 「동대문」, 「무서운 인상」 등을 발표 했다. 창작집 『혈흔』 출판.

1927년 1월에 장남 백(白)을 출생(이은상의 부인 김신복의 도움)했다. 같은 달에 범문단 조직인 조선문예가협회에서 이익상, 김광배 등과 함께 간사 직을 맡았다. 방인근으로부터 남진우가 인수한 조선문단사에 다시 입사, ≪조선문단≫이 복간되자 편집 책임을 맡고 추천위원이 되었다. 5월, 문예시대사 주최 문예 강연회에서 '소설 작법론'을 강연했다. 10월에 경영난으로 다시 퇴사하고 서울 기생들의 잡지 ≪장한(長恨)≫의 편집을 맡았다. 단편 「미덥지 못한 사랑」, 「홍염」, 「전아사」, 「쥐 죽은 뒤」, 「서막」, 「낙백불우」 등을 발표했다.

1928 8월에 조선프롤레타리아 예술동맹(카프) 전국대회에서 조중곤, 이기영 과 함께 재무에 피촉되었다. 단편 「갈등」, 「폭풍우 시대」, 「사랑의 원수」 등을 발표했다.

1929년 중외일보 기자가 되었고 ≪신생≫지 문예 추천작가로 위촉되었다. 카 프 탈퇴. 단편 「행복」, 「인정」, 「먼동이 틀 때」, 「주인 아씨」, 「같은 길 을 밟는 사람들」, 「잊지 못할 사람들」 등을 발표했다.

1930년 두 살 된 둘째딸 사망. 단편 「누이 동생의 길을 따라」와 장편 『호외시 대』를 연재했다.

1931년 5월에 창작집 『홍염』을 간행했다. 최독견의 후임으로 매일신보 학예부 장이 되었다. 위병 악화.

1932년 경성 의전병원으로 옮겨져서 7월 9일에 위암 수술을 받고 출혈 과다 로 사망했다. 공식 사인은 위문 협착증. 당시 가족으로는 어머니, 부 인, 아들 백(白)과 택(澤)이 있었다. 주소는 종로구 체부동 118번지였 고 장지는 미아리 공동 묘지였다. 7월 25일에 유족 구제 발기회를 가 졌다.

최서해 작품 연보

발표일	분류	제 목	발표지
1918. 3	수필	우후(雨後) 정원(庭園)의 월광(月光)	학지광
1918. 3	수필	추교(秋郊)의 모색(暮色)	학지광
1918. 3	수필	반도 청년에게	학지광
1918. 6	산문	춘효설경(春曉雪景)	청춘 14호
1918. 9	독자투고	해평(海坪)의 일야(一夜)	청춘 15호
1923. 6.10	시조	춘교(春郊)에서	동아일보
1923. 7.29	수필	고적(孤寂)	동아일보
1923. 9.15	동화	누구의 편지	신생명
1923. 12.15	동화	평화와 임금	신생명
1923.	시	자신(自信)	북선일일신문
1924. 1.28-2.4	단편	토혈	동아일보
1924. 10.1	단편	고국(추천작)	조선문단
1924. 11	단편	매월(梅月)	혈흔(창작집)
1924. 10.1	수필	여정에서	조선문단
1924. 12.1	평론	근대노서아문단개관	조선문단
1925. 1.1	평론	근대영미문학개관	조선문단
1925. 2.1	평론	근대독일문학개관	조선문단
1925. 2.1	단편	십삼원(拾參圓)	조선문단

발표일	분류	제 목	발표지
1925. 3.1	단편	탈출기	조선문단
1925. 3.1	수필	그리운 어린 때	조선문단
1925. 3.25	시	시골 소년이 부른 노래	동아일보
1925. 4.1	단편	살려는 사람들	조선문단
1925. 4	일기	?! ?! ?!	조선문단
1925. 4.6-13	단편	향수	동아일보
1025. 5.1	단편	박돌의 죽음	조선문단
1925. 6.1	단편	기아와 살륙	조선문단
1925. 6.29	단편	방황	시대일보
1925. 7.1	수필	전 생명의 요구는 아니다 '제가(諸家)의 연애관'	조선문단
1925. 7.28	시조	우음(偶吟)	동아일보
1925. 7	단편	보석반지	시대일보
1925. 8.20	수필	여름과 물	조선문단
1925. 9	단편	기아(棄兒)	여명
1925. 10	수필	해운대	신민(新民)
1925. 11.1	수필	병우(病友) 조운(曺雲)	조선문단
1925. 111	수필	혈흔	조선문단
1925. 12.1	단편	큰물진 뒤	개벽
1925. 12.25	시	세 처녀	문명(文明)
1926. 1	평론	감과 배	가면(仮面)
1926. 1.1	단편	폭군	개벽
1926. 1.1	단편	설날밤	신민
1926. 1.4	단편	그 찰나(미완)	시대일보
1926. 1.1-1.4	단편	5원 75전	동아일보

발표일	분류	제 목	발표지
1926. 2.1	단편	백금(白琴)	신민
1926. 2.1	단편	의사	문예운동
1926. 2.28	소설집	『혈흔』[2]	글벗집
1926. 3.1	단편	소살(笑殺)	가면(仮面)
1926. 3.1	단편	해돋이	신민
1926. 4.1	수필	흐르는 이의 군소리	조선문단
1926. 5.1	단편	그믐밤	신민
1926. 5.1	단편	담요	조선문단
1926. 6.1	단편	금붕어	조선문단
1926. 6.2	수필	연주창과 독사	동아일보
1926. 7	수필	운(雲)과 인생	가면
1926. 7.1	단편	누가 망하나	신민
1926. 7.10-17	수필	신음성(呻吟聲)	동아일보
1026. 7.12	단편	만두	시대일보
1926. 8.1	단편	농촌야화(게재 금지)	동광
1926. 8.1	수필	쌍포유기(雙浦遊記)	신민
1926. 8.7-17	평론	7, 8월의 소설	동아일보
1926. 9.1	단편	8개월	동광
1926. 10.1	단편	저류(底流)	신민
1926. 11.1	단편	이역원혼(異域冤魂)	동광
1926. 11.10	단편	동대문	문예시대
1926. 11.10	수필	천재와 범재	문예시대
1926. 11.14	단편	홍한녹수(紅恨綠愁)	매일신보

---

2) 「혈흔」, 「보석반지」, 「박돌의 죽음」, 「기아」, 「매월」, 「탈출기」, 「향수」, 「기아와 살륙」, 「고국」, 「십삼원」 등 10편을 수록하였다.

발표일	분류	제 목	발표지
		(연작, 소제목 '남은 꿈')	
1926. 12.1	단편	무서운 인상	동광
1926. 12	단편	미치광이	창작집 『혈흔』
1926. 12	단편	돌아가는 날	신사회
1926	소설	아내의 자는 얼굴	조선지광
1927. 1 ·	앙케이트	우리의 감정에서 우러나는 글을	게재지불명
1927. 1.1	단편	쥐죽인 뒤	매일신보
1927. 1.1	단편	홍염	조선문단
1927. 1.1	단편	전아사(餞迓辭)	동광
1927. 1.1	수필	미덥지 못한 마음	조선문단
1927. 1.1	앙케이트	문단 침체의 원인과 그 대책	조선문단
1927. 1.11-15	단편	서막	동아일보
1927. 1.20	단편	낙백불우	문예시대
1927. 1.20	수필	잡담」	문예시대
1927. 2.1	단편	가난한 아내(미완)	조선지광
1927. 2.1	대담	3.1 문사방문기	조선문단
1927. 5.1	단편	이중(二重)	현대평론
1927. 7.1	평론	문단시감	현대평론
1927. 8.1	수필	여름과 나	동광
1927. 9.1	평론	문예시감	현대평론
1927. 11.15	평론	조선문학 개척자 ── 국초 이인직 씨와 그 작품	중외일보
1927. 12.20	평론	떼카단의 상징	별건곤
1928. 1.1	단편	갈등	신민

발표일	분류	제 목	발표지
1928. 1.1	앙케이트	조선을 안 뒤라야	조선지광
1928. 1.8-11	평론	문예시감	조선일보
1928. 2.1	앙케이트	지금까지 잊혀지지 않는 여자, '옛날의 그이'	별건곤
1928. 4.1	앙케이트	소년소녀와 영화극 문제	신민
1928. 4.4~12	단편	폭풍우 시대(미완)	동아일보
1928. 4.22	수필	성동도(城東途)	조선일보
1928. 5.16 -8.30	탐정소설번안	사랑의 원수(80회 연재)	중외일보
1928. 7.10	수필	근감(近感)	조선일보
1928. 8.1	단편	용신난(容身難) 1(미완)	신민
1928. 8.2	평론	제재 선택의 필요	중외일보
1928. 9.23	수필	값없는 생명	조선일보
1928. 9.25-26	수필	면회사절	조선일보
1928. 9.27	수필	수박	조선일보
1928. 9.30	수필	파약(破約)의 비애	조선일보
1928. 10.6-21	단편	부부	매일신보
1928. 12.1	앙케이트	각계명사 제씨 1일 생활기	별건곤
1929. 1.1	단편	전기(轉機)	신생
1929. 1.1	번역	행복 알츄이바세프 원작의 중역	신민
1929. 1.1	앙케이트	결국은 빵 문제	별건곤
1929. 1.1	앙케이트	나의 소설은 보기 어렵다고	별건곤
1929. 1.1-2.26	단편	먼동이 틀 때	조선일보
1929. 2.1	단편	인정(人情)	신생

발표일	분류	제 목	발표지
1929. 2.11	수필	매화 옛 등걸	중외일보
1929. 3.1	콩트	육가락 방판관	학생
1929. 3.1	수필	봄! 봄! 봄!	신생
1929. 3.5	콩트	물벼락	조선일보
1929. 3.7	콩트	경계선	중생(衆生)
1929. 3.26	수필	병신의 넉두리	조선농민
1929. 4.1	단편	주인 아씨	신생
1929. 4.1	단편	수난(受難)(미완 연작소설)	학생
1929. 4.1	수필	봄을 맞는다	학생
1929. 4.15~22	단편	젊은 시절의 로맨스 (연작, 소제목 '차중에 나타난 마지막 그림자')	조선일보
1929. 5.24	단편	여류 음악가(연작)	동아일보
1929. 6.1	수필	달리소	신생
1929. 6.12	앙케이트	내가 다시 태어난다면, 아주 가난한 노동자의 자녀로	삼천리
1929. 7.2~3	평론	문예와 시대	동아일보
1929. 7.4	평론	내용과 기교	동아일보
1929. 7.5~10		노농대중과 문예운동	동아일보
1929. 7.12~14		조선의 특수성	동아일보
1929. 8.1	단편	무명초	신민
1929. 8.1	수필	어느 곳 풍경	학생
1929. 8.21~24	수필	가을을 맞으며	동아일보
1929. 8.25~26	수필	숙연(肅然)한 우성(雨聲)	동아일보
1929. 8.29~9.1	수필	가을의 마음	동아일보

발표일	분류	제 목	발표지
1929. 9.1	수필	이충명추(以虫鳴秋)(가을 벌레)	학생
1929. 10.1	번역동화	토끼와 포도 넝쿨(마테로 원작)	신생
1929. 12.1	단편	같은 길을 밟는 사람들	신소설
1929	단편	잊지 못할 사람들	신사회
1930. 2.1	단편	누이동생을 따라	신민
1930. 2.1	잡문	굶어 본 이야기	별건곤
		——네 끼 굶고 중노릇	
1930. 3.1	수필	입춘을 맞으며	별건곤
1930. 5	잡문	홍염과 탈출기	삼천리
1930. 8.19 -8.22	탐방 기사	모범 농촌 순례	매일신보
1930. 9.14	잡문	호외시대 예고	매일신보
1930. 6.1	수필	신록과 나	별건곤
1930. 7.1	평론	작가가 본 평론가	삼천리
1930. 9.20 -1931. 8.13	장편	『호외시대』(10회 연재)	매일신보
1930. 9.1	수필	의문의 그 여자	신소설
1930. 10	기사	산 사람의 마음 위로	별건곤
1930. 10.5	수필	탈	신생
1931. 1.1	잡문	내가 감격한 외국 작품	삼천리
1931. 2.1	잡문	내가 본 내 얼굴	별건곤
1931. 5.15	창작집	『홍염』[3]	삼천리사
1931. 11	수필	깊어가는 가을	신생
1932. 4	수필	K화상의 눈	동방평론

3) 「저류」, 「갈등」, 「홍염」을 수록했다.

발표일	분류	제 목	발표지
1932. 9	수필	님 찾아서(유고)	월간 매신
1987. 7	전집	『최서해 전집(상,하)』	문학과지성사
1994	소설집	『호외시대』(곽근 엮음)	문학과지성
1997	자료집	『최서해 작품 자료집』 (곽근 엮음)	국학자료원

1921. 1	김기진, 「문단 일 년」, ≪동광≫.
1924. 12	박종화, 「갑자(甲子)문단종횡관」, ≪개벽≫ 54호.
1925. 1	방인근, 「문사들의 이 모양 저 모양」, ≪조선문단≫.
1925. 2	박영희, 「문사들의 이 모양 저 모양」, ≪조선문단≫.
1925. 3	박영희, 「3월 창작 총평」, ≪개벽≫.
1925. 4	박종화, 「3월 창작소설 총평」, ≪조선문단≫ 7호.
1925. 4	박종화, 「3월 창작평」, ≪개벽≫ 58호.
1925. 4	염상섭, 「3월 창작소설 총평」, ≪조선문단≫ 7호.
1925. 7	김기진, 「6월 창작 총평」, ≪조선문단≫.
1925. 8	박영희, 「2월 창작 총평」, ≪조선문단≫ 6호.
1925. 10	현진건, 「신춘문단 소설평」, ≪조선문단≫.
1925. 12	박영희, 「신경향파 문학과 그 문단적 지위」, ≪개벽≫.
1925. 12.2-3	이은상, 「서해 창작집 『혈흔』을 읽고」, ≪동아일보≫.
1926. 1	현진건, 「조선혼과 현대정신의 파악」, ≪개벽≫.
1926. 3	방인근, 「2월 창작평」, ≪조선문단≫.
1926. 3	최독견, 「2월의 창작평」, ≪신민≫.
1926. 4	방인근, 「3월 소설평」, ≪조선문단≫.
1926. 5	이상화, 「5월 창작소설 총평」, ≪조선문단≫ 9호.
1926. 5	이상화, 「지난 달의 시와 소설」, ≪개벽≫ 60호.
1926. 5	현진건, 「신춘문단 소설 만평」, ≪개벽≫.

1926. 6	한설야, 「문예시평 —— 주로 '콘트'에 대하여」, ≪조선지광≫ 85호.
1926. 6.1	노봉, 「그믐밤의 독사(毒蛇) 문제」, ≪동아일보≫.
1926. 6.7.	P.B.생(生), 「반역의 선언 『혈흔』 —— 서해의 근업(近業) 에 대하여」, ≪시대일보≫.
1926. 11.30	오영, 「서해에게 진언」, ≪중외일보≫.
1926. 12.11-25	김기진, 「병인세모(丙寅歲暮) 문단 총평」, ≪중외일보≫.
1927. 1.1-6	김성근, 「조선현대문예개관」, ≪동아일보≫.
1927. 1.29-2.3	권구현, 「1월 창작평」, ≪동아일보≫.
1927. 2	권구현, 「계급 문학과 그 비판적 요소 —— 김기진 군과 박영희 군의 논전을 읽고」, ≪동광≫ 10호.
1927. 2	김기진, 「문예시평」, ≪조선지광≫.
1927. 2	양주동, 「문단시평」, ≪신민≫
1927. 2	주요한, 「취체의 경향과 제3층 문예 운동」, ≪조선문단≫.
1927 .2	최독견, 「조선 정조(情調)」, ≪조선문단≫.
1928. 1	윤기정, 「1927년 문단의 총결산」, ≪조선지광≫.
1928. 1.1-1.2	김기진, 「창작계의 1년」, ≪동아일보≫.
1928. 8.17-18	이수창, 「문단 제가의 측면관」, ≪중외일보≫.
1929. 5	심훈, 「내가 좋아하는 작품과 작가」, ≪문예공론≫.
1929. 5	윤기정, 「문예시감」, ≪조선문예≫.
1929. 5	이은상, 「문예시감」, ≪조선문예≫.
1929. 6	방인근, 「문인상」, ≪문예공론≫.
1929. 7.28-8.16	김동인, 「조선근대소설고」, ≪조선일보≫.
1929. 10	박종화, 「조선문단의 회고」, ≪신생≫.
1931. 1.1-9	천봉학인(天峯學人), 「조선문단의 작일과 명일」, ≪매 일신보≫.
1931. 1.8	김동인, 「작가 4인」, ≪매일신보≫.

1931. 5.5	이윤재 엮음, 『문예독본』 2권, 한성도서주식회사, 65쪽.
1931. 9	김기림, 「문예시평――'홍염'에 나타난 의식의 흐름」, 《삼천리》.
1931. 9.21	김안서, 「서해의 근작 『홍염』을 읽고서」, 《동아일보》.
1931. 11.22	김동인, 「속 문단 회고(10)」, 《매일신보》.
1932. 2	최정희, 「문인 초(初) 인상기」, 《삼천리》.
1932. 7.10	심훈, 「곡 서해」, 《동아일보》.
1932. 7.18	이태준, 「오호, 서해 형!」, 《동아일보》.
1932. 7.20	박종화, 「곡(哭) 최서해」, 《동아일보》.
1932. 8	김동인, 「사람으로서의 서해」, 《삼천리》.
1932. 8	김동인, 「소설가로서의 서해」, 《동광》 36호.
1932. 8	김동환, 「매장 후기」, 《삼천리》.
1932. 8	김석송, 「서해와 우리들」, 《삼천리》.
1932. 8	김안서, 「서해의 핀을 읊었노라」, 《동광》 36호.
1932. 8	박종화, 「억(憶) 최서해」, 《삼천리》.
1932. 8	염상섭, 「곡(哭) 최서해」, 《삼천리》.
1932. 8	왕인, 「매장 후기」, 《삼천리》.
1932. 8	이광수, 「최서해와 나」, 《삼천리》.
1932. 8	홍효민, 「오호, 서해 형이여」, 《삼천리》.
1932. 8.1	이병기, 「추억(시조)」, 《삼천리》.
1932. 10	심훈, 「『홍염』의 영화화, 기타」, 《동광》.
1932. 12	남우훈, 「서해의 일화」, 《삼천리》.
1933	박상엽, 「서해와 그 유족」, 《신여성》.
1933. 3	이광수, 「조선의 문학」, 《삼천리》.
1933. 6.20-7.4	이종명, 「서해의 추억」, 《매일신보》.
1933. 7.11-12	양건식, 「인간 서해」, 《매일신보》.
1933. 7.14-19	박상엽, 「감상의 7월――서해 영전에」, 《매일신보》.

1933. 8	전영택, 「서해의 예술과 생애」, ≪삼천리≫.
1934. 6.10, 12, 14, 16	김안서, 「서해의 3주기를 맞으며」, ≪조선일보≫.
1934. 6.12-13	김동환, 「살풍경하고 짜른 생애—서해의 3주기에」, ≪조선중앙일보≫.
1934. 6.12-13	염상섭, 「서해 3주기에」, ≪매일신보≫.
1935. 1	민병휘, 「포석과 서해」, ≪삼천리≫.
1935. 8	박상엽, 「서해와 그 극적 생애—그의 사후 3주년을 당하여」, ≪조선문단≫.
1935. 8	이광수, 「전(前) 조선문단 추억담」, ≪조선문단≫.
1935. 9	김동환, 「생전의 서해, 사후의 서해」, ≪신동아≫.
1935. 10.9-11.13	임화, 「조선신문학사서설—이인직에서 최서해까지」, ≪조선중앙일보≫.
1935. 12-1936. 1	김태준, 「조선소설발달사」, ≪삼천리≫.
1936. 4	이광수, 「다난한 반생의 도정」, ≪조광≫.
1938. 6	방인근, 「문학 운동의 중축(中軸) 조선문단 시절」, ≪조광≫.
1939. 12	방인근, 「서해를 추억함」, ≪조광≫.
1947. 10	박영희, 「현대조선문학사」, ≪조선교육≫.
1948	백철, 「최서해 등의 체험 문학, 기타」, 『조선 신문학사조사 근대편·현대편』, 수선사.
1949. 2	김동인, 「문단 30년의 자취」, ≪신천지≫.
1949. 11.16-17	박화성, 「고사우(故思友)—서해가 살았다면」, ≪국제신문≫.
1950. 3	방인근, 「문단 교우록(交友錄)」, ≪문예≫.
1956	안함광, 『최서해론』, 조선작가동맹출판사.
1957	조현연, 「최학송」, 『한국현대문학사』, 성문각.
1958. 8	김동인, 「문단 이면사」, ≪신문예≫.
1958. 9.18	염상섭, 「서해의 매장이 절급(切急)한데」, ≪문화시보≫.

1958. 9.21   김송, 「서해 문학의 재음미」, 《동아일보》.

1958. 10   방인근, 「인간 최서해」, 《자유문학》.

1959. 1   박영희, 「한국현대문학사」, 《사상계》.

1960. 4   박영희, 「초창기의 문단측면사」, 《현대문학》.

1960. 8   윤병로, 「반역과 열정의 작가」, 《여원》.

1962. 2   이명온, 「무골호인 최서해」, 『희망』.

1962. 12   박화성, 「빈곤과 고투한 최서해」, 《현대문학》.

1963. 11   방인근, 「북청의 의지, 서해」, 《사상계》 128호.

1963. 12   방인근, 『황혼을 가는 길』, 삼중당.

1966. 3.25   하동호, 안동민, 「처녀작 주변──최서해 편」, 《신아일보》.

1966. 7.1   김기진, 「나와 카프 시대──최서해」, 《대한일보》.

1967   홍이섭, 「1920년대 식민지 치하의 정신──최서해의 『홍
               염』에 대하여」, 『오종식선생 회갑기념논문집』, 춘추사.

1968   김우종, 「최서해 연구」, 『이숭녕박사 송수기념논총』.

1968. 12-1969. 2   방인근, 「조선문단의 회고」, 《월간문학》.

1971. 11   김원경, 「1920년대 경향문학의 특성」, 건국대 석사 논문.

1972. 6   이승만, 「학이 소나무를 잃었구나」, 《월간중앙》.

1972   홍이섭, 「1920년대 식민지적 현실──민족적 궁핍 속의
               최서해」, 《문학과 지성》.

1973   김기현, 「최서해의 일화」, 『석탑 위의 흰 구름』, 고려대
               출판부.

1973   김기현, 「최서해의 처녀작」, 《국어국문학》 61호.

1973   김윤식, 김현, 「최서해 혹은 빈민의 절규」, 『한국 문학
               사』, 민음사, 160~163쪽.

1973   신춘호, 「한국 농민소설 연구」, 고려대 박사 논문.

1973   신춘호, 「한국 빈궁문학의 두 양상」, 고려대 석사 논문.

1973. 2.25   김용성, 「'탈출기'의 서해 최학송」, 《한국일보》.

1973. 6   임종국, 「'탈출기'——빈궁의 문학」, ≪여성동아≫.

1973. 7   김기현, 「최서해의 초기작——처녀작 '토혈'을 중심으로」, ≪국어국문학≫ 61호.

1973. 9   김우종, 「최서해론」, 『작가론』, 동화문화사.

1973.   김기현, 「최서해의 초기 작품」, ≪문학과 지성≫ 14호.

1974   권영혜, 「'탈출기'와 '살인'에 나타난 반항성 연구」, ≪한국어문학연구≫ 14호, 이화여대.

1974   윤병로, 「최서해론」, 『현대작가론』, 선명문화사.

1974. 9   임종국, 「빈궁문학의 기수——최서해의 장」, 『한국 문학의 사회사』, 정음사.

1974. 11   김예진, 「서해와 그의 작품 세계」, ≪청파문학≫ 11호.

1974. 11   김주연, 「울음의 문체와 직적 화법」, ≪문학사상≫ 26호.

1974. 11   백철, 「한 발 앞선 고독의 의미」, ≪문학≫ 26호.

1974. 11   이명자, 「새 자료에 의한 최서해의 작품 목록」, ≪문학사상≫.

1974. 11   이해성, 「새 자료를 통한 최서해의 생애」, ≪문학사상≫ 26호.

1974. 11   조남현, 「1920년대 한국 경향소설 연구」, 서울대 석사 논문.

1974. 11   채훈, 「빈궁문학에서 '탈출기'」, ≪문학사상≫ 265호.

1974. 12   김영화, 「서해 소설 연구」, ≪국문학보≫ 6집, 제주대.

1975   김기현, 「최서해의 전기적 고찰——그의 청소년 시절」, ≪어문논집≫ 16집, 고려대.

1975. 6   김영화, 「빈궁의 추적——최서해 소설의 구조」, ≪월간문학≫.

1975. 12   김근수, 「아직도 엷은 안개 속의 서해」, ≪문학사상≫.

1976   곽근, 「서해 최학송 연구」, 건국대 석사 논문.

1976	김기현, 「간도 시절의 최서해」, ≪우리문학연구≫ 1집.
1976	서종택, 「궁핍한 시대의 현실과 작품 수용 —— 최서해, 김유정의 현실 수용 문제」, ≪어문논집≫ 17집, 고려대.
1976	서종택, 「최서해와 김유정의 세계 인식」, ≪어문논집≫ 17집, 고려대.
1976	조진기, 「20년대 현실과 빈궁의 문학」, ≪어문학≫ 34호.
1976	조진기, 「최서해 작품 논고」, ≪논문집≫ 3집, 경남대.
1976. 2	조남현, 「관점으로 본 서해와 현민」, ≪월간문학≫ 84호.
1977	김기현, 「귀국 직후의 최서해」, 『연민이가원박사 육질 송수기념논집』.
1977	김기현, 「조선 문단 시절의 최서해」, ≪우리문학연구≫ 2집.
1977	손영옥, 「최서해 연구」, 서울대 석사 논문.
1977	유재엽, 「최서해 연구」, 동국대 석사 논문.
1977	장광섭, 「최서해 연구」, ≪선청어문≫ 8집.
1978	구중서, 「최서해론」, 『분단시대의 문학』, 전예원.
1978	유재엽, 「최서해 연구」, ≪동악어문논집≫ 11집.
1978	채훈, 「최서해 연구 —— 소위 제3계열 작품을 중심으로」, ≪논문집≫ 18집, 숙명여대.
1978. 3	김우종, 「철학이 없는 가난의 문학 —— 최서해 '탈출기'」, ≪문학사상≫.
1978. 3	김치수, 「최서해의 방화소설」, ≪문학사상≫.
1978. 9	김근수, 「최서해는 독립군이었다」, ≪월간독서≫.
1979	윤홍로, 「최서해 연구」, ≪동양학≫ 9호, 단국대 동양학 연구소.
1979	이재선, 「최서해와 기아의 딜레마」, 『한국현대소설사』, 홍성사.
1980	김기현, 「만년의 최서해」, ≪우리문학연구≫ 3집.

1980	이어령 엮음, 「최서해」, 『한국 작가 전기 연구(하)』, 동화출판공사.
1980	조갑상, 「최서해 작품론」, 동아대 석사 논문.
1980	채훈, 「최서해 수필고」, 《청파문학》 13호.
1980. 12	곽근, 「서해 소설의 특질 연구」, 《성대문학》 21호.
1981	김병익, 「탈출기」, 『한국현대소설작품론』, 문장.
1981	안일순, 「최서해 연구」, 연세대 교육대학원 석사 논문.
1981	이병렬, 「서해 최학송 연구」, 고려대 교육대학원 석사 논문.
1982	권수길, 「최서해 연구」, 국민대 석사 논문.
1982	김용희, 「최서해에 끼친 고리끼와 알치바세푸의 영향」, 《국어국문학》 88호.
1982	김윤규, 「최서해 작품 연구」, 경북대 교육대학원 석사 논문.
1982	임헌영, 「『탈출기』 해설」, 『탈출기』, 문공사.
1982. 5	송영목, 「서해 최학송 연구」, 《국어국문학》 87호.
1982. 12	이강언, 「춘원과 서해의 서간체 소설 연구」, 《한국어문논집》 2집, 한사대.
1983	강대성, 「최서해 소설 연구 —— 민족주의를 중심으로」, 제주대 교육대학원 석사 논문.
1983	김상조, 「최서해 초기 작품 연구 —— '토혈', '고국', '탈출기'를 중심으로」, 동아대 석사 논문.
1983	신수호, 「서해 최학송 연구」, 숭전대 석사 논문.
1983	장성수, 「최서해 문학의 재검토」, 《국어국문학》 23호, 전북대.
1983	전명희, 「최서해 소설 연구 —— 작품 세계의 변모 양상을 중심으로」, 영남대 석사 논문.

1983	정국한, 「서해 문학의 성격 분석」, 건국대 석사 논문.
1983	정덕훈, 「최학송 작품 연구」, 서강대 석사 논문.
1984	김양호, 「1920년대 소설에 나타난 불의 상징 해석 ── 나도향, 현진건, 최서해를 중심으로」, 단국대 석사 논문.
1984	김주남, 「1920년대 한국소설의 서술 문체 연구 ── 김동인, 최서해, 염상섭을 중심으로」, 서강대 석사 논문.
1984	김창식, 「최서해 소설의 언어와 그 상징 구조 연구: ‘토혈’, ‘기아와 살륙’, ‘홍염’을 중심으로」, ≪국어국문학≫ 22호, 부산대.
1984	박종홍, 「최서해 소설의 정신분석적 고찰」, ≪어문논집≫ 1집, 울산대.
1984	방영주, 「최서해론 ── 일제 식민지 치하 궁핍화에 대한 문학적 증언」, ≪북악논총≫, 국민대.
1984	윤홍로, 「최서해의 문학과 현실 인식」, 『한국현대소설사 연구』, 민음사, 206-220쪽.
1984	이동희, 「최서해 소설의 문체론적 고찰」, ≪영남대 인문연구≫ 6호.
1984. 2	김을수, 「서해 최학송 연구」, 한국외대 교육대학원 석사 논문.
1984. 6	방광호, 「서해 최학송 연구」, 청주대 석사 논문.
1985	김창식, 「서해 소설의 구조 연구」, 부산대 석사 논문.
1985	노재일, 「서해 최학송 연구」, 충북대 교육대학원 석사 논문.
1985	우두현, 「최서해 소설의 정신분석적 연구 ── 특히 파괴성을 중심으로」, 계명대 교육대학원 석사 논문.
1985	조병길, 「서해 최학송 연구」, 성균관대 석사 논문.
1986	김정자, 「‘서술의 유형’으로 본 소설의 문체적 분석 ──

채만식과 최서해를 중심으로」, ≪국어국문학≫ 23호, 부산대.

1986	김창식, 「최서해 액자소설의 구조와 의미——'누가 망하나', '무서운 인상'을 중심으로」, ≪국어국문학≫ 23호, 부산대.
1986	신용은, 「최서해 연구」, 경남대 석사 논문.
1986	홍승택, 「최서해 연구」, 연세대 교육대학원 석사 논문.
1987	김성수, 「최서해 소설의 서술 방법 연구」, 건국대 석사 논문.
1987	이석재, 「최서해의 소설 연구」, 한양대 교육대학원 석사 논문.
1987	이훈, 「최서해 소설론——가난 체험과 가족애를 중심으로」, ≪관악어문연구≫ 12집, 서울대.
1987	최연순, 「최서해 소설 연구——사회상과 작가 의식을 중심으로」, ≪말과 글≫ 1집, 충북대.
1987. 2.5-3.5	신춘호, 「간도 이주 농민들의 반항적 삶——'홍염'」, ≪한글새소식≫.
1987. 4	팔중견애자, 「한국 근대소설과 國木田獨步」, ≪건국어문학≫ 11·12호, 건국국문학연구회.
1987. 5	조남현, 「최서해의 '호외시대'와 그 갈등 구조」, ≪한국문학≫ 163호.
1987. 12	박태상, 「파괴와 침몰의 미학」, ≪한국방송통신대논문집≫ 6집.
1988	김기현, 「최서해 연구」, ≪논문집≫ 25집, 순천향대.
1988	윤지관, 「민족적 현실과 가난 체험의 모랄리즘——최서해론」, ≪한국문학≫ 174호.
1988	하창수, 「이미지를 통한 소설 분석 시론——최서해의

'저류'를 중심으로」, ≪어문교육논집≫, 부산대 사대.

1989	소관섭, 「최서해 소설 연구 ─ 작품 분석을 중심으로」, 원광대 석사 논문.
1989	신영동, 「최서해 소설 연구」, 연세대 석사 논문.
1989	오원규, 「최서해 연구」, 충북대 교육대학원 석사 논문.
1989	이계홍, 「최서해 문학의 실존 의식」, 동국대 석사 논문.
1989	이점숙, 「최서해 소설의 인물 연구」, 경남대 교육대학원 석사 논문.
1989	이정성, 「최서해의 소설 연구」, 인하대 교육대학원 석사 논문.
1989	장병희, 「최서해 단편 소설 연구」, ≪어문학 논총≫ 8집, 국민대.
1989	채종규, 「최서해 연구」, 성균관대 석사 논문.
1990	구보경, 「최서해 소설 연구 ─ 구조주의 의미론을 중심으로」, 충북대 석사 논문.
1990	김정숙, 「최서해 소설 연구」, 세종대 석사 논문.
1990	신춘호, 「최서해 소설의 시대적 의미」, 『현대 한국소설 연구』, 새문사.
1990	안정애, 「최서해 소설의 변모 양상」, 경북대 석사 논문.
1990	임흥준, 「최서해 소설 연구 ─ 간도 배경작을 중심으로」, 계명대 교육대학원 석사 논문.
1991	곽근, 「최서해의 항일문학고」, ≪대동문화연구≫ 26호, 성균관대.
1991	박철석, 「한국 리얼리즘 소설 연구」, ≪동아대대학원논문집≫ 16집.
1991	윤금산, 「최서해의 단편소설 연구」, 한양대 석사 논문.
1991	윤병로, 「1920년대 전반기의 소설 양상 ─ 새로운 소설

미학의 추구와 경향」, ≪대동문화연구≫ 26호, 성균관대.

1991   황요일, 「최서해 소설 연구」, ≪국민어문연구≫ 3집, 국민대.

1992   김선중, 「최서해 연구」, 전주우석대 교육대학원 석사 논문.

1992   김인자, 「최서해 소설 연구」, 연세대 교육대학원 석사 논문.

1992   유경희, 「최서해 연구——체험적 빈궁성을 중심으로」, 중앙대 교육대학원 석사 논문.

1992   유미정, 「최서해 작품 연구」, 숙명여대 교육대학원 석사 논문.

1993   김재용, 이상경, 오성호, 하정일, 「궁핍한 삶에 대한 분노의 폭발——최서해」, 『한국근대민족문학사』, 한길사.

1993   송준호, 「최서해 소설의 재고」, ≪한국언어문학≫ 31호.

1993   이국환, 「최서해의 서간체 소설 연구」, 동아대 석사 논문.

1993   정세기, 「최서해 전기 고찰을 통한 작품의 양면성 연구」, 건국대 석사 논문.

1993   최예열, 「최서해 소설 연구」, ≪대전어문학≫ 10호.

1993   한상권, 「최서해 소설 연구」, 명지대 석사 논문.

1993   한수영, 「돈의 철학 혹은 화려의 물신을 넘어서기—— 최서해의 『호외시대』론」, 한국 문학연구회 엮음, 『1930년대 문학 연구』, 평민사.

1993   홍귀자, 「최서해 소설 연구」, 성신여대 교육대학원 석사 논문.

1993   홍연실, 「간도 소설 연구——최서해, 강경애, 안수길의 작품을 중심으로」, 건국대 석사 논문.

1994   김윤식, 정호웅, 「초기 경향소설의 형식——추상적 무시간성의 형식」, 『한국소설사』, 예문서원.

1994   류만, 「최서해의 작품 세계」, 『현대 조선문학선집』 10권, 한국문화사.

1994   신춘호, 『최서해——궁핍과의 문학적 싸움』, 건국대출판부.

1995   김상희, 「최서해 소설 연구——부권 부재 의식을 중심으로」, 대구대 석사 논문.

1995   이귀훈, 「최서해 소설 연구——가족과 사회의 관계를 중심으로」, 서강대 석사 논문.

1995. 12   곽근, 「『호외시대』 연구」, ≪동국논집 인문사회과학편≫ 17집.

1995. 12   김동환, 「근대 초기 소설의 현실 묘사 양상과 그 미학적 근거」, ≪한양어문연구≫ 13호.

1995. 12   김창식, 「1930년대 신문소설의 특성과 그 존재 의미에 관한 연구——최서해의 『호외시대』를 중심으로」, ≪국어국문학≫ 32호, 부산대.

1996   김우종, 「빈궁과 반항」, 『한국현대소설사』, 성문각, 212~221쪽.

1996   이연진, 「작가 최서해 연구」, 창원대 석사 논문.

1996   이원배, 「최서해의 『호외시대』 연구」, 경남대 교육대학원 석사 논문.

1966   大村益夫, 「朝鮮の初期プロレタリア文學-崔曙海の諸作品」, ≪社會科學硏究≫ 11卷 3號.

1996. 2   송희복, 「최서해의 '홍염'과 평판의 문제」, ≪국어국문학 논문집≫ 17집, 동국대.

1997   윤영심, 「최서해의 탈빈궁 계열 작품 연구——제재별 분석을 중심으로」, 성신여대 교육대학원 석사 논문.

1998   문현기, 「최서해 연구」, 상지대 교육대학원 석사 논문.

1998   유병수, 「최서해 소설의 갈등 구조 연구」, 한양대 교육

대학원 석사 논문.

1998   장혜정, 「최서해 소설의 인물 연구」, 숙명여대 교육대학원 석사 논문.

1999   김성구, 「최서해의 장편『호외시대』 연구」, 한국외대 석사 논문.

1999   서순석, 「최서해의 단편 소설에 나타난 현실 인식 연구」, 경기대 교육대학원 석사 논문.

1999   이의진, 「최서해의 전기 소설 연구」, 성균관대 교육대학원 석사 논문.

1999   장순희, 「한국 신경향파 소설의 현실 대응 양상 연구 ── 이익상, 주요한, 최서해, 조명희의 작품을 중심으로」, 한국외대 교육대학원 석사 논문.

1999   조현일, 「신경향파와 카프 초기 소설」, 문학과문학교육연구소, 『한국현대소설사』, 삼지원.

1999   최은경, 「최서해 소설 연구 ── 소외 문제와 그 대응 양상을 중심으로」, 전북대 교육대학원 석사 논문.

2000   권진국, 「최서해 소설 연구 ── 작품 양상과 작가 의식의 변모 양상을 중심으로」, 중앙대 교육대학원 석사 논문.

2000   신창순, 「최서해 소설 연구 ── 작중 인물의 변모 양상을 중심으로」, 경기대 석사 논문.

2000   이영성, 「최서해 문학 연구 서설」, ≪국민문학연구≫ 8집, 국민대.

2000. 5   곽근, 「북한에서의 최서해 연구고」, ≪국제언어문학≫ 1호.

2001   오정수, 「최서해의 장편『호외시대』 연구」, 단국대 교육대학원 석사 논문.

2001   임규찬, 『문학사와 비평적 쟁점』, 태학사.

2001. 9   곽근, 「개인과 사회의 관계에 천착한 작가: 최서해의 생

애와 문학 재조명」, ≪문학사상≫.

2001. 12	김원우, 「현대소설 독법에서의 근대성의 무게 : 최서해 탄생 100주년에 부쳐」, ≪동서문학≫.
2001. 12	김은정, 「최서해 소설의 현실 수용 태도와 가족의 의미 연구」, ≪한국어문학연구≫ 14집, 한국외대.
2002	계곤, 「일제 강점기 간도소설 연구」, 경남대 박사 논문.
2002	문학사와 비평학회 엮음, 『최서해 문학의 재조명』, 새미.
2002. 7	곽근, 「해방 후 북한에서의 최서해 논의에 대한 연구」, ≪비평문학≫ 16호.
2002. 8	임영봉, 「식민지 근대성과 광인 서사의 의미」, ≪인문학 연구≫ 34집, 중앙대.
2002. 12	신창순, 「최서해 소설의 변모 양상 고찰」, ≪성균어문연 구≫ 37집.
2002. 12	정문권, Kotchanova Tatiana, 「막심 고리끼 문학이 한국 작가들에게 끼친 영향」, ≪인문논총≫ 18집, 배재대.
2003	임동휘, 「빈궁소설의 서사적 특징 연구」, 중앙대 석사 논문.
2003	장수익, 『한국 현대소설의 시각』, 역락.
2003. 6	장수익, 「최서해 소설과 조선 자연주의」, ≪어문논총≫ 38호, 한국문학언어학회.
2003. 6	유태영, 「최서해 소설에 나타난 폭력의 성격 연구」, ≪한 국언어문화≫ 23호.
2003. 8	이경돈, 「최서해와 기록의 소설화」, ≪반교어문연구≫ 15호.

작성자 문영진 서울대 대학원 졸. 문학박사. 한국교육과정평가원 전문연구원
    박성란 인하대 대학원 박사과정 수료. 인하대 강사.

회월(懷月)의 재평가와 상화(尙火)의 재인식
박영희의 문학사 연구와 이상화의 산문을 중심으로

임규찬(문학평론가 · 성공회대 교수)

박영희와 이상화는 백조의 동인이었다가 함께 신경향파 문학 운동에 참여했던 사람들이다. 그러나 두 사람의 이후 행보는 확연히 갈라진다. 박영희가 초기 카프의 지도적 이론가로 성장하여 비평가로서 득의의 활동을 벌이다가 이후 전향과 함께 카프를 탈퇴하여 친일적 행동, 그리고 해방 후 민족 반역자 명단에 올라 한국전쟁 때 끝내 납북되기에 이르는, 문학사적으로 길고 곡절 많은 길을 걸었던 데 비해 「나의 침실로」, 「빼앗긴 들에도 봄은 오는가」 등 1920년 중반 짧은 시기에 가장 주목할 만한 시작 활동을 전개하던 이상화는 갑작스레 고향 대구로 낙향하여 이후 문학적으로 침묵했고 또한 43세의 나이로 일찍 세상을 뜸으로써 문학사적으로 굵고 짧은 활동을 보여주었다.

따라서 두 사람이 탄생 백 주년과 초기 활동을 공유했다는 점만을 빼고 이렇게 한 지면에서 함께 이야기될 만한 사항은 그리 많지 않다. 본고가 이런 두 사람을 한데 묶은 것은 주최 측의 진행상 요청에 따른 것이지 발표자의 특정한 관점을 따른 것이 아님을 미리 밝혀둔다. 물론 그렇다고 이 자리에서 철저하게 두 사람을 등을 돌리게 하지는 않겠다. 사실 비평가 이상화를 떠올리기는 힘들다. 몇 편 안 될 뿐만 아니라 비평이라기보다는 창작자가 쓴 산문이라고 해야 더 적당한 글을 몇 편 남겨놓았을 따름이다. 그렇다고 비평적 수준이 낮다는 것은 아니다. 오히려 창작자로서 속살이 담긴 뛰어난 시인의 고뇌와 열정은 이른바 비평이라는 분업화 과정에서 빠지기 쉬운 이론 위주의 사고에 문학의 본성을 생각하게 하는 강력한 언어의 힘을 보여줌으로써 근원적 반성을 촉구하는 면이 있다.

그러므로 이미 심포지엄에 이상화의 시적 성취에 대한 발표가 또 있기에 여기서는 박영희의 비평 세계를 중심에 두고 그에 대한 한 반성으로서 이상화의 산문을 후미에 결론 삼아 덧붙이면서 발표를 진행하고자 한다.[1]

박영희의 문학사 연구와 재평가 ──『현대문학사』를 중심으로

1

사실 박영희의 문학사 혹은 비평사적 평가는 비교적 불우한 편이라 할 수 있다. 그 평가의 정점에는 항상 "얻은 것은 이데올로기요 잃은 것은 예술"이라는 흡사 표어와 같은 유명한 전향 문구가 항상 가로놓여 있다. 이 선언을 두고 한편에서는 일제하 프로 문학에 대한 비판의 예증으로, 다른 한편에서는 역으로 전향자라는 낙인을 찍는 상징 부호 역할을 했다. 그런데 문제는 대부분의 연구가 그 선언과 함께 끝나 버리는 데 있다. 후자의 입장에서라면 어느 정도 이런 접근은 있을 수 있다. 그러나 전자의 입장에 서라면 조금은 의아스럽다. 그러나 거기에도 이유는 있다. 우선 카프의 주도적 인물이었던 박영희의 전향 선언은 그 자신으로 볼 때 비판적 입장에서 볼 때와 마찬가지로 이미 자기 파멸을 스스로가 드러내고 있다는 판단

---

1) 이 글에서 참고한 자료는 이동희, 노상래 엮음, 『박영희 전집』(영남대학교 출반부, 1997)과 김학동 엮음, 『이상화 전집』(새문사, 1987)이다. 박영희의 『현대조선문학사』는 전집 중 2권에 실려 있고 이상화에 대해서는 여러 곳에서 전집이 나왔으나 김학동 편을 선택했다. 이하 인용에 대해서는 쪽수만 밝힌다.

을 내릴 수 있기 때문이다. 더구나 일제 말기에 조선문인협회 간사, 북지종군, 창씨개명, 신체제 문학에의 협력 등 친일적 행동으로 이어졌으니 그런 판단을 쉬 내릴 법도 하다.

사실 필자 또한 대략 그런 선입견 속에서 박영희를 미리 예단하여 바라보았다. 대다수의 연구에서처럼 박영희의 가장 빛나는 활동은 팔봉 김기진과 벌인 내용-형식 논쟁 그리고 뒤이은 목적의식론의 제창 때라고 필자 또한 보아왔다. 거기에 또 하나 역할을 덧붙인다면 백조파로서의 활동과 김기진과 더불어 신경향파 문학을 열어젖힌 개척자라는 지점이었다.

그런데 사실 박영희의 연표를 눈여겨보면 앞서 말한 전향 선언 이후에도 지속적인 비평 활동을 전개해 왔고 더구나 일제 말엽 집필한 글에 근간하여 해방 후에 간행한 『문학의 이론과 실제』(1947)라는 본격 문학 이론서나 또한 『현대조선문학사』, 『초창기의 문단측면사』 등 문학사에 관한 묵직한 저술을 남겨두기도 했다. 사실 한 사람의 비평가를 염두에 둘 때 후기에 대한 이런 묵살은 그 자체로 온당한 대우가 아닐뿐더러 정당한 접근법도 아니다. 물론 이들 비평적 활동이 전 시기에 비해 의미가 없다거나 그 업적이 미미하다는 객관적 분석에 따른 판단이라면 그럴 수도 있다. 그러나 실제 『문학의 이론과 실제』나 『현대한국 문학사』를 제대로 읽어본 이라면 지금까지의 연구가 몇몇 선입견에 의해 비평가 박영희를 너무 쉽사리 재단했음을 알 수 있다.

그래서 본 발표에서는 지금까지 거의 주목받지 못했던 후기 시대, 그중에서도 『현대문학사』를 중심으로 그의 비평 세계를 재평가해 보고자 한다. 지면의 제한도 있고 해서 다음 몇 가지 사항을 고려하여 재평가 작업을 시도하고자 한다.

첫째로 이 발표가 탄생 백 주년이라는 기념적 성격이 강한 심포지엄이기도 하거니와 재평가 작업은 그가 내보인 최대 성과에 기초하여 여타 측면에 대한 종합적 재검토가 이루어지는 것이 타당하다는 관점에서 접근하고자 한다. 그래서 일차로 지금까지 별반 주목을 받지 못했던 박영희의 문학사 연구

를 가능한 한 객관적으로 분석하여 그 의미와 한계를 주목하고자 한다.[2]

둘째로 후기 작업은 문학 이론 영역과 문학사 영역에서 이루어지고 있는데 전자는 추상 수준이 높을 뿐만 아니라 분석해야 할 영역 또한 그만큼 넓어질 수밖에 없기에 후일의 작업으로 미루고자 한다. 대신 문학사 영역, 특히 『현대조선문학사』를 중심으로 하여 그 성과를 논하고자 한다. 문학사 영역에 대한 분석을 통해서 오히려 그의 전 시기에 대한 비평 혹은 창작 활동에 대한 평가도 동시에 수행할 수 있다고 보여져 박영희의 재평가를 위한 일차적 작업으로 문학사 연구가 가장 적당한 대상이라는 생각이다.

마지막으로 개별 논자에게 있어 문학사 서술 방법론에 대한 견해와 구체적 문학사 서술이 꼭 일치하지 않는다는 점도 고려할 필요가 있다. 따라서 어떤 논자든 간에 때로 부분적 분석이나 평가에 주목할 측면이 많을 수도 있다는 점도 문학사 연구에 관심을 두게 된 한 요인임을 미리 밝혀둔다.

2

사실 발표자는 『현대조선문학사』를 정밀히 읽고는 다소 충격을 받은 셈이다. 지금까지 기존 문학사에 대한 검토 작업을 비교적 열심히 해왔다고 자부하고 있었는데 그 작업에서 박영희의 연구 업적을 철저히 무시 혹은 배제해버린 데 대한 게으름과 무지를 탓할 정도로 문학사 연구에서는 간과해서는 안 될 대상이라고 판단했기 때문이다.

기실 지금까지 해방 후 첫 문학사적 업적으로는 백철을 선편에 두고 이야기되어왔지만 적어도 그와 동렬 혹은 그보다 앞서 박영희의 『현대조선문학사』를 놓아야 한다는 생각이다. 이 점은 백철 스스로도 다음과 같이 말

---

2) 그렇기 때문에 자연히 더불어 논의되어야 할 외적 요인들, 이를테면 그의 친일 문제 등에 대해서는 필요한 경우가 아니라면 굳이 언급하지 않을 생각이다. 물론 후기의 작업이 그의 친일적 활동과 긴밀히 연동되는 내적 논리가 있다면 문제는 달라지겠지만 필자의 판단에 그런 연관성은 직접적으로 연결되지는 않기 때문에 이 글의 핵심적 주제로는 삼지 않겠다.

한 바 있다.

아다싶이 회월은 나와 달라서 우리 신문학 시작 뒤의 거의 전 기간을 직접 경험해 온 작가요, 시인이요, 특히 우수한 평론가였으며 그만치 신문학사를 기술하는 데는 가장 적임자로 봐야 할 사람이다.

——『현대조선문학사』, 394쪽

이런 경험의 직접성은 사실 그 자체가 경험에 갇혔다는 점에서 한계를 어느 만큼 갖기 마련이겠지만 일단 근대라는 것이 사회문화적 차원에서 분업화를 통한 자립적 혹은 자율적 사회의 형성이라는 면과 긴밀히 관련을 맺는다는 점에서 문단의 형성과 그 경과를 다각도로 참고해 볼 수 있는 실증적 자료 역할을 제공해주는 이점이 있다.

실제로 이 점에서 박영희의 문학사 연구는 흥미로운 여러 사항을 우리에게 제공해준다. 가령 이십 대 초기 문단 형성의 시발점이 되었던 동인지 시대에 대한 분석도 그런 좋은 예가 될 것이다.

동인지라는 것은 그 사상적 주류로 보아 동일한 경향을 가진 작가들의 결합이어야 할 것이다. 그러나 초창기에 있어서 각자의 사상적 경향이 명확치 못할 때에는 문학적 전체성에서 결합할 수도 있었다. 동인지의 적극적인 의미는 문학상 동일한 주류 위에서 한 개의 통일된 운동이 시작되어야 할 것이다. 이것은 현대 동인제 문학 잡지의 특징일 것이다. 그러나 초창기에 있었던 조선의 동인제 문예 잡지는 유파별이나 사상별로만 분류하기에는 너무도 미약하였다. 그때의 젊은 작가들은 자기의 인생관에서보다도 자기의 정열적인 정서의 분출을 문학에서 실현함으로써 만족하였었다. 말하자면 그때의 동인지라는 것은 대외적으로는 한 개의 문학적 세력을 만들어 자기의 존재를 나타내려는 것이요 대내적으로는 작가 각자의 원숙을 기함에 있었다.

——『현대조선문학사』, 441~442쪽

사실 백철부터 시작한 이후의 문학사 거개가 이 시기를 유파별, 사상별로 분류하는 데 천착한 셈이다. 그래서 어떤 점에서 문학사 연구의 가장 난맥상이 보인 지점도 이곳 1920년대이다. 그런데 정작 그 시대를 직접 몸담아왔던 박영희는 이 시기가 유파별, 사상별로 분류하기에는 너무도 미약한, 형성기의 한 단초로서 정확히 그 의의를 자리매김한다.

또한 이 시기 비교 문학사적 접근의 중요성은 누구나 인정할 터인데, 이에 대해서도 박영희는 흥미로운 견해를 제시한다. 그는 제정 러시아 작가들의 작품에서 가장 많은 영향을 받는 등 북구(北歐) 문학에서 주로 사상성을 섭취하였고, 남구(南歐) 문학에서 난숙한 형상과 그 예술적 방향을 찾아 배웠다고 말한다. 오히려 이 점에서 일본의 메이지, 다이쇼 시대의 거장들의 작품들을 많이 읽기는 했으나 조선의 문학 정신을 형성하는 데는 별달리 영향받은 바 없다고 주장한다. 다만 조선 문단과의 교류 관계에서 세계 사조를 전해 주는 중계적인 중요성이 있었을 뿐이라는 것이다.

아울러 근대 문학 형성에 있어 신소설과 이광수에 대한 위치 부여도 흥미롭다. 박영희는 신소설기를 하나의 준비적 단계로 간주하고 조선의 현대 문학은 이광수로부터 시작한다고 단언한다.[3] 근대 문학 기점 문제 역시 아직 속시원한 합의가 도출되지 않은 상황인 만큼 하나의 참고적 관점으로서 염두에 둘 필요가 있다. 특히 1920년대 본격적으로 문단이 형성되는 시점에서 이광수와 최남선이 그들 청년 문인들의 문학적 토대가 되었다는 발언은 경험적 사실로서 마땅히 유념할 필요가 있다.

박영희의 문학사적 서술은 이처럼 당대에 형성되는 문단과 형성된 문단의 흐름을 중심으로 이루어진다. 곧 문단의 형성과 시대에 따른 그 중추적 흐름이란 견지에서 큰 체계를 편성하고 그 속에서 창작계와 비평계의 성과를 유기적으로 한데 아우르는 서술 방식으로 나름의 치밀한 편성을 보이고 있다.[4]

---

3) 실제 목차상에서도 신소설 부분은 서론에 포함되어 있고, 본격적 문학사 서술이 이루어지는 '제1편 청춘 조선의 정열과 이상'의 첫 장을 이광수로부터 시작한다.

가령 가장 혼란스러운 1920년대 소설 문학을 큰 틀에서 자연주의 문학으로 규정한 것도 이후 문학사의 서술과 구별되는 큰 특징이다.[4] 이 점에서 박영희의 이러한 진술은 나름의 전체적 사고를 엿볼 수 있는 한 면모이다.

> 그(현진건—인용자주)의 작품에는 차차로 어딘지 모르게 반항적인 기질이 나타나게 된 것도 조선의 민족적 울분에서 직접 받은 영향으로 조선에 있어서 자연주의 문학의 조선적 특징이라고도 할 수 있다.
>
> ——『현대조선문학사』, 446쪽

사실 박영희의 문학사 서술이 앞서 문단을 중심으로 했다고 했지만 오히려 백철의 신문학 사조사와 변별되는 특징은 단순히 문단의 현상적 흐름을 평면적으로 나열, 조합한 것이 아니라 그 나름의 엄정한 비평적 관점을 가지고 창작적 성과를 최종 목표로 삼아 정리하고 체계화한 데 그 의미가 있다. 이 점은 그 자신과 직접 연관이 깊은 프로 문학 운동에 대한 서술에서도 마찬가지다. 신경향파 문학부터 시작하여 해체기 이후까지 가장 비중을 두고 서술하고 있지만 여기서도 최종 목표는 창작 성과에 대한 체계화이다. 그런데 박영희의 문학사 서술에서 최대 쟁점이 되는 부분은 그의 유명한

---

4) 목차는 다음과 같다. 서론 현대 조선문학의 성격(제1장 현대 조선문학의 규정/제2장 현대 조선문학의 발전 형태/제3장 현대 조선문학과 그 사상성/제4장 '신소설'과 현대 조선문학), 제1편 청춘 조선의 정열과 이상(제1장 신문학 건설의 출발/제2장 동인제 문예잡지 시대의 제경향/제3장 세기말적 사상과 자유 운동/제4장 현실주의의 대두와 그 방향), 제2편 조선적 현실의 성장과 문예 운동(제1장 신경향 문학의 의의와 그 작품/제2장 민족주의의 진영과 그 추수자/제3장 방향 전환기의 문예 운동/제4장 카프 운동의 반성기), 제3편 수난기의 조선문학(제1장 침체된 문학 운동의 진로/제2장 전환기 문학의 제경향/제3장 인간 탐구 시대의 제작품/제4장 시적 정신의 부흥과 정형시 운동/제5장 역사소설 시대)

5) 대신 시에 대해서는 대략 세 가지 경향으로 정리한다. 여기서도 그는 동인지별로 본 것이 아니라 개인별 시 경향에 따라 황석우, 김안서, 이상화, 박종화, 박영희, 김동명 등의 데카단이즘, 주요한, 오상순, 남궁벽, 이동원 등의 이상주의적 경향, 그리고 변영로, 김소월, 홍사용 등의 서정적 경향으로 분류한다.

전향 선언과 맞물린 당대에 대한 조감 부분이 될 것이다. 거기서 박영희는 1934년 시점에서 한 치도 벗어나지 않는 관점을 내보인다. 오히려 이후 전개 과정에서 그것을 더욱 확증받고 있다는 태도를 선보이고 있다.

박영희의 분석에 따르면 「예술 운동의 작금」(≪동아일보≫ 신년호, 1931)에서 이미 '예술 운동의 볼셰비키화' 문제에 대해서 반대 의견을 개진했고 권환 등과 대립 끝에 간부를 사임하고 1932년 7월에 카프를 탈퇴하고 성명서를 냈던 것이다. 그 점에서 카프 문학 운동에 대한 평가에서도 그 동안 박영희, 신유인, 백철, 이형림 등의 견해를 전향자로 규정하여 이들의 견해를 쉽게 묵살해 버린 경향이 있고, 프로 문학 운동의 쇠퇴를 카프 해체 전후의 정치적 압력에 절대적으로 기인한 것으로 보았는데 이 점 역시 사실적으로 좀 더 규명될 필요가 있다.

우선 박영희가 내세운 근거, 이 시기 카프가 한 개의 공각에 불과했고, 정치주의에 앞장섰던 카프 동경 지부 출신들의 극좌 노선도 실천이 없는 관념적인 사변만 나열할 뿐이었다는 사실에 대한 검증이 좀 더 깊이 이루어질 필요가 있다. "카프의 불활발은 경찰의 탄압에 그 원인이 있겠지마는 문학의 부진은 정치주의의 굴레 속에 사로잡혀 있었던 것을 비로소 알게 된 것이며 프로 문학의 본원지인 소련의 라프가 해체를 선언하고 정치주의를 청산하려는 것을 이미 보고 들은 까닭도 있었다."[6](『현대조선문학사』, 500쪽)

그리하여 박영희는 역으로 「최근 문예이론의 신전개와 그 경향」을 이후 경향의 종합적 결론이라고 주장한다. 말하자면 1932년부터 창작의 고정화에 대항한 신응식, '산 인간론'을 펼친 백철 그리고 덧붙여 '형상론'을 내세운 임화나 '창작 방법론'을 새로이 제출한 안막까지도 정치주의 문학에 대한 비판으로 간주한다. 이 점 역시 그냥 간과할 수 없는 대목으로 지금까

---

6) 아울러 이런 대립의 배경에 1931년의 신간회 해소 사건도 있음을 주목할 필요가 있다. 박영희도 참여했던 신간회가 공산당의 해소론 등에 의해 해산되자 일본 경찰은 오히려 이 해소를 공산당 조직화로 판단하여 카프 회원들도 총검거를 당하게 되어 박영희 역시 감옥 생활을 하게 된 것이다. 이것이 속칭 카프 사건이다.

지 이 시기 문학론을 사회주의 리얼리즘의 수용을 둘러싼 논쟁으로 해석해 왔는데 우리 문학사의 전개 과정 속에 그 근원적인 문제의식을 새롭게 해석할 필요가 있을 법하다. 물론 박영희의 논지 자체는 그 자체의 변화 과정 속에서 새로운 극복을 논하기보다는 대립적 측면으로 이월되면서 이전의 것들을 부정하는 방향에 있었기 때문에 임화 등의 노선과는 대립적일 수밖에 없었다. 김기진과 벌인 '내용 형식 논쟁'이나 '방향 전환론'은 동경 무산자파의 정치주의보다는 강도가 약하더라도 정치주의의 굴레에 갇혀 있는 논리이기 때문이다. 그런데 박영희는 그 문제에 대해서도 단순히 객관적인 소개 형식으로 정리할 따름이지 이에 대한 자기 반성과 비판이 없다는 점에서 여러 가지 의구심을 불러일으킨다.

어쨌든 이 시기 이후 1930년대 문학을 박영희는 "조선적 현실의 완전한 보다 더 문학적인 표현"을 위한 고투로 파악하는 시선은 눈여겨볼 만하다. 실제로 박영희 문학사의 가장 의미 있는 성과는 '제3편 수난기의 조선 문학'에 있다는 생각이다. 이전 시기와는 다르게 방향성을 상실하고 또 그런 만큼 혼란한 상황과 침체된 분위기에 놓여 있었지만 그 속에서 힘겹게 일구어놓은 문학적 성과에 대한 정리가 돋보인다. 첫째로 정신적 혼란을 극복하기 위해 "고전적 유산에서 현대 정신을 창조하자"는 이른바 "현대 문학이 요구하는 고전적 정신"에의 탐구이다. 둘째, 단편소설 시대에서 장편소설로 넘어왔다고 보았다. 각 신문이 경쟁적으로 장편소설을 연재하기 시작했고 그것을 감당할 만한 역량 있는 작가들 또한 생겨났으며 전집 간행이나 시집 간행 등 출판의 왕성한 성장이 그 밑바탕을 이루었다는 것이다.

이러한 사회문화적 정황 속에서 박영희는 주된 문학적 경향을 크게 다음 몇 가지로 제시한다. 첫째, 일제의 탄압에도 불구하고 표면 운동으로 아직 가능성이 있었던 교화 운동이나 농촌 계몽 운동에 부응한 작품들, 이를테면 이광수의 『흙』이나 심훈의 『상록수』, 이석훈의 중편 「황혼의 노래」 등을 주목한다. 그런데 여기에 이기영의 『고향』을 포함시킨 것도 특징적이다. 덧붙여 박영희는 과거 카프 계열 작가들의 작품들도 언급하는데, 1935년까

지 카프적 잔존물을 유지하려고 노력한 흔적을 발견할 수 있지만 이미 그
것은 과거의 형해에 불과하다고 비판한다. 최재서가 지칭한 "후일담 문학"
과 이를 관련짓는데 이때도 중심 줄거리가 되지 못하고 지엽적인 것에 불
과하여 이미 다른 경향으로 진전하고 있다고 파악한다. 물론 변치 않고 조
선 현실의 빈궁 면을 그림으로써 의식 문학의 면모를 그대로 유지한 작가
도 없지 않지만 이때도 해가 갈수록 "무의식 빈궁 소설"로 빠져들었다고
비판한다. 반면 의식과 형상이 비로소 문학적 형태를 갖춘 문학으로 김기
진의 장편 『해조음』을 든 것은 조금 뜻밖이다. 아울러 그런 견지에서 현진
건의 『적도』 또한 높이 평가하고 있다.

그리고 거기에 맞선 새로운 경향을 "순수 문학"으로 명명한 점도 주목된
다. 물론 이 말은 60년대의 '순수/참여' 식의 개념과는 구별된다. "여기서
취급하려는 순수 문학은 의식이나 이념까지를 부정하는 것은 아니다. 다만
순수 문학은 어떠한 기성된 의식이나 이념에 예속되어 있는 것이 아니라
문학적 창조에서 부절히 새로운 이념과 의식을 창조할 수 있는 것을 의미
한다."고 그 개념을 설명한다. 여기에 문학적인 형상을 완성시키려는 경향,
그리고 일반적 의미의 문학 형식까지를 부정하려는 신흥 문학파까지 포함
시킨다. 그리고 이 경향의 대표자로 이태준과 박태원, 김동리, 김유정, 이상
등을 배치해놓고 있다.

또한 1935년 이후 주된 문학적 흐름을 새로운 인간 탐구 문제에 두고
평론계의 휴머니즘 논쟁 등을 소개하면서 개성과 모랄의 문제를 실제 창작
계의 동향과 연결시킨다. 먼저 의식 문학파의 작가들이 개성 발견에 눈뜨
면서 개성을 통하여 도덕성을 파악하려고 노력했지만 새로운 세계로 대담
하게 비약하지는 못했다며 구체적인 소설들을 예시하여 논의를 전개해 나
간다. 그럼에도 전체적으로 1939년에 인간 탐구와 관련하여 확실한 진전을
보여준 작품들이 나왔다며 이광수의 「무명」, 박계주의 『순애보』, 최정희의
「지맥」, 김남천의 『대하』 등을 대표적 작품으로 거론한다. 이들 작품에서
인간의 개성이 완성되었으며(「무명」), 도덕성의 확립(나머지 세 작품)이 이

루어졌다는 것이다. 아울러 이런 인간성의 이상화 경향과는 달리 취미적인 것으로 보편화하려는 경향이 있었는데 이것이 대중 문학의 융성으로 나왔다고 진단한 것도 흥미롭다.[7]

그리고 마지막 대미를 장식한 부분이 역사 소설이다. 박영희는 1930년 이후를 "민족주의 문학이나 마르크스주의 문학에 대한 탄압이 점점 심해져서 소위 의식 문학은 쇠퇴하는 길로 기울어졌고 이에 뒤를 이어 순수 문학이 일어났으나 이것 역시 얼마 되지 아니하여 연애, 엽기, 풍자 등의 취미 중심 대중소설로 기울어지기 시작했다."(앞의 책, 550쪽)고 보았다. 그런데 이런 정황과 긴밀히 연관되어 침체된 현대 문학을 구출하는 한 갈래의 길로서 역사 소설이 등장했다는 것이다. 말하자면 당대의 여러 조건과 정황 속에서 "역사 문학은 그 풍부한 제재 속에서 의식 방면으로나 인간성 창조 문제에 있어서나 그 대중성에서나 어떻든 우울한 현대 소설보다는 여러 가지로 편리하였다. 이리하여 역사 소설은 대중의 환영 속에서 자라나기 시작"(앞의 책, 551쪽)했다는 진단이다. 특히 여기서도 두 경향, 순수 문학의 길과 대중 문학의 길이 있는데 전자의 대표적 작품으로 홍명희의 『임꺽정』을 들고 있다.

어쨌든 박영희가 파악한 조선현대문학사의 대미는 역사 소설에 주어진다. 그 의미에 대한 다음과 같은 서술은 문학사적 발전이란 각도에서 재음미해 볼 만한 대목이다.

---

7) 이러한 방식으로 시 분야도 체계화하는데, 여기서도 각기 다른 개성들 속에서 그 나름의 통일된 시대적 정신과 경향을 추출하려 애쓴 점이 눈에 들어온다. 그가 파악한 시단의 특징은 "시적 정신"의 부흥과 정형시 운동인데, 이런 특징을 마르크스주의 의식 문학의 대두와 함께 붕괴되고 제약된 시적 양식에 대한 새로운 모색으로 설명한다. 말하자면 사회적으로 평가되는 시의 효능보다도 시가 가지고 있는 제약성에 대한 붕괴와 위축을 중시하여 그중에서도 외형률의 자유스러운 창조가 자유시의 특색임을 강조한다. 그리고 아울러 언어와 선율을 중심 문제로 삼으면서 민요조와 시조형의 정형시 운동도 대두되었음을 주목한다.

조선의 역사 문학은 현대 조선 문학의 말기에서 현대 문학의 우울과 침체와 회의를 극복하려는 새로운 진로였을 뿐 아니라 민족적 계몽 운동으로서의 일면도 있었다는 것을 잊어서는 안 된다. 조선 사람들은 오랫동안 마음대로 들어 보지 못한 조선 역사를 작품을 통하여 알 수 있었고 배울 수 있었다. 이러한 역사적 지식의 보급으로부터 민족적으로 자신을 알게 되며 따라서 민족 의식을 형성할 수 있는 데까지 방향을 돌릴 수 있었으니 이것이 역사 문학의 계몽적 방면에 나타난 공헌일 것이고, 둘째로 문학적 부면에서 볼 때 역사 문학은 회의를 모색하던 현대 문학의 진로를 만들기 위하여 풍부한 사실(史實) 속에서 현대성에 접근할 수 있는 자료를 마음대로 택할 수 있었으며 과거의 사실이라는 것을 칭탁하여 까다로운 현대성의 구속을 받지 않고 광범한 구상을 마음대로 하여 그 스케일의 웅장한 세계를 구성할 수 있는 역량을 기를 수도 있었다는 사실을 우리는 볼 수 있는 것이다.

이리하여 역사 소설은 확실히 명랑하였고 웅건하였으며 한편으로는 양패(襄敗)되려는 민족 의식, 반항 의식을 계승하여왔던 것이다. 이리하여 우리는 역사 소설의 현대적 의의와 시대적 정신의 타당성을 파악할 수 있는 것이다.

——『현대조선문학사』, 558쪽

3

이상의 설명에서 유추해 볼 수 있듯이 회월의 문학사 서술은 비교적 견고한 구조로 이루어져 있다. 시대별 특징과 함께 그와 관련하여 주된 경향을 적출하여 체계화해 나감으로써 이른바 경험적 고찰이 갖기 쉬운 복잡한 현상의 단순한 평면적 나열로부터 어느 정도 벗어나 있다.

이러한 점은 백철의 『신문학사조사』와 대비해 보면 잘 드러난다. 지금까지 연구에서 대체적으로 합의되었듯이 백철은 문학적 질을 문제 삼지 않고 무차별적인 자료를 현상적 기준에 의거해 분류, 나열하는 방식에서 크게 벗어나지 않았다. 이른바 실증주의 방법론의 문제로 지적되는, 작품 자체보다 "배경 조건"을 중시하여 이론 및 비평 동향, 작가의 생애나 시대적 상황 혹은 문단 분위기 등 작품을 둘러싼 배경적 사실을 주로 서술하여 문단 변천사의 형태에서 크게 벗어나지 못했다. 말하자면 "잡지"나 "동인지"나 "문학 집단" 그리고 그것들이 대표하는 사조나 유파로 유형화했던 것이다. 그리고 조연현의 『한국현대문학사』와 비교해도 사적 체계화 작업이 훨씬 탄탄함을 엿볼 수 있다. 정치사회적 변천과 문학 자체의 변천이 10년 단위로 나타난다는 전제하에 구성된 조연현의 10년 단위 문학사 서술은 좀 더 구체적으로 파고들어가면 정작 역사적 사건이 내포하는 사회정치적, 문화적 의미에 대한 차이를 보지 않고 몇몇 문학 현상만을 이에 결부시키는 현상추수주의로 귀결된다. 특히 1920년대에 출발한 작가들이 1930년대에 주목할 만한 성과를 산출했음에도 이를 간과하고 단순히 1930년대의 새로운 현상으로 포착한 순수 문학적 경향과 현대 문학적 성격만을 변별적 자질로 절대화함으로써 두 시기에 벽을 세우는 방식에서 잘 드러난다.

그렇다고 회월의 문학사가 문단 위주의 경험적 고찰이 갖는 한계에서 완전히 벗어났다고는 볼 수 없다. 이를테면 한용운에 대한 다음과 같은 서술에서 그러한 점을 쉽게 엿볼 수 있다.

> 이와 같이 민족, 계급의 양 문예진의 혼란한 논쟁과 거친 분위기와는 아무 관계도 없이 현세를 초월한 경향의 시집이 돌연히 나왔으니 그것은 승려 한용운의 『님의 침묵』이라는 시집이었다. 이 시집은 1926년 5월에 출판된 것으로 종교적인 신비성과 풍부한 상상력에서 타고르의 시풍을 생각하게 하는 시편들이었다. 당시 무기력한 시단은 적지 않은 충동을 받았었다.
>
> ──『현대조선문학사』, 476쪽

당시 문단과 접촉이 없고 또 문단 분위기와는 이질적인 시집 출간이기에 사적인 체계화에서 부록식으로 덧붙여진 것이다. 그리고 시집에 대한 평가역시 그러한 틀에서 쉽게 내려지고 있다. 또한 장편을 중시한 그가 염상섭의 『삼대』나 채만식의 『탁류』, 『태평천하』를 언급하지 않고 지나친 것도,

백석이나 이찬의 시 세계를 간과한 것도 이런 측면에서 바라볼 필요가 있다. 중간적 인텔리의 계급성에 기반한 절충주의나 동반자 작가로 명명되는 영역, 혹은 상호 넘나들어 새로이 융합한 세계에 대한 홀대의 한 반영으로 생각된다.

이 점은 그의 문학사 서술의 가장 중심적 기반이 되는 프로 문학에 대한 인식과 긴밀히 관련되어 있다. 즉 프로 문학의 등장과 쇠퇴 혹은 소멸의 관점이 그 핵심에 놓여 있다. 프로 문학의 등장만이 필연적인 것이 아니라 쇠퇴 혹은 소멸 역시 필연적이라는 시각이다. 그리고 여기에서 그의 전향이 갖는 필연적 의의가 생겨난다. 가령 『현대조선문학사』의 마지막에 있는 역사 소설을 서술한 대목에서 그 문학적 명명을 "역사적 순수 문학"이라고 부연하면서 서술한 다음 대목을 주의 깊게 보자.

> 역사적 사실을 문학화하기 위하여, 이에 현대적 성격을 부여하여 시대의 한계성을 초월한 문학 작품을 창조하려는 문학을 가리켜 나는 또한 역사적 순수 문학이라고 하였다. 그러므로 이곳에는 역사적 의식 문학이라고도 할 수 있는 의식성이 없지도 않으나 이 의식은 현대 문학의 마르크스주의적 의식의 선전성과는 구별되어야 한다. 역사 문학의 의식성이란 선전을 위한 문학의 내용이 아니었고 문학 창조를 위한 의식성인 까닭으로 나는 역사 문학의 의식성을 현대 문학의 의식에서 구별하기 위하여 순수 문학에 넣게 된 것이다.
>
> ——『현대조선문학사』, 559쪽

"마르크스주의적 의식의 선전성"이란 표현에서 알 수 있듯이 문제되는 일면을 전체화하여 전체를 배격하는 논법이 구사되고 있다. 이것은 곧 1930년대 초반 극좌적 정치주의를 프로 문학 전체의 비판적 논리로 활용하는 것과 마찬가지다. 또한 전향 선언의 대표적 표어인 '다만 얻은 것은 이데올로기요 잃은 것은 문학'은 사실 그것의 정직한 표현이다. 상호 연관 속에서 파악해야 할 사항을 분리하여 대립적으로 대극화하는 논법이다. 이러한 논법에 따르면 좌우 대립이라는 선명한 분기점이 생길 수밖에 없으며 그에 대한 필연적 선택의 논리로 치달을 수밖에 없다. 말하자면 좌우 통합이나 좀 더 큰 시각에서 그것들을 아우르는 의식의 확대가 시도되지 않고, 또 그 속에서 존재할 수 있는 다양한 스펙트럼은 간과되기 쉬운 것이다. 사실 초기에 보여주었던 박영희의 논리 역시 그 점을 전형적으로 보여주었음을 여기서 상기할 필요가 있다.

결국 박영희에 대한 평가는 '정치주의와 문학주의' 문제가 핵심 문제임을 이곳에서도 확인할 수 있다. 박영희에 대한 가장 중요한 업적(『박영희연구』, 열음사, 1989)을 내보인 김윤식은 박영희가 카프 탈퇴 이후 유미주의와 사회과학적 이론을 결합하여 중용적 예술론을 구성하려 했다며 그의 전향이 단순한 유미주의로의 원점 회귀가 아니라고 진단하였다.(『박영희 연구』, 29쪽) 그러나 그 구체적 분석에서 김윤식은 박영희의 성취에 대해서 상당히 비판적이다. 가령 전향 선언문에 대해 첫째, 프로 문학 및 카프의 도식주의를 조급히 비판한 나머지 프로 문학 전반을 한꺼번에 부정해버렸고, 둘째, 카프를 비판하면서 한국적 현실에 대해 일언반구도 언급하지 않았으며 셋째, 사회사와 문학사의 차이점만을 일방적으로 드러내기 위해 그 관계를 사상하고 말았고 넷째, "상실한 예술"을 회복하는 방법 및 내용을 제시하지 못했다고 지적했다.(앞의 책, 103~104쪽) 아울러 『문학의 이론과 실제』에 대해서도 사회학적 방법을 부분적으로 확인하며 그 위에 심리적 형식주의의 문예관을 결합시킨 이원론이라고 분석했다.(앞의 책, 125쪽)

사실 이 같은 이원론에 대한 비판은 이미 임화가 당대에 정확히 내린 바 있다. 임화는 「조선신문학사론서설」에서 박영희를 비롯한 일련의 입장들에 대해 "문학과 생활의 이원적 분리의 관념론"이라고 진단한 바 있고 이러한 이원 사관이 과거 카프의 조직적 와해를 촉진시킨 변질주의의 이론적 무기였다고 비판했다. 그러면서 문학이 현실 생활에 의존하고 동시에 문학은 생활 현실에 일정한 정도로 봉사한다는 원칙적 욕구야말로 신경향파 문학

이후 프로 문학의 전 실천을 일관한 원칙이었다고 말한다. 그러나 이 원칙을 지나치게 강조한 나머지 내용편중주의에 빠지게 되었다고 과거를 회고한다.

그리하여 문학상에 있어 그 사상성과 예술성에 대한 통일된 과학적 견지를 가지는 대신 예술 형식의 의의에 관한 유명한 김기진 대 박영희의 역사적 논쟁을 거쳐 문학적 창작과 그 운동과 공히 정치의 우위성이란 것을 곧 정치 및 사상에의 직접의 봉사주의라는 방향을 가지고 최근까지에 이르도록 지배적 원칙으로써 통용된 것이다.(임규찬, 한진일 엮음, 『임화 신문학사』, 한길사, 1993)

실제로 임화의 이러한 진술은 프로 문학 내부의 극복 논리를 지칭하고 있는 셈이다. 그에 비해 박영희가 보여준 길은 프로 문학으로부터의 이탈과 그 반대편으로의 손쉬운 위치 이동에 가깝다. 물론 박영희는 그 서론에서 우리 문학이 갖고 있는 정치적 성격을 매우 근본적인 것으로 생각했다.[8] 신간회 간부로 활동까지 한 박영희의 이력을 감안하면 카프의 정치주의에 대한 비판이 너무 일면적이며 이 문제를 단순히 문학을 질곡시킨 억압 강도(强度)의 문제로 파악하여 자연스럽게 당대 정치 운동과 의식에 대한 비판이나 진지한 모색은 사라지고 만다. 그 결과 1930년대 이후 이른바 의식

---

8) 가령 다음과 같은 예문이 그에 대한 적절한 예가 될 것이다. "그러나 그래도 그 가혹한 검관 제도를 이용하여 고난을 뚫고라도 나아갈 수 있었던 길이 오직 이 문학 부면에 남아 있었기 때문에 조선 지식인들의 주의는 이것으로 집중되었으며 이에 따라 현대 조선 문학의 범위는 훨씬 넓어져서 정치와 사상의 영역 안으로 추진되고 말았던 것이다. 이러한 경향이 그 고도에 이르렀을 때에는 정치 문제, 사상 문제, 사회 문제 등이 문학 운동에서 당연히 취급되어야 하는 것처럼 생각하였으며 또한 그러한 것은 문학에서만 해결할 수 있는 듯이 자부도 하였다. 이것만이 문학의 정당한 발전의 전부라고는 할 수 없으나 조선의 현대 문학이 당면하였던 필연성임에는 틀림없었다. 조선의 현대 문학은 이러한 중임을 지고 문단 불진의 비명을 외쳐가면서 여하간 한 시대를 지내온 것이다."(『현대조선문학사』, 406쪽)

성에 대한 구별 없이 다양한 문학 경향을 소재주의로 묶고 만 것으로 되비
춰지는 것이다.

그런데 이 문제와 관련하여 임화 역시 박영희와 마찬가지로 프로 문학의
오류를 "현실의 불가피한 조건"에 의해 생성된 결함으로 파악한 것은 그냥
지나칠 수 없는 문제다. 이 문제는 박영희에게도 마찬가지로 적용할 수 있
지만 임화에게서도 단계적 진화론에 기초한 문학적 발전관으로 나타난다.
말하자면 문학사가 본질적으로 정적이고 일직선적이며 연속적인 단계들을
이루며 발전이 시간적 경과로 등치되면서 때로 무리한 해석을 낳고 만다.
사실 엄밀한 의미에서 문학의 발전과 진보란 각 사조의 현상적 진화를 의
미하는 것이 아니다. 무엇보다도 문학에서 발전과 진보의 중심은 기본적으
로 현실의 역사적 변화와 맞물려 발전해가는 '인간의 의식' 안에서 이루어
진다는 점이다. 그런 만큼 문학에는 명백히 진보가 있을 수 있지만 그럼에
도 불구하고 어떤 발전 단계에 속하건 모든 예술 작품은 결국 미학적으로
동등한 것이다. 바로 이 문제를 이상화의 산문들이 잘 보여주고 있다는 생
각이다.

이상화 산문과 시적 성취 그리고 문학사 서술에 대한 한 반성

사실 이상화의 문학적 활동 시기가 짧다 보니 산문은 편수가 적을 수밖
에 없지만 그중에는 우리가 주목해야 할 문학적 발언들이 도처에 보석처럼
박혀 있다. 이왕 박영희와 짝을 이룬 발표이니 이상화에 대한 박영희의 평
가로부터 시작해보고자 한다. 한마디로 박영희는 이상화가 데카단이즘의
최고봉에 있다가 현실적 세계로 시선을 돌려「폭풍우를 기다리는 마음」과
「빼앗긴 들에도 봄은 오는가」 등의 혁명적 시편을 발표했다고 보았다. 상
대적으로 볼 때 초기 백조 시대의 데카단이즘에 많은 설명을 할애하고 정
작 신경향파 시기의 활동에 대해서는 다른 작가에 비해 이상화에 대한 평
가는 소략한 편이다.「폭풍우를 기다리는 마음」에 대한 추가적인 설명이

짧게 더 있지만 명편 「빼앗긴 들에도 봄은 오는가」에 대한 설명은 더 이상 없다. 말하자면 당시 조선의 비참한 현실과 거기에 반항하는 의식을 담은 문학적 경향의 등장이라는 일반적 서술에서 크게 벗어나지 않았다.

그러나 이상화의 뛰어난 비평적 산문 「시의 생활화」를 주목하면 박영희의 접근이 얼마 만큼 일면적인가 느끼게 되면서 더욱 근본적인 시각에서 문학사가 재정립될 필요를 깨닫게 된다. 이 글에서 이상화는 "오늘의 시인은 한편으로는 사상의 비판자이어야 하고 또 한편으로는 생활의 선구자이어야 한다. 그러나 결코 이 비판과 이 선구는 남을 말미암아 하는 것이 아니고 모두 나라는 의식과 생명을 순전히 추구함에서 나와야 할 것이다."라고 하면서 시인에게 생활이란 그 자신의 생활만이 아니라 "우주 속에서 인생 가운데서의 한 생활"임을 강조한다. 덧붙여 마치 「빼앗긴 들에도 봄은 오는가」라는 시를 자연스럽게 연상하게 하는 다음과 같은 명구(名句)를 들려준다.

다만 시인은 그의 사상을 시 위에서 행위할 뿐이다. 그러나 여기서 시라고 한 것은 문자(文字)의 시만이 아니라 사실의 시보담도 시의 사실을 의미한 것이다. 생명의 본질을 말한 것이다. 그러고 보면 현실에서 나올 시, 곧 현재할 시는 반드시 자연과의 종합성을 깨친 것이라야 할 것이다. 나는 사람이면서 자연의 한 성분인 것, 말하자면 나라는 한 개체가 모든 개체들과 관련 있는 전부가 된 것이라야 할 것이다.

거기서 진실한 개성(個性)의 의식이 나며 철저한 민중의 의식이 날 것이다. 따라서 생명의 진면(眞面)이 날 것이다. 그리하여 찰나에도 침체가 없이 유전하여 가는 자연의 변화를 인식한 데서 얻은 영원한 현실감을 갖게 될 것이다.(92쪽)

「빼앗긴 들에도 봄은 오는가」는 지금까지 저항시로 정평이 나 있다. 이 점은 박영희의 해석과도 일맥상통한다. 그러나 작품 속의 특정한 시공간을 잘 헤아려보는 것만으로도 그런 상투적 사회학주의는 금방 벗어날 수 있다. 첫 연과 마지막 연을 빼고 읽으면 그야말로 봄날의 들녘을 걸어다니며 느끼는 자연의 생동감이 전편에 깔려 있다. 다만 첫 연과 마지막 연을 그런 분위기 속에서 얼마나 잘 체감하느냐가 이 시의 실감을 살려 온전한 해석의 길로 나아갈 수 있는가의 시금석이 된다. 첫 연과 마지막 연은 그 점에서 명확한 움직임의 변전이 있다. 가령 첫 연의 "지금은 남의 땅, 빼앗긴 들에도 봄은 오는가?"는 일종의 반문이다. 주권을 빼앗겼으니 봄철의 강산도 전처럼 아름다울 수 없다는 심리적 강박이 있다. 그러나 봄은 어김없이 찾아왔다. 이후 봄날의 신명에 흠뻑 취한 시인의 아름다운 노래를 보라. 그리고 마지막 연에서 "그러나 지금은 들을 빼앗겨 봄조차 빼앗기겠네." 함으로써 봄날의 환희 속에서 그 환희에 몰입된 만큼 주권을 상실한 큰 아픔을 중층적으로 절묘하게 결합해낸 것이다. 이러한 고양의 움직임이야말로 시의 묘미이다. 빼앗긴 조국 땅은 슬프나 그 땅에 찾아온 봄은 아름답다고 느낄 수밖에 없는 착잡한 심리 위에 나아가 이런 봄마저 빼앗기면 어쩔 것인가 하는 통절감. 여기에 봄이 연상하는 지금이 영원할 수 없다는, 돌아올 것은 돌아오고 만다는 자연 법칙, 땅과 봄에서 느껴지는, 주권을 상실했지만 영혼마저 잃을 수 없다는 신념, 차가운 '땅' 이미지와 부드러운, 그러면서도 생명성을 담지한 '들'과의 대비 등 작품 안의 움직임 속에서 그 의미망은 조용히 응축되고 확산되는 것이다.

그가 「시의 생활화」에서 말한 것처럼 "자연과의 종합성을 깨친 것"으로서의 시적 성취를 「빼앗긴 들에도 봄은 오는가」가 고스란히 들려주고 있다. 그 점에서 박영희가 30년대 주요 성과작의 표지로 내세운 '개성'의 문제 등이 이미 이상화에게 녹아 들어가 있음을 충분히 인지할 수 있다. 이러한 면은 가령 「문단측면관」의 다음과 같은 발언에서도 읽을 수 있다.

개성과 사회와 시대, 말하자면 이 세상과 접류(接流)가 없이 살아보려는 마음이 있으면 그는 하루 일찍 하늘로나 물밑에나 사람 없는 곳으로 가야 할 것이다. 왜그러냐 하면 사람이 된 개성이 어찌 살까 하는 관찰이 없고 개성이 살 사회가 어떠한가 하는 관찰이 없고 사회가 선 시대가 어떠하다는 관찰이 없이는 적어도 이러한 관찰을 해보려는 노력이 없이는 그의 모든 것에서 사람다운 것이라고는 하나도 볼 수 없기 때문이다. 사람다움은 사람의 양심에서 나온 것이니 사람이 아니고는 찾을 수 없는 이러한 미를 사람이 살 땅 위에 가져오게스리 애쓰려는 관찰이 없이는 사람 작자 노릇은커녕 노릇을 않겠다고 함이나 다르지 않기 때문이다.(76쪽)

더 나아가 이상화는 "'나라는 그 사람의 속아지지 않는 생활 감정만!'이란 단 한 마디를 나의 요구 삼아 말해둔다. 왜그러냐 하면 '나'라는 그 사람의 생활을 굿세고 진실하게만 삶으로써 거기서는 그 혼백(魂魄)의 호흡이 우리의 가슴에 울려오도록 하여야 예술이란 가운데서도 문학의 별다른 그 직능이 드러나고 따라서 작가의 생명이 나올 것이니 말이다."(142~143쪽)고 말하기도 했다. 그렇기 때문에 초창기 문단이라는 시대적 제약에 대해서도 그는 가난한 것은 사실이지만 그 뿌리를 세우기 위해서라도 "일종의 자폭적(自暴的) 자조적 부오(浮傲)한 태도로 초기니 초창 시대니 하는 그 말만 말고 그럴수록 이때의 할 일을 살펴보고 마음에 켜이는 대로 근저될 만한 일"(74쪽)을 해야 한다고 주장한다.

김수영이 말한 "온몸의 시학"이나 다름없는 이런 이상화의 인식은 어떤 시대건 문학사에서 당연히 삼투되어야 한다.[9] 박영희의 문학사 인식에서 이러한 점이 부재한다는 것은 단순히 부재한다는 것 이상의 문제를 가지고

---

9) 이상화의 명산문 「시의 생활화」 마지막 대목은 다음처럼 끝난다. "시인의 결국 할 일은 생활에게 시라는 것을 던져주는 그것이 아니라 생활에게서 우리의 시를 찾아서 생산을 시키려는 그것이다. 다시 말하면 생활을 시화(詩化)시키려는 태도를 갖지 말고 시를 생활화하려는 행위를 하여야 한다는 그것이다."(207쪽) 파블로 네루다가 말한 "리얼리스트가 아닌 시인은 죽어간다. 그러나 단지 리얼리즘적이기만 한 시인 역시 죽어간다."라는 말을 연상시키는 발언이며 왜 우리가 문학을 해야 하는가에 대한 하나의 잠언과도 같다는 생각이다.

있다. 앞서 거론한 대세의 논리 속에서 자신의 경험에 기댄 진화론적 사고 방식이 여기에 내밀히 연관되어 있다. 즉 1920년대는 초기 활동으로서 불가피한 한계를 가지고 출발했다가 1930년대 들어 하나의 완성된 형식을 갖게 되었다는 사고에는 1920년대에 대한 자기 비판을 은연중 회피하는 논리를 숨겨놓고 있기 때문이다. 말하자면 자신의 문제를 시대적 제약에 이월시킨 채 자기 자신에 대한 비판 없이 프로 문학의 등장이 필연적인 추세였다는 대세의 논리로 몰고 간 것이나, 쇠퇴기에도 소련의 예나 서구의 혼돈상에 근거하여 역방향으로 대세의 논리를 몰고 간 것이나, 아울러 일제 말기를 두고 "제2차 세계대전에 당면한 조선 작가들은 그 가혹을 극하여 가는 일본 제국주의의 철제(鐵蹄) 밑에서 오직 공포와 전율 속에서 장차 닥쳐올 미지의 운명을 기다릴 뿐이다."라고 서술하며 친일적 행동을 교묘히 합리화하는 듯한 서술 등은 그냥 지나칠 수 없는 본질적인 그의 한계이자 그 자신이 가진 세계관의 투영이라 아니할 수 없다.

어쨌든 이상화의 문학적 발언은 임화나 조연현 등 대다수 문학사의 경우에서도 마찬가지로 나타난 현상이라는 점에서 문학사 서술과 관련하여 근본적으로 되돌아볼 필요가 있는 원초적 사항이 아닐까 싶다. 체계화된 지식으로서의 과학은 창조적 실천과 동떨어져서도 성립하지만 문학(예술)은 그 자체가 창조적 실천이 아니고서는 거짓 예술로 전락하고 만다. 그런 의미에서 문학이 참 문학인 한 과학보다 원칙적으로 한 차원 높은 곳에 자리잡은 창조적 정치 행위의 일종이기도 하다. 아니 딱히 '정치'라는 말로만 제한될 것이 아닌 '인간의 참됨'을 위한 구도적 창조 행위의 일종이라 해야 할 것이다. 우리가 '감동'이라 일컫는 것(그것을 아름다움, 진리라 부르든 깨달음 혹은 지혜라 부르든)은 이상화의 경우처럼 작품 속에서 '드러나는 것'이자 '이룩되는 것'이다. 그리고 그것이 비평이든 창작이든 문학이라 불리워지는 모든 것, 그런 만큼 문학사에서도 무엇보다도 중요하게 그 바탕을 이루어야 한다는 생각이다.

그 점에서 박영희의 문학적 삶은 우리 근대 문학의 한 반성적 거울이 됨

은 분명하다. 현실 혹은 사회, 생활이라는 인간적 실제 삶과 문학에 대한
경계에서 보여준 그의 방황이 무엇보다 그러하다. 그리고 우리 또한 지금
방황하고 있지 않는가.

박영희 생애 연보[1]

1901년 12월 20일에 서울 소공동 조선호텔 근처(당시 남별궁으로 불리었다고
한다.)에서 아버지 박병욱과 어머니 김승일 사이의 장남으로 태어났다.
흔히 출생지로 거론되는 서대문구 천연동은 호적상 본적지이자 후일
박영희가 성장했을 때 이사가 살던 곳이다. 부친 박병욱(1878~1974
년)은 박영희 위로 세 딸을 두었으나 하찮은 병으로 잃고 23세에 외
아들로 박영희를 얻었다. 그래서 장수하라는 뜻으로 아명을 거복(巨
福)이라 불렀고, 영희는 15세에 개명한 이름이었다. 박영희의 아호는
회월(懷月) 또는 송은(松隱)이다. 당시 부친은 남바위나 조끼 등 털
로 된 물품을 다루는 모물전을 벌이고 있었다. 모친(1875~1964년)은
부친보다 세 살 연상으로 쾌활하고 활동적이며 꿋꿋한 성품으로 회월
에게 큰 영향을 끼쳤다. 박영희의 나이 3세 때 부친은 모물전을 정리
하고 서대문구 의주로 2가, 예전부터 벳골(布洞)이라 불리던 곳으로
이사했다. 이후 부친은 돈놀이를 하는 한편 파주 부근에 농토를 사서
소지주로서 가계를 꾸려나갔다.

1912년 남대문 근처 교회에 있던 기독교 계통의 공옥소학교에 입학했다. 소학
교에 다니면서 『붉은 저고리』, 『청춘』 등의 독자로서 육당과 춘원의 글
에서 깊은 감명을 받았다. 모친은 회월이 소학교에 입학하던 무렵 기독
교에 입문, 이후 열성적인 신자로 전도사 일까지 보기에 이르렀다.

1916년 4월에 배재고보에 입학했다. 육당과 춘원은 여전히 정신적, 문학적 스

---

1) 회월 박영희의 생애 연보와 작품 연보를 작성함에 김윤식 교수의 『박영희 연구』와 손해
일 교수의 『박영희 문학연구』에서 큰 도움을 받았음을 밝혀두면서 고마움을 표한다.

승이었고 2, 3학년 무렵 일본인 교사 山縣의 수업에 깊은 인상을 받고 외국 문학 작품을 탐독하기 시작했다. 이 시절 그는 시에 특별히 깊은 관심을 갖게 되었다. 배재고보 재학 중 문학을 매개로 김기진, 나도향과 깊은 교우 관계를 맺었다. 김기진 및 그외 한두 사람과 함께 《詩의 俱樂部》라는 팸플릿 형태의 회람 잡지를 만들었다고 한다.

1919년　삼일운동 당시에는 김기진 등 18명 중의 하나로 검거되었고 팔봉과 함께 훈방되었다.

1920년　3월 초에 김기진의 권유로 졸업 시험도 안 보고 일본 유학을 떠났다. 그러나 집에서 "부친 위독 급래"라는 전보를 보내오는 바람에 4월 초에 귀국했다. 6월에 한 살 아래인 김봉업과 남대문 교회에서 결혼했다. 회월은 김봉업과의 사이에 3남 4녀를 두었는데 가정에 매우 충실했다고 한다. 한편 최승일이 주관한 경성 청년구락부 기관지 《신청년》의 일을 도향과 둘이서 맡아 했다.

1921년　3월에 도향과 함께 휘문 출신의 월탄 박종화를 처음 만났다. 《신청년》을 주관하던 최승일의 뜻에 따라 규모와 수준을 키운 동인 잡지를 만들고자 최승일, 박영희, 나도향, 현진건, 박종화 등이 모여 '白虹'이란 제호까지 지었으나 뜻을 이루지는 못했다. 그러나 이것은 1년 뒤에 발간되는 《백조》에 하나의 밑바탕을 제공했을 것으로 보인다. 5월에 중앙기독교 청년회 기관지인 《청년》에 「인생」, 「愛虹」, 《신청년》에 「목동의 笛」, 《장미촌》에 「笛의 비곡」, 「과거의 왕국」 등의 시편이 동시에 발표되면서 문단 활동을 시작했다. 이해 가을 모든 것에 만족할 수 없어 일본으로 건너갔다. 영어 단기 강습 학교인 동경 세이소쿠 영어학교에 입학, 김기진의 셋집에 함께 기거했다. 세이소쿠 영어학교 시절 회월은 영어 공부에 힘을 쏟는 한편 문학 수업에도 열중하였는데 특히 상징주의에 깊이 탐닉했다.

1922년　일본에 있으면서 백조 동인으로 활발한 작품 활동을 벌였다. 이해 말 건강을 해치고 극도의 불면증과 신경쇠약으로 귀국했다. 4,5개월간 치료를 받느라 1923년 봄까지는 두문불출하고 독서 등으로 소일했다. 일본에 있던 김기진은 이 무렵 박영희의 문학적 행로 수정을 권유하는 서간을 보내기 시작했다.

1923년   5월에 팔봉 김기진이 귀국했다. 귀국 후 김기진은 박영희에게 계속 문학적 변화를 촉구하는 한편, 백조 동인으로 참여하여 3호(1923. 9)에 작품을 발표하기도 했다. 그러나 박영희 역시 아직은 자신의 생각을 바꾸지 않고 있었다.

1924년   이 한 해에 걸쳐 박영희의 사상적 동요와 좌경화가 이루어져 11월경에 이르러서는 확고히 계급 문학에 동조하는 모습을 보인다. 소설로는 「이중병자」, 수필로는 「한담」, 평론으로는 「조선을 지내가는 베너스」 등이 확정된 변화를 각기 증거하고 있다. 흥미롭게도 시는 더 이상 발표되지 않았다. 12월에 개벽사에 입사해 문예부의 일을 보게 되었다.

1925년   1월에 적극적인 사회 의식을 갖게 된 기존 문학 예술인들, 즉 김기진, 이익상, 김형원, 김복진, 연학년, 안석주, 박영희, 박종화, 이상화 등이 모임을 만들었다. 이 모임은 구성원들의 영문 두문자를 딴 '파스큘라(PASKYULA)'라는 이름을 갖게 되는데 이들에 의해 2월 8일 천도교 기념관에서 파스큘라 문예 강연회가 열렸다. 이들의 활동을 보고 기왕의 젊은 좌파 문예인들의 조직이었던 염군사가 파스큘라와의 합동을 꾀하게 되었다. 염군사는 최승일을 앞세워 우선 박영희에게 접근했고, 여러 곡절을 겪으면서 두 단체는 마침내 합동, 8월 23일 조선프롤레타리아 예술동맹(이하 카프라 약칭)을 결성하기에 이르렀다. 전년 말부터 《개벽》지 문예란을 맡게 된 박영희는 곧바로 이광수 비판(1925.1), 계급문학 시비론(1925.2), 《조선문단》 합평회 비판(1925.6) 등의 특집을 연이어 기획하고 젊은 좌파 문학 신인들을 끌어 모으려 했다.

1925년   연초를 경계로 하여 신흥하는 계급 문학의 이론적 주도권은 김기진에게서 박영희에게로 넘어간 인상을 주었다. 12월에는 유명한 「신경향파의 문학과 그 문단적 지위」라는 글을 발표함으로써 자신들의 문학적 움직임에 '신경향파'라는 이름과 정체성을 부여했다.

1926년　1월과 2월에 민족주의 문학 진영의 이광수와 염상섭을 강력하게 비판하는 평문을 발표했다. 1월에 카프의 기관지 격인 ≪문예운동≫ 창간호가 발행되고 5월에 2호가 나오는데, 2호의 권두언을 박영희가 집필했다. 12월 18일에 문예운동사가 주최하는 문예 대강연회가 중앙기독교 청년회관에서 열렸다. 이 행사에는 박영희를 비롯하여 카프 쪽 인사가 대거 출연했다. 12월 24일에 열린 임시총회를 통해 카프는 결성 1년 반 만에 처음 공개적으로 모습을 드러냈다. "우리는 단결로써 여명기에 있는 무산계급 문화의 수립을 꾀함."이라는 수정된 강령이 채택되고 위원 선거가 이루어졌다. 박영희는 7인 위원 중 하나로 피선되었다. 12월, 김기진이 「문예시평」에서 박영희의 소설 「철야」, 「지옥순례」(모두 11월 발표작)를 지붕도 서까래도 없이 붉은 지붕만 입힌 작품이라고 혹평하면서 이른바 '내용 형식 논쟁'이 시작되었다.

1927년　1월에 김기진에 반박하는 「투쟁기에 있는 문예비평가의 태도」를 발표했다. 이 내용 형식 논쟁은 '정우회 선언'(1926. 11.15) 이래 문예 운동 영역에서는 역시 박영희에 의해 2월부터 선편적으로 전개된 '방향 전환 논쟁' 그리고 3월에 김화산에 의해 촉발된 아나키스트와의 논쟁과 더불어 거칠고 초보적이나마 문예 운동에서의 당파성 개념을 정립시킨 것이었다. 9월 1일에 카프 임시총회가 개최되어 방향 전환과 문호 개방이 결의되고 강령과 규약이 개정되었다. 박영희는 새롭게 선출된 위원에 임명되고, 3일 뒤에 열린 중앙위원회에서 교양부 책임자로 선출되었다. 그러나 이 한 해의 방향 전환 논의와 카프 재조직, 기관지 ≪예술운동≫ 간행 등의 사건을 통해 제3전선파, 즉 카프 동경 지부 그룹이 부상하고 박영희의 지도권은 다소 손상당한 느낌을 주었다.

1929년　1월에 평론 「조선 예술운동의 전개책」에서 카프 방향 전환 후의 귀결인 과도한 정치성, 관념성, 비전문성을 스스로 비판했다. 7월에는 절충

론자 양주동, 정노풍 등과 논전을 벌였다.

1930년 4월 26일에 개최된 카프 중앙집행위에서 동경 무산자사파들인 안막, 권환 등이 중앙위원으로 새로이 선출되었다. 이들은 6월경부터 언론 지면을 통해 공식적으로 예술 운동의 볼셰비키화를 주창했다. 9월에 『소설평론집』을 민중서원에서 발행했다.

1931년 1월에 「조선프롤레타리아 예술운동의 작금」을 발표하여 카프의 좌경 적 노선에 이의를 제기했다. 이해 봄(아마도 3월 혹은 4월경) 박영희 는 카프의 모든 책임을 임화 그룹에 넘겼다. 단 카프 회의가 집회 금 지 상태여서 이는 비공식적으로 이루어졌다. 5월에 신간회가 해소되면 서 박영희는 신간회 경성 지회 해소위원장을 맡아 경성 지회를 해소 했다. 8월에 종로에서 고등계에 피체되었다. 이어 카프 맹원들에 대한 검거가 진행되고 10월 15일에 관헌 당국은 조선공산주의자협의회 사 건 관련자들을 검사국으로 송국했다. 이때 대부분의 카프 맹원들은 불 기소 처분으로 석방되고 김남천만이 기소되었다. 박영희는 권환과 함 께 신병으로 인한 불구속 처분을 받았다.

1932년 5월 16일에 열린 카프 중앙위원회에서 박영희는 김기진과 더불어 위 원직을 사임했다.

1933년 10월 7일에 카프에서 탈퇴했다.

1934년 1월에 「최근 문예이론의 신전개와 그 경향」을 발표하여 자신의 카프 탈퇴와 문학적 전향을 널리 알리며 카프의 과오를 지적했다. 2월에 열 린 카프 중앙집행위는 박영희의 탈퇴원을 보류시켰다. 5월에 신건설사 단원에 대한 검거가 시작되고 곧 카프 맹원들이 전북 경찰서 고등과 에 검거되기 시작했으며 박영희도 12월에 검거되었다.

1935년 1월 14일에 박영희를 포함한 이른바 신건설사 사건 관계자 30여 명이 전주 지방법원 검사국으로 송국되었으며 24일에 기소되고 25일에 형 무소에 수감되었다. 5월에 일제 관헌의 강압적 권유 끝에 서기장 임화 의 명의로 카프 해산계가 동대문 경찰서를 경유하여 경기도 경찰부에 제출됨으로써 해산 수속이 완료되었다. 6월 29일에 신건설사 사건 관련자 23명에 대한 예심이 종결되고 10월 28일에 전주 지법에서 1차 공판, 12월 8일에 선고가 있었다. 박영희의 징역 2년, 집행유예 3년을 비롯하여 모두 집행유예나 무죄로 방면되었다. 익년 2월에 대구 복심 법원에서의 항소심 선고 공판으로 이 사건은 종결되었다. 이 수감 과정의 기록이 「독방」이다.

1936년   이해부터 1938년에 이르기까지 박영희는 평론 활동을 꾸준히 전개하는 한편 『회월시초』(1937. 5)를 간행하여 자신의 시적 활동을 정리하기도 했다.

1938년   6월 20일부터 22까지 동경 법조회관에서 열린 전향자들의 '시국 대응 전국위원회'에 권충일과 함께 조선 대표로 참석, 부일의 길로 들어섰다. 박영희와 권충일의 대회 참석 보고석상에서 '시국 대응 전조(全鮮)사상보국연맹'이 태동하여 7월 24일에 결성되었다. 이는 조선의 사상범 전력자들을 묶어두려는 조직의 하나로 박영희는 여기서 경성 지부 간사를 맡게 되었다.

1939년   1월 '전쟁 문학과 조선 작가'란 좌담회에 참석하는데 박영희의 친일적 평론 행위는 이것이 처음인 듯하다. 4월 15일부터 5월 13일까지 김동인, 임학수와 함께 '황군 위문 작가단'으로 중국 화북지방을 다녀왔다. 그 보고문으로 『전선기행』(박영희)과 『전선시집』(임학수)이 나왔다. 8월경부터 기획된 영화 「지원병」의 원작을 썼다. 안석영이 감독하고 문예봉 등이 출연한 이 영화는 1941년 3월에 개봉했다. 10월 조선문인협회 결성에 중심적으로 참여하고 간사직을 맡았다.

1940년   8월경부터 芳村香道라는 창씨명을 쓰기 시작했다.

1942년   11월에 이광수, 유진오 등과 '제1회 대동아 문학자 대회'에 참석했다.

1943년   4월에 창립된 조선문인보국회의 총무국장직을 맡았다. 이상과 같은 박영희의 친일 행위에 대해 임종국은 그것이 논리를 결여하고 있음을 들어 "정신의 전향보다 행동의 전향이 앞섰고 스스로 우러난 친일 전

향이 아니라 외부적 압력에 의한 것이었기 때문일지도 모른다."고 분
석하고 있다.

1945년　해방 직후 서울을 떠나 춘천으로 이주했다. 12월에 춘천공립중학교 국
　　　　어 교사로 발령받아 1946년 12월까지 근무했다.

1947년　해방 전의 성과를 모은 『문학의 이론과 실제』를 일월사에서 간행했다.

1948년　이해 말경 『현대조선문학사』가 탈고된 것으로 추측된다.

1949년　여름에 귀경해 서울 사대, 국학대, 홍익대 등에서 국문학사 등을 강의
　　　　하고 보도연맹에 가입했다.

1950년　한국전쟁 중에 납북되었다. 김윤식 교수는 "1988년에 북조선에서 알려
　　　　진 바에 따르면 회월은 1960년대에 거기서 영화 및 시나리오 창작에
　　　　관여했다."고 한다.

박영희 작품 연보

발표일	분류	제 목	발표지
1921. 1.1	소설	애화(愛花)	신청년 4호
1921. 1.1	평론	시인 바이런의 생애[2]	신청년 4호
1921.	장시	소리없는 동무	신청년 5호
1921. 7.15	시	눈물의 궁전	신청년 6호
1921. 5	시	人生	청년 3호
1921. 5	시	愛虹	청년 3호
1921. 5	시	牧童의 笛	신청년
1921. 5	평론	隱荷君과 그의 작품	신청년[3]
1921. 5	시	笛의 悲曲	장미촌 1호
1921. 5	시	過去의 王國	장미촌 1호
1922. 1	시	微笑의 虛華市	백조 1호
1922. 1	시	幻影의 黃金塔	백조 1호
1922. 1	시	어린이의 航路 : 月灘에게 單調로운 弔慰로 보내노라	백조 1호
1922. 1	산문시	客	백조 1호
1922. 1	산문시	하날의 饗宴	백조 1호
1922. 1	산문시	離別한 後에	백조 1호

---

2) 필자의 이름은 두 편 모두 송은(松隱)으로 되어 있다.
3) 은하는 나도향이 당시 쓰던 아호다.

발표일	분류	제 목	발표지
1922. 1	산문시	Craze melody	백조 1호
1922. 1.5	번역희곡	사로메(SALOME) 全一幕 (오스카 와일드)	백조 1-2호
1922. 5	시	꿈의 나라로	백조 2호
1922. 5	시	그림자를 나는 쪼치다	백조 2호
1922. 5	시	어둠 넘어로	백조 2호
1922. 5	시	幽靈의 나라	백조 2호
1922. 5	수필	感想의 廢墟(想華)	백조 2호
1923. 1	시	倦怠	동명 18호
1923. 1	시	밤하늘은 내 마음	동명 18호
1923. 1	시	가을의 愛人	동명 18호
1923. 1	시	僧女	개벽 31호
1923. 1	시	祈願	개벽 31호
1923. 1.1	시	어둠의 寶幕	동아일보
1923. 9	시	月光으로 짠 病室	백조 3호
1923. 9	시	未知의 像	백조 3호
1923. 9	시	웃음의 여울	백조 3호
1923. 9	소설	生	백조 3호
1923. 9	평론	生의 悲哀	백조 3호
1924. 2	평론	現文壇의 世界的 傾向: 特別히 劇에 有名하다 할 現時의 아메리카 文學	개벽 44호
1924. 2	평론	現文壇의 世界的 傾向: 自然主義에서 新理想主義에 기우러지려는 朝鮮文壇의	개벽 44호

발표일	분류	제 목	발표지
		最近傾向	
1924. 2	평론	체호푸 戱曲에 나타난 露西亞 幻滅期의 苦痛	개벽 44호
1924. 4	시	H江의 꿈	신천지
1924. 4	시	사랑의 形狀	신천지
1924. 4	시	夜曲	신천지
1924. 4	시	故友 C君에게	신천지
1924. 4	수필	襤褸한 봄	개벽 46호
1924. 5	소설	結婚前日	개벽 47호
1924. 6	소설	愛의 挽歌	개벽 48호
1924. 6	평론	'惡의 花'를 심은 쏀드레르論	개벽 48호
1924. 7	수필	녀름의 저녁	신여성
1924. 7	평론	七月에 回想되는 海外文人	개벽 49호
1924. 7-9	평론	重要·術語辭典	개벽 49-51호
1924. 10	수필	가을의 詩	신여성
1924. 11	소설	二重病者	개벽 53호
1924. 11.1	수필	閑談	조선일보
1924. 12	번역소설	코코, 코코, 시원한 코코임니다(모파상)	신여성
1924. 12	평론	朝鮮을 지내가는 쎼너스 : 눈에 보이는 대로 생각나는 대로	개벽 54호
1925. 1	소설	戰鬪	개벽 55호
1925. 1	소설	同情 : 엇던 슬푼 녀자의 우스운 이약이	신여성 13호
1925. 1	평론	創作批評과 評者 : 形式	개벽 55호

발표일	분류	제 목	발표지
		娛樂과 精神 解剖	
1925. 1	평론	文學上으로 본 李光洙	개벽 55호
1925. 1.1	수필	苦痛 : 空想的 苦痛과 現實化한 苦痛	동아일보
1925. 2	소설	貞順이의 설음 : 한 에피소-드	개벽 56호
1925. 2-5	번역희곡	人造勞働者(채펙크)	개벽 56-59호
1925. 2	평론	讀者文藝를 發表하면서	개벽 56호
1925. 2	평론	文壇時評 : 文壇을 너머선 文藝	개벽 56호
1925. 2	평론	階級文學是非論 : 文學上 功利的 價値 如何	개벽 56호
1925. 3	평론	再現의 喜悅과 反省의 悲哀 : 5年前 創作 發表 當時를 回想하면서	조선문단 6호
1925. 3	평론	幻滅期에 잇는 체홉의 一面	생장 3호
1925. 3	평론	詩의 文學的 價値 : 現今 朝鮮 詩壇을 도라보면서	개벽 57호
1925. 3	평론	二月 創作總評	개벽 57호
1925. 4	소설	산양개	개벽 58호
1925. 6	평론	朝鮮文壇 '合評會'에 對한 所感 : 眞實을 일허버린 合評	개벽 60호
1925. 6.14-18	평론	文藝批評論	조선일보
1925. 7	평론	苦憫文學의 必然性 : 問題에 對한 發端만을 論함	개벽 61호

발표일	분류	제 목	발표지
1925. 7	평론	選後感	개벽 61호
1925. 7	수필	肉慾의 時間的 快樂	조선문단 10호
1925. 8	수필	녀름의 하로	신여성
1925. 8.1-3	평론	文壇의 鬪爭的 價値	조선일보
1925. 11	소설	피의 舞臺	개벽 63호
1925. 11 1926. 1	번역소설	써러지령으로 쌋는 塔 (에로셴코)	신여성[4]
1925. 11	수필	火焰 속에 잇는 書簡綴	개벽 63호
1925. 12	평론	新傾向派의 文學과 그 文壇的 地位	개벽 64호
1925. 12	평론	準備時代에 잇는 쌔사로옾의 否定的 精神 : 투르게넾 작 『아버지와 아들』에서	개벽 64호
1926. 1	소설	事件!	개벽 65호
1926. 1	수필	速射砲	문예운동 1호
1926. 1	수필	東海岸을 끼고서	문예운동 1호
1926. 1	평론	新年의 文壇을 바라보면서 : 푸로文藝의 初期	개벽 65호
1926. 1	평론	'文藝瑣談'을 읽고서 : 所謂 朝鮮人의 亡國根性을 憂慮하는 春園李光洙 군에게	개벽 65호
1926. 1.4	평론	新興文藝의 內容	시대일보
1926. 1.26	평론	新興藝術運動의 初期 :	조선일보

---

4) 전반부가 수록된 1925년 11월호에는 「문어지령으로 쌋는 塔」이라는 제목으로 되어 있
다. 1926년 1월호 작품 말미에서 이 전회분의 제목이 '오식(誤植)'이라고 밝히고 있다.

발표일	분류	제목	발표지
		≪文藝運動≫의 創刊에 際하야	
1926. 2	수필	宿命과 現實 : 토막토막 생각나는 대로	개벽 66호
1926. 2.3-19	평론	新興藝術의 理論的 根據를 論하야 廉想涉君의 無知를 駁함	조선일보
1926. 2	평론	차퍽크 原作 人造人間에 나타난 女性	신여성
1926. 3	번역소설	웨?(뮤흐른)	개벽 67호
1926. 3-4	번역소설	호랑이의 꿈 (에로센코)	신여성
1926. 4-7	번역평론	實證美學의 基礎 : 生命과 觀念에 對하야(르나촤르스키) 미완	개벽 68-71호
1926. 5	수필	半月城을 쩌나면서	개벽 69호
1926. 5	평론	文學의 超越 意識과 現代的 意義	문예운동 2호
1926. 5	평론	享樂化한 苦痛 苦痛化한 現實	문예운동 2호 권두언
1926. 6	수필	煩惱者의 感傷語 : 눈물 만흔 이에게	개벽 70호
1926. 7	번역소설	죄수(쏜 쌀스위쩍)	개벽 71호
1926. 7-8	번역소설	마이다스의 愛子 組合 (쌕크 론돈)	개벽 71-72호
1926. 11	소설	徹夜	별건곤 1호
1926. 11	소설	地獄巡禮	조선지광 61호

발표일	분류	제 목	발표지
1926. 11.4	평론	文藝는 社會에 뒷쩌러지려는가	조선일보
1927. 1	평론	鬪爭期에 잇는 文藝批評家의 態度: 동무 金基鎭 君의 評論을 읽고	조선지광 63호
1927. 1.1	평론	新興文藝 建築의 黎明的 運動	중외일보
1927. 1.2	평론	旣成文學의 自然性과 階級文學의 必然性	조선일보
1927. 2	평론	新傾向派 文學과 無産派의 文學	조선지광 64호
1927. 3	평론	無産藝術運動의 集團的 意義: 朝鮮푸로레타리아 藝術同盟에 對하야	조선지광 65호
1927. 3	평론	文學批評의 形式派와 맑스主義: 純藝術과 傾向藝術, 生活認識과 生活創造	조선문단 20호
1927. 4	평론	文藝運動의 方向轉換	조선지광 66호
1927. 5	번역평론	『藝術과 社會生活』의 一節 (뿔레하노푸)	조선지광 67호
1927. 6	평론	文藝意識 構成과 階級文學의 進出	조선지광 68호
1927. 7	평론	文藝運動의 目的意識論: 文藝意識 構成과 階級 文學의 進出 其二	조선지광 69호
1927. 8	수필	痛快한 小說 몇 가지	별건곤 8호

발표일	분류	제 목	발표지
1927. 8	평론	文藝時評과 文藝雜感	조선지광 70호
1927. 9	평론	文藝評論 : 文藝時評과 文藝雜感 其二	조선지광 71호
1927. 11.16	수필	二幅의 畵面	매일신보
1927. 11	평론	無産階級 文藝運動의 政治的 役割 : 悲痛한 呼訴에서 潑刺한 鬪爭에	예술운동 1호
1927. 12	수필	有産者社會의 所爲 '近代女', '近代男'의 特徵	별건곤 10호
1927. 12.3	평론	文藝運動과 機關紙 : 《藝術運動》 創刊의 報를 듯고	조선일보
1928. 1	평론	文藝運動의 理論과 實際 : 過去 一年間에 展開된 諸問題의 簡短한 歸結로서	조선지광 75호
1928. 1.1	평론	文藝運動의 過去 一年間의 過程	중외일보
1928. 1.1-8	평론	文藝運動의 過去와 將來	조선일보
1928. 3.9-22	소설	出家者의 便紙	동아일보
1928. 10.28-11.6	평론	最近 文藝所感	조선일보
1928. 12.20-26	평론	藝術運動에 對하야 : 若干의 誤報를 보고서	조선일보
1928. 12.27-28	평론	大衆의 趣味와 藝術運動의 任務 : 大衆的 意義에 關하야	조선일보
1929. 1	수필	싸홈의 材料로	별건곤 18호
1929. 1	평론	朝鮮 藝術運動의 當面	조선지광 82호

발표일	분류	제 목	발표지
		問題 : 우리들의 緊急한 問題	
1929. 1.2	평론	朝鮮 藝術運動의 展開策 : 指導者의 意識 獲得 問題에서 讀者大衆 속으로	조선일보
1929. 2.11-15	수필	新春・街頭・趣味	조선일보
1929. 2-4	평론	메시아 思想의 社會經濟的 基礎 : 唯物史觀的 觀察點에서	조선지광 83-84호
1929. 2.22-26	평론	2月 創作評	조선일보
1929. 3.1	소설	春夢	조선일보
1929. 3.21-26	평론	文藝時評	조선일보
1929. 4.23-5.5	평론	晩春 創作評 : 文藝的 時評과 其他 數題	조선일보
1929. 5	번역소설	그 女子의 愛人(막심 꼴키)	조선문예 1호
1929. 6	평론	藝術이란 무엇인가	조선문예 2호
1929. 7	평론	民族文學과 無産文學의 問題點과 合致點 : 兩文學은 全然對立(削除)	삼천리 1호
1929. 7.20-25	평론	腐爛의 渦中에서 : 特히 短篇的으로 梁君에게	조선일보
1929. 9	평론	辨證法의 第2命題와 그 發展 過程	조선지광 87호
1929. 10.4	수필	秋!	중외일보
1929. 11-1930.1	평론	觀念 形態의 現實的 土臺	조선지광 88-89호
1930. 1.1-10	평론	1929年 藝術論戰의 歸結로 보아 新年의 우리 進路를 논함	조선일보

발표일	분류	제 목	발표지
1930. 3	평론	藝術學의 科學的 價値	대조 1호
1930. 3	평론	文藝的 所感	조선지광 90호
1930. 4	평론	唯物論考	대조 2호
1930. 5	평론	朝鮮의 文藝理論의 歸結은 必要한가?	대조 3호
1930. 6	평론	客觀的 存在와 主觀的 意志의 相互 關係	대조 4호
1930. 7	평론	藝術이란 무엇이냐	삼천리 7호
1930. 8	번역희곡	荷車(옷토·뮤라)	조선지광 92호
1930. 8.29-9.5	평론	藝術社會學의 出發點 : 그 簡單한 序論으로서	조선일보
1930. 9.18-26	평론	캅푸 作家와 그 隨伴者의 文學的 活動 : 新秋 創作評	중외일보
1930. 9	작품집	『小說評論集』	민중서원[5]
1930. 12	평론	藝術의 形式과 內容의 合目的性	해방
1931. 1	평론	1930年 朝鮮푸로藝術運動 : 極히 簡短한 報告로서	조선지광 94호
1931. 1	평론	資本論 入門	조선지광 94호[6]
1931. 1.1-4	평론	朝鮮프로레타리아 藝術運動의 昨今 : 特히 1931年을 展望하면서	동아일보

---

5) 「산양개」, 「전투」, 「지옥순례」 등 소설 3편과 1927년 초두의 평론 4편 수록.
6) ≪조선지광≫ 94호의 내용은 완결부로 그 앞 부분이 93호에 실렸던 것으로 추정되나 93호를 구할 수 없었다.

발표일	분류	제 목	발표지
1931. 12.15	평론	批判·紹介 : 1931年版 『캅푸詩人集』을 읽고	중앙일보
1932. 11	평론	'스피노사'의 哲學과 現代 唯物論 : 誕生 三百年 紀念을 當하야	신계단 2호
1932. 12	수필	파스큐라 時代	문학건설 1호
1932. 12	평론	文藝月評	문학건설 1호
1933. 9.13-15	평론	文壇의 그 時節을 回想한다 : ≪白潮≫ 華麗하던 時代(外)	조선일보
1933. 10.31-11.5	평론	混亂된 評論의 整理는 어쩌케?	조선일보
1933. 12	수필	出版紀念回想 : 『小說及評 論集』의 會合	삼천리
1934. 1	수필	學問·生活	학등 3호
1934. 1.2-11	평론	最近 文藝理論의 新展開와 그 傾向 : 社會史的 及 文學史的 考察	동아일보
1934. 2.9-16	평론	問題 相異點의 再吟味 : 金八峰 君의 文藝時評에 答함	동아일보
1934. 3.22	수필	나의 雅號 나의 異名	동아일보
1934. 4	평론	創作方法과 作家의 視野 : 特히 題材 選擇에 關한 問題 若干	중앙
1934. 4.12-20	평론	審美的 活動의 價値 規定 : 藝術의 恒久性에 關한 一 分析	동아일보
1934. 5.1-4	평론	民俗學者 그로세 藝術學	조선일보

발표일	분류	제 목	발표지
		方法論의 吟味	
1934. 6	수필	茶街散步 : 마음의 疲勞를 잊으려는 時間	신동아
1934. 6.30~7.5	평론	文學의 理想과 實踐 : 現今 朝鮮文學의 現象을 標準으로	조선일보
1934. 7	번역소설	犯罪列車(안리 빠르뷰스)	삼천리
1934. 7	평론	藝術과 科學의 人間社會에 寄與하는 것은 무엇인가 : 톨스토이 人生觀의 藝術的 結論에 關하야	삼천리
1934. 8	번역소설	花鳥(굴트 규히라)	삼천리
1934. 8	평론	上半期 短篇小說 總評 : 第二의 過渡期를 넘는 朝鮮文學의 諸傾向	신동아 34호
1934. 9	수필	나의 文學靑年 時代	신동아 35호
1934. 9	평론	文學과 苦惱의 饗宴 : 極히 單純한 隨筆的 幻想의 一節	중앙
1934. 9	평론	文學의 形式과 內容 問題	삼천리
1934. 9.14~26	평론	初秋의 文藝 : 9月 創作評과 若干의 時評	조선중앙일보
1934. 10	평론	文學 領域에서 보는 生活의 創造와 認識	신동아 36호
1934. 10	평론	朝鮮語와 朝鮮文學 : '한글' 統一運動과 나의 若干의 感想	신조선
1934. 11	평론	誇張과 實際의 分岐線 :	개벽

발표일	분류	제 목	발표지
		若干의 文藝雜感	
1934. 11-12	번역평론	文體와 形式의 要素 (골함 B. 만슨)	학등 11-12호
1934. 12	평론	作品에서 보는 빨삭 藝術觀의 片鱗 : 산 人間 描寫 問題에 關聯하야	개벽
1934. 12	평론	朝鮮文化의 再認識 : 氣分的 放棄에서 實際的 探索	개벽
1934. 12	평론	1934年 朝鮮文壇의 動向	신동아 38호
1935. 1	평론	朝鮮 智識階級의 苦憫과 其 方向	개벽
1935. 1	평론	골키의 文學的 報告에 關聯하야 : 이에 對한 나의 感想 一二	개벽
1935. 2	평론	朝鮮語와 朝鮮文學	한글 20호
1935. 7	수필	文人書簡 : 洪曉民 仁兄에게	예술
1936. 4	평론	朝鮮文學의 世界的 水準觀 : 莫上莫下한 我文壇	삼천리
1936. 5	평론	文學的 創造性의 制限과 分析	신동아 55호
1936. 5.22	평론	헨릭·입센의 社會劇 : 그 歿後 30週年에 際하야	조선일보
1936. 6	평론	作家 嚴興燮 兄에게 : 評論家 로서 作家에게 주는 글	신동아 56호
1936. 6.7-17	평론	6月 創作評	조선일보
1936. 7.18-24	평론	文壇雜感 : 倦怠에 지친 近來	조선일보

발표일	분류	제 목	발표지
		評壇	
1936. 8	소설	伴侶(미완 장편)	삼천리 76호
1936. 8	수필	異域學窓時代의 追憶	조광
		스러진 하이델베르히의 꿈	
		세ㅅ房찾는 苦生사리	
1936. 8	평론	朝鮮文學의 定義 : 朝鮮	삼천리 76호
		사람 읽을 것만이	
1936. 8.28-9.2	평론	現役 評論家의 群像 :	조선일보
		文章으로 본 그들의 印象	
1936. 10	소설	葡萄園에서	조선문학 10호
1936. 12.1	평론	民村의 力作 『故鄕』을 읽고서	조선일보
1937. 1.16-21	평론	創作月評	조선일보
1937. 5	시집	『懷月詩抄』[7]	중앙인서관
1937. 6.10	평론	文化 公議 : 古典文化의	조선일보
		理解와 批判	
1937. 7	평론	標準語와 文學	한글 47호
1937. 7.10-14	평론	文藝時評 : 文學的 雰圍氣의	동아일보
		必要	
1937. 8.14-17	평론	朝鮮文壇 上半期 總決算 :	동아일보
		評論界	
1937. 9	평론	作家와 批評家의 辯 : 評家側	조광 23호
		──作家와 評家의 差	
1937. 10.1-7	평론	朝鮮文學의 現段階 :	조선일보
		混亂과 懷疑와 不安의 時代	

---

7) 모두 20편이 수록됨. 월탄 박종화가 서문을 썼음.

발표일	분류	제 목	발표지
1938. 1	평론	創作方法은 무엇을 朝鮮 文壇에 寄與하엿는가?	삼천리문학 1호
1938. 1.1-3	좌담	明日의 朝鮮文學：當來할 思潮와 傾向 (座談)	동아일보
1938. 2.10-16	수필	書齋閑話：넷 智識과 새 學問	조선일보
1938. 2.17-18	평론	玄民 兪鎭午論	동아일보
1938. 2.19-20	평론	民村 李箕永論：『故鄕』을 中心한 諸作	동아일보
1938. 3.16-20	평론	3月 創作評	조선일보
1938. 4	수필	苦惱의 一夜：나의 日記의 한 토막	삼천리문학
1938. 4.16-21	평론	朝鮮文學 現象의 再檢討：文學의 現代的 過程의 分析	동아일보
1938. 5.6	평론	5月 創作 一人一評：事實과 作家의 再構成	조선일보
1938. 5.7	평론	新刊評：盧子泳 近著『人生 案內』讀後感	조선일보
1938. 6	평론	雜誌編輯者가 본 朝鮮文壇 側面史：新興文學의 擡頭와 ≪開闢≫ 時代 回顧	조광
1938. 6.4	평론	古典復興의 現代的 意義：深奧한 叡知의 攝取 過程	조선일보
1938. 7	평론	藝術文化 集積에 關한 硏究方法 선집	현대조선문학 (한성도서)
1938. 8.13	평론	8月 創作 一人一評：題材의	조선일보

발표일	분류	제 목	발표지
		特殊性과 普遍性	
1938. 10	수필	東京雜感	삼천리
1938. 12	좌담	脫走하여 朝鮮에 온 赤露 士官으로부터 蘇聯事情 듯는 座談會	삼천리
1939. 1	좌담	戰爭文學과 朝鮮作家 : 戰爭과 文學 그 作品을 말하는 座談會	삼천리 128호
1939. 1.1-3	평론	新春文壇의 展望 : 新階段에 든 小說界	매일신보
1939. 1.31	평론	『海潮音』讀後感	매일신보
1939. 3	평론	『海潮音』을 읽고	박문 6호
1939. 4	좌담	新春創作 合評 : 文藝 '大振興時代' 展望	삼천리
1939. 4	평론	聖戰の文學的把握	국민신보
1939. 6	수필	北支旅行記	국민신보
1939. 7.4	수필	情意	매일신보
1939. 7	평론	'朝鮮文壇使節' 特輯 : 戰爭과 文學者의 任務	삼천리 134호
1939. 7.24	평론	學生과 讀書 : 連作小說 『破鏡』을 읽고	조선일보
1939. 7.25-26	평론	『보리와 兵丁』 : 名著 名譯의 讀後感	매일신보
1939. 9	수필	世態	박문 11호
1939. 9.29-10.5	평론	現文壇의 性格	동아일보

발표일	분류	제 목	발표지
1939. 10	수필	夜襲 : 戰線紀行에서	박문 12호
1939. 10	평론	朝鮮文學의 現段階	학해 1호
1939. 10	평론	戰爭과 朝鮮文學	인문평론 1호
1939. 10	평론	學生과 文學	문장 9호
1939. 10	수필집	『戰線紀行』[8]	박문서관
1940. 1	소설	明暗	문장 12호
1940. 1.1	평론	國民文學의 建設	매일신보
1940. 1.26	평론	『防共戰線 勝利의 必然性』을 읽고	매일신보
1940. 2-5	평론	文學의 理論과 實際	문장 13-17호
1940. 3.4-7	평론	創作과 批評의 交流	매일신보
1940. 4.25	평론	文章報國의 意義	매일신보
1940. 7	평론	事變3週年 紀念 ——聖戰紀念 文章特輯 : 聖戰 第3週年을 마지면서	삼천리
1940. 7.6	평론	文學運動의 戰時體制	매일신보
1940. 8.4	평론	知識人의 理論	매일신보
1940. 8.15-20	평론	砲煙 속의 文學	매일신보
1940. 11.6-7	평론	新體制를 맞는 文學 : 文協 一周年에 際하야	매일신보
1940. 12	좌담	新體制 下의 朝鮮文學의 進路	삼천리
1941. 3	수필	꾸밈없는 野心	신시대
1941. 4	수필	扶餘神宮 御造營 勤勞奉仕에	춘추

---

8) '皇軍慰問 朝鮮文壇使節 報告書'란 부제에 잘 드러나듯 1939년 4-5월 이른바 北支
皇軍 慰問을 다녀와 쓴 글이다. 이 방문에는 김동인과 임학수도 동행했다.

발표일	분류	제 목	발표지
		參列하야	
1941. 4	평론	新らしき'文化團體の動き': 八團體幹部は語る(座談)	삼천리
1941. 4.11-16	평론	文學의 새로운 課題	매일신보
1941. 7	수필	部隊長の思ひ出	삼천리 146호
1941. 7.6	수필	國民的 新文化의 提案	매일신보
1941. 9.19	수필	戰時 家庭:國民皆勞 强調-生活戰 體制로	매일신보
1941. 11	평론	臨戰體制下の文 化と文學の臨戰體制	국민문학 1호
1942. 1.9	평론	上田龍南 저 『正義に生きる』를 읽고	매일신보
1942. 1.21	수필	戰時의 生活 이대로 조흘까	매일신보
1942. 2.18-19	수필	感激에서 創造로	매일신보
1942. 3.16-18	평론	新時代의 文學的 理念	매일신보
1942. 10.20	수필	大東亞 文學者 大會 出席을 앞두고	매일신보
1942. 12	평론	一層よい作品を	신시대
1943. 1.7	평론	文學과 戰鬪精神:國民의 戰時 生活에 協力	매일신보
1943. 2	수필	二千五百萬の期待:半島靑年 に檄する	춘추 25호
1946. 6	수필	문학자의 옥중기	삼천리
1947.	평론집	『文學의 理論과 實際』	일월사
1950. 1.22	평론	朝鮮 新聞 學藝欄 回顧	연합신문

발표일	분류	제 목	발표지
1958. 4-1959. 4	평론	現代朝鮮文學史[9]	사상계 57-69호
1958. 9-1959. 7	수필	獨房 : 日帝時代의 獄中記	현대문학
1959. 8-1960. 5	평론	草創期의 文壇側面史	현대문학 56-65호
1973. 8	시	山家(유고시)	문학사상
1973. 8	시	우리집 동네는 가난한 마을 (유고시)	문학사상
1997. 11	전집	『박영희 전집』 전4권 (이동희, 노상래 엮음)	영남대출판부

9) 1948년경 탈고했다. ≪사상계≫에는 서론, 제1편, 제2편만 발표되었고, 1930년 이후를 다룬 제3편 '수난기의 조선문학'은 김윤식 교수의 『박영희 연구』(1989)에 처음 수록, 발표되었다.

박영희 연구 서지

1923. 1	편집부, 「문단풍문」, 《개벽》.
1925. 4	편집부, 「문사들의 이 모양 저 모양: 박영희」, 《조선문단》 7호.
1927. 3	일기자, 「문사방문기」, 《조선문단》.
1928. 12.20	최의순, 「근일엔 경제학 연구: 회월 박영희 씨」, 《동아일보》.
1930. 11.18–22	민병휘, 「문예시감: 삼천리사판 『소설평론집』과 『혁명가의 안해』를 읽고」, 《조선일보》.
1933. 1.31	안석영, 「문단 메리꼬-라운드: 두문불출의 회월 박영희 씨」, 《조선일보》.
1933. 9	민병휘, 「박영희론: 푸로레타리아 문인론」, 《삼천리》 42호.
1937. 3	홍구, 「박영희론」, 《풍림》 4호.
1937. 3	신산자, 「현역평론가군상: 박영희 씨」, 《조광》.
1937. 5	안석영, 「조선문인인상기: 박영희 씨」, 《백광》.
1939. 6.30	이하윤, 「박영희 저 『회월시초』」, 《동아일보》.
1939. 10.15	백철, 「박영희 저 『전선기행』」, 《매일신보》.
1939. 10.16	민촌생, 「박영희 저 『전선기행』을 읽고」, 《조선일보》.
1939. 10.17	박종화, 「회월의 『전선기행』」, 《동아일보》.
1939. 11	정인택, 「박영희 저 『전선기행』」, 《문장》 10호.
1968	김윤식, 「회월 박영희 연구」, 《학술원논문집》 7호.
1973. 8	박종화, 「한국현대문학의 재발견 ── 회월 박영희: '백조' 시

대의 회월」, 《문학사상》 11호.

1973. 8   백철, 「한국현대문학의 재정리 ── 회월 박영희 : 비평사에
           남은 회월의 공과」, 《문학사상》 11호.

1973. 8   김윤식, 「한국현대문학의 재정리 ── 회월 박영희 : 전향의
           논리와 모랄」, 《문학사상》 11호.

1973. 8   자료실, 「한국현대문학의 재정리 ── 회월 박영희 : 새 자료
           로 본 회월의 생애」, 《문학사상》 11호.

1976   이동민, 「박영희 비평의 사적 연구」, 연세대 석사 논문.

1978. 11   윤명구, 「회월 박영희의 경향소설에 대하여 : 《개벽》지 발
           표분을 중심으로」, 《인하》.

1978. 12   윤명구, 「회월의 경향소설에 대하여」, 《관악어문연구》 3호.

1978. 12   김윤식, 「회월 문학사에 대하여」, 《관악어문연구》 3호.

1979   이기인, 「김기진과 박영희의 문예관 비교」, 고려대 석사 논문.

1982   김현정, 「회월 소설에 나타난 가치관 고찰」, 조선대 석사
           논문.

1983. 12   김영민, 「회월 박영희 문학의 변모 양상 : 문학관과 소설과
           의 연계성을 중심으로」, 《연세어문학》 16호.

1984   박장수, 「박영희 시 연구」, 인하대 석사 논문.

1985. 8   김시태, 「박영희의 문학비평 연구」, 《한국학논집(한양대)》
           8호.

1986. 9   조남현, 「박영희 소설 연구」, 《인문과학논총(건국대)》 18호.

1986. 11   박종홍, 「박영희와 지적 방황」, 《어문학》.

1987   이의춘, 「박영희 문학론 연구 : 전향과 후반기 문학론을 중
           심으로」, 서울대 석사 논문.

1988. 11   김윤식, 「임화와 박영희」, 《문학사상》 193호.

1988   김승권, 「회월 박영희 문학 연구」, 중앙대 석사 논문.

1989. 1   이명재, 「박영희 문학 연구 서설」, 《논문집(중앙대)》 31호.

236

1989. 7	김윤식, 『박영희 연구』, 열음사.
1990	한정수, 「회월 박영희의 프로문학론 연구 : 전향 이전의 문학론을 중심으로」, 성균관대 석사 논문.
1990	노화현, 「박영희의 문학관 변모 과정에 관한 연구」, 경북대 석사 논문.
1991	신승희, 「박영희 문학 연구」, 인하대 석사 논문.
1991	손해일, 「박영희 문학 연구 : 시, 소설을 중심으로」, 홍익대 박사 논문.
1992	손해일, 「박영희 시의 현실 도피와 퇴행 심리」, ≪홍익어문≫ 10 · 11호.
1994. 2	손해일, 『박영희 문학 연구』, 시문학사.
1994	손해일, 「박영희 소설의 금전관」, ≪홍익어문≫ 13호.
1994	노상래, 「박영희 연구 : 사상 전향을 중심으로」, ≪영남어문학≫ 25호.
1995. 12	이미순, 「박영희의 플레하노프 미학 수용과 문예학의 완성」, ≪비교문학≫ 20호.
1996. 12	신승희, 「회월비평고 Ⅰ」, ≪한국학연구(인하대)≫ 6 · 7호.
1997	양윤희, 「회월 박영희 문학 연구 : 의식과 장르 변화를 중심으로」, 서강대 석사 논문.
1998. 2	강은교, 「변혁기 지식인 박영희 연구」, ≪인문과학연구(동아대)≫ 34호.
1998. 3	신승희, 「회월비평고 Ⅱ」, ≪한국학연구(인하대)≫ 9호.
1999. 5	정명중, 「카프 제1차 방향 전환론의 몇 가지 유형」, ≪한국언어문학≫ 42호.
2001. 3	조영복, 「나도향, 이효석, 박영희의 알려지지 않은 작품을 통해 본 근대 문학 초창기 잡지 발간의 여러 상황」, ≪한국학보≫ 102호.

2002. 2   윤병로, 임규찬, 「1920년대 후반의 문학이념 논쟁」, ≪인문
          학보(성균관대)≫ 30호.

2002. 12 한기형, 「잡지 ≪신청년≫ 소재 근대 문학자료」, ≪대동문
          화연구≫ 41호.

2003. 6   이기인, 「카프 초기 논쟁에 대한 재검토: 소위 내용 형식
          논쟁의 성격」,『한국 문학이론과 비평』.

작성자 유문선 서울대 대학원 졸. 문학 박사. 한신대 교수.
    전승주 서울대 대학원 졸. 문학 박사. 한신대 학술원 연구교수.

20세기 한국 문학의 명암

민족주의와 사회주의의 길항

김재용(문학평론가 · 원광대 교수)

머리말

탄생 백 주년을 맞이하는 작가들을 기념하는 것이 더 이상 낯선 일이 아니게 되었음에도 불구하고 이렇게 탄생 백 주년을 맞이한 여섯 명의 근대 작가들을 동시에 이야기한다는 것은 분명 놀라운 일이다. 우연의 일치로 돌릴 수 있는 이러한 일이 그렇게만 여겨지지 않는 것은 한국 근대 문학의 축적에 대한 자각 때문일 것이다. 한국 근대 문학이 20세기 초에 들어서야 그 모습을 구체적으로 드러내기 시작하여 이제 한 세기에 이르렀고 20세기 문턱에 태어나 근대 문학의 토양 속에서 문학을 시작한 이들이 탄생 백 주년을 맞이하게 되었다는 것은 한편으로는 한국 근대 문학이 이제 결코 만만치 않다는 것을 일깨워 주는 것이기도 하고 다른 한편으로는 이제 한국 근대 문학에 대한 심층적 원근법이 가능해지고 있음을 의미하는 것이다.

이들 여섯 명의 작가들을 일별할 때 공통적인 것은 신경향파 문학에 직간접으로 참가했다는 점이다. 물론 이들은 매우 다른 경로를 통하여 신경향파 문학에 모였고 또한 신경향파 문학을 정점으로 하여 이후 각자 다른 행로를 보였기 때문에 신경향파 문학 자체에 대한 논의만으로는 이들 작가가 한국 근대 문학사에서 보여 주는 의미를 파악하기는 대단히 어려운 것이 사실이다. 하지만 이들이 한때 공통적으로 신경향파 문학을 했고 이를 거친 다음 다른 경로를 걸었기 때문에 한국 근대 문학사에서 신경향파 문학이 무엇이며 어떤 의미를 차지하고 있는가를 검토하는 것이 이들 작가가 한국 근대 문학사에서 갖는 의미를 밝혀 줄 수 있는 최소한의 출발점이 될 수 있다고 생각한다. 또한 이것을 그 자체로 국한하지 않고 20세기 한국 근대 문학 전체와 관련하여 성찰할 수 있다면 그 의미는 더욱 분명해질 수 있을 것이다.

이들이 신경향파 문학에 참여했다가 이후 갈라지는 모습은 매우 다기하다. 신경향파 문학의 도래를 예견했던 박종화는 가장 먼저 신경향파 문학에서 벗어났고 이를 이은 사람은 심훈이다. 그리고 카프 내에서 목적의식론이 제기되자 이 전환을 계기로 카프로부터 거리를 둔 사람으로 이상화와 김동환을 들 수 있다. 카프의 이 논쟁 이후에도 계속하여 남았던 박영희와 최서해는 다른 이유로 각각 카프에서 멀어지게 된다. 이런 복잡다단한 과정이 나올 수밖에 없었던 것은 신경향파 문학이 하나의 이념적 성향 위에서 주조된 것이 아니라 다양한 사상적 경향의 혼재 위에 서 있기 때문이다. 특히 삼일운동 이후 나온 민족주의와 사회주의는 그 대표적인 양 축을 형성했기 때문에 이에 대한 검토 없이는 신경향파 문학을 둘러싸고 이 작가들이 보여 주었던 다양한 선택을 제대로 이해하기 어려울 것이다.

프로 문학으로의 전사가 아닌 근대 문학의 갈림길로서의 신경향파 문학

삼일운동 이후 우리 사회에는 민족주의와 사회주의가 들불처럼 퍼져 나갔다. 여기에는 삼일운동을 거치면서 더욱 확고해진 식민주의에 대한 자의식이 중요한 역할을 했지만 1차 대전을 처리하기 위해 베르사이유에 모였던 열강들의 파리강화회의의 결과도 한 몫을 차지했다. 민족자결의 문제는 패전국의 식민지에 국한된 것이지 결코 승전국의 식민지에는 해당되지 않는다는 것이 알려지면서 지식인을 비롯한 민중들은 새로운 미래를 기획할 수밖에 없었고 그 과정에서 민족주의와 사회주의는 유력한 사상으로 떠오르게 된다.

민족주의는 일본 제국주의의 결과이면서 동시에 그것에 대한 저항의 산물이다. 한반도가 두 번째 제국주의 단계로서의 세계 자본주의에 강제로 편입되면서 더 이상 과거의 체제를 존속시키기 어렵다는 것과 새로운 국민 국가의 틀이 불가피해졌음을 깨닫게 되었다. 부국강병의 기치하에서 파고를 헤쳐 나가려고 했으나 결국은 식민지라는 최악의 경우를 맞이했고 그나마 싹트기 시작했던 민족주의는 근대주의 논리 속에 쉽게 흡수되어 버렸다. 이인직의 『혈의 누』와 『은세계』를 비교하면 이러한 과정을 어렵지 않게 짐작할 수 있다. 삼일운동 이후 비로소 민중들의 의식 속에서 민족이 형성되기 시작했다는데 이는 바로 민족주의의 지반이 될 수 있었다.

사회주의 역시 유럽 자본주의의 팽창으로서의 제국주의에 대한 저항에 그 뿌리를 가지고 있다. 이식된 자본주의의 세계적 팽창은 구제도의 억압성을 순식간에 허물어 나가겠지만 이를 대신한 자본주의 역시 다른 의미에서 야만적이고 폭력적이라는 인식이 들어서면서 사회주의 사상은 그 토양을 마련할 수 있었다. 특히 파리강화회의 이후 미국 중심의 민족자결주의라는 것이 명백한 허구임이 드러나면서 식민지 민족 해방도 사회주의와의 연대 속에서 이루어질 수 있을 것이라는 생각이 일각에서 설득력을 얻게 되었다. 『공산당 선언』을 처음으로 번역한 것으로 알려진 여운형이 레닌을 만났을 때 그가 사회주의가 아닌 민족 해방 운동을 하라고 권하는 것을 듣고 의외라고 생각했다는 일화는 당시의 사회주의 사상이 조선의 지식인에게 어떻게 자리 잡을 수 있었는가 하는 점을 잘 보여 준다. 식민지 조선에서 성장하기 시작한 이러한 초기 사회주의자들의 내면을 잘 들여다볼 수 있는 작품으로 필자는 임화의 「상륙」이란 작품보다 더 좋은 작품을 아직 발견하지 못했다.

민족주의와 사회주의는 모두 프랑스 혁명 이후의 서구 근대에 젖줄을 대고 있지만 식민지 자본주의의 역사적 토대 위에서 자라나기 시작했기 때문에 서구의 그것과는 매우 다른 성격을 지닐 수밖에 없었고 이는 그 저항성에서 확인할 수 있다. 신경향파 문학은 바로 이 두 사상적 흐름의 혼재를 배경으로 기존 질서와 현상의 타파가 외쳐지는 시대적 분위기에서 나올 수 있었다.

신경향파 문학은 주로 프로 문학의 전사로서만 연구되어 왔고 이러한 관점은 임화가 1935년에 『조선신문학사론』에서 선보인 이후 일반화되었다. 임화가 이 글을 쓸 때는 프로 문학이 안팎으로부터 비판에 직면하고 있을 무렵이었기 때문에 프로 문학의 역사적 필연성을 논증해야 할 필요성이 강했고 이 글은 그러한 상황의 소산이다. 그렇기 때문에 프로 문학을 사적으로 정리하면서 신경향파 문학이 어떻게 생성되었으며 이것은 어떻게 프로 문학으로 이어졌는가를 기술하는 방향으로 갈 수밖에 없었다. 신경향파적 경향의 출현을 백조파와 관련시켜 보는 것이라든가 최서해적 경향과 박영희적 경향으로 나누어 설명하는 것 등이 과연 설득력이 있는가에 대해서 필자는 대단히 회의적이지만 신경향파 문학을 프로 문학의 전사로 파악하고 이에 기초하여 신경향파 문학을 분석한 것은 타당성을 갖는다.

신경향파 문학을 프로 문학의 전사로서 연구하는 것 못지않게 중요한 것은 1920년대 이후 한국 근대 문학사의 흐름 속에서 이를 파악하는 것인데 필자가 이 글에서 새롭게 제기하고자 하는 것은 바로 이러한 관점이다. 1920년대 중반 이후의 문학사는 결코 프로 문학으로 환원될 수 있는 것은 아니다. 프로 문학 이외의 문학적 흐름이 존재했고 그들 사이에는 일정한 긴장이 존재했던 것이 사실이기 때문이다. 그런데 그러한 긴장은 이미 신경향파 문학 내에서 존재했던 것이고 이렇게 혼재되었던 것들이 이후 다른 방향으로 갈라져 나온 것으로 볼 수 있다. 신경향파 문학 내부에는 프로 문학으로 나아갈 소지를 안고 있는 큰 흐름이 자리 잡고 있었지만 다른 경향의 것들도 공존하고 있었다.

신경향파 문학이 처음 등장할 때 이전의 경향과 대비되어 '힘의 문학'으로 불려지기 시작했다. 이는 삼일운동 이후 팽배하기 시작한 대중들의 현실 변화 열망에 기초하여 현실 변혁의 정신이 널리 퍼지게 되었고 그 과정에서 문학도 이제 현상 긍정이 아닌 현상 타파의 저항 정신에 입각해야 한다는 당시의 분위기를 그대로 표현한 것이다. 문학 역시 현실을 타파하는 데 힘이 되어야 한다는 인식은 민족적 억압과 계급적 억압 속에서 고통받고 있는 식민지 조선 민중의 삶과 떼어 놓고 생각하기 어려운 것이었다. "조선 민족 전체가 무산계급이다."라는 데서 드러나는 것처럼 민족적 억압과 계급적 억압의 문제는 분리되어 인식되기보다는 통합적으로 다가왔다. 초기 카프 내에서 무산계급 문학이란 말이 프롤레타리아 문학의 단순한 역어가 아니라 그 이상의 내포를 갖고 있었던 것도 이러한 맥락에서 이해될 수 있을 것이다.

신경향파 문학이 민족주의와 사회주의의 혼재였다는 것을 잘 알려 주는 것으로 1927년 이후 카프 내에서 일어났던 목적의식론 논쟁보다 더 좋은 예를 달리 찾기 어려울 것이다. 카프 내에서 목적의식론이 일어나면서 그동안의 막연한 무산계급 문학에서 프롤레타리아 문학으로의 전환이 논의되었고 그 과정에서 가장 먼저 척결해야 할 것으로 지목되었던 것이 바로 민족주의였다. 당시 목적의식론은 크게 두 가지로 나누어 볼 수 있다. 하나는 카프 내에서 마르크스주의적 프로 문학론을 주장하는 사람과 그렇지 않은 사람들 간의 논쟁이고 다른 하나는 마르크스주의 프로 문학론을 주장하는 논자들 사이에서 구체적 방도를 둘러싸고 일어난 논쟁이다. 그런데 전자에서 중요한 비중을 차지했던 것이 바로 국민문학 제휴 논쟁이다. 김동환으로 대표되었던 이 논쟁에서 민족적 억압과 계급적 억압에 대한 공동 대응으로서의 제휴가 이야기되었고 그것의 표현으로 애국 문학이 제창되기도 했다.[1]

----

1) 김동환, 「애국 문학에 대하여」, 《동아일보》, 1927. 5.12~5.19.
마르크스주의 프로 문학론을 주장하는 후자의 논자들 안에서 민족적 억압에 대한 문제 제기가 전혀 없었던 것은 아니다. 일부에서 민족주의는 극복되어야 하지만 식민지라는

이처럼 무산계급 문학에서 프로 문학으로 넘어가는 과정에서 제기되었던 목적의식론 논쟁에서 중요한 비중을 차지하는 것이 민족주의와 사회주의의 긴장이었음을 우리는 알 수 있다. 그리하여 이 시기에 이르러 카프 안에서는 심한 인적 변동이 생기게 되는데 김동환이 카프를 떠난 것이라든가 이상화가 침묵을 지키면서 더 이상 활동을 하지 않았던 것 등이 바로 이에 해당한다. 실제로 논쟁에 직접적으로 참여한 경우는 김동환에 국한되지만 신경향파 문학에 직간접으로 연관되었던 많은 문학가들이 이러한 문제로 고민했던 것이 사실이다. 이러한 논쟁의 용광로를 거치면서 입장들이 한층 더 분명하게 정리되었는데 박종화는 이러한 논쟁이 일어나기 전부터 막연했던 '힘의 문학'에서 벗어나 민족주의적 지향을 아주 분명하게 보여 주면서 카프를 떠났으며 이러한 입장을 일제 시기뿐만 아니라 해방 후에도 일관되게 견지했다. 이와 반대로 박영희는 사회주의와 민족주의의 긴장 문제에 대해서는 확고하게 사회주의의 입장을 고수하는 것처럼 보였다. 그가 나중에 카프를 떠난 것은 이러한 문제로부터 시작된 고민보다는 오히려 문학의 정치성과 미적인 것에 대한 것이었음을 기억할 필요가 있다. 이 두 사람과는 달리 다른 네 사람은 어느 한쪽으로 자신의 입장을 정리하지 않았던 것으로 보인다. 김동환, 심훈, 이상화, 최서해는 그러한 사상적 이념이 현실을 제대로 반영하지 못하기 때문에 그 어느 쪽으로 자신들을 몰아가지 않고 오히려 지적 긴장을 가지고 현실을 탐구하는 쪽으로 나아갔다. 그중에서도 이상화와 김동환은 문제성을 가장 강하게 내포하고 있다. 그들은 1927년을 기점으로 카프로부터 멀어졌기 때문에 신경향파 문학 내부의 긴장을 가장 잘 보여 줄 수 있는 인물이기 때문이다.

조선적 현실의 특수성에 대해서는 고려해야 한다는 주장이 제기되었다. 목적의식론 논쟁 와중에 한설야가 취한 입장이나 1930년대에 들어 조선적 특수성을 둘러싸고 안함광과 임화가 벌인 논쟁이 그러한 것에 속한다.

침묵의 정직성과 현실 순응주의의 비극 : 이상화와 김동환

백조로부터 신경향파 문학으로의 전환을 노골적으로 내세우면서 프로 문학사론을 펼쳤던 임화가 내심 가장 큰 비중을 두었던 이가 이상화일 정도로 신경향파 문학에서 그가 점하는 위치는 막중하다. 그럴 수밖에 없었던 것은 백조의 동인으로 있을 때 현실도피적이라는 비난을 받을 만큼 지상세계에 대한 강한 부정과 허무를 표방했던 그가 1925년에 들어서면서부터는 이전과는 다른 경향의 시들을 발표할 뿐만 아니라 문단의 반성을 촉구하는 평론을 발표하면서 극적인 전환을 보였기 때문이다. 1925년 ≪개벽≫ 4월호에 발표한 「문단측면관」의 다음 대목은 그가 자신의 문학을 포함하여 당시 조선의 문학적 풍토에 대해 가지고 있는 비판적 거리를 짐작하게 한다.

이즈음 작품의 거의가 사회라든지 인생에 대한 깊은 번민도 없고 생기 있고 아름다운 심원(心願)도 없이 자못 현상 만족에서 난 오락 기분이나 또는 한가롭게 지은 듯한 흥미 이야기로 보일 뿐이다.

상섭, 빙허, 도향을 한 축으로 하고 회월, 월탄, 팔봉을 다른 한 축으로 하여 진행되었던 당시 문단 전체에 대해 던진 이상화의 비판은 그가 신경향파 문학을 어떻게 생각하고 있었는가를 짐작하게 해 준다. 바로 현실 타파의 문학이다. 그는 당시의 문학을 오락과 흥미가 주를 이룬다고 생각했고 그것의 요체는 바로 현실에 대한 만족과 긍정에서 나온다고 보았다. 그가 생각하는 사회와 인생에 대한 깊은 번민과 이에 기초하여 생성되는 심원한 작품은 바로 현실의 부정과 타파로 이어지는 것이다.

이러한 생각을 가졌던 이상화가 무산계급 문학을 옹호하기 시작한 것은 그렇게 부자연스러운 일이 아닐 것이다. 문제는 그가 이해한 무산계급 문학의 내용이다. 소개 형식으로 된 「무산 작가와 무산 작품」에는 무산 문학으로 고리끼의 『어머니』도 소개되고 있지만 도스토예프스키의 『죄와 벌』도 그런 경향의 작품으로 논의되었다. 그가 이해한 무산 문학이란 민중들의 고통을 다룬 작품이기 때문에 마르크스주의적 세계관에 입각한 이후의 프롤레타리아 문학과는 다른 것이다. 그가 이렇게 무산 문학을 정의하고 외국의 무산 문학을 소개했던 데는 식민지 조선에서는 대부분의 사람이 무산 계급이기 때문에 조선 문학이 무산 문학이 되어야 한다고 생각했던 바가 크게 작용한 것으로 보인다. 따라서 그에게는 계급적 억압과 민족적 억압의 문제는 별개의 것이 아니라 동전의 양면처럼 여겨졌다.

그가 카프에 가담하여 무산 문학을 이야기할 수 있었던 것은 바로 이러한 이해 위에서 가능했다. 실제로 이러한 지향은 이 시기에 발표된 그의 작품에서도 확인할 수 있는데 그의 대표작 「빼앗긴 들에도 봄은 오는가」는 이를 잘 보여 주고 있다. 이 작품이 땅을 빼앗긴 농민의 측면에서 해석되기도 하고 식민지로 인한 조국의 상실과 그에 대한 애정으로도 해석되면서 중첩되는 것 역시 이와 무관하지 않다고 생각한다. 그는 오락과 흥미의 현상 긍정 문학이 아닌 현상 타파의 문학을 추구했던 것이고 이 작품이 그 결실임에는 분명하다.

여기서 우리가 주목해야 하는 것은 그가 민족주의나 사회주의라는 이념에 끌려가기보다는 현실에 주목하고 거기서 벌어지는 모순과 고통에 대해 성실히 관찰하고 있다는 점이다. 그렇기 때문에 카프가 무산계급의 문학에서 프롤레타리아 문학으로 전환하자 여기에 동참할 수 없었던 것이다. 박영희와 최서해가 여전히 중앙위원의 위치를 가지고 있는 반면 이상화는 그냥 대구 지부의 장으로 나와 있는 것은 그가 카프의 새로운 방향에 대해 대단히 소극적이었다는 사실을 알려 준다. 앞서 이야기한 것처럼 1927년 이후 카프 내에서는 목적의식론 논쟁이 일어났고 그 과정에서 민족주의 척결이 주된 의제 중의 하나가 되었으며 그 과정에서 민족적 억압 문제는 시야에서 사라졌다. 특히 1928년 12월 테제 발표 이후에 이러한 경향은 한층 심각해져 그 내부에서는 조선적 특수성의 문제만 내놓아도 멘셰비키라고 비판받을 정도로 경직되어 갔다. 카프가 이러한 방향으로 치닫게 되자 이상화로서는 이에 동의하기가 대단히 어려웠을 것이다. 자신은 현상 타파의 문학으로서, 저항의 문학으로서 신경향파 문학을 지지하였고 거기에는 자신이 현실에서 목격한 민족적 억압과 계급적 억압 모두를 염두에 둔 것인데 카프가 민족적 억압의 문제를 계급적 억압의 문제로 해소시키고 이를 관철하려고 했기에 여기에 더 이상 참여하기 곤란했을 것이다. 카프에 반대하는 이들이 1930년대 들어 문단적 그룹을 형성할 때 이들과 뜻을 같이할 수 없었던 것은 카프의 방향에는 반대하지만 그렇다고 자신이 지향했던 현상 타파의 저항의 문학을 버릴 수는 없었기에 이들과 같이하기 어려웠던 것으로 보인다. 그런 상태에서 그가 할 수 있는 것은 자신의 지향을 밀고 나가면서 독자적인 문학 세계를 창조해야 하는데 안타깝게도 거기까지는 나아가지 못했다. 그는 정직하게 붓을 놓고 말았다. 그의 이러한 글쓰기의 정직함은 척박한 한국 근대 문학사 풍토에서 결코 쉽지 않은 일이다.

이상화의 이러한 면모는 김동환이 걸어온 길과 대비할 때 한층 더 그 의미가 두드러진다. 김동환 역시 이상화와 마찬가지로 카프에 가담하여 신경향파 문학을 했다. 그 역시 신경향파 문학을 할 수 있었던 것은 그것이 가진 저항의 성격 때문이었다. 특히 계급적 억압뿐만 아니라 민족적 억압에 대해서 특별한 관심을 가졌기 때문에 민요시를 기획할 정도였던 그가 신경향파 문학에 참가한 것은 그렇게 부자연스럽지 않다. 그런데 그가 이상화를 비롯한 다른 문인들과 다르게 주목을 받았던 것은 카프 문학계 내에서 목적의식론 논의가 일어났을 때 카프의 주류 논객들과 논쟁을 벌일 정도로 자신의 주장을 강하게 이야기했다는 점이다. 「애국 문학에 대하여」에서 민족 해방 운동이 있는 곳에서의 무산계급 대중의 문학은 애국 문학일 수밖에 없다는 것을 에이레나 인도 등을 예로 들면서 강조했다. 그의 이러한 논의는 다른 논자들인 김영수나 풍운산인 등의 후속 논의를 이끌어낼 만큼 파장을 가지고 있었다. 그렇지만 이 논의가 문학계 내에서 더 이상 힘을 얻지 못하게 되자 김동환은 밀고 나가지 않았다. 그런데 문제는 이후 자신의 이러한 논지와 너무나 대조적인 논리인 친일의 길을 걸었다는 점이다. 한때 자신이 가졌던 논지와는 정반대의 것인 이러한 논리를 거침없이 세상 속에 내보냈는데 그 배면에 흐르는 것은 현실순응주의다. 바로 여기서 김동환의 비극은 이상화의 진정성과 대조되는데 "남의 세상을 모방한 양적 존재를 읊조리기보담 나의 세상을 창조한 질적 생명을 부르짖을 때다."라고 한 이상화의 말을 떠올리면 이러한 차이가 결코 우연이 아님을 알 수 있다.

맺음말

삼일운동 이후 지식인 사회에 설득력을 갖기 시작하면서 나온 민족주의와 사회주의라는 사상적 흐름에 일정한 영향을 받으면서도 그것의 문제점을 파악했던 일군의 작가들이 그 틈바구니 속에서 현실에 기반을 둔 저항의 문학을 추구했던 것은 한국 근대 문학사에서 매우 의미 있는 시도였지만 문학적 성취는 그리 크지 않았다. 물론 개별 작가들의 문학 작업에서 그러한 노력의 결실을 읽을 수 있고 또한 그것을 사소하게 취급해서는 안 되겠지만 그것이 일제 시기 우리 문학의 대표 작품으로 내세울 만큼의 성취를 보여 주었다고 하기는 어려울 것이다.

이러한 한국 근대 문학사의 약점은 해방 직후에도 제대로 극복되지 않았다. 민족주의를 고수한 작가 자체가 매우 빈약한 상황에서 그 자체에 대한 반성을 통한 갱신을 기대하기 어려웠던 것이 해방 직후의 현실이다. 상대적으로 많은 작가들이 참여하고 있었던 사회주의의 경우 조선적 특수성을 인식하지 못한 자신들의 태도를 반성했기에(안함광의 사회주의 리얼리즘론 반대 논의나 임화의 이식 문학사론이 이에 해당한다.) 해방 직후에는 또 다른 가능성을 보여 주는 듯했지만 대단히 취약한 내적 논리는 주변의 정치적 상황에 자신을 지켜 낼 만큼 튼튼한 것은 되지 못했다.

이러한 점은 냉전적 분단 구조에 들어서면서 다른 방식으로 악화되었다. 민족주의는 모든 것을 민족으로 환원시키는 문제점에도 불구하고 자본주의의 팽창으로서의 제국주의가 엄연한 세계 질서로 자리 잡고 있는 현실에서 그것이 가진 해방적 측면이 부분적으로 있음에도 불구하고 그것 역시 냉전적 분단 구조하에서 자민족중심주의로 왜곡되거나 일방적 억압을 당하여 발언할 수 없는 지경에 이르렀다. 사회주의 역시 자본주의의 불균등 발전이란 지구적 현실을 무시하고 모든 것을 무차별적으로 바라본다는 점에서 계급주의나 유럽중심주의의 허구를 벗어나지 못하는 한계에도 불구하고 이식된 자본주의와 자본의 세계화 속에서 일정한 의미를 가질 수 있음에도 불구하고 냉전적 분단 구조의 현실에서 냉전적 반제국주의로 변질되거나 일방적 억압의 현실에서 잊혀지고 말았던 것이다. 이식된 자본주의의 20세기 현실에서 저항의 문제 의식을 가지고 나왔던 사상적 흐름이 이러한 상황에 처할 정도니 이와 교섭하면서 그 문제점으로부터 자유로워지려고 했던 문학적 경향이 튼튼하게 자리 잡으면서 우리 문학의 주된 흐름으로 성장하기는 더욱 어려웠던 것이다. 그런 측면에서 현실의 억압을 드러내면서도 이를 한때의 유행이 아닌 치밀한 관찰과 성실성 위에서 수행했던 작가들의 행적과 의미를 기억하는 것은 오늘날과 같은 망각의 시대에 필요한 일이 아닌가 한다.

데카당스의 변증법

백조파 문학에 대한 고찰

황종연(문학평론가·동국대 교수)

백조파 혹은 낭만적 영웅

1920년을 전후해서 출현한 몇몇 문학 동인 집단들이 예술의 지고함에 대한 믿음을 공통의 기반으로 삼고 있었다는 것은 널리 알려진 바와 같다. 창조, 폐허, 백조 등의 문학 동인들은 예술이 그 나름의 원칙과 이상을 가진 인간 활동의 한 변별적 영역임을 알고 있었을 뿐만 아니라 그러한 변별성 혹은 독립성을 바탕으로 하는 예술의 실천 속에서 어떤 고양된 삶의 가능성을 보고 있었다. 세기말 유럽의 심미주의와 그 일본적 변종에 심취한 그들은 자신들이 관여한 글쓰기를 '문학'이라고 부르기보다는 '문예'라고 부르기를 좋아했고 그들 자신의 생활 속에서 세기말적 심미가(aesthete)의 스타일을 창조하고자 했다. 김억이 말한 "예술적 생활", 즉 예술을 모형으로 하는 생활의 변형은 그 심미주의의 "젊은 영웅"들이 추구한 자아 함양의 주요 내용이었다. 심미가적 자아를 가지고 싶어하는 열망은 문제의 동인 집단 중에서도 특히 백조파에게 뚜렷이 해당되는 사실이다. 동인지 창간호에 오스카 와일드의 「살로메」 번역을 내보낸 백조파는 그 런던 사교계의 악명 높은 댄디만큼 호사스럽지는 않았을지라도(굳이 따지자면 댄디보다는

250

보헤미안에 좀 더 가까운 방식이었을지라도) 어쨌든 그들 자신을 미의 전위(前衛)로 만드는 특별한 언어와 스타일을 소유하려고 했다. 그들은 시와 산문을 지으면서 공중 언어에 대한 요구를 아랑곳하지 않고 유럽 및 일본 문학의 교양에 호소하는 수사를 즐겨 구사했다. '생(生)', '영(靈)', '미풍(微風)', '월광(月光)', '비곡(悲曲)' 같은 단어들이 빈출하는 그들의 수사는 당시에 적어도 『해조음』이나 『오뇌의 무도』에 감동한 사람들 사이에서는 감각적 세련의 극치를 보여 준다고 여겨졌을 법하다. 그들은 또한 자신들의 신체와 복장을 스타일화하는 데도 관심이 있어서 ≪백조≫의 발행소 문화사가 자리 잡은 낙원동 골목을 드나들던 당시 그들 모두 "예술가의 머리"였던 "장발"을 하고 있었으며 박영희는 "어깨를 덮을 듯한 중절모"를, 나도향은 "土耳其帽(터키풍 모자)"를 쓰고 다녔고 원세하는 "오스카 와일드의 옷"이라며 "自作考案한 옷"을, 김기진은 "루바쉬카"를 입고 다녔다.[1]

백조파에게 보이는 바와 같은 심미가적 자아 연출은 예술을 위한 예술을 신봉하는 젊은이들의 다분히 겉멋 들린 행위처럼 보이지만 그럼에도 거기에는 삶의 다른 영역과 분리된 예술 체험을 근대적 개인에게 가능하게 하는 자아 표출의 주요 방식이 예시되어 있다. 그 심미가적 자아의 추구는 무엇보다도 실제적 삶의 우세한 관행으로부터 자신이 자유롭다고 느끼는, 자신을 타인들과 구별하기를 원하는 개인의 욕망을 표현한다. 그 자아 추구를 추동하는 가장 중요한 관념은 바로 '개성'이다. 박영희는 백조 동인이었던 시절을 회고하면서 당시는 "자본주의 의식의 초기"이며 따라서 "봉건적 의식과 그 생활에서 자유주의의 길로, 개인주의의 길로서의 과도기의 한 계급을 형성"했다고 말한 바도 있다.[2] 자아 표출 혹은 창조에 대한 백조 동인들의 관심을 개인주의와 결부시킨 해석은 원칙적으로 타당하다. 그

---

1) 박월탄, 「백조 시대의 그들」, ≪중앙≫ 4권 2호, 1936. 2 및 안석영, 「조선문단삼십년측면사」, ≪조광≫ 4권 12호, 1938. 12 참조.

2) 박영희, 「문단의 그 시절을 회상한다—백조, 화려하던 시절」, 『박영희전집 II』(영남대 출판부, 1997), 106쪽.

러나 그들의 개성에 대한 집착을 정확히 이해하려면 그것이 "자본주의 의식"으로 환원되지 않는 사상적 특성을 내포한다는 점에 유의해야 한다. 계보학상으로 보면 그것은 자본주의에 대해 적어도 역사상의 일정 시기에는 협력적이기는커녕 오히려 대항적이었던 낭만주의에 속한다. 개인의 탄생이 계몽주의의 새로운 인간 이해로부터 일어난 사건임은 명백하지만 독특한 자아를 가진 개인이란 개인을 사회의 원자화된 성분으로 간주하는 계몽주의와 대립하여 낭만주의가 만들어 낸 관념이다.[3] 박영희 스스로 "로만주의 황금기"라고도 부른 백조 시대의 회상기를 읽다 보면 백조파의 낭만적 개인주의를 암시하는 주장이나 일화를 종종 접하게 된다. 예컨대 백조파를 "젊은 영웅"이라고 칭송한 홍사용은 모든 권위를 부정하고 모든 형식을 타파하는 기세로 미에 대한 순수한 정열의 명령을 좇아 자신들을 표출했음을 강조하고 있다. 그의 회상에 따르면 "미의 정령(精靈)을 자유라고 일컬었"던 그들은 우울과 도취, 몽상과 방탕 사이를 분주하게 오가는 일탈을 거듭하며 강렬한 개성을 거침없이 주장하는, 그가 좋아하는 용어로는 "불기(不羈)"의 정신을 구현한 젊은이들이었다.[4]

백조파가 남긴 여러 일화 중에서 그들의 자유분방한 기상을 전형적으로 보여 주는 예는 이른바 '순례'에 얽힌 이야기다. 그들이 그 낭만주의 시의 고상한 숙어로 명명한 그들 자신의 행동은 다름 아닌 요정 출입이다.[5] ≪백조≫를 발행할 무렵 스물두 살 아니면 스물세 살의 동갑이었던 그들은 당시에 신문기자를 하고 있어서 요정 출입 경험이 비교적 많았던 현진건을

---

3) 계몽주의적 형태와 낭만주의적 형태의 개인주의를 구분하는 주요 모델을 제시한 게오르크 짐멜은 전자를 양적 개인주의 혹은 단일성(Einzelheit)의 개인주의, 후자를 질적 개인주의 혹은 독특성(Einzigkeit)의 개인주의라고 명명했다. Georg Simmel, *The Sociology of Georg Simmel*, K. H. Wolff ed., New York: Free Press, 1964, 79~81쪽.

4) 「백조시대(白潮時代)에 남긴 여화(餘話) ── 젊은 문학도의 그리던 꿈」, 『홍사용전집』(뿌리와날개, 2000), 321~347쪽 참조.

5) 백조 동인들의 '순례'에 관한 이하의 서술은 홍사용의 「백조시대에 남긴 여화」, 안석영의 「조선문단삼십년측면사」 그리고 박영희의 「초창기의 문단측면사」에 근거한 것이다.

지도자 격으로 앞장세우고 문화사 사주(社主)였던 홍사용의 재력에 의지해서 국일관 같은 요정을 드나들기 시작했다. 호주가이거나 노래꾼이거나 아니면 달변가였던 그들은 한껏 호기를 부리며 유흥의 나날을 보냈고 그러는 동안 그들 주위에는 "서로 청춘을 즐긴다."는 생각으로 모여들어 그들과 "같이 취하고 같이 울었"던 기생이 적지 않았다. 이 기생들과 함께하는 젊음의 향락이 백조 동인들에게 낭만적인 삶의 주요 계기였다는 것은 백조 동인들의 낭만적 기질을 강조한 그들의 회고 중에 그것에 관한 추억이 상당한 비중을 차지한다는 사실을 보더라도 충분히 짐작이 간다. 그들은 서양 문학을 통해서 낭만적 연애를 배우고 그것의 신비에 매혹된 세대였지만 젊은 여성과의 교제가 크게 제한되어 있었던 당시의 상황에서 그것을 체험하기란 쉽지 않은 일이었다. 박영희의 주장이 옳다면 그들에게 여성을 알게 해 준 것은 기생이었으며 사랑과 성의 세계를 알게 해 준 것 역시 기생이었다. 그들은 기생들과의 연애를 통해서 『젊은 베르테르의 슬픔』을 비롯한 서양 소설을 읽으며 학습한 사랑을 실험했고 어떤 의미에서는 심미가적, 낭만적 자아에 대한 그들 자신의 욕망을 충족시켰다. 이것은 '순례'라는 말 하나로 요정을 성지화하고 기생을 성녀화한 그 명명법의 창안자인 나도향의 연애담을 보면 특히 그러하다. 단심이라는 기생과 사랑에 빠져 감미로운 도취와 애태우는 의심 사이를 오가며 마음의 열병을 앓았고 끝내는 포주의 방해 때문에 사랑에 실패한 그는 단심과의 사랑을 『마농 레스코』나 『춘희』에 견주어 말하곤 했다. 안석영의 표현대로 그는 "단심과 더부러 듀마의 춘희의 其男主人公을 체험하는 턱"이었다.

탄생 100주년 문학인 기념문학제 논문집

식민지의 노래와 꿈

2002

【제1주제 | 시·총론(김상용, 김소월, 정지용을 중심으로)】

20세기 전반 한국시의 형성
김소월, 정지용, 김상용 탄생 백 주년에 부쳐

유종호(연세대 석좌교수)

번역시형의 주류화

때로 출생 연도나 사망 연도와 같은 숫자는 우리의 상상력에 의외의 마술적인 효과를 기여한다. 가령 셰익스피어와 세르반테스는 같은 1616년에 사망했다. 끌리는 한편 급진주의를 몹시 두려워했던 러시아 작가 투르게네프와 독일의 마르크스는 각각 1818년에 태어나 1883년에 세상을 떴다. 동갑내기가 같은 나이에 세상을 뜨는 드문 기록을 남긴 것이다. 시인 백석, 소설가 김동리, 평론가 김동석, 북의 김일성은 적어도 호적이나 공식적 기록에 따르면 다같이 1912년에 태어났다. 이렇게 적어놓는 순간 한 시대를 조망하는 유리한 고지에 선 것 같은 착각이 생겨난다.

20세기의 한국시는 20세기에 출생한 시인들에 의해서 형성되고 주도되었다. 김소월과 정지용 탄생 백 주년을 맞아 우리는 그것을 신기한 새 사실처럼 새삼스레 확인하게 된다. 한 세대 이상의 거리와 차이를 느끼게 하는 시 세계를 보여준 두 시인 김소월과 정지용이 동갑이라는 것을 알고 우리는 또 적지 않은 놀라움을 경험한다. 탄생 백 주년 기념의 계기가 없었던들 특수 연구자가 아니라면 이들이 동갑이라는 사실은 인지되기 어려웠

을 것이다. 뿐만 아니라 대표적인 프롤레타리아 시인 비평가 임화와 모더
니스트 시인 비평가 김기림 역시 동갑으로 1908년생이다. 김소월, 정지용,
임화, 김기림과 같은 상이한 시적 개성이 길어야 6년의 시간을 상거해서
멸망 전야의 대한제국(大韓帝國) 반도 땅에 내던져진 것이다.

주(主)여
그대가 운명의 저(箸)로
이 구더기를 집어 세상에 떨어뜨릴 제

그대도 응당 모순의 한숨을 쉬었으리라
이 모욕(侮辱)의 탈이 땅 위에 나뭉겨질 제
저 맑은 햇빛도 응당 찡그렸으리라.

오오 이 더러운 몸을 어찌하여야 좋으랴
이 더러운 피를 얻다가 흘려야 좋으랴

주여, 그대가 만일 영영 버릴 물건일진대
차라리 벼락의 영광(榮光)을 주겠나이까
벼락의 영광을!

포석(抱石) 조명희의 「무제(無題)」란 작품은 자신의 운명뿐 아니라 그보
다 조금 늦게 태어난 후배 시인들의 운명조차도 예고해 주고 있다는 느낌
을 준다. 평온하지 못한 최후로 미루어 보건대 이들은 모두 "벼락의 영광"
이라는 삶의 강제에서 자유롭지 못했다.
앞서 언급한 네 시인이 각각 동갑으로 짝을 이루고 있고 기껏 6년 상거
한 시차로 태어났다는 사실은 20세기 우리 문학사의 특수성을 일변 설명해
준다. 문예사조라는 이름으로 불리는 상이한 문학적 경향이 사실상 동시병

존적(同時竝存的)으로 공존하고 있었다는 사실을 시사한다. 따라서 상이한 문학 경향을 문예사조라는 이름으로 범주화하는 것의 의미에 대해서도 우리는 일말의 회의감을 금할 수 없다. 김소월과 정지용은 요즘의 고등학생 나이인 17세에, 임화와 김기림은 초등학생 나이인 11세에 삼일운동을 경험하였다. 전자는 27세에, 후자는 21세에 미국의 대공황과 자본주의의 위기를 풍문으로라도 들었을 것이다. 이렇게 볼 때 이들은 거의 동시대의 동년배들이었다. 그럼에도 이들의 시 세계는 너무나 판이하며 문예사조사의 척도를 따르면 몇 세대의 단층을 상기시키기까지 한다. 동일한 사회 역사적 상황 체험에도 불구하고 우리가 보게 되는 너무나 현격한 작품 세계의 세대적 차이감은 우리로 하여금 성급하며 섬세하지 못한 사회사적 접근의 유효성에 대해서도 회의적이게 한다. 한편 적어도 이 시기의 시인들에게는 현실 체험보다도 교양 체험이 압도적인 충격이 되어주었으리라는 추정을 갖게 한다. 선행 작품과 자신의 삶 체험을 질료로 해서 작품이 빚어진다는 사실을 승인할 때 이들이 접촉하고 참조한 선행 작품의 영향력은 특히나 막강했다 하지 않을 수 없다.

20세기 한국시는 번역시 혹은 번역시형이라는 변두리 장르 혹은 하위 형식이 주류로 부상한 과정으로 설명할 수 있다고 생각한다. 평시조도 엇시조도 아니고 가사도 아니고 정형 민요도 아닌 자유형 단시(短詩)가 20세기 한국시에서 주류를 이루었다는 사실은 러시아 형식주의에서 말하는 "아버지에게서 아들로가 아니라 숙부에게서 조카로"라는 문학사 진행의 비연속성의 지적이 어느 정도 보편성을 가지고 있음을 상기시켜준다. 20세기 한국시는 운율적 제약이나 음절 수에 매이지 않고 기존 시 형식의 어느 것과도 다르면서 모든 것을 부분적으로 포용했다는 외관을 가지고 있다. 그것은 번역시나 번역시형의 주제적, 형태적 수용에 의해서 이루어진 것이라 할 수 있다. 그러한 맥락에서 "시집으로 묶여 나온 우리 문단의 처녀시집"이라는 변영로의 평언을 얻은 김안서의 번역시집 『오뇌의 무도』나 타코르 번역이 안겨준 형성적 충격은 획기적인 것이라 할 수 있다. 20세기 초반에 많은 우리 시인들이 선행 시편으로 참조한 일본 근대시도 넓은 의미의 번역시의 범주에 속한다 해도 무방할 것이다.

김소월 혹은 청각적 상상력

김소월 시편은 4행 1연으로 구성되어 있는 경우, 3행 1연으로 구성되어 있는 경우, 2행 1연으로 구성되어 있는 경우, 4행 1연과 3행 1연 형태가 혼성되어 있는 경우, 연 개념 없이 이어져 있는 경우로 대별할 수 있다. 그 중에서 김소월이 가장 많이 채택한 것은 4행 1연의 형태이다. 분류해서 표시하면 다음과 같다.

4행 1연: 「옛이야기」, 「실제(失題)」, 「님의 말씀」, 「님에게」, 「밤」, 「만리성」, 「비단안개」, 「반달」, 「산유화」, 「초혼」, 「왕십리」, 「원앙침」, 「산」, 「삭주구성」, 「바라건대는 우리에게 우리의 보습대일 땅이 있었다면」, 「밭고랑 우에서」, 「엄마야 누나야」, 「여자의 냄새」, 「분 얼굴」 등.

3행 1연: 「진달래꽃」, 「길」, 「우리집」, 「못 잊어」, 「개여울의 노래」, 「개여울」, 「춘향과 이도령」, 「봄밤」 등.

2행 1연: 「먼 후일」, 「바다」, 「닭소래」, 「예전엔 미처 몰랐어요」, 「자나 깨나 앉으나 서나」, 「해가 산마루에 저물어도」 등.

4행 1연과 3행 1연의 혼성: 「가는 길」, 「풀따기」, 「무심(無心)」, 「접동새」 등.

연 구분 없는 시편: 「바다가 변하야 뽕나무밭 된다고」, 「황촉불」, 「맘에 있는 말이라고 다 할까보냐」, 「부부」, 「나의 집」, 「무덤」, 「부귀공명」, 「사노라면 사람은 죽는 것을」, 「금잔디」, 「강촌」, 「첫 치마」 등.

이 밖에도 2행 1연과 4행 1연이 혼성되어 있는 경우 등 예외적인 경우도 있다. 김소월 자신은 이 행갈이에 관해서 적잖이 신경을 쓴 것으로 보인다. 가령 「바다가 변하여 뽕나무밭 된다고」라는 소제목 아래 수록된 아홉 편은 모두 행갈이 없이 씌어진 시편들이다. 또 「금잔디」라는 소제목 아래 수록된 다섯 편이 모두 행갈이가 없는 시편이다. (다만 「엄마야 누나야」는 4행 시이기 때문에 조금 다르긴 하다.) 또 2행 1연의 시편은 시집 첫머리인 「님에게」, 「두 사람」이란 소제목의 부분에 집중적으로 수록되어 있다. 소월이 소재와 함께 형태 면의 동질성을 고려해서 분류 수록한 것이 아닌가 생각하게 한다. 이러한 생각은 「닭은 꼬꾸요」란 소제목 아래 수록된 단 한 편이자 시집의 끝자락을 이루고 있는 시편이 4행 1연의 형식에 1행이 첨가되어 있는 혼성 시편이라는 사실에 의해서 보강된다. 요컨대 그는 행갈이와 연 구성에 세심한 배려를 했던 것으로 생각된다.

1921년 3월에 나온 『오뇌의 무도』에는 14행 시의 번역이 많이 실려 있다. 「죽음의 즐거움」, 「파종(破鐘)」, 「달의 비애」, 「구적(仇敵)」, 「유령」, 「비통의 연금술」과 같은 보들레르 시편이나 「쇠퇴(衰頹)」, 「지나간 옛날」, 「아낙네에게」, 「갈망」, 「권태」와 같은 베를렌느 시편들이 모두 14행 시다. 표준적 14행 시는 두 개의 4행 연구(聯句)와 두 개의 3행 연구로 되어 있다. 한편 이 번역시집에는 4행 1연과 2행 1연으로 이루어진 시편도 많다. 물론 연 구분이 없는 단시도 있다. 김소월의 3행 1연이나 4행 1연 형태의 시가 『오뇌의 무도』의 연 구분을 따른 것이라고 말하는 것은 적정성 없는 무리한 추정일 것이다. 그러나 그의 3행 1연 형태가 평시조를 모형으로 했다고 말하는 것 또한 무리일 것이다. 그가 가장 선호했으며 시집 『진달래꽃』 수록 시편 127편 중 3분의 1을 상회하는 4행 1연의 형태가 중국시의 절구(絶句)를 모형으로 한 것이라고 말하는 것 또한 적정성은 없어 보인다. 평시조의 선례와 중국시의 절구의 잠재적 형성력을 배제하지 않은 채 우리는 김소월의 시 형태가 당대의 번역시에서 시사받은 바가 많다고 생각하게 된다.

20세기 한국시가 번역시라는 변두리 장르나 번역시형이라는 하위 형식이 주류로 부상하는 과정이라고 말할 수 있는 것은 『진달래꽃』,『님의 침묵』과 같은 1920년대의 대표적인 시집에서 그 궤적을 엿볼 수가 있기 때문이다. 한편 김소월의 가장 두드러진 특징이자 호소력의 근간을 이루고 있는 것은 천성적인 그의 청각적 상상력이다. 엘리엇은 "내가 청각적 상상력이라 부르는 것은 모든 낱말에 생기를 불어넣으며 사고와 감정의 의식적 수준의 훨씬 밑바닥까지 침투하는 음절과 리듬에 대한 감각이다."라고 적은 바가 있다. 단순화해서 말한다면 시의 음악적 요소에 대한 감각이 곧 엘리엇이 말하는 청각적 상상력이다. 범작 수준에서든 최상의 시편에서든 김소월 시편의 특징이 되어 있는 것은 음률성이다.

    묾로 사흘 배 사흘
    먼 삼천리
    더더구나 걸어 넘는 먼 삼천리
    삭주구성은 산을 넘은 먼 육천리요

———「삭주구성」 일부

    산에는 꽃 피네
    꽃이 피네
    가을 봄 여름 없이
    꽃이 피네

———「산유화」 일부

그것은 구비적 전통에 대한 청각적 충실에서 나온 것이라 생각되지만 리듬에 대한 세심한 배려는 그의 추고 과정에서도 잘 드러난다. 백순재, 하동호가 엮은 『결정판 소월 전집』에 따르면 「엄마야 누나야」는 1922년 《개벽》 1월호에 발표되었다. 그리고 첫 발표 때의 원문은 시집 수록 당시에 수정이 가해졌다.

엄마야 누나야 강변에 살자
뜰에는 반짝이는 금모래빛
뒷문 밖에는 갈잎의 노래
엄마야 누나야 강변에 살자

이러한 원형은 시집 수록 때에 "엄마야 누나야 강변 살자"로 수정되어 있다. 조사 '에'가 빠짐으로써 느슨한 이완감은 가쁜 리듬감으로 바뀐다. 사소하지만 리듬에 대한 김소월의 배려가 잘 드러난다. 그의 언어 선율은 자칫하면 축축한 감상주의로 그칠 수 있는 주제에 범접할 수 없는 격조를 부여하기도 한다.

산산이 부서진 이름이어!
허공 중에 헤어진 이름이어!
불러도 주인 없는 이름이어!
부르다가 내가 죽을 이름이어!

심중에 남아 있는 말 한마디는
끝끝내 마자하지 못하였구나.
사랑하든 그 사람이어!
사랑하든 그 사람이어!

소월은 외래어가 홍수처럼 밀려오던 시기에 서구 쪽 것이든 일본 쪽 것이든 외래어 사용을 금욕적으로 절제하였다. 그것은 앞서 애기한 그의 섬세하고 예민한 청각적 상상력과 연관되는 것이라고 생각된다. 소월의 시에 가장 많이 나오는 낱말은 임과 집과 길이다. 그의 작품 표제가 되어 있듯이 "옷과 밥과 자유" 없는 고향 상실의 시대에 임 없음과 집 없음과 길 없음을 되풀이 노래함으로써 그는 당대 현실에 대한 서정적 충직성을 보여주었다. 1920년대는 인간의 원초적인 에로스 충동이 본원적으로 억압되고 있었던 조선조의 구체제가 일단 붕괴하였으나 젊은이들이 여전히 과도기의 혼란 속에 표류하고 있던 시대였다. 이때 나온 소월의 서정시는 자나 깨나 앉으나 서나 마음을 떠나지 않는 그리움을 정서적으로 합법화시켜 주었다. 그 후 많은 젊은이들이 그의 시를 통해서 그리움을 알게 된다는, 문학을 통한 삶 경험의 선취를 수행하게 된다. 그 밖에도 제재의 보편성과 평이한 가락을 기초로 한 시 세계의 첫 관문이라는 성격이 특유의 슬픔과 어우러져 소월 시의 불역의 매혹이 되어주고 있다. 보통 독자와는 달리 일단 시에 눈뜨고 시 읽기를 계속하는 독자들은 시간이 지남에 따라 소월 시에서 멀어져가게 될 것이다. 그러나 소월은 우리의 고향에 자리 잡고 앉아서 고향을 사랑하는 사람들, 고향에 진저리를 내는 사람들, 고향을 등진 사람들, 이 모든 사람들로 하여금 문득문득 뒤를 돌아보게 하는 고향의 갈미봉이다. 우리의 민족 시인을 꼽으라고 할 때 아직까지는 김소월을 젖혀놓을 시인이 나타나지 않았다고 말해도 과언이 아니다. 김소월은 여전히 우리의 터주 시인으로 남아 있으며 시 독자가 통과해야 할 첫 관문이다.

정지용 혹은 최초의 전문적 시인

시인 치고 언어에 대한 특정 태도나 시인으로서의 기초적 방향 설정을 가지고 있지 않은 시인은 없을 것이다. 그런 것이 없다면 시인이란 이름에 값하지 못한다. 그러나 막연히 그것을 가지고 있다는 것과 열렬히 자각하고 지속적인 실천에 임한다는 것은 아주 다르다. 시인이 이십 대 전반에 상자한 『진달래꽃』에는 도합 127편이 수록되어 있으나 백순재, 하동호가 엮은 『결정판 소월 전집』에는 모두 201편의 작품이 수록되어 있다. 당대의 일반적 생산량으로 미루어보아 방대한 분량이라고 하지 않을 수 없다. 『진달래꽃』의 한 특징은 구슬과 자갈이 한데 뒤섞여 있다는 점이다. 같은 시인의 소작이라고 볼 수 없을 정도의 치졸하고 볼품없는 작품이 한 시대의 절창과 나란히 놓여 있다. 시집 상자 이후에 발표한 작품도 사정은 마찬가지여서 상승 곡선이나 지속적인 진경(進境)을 보여주지 않고 있다. 만해의 『님의 침묵』은 놀라운 성취이기는 하나 일회적인 폭발 현상으로 그치고 있다. 남의 말 자꾸 인용하는 것이 다소 계면쩍기는 하지만 그들은 25세가 넘어서도 시인으로 남아 있으려 한 시인은 아니었다고 말할 수 있다.

정지용은 자기 나름의 시학(詩學)과 시인됨에 대한 자각을 가지고 출발하였으며 시작 행위를 예술 행위로 의식한 20세기 최초의 전문적 시인이라고 할 수 있을 것이다. 그가 남긴 두 권 시집에 수록된 작품은 대략 120편 정도이고 그것은 많은 생산량은 아니다. 그렇지만 그것은 시인이 함부로 시를 쓰거나 성급하게 발표하지 않았다는 자기 기율과 엄격성의 증거도 되는 것이다. 정지용에게 시는 사춘기 감정을 무절제하게 토로하거나 축축한 감상주의에 탐닉하는 일이 아니었다. 그는 엄격한 기율을 스스로에게 과하여 적정하고 경제적인 언어 구사를 통해 개개 시편의 완벽성을 지향했다. 그리하여 그 이전의 시가 가지고 있는 정형적 요소나 옛 가락은 정지용에게 와서 일단 극복된다. 고전주의 전통이 결락되어 있는 우리 시에 고전주의적 엄격성의 본을 보여준 것이다. 시의 일반적 수준이 정지용 이후 한 수 높아지게 된다.

넓은 벌 동쪽 끝으로
옛 이야기 지줄대는 실개천이 휘돌아 나가고
얼룩백이 황소가
해설피 금빛 게으른 울음을 우는 곳,

—그곳이 차마 꿈엔들 잊힐리야.

질화로에 재가 식어지면
비인 밭에 밤바람 소리 말을 달리고,
엷은 졸음에 겨운 늙으신 아버지가
짚벼개를 돋아 고이시는 곳,

—그곳이 차마 꿈엔들 잊힐리야.

1923년에 쓴 것으로 되어 있는 「향수」가 발표된 것은 1927년의 일이다. 『님의 침묵』과 시조집 『백팔번뇌』가 간행되고 나서 일 년 뒤의 일이다. 이 해에 그는 열댓 편의 시를 발표하고 있는데 위의 작품이 언어 구사에서나 작품 구성에 있어서나 새로운 시의 위엄을 보이고 있음은 분명하다. 그것을 하나의 경이로 받아들인 당대의 반응은 잊혀져가고 있지만 이제 아마추어들이 함부로 시를 쓸 수 없게 되어버렸다. 특히 풀뿌리 토박이말의 발굴과 활용에서 보여준 그의 선구적 시범은 우리 시의 성숙에 결정적으로 기여했다. 그가 구사한 언어는 발명이란 이름에 값할 만큼 창의적이고 독보적이었다. 그 영향력은 압도적이어서 윤동주, 청록파, 김춘수의 시는 그의 선구적 사례 없이는 불가능했을 것이다. 서정주, 유치환, 오장환, 이용악 등에게도 그는 비판적 수용이 불가피했던 정면 및 반면 교사였다. 초기 시편에서 그는 감각적 성향을 보이면서 기억할 만한 이미지를 보여준다.

밤비는 뱀 눈처럼 가는데
페브먼트에 흐늙이는 불빛
                              —「카페 프란스」 일부

마당마다 솜병아리 털이 폭신폭신하고
지붕마다 연기도 아니 뵈는 햇볕이 타고 있다
                              —「슬픈 기차」 일부

266

상현달이 사라지는 곳
쌍무지개 다리 드디는 곳

——「절정」일부

후기의 시편에서 그의 시는 정신적인 깊이에 이른다. 시집 『백록담』의 시 세계는 조로한 시인의 동양 전통으로의 회귀를 시사하는 듯이 보인다. 그것은 사회와 역사에 대하여 굳게 닫혀 있고 자연을 향해서 크게 열려 있는 은자적(隱者的) 지각이 성취한 고요와 무심의 경지이다. 가령 「구성동」 같은 금강산 시편은 초속적 유곡(幽谷)의 사생이지만 노장(老莊)적 무위 자연의 이상향에 대한 동경을 내장하고 있기도 하다. 평화와 깨달음의 천진성을 시사하는 사슴이 여기서는 그 이상향의 살아 있는 기호로 보인다.

골작에는 흔히
유성이 묻힌다.

황혼에
누뤼가 소란히 쌓이기도 하고

꽃도
귀양 사는 곳

절텃드랬는데
바람도 모이지 않고

산 그림자 설핏하면
사슴이 일어나 등을 넘어간다.

——「구성동」

이러한 시 세계가 식민지하 억압적인 현실로부터의 무책임한 도피가 아니냐는 비판은 늘 있어왔다. 그렇지만 최악의 사태 아래서는 외면 자체가 무저항의 저항이 될 수 있다는 역사적 사례를 우리는 무수히 목격하였다. 민족어의 말살이 모의되고 있던 암흑기에 작품을 통해 모국어의 위엄을 보여주었던 시인 작가들의 노력은 응분의 평가를 받아 마땅하다. 시인의 일차적인 책임은 시의 본성에 투철한 작품 생산에 있다. 이러한 일차적 성취 없는 미덕은 인간의 미덕은 될지 모르나 시인의 미덕은 아니다. 『백록담』의 경지는 시인으로 하여금 일제 말기를 대과 없이 보내게 한 정신적 구심력이 되었으나 광복 이후 정치적 격동기에는 시에서 멀어지는 원심력으로 작용하였다. 이때의 짧막한 정치적 행보 때문에 오랫동안 그는 금지의 시인으로 남아 있었다. 해괴하고 애석한 일이다.

해금과 함께 그는 채동선 가곡 「고향」 및 박인수 애창 가곡 「향수」의 시인으로 우리에게 돌아왔다. 오늘 정지용의 시는 다소 퇴색해 보인다. 지난 반세기 동안에 축적된 새 업적이 휘황하기 때문이기도 하지만 그가 선구적으로 보여준 토박이말의 발굴과 조직이 일반화되고 낯익게 되어 그의 시가 상대적으로 낯설음을 상실한 때문이기도 하다. 그러나 옛것의 과거성과 역사성도 작품 가치의 일부를 이룬다. 정지용에게는 당대에는 없었던 은은한 옛 내음이 있고 그것은 심미성의 한 부분이 된다.

이른바 세계화나 지구화의 회오리 속에서 오늘 민족도 민족어도 시련에 직면해 있다. 인터넷의 폭력적 은어와 비속어는 우리말을 덧내고 훼손시키고 있다. 언어의 폭력은 물리적 폭력의 징후이자 예고이기도 하다. 폭력은 사태를 극도로 단순화하는 원리이고 그런 의미에서 우리 사회는 지금 폭력의 병리에 무방비 상태로 노출되어 있다. "언어 미술이 존속하는 이상 그 민족은 열렬하리라."고 일제 암흑기에 적었던 정지용은 이제 새로운 의미로 우리에게 다가온다. 언어에 대한 기율은 동시에 자기 자신에 대한 기율이다. 대중적 영합에 대하여 일관되게 저항하고 의연했던 정지용은 문학의 지평을 넘어서 사회적 전범으로까지 올라 있다. 천박하고 비속한 언어와 사고에 대해 방파제가 되지 못하는 문학은 설 자리를 잃고 말 것이다. 그런 맥락에서 정지용은 우리가 되풀이 되돌아보아야 할 선인으로 남아 있다. 산업화와 도시화에 따른 열악한 주거 환경 그리고 자연 파괴의 재앙 속에 살고 있는 현대인에게 『백록담』의 세계가 새로운 의미로 다가오리라는 것도 분명하다.

김상용 혹은 단벌 시인

김소월과 정지용 옆에서 김상용은 왜소하고 생소한 이름일 수밖에 없다. 그러나 그를 「남(南)으로 창을 내겠소」의 시인으로 기억하는 소수파가 있을 것이다. 김상용에게 『망향(望鄕)』이라는 시집이 있다는 것은 이들 소수파에게조차 생소한 사실일 것이다. 김상용은 도합 27편의 작품이 수록된 시집 『망향』을 1939년에 상자했다. 이태준이 주재하던 문장사(文章社)에서 나왔다. 그의 대표작이자 유일하게 세상에 알려져 있는 「남으로 창을 내겠소」는 시집 첫머리에 실려 있다. 작자로서도 그만큼 애착이 갔던 것으로 생각된다.

남으로 창을 내겠소
밭이 한참갈이
괭이로 파고
호미론 풀을 매지요

구름이 꼬인다 갈 리 있소
새 노래는 공으로 들으려오
강냉이가 익걸랑
함께 와 자셔도 좋소

왜 사냐건
　　웃지요

　　이것은 교외 생활자의 전원 취향을 노래하고 있는 작품이다. 요즘 말로
하면 전원 주택 소유자의 혹은 전원 주택 소유 희망자의 꿈이라고 할 수
있을 것이다. 삼대가 적선을 해야 남향 집에 살 수 있다는 말이 있었다. 그
만큼 남향 집에 산다는 것이 가까운 우리네 조상의 꿈이었다. 화자는 전원
주택에 남으로 창을 내겠다고 한다. 그러니까 남향 집에 살고 싶다는 보편
적 심정을 토로한 것이다. 하루갈이 혹은 사흘갈이란 말은 있어도 한참갈
이라는 말은 없다. 한참갈이는 시인의 조어요 또 화자가 전업 농부가 아님
을 분명하게 드러내주고 있다. 후속 2행도 마찬가지다.
　　보들레르와 헤세가 사랑했던 구름은 매임 없는 자유인과 방랑자의 이미
지를 가지고 있다. 그 구름이 꼬인다 하더라도 떠나는 법은 없을 것이라고
화자는 말한다. "새 노래는 공으로 들으려오."는 전원 생활에 따르는 덤을
말하는 것이다. "왜 사냐건 웃지요."란 마지막 대목이 이백의 「산중문답」이
란 칠언절구을 딛고 있음은 분명하다. 인유의 한 사례인 셈이다.

　　問余何意住碧山
　　笑而不答心自閑

　　이 작품은 산업화된 오늘의 도시인의 보편적 심성을 선취했다고 볼 수
있으나 너무나 예사로운 어조와 말씨 때문에 시적 감흥을 줄이는지는 의문이
다. 소박한 공감을 일으키기는 할 것이다. 27편이 수록되어 있다고는 하나
대부분이 소품이어서 시집『망향』은 시인 김상용을 기억하게 하기는 어려
울 것이다. 결국 그는 쓸 만한 시 한 편을 가지고 있는 단벌 시인으로 기
억될 것이다. 그의 소품 가운데는 소박한 대로 재미있는 것도 있다.

달빛은
처녀의 규방으로 들거라.
내 넋은
암흑과 짝진 지도 오래거니

                                    ──「마음의 조각 4」

인적 끊긴 산속
돌을 베고
하늘을 보오.

구름이 가고,
있지도 않은 고향이 그립소.

                                        ──「향수」

　시인 자신의 자임이나 자부야 어쨌건 김상용은 아마추어 시인이다. 「해
바라기의 비명」의 함형수처럼 기억할 만한 한 편의 시를 지닌 아마추어 시
인이다. 그러나 따지고 보면 이상화도 이육사도 두세 편을 가지고 있는 아
마추어 시인이다. 우리 사이에는 아마추어 시인들이 참으로 많다. 아마추어
의 어원은 애호가이고 그런 의미의 아마추어는 많으면 많을수록 좋을 것이
다. 그러나 아마추어 시인들이 자기 분수를 모른다면 당자를 위해서도 우
리 시를 위해서도 애석한 일이다. 민족문학작가회의에서 발표한 친일 작가
명단에는 김상용이 포함되어 있다. 작품 목록을 보니 세 편의 산문을 쓴
것으로 되어 있다. 그걸 보고 부지중에 쯧쯧 혀를 찼다. 과작인 아마추어
시인의 경우라 더욱 그랬을 것이다. 시집 『망향』의 해방 후 신판에 관해
쓴 정지용의 글에 이런 대목이 보인다.

　적치 극악기에 들어 한번 고(故) 여몽양(呂夢陽)이 월파(月坡)의 꽃가게에

들렸다가 '꽃 뒤에 숨는 법도 있구료.'

그러나 그는 제대로 숨지 못하고 말았다. 월파 김상용도 우리에게 전면(前面)교사이자 반면(反面)교사이다. 아마추어도 시 한 편은 남겼다는 점에서 또 아마추어는 아마추어로 시종해야 한다는 면에서 그러하다.

빈 그리움과 '저만치'의 거리

황현산(고려대 교수)

김소월, 김상용, 정지용은 공식적인 기록에 따르면 모두 1902년에 이 땅에서 태어났다. 스무 살과 서른 살에 그들은 이 땅에서 시인이었으며 그때이 땅은 식민지였다. 그들은 태어난 환경이 다르고 살아가는 처지가 달랐지만 식민지의 시인으로서 똑같이 불행한 삶을 살았다. 시는 한 시대의 감정을 가장 날카롭게 대표한다고들 말하는데, 이들 시인이 파헤치고 추슬러야 했던 감정은 식민지의 삶을 누르고 있던 고통과 비애의 감정일 수밖에 없다. 시는 자유와 순결함에 대해 말한다고들 하는데 식민지는 사는 것이곧 치욕인 억압의 땅이다. 시는 삶의 고통을 드러내기만 하는 것이 아니라 내일의 희망을 제시해야 하는 것이라고도 말한다. 그러나 사과나무 한 그루를 심기 위해서도 상상력이 필요하다. 성장하여 꽃이 피고 열매 맺는 나무를 상상할 수 없는 처지에서 사과나무를 심을 수 있는 의지는 드물다. 자신의 미래를 자신이 설계할 수 없는 식민지의 백성에게 희망의 씨를 심을 수 있는 상상의 땅을 발견한다는 것이 쉬운 일은 아니다. 그래서 오늘 우리가 기리려는 이 시인들은 모두 창조적 상상력을 비참하고 절망스러운 자리로 몰아넣어 불모의 상태로 만들어 버리려는 위협 앞에서 고통스럽게 시를 쓸 수밖에 없었다. 물론 이런 사정은 누구나 잘 알고 있고 자주 거론되어 온 바이지만 항상 새롭게 상기해야 할 사실이기도 하다. 그들의 시에 대한 어떤 수준에서의 이해도 그들의 시 쓰기가 직면했던 이 고통에 대한 이해에서 출발해야 함이 당연하다.

이 발표가 김상용을 중심에 두는 것은 그의 유작들이 이 시 쓰기의 고통을 그 골격의 형식으로 드러내고 있다고 보기 때문이다. 『망향』은 그가 생전에 발간한 유일한 시집이다. 게다가 27편의 많지 않은 시, 그것도 대부분 짧은 시들을 담고 있는 이 시집은 우선 그 분량에서 매우 빈약하다. 그는 이 빈약한 시집을 생전에 두 번 발간했다. 문장사의 1939년판 『망향』과 이화여대 출판부의 1950년판 『망향』 사이에는 11년의 세월이 있지만, 시인은 거기에 덧붙일 것이 없다는 듯이 같은 지형을 인쇄에 부쳤다. 그런데 바로 이 빈약함이 의문을 부른다.

김학동 교수는 『망향』 이전에 이미 발표되었으나 『망향』에 수록되지 않은 김상용의 시 43편을 발굴하여 1983년에 편찬한 『月坡 金尙容全集』에 수록하고 있다. 그 가운데 상당수의 작품은 수록 시와 비교하여 그 질의 면에서 손색이 없으며 때로는 능가한다. 김상용은 시집의 부피와 내용을 훨씬 풍요롭게 만들었을 이 시들은 팽개쳐 두고 오히려 스스로 '미완고(未完稿)'라고 꼬리표를 붙인 「어미소」 같은 작품을 실어 시집에 더욱 빈약한 인상을 주고 있다. 노천명은 1956년에 발표한 한 글에서 "월파 선생은 자신의 작품을 모아 두어 세상에 내놓는 욕심이 없었던 분으로 (중략) 발표했던 원고를 모아 두시지 않았던 관계"라고 그 이유를 설명한다. 노천명은 여기서 자기 작품에 대한 애착의 부족과 그에 따른 허술한 원고 관리라는 두 가지 이유를 제시하지만 이 두 가지 이유 모두 납득하기 어려운 점이 있다. 김상용은 1939년에 『망향』을 출간할 때, 질 좋은 한지를 장마다 두 겹으로 접어 시를 인쇄하고 특별한 방법으로 제본한 이 책의 표지에는 매 권마다 육필로 제자를 적어 넣을 정도로 자기 시집에 각별한 애착을 보였다. 또한 비록 원고 관리가 허술했다 하더라도 이미 발표된 시들을 그 발표지면에서 찾아내어 시집에 수록한다는 것은 결코 어려운 일이 아니었을 것이다. 김상용이 그들 작품을 버려 두었다고밖에는 달리 이해할 길이 없다.

『망향』의 수록 시와 미수록 시를 대조하여 살펴보면 제외된 작품은 우선 식민지 시대의 '민족의 비참한 현실과 그에 대한 각오'를 담은 저항시들과 깊은 비탄의 감정에 젖어 있는 시들이다. 이때 우리는 이들 저항시의 제외가 일제의 검열에 대한 두려움과 관계가 있을 것이라고 생각할 수도 있다. 그러나 이 생각 역시 이 사안을 충분히 설명해 주지 못한다. 왜냐하면『망향』은 미수록 시들과 비교하여 저항의 강도가 결코 뒤떨어지지 않는「굴뚝의 노래」와「颱風」등 두 편의 '사회시'를 배제하지 않았기 때문이며 조국이 광복을 맞고 검열의 위험이 사라진 1950년에도 시인은 미수록 시 등을 수습하여 새로운 시집을 발간하려 하지 않고 동일한 지형으로『망향』을 재발간하고 있기 때문이다. 그래서 발표자는 시인에게 자기 시집에 수록할 시를 선택하는 그 나름의 기준과 방법이 있었고 그의 선택은 바로 이 '빈약함'이었다고 생각하게 된다.

김상용은 일제의 검열 이전에 그 자신이 쓴 사회시들의 진정성을 의심하고 있었고 이런저런 미수록 시에서 때로는 우회적으로 때로는 명백하게 이를 고백하고 있다. 1930년 11월 16일 ≪동아일보≫에 발표했던「그러나 거문고 줄은 없고나」에서 두 절을 인용한다.

물 녹고 모래도 타는 이때
뷘 동의 인 안악네들이
강마른 우물ㅅ가에 모혀
이곳엔 샘 자낼 曲이 없느냐
잇거든 어서 타서 자내라 한다

혹시 나더러 타람 아닐ㅅ가
그래 나는 가슴을 뒤지고 잇네

그러나 아—거문고의 줄은 없고나.

시인은 자신의 시가 재해와 가난 속에서 고통받고 있는 사람들에게 힘이 될 수 있기를 바라고 있으며 "혹시 나더러 타람 아닐ㅅ가"라고 자문할 때 이에 대한 소명도 분명히 느끼고 있지만 그 일을 감당할 능력이 없다고 한탄한다. 시인이 애석해하는 바 소명이 곧 심금으로 이어지지 않는 이유를 타고난 재능의 부족에서만 찾을 수는 없을 것이다. 강이 마르고 샘이 마를 때 그의 심금도 동시에 불모의 상태에 이른 것이라고 말해야 한다. 그리고 이 불모의 감정을 훌륭하게 노래할 수 있는 재능은 이 시에 충분히 나타나 있다. 그러나 자신의 무능에서 결과하는 이 성공이 시인에게는 모욕이 될 수도 있다.

다음 해 12월 22일, 같은 신문에 발표한 「젖은 그 자락 더 적시우네」도 역시 자신의 시적 무능에 착상을 두고 있다. 이 시에서 시인은 수렁에 빠진 "내 누이들"을 구하려다 팔이 짧아 자신마저 수렁에 들었다고 말하던 끝에 마지막 연을 다음과 같이 쓴다.

끄을 손 없느냐
나는 수렁에 들어 소리치네
남은 물 없슬ㅅ가
나는 빈병을 두다려보네
그리고 자락 좁다 우는 눈물로
젖은 그 자락 더 적시우네.

——『전집』, 47쪽

불행을 구제하려던 노력은 실패에 이를 뿐만 아니라 더 큰 불행을 불러온다. 죽어가는 자들에게 생명수를 부어 주어야 할 물병은 비어 있다. 다시 말해서 시대의 고난 위에 용기와 희망을 붙돋아 세워야 할 높은 시적 감정이 시인 자신에게서 발견되지 않는다. 그러나 김상용은 이 감정의 메마름을 자신의 특별한 정황이라기보다는 시대의 한 징후로 파악하고 있었다. 그는 1927년의 어느 날 일기에서 이렇게 쓰고 있다. "조선은 생기가 없다. '하ー트'가 없다. 사람이 없는 땅과 이런 강마른 속에서 무슨 시인, 무슨 예술가가 날고."(『전집』, 361쪽) 『망향』이 발간되기 1년 전인 1938년의 한 수필 「愚夫愚語」에서도 전차에서 맞은편에 앉은 생면부지의 인물에게 말을 걸어 서로 심회를 토로할 수 있는 기회로 삼고 싶어하던 끝에 이렇게 쓴다. "문득 이 救渴의 샘마자 사막의 빗방울로 말라 버리는 순간 내 머리속은 오즉 강감한 암흑 아니 망막한 백지만이 깔려진다." 그는 도처에서, 자신의 시대에서, 자신의 시에서, 그보다 먼저 자신의 가슴에서 불모의 사막을 발견할 수 있을 뿐이었다. 시는 이 불모를 '구갈'하기 위한 것이지만 끝내 얻는 것이 이 불모일 뿐이라면 시를 그 불모 위에 세울 수밖에 없다. 시인이 『망향』의 「노래 잃은 뻐국새」라는 시에서 "冷酷한 無感을 구지 祈願한 마음"이라고 쓸 때 그가 선택한 것은 바로 이 불모이다.

사실 한국의 현대시사에서 『망향』보다 더 메마른 시집을 찾기는 어렵다. 수록 시편이 많지 않을 뿐만 아니라 두세 편을 제외하면 거기에는 운동도 색조도 그리고 감정의 깊이까지도 배제되어 있다. 이 점은 시의 선별에서 뿐만 아니라 시인이 이미 발표했던 시를 개고하여 시집에 수록하는 과정에서도 나타난다. 예를 들어 시인은 「한잔 물」을 ≪신가정≫ 1933년 5월호에 처음 발표할 때, 그 첫 두 연을 다음과 같이 썼다.

지금 나는 내 목마름 채우려든
귀한 한잔 물을
땅 우에 업질럿네

모를노라 그 한잔 샘물은

어느 영겁의 길 지나고
또 어느 영겁의 구비 회정하는 길에
잠간 내 잔을
거쳐간 것일까

——『전집』, 462쪽

이 시구들은 『망향』에서 다음과 같이 바뀐다.

목마름 채우려든 한잔 물을
땅 우에 업질렀다

너른 바다 수많은 波頭를 버리고
何必 내 잔에 담겼든 물

.

8행의 시구가 4행으로 압축되면서 표현이 훨씬 명료해졌으며 특히 2연에서는 의문문이 명사문으로 처리되어 경쾌의 묘를 얻기도 했다. 그런데 여기서 주목하게 되는 것은 첫 발표문에서 물이 시인의 잔에 들어가게 되기까지의 긴 과정을 나타내던 시간적 표현이 결정고에서 "너른 바다 수많은 波頭"라는 짧은 공간적 표현으로 대체되었다는 것이다. 시간 표현이 한 사건을 그 연원에 결부하는 필연성을 짚으려 한다면 공간 표현은 그 무작위적 선택의 우발성을 나타낸다. 『망향』의 시인이 물의 담김을 물의 엎질러짐과 마찬가지로 우발적 사건으로 파악할 때, 그는 자신의 시적 감정에도 같은 시각을 가질 것이 당연하다. 때로는 울분이고 때로는 허망한 자탄이며 때로는 고결하고 때로는 참담한 그 감정들이 우연한 객기의 형식으로 시의 '잔'을 채우게 될 것을 그는 두려워한다. 시 쓰기의 불모를 무릅쓰고 의식과 감정의 우발성을 제거하려는 노력은 자아의 동일성 찾기를 주제로 삼은 그의 여러 시에서 더욱 명백한 표현을 얻고 있다. 다음은 『망향』에 소수된 「나」이다.

나를 반겨함인가 하야
꽃송이에 입 마추면
戰慄할만치 그 觸感은 싸늘해!

품에 있는 그대도
理解 저편에 있기로
'나'를 찾을가?

그러나 記憶과 忘却의 거리
明滅하는 數없는 '나'의
어느 '나'가 '나'뇨.

시인은 엄혹한 외부 세계의 가장 호의적인 얼굴인 꽃에 의탁하려 했던 자신의 감정이 저버림을 당하는 순간, 가장 가깝고 다정하게 여겼던 사물까지도 자신의 이해력을 벗어난 자리에 있음을 알게 된다. 따라서 세상을 그릇되지 않게 이해하기 위해서는 그 이해의 주체인 자신을 먼저 파악해야 한다. 그러나 시인의 자아를 구성할 기억의 인자들이 벌써 시간적 일관성을 잃었기에 그 자아는 무수하고 우연한 점들로 분열된다. 시집 『망향』에서 하나의 계열을 이루고 있는 8편의 「마음의 조각」은 이 분열된 점들의 자리에서 자아를 확보하려는 노력의 과정으로 이해된다. 이 시들은 시라기보다 차라리 조각난 언어들이며 거기에 나타나는 자아도 거의 언제나 심정의 파편 내지는 구제할 수 없는 허무의 존재로 나타난다. 어떤 종합이 이루어지는 것은 마지막 시인 「마음의 조각 8」에서인데 여기서 시인은 "生의 길이와 幅과 무게"를 녹여내어 만들 수 있는 하나의 구슬에 대해 말함으로써, 그리고 그 구슬을 "心臟의 피로 이루어진 한 句의 詩"에 비교함으로써 이 자아 찾기에 결론을 내리고 시 쓰기의 한 방법을 강구하기에 이른다. 그러나 이 구슬은 한 생애의 모든 체험을 압축한 결과이기보다는 오히려 삶의 추동력과 일상의 감정을 모두 사상해 버리고 그 자리에 자아의 관념만 남겨 놓은 결과라고 말해야 옳을 것이다.

시인의 이 자아 찾기 방식은 그의 고향 찾기에도 그대로 적용된다. 『망향』은 전반적으로 잃어 버린 고향에 대한 그리움을 주제로 삼은 시집이기 때문에 당연히 몇 개의 '풍경화'를 담고 있다. 그러나 이 풍경 속에서는 삶의 현실을 그 세부에서 파헤쳐 관찰할 수 있는 근경과 그 현실을 진정한 그리움의 자리로 옮겨 놓는 원경을 발견하기도 어렵고 구분하기도 어렵다. 그래서 '그리운 고향'이란 현실 탐구의 짐을 벗어 놓는 지점일 것이며 '고향에 대한 그리움'이란 미래에 대한 전망의 발견을 유예하는 구실이라고 이해하게 된다. 「노래 잃은 뻐꾹새」에서는 사립을 닫고 집 안에 들어가 있는 사람의 시점으로 쓸쓸한 봄 풍경을 이야기하다가 "물 깃는 處女"가 "황혼의 우물ㅅ가에" 쓸쓸히 놓아 두고 간 "빈 동이"로 시를 끝낸다. 시인의 시선은 비어 있으며 그 빈 시선으로 바라보는 대상 역시 비어 있다. 「서그픈 꿈」에서는 잿빛 멧부리와 돌 사이의 샘과 넝쿨에 가려진, 그래서 "나귀 끈 장ㅅ꾼이 찾을 리" 없는 고적한 숲길에 관해 현재 시제로 말한다. 그런데 시의 끝을 읽으면 시인이 지금 그 숲길을 가고 있는 것이 아님을 알게 된다.

긴 세월에게
추억마자 빼앗기면

풀잎 우는 아츰
혼자 가겠오

이 추억은 그 숲길을 걸어갔던 추억 밖의 다른 추억일 수 없다. 시인이 그 숲길로 가는 것은 그에 대한 추억이 사라져 버린 다음의 일이 된다. 숲 길의 추억이 사라지면 그를 숲길로 이끌 그리움조차 없어질 것은 말할 것 도 없다. 고향에 대한 그리움에서 시인은 고향과 그리움을 모두 비워 버린 다. 그는 하나같이 자신의 비애감과 연결되어 있는 이 기억들을 모두 비워 버린 다음에야 진정한 감정을 불러일으켜 "태풍"과 같은 어떤 전기를 맞이 하고 마침내 고향도, 그에 대한 그리움도 회복할 수 있다고 믿었던 것 같다.

『망향』의 마지막 시 「颱風」은 태풍의 이미지를 빌려 병마가 질주하고 창검이 충돌하고 "咆哮와 閃光"이 어지럽게 얽히고 터져 나오는 어떤 전 쟁을 그리고 있다. 김상용에게 이 전쟁은 공상에 불과한 것이 아니었다. 그 는 이 전쟁을 몸소 치렀다. 그는 이 시의 마지막 연을 이렇게 썼다.

霜刃으로 心臟을 헤처
사특, 傲慢, 微溫, 巡逡 에어 바리면
純眞과 潔白에 빛나는 넋이
구슬처럼 내 아츰에 빛나기도 하려니…….

시인이 "태풍"의 전쟁에 기대하는 정화의 작업, 마음속에서 모든 부정적 감정을 서릿발 같은 기세로 도려내고 자아의 넋을 "순진과 결백"의 한 점 으로만 남겨 놓으려는 일, 그는 이 일을 『망향』의 집필과 편집 과정에서 스스로 실천하고 있었다. 그에게 이 쓸쓸한 시집 『망향』은 하나의 전쟁이 었고 그 전황 보고서였던 셈이다. 극히 개인적이고 내적인 이 전쟁의 의의 를 이제 와서 우리 시대의 주관성으로 질문하기는 어렵다. 다만 김상용의 시가 지닌 고적감, 어떤 진공의 세계를 바라보는 듯한 황막한 느낌은 우리 시대의 독서에도 여전히 매혹적이라는 말을 덧붙일 수 있겠다.

김상용의 『망향』에는 그가 단단한 형식으로 파악하려던 그의 '자아'는 있 어도 역사와 사회 속에 그 자아를 위치시키려는 '주체'를 발견하기는 어렵 다. 이는 자신이 영위하는 삶을 제 삶으로 인정할 수 없고 역사를 역사로 받아들일 수 없는 식민지가 바로 그의 시 쓰기의 자리였기 때문일 것이다. 삶이 의미의 체계 속에 들어가지 못하고 시간의 지속이 역사를 형성하지 못하는 시공에서 원근법적 시각을 기대하기는 어렵다. 그러나 사물을 바라보는 이 특이한 원근감은 그와 같은 해에 태어난 두 시인, 소월과 지용에게서도 다시 발견된다.

『진달내 꽃』의 「산유화」에서 "저만치 혼자서 피여 잇네"의 "저만치"가 표현하는 것은 시인과 꽃의 거리이지만 또한 시인과 세상의 거리이다. 소월은 꽃의 자리를 보면서 동시에 꽃의 자리'에서' 본다. "갈 봄 녀름 업시" 무상하게 피어나는, 다시 말해서 자아와 주체가 분리됨이 없이 개화하는 한 생명을 그는 바로 꽃의 자리에서 발견하는 것이다. 시간의 선후가 없고 공간의 원근이 없는 이 비역사적 중립의 공간은 역사 속에서 자기 위치를 파악하지 못한 자가 정체성을 잠시 맡겨 두는 자리이다. 같은 시집의 「천리만리」는 이 '저만치'의 거리를 다른 방식으로 표현한다.

　　말니지못할만치 몸부림하며
　　마치千里萬里나 가고도십픈
　　맘이라고나 하여볼까.
　　한줄기쏜살갓치 버든이길로
　　줄곳 치다라 올나가면
　　불붓는山의, 불붓는山의
　　煙氣는 한두줄기 피여올나라.

두 번 반복되는 "불붓는山"은 천리만리 먼 길을 몸부림하며 달리고 싶은 시인의 열정이겠지만 거기서 실제로 피어오르는 것은 한두 줄기 연기에 불과하다. 그는 마치 저녁 노을로 붉게 물든 언덕 위에서 마을의 저녁 짓는 연기를 바라보듯이 제 열정과 그 현실적 결과를 바라보고 있다. '저만치'의 거리에서 삶이 보잘것없는 연기를 피워 올리고 있다. 끌어안을 수도 없고 그렇다고 탈출할 수도 없는 삶이 '천리만리'의 열정에 '저만치'의 원근법을 허용한 것이다. 그의 시에서 이 거리는 모든 거리를 대신하며 그의 시 쓰기 자체가 이 거리 안에서 실천되었다.

정지용에 관해 말한다면, 그도 역시 동일한 원근법 속에서 자신의 시 쓰기를 실천했지만 자신이 서 있는 자리만을 남기고 그 밖의 삶을 도려냄으로써 '저만치'의 거리를 감추었다. 소월의 「천리만리」와 주제상 비교되는 시를 정지용에게서 찾는다면 아마도 「유리창 2」가 거기 해당할 것이다. 이 시에서 시인은 한밤의 어두운 유리창을 내다보며 그 마른 목을 유리에의 입맞춤으로 풀려 한다. 그는 자신의 처지가 "항 안에 든 金붕어"의 그것과 같다고 생각하여 "透明한 보라ㅅ빛 뉘리알"에게 유리창을 부수고 자신의 "알몸을 끄집어내" 달라고 청한다. 다음 인용은 이 시의 마지막 다섯 행이다.

> 뺨은 차라리 戀情스레히
> 유리에 부빈다, 차디찬 입맞춤을 마신다.
> 쓰라리, 알연히, 그싯는 音響——
> 머언 꽃!
> 都會에는 고흔 火災가 오른다.

시인은 유리창을 깨뜨리고 나가 만나거나 스스로 저질러야 할 도회의 "고흔 화재"를 쓰라린 마음으로 그어 피워 올리는 성냥불로 대신한다. "알연히"는 '맑고 은은하게'라는 말일 터인데 이 시 자체의 알연함은 내용상으로 탈출의 포기에서, 형식상으로는 언어 표현의 극단적 생략에서 얻어진다. 이 시에서 그의 언어 생략은 문맥과 단어의 차원에서뿐만 아니라 어절에서까지 나타난다. 그는 '쓰라리게'의 '게'가 주는 무게를 견딜 수 없었던 것처럼 "쓰라리"라고 쓰고 있다. 이 축약은 김상용의 자아 고립과 소월의 '저만치'의 거리를 한데, 그러나 감추어진 방식으로 아우른다.

『鄭芝溶詩集』(1935)에 소수된 「毘盧峯」 같은 시에는 원경과 근경이 함

께 나타나 있는 것이 사실이지만 그것이 풍경의 깊이를 만든다고 보기는
어렵다.

    白樺수풀 앙당한 속에
    季節이 쪼그리고 있다.

    이곳은 肉體없는 寥寂한 響宴場
    이마에 시며드는 香料로운 滋養!

    海拔五千呎여이트 卷雲層우에
    그싯는 성냥불!

    東海는 푸른 揷畵처럼 움직 않고
    누뤼알이 참벌처럼 옮겨 간다.

    戀情은 그림자마쟈 벗쟈
    산드랗게 얼어라! 귀뜨람이처럼.

    이 시는 멀리 움직임을 보이지 않는 푸른 동해를 원경으로 삼고 시인이
서 있는 산꼭대기와 거기 떨어지는 하얀 싸락눈을 근경으로 삼아 색채 선
연한 풍경화를 그려 낸다. 그러나 이 청백의 강력한 대비가 원경과 근경을
하나의 평면화로 요약할 뿐이지 그 깊이를 구성하는 것은 아니다. 시인의
그리움은 저 원경을 향하는 것이 아니라 오히려 그를 둘러싼 풍경 속에서
얼어붙는다. 그런데 이 풍경 속의 모든 것은 그 생명을 억제하고 있다. 자
작나무 숲은 "앙당한" 가지로만 남아 있고 필경 눈이 덮여 있을 "향연장"
은 "육체"의 소란에서 벗어났다. 시인은 삶이 없거나 숨을 죽인 풍경을 제
시하고 난 다음 마지막 연에 이르러 비로소 "戀情"을 언급한다. 연정은 물

론 사랑하고 그리워하는 마음인데 이 사랑은 "그림자마쟈" 벗어버리고, 다시 말해서 그 육체적, 관능적 내용을 모두 비워버리고 투명한 결정체가 되어 있다. 지용의 이 육체 없는 사랑이 김상용의 비어 있는 그리움과 다르다고 말할 수는 없을 것이다.

김상용, 김소월, 정지용 이 세 시인은 식민지 시대의 한가운데서, 즉 그들의 창조력이 극단적으로 위협받는 상황에서 시를 썼다. 그들은 시에서 자아의 자리를 가능한 한 축소시켰으며 혼탁하지만 분명한 현실로부터 맑지만 불분명한 자리로 삶을 옮겨 놓으려 했고 자주 그 삶을 비어 있는 형태로 제시했다. 그러나 그들은 이 고통을 당하기만 했던 것은 아니었다. 이 시인들은 고통스러운 삶을 배반하지 않기 위해 고통스럽게 시를 썼다. 한국 현대시에 대한 이해는 그들이 겪어야 했던 시대의 고통과 그들이 선택했던 시 쓰기의 고통을 깊이 이해하는 것에서부터 출발할 수밖에 없다.

정지용 시를 다시 읽는다

박철희(서강대 명예교수)

본고는 시집 『정지용 시집』과 『백록담』을 대상으로 정지용 시에 작용하는 전체적 질서와 그 변이 과정을 시학 및 사적 관점에서 부감하고자 한다. 여기서 발표자가 관심 있게 다루고자 하는 것은 통시론적 전개에 의한 공시론적 관련성이다. 통시론적으로는 한 시인의 개인적 문학사를, 공시론적으로는 총체와 부분 사이의 계층적 내지 유기적 관련 또는 구조를 주목한다. 그렇게 함으로써 좁게는 한 시인의 시적 편력 과정을, 넓게는 개인적 차원을 넘어 1920년대 중반 이후 한국 시의 전체적 흐름을 포괄적으로 애기할 수 있는 구심적 모델을 마련할 수 있다고 생각한다. 그만큼 그의 시 편력은 1920년대 중반 이후 한국 시의 전체적인 움직임과 궤를 같이한다.

1

정지용의 시작 활동은 박용철의 말과 같이 당대의 흐름을 역류하면서 시작되었다. 첫 시집 『정지용 시집』의 일부를 이루는 초기 시편들은 "그가 눈물을 구슬 같이 알고 지어내려는 듯하던 시류에 거슬려서 많은 눈물을 가벼이 진실로 가벼이 휘파람 불며 비눗방울 날리던" 1920년대에 씌어진 것이다. 「바다」와 「유리창」과 「해협」 등 초기 절창들은 한결같이 1920년대 초반의 일반적 경향인 탄식과 슬픔 등 비이성적 과잉 반응과 관념을 거스르고 있다. 그만큼 그의 시 방법은 발상이나 기교가 1920년대 감정의 무절제한 유로나 영감의 소산인 자연 발생적인 것은 아니다. 1920년대 시의 지배적인 감정의 용솟음과 관념에 대한 지양이며 그에 대한 철저한 통어다. 물론 「풍랑몽」이나 「향수」 등과 같은 그의 고독 시편에 감상적인 면이 없는 것은 아니나 소재의 감각적 처리와 조형은 백조, 폐허의 1920년대 초 감상시와는 처음부터 차원을 달리한다. 무엇보다 현대적인 감각성과 세련된 기법이 단연 돋보인다. 그리고 그것은 그 후 그의 시의 변함없는 시적 의장이 되어준다. 「선립벽」, 「감격벽」의 시가 1920년대의 주도적인 담론이라고 할 때 그 시각적 선명성은 당시로서는 신흥 문학의 움직임과 함께 분명 시류를 거스르는 일이고 그런 점에서 그는 모더니스트라고 할 만하다. 일시나마 내용 편중의 이데올로기 시에 대한 앙티로 시의 표현 형식을 강조한 것은 다름 아닌 아나키스트 김화산(「설명에서 감각으로」)이다. 그는 "우리는 시를 요구한다. 강렬한 자아의 연소를 요구한다. 객관에서 주관으로, 평면 묘사에서 입체 묘사로 그리고 설명에서 감각으로 우리의 일체의 예술 제작의 정신을 전환할 필요가 있다."고 하여 스스로 표방한 아나키즘을 다다이즘이나 미래파와 같은 전위 예술로 파악하고 다다풍의 시를 도모한 것은 아이러니컬하다. 작품 수도 몇 편 되지 않았고 시간적으로도 짧은 시일에 머물렀다. 사실 아나키즘과 다다이즘은 결국 현실에 대한 부정이나 저항이라는 점에서는 동일한 것이다. 주지하다시피 그 후 그는 임화, 박팔양 등과 함께 다다에서 프로 문학으로 귀의했다.

이와 같이 당시 신흥 문학(전위 예술)은 요원의 불꽃 같은 기세로 식민지 젊은이를 매료시켰다. 젊은 날 지용도 예외는 아니다. 「슬픈 인상화」나 「카페 프란스」 등은 젊은 날의 반항과 에그조티시즘의 소산이다. 「카페 프란스」와 같이 뱀눈처럼 봄비 내리는 저녁에 이국의 카페에서 젊음과 "패기"를 노래하고 「슬픈 인상화」나 「파충류 동물」과 같이 다다풍의 시를 실험하기도 했다.

처음으로 1926년 교토 유학생들의 학회지 《학조》에 시조 아홉 수, 동요 형식의 시 여섯 편, 자유시 세 편 등을 발표했다. 발표는 1926년이지만 시인 자신이 밝힌 실제 작품 창작은 그보다 앞선다. 말하자면 그 전에 시를 써두었다가 이때 정식으로 시를 발표한 것이다. 이 가운데 자유시 「압천」과 「카페 프란스」는 그 내용으로 보아 유학 중에 쓴 것이라고 생각한다. 「향수」 또한 《조선지광》에 발표한 것은 1927년이지만 제작 연대는 1924년으로 되어 있다.

이와 같이 시조, 동시, 자유시 등 다양한 시 형태 및 기법을 습작하고 있었다. 「향수」 계열의 고독 시편이건 「슬픈 인상화」 계열의 전위 시편이건 두드러진 것은 삶의 내용보다 이렇듯 형식에 있었고 그 후 그가 선택한 것은 자유시형이고 기법은 공간적 감각성이다. 특히 「따리아」와 「바다」 등이 보여주듯이 처음부터 통어된 형식미 속에서 조형과 감각을 겨냥한 것이 그의 작시법이다. 그리고 그것은 당시의 시 앞에서는 낯설음이며 충격이었다. 종래의 '정지용 논의' 대부분이 이러한 작시법에 집중된 것은 이 때문이다. 가령 '일대 감각의 혁명', '우리 시 속에 현대의 호흡과 맥박을 불어넣은 최초의 시인' 등 지용에 대한 긍정적인 시각은 말할 것도 없고 '내용과 사상의 방기', '지적 빈곤', '수공업에서 나온 노래', '사이비 모더니즘' 등 부정적 시각 또한 마찬가지다. 이렇듯 정지용은 1920년대 비이성적인 감정의 과격한 반응과 관념을 거스르고 감정의 지적 절제로 선명한 시각적 정확성을 표방했다. 얼핏 보면 이러한 시각적 선명성이 감정의 풍경화처럼 보이나 그렇지 않은 것은 그에게 있어서 감각은 감상에서 시를 구제하는 한편 자신의 서정과 인식을 전경화하는 시적 장치다. 감각은 지용 시의 담론성을 결정짓는 단서가 되어준다.

시집 『정지용 시집』의 시편들은 초기작 「오월 소식」과 「이른 봄 아침」은 말할 것도 없고 「바다」, 「향수」, 「석류」 등, 아니 「별」 등 동요류와 민요풍 시편 등에 이르기까지 한결같이 감각으로 세계를 애무하면서 조소하고 있다. "해설피 금빛 게우른 울음"(「향수」), "외로운 마음이 / 한 종일 두고 / 바다를 불러 / 바다우로 / 밤이 / 걸어온다."(「바다 3」) 등 그 결실이 그 뒤에 나온 일품인 「바다 9」, 「유리창 1」 등과 같은 시다. 바다 물결의 움직임을 도마뱀의 미끌미끌한 몸과 반복적이며 재빠른 동작에 비유하면서 시작된 시 「바다 9」는 한국어가 일찍이 다다르지 못한 차원에서 바다를 감각적으로 재현했을 뿐만 아니라 그 조형은 큐비즘적 화면 구성의 기교를 연상케 한다. 적어도 삼차원의 입체인 바다를 이차원의 화면 속에 변형시키는 기교가 단연 압권이다.

이런 점에서 「유리창 1」 또한 '시인의 비애의 감정이 유리의 형체에 와서 태어난' 시편이다. 「유리창 1」은 유리를 닦고 다스리는 마음으로 다스려지지 않은 상흔이 낭자하다. 유리를 닦는다고 해서 지워지는 상처가 아니다. 주관적인 진술이 완전히 배제되고 장면의 묘사뿐이다. 김춘수의 지적과 같이 이미지가 서술에 그치고 있다. 관념이나 감정과 같은 인간적인 요소가 완전할 정도로 배제되고 있는 것이다. 어린 자식의 죽음 앞에서 퍼소나는 슬퍼하지도 비탄하지도 않는다. 어찌 슬픈 감정이 없었을까만 퍼소나는 내적 경험을 토로하지 않고 그저 "아아 늬는 산새처럼 날러 갔구나!"라는 극히 절제된 슬픔만을 보여준다. 그 다음 우리로 하여금 보고 느끼게 한다. 이러한 그의 시 방법과 인식은 그 후 시론 「시의 위의(威儀)」에서 요약 정리되고 있다. 시가 울지 않고 독자로 하여금 서서이 눈물을 저작할 여유를 주는 것은 "안으로 열하고 겉으로 서늘"한 시의 위의를 거쳤기 때문이며 "슬픈 어머니가 기쁜 아기를 탄생한다."는 시인 자신의 시론의 반영인 셈이다. 그만큼 감정의 절제가 얼마나 철저했는가를 보여주는 한 증거가 되어준다. 모름지기 겉으로 얼음처럼 차가와야 한다고 믿었던 그로서도 자식을 잃은 통한만은 결국 한 조각의 얼음이게 할 수 없었다. 겉으로는 얼음이지만 안으로는 핏자국 낭자한 아픔을 통절히 씹고 있었다. 후기 시집 『백록담』에 이르러 이러한 감정의 절제는 무아 무시의 경지로 발전하게 된다.

뿐만 아니라 감정의 절제가 동시대 및 그 후의 시인들에게 끼친 영향은 상당한 것이다. 감정의 절제는 '시문학파'의 공통점이다. 슬픔이나 눈물을 '촉기(燭氣)'로 극복한 김영랑의 시작을 비롯하여 박용철의 체험의 용해와 '변용', 김현구의 이미지와 언어에 대한 새로운 '인식'은 위의를 떠나서 생각할 수 없다. ≪시문학≫의 시대, 서로 패러디의 시작(詩作)을 하던 이들이라 촉기와 변용은 위의의 다른 패러디라고 보아도 무방하다. ≪시문학≫은 단명했고 또한 ≪문예월간≫, ≪문학≫, ≪시원≫ 등에 의해 그들의 시가 산발적으로 발표되었지만 그들이 이룩해 놓은 시적 성취는 그 후 시인들에게 끼친 영향이 상당한 것이다. 시인들은 한결같이 ≪시문학≫에서 영감과 음감을 얻었다. 1930년대 순수시의 이론을 전개한 사람은 박용철이고 그 이론을 실천한 것은 김영랑이다. 이 두 사람은 동전의 안팎처럼 맞물려 다니는 존재다. 그러나 그 정상에 정지용이 있었다. 특히 정지용 없는 이상, 윤동주 그리고 청록파 시인들은 생각할 수 없다.

2

그의 초기 시를 논할 때 적어도 형식미, 그것도 조형적 형식미를 떠나서 생각할 수 없다. 그러나 감각적인 것은 세계를 현시하는 데 적절하나 정신의 세계를 드러내는 데는 한계가 있다. 이미지의 원의가 판화를 의미하듯이 이미지가 감각적으로 선명한 만큼 시가 한 편의 감정의 풍경화로 비칠 수도 있다. 그래서 그 한계의 돌파구가 그의 종교시다. ≪시문학≫과 ≪가톨릭 청년≫에 관계하면서 그는 감각시 못지않게 종교시를 썼다. 그러나 「은혜」, 「또 하나의 다른 태양」, 「임종」 등 종교시는 감각시와는 다르게 기독교적인 체험이 너무 두드러지게 표면에 나타나 있다. 첫 신앙시 「무제」부터 관념적 표현이 압도적이다. 그의 독특한 작시법인 감각성, 감정의 절제와 무연하다. 동시대에 함께 씌어진 감각 시편과 신앙 시편들에서 「유리창 1」 등의 감각시가 돋보이는 것은 이 때문이다.

그러나 종교시를 거치면서 초기 시의 정서와 다르게 그 정서가 심성의 안 저쪽에 깊이 침잠하게 된 것은 그에게는 하나의 변화라고 할 만하다. 그의 작시법이 정신을 현시하는 데 성공한 것은 종교시편보다 '산' 시편에 있었다. 기독교 체험을 혈액화하기에는 기독교 전교의 역사가 일천하다는 것도 하나의 이유가 될 수 있다. 아니, 보다 중요한 것은 기독교 체험보다 동양의 정서와 사념이 그의 포에지의 본 바탕이었던 셈이다. 일련의 '산' 시편이 보여주듯이 포에지는 감각을 기다려서 명징성을 얻는다. 그것은 적어도 그의 후기 작품의 특색 있는 경향의 하나다. 「장수산」과 「구성동」은 바로 그러한 경향을 대표하는 일품이랄 수 있다. 가령 초기 「향수」나 「유리창」 등과 같은 형식주의적 미학이 초기 작품의 것이라면 내면화된 정신적인 부피가 있는 미학이 후기 작품이다. 「장수산」, 「백록담」 등 산문형 시편과 「구성동」, 「홍춘」 등 단형 시편이 그러한 것이다. 그러나 눈물도 제조(「시계를 죽임」)하고 바람소리 마저 동굴동굴 굴러온다(「甲板우」)고 감각했던 초기의 조형이나 공감각적 기법이나 2행 1연의 정제된 형식은 변함이 없다. 시 「장수산」의 첫 구절 "벌목정정"의 공감적 이미지는 말할 것도 없고 시 「백록담」의 첫 구절 역시 뻑국채꽃의 조형은 일품이 아닐 수 없다.

이제 감각은 결코 기교나 메시지를 위한 매체가 아니라 그 자체가 '의미 있는 형식'이다. 의미 있는 형식을 통해서 소재는 물론 주제까지도 비로소 시 작품 속에 존립하는 것이다. 이때 작품은 거울이 아니고 그 자체가 하나의 발광체요 전달하는 매체가 아니라 하나의 존재다. 이것이 그의 시 작품 그 자체의 텍스트성이다. 이러한 시적 언어의 독자성에 관한 인식이 1930년대 정지용을 기다려서 이루어진 것은 의미가 깊다. "마침내 글이라는 것은 말과 뜻의 진정이 서로 얼키어 안팎을 가릴 수 없이 그대로 드러난 것이 극치일가 싶어라."(「옛 글 새로운 정」) 여기서 우리가 주목할 것은 언어의 독자성이 주의미종표현(主意味從表現)의 양분론 시대에 자각되었다는 점이다.

초기 그가 도모한 조형과 감각은 영미의 이미지즘이나 일본 감각파의 영

향과 무관하지 않다.「호면」,「석류」 등 단형은 영미의 이미지즘을 연상케
한다. 물론 서구시의 체험에 대하여 스스로 표방한 일은 없다. 사실 그를
가리켜 1930년대 모더니즘의 대표적 시인이라고 하지만 이에 대한 자신의
반응도 없고 나아가 모더니즘에 대하여 구체적인 시 이론을 전개한 적도
없다. 있을 법한 그의 전공인 영문학과 관련된 여하한 언급도 없다. 그러나
이러한 감각은 흄, 파운드, 엘리엇으로 이어지는 현대 영미시의 방법적 특
색인 감정의 지적 균형과 비슷한 것만은 분명하다. 비록 현대 영미시와 형
이상파 시의 시적 의장(意匠)과 그의 감각 사이에는 이른바 문학사적 사실
로의 유입 또는 투영의 구체적인 증거는 없다고 하더라도 감상(눈물)에서
시를 구제하려는 그 지적 절제는 양자가 동일하다. 발상만이 아니라 소재,
정서의 구조 또한 비슷한 것이다. 실제로「카페 프란스」는 엘리엇의「푸르
푸록의 연가」의 에코 또는 패러디라고 지적되기도 했다. 더구나 당시 일본
감각파의 시편과도 동떨어진 것은 아니다. 그는 일본의 시 잡지 ≪근대 풍
경≫에 많은 시를 발표했다. ≪근대 풍경≫의 주간이 다름 아닌 일본의 대
표적인 신감각 시인 기타하라(北原白秋)다.

그러나 지용의 경우, 이러한 영향 못지않게 전통적인 자생적 요인도 무
시할 수 없다. 영미의 이미지즘과 일본의 감각파 시가 설사 그의 시에 영
향을 주었다고 해도 그것은 외부적인 자극일 뿐, 오히려 지용 시 자체 내
의 전통적인 체험과 무연한 것은 아니다. 아니, 영미의 이미지즘이나 일본
의 감각시에의 경사가 오히려 한시나 시조의 절제의 체험에서 촉발되었다
고 할 수 있다. 또 그러한 경사가 그대로 나타나는 것은 아니다. 1930년대
무용가 조택원은 "훌훌 벗고 춤을 춘다는 파리에 가서 옷 입고 추는 법"을
배워 온 것이다. ≪학조≫에 발표된 글 대부분이 동경 유학 시절 전후에
씌어진 것이다.

그는 오히려 "시의 자매 일반 예술론에서, 더욱이 동양화론에서 시의 향
방을 찾는 이는 비뜰은 길에 들지 않는다."와 같이 동양적 작시법을 강조
하고 있다. 그런 점에서 다음과 같은 말은 적절한 지적이다. "『시경』이나

당시(唐詩)의 세계에는 사상이나 관념만이 아니라 시작의 슬기 같은 것이 포함되어 있었다. 더욱이 중국 고전에 대한 소양은 정지용이 일찍부터 쌓아온 터였다. 또한 이 무렵 그의 시에 나타나는 맑고 깨끗하며 개결한 것으로 보이는 정신 상태에 대해서도 비슷한 이야기가 가능하다. 적어도 그에게 시는 사무사(思無邪)의 경지였고 속기와 잡티를 떼어낸 절조의 노래였다." "지용이 후기에 이르러 독자적인 세계를 개진할 수 있었던 것은 바로 그 시적 근원을 서구 취향의 모더니즘의 추수에 두었기 때문이 아니라 동양의 문화적 전통, 특히 한국의 전통적 유가의 성정론에 뿌리박은 결과였을 것이다. 비록 그가 일본에 유학하여 영문학을 전공하고 가톨릭을 신봉하며 성경을 읽었다고 하더라도 그의 정신주의 뿌리는 동양의 전통적 유가 철학의 성정론에 근거한 것이라고 할 것이다." 사실 이 땅에 현대 문학 강의가 서울대학교에 개설되었을 때 현대시론 강의를 그가 했고, 그때 사용한 교재가 바로 『시경』이다.

그렇다고 그의 시가 동양적 문학관에 머문 것은 아니다. 오히려 전통적인 경험의 자각 그 자체가 서구적인 경험에 자극되어 이루어진 것이다. 마찬가지로 서구적인 경험 또한 전통적인 경험과 관계없이 영향력을 발휘하는 것은 아니다. 그것은 한국 문학 자체 내의 내부적인 변화에 수용될 때 비로소 의미를 갖는다. 내부적인 변화를 떠난 서구 문학의 영향은 의미가 없다. 이런 점에서 최근에 이루어지는 많은 비교문학적 논의가 소재적인 유사성을 살피는 등 선행 작업으로서의 실증적인 이입사 일변도로 생각되는 것은 극히 오도적이다. 이식과 영향사의 동시적 관점에서 서구시의 한국적 양상을 보는 태도가 무엇보다 필요하다.

3
전술한 바와 같이 그의 초기 시는 정신이나 영혼이라기보다 인간 감각으로 포착된 자연이며 그것도 실험적인 경우가 많다. 「향수」 계열의 시편이 보여주듯이 공감각적 이미지며 그 회화적 분위기가 자연과의 사이에 소극적인 자연 이입으로 시종한다. 소극적인 자연 감각에서는 안락한 귀속감과 유년의 경험이 우세하게 된다. 이러한 자연 감각으로 노래한 이른바 자연 서정시가 다름 아닌 초기 시편들이다. 자연 서정시편 중에서 가장 성공적인 것은 이미지스트의 시각 지향성이 전통적인 고전적 절제와 맞물렸을 때다. 그만큼 이미저리의 구조가 한국의 리얼리티와 밀착했기 때문이다. 「비로봉」, 「옥류동」, 「구성동」 등이 그러한 것이다. 그 이전의 「바다」, 「갑판우」, 「다리아」 등과 좋은 대조를 이룬다.

　반대로 가톨릭 신앙을 바탕으로 한 그의 종교시가 카톨리시즘으로 나타날 뿐, 지성이나 삶의 축제로 연결되지 못한 것은 그의 신앙 체험이 자설적(혈액화된) 체험에서 말미암은 것이 아니라 순전히 외부에서 주어진 기성화된 관념이기 때문이다. 그만큼 그의 종교시의 방법은 타설적이다. 그의 신앙시에 대한 관심은 신앙에 대한 새로운 인식이 아니다. 마리아 예찬이나 천주 찬미라는 미리 정해진 선험에서 온 것이다. 말하자면 그의 신앙시는 그것이 내면적인 필연성에서 나온 표현 의지가 아니라 환경과 개인의 갈등(비애)의 해소에서 만들어진 것이며 당시 '정지용 비판'에 대한 대응이었다. 해방 후에 상해 임시 요인들의 귀국을 환영하는 계기시 「그대들 돌아오시니」도 이러한 연장선상에 있다.

　사실 그의 대부분의 종교시가 패러프레이즈라고 보아도 무방한 성서나 성인의 서사와 동행하고 있어 재창조라기보다 재구술되는 경우가 많다. 가령 「승리자 김안드레아」는 시인의 내면에서 녹아 나온 체험의 재창조라기보다 또 한 번의 전승 행위, 말하자면 재구술된 작품이라는 인상을 주는 것은 이 때문이다. 김대건이 처형당한 비극적 현장을 그대로 노래하고 있는 것이다. 「갈릴레아 바다」 또한 마가복음(4장 35절~41절)의 서사가 그대로 시의 의미 단위로 바뀌어 옮겨져 있다. 「어머니」도 마찬가지다. 그러나 그의 종교시에서 「나무」, 「무제」 등과 같은 시가 다른 종교시보다 주목받는 것은 개인적인 내면의 목소리에 있었다. 특히 「무제」를 시인 자신이 제

목을 「그의 반」으로 바꾸면서 『정지용 시집』에 수록하고 「승리자 김안드레아」는 제외했다.

어떤 의미에서 그가 카톨리시즘을 통하여 자기 확대, 자기 초월을 기도했을 그때가 바로 그의 시의 종착점이었다. 물론 그 수가 얼마 되지 않았고 그 자신도 그의 종교시가 예술적으로 성공한 시라고 생각하지 않았다. 사실 정지용은 1942년 이후 시다운 시는 한 편도 발표하지 않았다. "신앙이야말로 시인의 일용할 신적 양도가 아니"라고 하면서 "종교인이 종교적 관념을 그대로 가지고 시를 쓰는 것은 부당하다."고 보았다. "모든 것을 신과 관련지어 파악하려는 종교인 특유의 획일주의가 결국 시의 활로를 막아 버릴 것"이라고 한 것은 자기 반성이라고 할 만하다.

그러나 「란초」, 「인동차」, 「홍춘」은 자설적이라고 생각된다. 이러한 시가 카톨리시즘에 귀의함으로써 씌어진 그의 종교시보다 우리가 공감하는 이유는 바로 우리 민족의 자기 동일적인 형식 체험 그 자체에 있었다. 2행 1연의 반복으로 이루어진 시형의 단순성이 선경의 정조를 돋운 것은 이 경우 물론이다. 그의 후기시 「장수산」 연작이나 「호랑나비」, 「진달래」 등의 시가 동양적 자기 회귀를 노래하고 산문시형으로 나타난 것은 무척 시사적이다. 이런 뜻에서 시문학파 시인들, 김영랑 박용철, 김현구와 함께 지용 또한 시작 초기에 시조 형식으로 시를 습작하고 있었다는 것은 시문학파의 사적 의의와 그 가치를 점치는 데 퍽이나 암시적이다.

이와 같이 초기 시편이 자연을 겨냥하고 있을 때 후기 시편은 자연으로 하여금 시를 마음하게 했다. 전자는 시의 객관화요 형상화다. 시는 만들어야 하는 것이고 시인은 장인이다. 하지만 후자는 이와는 다르다. 자연을 분석하거나 인식하지 않는다. 자연 속에 침잠하고 자연 속에서 눈을 감는 것이다. 아니 자연 속에서 인간 또한 자연 화해해 버리는 것이다. 자아와 자연이 하나가 되고 죽음까지도 하나의 자연으로 본 것은 이 때문이다. 죽음조차 백색으로 감각하고 있다. 백색은 빛이 바랜, 탈색된 무색이다. 무색인 흰 색은 그의 시에서 죽음의 빛깔이자 나와 자연이 하나라는 무아의 빛깔이다. "내가 죽어 백화처럼 힐 것이 슳없지 않다."(「백록담」)와 같이. 이것이 시적인 정조(情操)의 정체다. 시에서 정조란 나와 백화가 서로 녹아드는 느낌을 말한다. 랭보의 이른바 '나는 타자'라는 명제가 바로 그러한 것이다. 객관적 실재와 주관적 실존이 구별할 수 없이 하나로 어울리는 순간 시인은 자연과의 관계에서 무사(無私)하다. 산속의 고요와 적막 또한 "산중에 책력도 없이"와 같이 무시(無時)가 시의 세계이며 이미지는 백색이다. 무사 무시가 낳은 조화의 서정이 「장수산」이요 「백록담」의 세계다.

「조찬」과 같이 자아는 새가 되어 자연의 일부를 이루기도 하고 「붉은 손」과 같이 "산처녀" 또한 자연의 아름다움으로 찬미할 수 있었다. 「슬픈 우상」과 같은 종교시도 눈은 "호수"로, 귀는 "조개껍질"로 성모 마리아의 이목구비와 사지를 자연의 이미지로 떠올리고 무엇보다 "장년 신사"의 자살을 하나의 나뭇잎이 떨어지는 자연의 한 풍경(「예장」)으로 처리하고 있다. 자연은 사심이 없으며 작위가 없다. 그러면서도 사물을 만들어낸다. 「장수산」이나 「백록담」에서 명상과 선정을 보는 것은 이 때문이다. "귀신도 살지 않는 한라산록에서 도깨비엉겅퀴가 파랗게 질린다." 이때 깨어 있는 것과 조는 것이 하나가 되고 기도조차 잊는 것이다.

그만큼 산을 노래하는 시적 자아는 「유리창」과 같이 미동도 하지 않는다. 시인의 주관적 경험이나 감정은 시 속에 말 없이 묻혀 있는 것이다. 그때 비로소 즉물시의 서늘한 대상성, 풍경을 지닌다. 특히 후기 '산' 계열의 시편에서는 생략과 절제 속에 시인은 퇴진할 수밖에 없다. "웃절 중이 여섯 판에 여섯 번 지고 웃고 올라간 뒤 조찰히 늙은 사나이의 남긴 내음새를 줏는다."(「장수산 1」)라고 했을 때 중은 물론 중을 찾는 시인 자신도 하나의 풍물로 처리되어 있다.

자연을 인간적인 삶의 반대편에 두고 본 소극적인 자연 감각을 넘어섰을 때 그의 자연시는 전통과 또 다른 차원에서 접맥하고 새롭게 날 수 있었다. 이미 자연은 감각체가 아니다. 그것은 정신이요 영혼이다.

젊은 시절 바다를 감각적으로 노래한 정지용도 그 후 고요와 무심으로 바뀌면서 우리로 하여금 자연을 새로운 눈으로 보게 한다. 극도로 담백한 감각과 억제된 언어가 자연과의 영적 교감과 동행할 때 「백록담」은 동양적 시 정신의 한 결정일 수 있었다. 시적 자아는 한라산 절정에서 기진하고 다시 엄고란(嚴古蘭)을 따먹고 일어서고 해발 6천 척 위에서 마소를 만나 하나의 깨달음을 얻는다.

시 「구성동」 등 또한 절제된 표현이 영적인 것과 교감하면서 시화일체, 시선일체의 경지를 유감없이 실현했다. 그러한 실현 속에는 상허, 가람 등 문장파의 고전적인 분위기가 뒷받침되기도 했다. 이때 유명한 그의 시론 「시의 옹호」, 「시와 발표」, 「시의 위의」 등이 씌어진 것은 의미가 깊다.

4

정지용의 경우 그는 처음부터 전통적이고 고전적인 절제와 엄격함 속에서 훈련되었다. 사실 『정지용 시집』, 『백록담』에 실린 거개의 시에서 우리가 볼 수 있는 또 하나의 특성은 전통적인 고전적 격조이다. 겉으로는 전통과 거리가 먼 바다 시편조차 안으로는 시상의 흐름이 기승전결이라는 우리의 형식 체험과 무관하지 않다. 그러기에 바다의 시각적 구도가 이미지즘의 경우와 같이 산뜻한 눈요기로 끝나지 않고 자연스럽게 우리의 시정을 자극하고 환기하는 것은 이 때문이다.

「인동차」, 「란초」, 「춘설」, 「폭포」 등의 시가 단순한 서경이 아니라 우리와 친숙한 구체적 경험으로 나타나는 것이다. 그 시제부터가 동양화의 산수화제를 연상케 하거니와 거기 현대화된 한 폭의 참신한 동양화를 느끼며 비교적 즉물적인 가사나 시조와의 혈연적인 유사성을 지니면서 그 혈연을 탄 그대로인 채 참신해진 한 동양인을 느끼기조차 하는 것이다.

한마디로 정지용의 시 세계, 그중에서도 동양적 동일성과 가까운 시편들, 가령 『정지용 시집』 일부를 이루는 초기 시와 『백록담』에 실린 시들 「옥류동」, 「구성동」 이후 「장수산」, 「백록담」을 거쳐 「비」, 「조찬」, 「인동차」

등은 시의 위의라는 점에서 주지적이라 할 수 있지만 그 주지성은 전술한 바와 같이 동양의 경험에서 온 것이다. 그만큼 과거 시조나 한시의 어떤 것들은 지나친 거리 조정 때문에 감정이 억제되어 있고 그 형식도 아주 정제되어 있다. 따라서 그의 이러한 주지성은 한시나 시조의 절제의 표현이며 서구적인 영향은 다만 자극일 뿐이다. "고전적인 것을 진부로 속단하는 자는 별안간 뛰어드는 야만일 뿐이다." "우수한 전통이야말로 비약의 발디딘 곳이 아닐 수 없다."(「시의 옹호」). 그리하여 초기 「파충류 동물」 등과 같은 서구풍의 시는 재발표한 적이 없으며 시집에도 싣지 않았다. 「카페 프란스」 등도 여러 번 개작하여 시집에 싣고 있다.

이런 의미에서 그의 시가 서구적인 영향을 받은 것은 사실이지만 외부적인 영향은 자극일 뿐 무의식적으로 시조나 한시의 절제주의와 금욕주의적인 엄격함 속에서 이루어진 것이다. 정지용의 시에서 리얼리티를 얻는 경우는 이렇듯 동양 정신에 몰두했을 때다. 그리하여 그는 근대 유럽을 저울질해 가면서 자신의 본바탕인 '동양의 참신'을 기도한 조택원을 높이 평가했다.

정지용 시의 '주지적' 변화는 그러므로 한국 시가의 지속적 구조 위에서 분비된 개성적 변화라고 할 수 있다.

유리창, 근대적 시선과 언어
정지용의 시

김신정(문학평론가)

근대의 창(窓), 거리 두기의 열정

정지용의 시에는 '유리창'이 자주 등장한다. 특히 시적 자아가 유리창 앞에 서서 창 너머를 바라보는 풍경은 여러 시에서 나타나는 시적 정황이라고 할 수 있다. 유리창 앞에서 참척(慘慽)의 슬픔을 다스리는 「유리창 1」과 그 연작인 「유리창 2」는 대표적인 예가 된다. 그 밖에도 늦가을 산장의 "창유리" 사이로 비 맞아 날개가 찢어진 한 마리 나비의 형상을 바라보는 시 「나비」, 마찬가지로 "유리창에 날벌레떼처럼 매달리고 미끄러지는" 빗방울을 세밀히 관찰하는 산문 「비」에서도 비슷한 정황을 찾아볼 수 있다. 그 외에도 '유리창'은 매우 다양한 형상으로 나타난다. '선창(船窓)'과 '차창(車窓)' 그리고 '천주당'과 '술집' 등 곳곳의 유리창을 통해 바라보는 풍경이 그의 시에 펼쳐진다.

> 砲彈으로 뚫은 듯 동그란 船窓으로
> 눈섶까지 부풀어오른 水平이 엿보고
>
> ──「海峽」 일부

나는 언제든지 슬프기는 슬프나마 마음만은 가벼워
나는 車窓에 기댄 대로 회파람이나 날리쟈.

—「슬픈 기차」일부

열없이 窓까지 걸어가 默默히 서다
이마를 식히는 유리쪽은 차다

—「천주당」일부

　투명한 유리를 통해 밖의 풍경을 바라볼 수 있는 창 앞의 공간은 근대 문명이 제공한 새로운 체험의 공간이라고 할 수 있다. 근대 이전의 풍경이란 닫혀진 문 너머에 존재하거나 혹은 차단막 없이 언제든 그 속으로 들어갈 수 있는 공간이었다. 반면 근대의 발명품인 유리창은 창의 안쪽과 바깥 사이에 늘 차단과 투시의 이중적 긴장을 만들어낸다. 유리는 대상을 투명하게 보여주면서 동시에 그에 대한 접근을 가로막는다. 창 밖으로 어떤 화려한 장관이나 위험한 광경이 벌어진다 하더라도 그것은 바깥의 풍경일 뿐, 창 '안'의 자아는 철저하게 '밖'과 분리될 수밖에 없다. 사물은 자아와의 분명한 거리 속에서 충분히 관찰되며 자아는 창 '밖'의 타자를 통해 관찰과 사유와 반성을 한다.
　정지용 시에 자주 등장하는 '유리창'도 시인의 근대 문명 체험에서 비롯된 것이다. 특히 앞에서도 인용한 '선창'과 '차창' 그리고 '천주당'이나 '카페'의 유리창 너머로 바라다보는 풍경과 창 안의 공간은 교통 기관의 발달, 문화의 전파와 교류 등 신문물의 체험이 마련한 것이다. 아마도 일본 유학이 큰 계기가 되었을 '유리창'에 대한 경험을 토대로 정지용은 새로운 풍경과 표현 방법을 보여준다.

班馬같이 海狗같이 어여쁜 섬들이 달려오건만
―히 만저주지 않고 지나가다.

海峽이 물거울 쓰러지듯 휘뚝 하였다.
海峽은 업지러지지 않었다.

——「다시 海峽」 일부

먼데 산이 軍馬처럼 뛰여오고 가까운데 수풀이 바람처럼 불려 가고
유리판을 펼친 듯, 瀨戶內海 퍼언한 물. 물. 물. 물.
손까락을 담그면 葡萄빛이 들으렷다.

입술에 적시면 炭酸水처럼 끓으렷다.
복스런 돛폭에 바람을 안고 뭇배가 팽이처럼 밀려가다간,
나비가 되어 날러간다.

——「슬픈 기차」 일부

　'선창'과 '차창'은 '유리'가 마련하는 차단과 투시의 이중성뿐만 아니라
'속도'의 긴장을 가중시킨다. 따라서 달리는 배 또는 기차 안의 주체는 '유
리'로 인해 '창 밖'의 풍경과 단절되면서 또한 이동과 속도의 체험을 통해
자신이 속해 있던 공간으로부터 분리되는 경험을 한다.[1] 위의 인용시에 나
타난 사물의 빈번한 교체와 파노라마적 풍경은 '유리'와 '속도'가 일으키는
역동적 작용에서 출현한 것이라고 볼 수 있다. 정지용은 이러한 새로운 문
물의 체험을 새로운 방식으로 표현한다. 실제 상황 속에서 사실상 움직이
고 있는 것은 대상이 아니라 대상을 바라보는 시인일 것이다. 그러나 시적
공간 안에서는 마치 대상들이 신속하게 움직이는 것처럼 그려진다. 자아의

---

1) 유리를 통한 '분리'의 체험과 기차 여행으로 인한 '속도'의 체험은 기본적으로 동일한 양
　상으로 진행된다. "마치 유리가 눈에 띄게 질적인 변화를 야기시키는 일 없이, 유리 궁전
　의 내부 공간을 자연적인 외부 공간으로부터 분리해낸 것처럼, 기차의 속도는 여행자를
　그때까지는 자신이 속해 있던 공간으로부터 떼어낸다."(볼프강 쉬벨부쉬, 박진희 옮김,
　『철도 여행의 역사』, 궁리, 1999, 85쪽 참조)

지각 행위와 내용을 자아에 중심을 두는 것이 아니라 지각 대상에 의탁하여 표현하고 있는 것이다. 이러한 방식을 통해서 자아의 체험과 감정은 대상에게 전이되며 대상을 통해 표현을 얻음으로써 타자화된다. 이것은 시인이 직접 말하는 것이 아니라 사물 스스로 말하게 하여 시적 자아가 느낀 지각과 감정의 내용을 독자 스스로 체험하게 하는 방법이라고 할 수 있다. 정지용의 시 가운데서 특히 「바다」 연작에 나타나는 풍경의 역동성과 속도감은 그의 근대 체험과 타자화의 표현 방식에서 출현한 것이다. "고래가 이제 횡단한 뒤/ 해협이 천막처럼 퍼덕이오"(「바다」), "아아 乳房처럼 솟아오른 수면! / 바람이 굴고 게우가 미끄러지고 하늘이 돈다."(「아츰」) 같은 구절들은 사물과 냉정한 거리를 두며 자신의 감정을 타자화시키는 정지용의 시작 방법이 만들어낸 참신하고 생동감 있는 표현들이다. 그러나 무엇보다도 그의 방법이 가장 잘 드러난 작품은 「유리창」 연작이라고 할 것이다.

> 琉璃에 차고 슬픈 것이 어린거린다.
> 열없이 붙어서서 입김을 흐리우니
> 길들은 양 언날개를 파다거린다.
> 지우고 보고 지우고 보아도
> 새까만 밤이 밀려나가고 밀려와 부디치고,
> 물먹은 별이, 반짝, 寶石처럼 백힌다.
> 밤에 홀로 琉璃를 닥는 것은
> 외로운 황홀한 심사 이어니
> 고흔 肺血管이 찢어진 채로
> 아아, 늬는 山ㅅ새처럼 날러 갔구나!
>
> ──「유리창 1」 전문

이 시에서 '유리'는 죽은 아이와 '나'의 관계를 작품 안에 설정하는 시적 장치의 역할을 하고 있다. '나'는 '너'를 바라보며 그와의 소통을 시도하지만 온전한 합일의 체험이란 영원히 불가능하다. '유리'를 중심으로 한 '안'과 '밖'의 간극은 저승의 '너'와 이승의 '나' 사이의 결코 넘어설 수 없는 거리(생과 사) 그리고 거기서 발생하는 부재와 욕망의 긴장된 구조를 표현하는 데 효과적으로 기여하고 있다. 또한 차고 단단한 '유리'의 속성은 '나'의 애끓는 심정마저도 '유리' 밖의 대상으로 일정한 거리를 두고 응시하게 함으로써 감정의 원천과 냉정한 간극을 유지하게 만든다. 이 같은 '유리'를 매개로 시인은 형언할 수 없는 자신의 심정을 '무심한' 시적 대상으로 다루어 표현하며 자아의 내면을 간접적으로 응시하고 있다. 가령 "琉璃에 차고 슬픈 것이 어린거린다"에서 '차고 슬픈 것'이란 죽은 아이의 존재를 환기하는 동시에 그에 대한 시인의 슬픔을 타자화한 표현이라고 할 수 있다. '차고'는 죽은 아들의 존재를 가리키는 것이지만 '유리'의 차가운 속성과 연결되어 '어린거리'는 것을 투명하게 하는 데 기여한다.[2] 또한 '슬픈'이라는 말은 죽은 자의 차디찬 형상에 자아의 심정을 불어넣으면서 그저 '어린거'릴 뿐인 형상을 마치 살아 있는 존재처럼 느끼게 만든다. 반면 시인은 '슬픈'이라는 말을 '차고'와 연결지으며 복받쳐 오르는 감정을 차디차게 통어한다. 그리고 그러한 감정마저도 '어떤 것'이라는 대상으로 표현함으로써 자신의 내면 세계와 스스로 거리를 유지하고 있다.

'유리'를 매개로 한 '안'과 '밖'의 갈등은 「유리창 2」에서 도시 체험의 형상화를 통해 좀 더 집중적으로 드러난다. 「유리창 2」에서 '유리창' 안에 갇힌 자아는 창 밖의 세계를 숨쉬며 그곳으로의 탈출을 꿈꾸지만 '창 밖'은 오히려 진정한 해방이 아니라 죽음이 예비된 공간으로 시화된다.[3] 그런데

---

2) 정현종, 「감각·이미지·언어 ——정지용의 '유리창 1'」, 《인문 과학》 49집(연세대 인문과학연구소, 1983), 3쪽.

3) "아아, 항안에 든 金붕어처럼 갑갑하다.", "小蒸氣船처럼 흔들리는 窓" 같은 구절은 시인이 '창 안'의 공간을 '어항'과 '소증기선'에 비유하고 있음을 보여 주는 대목이다. 이러한 비유는 이 시의 역설적인 상황을 암시적으로 증명한다. 어항에 갇힌 금붕어가 자신의 갑갑함에서 벗어나기 위해 유리를 입으로 계속 쪼아대다가 하나의 틈을 만든다면 그 순간 그에게 다가오는 운명은 곧 죽음이라고 할 수 있다. 또한 망망대해를 항해하는 증

그 죽음의 공간은 예측 불가능한 공간이다. 시적 자아가 '유리창' 너머로 바라다보는 '밖'의 세계는 아름답고 환상적이지만 위험한 공간, 아울러 탈출의 가능성을 펼쳐 보이는 억압과 구속의 공간이다. 이 시의 마지막 연에서 "머언 꽃! / 都會에는 고흔 火災가 오른다."라는 표현은 도시, 근대의 중심부가 지닌 역동적인 감각과 위험하고 불길한 환상을 예리한 시선으로 포착한다. 정지용은 '유리창' 밖의 세계가 지닌 활력과 피로, 도시의 이중성을 누구보다도 예민하게 지각하면서[4] 근대에 대한 복합적인 감정을 '유리'라는 매개를 통해 객관화하고 있다.

정지용의 시에서 '유리창'은 시적 대상과의 냉정한 거리를 만들어내는 지각(知覺) 장치였다고 볼 수 있다. 시적 정황 속에 마련된 '유리창'을 매개로 사물의 속성을 객관적으로 드러내고 자아를 타자화하여 표현하는 시적 방법이 이루어진다. 또한 '유리창'을 중심으로 분리된 '안'과 '밖'의 공간 구조는 '부재(不在)'와 '욕망'이 긴장하며 순환하는 두 겹의 시선을 작품 속에 실체화하는 계기를 가져온다. 「유리창 2」가 보여주듯이 '유리창 안의 자아'는 창 '밖'의 세계로 나아가려는 강렬한 욕망을 품는다. '유리'에 대한 신체

기선의 '창 밖'에도 마찬가지의 상황이 펼쳐져 있다. 유리창을 깨뜨리고 밖으로 나간다 하더라도 그에게 다가올 상황은 극단적인 위험뿐이다. 결국 '창 안'에도 '창 밖'에도 시적 자아의 갈증과 갑갑함을 해소해 줄 수 있는 휴식과 위로의 공간은 존재하지 않는다고 볼 수 있다. (이숭원, 『정지용 시의 심층적 탐구』, 태학사, 1999, 100쪽 및 김신정, 「불길한 환상, 유리창 밖의 세계」, 이숭원 외, 『시의 아포리아를 넘어서』, 이룸, 2001, 68쪽 참조).
4) 짤막한 산문인 「아스팔트」는 도시의 현란한 감각성에 대한 향수와 그에 대한 불안 심리가 동시에 드러난 작품이다. 그 외에도 시 「유선애상」과 「선취」에서도 근대 체험의 이중성을 누구보다도 예민하게 지각했던 정지용의 면모가 잘 드러난다. 이러한 작품에서 그가 주목하는 것은, 매우 신기하고 낯선 상황이지만 당시로서는 아직 익숙하지 않은 신문물의 체험이다. 그 속에서 그는 근대 체험의 양면성 즉 겉으로는 매우 화려하고 편리한 것 같지만 실제로는 인간을 매우 불편하고 때로는 우스꽝스럽게 만드는 상황을 예리하게 짚어낸다. 가령 「선취」에서 배를 타고 가는 신혼여행 길은 대단히 세련된 신문물의 체험이라고 할 수 있지만, 현실적으로 신혼 부부는 지독한 뱃멀미에 시달리면서 여덟 시간이나 죽을 고생을 한다. 정지용은 비애와 냉소를 동반하는 재치 있는 언어 구사를 통해서 슬프고도 익살스러운 근대 체험의 속풍경을 그려내고 있다.

적 접촉과 '창' 너머의 세계에 대한 세밀한 관찰 그리고 자아에 대한 반성 등은 이 같은 욕망에서 기인한 행위들이다. 그러나 창 '밖'의 세계에도 역시 자아가 욕망하는 대상은 존재하지 않는다. 부재는 다시 욕망을 낳지만 욕망의 해소 공간은 어디에서도 발견되지 않는 것이다. 이에 비해 「유리창 1」은 '부재'와 '현존' 사이의 엄청난 간극을 받아들이며 내면 속으로 고요히 욕망을 다스려가는 과정을 보여준다. 정지용의 시에서 이러한 부재와 욕망의 긴장된 시선은 근대의 이중성을 예민하게 감지하고 그 미묘한 흔들림 속에서 균형을 유지하게 하는 역할을 한다. 미묘한 흔들림이란 곧 근대와 전근대, 동양과 서양이 착종(錯綜)된 채 충돌과 갈등을 일으키는 당대 삶의 혼란된 조건을 뜻한다. 정지용은 그 혼란 속에서 일찍이 문명의 속성과 위험을 예감했고 그러한 예감과 체험을 생생한 이미지로 되살려낸 '감각의 시인'이었다. 그리고 그러한 관찰과 지각, 언어화로 이르는 과정에서 '유리창'은 기본적인 매개의 역할을 했다고 볼 수 있을 것이다.

혼돈의 시간을 응시하는 타자적 시선

정지용의 두 번째 시집 『백록담』(1941)은 그가 처해 있던 착종된 삶과 예술의 조건을 뚜렷하게 드러낸다. 『백록담』의 시적 공간은 정지용의 후기 시를 논의할 때 흔히 등장하는 '전통 지향성'이나 '동양 정신에의 귀의'라는 용어만으로는 전체가 포괄되지 않는다. 『백록담』에는 그지없이 청정무심한 자연의 세계와 끊임없이 갈등과 번민이 밀려드는 현실의 공간이 공존하고 있으며, 또는 도시성의 현란함에 대한 매혹과 동경, 그에 대한 극심한 피로감이 동시에 나타난다. 『백록담』은 이처럼 이질적이고 다채로운 시의 세계를 나열과 병치의 방식으로 늘어놓고 있다. 정지용의 후기시에서 이렇게 서로 다른 세계, 서로 다른 시선의 공존을 가능하게 하는 것은 '유리창'을 매개로 한 타자화의 방법이라고 할 수 있다. 「나븨」는 그의 시적 방법이 만들어낸 타자적 시선의 의미를 인상 깊게 형상화하고 있다.

시기지 않은 일이 서둘러 하고 싶기에 暖爐에 싱싱한 물푸레 갈어 지피고 燈皮 호 호 닦어 끼우어 심지 튀기니 불꽃이 새록 돋다 미리 떼고 걸고보니 칼렌다 이튿날 날자가 미리 붉다 이제 차즘 밟고 넘을 다람쥐 등솔기 같이 구브레 벋어나갈 連峯 山脈길 우에 아슬한 가을 하늘이여 秒針 소리 유달리 뚝닥 거리는 落葉 벗은 山莊 밤 窓유리까지에 구름이 드뉘니 후 두 두 두 落水 짓는 소리 크기 손바닥만한 어인 나븨가 따악 붙어 드려다 본다 가엽서라 열리지 않는 窓 주먹쥐어 징징 치니 날을 氣息도 없이 네 壁이 도로혀 날개와 떤다 海拔 五千呎 우에 떠도는 한조각 비맞은 幻想 呼吸하노라 서툴리 붙어있는 이 自在畵 한幅은 활활 불피여 담기여 있는 이상스런 季節이 몹시 부러웁다 날개가 찢여진채 검은 눈을 잔나비처럼 뜨지나 않을가 무섭어라 구름이 다시 유리에 바위처럼 부서지며 별도 휩쓸려 나려가 山아래 어닌 마을 우에 총총 하뇨 白樺숲 회부옇게 어정거리는 絶頂 부유스름하기 黃昏같은 밤.

——「나븨」 전문

"窓유리"를 중심으로 "나"와 "나븨"가 서로 마주보는 이 시의 상황 속에는 두 개의 공간과 두 개의 시선이 존재한다. "창" 밖의 비 내리는 추운 공간과 "창" 안의 따스한 공간, 그리고 "나븨"를 바라보는 "나"와 "나"를 "드려다보"는 "나븨"의 시선이 바로 그것이다. "나"는 "海拔 五千呎 우에"서 "비맞은" 채 "떠도는" "나븨"가 한편으론 "가엽"고 한편으론 "무섭"게 느껴진다. 반면 "나븨" 편에서는 "활활 불피여" 계절의 순환을 역행한 이 "이상스런" 인공의 공간이 "몹시 부러웁다". 서로 다른 공간 속에 놓인 두 개의 시선은 서로 길항하고 교차하면서 중층적인 자의식의 공간을 만들어낸다. '나를 들여다보는 나븨를 바라보는 나'는 타자 속에서 자아의 모습을 발견하며 또 한편 자신의 내면에 자리 잡은 타자의 시선을 의식하고 있다.

「나븨」에서 형상화된 타자적 시선은 『백록담』의 다채로운 세계를 가능하게 하는 중요한 동력을 제공한다. 모두 5부로 구성된 『백록담』에는 인간과 자연이 조화를 이룬 화해로운 동일성의 체험으로부터 피로와 피폐함으로 가득찬 근대적 삶의 현장에 이르기까지 매우 이질적이고 다양한 세계가 공존하고 있다. 시 「호랑나븨」, 「진달레」 등에서는 자연 속에서 자연과 더불어 원초적 세계로 돌아가는 풍요로운 합일의 체험이 시화되며, 산문 「비」와 「비들기」는 근대적 삶의 감각적 외양에 대한 환희와 동경, 그러한 삶이 주는 피로감, 그리고 가난하고 소외된 현실의 모습을 두루 비추고 있다. 시와 산문이라는 장르상의 차이가 양 극단의 세계를 더욱 멀리 떨어뜨려 놓으면서 두 세계 사이에는 다양한 빛깔의 스펙트럼이 펼쳐진다. 여기서 정지용 특유의 타자적 시선은 자칫 양 극단의 공존이라는 구성 방식이 파생시킬 수 있는 단조로움을 잠재우는 기능을 한다. 하나의 극단인 근대적 삶의 풍경은 시인의 타자적 시선에 의해서 특유의 반어와 냉소를 통해 희화적인 형상으로 포착된다. 「유선애상」, 「선취」 등이 그러한 예에 해당될 것이다. 반면 또 하나의 극단인 화해로운 자연의 세계는 번민과 시름을 완전히 거두지 못한 "수척한"(「비」) 공간들을 이끌어낸다. 「백록담」, 「조찬」, 「비」, 「인동차」 등 정지용 후기 시에서 다수를 차지하는 엄격하게 절제된 자연의 공간이 여기에 해당된다. 이들 시편에서 시인은 "찢여진" "나븨"가 들여다보았던 따스한 "인공의 계절"처럼(「나븨」) "구성된 자연"의 공간 아래 존재하는 불화의 그림자를 예민하게 감지하고 있다.

『백록담』의 다채로운 세계는 자연과 도시, 전통과 근대가 갈등하며 공존하는 당대의 현재적 삶과 예술의 조건에 주요한 원천을 두고 있다고 볼 수 있다. 어떤 시인보다도 자기 시대의 '새로움'이 주는 활력을 예민하게 지각하고 거기에 강하게 이끌렸던 정지용은 그것이 지닌 부정성을 동시에 예감하고 있었던 것으로 보인다. 그리고 바로 그 자리에서 고전과 전통, 자연의 가치를 기억하며 현재의 삶에 드리워진 그 쇠락한 기운과 상실의 자취를 감지한다. 「장수산」 연작은 동양적 무구(無垢)의 세계와 자연 합일 그리고 훼손된 근대적 삶의 세계가 공존하는 시적 공간을 보여준다.

　　伐木丁丁 이랬거니 아람도리 큰솔이 베혀짐즉도 하이 골이 울어 멩아리

308

소리 쩌르렁 돌아옴즉도 하이 다람쥐도 좇지 않고 뫼ㅅ새도 울지 않어 깊은 산 고요가 차라리 뼈를 저리우는데 눈과 밤이 조히보담 희고녀! 달도 보름을 기달려 흰 뜻은 한밤 이골을 걸음이란다? 우ㅅ절 중이 여섯판에 여섯 번 지고 웃고 올라 간뒤 조찰히 늙은 사나히의 남긴 내음새를 줏는다? 시름은 바람도 일지않는 고요에 심히 흔들리우노니 오오 견듸란다 차고 兀然히 슬픔도 꿈도 없이 長壽山 속 겨울 한밤내

——「長壽山 1」 전문

　풀도 떨지 않는 돌산이오 돌도 한덩이로 열구골을 고비 고비 돌았세라 찬 하눌이 골마다 따로 씨우었고 어름이 굳이 얼어 드딤돌이 믿음즉 하이 꿩이 기고 곰이 밟은 자옥에 나의 발도 노히노니 물소리 귀또리처럼 喞喞하놋다 피락 마락하는 해ㅅ살에 눈우에 눈이 가리어 앉다 흰시울 알에 흰시울이 눌리워 숨쉬는다 온산중 나려앉는 휙진 시울들이 다치지 안히! 나도 내더져 앉다 일즉이 진달레 꽃그림자에 붉었던 絶壁 보이한 자리 우에!

——「長壽山 2」 전문

"伐木丁丁"이라는 동양적 무구와 조화의 세계에 대한 표상에서 시작된 「장수산 1」은 "바람도 일지 않는 고요에 심히 흔들리우"는 "시름"과 그러한 세속의 번잡함을 "견듸"려는 갈등의 공간으로 마무리된다. 반면 「장수산 2」에서는 "풀도 떨지않"고 "어름"까지 얼어 있는 척박한 "돌산"을 그 옛날의 풍요로운 풍경으로 되살려내는 상상적 창조의 과정이 진행된다. 여기서 "온산중"을 가득 채우며 내리는 "눈"은 창조의 중요한 매개체 역할을 한다. 하얗게 쌓이는 "눈"은 "돌산"의 헐벗은 풍경을 지우며 그 위에 새로운 풍경을 그려내고 있다. 그 과정에서 시인은 '장수산'을 정적인 고요의 공간으로 그리는 것이 아니라 개체의 활력으로 가득 찬 공간으로 만들고 있다. 내리는 눈은 쌓인 눈 아래 "눌리어 숨쉬는" 눈들을 생각하면서 스스로 "가리어 앉"는다. 사물은 서로를 배제하고 서로의 기를 빼앗는 것이 아

니라 생각하고 배려하면서 서로에게 숨을 불어넣어주고 있다. 이어서 흩어지는 눈발을 그린 "흰시울"이라는 표현도 작은 개체들의 움직임을 세밀하면서도 살아 있는 것으로 포착해내려는 시인의 의도에서 비롯된 것이다. "흰시울"[5]은 마치 눈가에 어려 있는 눈물방울처럼 분명한 형체를 지니지 않은 채 무수히 흩날리는 눈발의 움직임을 한번에 담아낸 표현이다. 정지용은 산 위에 내려 쌓이는 눈의 전체적인 형상뿐만 아니라 그 풍경을 만들어내는 하나하나의 개별적 존재와 그들의 작은 움직임을 그려내려 한다. 이어지는 "온산중 나려 앉는 휙진 시울들이 다치지 안히!"는 사물이 자신의 개별성을 상실하지 않으면서 "온산"을 가득 채운 하나의 풍경으로 되살아나는 순간을 그린 것이다. 사물들이 따로 살아 있으면서 동시에 다른 사물들과 어우러져 있는 이 순간 속에서 시인은 "일즉이 진달레 꽃그림자에 붉었던" 옛 풍경의 자취를 더듬고 있다. 그러나 그 행복한 합일의 풍경은 이미 회상 시제로 표현될 수밖에 없는 과거의 존재태이며 더욱이 시인은 그 흔적마저도 "絶壁 보이한 자리", 곧 차단과 경계의 지점에 서서 바라보고 있다. 정지용에게 관찰과 반성의 공간을 제공했던 '유리창' 안쪽의 자리는 다시 시인에게, 자연과의 완전한 합일의 공간으로 되돌아갈 수 없는 근대적 삶의 공간을 깊이 확인하게 하는 것이다.

「장수산」 연작은, 다시 돌아갈 수 없는 과거의 시간과 그러한 과거의 그림자를 안고 있는 현재의 시간이 공존하는 구성 방식을 통해서 근대적 삶의 단면을 시화하고 있다. 『백록담』 시편을 구상하고 창작하던 무렵, 정지용은 과거의 안온한 시간으로도 혹은 진보적 미래의 시간으로도 온전히 환원될 수 없는 '지금-여기'의 혼돈을 응시하고 있었던 것으로 보인다. 1938년에 쓴 「참신한 동양인——무용인 조택원론」은 일제 말기 정지용의 예술적 지향과 고민을 구체적으로 확인할 수 있는 글이다. 서양 무용을 전공하고 서양을 배우기 위해 파리까지 갔던 조택원은 바로 그곳, 서양 무용의

---

5) "흰시울"은 '희다'라는 색채 형용사와 '눈, 입 따위의 가장자리'라는 뜻을 지닌 '시울'이라는 명사가 결합된 말로 정지용이 만든 조어이다.

중심지에서 동양 예술의 세계로 전환하는 계기를 맞고 있는 듯하다. 당시의 상황에 대해 정지용은 다음과 같이 적고 있다.

　　파리에 간 지 일 년 만에 택원의 편지에는 이러한 구절이 있었다. (중략) 시는 동양에 있읍데다. (중략) 그럴가 하고 하로는 비를 맞어가며 양철집 초가집 벽돌집 建陽舍집 골목으로 한나절 돌아다니다가 돌아와서 답장을 써부쳤다. (중략) 시는 동양에도 없읍데……라고.

조택원이 파리에서 바라본 '동양'은 서양과의 대립적인 위치에서 다소 이상화된 동양의 모습이었을 것이다. 이에 비해 정지용은 실제로 존재하는 동양, 다시 말해 변화해 가는 동양의 현재를 관찰하고 있다. 이미 낡아버린 것과 새것 그리고 옛것을 개조한 것들이 한데 얽혀 있는 식민지 경성의 거리는 더 이상 조택원이 말한 '동양'이 아니었고 거기에서 그는 변화된 현실을 담아낼 새로운 미학과 시(詩)를 발견할 수 없었다. 서로 모순된 것들이 충돌하고 융합하며 뒤섞여 있는 삶과 시의 혼돈을 직시하고 있었던 것이다. 위의 글에는 이러한 관찰의 시선이 잘 드러나 있다. 「장수산」 연작에 나타나는 서로 다른 시간의 결합 양상 그리고 각기 이질적인 세계를 나열과 병치의 방식으로 구성한 『백록담』 또한 이 같은 시선에서 출현한 것이다. '유리창' 너머의 풍경에서 '나'를 발견하는 시선, 즉 이러한 관찰과 반성의 시선을 통해 정지용은 1930년대 삶의 조건을 응시하며 그 속에서 충실하게 자신의 예술 작업을 진행해 나갔다.

타자성의 언어, 고독한 현대시의 길

　'유리창'을 통해서 정지용은 20세기 한국시에 새로운 시선을 가져온다. 그에게 '유리창'은 '안'과 '밖'의 철저한 간극 속에서 사물에 대한 냉엄한 거리 두기를 통해 감정의 절제와 객관적 관찰을 가능하게 하는 지각 장치의 역할을 한다. 그를 통해 정지용은 근대의 양면성과 삶의 혼란된 조건을 응시하며 자아까지도 객관적 시선으로 바라볼 수 있는 심리적, 미적 거리를 확보할 수 있었다. 자아를 타자화하며 타자 속에서 또 다른 자아를 발견하는 정지용의 타자적 시선은 주관적 자기 표현의 한국 근대시에 좀 더 객관적인 시적 표현의 가능성을 열어놓고 있다. 그에게서 사물을 바라보는 시선은 시인의 독특한 태도로서 그 의미가 한정되는 것이 아니라 시어를 발현시키는 중요한 동력으로 작용하는 것이다. 따라서 당대의 시단을 놀라게 했던 정지용의 참신한 시적 표현에는 특유의 '시선'과 '언어'의 층위가 긴밀하게 결합된 양상이 나타난다. 가령 정지용의 등단작 가운데 하나인 「카페 프란스」의 한 구절처럼 말이다.

> 밤비는 뱀눈처럼 가는데
> 페이브멘트에 흐늙이는 불빛
> 카페 프란스에 가쟈.
>
> ——「카페 프란스」 일부

"흐늙이는"은 '흐느끼다'와 '흐느적거리다'의 조합어[6]로서 시인 자신이 우리말을 창조적으로 변용시킨 예에 해당된다. 이 말은 "페이브멘트"에 떨어지는 가는 빗줄기에 순간적으로 "불빛"이 비칠 때 흔들리는 것처럼 보이는 현상을 포착한 것이다. 그런데 시인은 이 말을 통해 가랑비 내리는 밤의 을씨년스러운 풍경뿐만 아니라 그 거리를 기약 없이 헤매는 식민지 보헤미안들의 모습 그리고 그 속에 투영된 시인의 내면까지도 아울러 표현하고 있다. 이 같은 표현에서 우리는 정지용의 '차가운 열정'의 시선을 다시 한번 발견할 수 있다. 사물에 대한 냉정한 거리감과 타자적 시선은 독특한

---

6) 유종호, 『시란 무엇인가』(민음사, 1995), 25쪽 참조. "'흐늙이는 불빛'의 '흐늙이는'은 다소 모호하나 '흐느적거리다'의 뜻인 '흐늑거리다'라면 가볍게 흔들린다는 뜻으로 읽어야 할 것 같다. 거기에 '흐느끼다'의 뜻이 첨가되어 있다고 보면 될 것이다."

조어법을 만들어내며, 따라서 위의 구절은 객관적 현상의 묘사이면서 동시에 자아의 감정을 타자화하여 드러낸 표현이 되고 있다. 「바다 2」의 한 부분에서도 비슷한 예를 찾아볼 수 있다.

바다는 뿔뿔이
달어 날려고 했다.

푸른 도마뱀떼 같이
재재발렀다.

꼬리가 이루
잡히지 않었다

—「바다 2」 일부

이 시는 '바다'의 형상을 그려낸 시이면서 또한 시적 형상화 과정의 어려움을 시화한 작품이다. 여기서 "재재발렀다"는 '재다'와 '재빠르다'가 결합된 것으로서 '재빨리 움직였다'라는 의미를 재치 있게 변형시킨 말이다. 이 말이 환기시키는 날쌘 형상과 촉감은 "꼬리가 이루 잡히지 않었다."라는 다음 행의 내용과 무리 없이 연결된다. 마치 손을 뻗으면 닿을 것처럼 가까이 다가왔다가 순식간에 사라지는 파도의 형상을 재빠르게 미끄러져 나가는 "도마뱀떼"의 "꼬리"에 빗대어 표현한 것이다. 새로운 언어를 골라내고 배치하는 이 같은 과정은 곧 '바다'라는 시적 대상을 언어를 통해 포착하려는 시인의 의도와 이와는 달리 계속해서 시인의 언어적 제약권을 벗어나 "뿔뿔이 달어 날려"는 시적 대상과의 갈등을 보여준다.[7] '바다'라는 사

---

7) 정지용은 시의 창조 과정에서 시인이 감내해야 하는 '언어의 제약'에 대해 깊이 인식하고 있었다. "제약을 통하지 못한 비약이라는 것은 그것이 정신적인 것이 될 수 없음이다. 가장 정신적인 것의 하나인 시가 언어의 제약을 받는다는 것은 차라리 시의 부자유의 열

물, 그리고 자아의 내면 체험을 응시하는 두 겹 시선이 시어 선택의 과정에 작용하면서 독특한 조어법으로 나타나고 있는 것이다.

이러한 예들이 보여주듯이 정지용의 시에서 타자적 시선과 감각적 언어는 서로 긴밀하게 결합하면서 한국시에 새로운 시적 표현을 이끌어냈다. '유리창' 너머로 사물을 투시하는 그의 시선은 근대인의 감각적 체험과 내면 세계를 담아내는 객관적이고 미적인 표현의 가능성을 열어놓았다고 평가할 수 있을 것이다. 이쯤에서 우리는 정지용 시의 주연 배우라고 할 '유리창 앞에 선 자아'를 다시 떠올리게 된다. 그는 항상 '유리'를 통해 세계를 바라본다. 한편 차고 단단하며 투명한 속성을 지닌 '유리'는 그에게 세계를 투명하게 보여주면서 동시에 그를 가로막고 있다. 따라서 우리의 '배우'와 세계 사이에 더 이상 가까워질 수 없는 거리가 전제된 상태에서 그는 '유리'라는 매개를 통해서 세계를 경험한다. 앞에서도 살펴보았듯이 사물에 대한 시인 자신의 주관적 감정을 토로하는 것이 아니라 사물의 속성을 정확하게 포착하고 시화하는 정지용의 시적 방법은 바로 이러한 '유리'를 통한 세계 이해와 관계되어 있다. 그렇다면 '유리'라는 시적 장치를 통해 정지용이 의도했던 것은 무엇이었을까. 그리고 그것으로 그는 결국 무엇을 얻었다고 평가할 수 있을까. 정지용은 유리창 너머 저편에 존재하는 세계와의 거리를 철저히 인정하면서 사상, 관념, 감정 등에 연루되지 않는 세계의 독립적인 상을 생동감 있게 형상화하려 하였다. 그럼으로써 그는 누구의 '의견'이나 '감정'에 휩쓸리지 않는 '사실'의 혼돈 그 자체를 직시했다. 정지용이 1930년대 조선의 혼란된 삶과 예술의 조건을 그 자체로 관찰할 수 있었던 것도 '유리'가 마련하는 철저한 간극에서 기인한 것이다. 이렇게 차단된

락이요 시의 전면적인 것이요 결정적인 것으로 되고 만다."라는 그의 말에서 시가 언어의 제약을 통해서만 "정신적 심도"를 드러내고 "血行과 호흡과 체온"을 지닌 "표현 제작"에 이를 수 있다고 보는 정지용의 언어관을 확인할 수 있다. 「바다」는 이렇게 '제약'을 통해서 '비약'에 이르는 시의 창조 과정을 '파도'의 움직임을 빌려 시화한 작품이다. (정지용, 「시와 언어」, 《문장》, 1939. 12 참조)

거리감 속에서 얻어진 그의 감각적 시어와 타자화된 시적 표현은 이전까지의 한국시에서 주류를 이루었던 '감정'과 '내용' 위주의 시의 흐름을 바꾸어 놓았다. 그렇게 하여 자아의 내면을 하나의 사물처럼 들여다보며 타자화하는 시선은 객관적이고 미적인 시어를 통해 시적 형상화의 계기를 얻게 되었다. 정지용 시에서 '유리'가 마련하는 타자적 시선과 미적 거리 그리고 시간의 규범을 뛰어넘는 문학적 상상력과 뛰어난 시적 기술은 "가난하고 꾀죄죄한"(「비들기」) 현실의 삶에 신선한 예술의 활력을 가져왔다고 평가할 수 있을 것이다.

돌이켜보면 사물 앞에 '유리창'을 끼우는 정지용의 독특한 시선은 시적 태도이기 전에 삶의 근본적인 태도라고 여겨진다. "구기여지는 것 젖는 것"을 "아조 싫"어했던(「파라솔」) 결벽적인 정지용은 당대 시단의 중심에 있으면서도 어떤 고정된 편향에 대해 항상 일정한 거리를 두고 있었다.[8] 그러한 거리감은 그로 하여금 '시'가 부재하는 '동양'의 거리에서 새로운 미학을 구상해 볼 수 있게 하였다. 그리고 '유리창' 안쪽에서 그는 "서양취(西洋臭)도 조선 냄새도 아니나는" "근대 미학의 확호(確乎)한 단안"(「생명의 분수」)을 시로써 창조해내는 일에 깊이 몰두했던 것으로 생각된다. 그러나 정지

---

8) 정지용은 ≪문장(文章)≫의 시 부문 고선(考選)위원이었을 뿐만 아니라 이병기, 이태준 등의 편집, 집필진과 친밀한 관계를 유지했고, 시 창작에서도 전통과 고전이 지니는 가치에 대하여 매우 중요하게 평가했던 시인이다. 그러나 그는 1930년대 후반 '조선주의', '동양주의' 담론과 함께 일종의 문화 현상으로 나타났던 '조선 취미' 부흥에 대해서는 단호하게 부정적인 입장을 표명했다. "전문가의 비전문 부문에 대한 다소의 지식 향수(智識享受) 그러한 것들이 결국 취미가 되는 것"이라든가 "조금도 구비되지 못한 생활을 허리가 휘두룩 잔뜩 지고 잇는 터에 취미마자 지고서야 일어설 수 잇느냐."라고 말하며 개인적 호사벽에 그치는 '취미' 현상에 대해 비판하고 있다.(「紛紛說話」, ≪조선일보≫, 1938. 7.3) 그의 이러한 입장은 개인적 향수에 불과한 '조선 취미'를 절대화하며 '조선주의', '동양주의' 일반으로 확대시키려는 움직임과 그러한 가운데서 '미'가 지닌 생활, 문화적 의미를 간과하면서 '미'를 또 다른 규범으로 만드는 경향에 대해 분명하게 구별짓는다는 의미를 지닌다. 그런 면에서 문장과의 이념적 지향과 정지용의 관계, 그리고 이병기, 이태준과 정지용에게서 각기 '상고(尙古)'의 의미가 어떻게 나타나고 있는지에 대해 좀 더 세밀하게 고찰해 볼 필요가 있겠다.

용이 머물렀던 '유리창' 안쪽의 자리는 시의 대중적 소통을 스스로 제한하는 고립과 고독의 공간이었다. 피폐한 현실에서 그는 시인 자신과 소수에게만 행사될 수 있는 시적 행위를 통해 시작(詩作)의 의미를 스스로 제한하였고 그 고고한 귀족주의로 말미암아 그의 시는 식민지 체제에서 극히 협소한 지점에 머물 수밖에 없었다. 그는 현대시가 독자적 생명을 유지할 수 있는 길을 일찍이 고립과 은둔의 길에서 찾고 있었던 것이 아닐까. 고고하며 난해한 정지용의 시는 시의 영원성과 역사의 피폐함을 증명하면서 오늘 우리에게 '유리창' 너머에서 '차디찬' 빛을 던지고 있다.

정지용 생애 연보

1902년 6월 20일(음력 5월 15일), 충북 옥천군 옥천면 하계리 40번지에서 아
         버지 영일 정씨 태국과 어머니 하동 정씨 미하(美河) 사이에서 장남
         으로 태어났다. 부친 태국은 한약상을 경영하여 생계를 유지했으나 어
         느 해 여름에 갑자기 밀어 닥친 홍수 피해로 집과 재산을 모두 잃고
         경제적으로 매우 어려워졌다고 한다. 형제로는 부친과 둘째 부인 사이
         에서 태어난 이복동생 남매 화용과 계용이 있었는데 화용은 요절했고
         누이동생인 계용만이 충남 논산에서 살다가 최근 사망했다고 한다. 어
         릴 적 아명은 지용(池龍)이었으며 이 발음을 따서 본명을 지용으로
         했다. 필명은 지용이며 창씨명은 '대궁수(大弓修)', 천주교 세례명은
         '방지거'(方濟角, '프란시스코'의 중국식 발음)이다.

1910년 4월 6일에 충북 옥천공립보통학교(현재 죽향초등학교)에 입학했다.

1913년 충북 영동군 심천면에 살던 은진 송씨 명헌의 딸 재숙과 결혼했다.

1914년 3월 25일에 옥천공립보통학교를 4회로 졸업했다. 이 학교를 마치고
         1918년 휘문고보에 진학하기까지 4년간 집에서 한문을 공부한 것으로
         되어 있으나 확실하지는 않다.

1915년 집을 떠나 처가 친척인 서울 송지헌의 집에서 기숙하며 여러 가지 일
         을 했다고 전해진다.

1918년 4월 2일에 사립 휘문고등보통학교에 입학했다. 이때 서울에서의 거주
         지는 경성 창신동 143번지 유필영 씨 방이었다. 휘문고보 재학 당시
         문우로는 3년 선배인 노작 홍사용과 2년 선배인 월탄 박종화, 1년 선
         배인 영랑 김윤식, 동급생인 이선근과 박제찬, 1년 후배인 이태준 등

이 있었다. 학교 성적은 매우 우수했으며 1학년 때에는 88명 중 수석이었다. 이 무렵부터 정지용은 문학적 소질을 발휘하기 시작하여 주변의 칭찬을 받았으며 한편으로는 박팔양 등 여덟 명이 모여 '요람'이라는 동인을 결성하기도 했다. 동인지 ≪요람≫은 프린트판으로 10여 호까지 간행되었다고 하나 아직 한 권도 발견되지 않아 그 정확한 사실은 알 수 없다.

1919년   휘문고보 2학년이던 이해에 삼일운동이 일어나 그 후유증으로 가을까지 수업을 받지 못했다. 그의 학적부를 보면 3학기 성적만 나와 있고 1,2학기는 공란으로 처리되어 있다. 이 무렵 휘문고보 학내 문제로 야기된 휘문 사태의 주동이 되어 전경석은 제적당하고 이선근과 정지용은 무기정학을 받았다. 그러나 교우들과 교직원들의 중개 역할로 사태가 수습되면서 곧바로 복학했다고 한다.

1922년   3월에 휘문고보 4년제를 졸업했다. 이해에 학제 개편으로 고등보통학교의 수업 연한이 5년제로 바뀌면서 졸업반의 61명 중 열 명이 5학년으로 진급한 것으로 보인다. 그러나 학적부는 4년 분만 기록되어 있다. 휘문고보의 재학생과 졸업생이 함께하는 문우회의 학예부장을 맡아 ≪휘문≫ 창간호의 편집위원이 되었다. 이 교지는 일본인 교사 新垣永男이 실무를 맡고 김도태 선생의 지도 아래 정지용, 박제찬, 이길풍, 김영현, 전형필, 지창하, 이경호, 민경식, 이규정, 한상호, 남천국 등이 학예부원으로 참여하여 만들었다. 마포 하류의 현석리에서 현재 전해지고 있는 그의 첫 시 작품인 「풍랑몽」을 썼다.

1923년   3월에 휘문고보를 졸업한 듯하다. 정지용 등 문우회 학예부원들이 편집한 ≪휘문≫ 창간호가 출간되었다. 4월에 휘문고보 동창인 박제찬과 함께 일본 교토에 있는 도시샤대학에 입학하였다. 이때 정지용의 학비는 휘문고보에서 보조한 것으로 전해지고 있다. 4월에 그의 대표작의 하나인 「향수」를 썼다.

1924년   도시샤대학 시절 시 「석류」, 「민요풍 시편」, 「다알리아」, 「홍춘」, 「산

318

에ㅅ색시 들녁사내」 등을 썼다.

1925년   교토에서 「샛밝안 기관차」, 「바다」, 「幌馬車」 등을 썼다.

1926년   3월에 도시샤대학 예과를 수료하고 4월에 영문학과에 입학했다. 시
「갑판 우」, 「바다」, 「호면」, 「이른 봄 아츰」 등을 썼으며 《학조(學潮)》,
《신민》, 《문예시대》와 일본 잡지 《근대풍경》 등에 시 작품을 본
격적으로 발표하기 시작했다. 이후에도 《근대풍경》에 많은 시를 발
표하여 일본의 대표적 시인 기타하라 하쿠슈의 관심을 받았다.

1927년   「뺏나무 열매」, 「갈매기」 등 7편의 시를 교토와 옥천 등지를 오가면서
썼다. 《문예시대》, 《신민》, 《조선지광》과 일본 잡지 《근대풍경》
등에 많은 시를 발표했다.

1928년   음력 2월 옥천면 하계리 자택에서 장남 구관이 출생했다. 음력 7월 22일
성프란시스코 사비엘 천주당(가와라마치 교회)에서 요셉 히사노 신노스케
를 대부로 하여 뒤퓌 신부에게 세례를 받았다. 일본어 시 「馬 1·2」를
《동지사문학》 3호에 발표했다.

1929년   3월에 도시샤대학 영문학과를 졸업하고 귀국, 9월에 모교인 휘문고보
영어과 교사로 취임했다. 이때 학생들 간에는 시인으로서 인기가 높았
다고 하며 동료로는 이일, 이헌구, 김도태, 이병기 등이 있었다. 부인
과 장남을 솔거하여 충북 옥천에서 서울 종로구 효자동으로 이사했다.
12월에 시 「유리창」을 썼다.

1930년   3월에 박용철, 김영랑, 이하윤 등과 함께 시문학 동인에 가담하여 시
를 발표했다. 시작 활동이 활발했던 해로 《조선지광》, 《시문학》,
《대조(大潮)》, 《신소설》, 《학생》 등에 「겨울」, 「유리창」 등 20
여 편의 시와 블레이크의 번역시 「소곡」 등 3편을 발표했다.

1931년   12월에 서울 종로구 낙원동 22번지에서 차남 구익이 출생했다. 《신생》,
《시문학》, 《신여성》, 《문예월간》 등에 「유리창 2」 등 7편의 시
를 발표했다.

1932년   「고향」, 「기차」 등 10여 편의 시를 《문예월간》, 《신생》, 《동방평

론≫ 등에 발표했다.

1933년   7월에 종로구 낙원동 22번지에서 3남 구인이 출생했다. 6월에 창간된
        ≪가톨닉청년≫지의 편집을 돕는 한편 그 잡지에 「해협의 오전 2시」
        등의 시와 산문 「소묘 1·2·3」을 발표했다. 8월 카프에 반대하는 입
        장에서 순수 문학의 옹호를 취지로 결성된 구인회에 가담했다. 구인회
        의 초기 창립 회원은 김기림, 이효석, 이종명, 김유영, 유치진, 조용만,
        이태준, 정지용, 이무영 등 아홉 명이었다.

1934년   서울 종로구 재동 45번지의 4호로 이사. 12월에 장녀 구원이 출생했
        다. ≪가톨닉청년≫지에 「다른 한울」 등의 시를 발표했다.

1935년   10월에 시문학사에서 첫 시집 『정지용 시집』이 간행되었다. 이전 잡지
        에 발표되었던 89편의 작품이 수록되어 있다. ≪가톨닉청년≫, ≪시원≫
        등에 「홍역」, 「비극」 등의 작품을 발표했다.

1936년   구인회 동인지 ≪시와 소설≫ 창간호에 시 「유선애상」을 발표했다. 12
        월에 종로구 재동에서 5남 구상 출생. 「명모」, 「폭포」 등의 시를 ≪중
        앙≫, ≪조광≫ 등에 발표했다.

1937년   서울 서대문구 북아현동 1번지 64호로 이사했다. 8월에 5남 구상이
        병사했다. ≪조광≫, ≪소년≫ 등의 잡지에 「옥류동」, 「별똥이 떨어진
        곳」 등을 발표했다.

1938년   문필 활동이 활발했던 해로 「꾀꼬리와 국화」 등의 산문, 「슬픈 우상」,
        「비로봉」 등의 시, 「시와 감상」, 「서왕록」 등의 평론과 수필류를 ≪동
        아일보≫, ≪조선일보≫, ≪삼천리문학≫, ≪여성≫, ≪조광≫, ≪삼천
        리≫, ≪청색지≫ 등에 발표하는 한편 블레이크와 휘트먼의 시를 번역
        하여 최재서가 편집한 『해외서정시집』에 수록했다. 천주교에서 주관한
        경향잡지의 편집을 도와주었다.

1939년   8월에 창간된 ≪문장≫지에 이태준과 함께 참여하여 이태준은 소설
        부문, 정지용은 시 부문의 심사위원을 맡았다. ≪문장≫지 심사위원으
        로 있으면서 박두진, 박목월, 조지훈 등 청록파 시인들과 이한직, 박남

수, 김종한 등 많은 신인들을 추천했다. 「장수산 1·2」, 「백록담」 등의 시와 「시의 옹호」, 「시와 언어」 등의 평론, 수필 등을 ≪동아일보≫, ≪박문≫, ≪문장≫ 등에 발표했다.

1940년 길진섭 화백과 함께 선천, 의주, 평양, 오룡배 등지를 여행했으며 이때 쓰고 그린 글과 그림으로 이루어진 기행문 「화문행각」을 발표했다.

1941년 1월에 「조찬」, 「진달래」, 「인동차」 등 10편의 시 작품이 ≪문장≫ 22호 특집 「신작 정지용 시집」으로 꾸며졌다. 9월에 문장사에서 두 번째 시집 『백록담』이 간행되었다. 총 수록 시편은 「장수산 1·2」와 「백록담」 등 33편이다. 이 무렵 정지용은 정신적으로나 육체적으로 무척 피로해 있었다고 한다.

1942년 1, 2월에 시 「창」과 「이토」를 ≪춘추≫와 ≪국민문학≫에 발표했다.

1944년 제2차 세계대전 말기에 이르러 일본군이 열세해지면서 폭격에 대비해 내린 서울 소개령으로 부천군 소사읍 소사리로 가족을 솔거하여 이사했다.

1945년 8·15 해방과 함께 휘문중학교 교사직을 사임하고 10월에 이화여자전문학교(현재 이화여자대학교) 교수로 옮겨 문과 과장이 되었다. 한국어, 영시, 라틴어 등의 과목을 담당했다.

1946년 서울 성북구 돈암동 산11번지로 이사. 5월에 돈암동 자택에서 모친 정미하가 사망했다. 2월에 조선문학가동맹이 개최한 조선문학자대회에서 아동분과위원장 및 중앙위원으로 추대되었으나 참석하지 않고 대신 장남 구관이 참가하여 당나라 시인 왕유의 시를 낭독했다. 5월에는 건설출판사에서 『정지용시집』의 재판이, 6월에는 을유문화사에서 『지용시선』이 간행되었다. 이 시선에는 『정지용시집』과 『백록담』에서 가려 뽑은 「유리창」 등 25편의 작품이 실려 있다. 8월에 이화여전이 이화여자대학으로 개칭되면서 교수가 되었다. 10월에 경향신문사 주간으로 취임했으며 백양당과 동명출판사에서 시집 『백록담』 재판이 간행되었다. 「애국의 노래」, 「그대들은 돌아오시니」 등의 신작을 ≪대조≫와 ≪혁명≫ 등에 발표했다.

1947년　8월에 경향신문사 주간직을 사임하고 이화여자대학교 교수로 복직했다. 서울대학교 문리대학 강사로 출강, 『시경(詩經)』을 강의했다. ≪경향신문≫에 「청춘과 노년」 등 7편의 번역시와 「사시안의 불행」 등의 수필을 발표했다.

1948년　2월에 이화여자대학교 교수직을 사임하고 녹번리(현재의 은평구 녹번동)의 초당에서 서예를 즐기면서 소일했다. 2월에 박문출판사에서 『문학독본』이 간행되었다. 여기에는 「사시안의 불행」 등 37편의 평문과 수필과 기행문이 수록되어 있다. ≪문학≫, ≪문장≫, ≪조광≫ 등에 「산문 1·2」, 「조선시의 반성」 등의 평론과 수필을 발표했다.

1949년　3월에 동지사에서 『산문』이 간행되었는데 여기에는 평론, 수필, 역시 등 총 55편의 글이 실려 있다.

1950년　2월에 ≪문예≫지에 「곡마단」, 「사사조 5수」를 발표했으며 3월에 동명출판사에서 시집 『백록담』 3판을 간행했다. 보도연맹 문화실장으로 있었으나 활동한 흔적은 거의 없다. 한국전쟁이 일어나자 녹번리 초당에서 설정식 등과 함께 정치보위부에 나가 자수 형식을 밟다가 잡혀 납북된 것으로 알려져 있다. 북한이 최근 발간한 『조선대백과사전』에는 1950년 9월 25일에 사망했다고 기재되어 있다.

1971년　3월 20일에 부인 송재숙이 서울 은평구 역촌동 자택에서 사망했다.

1982년　6월에 유족 대표 정구관과 조경희, 백철, 송지영, 이병도, 김동리, 모윤숙 등 원로 문인들과 학계가 중심이 되어 정지용 저작의 복간 허가를 위한 진정서를 관계 요로에 제출했다.

1988년　3월 30일에 정지용, 김기림의 작품이 해금되었고, 10월 27일에 납, 월북 작가 104명의 작품이 해금되었다. 김학동이 엮은 『정지용전집』(전2권)이 민음사에서 간행되었다. 4월 '지용회'가 결성되어 이후 '지용제'와 '지용문학상' 등의 기념 행사가 이루어지고 있다.

정지용 작품 연보

발표일	분류	제 목	발표지
1919. 12	소설	三人	서광 1호
1925. 3	시	新羅の柘榴(일어)	가(街)
1925. 7	시	まひる(일어)	가(街)
1925. 7	시	草の上(일어)	가(街)
1926. 1	수필	晩秋의 선물	신여성 26호
1926. 6	시	카䳍 — 쯰란스	학조 1호
1926. 6	시	슬픈 印象畵	학조 1호
1926. 6	시	爬蟲類 動物	학조 1호
1926. 6	시조	「마음의 日記」에서	학조 1호
1926. 6	동요[9]	서쪽 한울	학조 1호
1926. 6	동요	씩	학조 1호
1926. 6	동요	감나무	학조 1호
1926. 6	동요	한울 혼자 보고	학조 1호
1926. 6	동요	짤레(人形)와 아주머니	학조 1호
1926. 11	시	Dahlia	신민 19호
		(1924.11 京都 植物園에서)	
1926. 11	시	紅椿	신민 19호
		(1924 4 鴨川 上流에서)	

9) 이 동요 머리에 붙어 있는 줄글은 후에 「별똥」이란 시 작품이 되었다.

발표일	분류	제 목	발표지
1926. 11	시	산에ㅅ색시 들녁 사내	문예시대 1호
1926. 11	시	산에서 온 새	어린이 4권 10호
1926. 12	동시	굴뚝새[10]	신소년
1926. 12	시	かっふえふらんす(일어)	근대풍경 1권 2호
1927. 1	시	넷 니약이 구절	신민 21호
1927. 1	시	甲板 우	문예시대 2호
		(1926 여름, 玄海灘 우에서)	
1927. 1	시	海 1(일어)	근대풍경 2권 1호
1927. 2	시	바다(1926. 1 京都)	조선지광 64호
1927. 2	시	湖面(1929. 10 京都)	조선지광 64호
1927. 2	시	샛밝안 機關車	조선지광 64호
		(1926. 여름 京都)	
1927. 2	시	내 맘에 맛는 이	조선지광 64호
1927. 2	시	무어래요?	조선지광 64호
1927. 2	시	숨ㅅ내기	조선지광 64호
1927. 2	시	비들기	조선지광 64호
1927. 2	시	이른 봄 아츰	신민 22호
1927. 2	시	海 2(일어)	근대풍경 2권 2호
1927. 2	시	海 3(일어)	근대풍경 2권 2호
1927. 2	시	みなし子の夢(일어)	근대풍경 2권 2호
1927. 3	시	鄕愁	조선지광 65호
1927. 3	시	바다	조선지광 65호
1927. 3	시	柘榴	조선지광 65호

10) 북한에서 펴낸 류희정 엮음, 『1920년대 아동문학집』(평양: 문학예술종합출판사, 1993)
에 의거한 것이다.

발표일	분류	제 목	발표지
1927. 3	단평	時調寸感	신민 23호
1927. 3	시	悲しき印象畵(일어)	근대풍경 2권 3호
1927. 3	시	金ぼたんの哀唱(일어)	근대풍경 2권 3호
1927. 3	시	湖面(일어)	근대풍경 2권 3호
1927. 3	시	雪(일어)	근대풍경 2권 3호
1927. 3	서간문	手紙一つ	근대풍경 2권 3호
1927. 4	시	幌馬車(일어)	근대풍경 2권 4호
1927. 4	시	初春の朝(일어)	근대풍경 2권 4호
1927. 4	수필	春三月の作文	근대풍경 2권 4호
1927. 5	시	뻣나무 열매(1927. 3 京都)	조선지광 67호
1927. 5	산문시	엽서에 쓴 글 (1927. 3. 京都)	조선지광 67호
1927. 5	시	슬픈 汽車 (1927. 3 日本東海線 車中)	조선지광 67호
1927. 5	시	할아버지	신소년 5권 5호
1927. 5	시	산너머 저쪽	신소년 5권 5호
1927. 5	시	甲板の上(일어)	근대풍경 2권 5호
1927. 6	시	산에서 온 새	신소년 5권 6호
1927. 6	시	해바라기 씨	신소년 5권 6호
1927. 6	시	五月消息(1927.5 京都)	조선지광 68호
1927. 6	시	幌馬車(1927. 5 京都)	조선지광 68호
1927. 6	시	船醉 1 (1926. 8 玄海灘 우에서)	학조 2호
1927. 6	시	鴨川[11]	학조 2호

---

11) 이하윤 엮음, 『現代抒情詩選』(박문서관, 1939)에 재수록.

발표일	분류	제 목	발표지
		(1923. 7 京都 鴨川에서)	
1927. 6	시	まひる(일어)	근대풍경 2권 6호
1927. 6	시	遠いレール(일어)	근대풍경 2권 6호
1927. 6	시	夜半(일어)	근대풍경 2권 6호
1927. 6	시	耳(일어)	근대풍경 2권 6호
1927. 6	시	歸り路(일어)	근대풍경 2권 6호
1927. 7	시	發熱(1927. 6 沃川)	조선지광 69호
1927. 7	시	말	조선지광 69호
1927. 7	시	風浪夢	조선지광 69호
		(1922. 3 麻浦 下流 玄石里)	
1927. 8	시	太極扇에 날니는 꿈	조선지광 70호
		(1927. 6 沃川)	
1927. 9	시	말	조선지광 71호
1927. 9	시	鄕愁の靑馬車(일어)	근대풍경 2권 9호
1927. 9	시	笛(일어)	근대풍경 2권 9호
1927. 9	시	酒場の夕日(일어)	근대풍경 2권 9호
1927. 9	시	眞紅な汽關車(일어)	근대풍경 2권 9호
1927. 9	시	橋の上(일어)	근대풍경 2권 9호
1928. 2	시	旅の朝(일어)	근대풍경 3권 2호
1928. 5	시	우리나라 여인들은	조선지광 78호
1928. 9	시	갈매기	조선지광 80호
1928. 10	시	馬 1(일어)	동지사문학 3호
1928. 10	시	馬 2(일어)	동지사문학 3호
1928. 12.4	논문	The Imagination in the Poetry of William Blake[12](영어)	자필수고

발표일	분류	제 목	발표지
1930. 1	시	겨울	조선지광 89호
1930. 1	시	琉璃窓	조선지광 89호
1930. 3	시	일은 봄 아츰	시문학 1호
1930. 3	시	Dahlia	시문학 1호
1930. 3	시	京都鴨川	시문학 1호
1930. 3	시	船醉 2	시문학 1호
1930. 3	번역시	윌리엄 블레이크, 小曲(1)	대조 1호
1930. 3	번역시	윌리엄 블레이크, 小曲(2)	대조 1호
1930. 3	번역시	윌리엄 블레이크, 봄	大潮 1호
1930. 5	시	바다	시문학 2호
1930. 5	시	피리	시문학 2호
1930. 5	시	저녁 햇살	시문학 2호
1930. 5	시	甲板 우	시문학 2호
1930. 5	시	紅椿	시문학 2호
1930. 5	시	湖水 1	시문학 2호
1930. 5	시	湖水 2	시문학 2호
1930. 5	번역시	윌리엄 블레이크, 봄에게	시문학 2호
1930. 5	번역시	윌리엄 블레이크, 초밤 별에게	시문학 2호
1930. 5	시	청개구리 먼 내일	신소설 3호
1930. 5	시	배추벌레	신소설 3호
1930. 8	시	아츰	조선지광 92호
1930. 9	시	바다 1	신소설 5호

---

12) 정정덕(1995. 12)과 김구슬(2002. 10)에 의해 번역되었으며 김구슬의 번역은 최동호 엮음, 『정지용 사전』(고려대 출판부, 2003)에 수록되어 있다.

발표일	분류	제 목	발표지
1930. 9	시	바다 2	신소설 5호
1930. 10	시	絶頂	학생 2권 9호
1930. 10	시	별똥	학생 2권 9호
1931. 1	시	琉璃窓 2	신생 27호
1931. 10	시	無題[13]	시문학 3호
1931. 10	시	柘榴	시문학 3호
1931. 10	시	뻣나무 열매	시문학 3호
1931. 10	시	바람은 부옵는데	시문학 3호
1931. 11	시	촉불과 손	신여성 10 · 11호
1931. 12	시	아츰	문예월간 2호
1932. 1	시	無題[14]	문예월간 3호
1932. 1	시	옵바 가시고	문예월간 3호
1932. 1	시	蘭草	신생 37호
1932. 1	시	밤	신생 37호
1932. 4	시	바람	동방평론 1호
1932. 4	시	봄	동방평론 1호
1932. 6	시	달	신생 42호
1932. 7	시	조약돌	동방평론 2호
1932. 7	시	汽車	동방평론 2호
1932. 7	시	故鄉	동방평론 2호
1933. 1.1	잡조	내가 感銘깊게 읽은 作品과 朝鮮文壇과 文人에 대하여	조선중앙일보

---

13) 원래 제목이 없는 작품이나 편의상 '무제'라 제목을 붙였다.
14) ≪신소년≫ 5권 5호(1927)에 발표했던 「산 너머 저쪽」을 「무제」란 제목으로 다시 실은
   것이다. 여기에 「옵바 가시고」를 덧붙여 '소년시 2편'으로 ≪문예월간≫에 수록되어 있다.

발표일	분류	제 목	발표지
1933. 6	시	海峽의 午前 二時[15]	가톨닉靑年 1호
1933. 6	시	毘盧峰	가톨닉靑年 1호
1933. 6	수필[16]	素描 1	가톨닉靑年 1호
1933. 6	번역	그리스도를 본바듬	가톨닉靑年 1권 14호
1933. 7	수필	素描 2	가톨닉靑年 2호
1933. 8	수필	素描 3	가톨닉靑年 3호
1933. 8	잡문	한개의 反駁	조선일보
1933. 9	시	臨終	가톨닉靑年 4호
1933. 9	시	별	가톨닉靑年 4호
1933. 9	시	恩惠	가톨닉靑年 4호
1933. 9	시	갈닐네아 바다	가톨닉靑年 4호
1933. 9	수필	素描 4,5	가톨닉靑年 4호
1933. 10	시	時計를 죽임	가톨닉靑年 5호
1933. 10	시	歸路	가톨닉靑年 5호
1934. 2	시	다른 한울	가톨닉靑年 9호
1934. 2	시	또 하나 다른 太陽	가톨닉靑年 9호
1934. 3	시	不死鳥	가톨닉靑年 10호
1934. 3	시	나무	가톨닉靑年 10호
1934. 7.2	시	卷雲層 위에서 (「비로봉」으로 개제)	조선중앙일보
1934. 9	시	勝利者 金안드레아	가톨닉靑年 16호
1935. 1	시	갈매기	삼천리 58호
1935. 3	시	紅疫	가톨닉靑年 22호

---

15) 임화 엮음, 『現代朝鮮詩人選』(학예사, 1939)에 재수록하였다.
16) 김학동에서는 산문으로, 깊은샘에서는 소설로 되어 있다.

발표일	분류	제 목	발표지
1935. 3	시	悲劇	가톨닉靑年 22호
1935. 4	시	다른 한울	시원 2호
1935. 4	시	또 하나 다른 太陽	시원 2호
1935. 8	시	다시 海峽	조선문단 24호
1935	시	地	조선문단 24호
1935. 10	시집	『鄭芝溶詩集』	시문학사
1935. 12	시	바다	시원 5호
1936. 3	시	流線哀傷	시와 소설 1호
1936. 4	수필	女像四題	여성
1936. 6	시	明眸	중앙 32호
1936. 6	수필	詩畵巡禮	중앙 32호
1936. 6.18-21	수필	愁誰語	조선일보
1936. 7	시	瀑布	조광 9호
1936. 10	좌담	문예좌담회	신인문학
1937. 1.1	좌담	문학문제 좌담회	조선일보
1937. 2.10-17	수필	愁誰語	조선일보
1937. 2	설문답	女과의 愚問賢答	여성 2권 2호
1937. 5	설문답	朝鮮女性	여성 2권 5호
1937. 6.6	대담	文壇打診 卽問卽答記	동아일보
1937. 6.8	시	毘盧峰	조선일보
1937. 6.8	시	九城洞	조선일보
1937. 6.8-12	수필	愁誰語	조선일보
1937. 6.10-11	수필	옛글, 새로운 정	동아일보
1937. 11	시	玉流洞	조광
1937. 12	수필	별똥이 떨어진 곳	소년 1권 6호

발표일	분류	제 목	발표지
1938. 1	수필	꾀꼬리와 菊花	삼천리문학 1호
1938. 1.1	대담	≪시문학≫에 대하여 (박용철과의 대담)	조선일보
1938. 1.2	좌담	명일의 조선문학	동아일보
1938. 1	잡조	校正室	조광 27호
1938. 1	수필	春正月의 美文體	여성 22호
1938. 1	수필	더 좋은 데 가서	소년 2권 1호
1938. 2.17	수필	날은 풀리며 벗은 알으며	조선일보
1938. 3	시	슬픈 偶像[17]	조광 29호
1938. 3.3	수필	南病舍 七號室[18]	동아일보
1938. 4	시	삽사리	삼천리문학 2호
1938. 4	시	溫井	삼천리문학 2호
1938. 5.13	수필	人定閣	조선일보
1938. 5	수필	茶房 '고마도리' 안에 연지 찍은 색시들	삼천리 96호
1938. 6	시	明水臺 진달래	여성 27호
1938. 6	번역시	윌리엄 블레이크, 봄에게	『해외서정시집』 (최재서 엮음)
1938. 6	번역시	윌리엄 블레이크, 초밤 별에게	『해외서정시집』
1938. 6	번역시	윌리엄 블레이크, 小曲(1)	『해외서정시집』
1938. 6	번역시	윌리엄 블레이크, 小曲(2)	『해외서정시집』
1938. 6	번역시	윌리엄 블레이크, 봄	『해외서정시집』

---

17) 『朝鮮文學讀本』(조광사, 1938)에 재수록되었다.
18) 『조선작품연람』(1939)에 재수록되었다.

발표일	분류	제 목	발표지
1938. 6	번역시	윌리엄 블레이크, 水戰이야기 1	『해외서정시집』
1938. 6	번역시	윌리엄 블레이크, 水戰이야기 2	『해외서정시집』
1938. 6	번역시	월트 휘트먼, 눈물	『해외서정시집』
1938. 6	번역시	월트 휘트먼, 神嚴한 죽엄의 속살거림	『해외서정시집』
1938. 6.5	수필	구름	동아일보
1938. 6.5-7	수필	逝往錄 ——懷友隨筆	조선일보
1938. 7.3	수필	紛紛說話	조선일보
1938. 8	시	毘盧峰	청색지 2호
1938. 8	시	九城洞	청색지 2호
1938. 8.6	수필	꾀꼬리 ——南遊第1信	동아일보
1938. 8.7	수필	柘榴·甘柿·柚子 ——南遊第2信	동아일보
1938. 8.9	수필	烏竹·孟宗竹 ——南遊第3信	동아일보
1938. 8.17	수필	棉花 ——南遊第4信	동아일보
1938. 8.19	수필	때까치 ——南遊第5信	동아일보
1938. 8.23	수필	동백나무 ——南遊第6信	동아일보
1938. 8.23	수필	離家樂 ——多島海記1	조선일보
1938. 8.24	수필	海峽病① ——多島海記2	조선일보
1938. 8.25	수필	海峽病② ——多島海記3	조선일보
1938. 8.27	수필	失籍島 ——多島海記4	조선일보
1938. 8.28	수필	一片樂土 ——多島海記5	조선일보
1938. 8.29	수필	歸去來 ——多島海記6	조선일보

발표일	분류	제 목	발표지
1938. 9	설문답	우퉁을 벗었구나	여성 29호
1938. 9-10	평론	詩와 鑑賞(金永郎論)	여성 29・30호
1938. 12.1-3	평론	舞踊人 趙澤元論	동아일보
1939. 1.1	좌담	新建할 朝鮮文學의 性格	동아일보
1939. 1	평론	月灘의 『錦衫의 피』와 各紙 批評과 讀後感	박문 1호
1939. 3	시	長壽山 1	문장 2호
1939. 3	시	長壽山 2	문장 2호
1939. 4	시	春雪	문장 3호
1939. 4	시	白鹿潭	문장 3호
1939. 4.14	수필	夜間 버스의 奇譚	동아일보
1939. 4.16	수필	雨傘	동아일보
1939. 4.20	수필	合宿	동아일보
1939. 4	평론	詩 選後에	문장 3호
1939. 5	평론	詩 選後	문장 4호
1939. 5.10	수필	衣服 一家見(胡椒譚에서)	동아일보
1939. 6	평론	詩의 擁護	문장 5호
1939. 6	평론	詩 選後	문장 5호
1939. 6	잡조	設問答	작품 1호
1939. 7	시	地圖	학우회구락부 1호
1939. 7	시	달	학우회구락부 1호
1939. 8	평론	詩 選後	문장 7호
1939. 9	평론	詩 選後	문장 8호
1939. 10	평론	詩와 發表	문장 9호
1939. 10	평론	詩 選後	문장 9호

발표일	분류	제 목	발표지
1939. 11	평론	詩의 威儀	문장 10호
1939. 11	평론	詩 選後	문장 10호
1939. 12	평론	詩와 言語	문장 11호
1939. 12	평론	詩 選後	문장 11호
1939. 12	시(일어)	ふるさと[19]	미문(徽文) 17호
1940. 1	수필	天主堂	태양 1호
1940. 1	수필	畵文行脚	여성 5권 1호
1940. 1.1	수필	元旦 畵文點綴	동아일보
1940. 1.28-2.15	수필	畵文行脚	동아일보
1940. 1	좌담	文學의 諸問題	문장 12호
1940. 1	평론	詩 選後	문장 12호
1940. 2	평론	觀劇小記(高協 제1회 공연 「정어리」에 대한 것)	문장 13호
1940. 2	수필	愁誰語(평양)	문장 13호
1940. 2	평론	詩 選後	문장 13호
1940. 4	수필	愁誰語(봄)	문장 15호
1940. 4	평론	詩 選後	문장 15호
1940. 7	단평	李秉岐 著『嘉藍時調集』에	삼천리 134호
1940. 8.10	시	지는 해	조선일보
1940. 9	평론	詩 選後	문장 18호
1941. 1	시	朝餐	문장 22호 『신작 정지용 시집』
1941. 1	시	비	문장 22호 『신작 정지용 시집』

---

19) 이 시는 ≪동방평론≫ 2호에 발표한 「고향」을 일역한 것이다.

발표일	분류	제 목	발표지
1941. 1	시	忍冬茶	문장 22호
			『신작 정지용 시집』
1941. 1	시	붉은 손	문장 22호
			『신작 정지용 시집』
1941. 1	시	꽃과 벗	문장 22호
			『신작 정지용 시집』
1941. 1	시	盜掘	문장 22호
			『신작 정지용 시집』
1941. 1	시	禮裝	문장 22호
			『신작 정지용 시집』
1941. 1	시	나븨	문장 22호
			『신작 정지용 시집』
1941. 1	시	호랑나븨	문장 22호
			『신작 정지용 시집』
1941. 1	시	진달래	문장 22호
			『신작 정지용 시집』
1941. 1	좌담	文學의 諸問題	문장 22호
1941. 4	수필	胡娘街(安東縣의 二人行脚)	춘추 3호
1941. 9	시집	『白鹿潭』	문장사
1942. 1	시	窓	춘추 12호
1942. 2	시	異土	국민문학
1942. 4.18	서평	『無序錄』을 읽고 나서	매일신보
1946. 1	시	愛國의 노래	대조 1호
1946. 1	시	그대들 돌아오시니	혁명 1호
1946. 3.1	가사	追悼歌	대동신문

발표일	분류	제 목	발표지
1946. 6	시집	『지용 詩選』	을유문화사
1946. 8.26	서평	尹石重 童謠集(초생달)	현대일보
1946. 10.6- 1947. 6.30	평론	餘滴[20]	경향신문
1946. 10.27	평론	學生과 함께	경향신문
1947. 2.16	평론	共同制作	경향신문
1947. 3.9	평론	斜視眼의 不幸	경향신문
1947. 3.9	평론	시집 『鐘』에 대한 것	경향신문
1947. 3.27	번역시	월트 휘트먼, 靑春과 老年	경향신문
1947. 4.3.	번역시	월트 휘트먼, 關心과 差異	경향신문
1947. 4.13	평론	繪畵 敎育의 新意圖 ──梨花女中 美展 小印象	경향신문
1947. 4.17	번역시	월트 휘트먼, 大路의 노래	경향신문
1947. 5.1	번역시	월트 휘트먼, 自由와 祝福	경향신문
1947. 5.1	번역시	월트 휘트먼, 法庭審問에 선 重犯人	경향신문
1947. 5.1	수필	鄭勳謨 女史에의 再期待	경향신문
1947. 5.8	번역시	월트 휘트먼, 弟子에게	경향신문
1947. 5.8	번역시	월트 휘트먼, 나는 앉아서 바라본다	경향신문
1947. 5.15	평론	氣象豫報와 美蘇共委	경향신문
1947. 5.31	평론	不幸한 少年少女의 親友	경향신문

---

20) 이 「餘滴」은 정지용이 혼자 썼다고는 할 수 없다. 편집인이었던 염상섭도 함께 쓴 것으로 보인다. ≪산문(散文)≫에 실린 「여적」은 대개 1947년도 분인 것이지만, 1946년도 분량도 상당수가 정지용의 집필인 것으로 추정된다.

발표일	분류	제 목	발표지
		─ 플라나간 神父를 맞이하여	
1947. 6.26	평론	趙澤元 舞踊에 關한 것	경향신문
1948. 1	산문	序(윤동주 시집『하늘과 바람과 별과 詩』)	정음사
1948. 2	산문집	『文學讀本』	박문출판사
1948. 2.8	평론	文化人의 立場에서 時潮의 反映을 解剖	평화일보
1948. 4	수필	散文 1	문학 7호
1948. 5	수필	散文 2	문학 8호
1948. 10	평론	朝鮮詩의 反省	문장 27호
1948. 10	수필	알파·오메가	문장 27호
1948. 11	잡문	대단치 않은 이야기	아동문화 1호
1948. 11.29	수필	愁誰語	주간서울 16호
1948. 12	잡조	좀 더 두고 보자	조광 125호
1948. 12	평론	應援團風의 愛校心	휘문 20호
1949. 1	산문집	『散文』(附 譯詩)	동지사
1949. 1	시	無題[21]	산문
1949. 1	번역시	월트 휘트먼, 平等無終의 行進[22]	산문
1949. 1	번역시	월트 휘트먼, 軍隊의 幻影	산문
1949. 1	번역시	월트 휘트먼, 目的과 鬪爭	산문
1949. 1.5	평론	文學으로 사는 길	세계일보

---

21) ≪산문≫ 중에 실린 글 「포도에 대하여」 가운데 나오는 시다. 제목이 달려 있지 않아 편의상 「무제」라 하였다.
22) 「平等無終의 行進」, 「軍隊의 幻影」, 「目的과 鬪爭」은 아직 발표지가 발견되지 않았다.

발표일	분류	제 목	발표지
1949. 2.6	평론	『뿌르조아의 人間像』과 金東錫	자유신문
1949. 2.23	서평	『퀴리부인』의 서평	서울신문
1949. 3	잡조	사교춤과 훈장	신여원 1호
1950. 1	잡조	小說家 李泰俊 군 조국의 '서울'로 돌아오라	이북통신
1950. 2	시	曲馬團	문예 7호
1950. 2	평론	作家를 志望하는 學生에게	학생월보 2권 2호
1950. 3	시화집	『春雷集』[23]	정음사
1950. 4.15	서평	月坡와 시집 『望鄕』	국도신문
1950. 5.7-6.28	수필	南海五月點綴	국도신문
1950. 6	시	늙은 범	문예 8호
1950. 6	시	네 몸매	문예 8
1950. 6	시	꽃분	문예 8
1950. 6	시	山 달	문예 8
1950. 6	시	나비	문예 8
1992	시	그리워[24]	
1988	전집	『鄭芝溶全集 1-2』 (김학동 엮음)	민음사

---

23) 김영랑, 김기림, 노천명 등과 함께 정음사에서 펴낸 『현대시집』 제1권 중 정지용의 시 작품 30편을 묶어 『春雷集』이라 하고 있다. 이들은 모두 『정지용시집』과 『백록담』에 수 록된 시에서 고른 것들로 「유리창」, 「柘榴」, 「해협」, 「난초」, 「향수」, 「카페 프랑스」, 「조 약돌」, 「저녁햇살」, 「紅椿」, 「절정」, 「오월소식」, 「태극선」, 「달」, 「해바라기씨」, 「삼월 삼 질날」, 「할아버지」, 「산에서 온 새」, 「별」, 「나무」, 「또 하나 다른 태양」, 「임종」, 「불사조」, 「春雪」, 「九城洞」, 「忍冬茶」, 「長壽山」, 「백록담」 등이다.

24) 원 발표지는 미확인. 류희정 엮음, 『현대조선문학전집』 15권(평양: 문학예술종합출판사, 1992).

발표일	분류	제 목	발표지
1994	선집	『달과 자유 : 정지용 시와 산문』	깊은샘
2003	선집	『정지용』	돌베개
2003	시집	『원본 정지용 시집』 (이숭원 주해)	깊은샘

1930. 1.16-18	정노풍, 「시단회상——새해에 잊히지 않는 동무들」, 《동아일보》.
1930. 2.5-9	손재봉, 「정월시평 기타」, 《조선일보》.
1930. 2.9-23	정노풍, 「신춘시단槪評」, 《동아일보》.
1930. 8.16	배상철, 「갑자년의 정지용——문인의 골상評」, 《중외일보》.
1931. 12.7	박용철, 「1931년 시단의 회고와 비판」, 《중앙일보》.
1933. 8.11-18	임화, 「카톨릭 문학 비판」, 《조선일보》.
1933. 8.26-9.5	윤형중, 「카톨리시즘은 현대문화에 있어서 엇던 위치에 섯는가」, 《조선일보》.
1933. 9	김기림, 「문단시평」, 《신동아》.
1933. 10.24-26	이동구, 「카톨릭 문학에 대한 당위의 문제」, 《동아일보》.
1933. 12	양주동, 「1933년도 시단 年評」, 《신동아》.
1935. 12	임화, 「담천하의 시단 일년」, 《신동아》.
1933. 12.7-13	김기림, 「1933년 시단의 회고와 전망」, 《조선일보》.
1935. 12.7	麗水, 「『정지용시집』에 대하여」, 《조선중앙일보》.
1935. 12.7-11	이양하, 「바라든 지용시집」, 《조선일보》.
1935. 12.10	모윤숙, 「『정지용시집』을 읽고」, 《동아일보》.
1935. 12.12-13	박월탄, 「감각의 聯珠 『정지용시집』」, 《매일신보》.
1936. 1	김기림, 「『정지용시집』을 읽고」, 《조광》 2권 1호.
1936. 1	변영로, 「정지용군의 시」, 《신동아》 6권 5호.
1936. 1	麗水, 「지용과 임화 시」, 《중앙》 27호.

1936. 3	박귀송, 「신춘시단 시평」, 《신인문학》 3권 2호.
1936. 3.25	이고산, 「『정지용시집』에 대하여」, 《조선중앙일보》.
1936. 6.1-7	이병각, 「예술과 창조」, 《조선일보》.
1936. 7	박팔양, 「요람 시대의 추억」, 《중앙》 32호.
1936. 8	김환태, 「京都의 3년」, 《조광》 2-8호.
1936. 8	C기자, 「시인 정지용 씨와의 만담집」, 《신인문학》.
1936. 12	박용철, 「병자 시단의 1년 성과」, 《동아일보》.
1937. 4	신석정, 「정지용론」, 《풍림》 5호.
1938. 1	이해문, 「중견시인론」, 《시인춘추》 2호.
1938. 4	김환태, 「정지용론」, 《삼천리문학》 2호.
1939. 10	김기림, 「모더니즘의 역사적 위치」, 《인문평론》.
1946. 3	김동석, 「시를 위한 시 ── 정지용론」, 《상아탑》.
1946. 3	박세영, 「해방 이후의 시단概評」, 《우리문학》 2호.
1947. 1.9	오장환, 「지용師의 백록담」, 《예술신보》.
1947. 3	홍효민, 「정지용론」, 《문화창조》 2호.
1947. 8.20-21	조연현, 「수공업 예술의 말로 ── 정지용씨의 운명」, 《평화일보》.
1948	윤곤강, 「감각과 주지」, 『시와 진실』, 정음사.
1948. 2	박산운, 「시인 정지용을 방문하다」, 《신세대》 22호.
1948. 3	이윤일, 「조선의 유-모리스트」, 《신천지》 3권 3호.
1948. 8	조연현, 「산문 정신의 모독 ── 정지용 씨의 산문 문학관에 대하여」, 《예술조선》.
1948. 10	김광현, 「내가 본 시인: 정지용, 이용악 편」 《민성》 4권 9·10호.
1949. 3.19	이광현, 「정종과 막걸리 ── 정지용에 대한 소고」, 《자유신문》.
1949. 5.13-17	석은, 「시인의 법열 ── 지용 예술에 관하여」, 《국도신문》.

1950. 5	박종화 외 「문학방담회(좌담)」, 《문예》 5호.
1958	김열규, 「현대 한국시의 두 주류와 '시적 변경' 가능」 서울대 석사 논문.
1961. 11	최창록, 「현대시의 요건──지용의 작품을 중심으로 한 스타일 연구」, 《국어국문학연구(청구대)》 5집.
1962	최창록, 「한국시 문체의 전통적 요소와 현대적 요소──소월과 지용을 통해 본」, 경북대 석사 논문.
1962. 5	유종호, 「현대시의 50년」, 《사상계》.
1962. 5	조지훈, 「한국 현대시사의 반성」, 《사상계》.
1962. 12	송욱, 「한국모더니즘 비판──정지용 즉 모더니즘의 자기부정」, 《사상계》.
1962. 12~1963. 6	최태응, 「월북 문인의 비극──정지용의 비극」, 《사상계》 10-13호.
1963. 2.10	김광협, 「지용 연구 시론──그의 시관 내지 시인관을 조감한다」, 《사대학보(서울대)》 5집.
1963. 4	박용구, 「독설속의 동심, 정지용」, 《동아춘추》 2권 3호.
1963. 9	유치환, 「예지를 잃은 슬픔」, 《현대문학》 105호.
1965. 6	김시태, 「현대 한국시의 이미지 소고」, 《동악어문논집》 2집.
1966. 9.18	조용만, 「나의 구인회 시대──시인 정지용」, 《대한일보》.
1967	송욱, 「한국 모더니즘 비판」, 『시학평전』, 일조각.
1968	김춘수, 「정지용의 시 형태」, 『한국현대시형태론』.
1968. 6	김춘수, 「신시 60년의 문제들」, 《신동아》.
1968. 7	김우창, 「한국시와 형이상」, 《세대》.
1969. 11	김용직, 「시문학파 연구」, 《인문과학논총(서강대)》 2집.
1970. 3	김윤식, 「카톨릭 시의 행방」, 《현대시학》.
1970	박철희, 「현대 한국시와 그 서구적 잔상(상)」, 《예술논문집》 9집.

| 1970 | 오탁번, 「지용 시 연구」, 고려대 석사 논문. |

1970   오탁번, 「지용 시 연구」, 고려대 석사 논문.

1972   양왕용, 「1930년대의 시 연구——정지용의 경우」, ≪어문
              학≫ 26호.

1973. 1.20   박종화, 「월탄 회고록」, ≪한국일보≫.

1973. 2   정행자, 「한국시의 모더니즘에 관한 고찰 : 김기림, 정지용,
              김광균을 중심으로」, ≪국어과교육(부산교대)≫ 3집.

1973.   김현, 「정지용 혹은 절제의 시인」, ≪문학과지성≫.

1974   김윤식, 「풍경의 서정화」, 『한국근대 문학사상비판』, 일지사.

1974   김윤식, 「한국 근대 문학사에서 본 카톨릭문학」, 『한국 문
              학의 이론』, 일지사.

1974   김용직, 「모더니즘의 시도와 실패」, ≪교양과정부논문집(서
              울대)≫.

1974. 2   이창배, 「이미지즘과 그 영향」, ≪심상≫.

1974.   이선영, 「식민지 시대 시인의 자세와 시적 성과」, ≪창작과
              비평≫.

1975   오탁번, 「지용시의 바다와 산 이미지 시론」, ≪군자어문학
              (수도여사대)≫ 2집.

1975. 1   김용직, 「새로운 시어의 혁신성과 그 한계」, ≪문학사상≫.

1975. 1   유병석, 「절창에 가까운 시인 집단」, ≪문학사상≫.

1975. 1   오세영, 「모더니스트——비극적 상황의 주인공들」, ≪문학
              사상≫.

1975.   김종철, 「30년대의 시인들」, ≪문학과지성≫.

1976   오탁번, 「지용 시의 환경」, 『현대문학산고』, 고려대출판부.

1977. 7   오세영, 「한국 문학에 나타난 바다」, ≪현대문학≫.

1977. 9   신동욱, 「고향에 관한 시인의식 시고」, ≪어문논집(고려대)≫
              19·20집.

1977. 12   조연희, 「지용시에 나타난 전통적 양상 : 자연과 죽음과 사

랑을 중심으로」, ≪어문교육논집(부산대)≫ 2집.

1978   이진홍, 「정지용의 작품 '유리창'을 통한 시의 존재론적 해명」, 경북대 석사 논문.

1978. 12   송상일, 「어둠 속의 시와 종교── 정지용의 비극」, ≪현대문학≫ 24-12호.

1979   마광수, 「정지용의 모더니즘 시」, ≪홍대논총≫ 11집.

1979   박철석, 「정지용론」, ≪한국문학논총≫ 2호.

1979   양왕용, 「이미지와 상상력의 계발」, ≪어문교육논집(익산대)≫ 4집.

1980   김치수 외, 『식민지시대의 문학 연구』, 깊은샘.

1980   이숭원, 「정지용 시 연구」, 서울대 석사 논문.

1980   신용협, 「정지용론」, ≪한국언어문학≫ 19호.

1980. 2   문덕수, 마광수, 「1930년대 모더니즘 문학 연구」, ≪홍대논총≫ 11집.

1980. 6   김시태, 「영상 미학의 탐구──정지용론」, ≪현대문학≫.

1980.   이진홍, 「시, 숙명적인 반어문──정지용의 '유리창'을 중심으로」, ≪세계의문학≫.

1980. 9   김시태, 「지용의 새로움」, 『연암현평호박사 회갑기념논총』.

1981   문덕수, 『한국 모더니즘시 연구』, 시문학사.

1981   박혜숙, 「정지용 시 연구」, 건국대 석사 논문.

1981   민병기, 「정지용론」, 고려대 석사 논문.

1981   정태선, 「정지용의 시 연구──이미지 분석을 통한 상상력의 문제」, 서강대 석사 논문.

1981. 2   이창배, 「현대 영미시가 한국의 현대시에 미친 영향: 영시학도가 본 한국의 현대시」, ≪한국문학연구(동국대)≫ 3집.

1981. 7   조병춘, 「한국 모더니즘의 시론」, ≪태능어문(서울여대)≫ 1집.

1981. 12   유태수, 「정지용 산문론」, ≪관악어문연구≫ 6집.

1981. 12   서경식, 「정지용 시의 변모 과정 —— 내면 의식을 중심으로」, ≪어문학교육≫ 4호.

1982   오탁번, 「한국 현대시사의 대립적 구조: 소월 시와 지용 시의 시사적 의의」, 고려대 박사 논문.

1982. 7   鴻農映二, 「정지용의 문학과 생애」, ≪현대문학≫ 331호.

1982. 12   구연식, 「신감각파와 정지용 시 연구」, ≪동아논총(동아대)≫ 19집.

1982. 12   장승화, 「한국 모더니즘 시의 기본 패턴 시론: 특히 김기림, 정지용, 김광균, 박인환을 중심으로」, ≪국어국문학(동아대)≫ 5집.

1983   노병곤, 「정지용 시 연구」, 한양대 석사 논문.

1983   원구식, 「정지용 연구: 전기와 시어를 중심으로」, 숭전대 석사 논문.

1983   은희경, 「정지용론」, 연세대 석사 논문.

1983   정의홍, 「정지용 시의 문학적 특성」, 동국대 석사 논문.

1983   진수웅, 「정지용 시 연구: 특히 그의 동시와 관련하여」, 단국대 교육대학원 석사 논문.

1983   이기서, 「1930년대 한국시의 의식 구조 연구」, 고려대 박사 논문.

1983   정현종, 「감각, 이미지, 언어 —— 정지용의 '유리창 1'」 ≪인문과학(연세대)≫ 49집.

1983   최동호, 「정지용의 '장수산'과 '백록담'」, ≪경희어문학≫ 6집.

1983.   최하림, 「30년대 시인들」, ≪문예중앙≫.

1983.   윤재걸, 「납북 작가의 가족들」, ≪문예중앙≫.

1983. 10   정의홍, 「정지용 시의 문학적 특성」, ≪동악어문논집≫.

1983. 12   김명인, 「정지용의 '곡마단'고」, ≪경기어문학≫ 4집.

1983. 12   박인기, 「1920년대 한국 문학의 아나키즘 수용 양상」, ≪국

어국문학≫.

1983. 12	이숭원, 「'백록담'에 담긴 지용의 미학」, ≪어문연구≫ 12호.
1984	송현호, 「모더니즘의 문학사적 위치에 대한 고찰」, ≪국어국문학≫ 90호.
1984	송기태, 「정지용 시 연구──서정적 자아와 동일성의 문제」, 동국대 석사 논문.
1984	이종록, 「정지용 시 연구 : 이미지 분석을 중심으로」, 충남대 교육대학원 석사 논문.
1984	김윤식, 「카톨리시즘과 미의식」, 『한국근대 문학사상사』, 한길사.
1984	김혜숙, 「한국 현대시의 한시적 전통 계승에 대한 고찰」, ≪국어국문학≫ 92호.
1984	원명수, 「한국 모더니즘 시에 나타난 소외의식과 불안의식 연구」, 중앙대 박사 논문.
1984. 6	마광수, 「정지용의 시 '온정'과 '삽사리'에 대하여」, ≪인문과학(연세대)≫ 51집.
1984.	오세영, 「근대시와 현대시」, ≪현대시≫.
1984.	정한모, 「한국현대시 연구의 반성」, ≪현대시≫.
1984. 10	박철석, 「한국 다다, 초현실주의 형성에 관한 연구」, ≪한국학논총≫ 6·7호.
1984. 12	구모룡, 「생명 현상의 시학 : 근대 한국시관의 한 지향성」, ≪어문교육논집(부산대)≫ 8집.
1985	김명인, 「1930년대 시의 구조 연구 : 정지용, 김영랑, 백석의 시를 중심으로」, 고려대 박사 논문.
1985	연규화, 「정지용 시 연구」, 인하대 석사 논문.
1985	이철희, 「정지용 시 연구 : '바다'와 '산'의 이미지를 중심으로」, 대구대 석사 논문.

1985	김준오, 「사물시와 화자의 신앙적 자아」, 『가면의 해석학』, 이우출판사.
1985. 1	이기서, 「지용시의 계보적 맥락」, 《어문논집(고려대)》 24 · 25집.
1985. 7	송기태, 「정지용 시의 의미구조」, 《동악어문논집》.
1985. 9	양왕용, 「기법 지향성과 내용 지향성의 대립」, 『송란구연식 박사 회갑기념논총』.
1985. 10	양왕용, 「가치평가의 대립과 그 극복」, 『멱남김일근박사 회 갑기념논총』.
1985. 12	정의홍, 「정지용 시 연구에 대한 재평가」, 《논문집(대전대)》 4집.
1986	이숭원, 「한국 근대시의 자연 표상 연구」, 서울대 박사 논문.
1986	강창민, 「시인론 연구의 방법」, 《국제대논문집》 14집.
1986	김용직, 「1930년대 시와 감성시의 주류화」, 《문학사상》.
1986	노병곤, 「'백록담'에 나타난 지용의 현실 인식」, 《한국문학 논집》 9집.
1986	지선영, 「정지용 시의 감각과 시적 변용」, 이화여대 석사 논문.
1986	황종연, 「문장파 문학과 정신사적 성격」, 《동양어문논집》 21집.
1986. 2	최동호, 「정지용의 산수시와 은일의 정신」, 《민족문화연구 (고려대)》 19집.
1986. 12	이기서, 「정지용 시 연구: 언어와 수사를 중심으로」, 《문 리대논집(고려대)》 4집.
1986. 12	백운복, 「정지용의 '바다'시 연구」, 《서강어문》 5집.
1987	김학동, 『정지용 연구』, 민음사.
1987	원명수, 『모더니즘시 연구』, 계명대출판부.

1987   한민성 엮음, 『(추적)정지용 : 고오노에이지 씨에게 경고한
            다』, 갑자문화사.

1987   김성옥, 「정지용 시 연구」, 숙명여대 석사 논문 .

1987   민병기, 「30년대 모더니즘 시의 심상 체계 연구」, 고려대
            박사 논문.

1987   한영실, 「정지용 시 연구 : 시집 『백록담』을 중심으로」, 연
            세대 석사 논문.

1987. 2   노병곤, 「장수산의 기법 연구」, ≪한국학논집(한양대)≫ 11집.

1987. 2   조병춘, 「모더니즘 시의 가수들」, ≪태능어문(서울여대)≫ 4집

1987. 4   조용만, 「이상 시대, 젊은 예술가의 초상」, ≪문학사상≫.

1987. 6   양왕용, 「정지용 시의 의미 구조」, ≪홍익어문≫ 7집.

1987. 9   황종연, 「정지용의 산문과 전통에의 지향」, ≪한국문학연구
            (동국대)≫ 10집.

1987. 12-1988. 1 정의홍, 「정지용 시 평가의 문제점」, ≪시문학≫ 197-198호.

1988   김윤식, 『낯선 신을 찾아서』, 일지사.

1988   김명인, 『한국 근대시의 구조 연구』, 한샘.

1988   김학동 외, 『정지용 연구』, 새문사.

1988   박인기, 『한국 현대시의 모더니즘 연구』, 단국대 출판부.

1988   양왕용, 「정지용 시에 나타난 리듬의 양상」, 『권영철박사
            회갑기념 국문학논총』.

1988   양왕용, 『정지용 시 연구』, 삼지원.

1988   류근택, 「정지용 시 연구」, 건국대 교육대학원 석사 논문.

1988   이승복, 「정지용 시의 운율 연구 : 시적 특질과 운율 형성
            과의 관계를 중심으로」, 홍익대 석사 논문.

1988   이정일, 「정지용 시론 연구」, 제주대 교육대학원 석사 논문.

1988   박정임, 「정지용 시 연구」, 명지대 석사 논문.

1988   신성엽, 「정지용 산문 연구 : 내재적 특질을 중심으로」, 홍

익대 교육대학원 석사 논문.

1988   위미경, 「정지용 시 연구」, 경희대 대학원 석사 논문.

1988   고영자, 「모더니즘에 있어서의 정지용과 北川冬彦의 비교
            연구」, ≪비교문학≫ 13호.

1988. 1   김재홍, 「갈등의 시인 방황의 시인 : 납북 시인 집중 연구,
            정지용의 시 세계」, ≪문학사상≫ 183호.

1988. 1   박두진, 「솔직하고 겸허한 시인적 천분 ; 내가 만난 정지용
            선생」, ≪문학사상≫ 183호.

1988. 2   이정일, 「정지용 시론 연구」, ≪교육논총(제주대교육대학
            원)≫ 1집.

1988. 2   정의홍, 「정지용 시의 동양적 세계관」, ≪대전어문학(대전
            대)≫ 5집.

1988. 3   김윤식, 「정지용과 김기림의 작품 세계」, ≪주간조선≫ 96호.

1988. 4   이어령, 「창의 공간기호론 ; 정지용의 유리창」, ≪문학사상≫
            186호.

1988. 5   이숭원, 「정지용 시의 환상과 동경」, ≪문학과비평≫ 6호.

1988. 5   이정숙, 「1930년대 한국 현대시의 한 방향 : 전통과 서구의
            접합이라는 측면에서」, ≪한성어문학≫ 7집.

1988. 6   최두석, 「정지용의 시 세계 ; 유리창 이미지를 중심으로」,
            ≪창작과비평≫ 60호.

1988. 6   홍정운, 「소외된 자아의 공간 ; 정지용의 시 세계」, ≪월간
            문학≫ 232호.

1988. 8   장도준, 「정지용의 시론 연구」 ≪계명어문학≫ 4집.

1988. 9   鴻農映二, 「정지용과 일본시단 ; 일본에서 발굴한 시와 수
            필」, ≪현대문학≫ 405호.

1988. 12   노병곤, 「지용의 생애와 문학관」, ≪한양어문연구≫ 6집.

1988. 12   신진, 「정지용 시와 현실」, ≪국어국문학(동아대)≫ 8집.

1988. 12	장도준, 「새로운 언어와 공간 ; 정지용의 1925년~30년 무렵 시의 연구」, ≪연세어문학≫ 21집.
1988. 12	구연식, 「정지용 시의 기교가 현대시에 끼친 영향」, ≪국어국문학≫ 100호.
1989	권영민 엮음, 『월북문인연구』, 문학사상사.
1989	한국비평문학회, 『혁명 전통의 부산물 : 납·월북 문인 그 후』, 신원문화사.
1989	강현철, 「정지용 시 연구」, 국민대 석사 논문.
1989	권국명, 「정지용 시의 카톨리시즘 수용 양상」, 대구대 석사 논문.
1989	김건일, 「정지용 시의 연구」, 인하대 교육대학원 석사 논문.
1989	김동근, 「정지용 시의 기호론적 연구」, 전남대 석사 논문.
1989	김영주, 「정지용 시의 구조 분석 : 이미지를 중심으로」, 숙명여대 석사 논문.
1989	김정란, 「정지용 시의 양면성 연구」, 부산대 석사 논문.
1989	박현숙, 「정지용 시 연구」, 전주 우석대 석사 논문.
1989	소성숙, 「정지용 시 연구」, 성신여대 교육대학원 석사 논문.
1989	정끝별, 「정지용 시의 상상력 연구 : 시간과 공간을 중심으로」, 이화여대 석사 논문.
1989	정종수, 「정지용의 동양적 시 정신에 관한 연구」, 청주대 석사 논문.
1989	전규태, 「모더니즘 문학과 그 한국적 수용」, ≪비교문학연구≫ 2호.
1989. 1-2	김용직, 「정지용론 : 순수와 기법, 시 일체주의」, ≪현대문학≫ 409, 410호.
1989. 1	신성엽, 「정지용 산문 연구」, ≪홍익어문≫ 8집.
1989. 2	김기현, 「정지용 시 연구 : 그 생애와 종교 및 종교시를 중

심으로」, 《성신어문학》 2집.

1989. 2   김용직, 「정지용론(完) : 순수와 기법, 시 일체주의」, 《현
대문학》 410.

1989. 3   김현숙, 「'시간의 문'에 나타난 '탈현실'과 '영원'의 상징성」,
《이화어문논집》 10집.

1989. 7   신명자, 「정지용 초기 시의 상실감에 대하여」, 《국어교육
논지(대구교대)》 15집.

1989. 8   강신주, 「정지용의 시에 나타난 죽음 이미지 : '새' 또는 '날아
오름'의 상승적 재생 이미지」, 《원우논총(숙명여대)》 7집.

1989. 10   정종진, 「동양적 시정신과 지용 그리고 그 후예들」, 《동양
문학》 16호.

1989. 12   박혜숙, 「김소월과 정지용의 전통시 실험에 대한 연구」 《논
문집(대유공업전문대)》 11집.

1989. 12   유윤식, 「정지용의 시관 고찰」, 《논문집(인천대)》 14집.

1989. 12   윤한태, 「정지용 소고 ; 신앙시를 중심으로」, 《논문집(순천
향대)》 42집.

1989. 12   최병준, 「한국적 모더니즘 비평문학론」, 《논문집(강남대)》
19집.

1990   김훈, 「정지용 시의 분석적 연구」, 서울대 박사 논문

1990   김성태, 「정지용 시의 표현에 관한 고찰」, 경기대 교육대학
원 석사 논문.

1990   김원배, 「한국 이미지즘시 연구 : 이장희, 정지용, 김광균을
중심으로」, 인천대 교육대학원 석사 논문.

1990   남상운, 「정지용 시에 나타난 이미지 연구」, 조선대 교육대
학원 석사 논문.

1990   장도준, 「정지용 시의 연구」, 연세대 박사 논문.

1990   조영일, 「정지용 시의 카톨리시즘」, 관동대 교육대학원 석

사 논문.

1990. 2   김원배, 「1930년대 한국 이미지즘시 연구 : 정지용을 중심
으로」, ≪인천어문학≫ 6집.

1990. 2   이희춘, 「우수와 초월의 시학; 정지용론」, ≪계명어문학≫ 5집.

1990. 2   송정종, 「정지용 시 연구 : 특히 '바다', '산', '유리창'의 이
미지를 중심으로」, ≪교육논총(중앙대)≫ 7집.

1990. 2   장도준, 「정지용의 시집『백록담』의 세계와 미적 논리」, ≪계
명어문학≫ 5집.

1990. 2   정구향, 「정지용의 초기시에 나타난 '고향'의 의미 연구」,
≪대학원논문집(건국대)≫ 30집.

1990. 2   정상균, 「정지용 시 연구」, ≪대전어문학≫ 7집.

1990. 3   이숭원, 「정지용 시에 나타난 고독과 죽음」, ≪현대시≫ 1-3호.

1990. 3   원구식, 「정지용론」, ≪현대시≫ 1-3호.

1990. 3   정의홍, 「정지용론」, ≪현대시≫ 1-3호.

1990. 3   임영천, 「카톨릭 신앙시의 명편——정지용의 종교시편」, ≪기
독교교육≫ 263호.

1990. 5   임영천, 「정지용의 신앙시와 전기적 의문점」, ≪기독교사상≫
377호.

1990. 6   김석환, 「정지용의 초기 시 연구 : 물을 배경으로 한 시를
중심으로」, ≪명지어문학≫ 19집.

1990. 6   이숭원, 「향수 혹은 고독의 내면풍경 : 정지용의 '향수'」 ≪문
학과비평≫ 14호.

1990. 6   박현숙, 「정지용 시 연구 : 중기시를 중심으로」, ≪우석어문
(전주우석대)≫ 6집.

1990. 11   이승훈, 「정지용의 시론」, ≪현대시≫.

1990. 11   원명수, 「정지용 시에 나타난 소외 의식」, 『돌꽃김상선교수
회갑기념논총』.

1990. 12   김용진, 「지용시의 자연관 연구」, ≪논문집(안양전문대)≫ 13집.

1990. 12   김창완, 「정지용의 시 세계와 변모 양상」, ≪한남어문학≫ 16집.

1990. 12   노창수, 「한국 모더니즘 시론의 형성 과정 고찰」, ≪인문과
　　　　　　　학연구(조선대)≫ 12집.

1990. 12   원명수, 「정지용의 카톨릭시에 나타난 기독교사상攷」, ≪한
　　　　　　　국학논집(계명대)≫ 17집.

1990. 12   유태수, 「한국에 있어서의 주지주의 문학의 양상 : 시를 중
　　　　　　　심으로」, ≪강원인문논총≫ 1집.

1990. 12   임영천, 「시인 정지용의 전기적 의문점에 관한 고찰 : '갈릴
　　　　　　　레아 바다'와의 관련 해석을 겸하여」, ≪인문과학연구(조선
　　　　　　　대)≫ 12집.

1990. 12   장도준, 「정지용 시의 음악성과 회화성」, ≪국문학연구(효
　　　　　　　성여대)≫ 13집.

1990. 12   최정숙, 「정지용의 문학과 월북의 의미」, ≪통일≫ 111호.

1991   강우식, 『절망과 구원의 시학』, 둥지.

1991   박덕은, 『해금작가작품론』, 새문사 .

1991   이활, 『정지용, 김기림의 세계』 명문당.

1991   김부월, 「정지용 시 연구 : 이원적 성향을 중심으로」, 원광
　　　　　　　대 석사 논문.

1991   노병곤, 「정지용 시 연구」, 한양대 박사 논문.

1991   선환동, 「정지용 시 연구」, 강원대 교육대학원 석사 논문.

1991   오순연, 「정지용 시의 변모과정 연구」, 경북대 교육대학원
　　　　　　　석사 논문.

1991   정진아, 「정지용 시 연구」, 숙명여대 교육대학원 석사 논문.

1991   차용태, 「정지용 시의 이미지 고찰」, 조선대 석사 논문.

1991   이어령, 「정지용 '말'의 기호학적 분석」, ≪현대시사상≫ 7호.

1991. 2   양왕용, 「정지용의 문학적 생애와 그 비극성」, ≪한국시문

학》 5호.

1991. 3   채수영, 「동일성 이미지와 시적 교감」, 《시문학》 236호.

1991.   송기한, 「열림과 닫힘의 변증법——정지용론」, 《시와 시학》.

1991. 6   신진, 「정지용 시의 기반적 심상 연구」, 《대학원논문집(동
아대)》 16집.

1991. 7   서안나, 「소월시와 지용시의 대비 연구」, 《국어교육논총
(제주대교육대학원)》 5집.

1991. 8   김창원, 「정지용의 후기시 연구: 시집 『백록담』을 중심으로」,
《경기어문학》 9집.

1991. 8   박노균, 「정지용과 김광균의 이미지즘 시」, 《개신어문연구》
8집.

1991. 9   손미영, 「정지용 시 연구」, 《성신어문학》 4집.

1991. 10   채수영, 「동일성 이미지와 시적 교감」, 《비평문학》 5호.

1991. 12   김학선, 「정지용 동시의 아동문학사적 의미」, 《아동문학평
론》 61호.

1991. 12   장도준, 「정지용 시의 표현 특징」, 《국문학연구(효성여대)》
14집.

1991. 12   한봉옥, 「1930년대 주지주의 연구: 정지용과 김광균의 시
를 중심으로」, 《논문집(동의공업전문대)》 17집.

1992   유승우, 『시문학파 연구』, 민족문화사.

1992   강신주, 「한국 현대 기독교시 연구: 정지용, 김현승, 윤동
주, 최민순, 이효상의 시를 중심으로」, 숙명여대 박사 논문.

1992   김덕상, 「정지용 시 이미지의 교육적 활용 방안」, 동국대
석사 논문.

1992   김옥희, 「정지용 시 연구」, 부산여대 석사 논문.

1992   박영희, 「정지용 시의 상상력과 시공간 의식」, 고려대 교육
대학원 석사 논문.

1992	신진, 「정지용 시의 상징성 연구」, 성균관대 박사 논문.
1992	신기훈, 「정지용 시의 시적 주체에 대한 연구 : 경험 유형으로 본 자아의 지향 의지」, 경북대 석사 논문.
1992	이기향, 「1930년대 시의 이미지론 : 정지용, 김기림을 중심으로」, 단국대 석사 논문.
1992	정의홍, 「정지용 시의 연구」, 동국대 박사 논문.
1992	육순복, 「정지용 시 연구 : 문학적 특성을 중심으로」, 한성대 석사 논문.
1992	황종연, 「한국 문학의 근대와 반근대」, 동국대 박사 논문.
1992. 5	熊木勉, 「정지용과 『近代風景』」, 《숭실어문》 9집.
1992.	김용직, 「주지와 순수」, 《시와 시학》.
1992. 6	김효중, 「정지용의 휘트먼 시 번역에 관한 고찰」, 《영남어문학》 21집.
1992. 7	김기중, 「체험의 시적 변용에 대하여 : 지용, 이상, 만해의 경우」, 《민족문화연구(고려대)》 25집.
1992. 7	이태동, 「비극적 숭고미 : 정지용의 시 세계」, 《문화예술》 156호.
1992. 8	양왕용, 「감각적 이미지와 정지용의 '향수' : 교사를 위한 시론」, 《시문학》 253호.
1992. 9	김윤식, 「유리창 열기와 안경 쓰기 : 정지용론 3」, 《동서문학》 206호.
1992. 11	조의홍, 「1930년대의 한국 산문시 연구」, 《동아어문논집》 2집.
1992. 12	임용택, 「정지용과 일본 근대시」, 《비교문학》 17호.
1992. 12	정진아, 「정지용 시 연구」, 《강남어문(강남대)》 7집.
1993	김용직, 「한국현대시 해석 비판」, 시와시학사.
1993	김윤식, 『한국문학의 근대성 비판』, 문예출판사.

1993	이숭원,『한국 현대 시인론』, 개문사.
1993	정효구,「정지용 시의 이미지즘과 그 한계」,『모더니즘 연구』, 자유세계.
1993	권정우,「정지용 시 연구 : 시점 분석을 중심으로」, 서울대 석사 논문.
1993	최승호,「1930년대 후반기 시의 전통지향적 미의식 연구」, 서울대 박사 논문.
1993	김석환,「정지용 시의 기호학적 연구 : 공간기호 체계의 구축과 변환을 중심으로」, 명지대 박사 논문.
1993	문진아,「정지용 시 연구」, 한국교원대 대학원 석사 논문.
1993	이창민,「정지용 시 연구 ——‘물’의 이미지 변모 양상을 중심으로」, 고려대 석사 논문.
1993	한상선,「정지용 시 연구」, 인하대 교육대학원 석사 논문.
1993	김영덕,「정지용 시에 나타난 좌절 양상 연구」, 계명대 교육대학원 석사 논문.
1993. 1	문진아,「정지용 시 연구」, ≪청람어문학≫ 8집.
1993. 12	권오만,「한국 현대시 은유의 변이 양상 : 정지용의 작품을 중심으로」, ≪인문과학(서울시립대)≫ 1집.
1993. 12	김석환,「정지용 시의 기호학적 연구 ; 수직축의 매개 기호 작용을 중심으로」, ≪예체능논집(명지대)≫ 3집.
1993. 12	문혜원,「정지용 시에 나타난 모더니즘적 특질에 관한 연구」, ≪관악어문연구≫ 18집.
1993. 12	이영섭,「한국 현대시의 모더니즘 수용 양상 : 30년대 모더니즘 시를 중심으로」, ≪인문논총(경원대)≫ 2집.
1993. 5	육순복,「정지용 시 연구 : 문학적 특성을 중심으로」, ≪한성어문학≫ 12집.
1993. 6	강홍기,「정지용 산문시 연구 : 서사 구조를 중심으로」, ≪인

문학지(충북대)≫ 9집.

1993. 7   김은자, 「지용시의 현실 인식과 내면 의식」, ≪민족문화연구(고려대)≫ 26집.

1993. 8   송희복, 「한국시의 고전주의 ; 정지용과 조지훈」, ≪오늘의 문예비평≫ 10호.

1994   장도준, 『정지용 시 연구』, 태학사.

1994   김용희, 「정지용 시의 어법과 이미지의 구조」, 이화여대 박사 논문.

1994   김윤선, 「정지용 연구」, 세종대 석사 논문

1994   양선주, 「정지용 시 연구」, 원광대 교육대학원 석사 논문.

1994   박규봉, 「정지용 시 연구」, 전북대 교육대학원 석사 논문.

1994   안주헌, 「정지용 산문시의 문학적 특성」, 광운대 석사 논문.

1994   이기형, 「1930년대 한국 모더니즘 시 연구 : 정지용 시를 중심으로」, 인하대 박사 논문.

1994   이승복, 「정지용 시의 운율체계 연구 : 1930년대 시 창작 방법의 모형화 구축을 중심으로」, 홍익대 박사 논문.

1994   임점식, 「정지용 시 연구 : 운율에 관하여」, 국민대 교육대학원 석사 논문.

1994   장옥희, 「정지용 시 연구 : 이미지 유형을 중심으로」, 한국외국어대 교육대학원 석사 논문.

1994   이미순, 「정지용 시의 수사학적 일 고찰」, ≪한국의현대문학≫ 3호.

1994   권오만, 「정지용 시의 은유 검토」, ≪시와시학≫.

1994   김윤태, 「고향, 삶의 원초성 또는 상실의 비가」, ≪시와시학≫.

1994   윤호병, 「향수의 미학」, ≪시와시학≫.

1994. 2   유윤식, 「시문학파 형성 과정 고찰」, ≪인천어문학(인천대)≫ 10집.

1994. 2	이용훈, 「정지용 시에 나타난 '바다'의 양상」, ≪교양논총(한국해양대)≫ 2.
1994. 2	최정미, 「정지용·박목월 시의 대비적 고찰: 시어를 중심으로」, ≪국어교육(부산교대)≫ 14집.
1994. 8	김용직, 「≪문장≫과 정지용」, ≪현대시≫.
1994. 9	정의홍, 「정지용 시에 나타난 정신 외상: 심리주의 비평적 방법론의 시도」, ≪인문과학논문집(대전대)≫ 20집.
1994. 9	최승옥, 「정지용시 연구: 시어에 나타난 '바다'의 이미지를 중심으로」, ≪우암논총(청주대대학원)≫ 11집.
1994. 12	고명수, 「한국 모더니즘 문학의 공간 체험: 정지용과 김기림의 경우」, ≪동국어문학≫ 6집.
1994. 12	김형필, 「식민지 시대의 시 정신 연구: 정지용」, ≪교육논총(외국어대)≫ 10집.
1994. 12	진창영, 「시문학파의 문학적 성향 고찰」, ≪국어국문학(동아대)≫ 13집.
1994. 12	함동선, 조완호, 「정지용의 시에 나타난 도가정신에 관한 연구」, ≪창론(중앙대예술연구소)≫ 13집.
1994. 12	허형석, 「석정 시의 성립 배경 연구 4: 시문학, 지용과의 관계를 중심으로」, ≪어학연구(군산대)≫ 12집.
1995	고명수, 『한국 모더니즘 시인론』, 문학아카데미.
1995	유종호, 『시란 무엇인가』, 민음사.
1995	윤호병 엮음, 『한국현대시의 구조와 의미』, 시와시학사.
1995	최승호, 『한국 현대시와 동양적 생명 사상』, 다운샘.
1995	김학동 엮음, 『정지용』, 서강대 출판부.
1995	강순례, 「정지용 시 연구」, 건국대 교육대학원 석사 논문.
1995	권점출, 「정지용 시의 공간이미지 연구」, 영남대 교육대학원 석사 논문.

1995	김남권,「정지용 시에 나타난 동일성 지향의 연구」, 강릉대 석사 논문.
1995	김용숙,「정지용 시 연구」, 창원대 석사 논문.
1995	김종석,「정지용 시 연구」, 전남대 교육대학원 석사 논문.
1995	이영희,「정지용 시의 전통적 특성 연구」, 계명대 교육대학원 석사 논문.
1995	정용문,「정지용 시의 연구 : '자연' 수용을 중심으로」, 제주대 석사 논문.
1995	조행순,「정지용 시의 내면의식 연구」, 한림대 석사 논문.
1995	진수미,「정지용 시 은유 연구」, 서울시립대 석사 논문.
1995	한홍자,「정지용 시 연구」, 성신여대 석사 논문.
1995	유종호,「시는 언어로 빚는다」,『문학의 즐거움』, 민음사.
1995	김춘식,「문학적 근대. 기획과 전통, 반전통──1930년대 모더니즘 시와 시론을 중심으로」,《동악어문논집》30집.
1995	최승호,「정지용 자연시의 情·景에 대한 고찰」,《한국의 현대문학》4호.
1995. 2	노병곤,「고향 의식의 양상과 의미 : 지용시와 천명시를 중심으로」,《한국학논집(한양대)》26집.
1995. 3	박수진,「정지용 시 연구 : 이미지 분석을 중심으로」,《성심어문논집(가톨릭대)》17집.
1995. 5	손병희,「정지용 시 연구」,《문학과언어》16호.
1995. 5	손종호,「수직 공간의 구조와 聖化 : '나무' 분석」,《어문연구》26집.
1995. 6	조완호,「지용 시의 변모 양상 연구」,《국어교육》87, 88집.
1995. 9	정종진,「정지용 시론의 고전시학적 해석」,《인문과학논집(청주대)》14.
1995. 10	이숭원,「정지용 시와 현대시의 한 전범」,《현대시》6-

10호.

1995. 12   김영석, 「정지용의 산수시와 허정의 세계」, 《인문논총(배 재대)》 9집.

1995. 12   정정덕, 「'정지용의 졸업논문' 번역」, 《한양어문연구》 13집.

1995. 12   홍신선, 「방언 사용을 통해서 본 畿甸, 충청권 정서 : 지용, 만해, 노작의 시를 중심으로」, 《현대시학》 321호.

1995. 12   송기섭, 「정지용의 산문 연구」 《국어국문학》 115호.

1995. 12   윤여탁, 「시 교육에서 언어의 문제——정지용을 중심으로」, 《국어교육》 90호.

1996   김은자 엮음, 『정지용』, 새미.

1996   민병기, 『정지용』, 건국대 출판부.

1996   이숭원, 『한국 현대시 감상론』, 집문당.

1996   이숭원 엮음, 『정지용 : 정지용 시집, 산문, 평전, 논집』, 문 학세계사.

1996   김동근, 「1930년대 시의 담론체계 연구——지용시와 영랑 시의 기호학적 담론 분석」, 전남대 박사 논문.

1996   김시덕, 「정지용 시 연구」, 관동대 석사 논문.

1996   이시용, 「정지용 시 연구」, 경원대 교육대학원 석사 논문.

1996   박기제, 「정지용 문학론 연구」, 부산외대 교육대학원 석사 논문.

1996   송인희, 「정지용 시 연구」, 숙명여대 교육대학원 석사 논문.

1996   임희태, 「정지용 시 연구」, 충북대 교육대학원 석사 논문.

1996   조정림, 「정지용 시 연구」, 호남대 석사 논문.

1996   최상, 「한국 현대시에 투영된 유년기 체험의 시적 특질에 관한 연구」, 원광대 석사 논문.

1996   최기정, 「정지용 시 연구 : 시집 『백록담』을 중심으로」, 가 톨릭대 석사 논문.

1996	김신정, 「완벽한 시간의 꿈과 아름다움의 추구——정지용 시의 시간 의식 연구」, 『근대 문학과 구인회』, 깊은샘.
1996. 2	이용훈, 「정지용 시에 나타난 '바다'의 양상」 《해양문화연구(한국해양대)》 1집.
1996. 6	김수복, 「정지용 시의 '물'의 상징 유형 연구」, 《논문집(단국대)》 30집.
1996. 11	홍신선, 「한국시의 향토 정서에 대하여 : 노작, 만해, 지용의 시를 중심으로」, 《畿甸어문학(수원대)》 10, 11집.
1996. 12	심원섭, 「명징(明澄)과 무욕(無慾)의 이면에 있는 것 : 정지용 시의 방법과 내적 욕망의 구조」, 《문학과의식》 35호.
1996. 12	이숭원, 「정지용의 생애와 시적 성장에 대한 연구」, 《인문논총(서울여대)》 3집.
1996. 12	한영옥, 「정지용 시의 현상학적 연구」, 《문학한글》 10집.
1996. 12	호테이 토시히로, 「정지용과 동인지 '街'에 대하여 : 새 자료의 소개를 중심으로」, 《관악어문연구(서울대)》 21집.
1997	권수진, 「정지용 시의 모더니즘 특성 연구 : 변모과정을 중심으로」, 국민대 석사 논문.
1997	김병찬, 「정지용 시의 변모 양상에 관한 연구」, 원광대 교육대학원 석사 논문.
1997	노용무, 「정지용 시의 이미지 연구 : 집 이미지의 변모 양상을 중심으로」, 전북대 석사 논문.
1997	이기현, 「정지용 시 연구 : 내면 의식의 변이 양상을 중심으로」, 중앙대 석사 논문.
1997	이현정, 「정지용 시 연구 : 표현 기법과 주제적 특징을 중심으로」, 성균관대 교육대학원 석사 논문.
1997	임은희, 「정지용 시의 공간 의식 연구」, 숙명녀대 교육대학원 석사 논문.

1997	장화원, 「정지용 시의 전통지향성 연구 : 동요·민요풍 시를 중심으로」, 부산대 교육대학원 석사 논문.
1997	최동호, 『하나의 道에 이르는 詩學』, 고려대출판부.
1997	신범순, 「정지용 시에서 '헤매임'과 산문 양식의 문제」, 『한국 문학의 양식론』, 한양출판.
1997. 2	조남익, 「시의 언어와 법열 : 정지용 편」, ≪시문학≫ 307호.
1997. 2	박경수, 「정지용의 시 '향수'논」, ≪외대논총(부산외국어대)≫ 16집.
1997. 3	이종대, 「정지용 시의 세계 인식 : 세계의 거부와 융섭(融攝)」, ≪한국문학연구(동국대)≫ 19집.
1997	三枝壽勝, 「정지용 시 '향수'에 나타난 낱말에 대한 고찰」, ≪시와시학≫.
1997. 10	이승철, 「정지용 시 연구 : '전통'과 '모던'의 논리」, ≪인문과학논집(청주대)≫ 17집.
1997. 12	손종호, 「정지용 시의 기호체계와 카톨리시즘」, ≪어문연구≫ 29집.
1997. 12	신익호, 「현대시에 나타난 '유리창 1'의 패러디 수용 양상」, ≪한남어문학≫ 22집.
1997. 12	양혜경, 「자연회귀와 향토의식 : 정지용과 조지훈을 중심으로」, ≪국어국문학(동아대)≫ 16집.
1997. 12	최학출, 「정지용의 시와 시적 주체의 욕망에 대한 연구」. ≪울산어문논집≫ 12.
1998	민병기, 신춘호, 한승옥 공저, 『현대작가 작품론』, 집문당.
1998	박노준 외, 『현대시의 전통과 창조』, 열화당.
1998	신범순, 「정지용 시에서 병적인 헤매임과 그 극복의 문제」, 『한국 현대시의 퇴폐와 작은 주체』, 신구문화사.
1998	양선자, 「정지용 시 연구」, 원광대 석사 논문.

1998   이봉숙, 「정지용 시에 나타난 갈등 양상과 극복에 관한 연
                  구」, 충북대 교육대학원 석사 논문.

1998   이윤건, 「정지용 시에 나타난 시의식과 이미지 분석」, 고려
                  대 교육대학원 석사 논문.

1998. 2   고형진, 「정지용 시의 이미지 연구」, ≪어문학연구(상명대)≫
                  7집.

1998. 2   정종진, 「정지용과 조지훈 시론의 비교연구」, ≪인문과학논
                  집(청주대)≫ 18집.

1998. 4   양혜경, 「정지용 시에 나타난 미의식의 수용 양상」, ≪수련
                  어문논집≫ 24집.

1998. 6   이숭원, 「정지용의 초기 시편에 대한 고찰」, ≪국어교육≫
                  97호.

1998. 7   김명옥, 「정지용 시에 나타난 현대 문명과 도시성」, ≪비평
                  문학≫ 12호.

1998. 7   김신정, 「정지용 시에 나타난 '자기'와 '타자'의 관계 : 전기
                  (前期) 시와 산문을 중심으로」, ≪비평문학≫ 12호.

1998. 8   김수복, 「정지용 시의 '山'의 상징성」, ≪논문집(단국대)≫
                  32집.

1998. 11   최승호, 「정지용 자연시의 은유적 상상력」, ≪한국시학연구≫
                  1집.

1998. 12   이미순, 「한국 근대문인의 고향 의식 연구 : 김기진, 정지
                  용, 오장환을 중심으로」, ≪비교문학≫ 23호.

1998. 12   이희환, 「젊은 날 정지용의 종교적 발자취」, ≪문학사상≫
                  314호.

1998. 12   佐野正人, 「九人會メンバ-の 日本留學體驗 : 鄭芝溶,
                  金起林, 李箱の 場合をめぐって」, ≪인문과학연구(전주
                  대)≫ 4집.

1998. 12	박노균, 「정지용의 문학사상과 서구 모더니즘」, 《개신어문연구》 15집.
1999	박진환, 『한국현대시인연구』, 자유지성사.
1999	오형엽, 『한국 근대시와 시론의 구조적 연구』, 태학사.
1999	이숭원, 『정지용 시의 심층적 탐구』, 태학사.
1999	진순애, 『한국 현대시와 모더니티』, 태학사.
1999	고정원, 「1930년대 자유시의 산문 지향성 연구: 김기림, 정지용, 백석의 시를 중심으로」, 경북대 석사 논문.
1999	김광철, 「정지용 시 연구」, 조선대 교육대학원 석사 논문.
1999	김신정, 「정지용 시 연구: '감각'의 의미를 중심으로」, 연세대 박사 논문.
1999	김휘정, 「정지용 시의 고향 상실 연구」, 동국대 석사 논문.
1999	박미자, 「정지용 시 연구」, 전남대 교육대학원 석사 논문.
1999	송문석, 「거리에 따른 화자와 대상 연구」, 제주대 석사 논문.
1999	엄미라, 「가톨릭시즘의 시 연구: 정지용, 구상, 김남조, 최민순, 이해인을 중심으로」, 건국대 석사 논문.
1999	유상영, 「정지용 시관의 변모 양상 연구」, 인천대 교육대학원 석사 논문.
1999	이경숙, 「윤동주 시의 발전 과정 연구: 정지용 시와의 비교를 중심으로」, 인하대 교육대학원 석사 논문.
1999	이윤영, 「정지용 시에 나타난 의식변이 양상의 고찰」, 인천대 교육대학원 석사 논문.
1999	지의선, 「정지용 시 연구:『정지용시집』을 중심으로」, 강원대 교육대학원 석사 논문.
1999	김우창, 「모더니즘과 근대세계」, 『현대한국 문학 100년』, 민음사.
1999	한영옥, 「정지용 시, 산정으로 오른」, 『한국현대시의 의식

탐구』, 새미.

1999. 2   김태봉, 「정지용 시문의 중국고전 수용양상 고」, ≪호서문화논총(서원대)≫ 13집.

1999. 2   송기한, 「정지용 시 연구」, ≪대전어문학≫ 16집.

1999. 2   정순진, 「가톨릭 체험의 시화 : 정지용의 경우」, ≪대전어문학≫ 16집.

1999. 3   박현수, 「토포스(topos)의 힘과 창조성 고찰: 정지용·이상의 시를 중심으로」, ≪한국학보≫ 94호.

1999. 6   노병곤, 「정지용과 전통 의식」, ≪한민족문화연구≫ 4호.

1999. 6   오형엽, 「시적 대상과 자아의 일체화, 혹은 공간화: 김기림과 정지용의 '유리창' 비교·분석」, ≪한국문학논총≫ 24집.

1999. 6   이명찬, 「1940년 전후의 시정신: '인문평론'과 '문장'을 중심으로」, ≪한성어문학≫ 18집.

1999. 9   권영민, 「정지용의 시 '무거운 시계'를 바르게 읽는 법」, ≪새국어생활≫ 9-3호.

1999. 9   홍신선, 「시 읽기의 이론과 실제: 좋은 시 읽기는 왜 필요한가」, ≪현대시≫ 10-9호.

1999. 11   황현산, 「정지용의 '향수'에 붙이는 사족」, ≪현대시학≫ 368호.

1999. 12   김신정, 「정지용 산문 연구」 ≪상허학보≫ 1집.

1999. 12   박경수, 「1920년대 재일 한국인의 일어시 연구」, ≪문창어문논집≫ 36집.

1999. 12   박기태, 「정지용 시 연구」, ≪한국어문학연구(외국어대)≫ 10집.

1999. 12   박노균, 「정지용과 서구문학」, ≪개신어문연구≫ 16집.

1999. 12   신규호, 「정지용의 기독교시 연구」, ≪논문집(성결대)≫ 28집.

1999. 12   오양호, 「한국 문학 속의 교토(京都)」, ≪황해문화≫ 25호.

1999. 12   유종호, 「정지용의 당대 수용과 비판」, ≪예술논문집≫ 38집.

1999. 12   이승하, 「일제하 기독교 시인의 죽음 의식 : 정지용, 윤동주

의 경우」, ≪어문논집≫ 27집.

1999.   장경렬, 「이미지즘의 원리와 '詩畵一如'의 시론」, ≪작가세계≫.

2000   김명인, 『시어의 풍경 : 한국현대시사론』, 고려대출판부.

2000   김신정 편, 『정지용의 문학 세계 연구』, 깊은샘.

2000   이창민, 『양식과 심상 : 김춘수와 정지용 시의 동적 체계』, 월인.

2000   김명옥, 『한국 모더니즘 시인 연구』, 한국문화사.

2000   김재숙, 「정지용 시의 담론 특성 연구 : 다성주의적 담론분석을 중심으로」, 공주대 석사 논문.

2000   송문석, 「거리에 따른 화자와 대상 연구 : 1930년대의 정지용 시, 이상 시를 중심으로」, 제주대 교육대학원 석사 논문.

2000   이석우, 「정지용 시의 연구 : 영향관계를 중심으로」, 청주대 박사 논문.

2000   최동호, 「정지용의 산수시와 情·景의 시학」, ≪작가세계≫.

2000. 2   김명옥, 「정지용 시에 나타난 상실과 소외 의식」, ≪한국어문교육(교원대)≫ 9집.

2000. 2   박경수, 「정지용의 일어시 연구」, ≪비교문화연구(부산외대)≫ 11집.

2000. 2   유성호, 「정지용의 '종교시편'에 관한 연구」, ≪현대문학의 연구≫ 14호.

2000. 2   최종금, 「일제하 한국 현대시에 나타난 고향의식」, ≪한국어문교육(교원대)≫ 9집.

2000. 3   권영민, 「정지용의 '향수' : '해설피 금빛 게으른 울음을 우는 곳'의 경우」, ≪새국어생활≫ 10-1호.

2000. 4   황현산, 「이 시를 어떻게 읽어야 할까 13 : 정지용의 '누뤼'와 '연미복의 신사?'」, ≪현대시학≫ 373호.

2000. 6   홍정선, 「한용운과 정지용」, ≪황해문화≫ 27호.

2000. 10	이남호, 「교과서에 실린 문학작품을 어떻게 가르칠 것인가 — 정지용 '유리창'」, ≪현대문학≫ 550호.
2000. 11.16	이숭원, 「시대를 견인한 '청신한 감각' : 정지용의 시세계」, ≪뉴스메이커≫ 398호.
2000. 12	최동호, 「동아시아 자연시와 동서의 교차점 : 비분리의 시학을 위하여」, ≪인문과학연구(성신여대)≫ 20집.
2001	김성장 편, 『(선생님과 함께 읽는)정지용』, ≪실천문학≫.
2001	김종태, 『한국현대시와 전통성』, 하늘연못.
2001	유종호, 『서정적 진실을 찾아서』, 민음사.
2001	이숭원 외, 『시의 아포리아를 넘어서 : 21세기에 새롭게 읽는 한국 대표 난해시 28편』, 이룸.
2001	이희중, 『현대시의 방법 연구』, 월인.
2001	김종태, 「신문물 체험의 아이러니」, 『시의 아포리아를 넘어서』, 이룸.
2001	강용선, 「정지용 시 연구」, 원광대 석사 논문.
2001	김남호, 「정지용 시의 바다 이미지 연구」, 서남대 교육대학원 석사 논문.
2001	문철, 「정지용 시 연구 : 고향 의식과 감각 의식을 중심으로」, 동국대 교육대학원 석사 논문.
2001	박선실, 「정지용 시의 이미지 교육방법 연구」, 숙명여대 교육대학원 석사 논문.
2001	박진희, 「정지용 종교시 연구」, 단국대 교육대학원 석사 논문.
2001	사나다 히로코, 「모더니스트 정지용 연구 : 일본근대 문학과의 비교고찰을 중심으로」, 인하대 박사 논문.
2001	오도영, 「정지용 시 연구」, 전북대 교육대학원 석사 논문.
2001	윤해연, 「정지용 시와 한문학의 관련 양상 연구」, 인하대 박사 논문.

2001   이광희, 「정지용 시 연구」, 국민대 교육대학원 석사 논문.

2001   이근화, 「정지용 시 연구: 시의 화자를 중심으로」, 고려대
               석사 논문.

2001   이학신, 「정지용 시의 연구: 상징과 이미지의 변모 과정」,
               전남대 교육대학원 석사 논문.

2001   이현숙, 「정지용 시 연구: 시적 변용을 중심으로」, 성균관
               대 교육대학원 석사 논문.

2001   임세훈, 「정지용 시 연구: 초기 시를 중심으로」, 한양대
               교육대학원 석사 논문.

2001   정미경, 「정지용, 윤동주의 동시 비교 연구」, 중앙대 교육
               대학원 석사 논문.

2001   정재욱, 「정지용 시 연구」, 경성대 교육대학원 석사 논문.

2001   김종태, 「정지용 시의 죽음의식 연구」, 《우리어문연구》 16집.

2001   홍종선 外 「한국 문학 특집 —— 정지용 편」, 《동서문학》.

2001. 2   김명옥, 「정지용 시에 나타난 유토피아 의식과 이상향 추
               구」, 《한국어문교육(교원대)》 10집.

2001. 2   김태봉, 「정지용 시와 중국 시의 고향과 농촌에 대한 묘사
               비교 연구」, 《호서문화논총(서원대)》 15집.

2001. 2   문혜수, 「萩原朔太郎와 정지용의 시 연구: 동물시어의 리
               듬성 고찰」, 《논문집(군장대)》 8집.

2001. 2   최지현, 「정지용 시의 은유 구조: 물 이미지의 형성과 상
               호텍스트적 영향 관계를 중심으로」, 《호서문화논총(서원
               대)》 15집.

2001. 4   권정우, 「(서평)포정의 소각뜨기와 문학 연구: 김신정 저
               '정지용 문학의 현대성'」, 《작가연구》 11호.

2001. 6   眞田博子, 「정지용 후기 산문시의 상징성과 사회성에 대
               한 고찰」, 《어문연구》 110호.

2001. 7   유종호, 「서리병아리와 서리까마귀」, ≪시문학≫.

2001. 7   박명용, 「정지용 시 다시 들여다 보기」, ≪비평문학≫ 15호.

2001. 8   강호정, 산문시의 두 가지 양상 : '지용'과 '이상'의 산문시
               를 중심으로」, ≪한성어문학≫ 20집.

2001. 8   오봉옥, 「정지용 시 연구 : 바슐라르의 물질적 상상력을 중
               심으로」, ≪현대문학의 연구≫ 17호.

2001. 8   임헌영, 「정지용 친일론의 허와 실 : 시 '이토'와 친일문학
               의 규정 문제」, ≪문학사상≫ 346호.

2001. 10   이승복, 「정지용 시의 운율 연구」, ≪인문과학논문집(대전
               대)≫ 32집.

2001. 10   최동호, 「개편되어야 할 『정지용 전집』——미수록 작품과
               잘못 수록된 작품을 중심으로」, ≪문학사상≫.

2001. 11   최학출, 「정지용의 초기 자유시 형태와 형식적 가능성에
               대하여」, ≪울산어문논집≫ 15집.

2001. 12   김태봉, 「지용시의 한시적 성향에 대한 시론」, ≪중국학보≫
               44호.

2001. 12   배호남, 「정지용 시 연구」, ≪고황논집(경희대)≫ 29집.

2002   김종태, 『정지용 시의 공간과 죽음』, 월인.

2002   김종태 엮음, 『정지용 이해 : 정지용 시인 탄생 100주년 기
               념』, 태학사.

2002   박덕규, 『시인열전』, 청동거울.

2002   사나다 히로코, 『최초의 모더니스트 정지용 : 일본 근대문
               학과의 비교 고찰』, 역락출판사.

2002   한국 문학비평가협회 엮음 『전환기 한국 문학의 패러다
               임』, 푸른사상사.

2002   김명리, 「정지용 시어의 분석적 연구 : 시어 '누뤄(알)'과
               '유선'의 심층적 의미를 중심으로」, 동국대 석사 논문.

2002   김용태, 「정지용 시 연구: 이미지 분석을 중심으로」, 서남
            대 교육대학원 석사 논문.

2002   김종태, 「정지용 시 연구: 공간 의식을 중심으로」, 고려대
            박사 논문.

2002   남윤식, 「정지용 시 연구: 감상과 이해를 중심으로」, 성균
            관대 석사 논문.

2002   박미숙, 「정지용 시의 변용 지향성 연구」, 창원대 교육대학
            원 석사 논문.

2002   박종철, 「1930년대 한국 모더니즘시 연구: 정지용, 김기림,
            김광균을 중심으로」, 서남대 교육대학원 석사 논문.

2002   설화순, 「정지용 시의 모더니티 연구」, 동아대 석사 논문.

2002   손병희, 「정지용 시의 형태와 의식 연구」, 경북대학교 박사
            논문.

2002   오세인, 「정지용 시 연구: 자아와 대상 사이의 거리를 중
            심으로」, 고려대 석사 논문.

2002   이종연, 「정지용 시 세계 연구」, 중앙대 석사 논문.

2002   황규수, 「정지용 시 연구: '공간, 시간 의식'을 중심으로」,
            인하대 박사 논문.

2002.   김종원, 「시와 영화: 이미지와 영상, 그리고 인생」, ≪시와
            시학≫ 45호.

2002. 4   금동철, 「1930년대 한국 모더니즘시의 수사학적 연구」, ≪우
            리말글≫ 24호.

2002. 4   정민, 「한시와 현대시 4제」, ≪현대시학≫ 397호.

2002. 5   민병기, 「지용 시의 변형 시어와 묘사」, ≪한국시학연구≫ 6호.

2002. 6   김신정, 「(서평)타자의 눈으로 본 한국 근대시연구의 현재:
            사나다 히로코 저 『최초의 모더니스트 정지용』」, ≪민족문
            학사연구≫ 20호.

2002. 6   박경수, 「일제 강점기 재일 한국인의 일어시와 근대성」, ≪한
            국문학논총≫ 30집.

2002. 6   박기수, 「미완의 근대 문학, 그 여섯의 초석 : 김소월, 정지
            용, 김상용, 나도향, 주요섭, 채만식」, ≪문학과창작≫ 82호.

2002. 6   박남희, 「한국 유기체시론 연구 : 박용철, 정지용, 조지훈을
            중심으로」, ≪숭실어문≫ 18집.

2002.   김윤식, 「'나의 청춘은 나의 조국'에 대한 한 가지 주석 :
            정지용 탄생 100주년에 부쳐」, ≪시와시학≫ 46호.

2002.   최동호, 「정지용의 산수시와 성정의 시학 : 중국과 한국의
            산수화론과 시적 미학」, ≪시와시학≫ 46호.

2002.   유종호, 「시인의 언어 구사 : 정지용의 경우」, ≪국어생활≫
            12권 2호.

2002.   이창민, 「정지용 시의 미적 특성과 한계」, ≪한국학연구(고
            려대)≫ 16집.

2002. 7   유성호, 「한국 근대시의 초창기와 난숙기를 대표하는 시세
            계 : 김소월·정지용·김상용의 시사적 의미」, ≪문학사상≫
            357호.

2002. 7   이승하, 「새로운 문학사를 위한 6인의 재조명 : 한국 문학
            사 100년을 빛낸 문인의 음영」, ≪문학사상≫ 357호.

2002. 8   강호정, 「'여기'와 '저기'의 변증법 : 정지용의 '별 2'를 중심
            으로」, ≪한성어문학≫ 21집.

2002. 10   김신정, 「정지용 연구의 주요 쟁점과 앞으로의 연구과제」,
            ≪문학사상≫ 360호.

2002. 10   김구슬, 「정지용의 학사논문 '윌리엄 블레이크 시에 있어서
            의 상상력'에 대하여」, ≪문학사상≫ 360호.

2002. 11   손병희, 「정지용 시의 말하기 방식과 그 양상」, ≪안동어문
            학≫ 7집.

2002. 11	손병희, 「정지용 시의 형태 분석」, ≪인문과학연구(안동대)≫ 5집.
2002. 11	손병희, 「정지용의 초기 시의 형태: ≪학조≫ 창간호에 실린 작품을 중심으로」, ≪솔뫼어문논총(안동대)≫ 14집.
2002. 12	박노균, 「정지용의 시작품 분석: '향수'와 '유리창 1'」, ≪개신어문연구≫ 19집.
2002. 12	손병희, 「정지용 시의 구성 방식」, ≪어문논총≫ 37집.
2002. 12	손병희, 「정지용의 시와 타자의 문제」, ≪어문학≫ 78.
2002. 12	김윤식, 「정지용의 '해협'과 채만식의 '처자'」, ≪동서문학≫ 247호.
2002. 12	심경호, 「정지용과 교토(京都)」, ≪동서문학≫ 247호.
2002. 12	최동호, 정지용의 '금강산' 시편에 대하여 ≪동서문학≫ 247호.
2003	권정우, 『정지용의 '정지용 시집'을 읽는다』, 열림원
2003	박민영, 『현대시의 상상력과 동일성: 정지용, 백석, 윤동주, 전봉건의 시』, 태학사.
2003	손병희, 『한국 현대시 연구』, 국학자료원.
2003	양혜경, 『한국현대시인론』, 새문사.
2003	오세영, 최승호 엮음, 『한국현대시인론』, 새미.
2003	최동호 엮음, 『정지용 사전』, 고려대 출판부.
2003	강화신, 「정지용 시의 변모 과정 연구」 대전대 교육대학원 석사 논문.
2003	권창규, 「정지용 시의 새로움: '미'개념을 중심으로」, 연세대 석사 논문.
2003	김성용, 「정지용 동시 연구」, 부산대 석사 논문.
2003	박옥영, 「정지용 시 연구: 종교시를 중심으로」, 목포대 교육대학원 석사 논문.
2003	설화순, 「정지용 시의 모더니티 연구」, 동아대 석사 논문.

2003	송화중, 「정지용 시의 변모 양상 : 운율과 시적 대상을 중심으로」, 한남대 교육대학원 석사 논문.
2003	신해영, 「정지용 시에 나타난 자연 연구」, 한남대 교육대학원 석사 논문.
2003	심인택, 「정지용 시의 주제 의식 고찰」, 조선대 교육대학원 석사 논문
2003	유정웅, 「정지용 시의 공간 이미지 연구 : 불안의식의 변모를 중심으로」, 안동대 교육대학원 석사 논문.
2003	이정현, 「정지용 시 텍스트의 교수·학습 방법 연구」, 부산외대 교육대학원 석사 논문.
2003	이태희, 「정지용 시의 창작 방법 연구 : 전통 계승의 측면을 중심으로」, 경희대 박사 논문.
2003	이현정, 「정지용 산문시 연구」, 연세대 석사 논문.
2003	홍은하, 「정지용 시 연구 : 고향 의식을 중심으로」, 한국외대 교육대학원 석사 논문.
2003	박정선, 「동양적 풍경의 시와 산수화적 기법 : 지용과 목월 시에 나타난 여백의 의미를 중심으로」, 《제3의문학》 12호.
2003	윤해연, 「정지용 후기시와 선비적 전통 : '장수산 1'과 '인동차'를 중심으로」, 《시와시학》 50호.
2003	채상우, 「혼돈과 환멸 그리고 적요 : 김기림과 이상, 정지용 읽기의 한 맥락」, 《한국문학평론》 25호.
2003	신범순, 「동백, 혈통의 나무 : 신경증과 불안의 극복 : 정지용론」, 《시작》 7호.
2003	김명인, 「우리 시어의 근대성과 근대적 자각 : 김소월과 정지용의 시어를 중심으로」, 《한국학연구(고려대)》 19집.
2003. 1	유성호, 「충북지역 문인들의 문학과 생가 보존상태 연구 : 정지용, 오장환, 홍명희를 대상으로」, 《인문논총(교원대)》

6집.

2003. 2   김동수, 한국현대시 그 주역 100인선 ≪시문학≫ 379호.

2003. 2   김정우, 「정지용의 시 '바다 2' 해석에 관한 몇 가지 문제」,
           ≪국어교육≫ 110호.

2003. 5   최동호, 「정지용 시어의 다양성과 통계적 특성」, ≪문학사
           상≫ 367호.

2003. 6   김구슬, 「정지용의 논문 '윌리엄 블레이크의 시에 있어서의
           상상력'과 원전비평」, ≪현대시학≫ 411호.

2003. 6   김유중, 「정지용 시 정신의 본질」, ≪한국 문학이론과 비평≫
           19호.

2003. 6   이민호, 「정지용 시에 나타난 의미의 사회적 생산 분석:
           시 '향수'를 중심으로」, ≪한국 문학이론과 비평≫ 19호.

2003. 6   이형권, 「정지용 시의 '떠도는 주체'와 감정의 차원: 시적
           자아의 이국 정조와 슬픔을 중심으로」, ≪한국 문학이론과
           비평≫ 19호.

2003. 6   송기한, 「산행 체험과 시집 『백록담』의 의미」, ≪한국 문학
           이론과 비평≫ 19호.

2003. 6   이시활, 「韓中 현대문학에 나타난 고향의식 비교: 현진건
           과 魯迅, 정지용과 戴望舒를 중심으로」, ≪중국어문학≫
           41호.

2003. 8   신서영, 「정지용 시의 비극성 고찰」, ≪한국어문학연구(외
           국어대)≫ 18집.

2003. 8   이숭원, 「지용 시가 후진에게 미친 영향」, ≪태릉어문연구
           (서울여대)≫ 11집.

2003. 8   전미정, 「이미지즘의 동양 시학적 가능성 고찰: 언어관과
           자연관을 중심으로」, ≪우리말글≫ 28호.

2003. 8   권영민, 「종래의 지용 시 해석에 대한 문제 제기: '바다 2'

	와 '유선애상(流線哀傷)'을 중심으로」, ≪문학사상≫ 370호.
2003. 8	송기한, 「정지용의 '향수'에 나타난 고향의 의미」, ≪우리말글≫ 28호.
2003. 9	김예니, 「정지용 시에 나타난 공간, 그리고 이미지」, ≪사회진보연대≫ 38호.
2003. 9	김예호, 「정지용과 윤동주 시의 심상 구조」, ≪인문과학연구(안양대)≫ 11집.
2003. 10	최정례, 「정지용과 백석이 수용한 전통의 언어 : 시어 선택과 시적 태도를 중심으로」, ≪어문논집(민족어학회)≫ 48집.
2003. 10	권영민, 「정지용 시의 해석 문제, 3 : '옥류동'의 시적 언어와 '폭포'의 공간적 심상 구조」, ≪문학사상≫ 372호.
2003. 10	황정산, 「우리 시와 모더니티」, ≪작가연구≫ 16호.
2003. 12	박노균, 「정지용 시어의 해석」, ≪개신어문연구≫ 20집.
2004	권영민, 『정지용 詩 : 126편 다시 읽기』, 민음사.
2004	방경남, 「정지용 시의 변모양상 연구」, 대구대 교육대학원 석사 논문.
2004 3	김동근, 「정지용 시의 공간체계와 텍스트 의미」, ≪한국 문학이론과 비평≫ 22호.
2004 3	박태일, 「새 발굴 자료로 본 정지용의 광복기 문학」, ≪어문학≫ 83호.

작성자 이기성 이화여대 대학원 졸. 문학 박사. 한신대 학술원 연구교수.

소월과 문화 표상

김대행(서울대 교수)

소월을 말하는 까닭

소월과 그의 시를 말한 글이 그 수효를 헤아릴 수조차 없을 정도로 많은데 새삼스럽게 덧붙일 말이 달리 있을 것 같지 않다. 소월이 세상에 온 지백 년이 되는 해라지만 그에 관해서는 이미 말할 만큼 했다는 생각을 지울수가 없다. 그런데도 굳이 소월을 다시 생각해 보는 것은 그의 시가 오늘의 우리에게 매우 절실한 바가 있어서이다.

그렇다면 오늘의 우리에게 소월은 무엇이며 어떤 의의를 지니는가? 우리가 소월을 향해 던질 수 있는 질문은 이렇게 바뀔 수 있을 것이다. 문학사의 한 장에서 고요히 머물러 있는 소월이라면 그를 굳이 오늘에 불러 세울 까닭도 없을 것이다. 백 주년이 몇 번 온다 해도 지나간 날의 일이고 만다면 재론의 가치는 그만큼 덜해지게 마련이다. 그래서 오늘의 소월을 생각하자는 것이다.

오늘을 어떻게 규정할 것인가는 논의하기에 따라 다르다. 소월의 백 년과 관련하여 여겨지는 오늘은 통일의 시대, 세계의 시대라고 말하고자 한다. 시인 소월이 통일의 시대와 세계의 시대를 버텨갈 구실을 할 수 있다고 생각하기 때문이다. 말하자면 소월의 시는 통일과 세계화의 시대에 우리의 문화적 구심점이 될 수 있다는 뜻이다.

이를 일러 문화 표상이라고 해두자. 표상은 사전의 풀이대로 '대표로 삼을 만한 상징적인 것'이다. 말하자면 남북이 한데 모여 무엇을 할 때 앞에 내세우는 한반도 기나 아리랑 같은 노래의 기능을 소월의 시가 할 수 있다는 뜻이다.

그런 것이 굳이 필요한가에 대해서는 뒤에 생각하기로 한다. 다만 논의의 편의를 위해 미리 할 수 있는 말은 모든 문화가 표상의 형태로 구체화된다는 것이다. 그것은 구체적인 물질일 수도 있고 아주 추상적인 개념일 수도 있다. 다만 어떤 것이 표상이 되자면 공동체의 합의와 공감이 뒷받침되어야 한다.

소월의 시는 그런 의미의 표상이 될 만한 자질을 갖추고 있다. 때문에 그것을 분명하게 알아차리는 것이 소월의 시를 총체적으로 수용하는 길이며 소월을 소월답게 이해하는 일이고 나아가 소월의 백 년을 진정으로 의미 있게 하는 길이라는 점을 강조해 두고자 한다.

이 일을 위하여 소월의 시가 지닌 어떤 특징이 우리의 전통 문화와 깊은 관련을 갖는다는 점을 살피고 그것을 드러내어 통일 시대의 문화 표상으로 삼자고 제안하고자 한다. 그럼으로써 통일 시대를 여는 문화적 표상의 자리에 소월을 세우자는 주장을 정당화하고자 한다.

소월의 시선에 주목하기

소월의 시가 대체로 애조를 띠고 있다는 데는 이의가 없을 것이다. 「밭고랑 위에서」처럼 씩씩함을 보여주는 시가 없는 것은 아니지만 그럼에도 불구하고 대부분의 시는 서러움, 한숨, 애달픔, 외로움, 그리움, 떠남, 눈물, 하소연 등의 시어와 연합하면서 애상의 분위기를 이루는 것이 소월 시의 특징이라 할 수 있다.

이런 경향은 소월이 추구한 정감의 세계가 대체로 현실의 대상을 바라봄으로써 이루어지기 때문인 것으로 보인다. 누구나 그러하듯 그런 눈으로 바라보는 현실은 대체로 애조의 원천으로 보일 수 있기 때문이다. 이런 점에서 소월은 애조의 시인이며, 그가 현실의 시인이기 때문이라고 해도 좋을 듯하다.

이런 경향에 비추어 볼 때 좀 색다르다고 할 수 있는 시편이 눈에 띈다. 그 하나가 「먼 후일」이다.

먼 훗날 당신이 찾으시면
그때에 내 말이 '잊었노라'

당신이 속으로 나무리면
'무척 그리다가 잊었노라'

그래도 당신이 나무리면
'믿기지 않아서 잊었노라'

오늘도 어제도 아니 잊고
먼 훗날 그때에 '잊었노라'

어제, 오늘, 내일의 관계가 시행에서 명료하게 드러나고 있듯이 소월의 시선은 '내일' 곧 미래를 향하고 있음을 보게 된다. 말하자면 시선을 미래로 돌릴 때 비로소 "잊었노라"라는 말이 가능하다는 것이다. 이 말은 이 시의 정서를 촉발하고 있는 갈등이 오늘로 감지되는 한 해소되지 않음을 뜻하며 시선을 미래로 옮길 때 비로소 갈등은 해소될 수 있음을 알게 해 준다. 이것은 시간적으로 시선을 옮길 때 그가 비로소 애조에서 벗어날 수 있음을 뜻한다. 이를 가리켜 '시선 옮기기'라고 명명하고 이를 주목하기로 한다.

「엄마야 누나야」라는 시에서는 공간적인 시선 옮기기를 발견하게 된다.

　　엄마야 누나야 강변 살자
　　뜰에는 반짝이는 금모래빛
　　뒷문 밖에는 갈잎의 노래
　　엄마야 누나야 강변 살자

　지금 딛고 있는 땅이 어느 곳이거나 강변은 저 멀리에 있는 것임이 분명하다. 그래서 시선은 여기가 아닌 '저기' 또는 '거기'를 향하고 있는 것이며 그럼으로써 시는 애조를 넘어서는 소망을 담을 수 있었음을 확인하게 된다.
　설명이 여러 가지일 수 있는 「진달래꽃」에 대해서도 시선 옮기기의 관점에서 같은 판단을 내릴 수 있게 된다. "나 보기가 역겨워 가실 때에는"이라는 첫 구절에 나오는 '는'이라는 조사에 주목하면 그의 시선이 '지금'이나 '여기'를 향하고 있지 않음을 알아차리게 된다. 이별은 지금의 상황이 아니고 가정해 본 상황이다. 특수 조사 '는'이 가정적 조건을 제시할 때 사용한다는 어법상의 용례가 이를 입증해 준다.
　그리고 보면 「진달래꽃」은 이별을 목전에 두고 부르는 노래가 아니라 이별을 가정하고 읊조리는 노래가 된다. 그러기에 사랑의 뜨거움을 재삼 확인하면서 "말 없이" 또는 "죽어도 아니 눈물 흘리"면서 보낼 수 있다는 다짐이 가능해지는 것이다.
　앞의 두 시가 시간과 공간의 시선을 옮김으로써 형성된 정서라면 「진달래꽃」은 상황에 대한 시선을 옮김으로써 마련되는 정서라고 할 수 있다. 이 점에서 세 작품은 시선 옮기기라는 공통점을 가지며 그를 통해 가정 또는 가상의 의미를 함축하게 된다.
　세 편의 시가 지닌 이러한 특징은 다른 관점에서 얼마든지 설명이 가능하겠지만 여기서는 이 작품들의 어딘지 군세어 보이는 특이성이 시선 옮기기의 결과라는 데만 주목하고자 한다. 물론 「먼 후일」이나 「진달래꽃」에 담긴 정서가 애조 이상으로 강렬한 서러움이나 한의 표백이라는 설명은 반어의 성질에 비추어 볼 때 당연하다고 할 수 있다. 그러나 중요한 것은 그러한 반어조차 무엇으로 가능했는가에 주목하자는 것이다.

지금, 여기, 이것에만 주목한 시편들이 애조를 띠는데 반해 시선을 옮김으로써 그러한 정서로부터 벗어나는 태도를 보이는 것을 압축적으로 보여주는 시가 「예전엔 미처 몰랐어요」라고 할 수 있다. "이렇게 사무치게 그리울 줄도"라든가 "이제금 저 달이 서름인 줄은"이라는 시행은 과거에는 무심할 수 있었지만 그렇게 바라볼 수 없는 현재를 노래하고 있다. 시선이 과거로 옮겨갈 때 비로소 애조의 탈출이 가능해지고 목전의 대상에 시선이 머무는 한 소월의 시는 애조를 띠게 된다는 것을 이 시는 뒤집어 증명해 준다고 할 수 있다.

그러고 보면 「산유화」라는 시는 그러한 시선 옮기기가 태도로 나타난 것이라는 해석도 가능해진다. "산에서 우는 적은 새"는 "꽃이 좋아"서, 말하자면 꽃과 더불어 있는 시선의 결과지만 "저만치 혼자서" 피는 꽃은 시선 옮기기의 결과로 혼자가 된 것이라고 할 수 있다. 그러기에 꽃이 피고 지는 것을 별다른 감정적 색깔 없이 노래하게 되었다고 보려 한다.

결국 이런 말이 가능해진다. 소월의 시는 지금, 여기, 이것에 시선을 두는 한 애조에 젖어든다. 그러나 시선을 다른 곳으로 옮길 때 그러한 애조에서 벗어날 수 있었다는 말이 된다. 이 점에서 소월의 시가 지닌 시선 옮기기는 그 나름의 특이성을 지니면서 소월의 시를 특별하게 해주는 장치이다.

시선 옮기기와 전통 문화

이제 소월의 시선 옮기기가 소월만의 특성이 아니라 우리 문화에 두루 나타나는 삶의 태도라는 것을 말할 차례가 되었다.

대표적인 것으로 우리는 고려 시가 「청산별곡」을 들 수 있다. "살어리 살어리랏다"로 이어지는 이 노래는 청산과 바다에 살고 싶다는 간절한 소망을 노래한 것으로 해석된다. 물론 '-랏다'의 해석을 둘러싸고 이견이 없는 것은 아니지만 이것이 지금, 여기를 뜻하는 것은 아니라는 데 대체로 동의하는 것만은 분명하다. 이 점에서 본다면 「청산별곡」이라는 이 노래 또한 시선 옮기기이며 좀 더 구체적으로 말해서 소월의 「엄마야 누나야」와 동공이곡이라 할 수 있다.

조선조에 이르러서는 강호시가라고 불린 많은 작품들이 이러한 시선 옮기기로부터 작품의 동기를 얻고 있음은 정설이 되었다.

　백구야 놀라지 마라 너 잡을 내 아니로다
　성상(聖上)이 버리시니 갈 곳 없어 예 왔노라
　이제는 찾을 이 없으니 너를 쫓아 놀리라

강호에 돌아와서 "성상"을 생각하는 것은 그 지향이 환로(宦路)에 있는 것임이 "갈 곳 없어"라는 말에 깊숙하게 담겨 있음을 알 수 있다. 이 점에서 이 시조는 양면적이며 그런 의미에서 이 강호는 시선을 옮김으로써 차선의 위안을 삼는 대상임을 알 수 있다.

이처럼 강호를 시선 옮기기의 대상으로 삼음으로써 정서적 안정을 꾀하는 것은 강호시가의 보편적인 경향이다. 이런 관점에서 본다면 "홍진에 묻힌 분네 이내 생애 어떠한고"라고 호기 있게 산수지락(山水之樂)을 노래한 정극인의 「상춘곡」 또한 "수간 모옥(數間茅屋)을 벽계수(碧溪水) 앞에 두고"라고 함으로써 구체성이 없는 정서적 시선 옮기기임을 스스로 드러내고 있다.

소월 시가 지니고 있는 시선 옮기기와 아주 흡사한 예는 정철의 「사미인곡」에서 볼 수 있다. 님을 향한 그리움이 간절한 나머지 "저 매화 꺾어내어 님 계신 데 보내고저 님이 너를 보고 어떻다 여기실꼬."라고 시선을 옮겨보거나 "니거든 열어두고 날인가 반기실까." 하면서 시선을 옮겨본다. 그러나 그것으로도 갈등은 해소되지 않는다. 끝내는 "차라리 싀어지어 범나비 되오리라 꽃나무 가지마다 간 데 족족 안니다가 향 묻힌 나래로 님의 옷에 옮으리라."라고 함으로써 현실에서 불가능한 갈등을 해소하고 있음을 본다. 이것도 시선 옮기기에 의한 갈등의 해소에 해당한다.

'죽어서' 무엇이 되어 갈등을 해소하겠다는 것은 고전 시가에서 공식구를 이룰 만큼 흔한 것이어서 갈등 해소를 위한 시선 옮기기가 우리 문화에 매우 보편적인 현상임을 확인할 수 있다. 다만 갈등의 해소가 삶의 세계에서 이루어지지 못하고 차원을 달리하는 죽음의 세계로 미루어지는 것은 시대적 상상력의 한계라고 할 수밖에 없다. 어찌됐든 갈등의 해소에서 시선 옮기기의 전통이 매우 뿌리 깊은 것만은 분명하다.

민요 또한 시선 옮기기에 의한 갈등의 해소의 예를 풍부하게 보여준다.

　　물꼬 철철 흘려 놓고 주인 양반 어디 갔나
　　문어 전복 손에 들고 기생방에 놀러 갔제

영남 지방에서 널리 불리는 모내기 소리로 농사일과는 상관이 없는 상황을 상정함으로써 농사일의 고됨을 잊는다는 점에서 본다면 이것도 시선 옮기기에 의한 갈등의 해소라고 할 수 있다. 이런 류의 노래는 영남 지방의 "상주 함창 공갈못에 연밥 따는 저 처자야."라든가 「상추 씻는 처녀」 같은 호남 지방의 농사 소리들에서 찾아볼 수 있다.

이처럼 널리 보편화되어 있는 시선 옮기기에 의한 갈등의 해소는 판소리에 이르러 하나의 미적 형식으로 자리 잡게 된다. 이를 일러 '웃음으로 눈물 닦기'라고 한다.

　　그렁저렁 성현동 복덕촌을 당도했는듸, 일간 초옥이 비었거늘, 그 동네 사람들이 흥보 내외를 인권하야 거다가 몸을 잠시 의탁하여 있을 적에, 흥보 내외 금실은 좋던가, 자식들을 낳았으되, 깜부기 하나 없이 아들만 똑 구 형제를 조롯이 낳았것다. 권솔은 많고, 먹을 것이 없어노니 흥보 자식들이 배가

고파 밥을 달라 떡을 달라 저그 어머니를 조르는듸 이런 가관이 없던가 보더라. 한 놈이 나앉으며 "아이고 어머니, 아이고 어머니, 배 고파 나 죽겠소. 밥 좀 주오. 밥 좀 주오." 또 한 놈 나앉으며 "어머니, 나는 거 호박 시리떡 좀 하여 주시오. 그 놈이 거 두 가지로 답넨다. 따수면 따수아도 달고, 식으면 식은 대로 호박 시리떡이 달지요."

——박봉술 창본 「흥부가」 일부

슬픔은 결코 눈물로 해소되지 않으며 비애의 해소를 위해서는 웃음이 필요하다는 인식이 미적 형식으로 정착한 것이 판소리의 해학이라 할 수 있다. 심청이나 흥부 이야기를 영화화할 때 판소리만한 재미를 주지 못하는 것은 이러한 미적 특질을 제대로 구현하지 못한 채로 슬프고 구차하게만 이야기를 끌어가는 탓이라고 본다. 이런 점에서 볼 때 판소리는 시선 옮기기를 좀 더 적극적으로 구사하여 미적 특질을 삼은 양식이라 할 수 있겠다.

민속으로 전해지는 진도 「다시래기」에서도 이러한 시선 옮기기에 의한 갈등의 해소를 발견할 수 있다. 사람이 죽었을 때 벌이는 의식의 하나인 이 굿에는 도처에 웃음이 깔려 있다. 그래서 자칫 죽음과 웃음이라는 이질적인 것의 충돌로만 받아들이게 할 소지마저 있다. 그러나 슬픔을 극복할 수 있는 것은 웃음이라는 인식이 이 민속을 뒷받침하고 있으며 오늘날의 시끌벅적한 상가 풍속은 이러한 민속의 잔존임을 알 수 있다.

지금까지 여러 자료들을 통해 우리는 시선 옮기기가 우리 민족의 삶을 이루는 한 방식임을 확인했다. 이렇듯이 시선 옮기기는 삶의 방식이라는 점에서 문화의 성격을 지니며 그것이 뿌리가 깊다는 점에서 전통 문화라고 할 수 있다. 소월의 시선 옮기기는 이러한 삶의 방식으로서의 우리 문화가 그의 시편에서 구현된 것이라 할 수 있다.

소월의 시는 단지 이런 점에서만 전통 문화의 맥을 잇고 있는 것은 아니다. 관념어가 없는 고유어로 된 시어, 이따금 발견되는 후렴구의 채용, 두 마디씩 짝을 이룸으로써 율조의 안정을 가져오는 율격 등이 소월의 시를 민요조로 느끼게 탄탄한 뒷받침을 해준다. 그러니까 시의 형식과 발상법에서 소월의 시는 전통 문화의 맥을 잇는 데 손색이 없을 만큼 절묘한 조화를 이루고 있다고 말할 수 있다.

이런 점에서 소월의 시는 우리 민족의 문화 표상으로 훌륭한 자리에 놓이게 된다.

문화 표상화의 가능성 검토

지금까지의 논의가 정당하다 하더라도 그 자체만으로 소월의 시편들이 통일 시대의 문화 표상이 될 수 있는 것은 아니다. 잘 알려진 바와 같이 북한의 문학관은 우리와 사뭇 다르고, 그러기에 소월이 문학사에 나타나기도 하고 사라지기도 하는 것은 잘 알려진 사실이다. 그러므로 통일 시대에 남북이 함께 소월을 문화 표상으로 내세우고 공통의 화제로 삼아 문학을 말할 수 있으려면 북한 쪽의 사정을 눈여겨볼 수밖에 없다.

북한이 소월 시에 대해 보여온 태도는 다소 불안정한 구석이 없지 않다. 1960년대 중반을 넘어서며 주체 사상을 강조하면서 펴낸 『조선문학사』는 김소월에 대하여 일언반구 언급이 없다. 그러나 그 이전과 그 이후에는 김소월에 대한 문학사의 논의가 이루어짐은 물론이고 개인 논문도 여러 편 나와 있음을 본다.

물론 북한의 문학관은 사회주의적 사실주의에 기반을 두고 있으므로 문학의 모든 평가는 여기에 근거해서 이루어진다. 그러기에 소월의 시에 대한 평가는 인민적 정서에 충실, 식민지 현실의 폭로, 애국주의적 의식, 민족 고유어, 전통적 율조, 향토와 조국에 대한 사랑, 인민에 대한 동경과 인도적 사랑 등에 치중한 평어로 이루어져 있다. 우리 쪽의 소월에 대한 논의 자세나 폭과는 상당한 거리가 있음이 사실이다.

이런 거리에도 불구하고 김소월을 공동으로 논의하고 함께 포괄할 수 있는 가능성을 남과 북의 변화에서 찾아볼 수 있지 않을까 한다. 1980년대를 고비로 우리 쪽에서는 월북 문인들에 대한 해금 조치가 내려졌다. 북한에서도 이에 대응이라도 하듯 그 동안 문학사에서 배제했던 작가들에 대한 논의를 재개함으로써 폐쇄적 태도에서 벗어나기 시작했다. 이러한 변화는 공동으로 추구할 수 있는 가치의 설정만 이루어진다면 남과 북의 문학을 보는 눈에 공동성을 갖출 가능성을 열어놓은 것이라고 할 수 있다.

통일은 어차피 어느 일방의 압도에 의해서는 이루어질 수 없다. 공동의 가치와 서로가 함께 논의할 수 있는 표상을 찾는 일을 통해서 추구되어야 할 것이다. 특히 문화 분야에서는 이 점이 더욱 강조될 필요가 있다고 본다.

그렇다면 소월이 지닌 시선 옮기기가 우리 문화의 뿌리 깊은 발상법이자 갈등 해소의 방식이라는 점에서 공동의 가치를 부여하고 함께 이를 추구할 수 있지 않을까 하는 제안을 하고자 한다. 시선 옮기기의 발상은 공동의 선일 수도 있기 때문이다.

이것이 공동의 선이 될 수 있는 까닭은 이러하다. 흔히 시선 옮기기는 회피적 또는 도피적인 소극적 태도라고 매도해 버리는 경우를 본다. 그러나 그것이 '죽어서 운운'하는 비현실적 시선 옮기기라면 몰라도 현실 속에서의 심리적 갈등 해소를 위한 시선 옮기기는 매우 중요한 미덕을 지니고 있다고 본다.

심리적 갈등은 반드시 해소해야 한다는 것이 인간의 본성이다. 실제로 불행에 빠진 사람이 그것을 극복하는 방법은 시선을 희망 쪽으로 옮겨놓는 일이다. 희망의 힘으로 불행을 극복하는 것이다. 절망에만 충실할 때 남는 것은 절망뿐이라는 점을 생각하면 시선 옮기기의 공효를 우리는 쉽게 이해할 수 있게 된다. '웃음으로 눈물 닦기'가 그러한 삶의 태도라는 점에 생각이 미치면 여기에 삶의 방식의 하나로 가치를 부여할 수 있을 것이다.

그것을 공동의 가치로 표방하기 위해서도, 그리고 소월의 시 세계가 지닌 미덕을 고양함으로써 우리 공동의 화제를 삼기 위해서도 시선 옮기기에 뿌리를 내린 소월의 시를 문화 표상으로 삼아 남북이 공동으로 추구하자는 제안이다.

문화 표상의 의의

이제 근원적인 질문이 남아 있다. 남북이 공동으로 추구할 문화 표상이 꼭 필요한 까닭이 무엇인가 하는 질문이다. 통일이 실감되는 이 시점에서 이 문제는 깊은 성찰을 요구하면서 우리 앞에 있다. 그리고 그 답은 몇 가지 측면에서 찾아볼 수 있다.

첫째, 남과 북의 문학관이 지닌 엄청난 거리가 문학에 대한 대화를 불가능하게 할 것이라는 점 때문이다. 일상의 경험을 보더라도 가치의 기준이나 관점이 다른 사람끼리는 대화가 불가능하다. 공동의 화제가 없을 때에도 마찬가지로 대화는 이루어질 수 없다. 통일은 대화를 필요로 하는 삶의 모습을 지니게 되는데 대화가 없이 문학을 추구할 수 있겠는가를 생각하면 그 필요성이 자명해진다.

둘째, 통일은 문화의 통일부터 이루어야 한다는 점 때문이다. 독일의 통일이 경제, 정치, 사회, 문화의 순으로 진행된 나머지 십 년이 지난 지금까지도 『독일은 통일되지 않았다』는 책이 나올 정도의 수준에 머물고 있음을 본다. 독일의 경험은 진정한 통일을 위해서는 다른 무엇보다도 문화의 통일이 앞장을 서야 한다는 점을 말해 준다. 이와 더불어 문화의 통일을 위해서는 남과 북이 함께 추구하고 논의할 수 있는 표상의 공론화가 꼭 필요한 일이 된다. 그것을 현대시에서는 소월이라고 본다.

셋째, 소월 시가 지니고 있는 시선 돌리기의 발상이 삶의 동력이자 미래를 위한 추동력으로 작용할 수 있다는 점이다. 비관적이고 패배적인 시선 돌리기는 위험한 일이지만 낙관적이고 진취적인 시선 돌리기는 개인은 물론 사회까지를 힘차게 이끌어가는 힘이 될 수 있다고 본다. 우리가 통일 시대를 살아가기 위해서는 이러한 전향적이고 진취적인 자세로 시선을 돌리면서 미래를 추구하는 태도가 반드시 요구된다고 본다.

이런 이유로 해서 통일 시대의 문화 표상으로 소월의 시편을 내세우자는 주장을 하지만 한편으로는 이에 대한 비판도 있을 수 있겠다. 오늘날 새로이 전개되는 사회는 세계의 시대이고 오래전부터 세계화가 일상적으로 운

위되어온 터에 새삼스럽게 민족 전통인가 하는 비판이 나올 수 있다.

이 문제는 좀 더 논의가 필요하기도 하고 이 자리의 관심과도 거리가 멀 수는 있다. 그러나 지금까지의 생각이 필요하고 정당한 것이었음을 분명히 하기 위해서 두 가지만 말해 두고자 한다.

하나는 세계화라는 말이 잘못 이끌어지고 있는 대목이 있다는 점이다. 그렇지 않다는 말을 앞세우기는 하지만 세계화라는 말에는 강대국의 자기 우월적 관점이 스며들어 있다는 점을 명심할 필요가 있다. 우리가 강대국 처럼 되고 강대국을 닮은 생활을 해야 한다는 식으로 생각하는 측면은 매우 위험한 것이 아닐 수 없다. 실제로 상품의 세계화는 있어도 문화의 세계화는 없다고 단언하는 사람도 있음은 이를 말해 준다.

다른 하나는 세계의 시대일수록 공동체 단위의 정체성이 반드시 필요하다는 점이다. 이런 필요성을 엿보게 해주는 사례를 십 년 전의 LA 사태에서 본다. 그때 재미 한인들이 깨닫게 된 것은 자기들이 평등 국가요 다민족 국가인 미국의 국민이라는 점에서는 동일하지만 영원히 한국계 미국인임을 확인하는 것이었다는 점은 매우 의미심장하다. 세계가 한집처럼 되는 세상이 혹 있다 하더라도 우리나라라는 공동체는 우리나라다운 정체성을 지녀야 한다.

통일도 세계 시대에 민족 공동체로 당당히 살아가기 위해서 필요한 것이고, 민족이 민족다우려면 문화 공동체를 이루어야 한다. 이 절대적 명제 앞에서 소월의 백 주년을 기해 그의 시를 민족의 문화 표상으로 삼아 그 길을 가자고 말하는 계기로 삼고자 한다.

논의의 초점이 여기 있기에 더불어 살펴야 했던 많은 사항을 건너뛰거나 단순화한 감이 있다. 이를 위하여 여러 가지 자료를 원용할 수는 있다고 본다. 백 사람의 문인에게 물었더니 87명이 소월을 가장 좋아하는 시인으로 꼽더라는 사실도 이러한 논의에 힘을 실어줄 수 있을 것이다. 또 북한이 소월을 말하기도 하고 피해 가기도 하는 것이 체제의 경직성과 밀접한 관계가 있다는 것을 자료를 통해 입증할 수도 있을 것이다. 그러나 그러한 일을 여기서는 하지 않았다. 문화 표상으로서 소월이라는 명제에 대한 공감 유도에 주된 목적이 있었다는 것으로 이를 변명하고자 한다.

김소월 생애 연보

1902년   9월 7일(음력 8월 6일)에 외가인 평안북도 구성군 왕인동에서 아버지 김성도와 어머니 장경숙의 장남으로 태어났다. 이름은 정식(廷湜)이며 호적에는 항렬을 따라서 정식(珽湜)으로 올라 있다. 본가는 평안북도 정주군 곽산면 남단동 569번지. 남단리는 공주 김씨 백여 가구가 모여 사는 집성촌으로 소월의 집안은 남단리에서 제일 크고 부유했다고 한다. 소월이 태어날 당시 증조모 전씨와 할아버지 김상주, 할머니 노씨, 아버지, 어머니, 큰 숙부 김학도, 작은 숙부 김인도, 셋째 고모 김여경, 집안일을 도와주는 막실이, 봉산집, 인창이 이렇게 열한 명이 살고 있었다. 아기가 집 바깥에서 해를 넘기면 좋지 않다는 풍습에 따라 그해 겨울에 소월은 외가에서 본가로 돌아갔다.

1904년   소월의 아버지가 경의선의 일부인 정주에서 곽산 간 철로 공사를 하던 일본인 목도꾼들에게 심하게 폭행을 당하고 그 충격으로 정신이상이 되었다.

1907년   할아버지가 초빙해 온 독선생 밑에서 한문을 배웠다.

1908년   하나뿐인 여동생 김인저가 태어났다.

1909년   공주 김씨 문중에서 세운 남산학교에 입학했다.

1915년   남산학교를 우수한 성적으로 졸업했다. 할아버지의 광산업 실패로 집안 사정이 나빠져서 상급 학교에 진학하지 못하고 집안일을 거들며 지냈다.

1916년   봄에 할아버지의 주선으로 평안북도 구성군 방현면 평지동에 사는 홍시옥의 딸 홍상일과 결혼했다. 홍상일은 소월의 3년 연상으로 소월은 아내의 이름이 좋지 않다고 하여 홍실단이라는 새 이름을 지어주었다. 그녀는 키가 크고 활달한 성품의 여장부로 큰 집안의 살림을 도맡아서 했다고 한다.

1917년   평북 정주군 갈산면의 오산학교에 입학하여 이곳에서 영어와 작문을 가르치던 김억과 운명적인 만남을 갖게 된다. 당시 김억은 일본의 경응의숙 문과에 다니던 중 부친의 별세로 귀국한 뒤 다시 도일하지 못하고 모교인 오산학교의 선생이 되었다. 소월의 습작 노트를 본 김억의 각별한 관심과 지도 아래 문학 소년기를 보냈다.

1919년   오산학교의 교사와 학생들이 정주 장날인 3월 31일 만세운동을 주도한 데 대한 보복으로 그날 밤 일본 경찰들이 오산학교를 불태워버렸다. 그 일로 소월은 학업을 중단하고 고향에 돌아왔다. 여름에 김억이 소월의 고향집에 와서 함께 지내면서 동서고금의 시인들에 대해 열띤 토론의 시간을 가졌다. 첫째 딸 구생 출생.

1920년   2월에 김억의 주선으로 ≪창조≫에 「浪人의 봄」 등 다섯 편의 시를 김소월이란 필명으로 발표했다. ≪창조≫는 동인들의 글을 싣는 것이 원칙이었으나 창간 1주년을 기념하여 독자의 시를 실은 것이었다. 7월에 한성도서주식회사에서 중등학생을 대상으로 발행한 교양 잡지 ≪학생계≫ 창간호에 김소월이란 필명으로 「먼 후일」 등 3편이 추천시로 발표되었다. 이어 ≪학생계≫ 10월호에 수필 「춘조」를 발표했다. 둘째 딸 구원 출생.

1921년   김정식이란 본명으로 ≪학생계≫ 5호, 6호, 8호의 현상 문예에 응모하여 「서울의 거리」, 「이한밤」, 「맛내려는 심사」, 「궁인창」 등의 시를 발표했다. 당시 현상 문예의 선자는 김억이며 각 작품에 대한 평을 붙이고 있다. 4월과 6월에 소월이란 필명으로 ≪동아일보≫ 독자문단에 「그 산우」 등 19편의 시를 우편으로 투고하여 발표했다. 미래에 대한 계획도 없이 고향집에 눌러앉아 있는 자기 자신에 대한 연민과 실의에 빠져서 지냈다.

1922년   1월부터 ≪개벽≫에 「금잔듸」 등 10편의 시를 발표했다. 이를 계기로
         현상 문예와 독자 문단의 투고자가 아닌 기성 시인으로 인정을 받았
         다. 완고한 할아버지를 설득하여 4월 1일에 경성의 배재고등보통학교
         에 5학년으로 보입, 교지 ≪배재≫의 편집위원으로 ≪배제≫ 3호의 발
         간에 관여했다. 한 해 동안 ≪개벽≫에 41편의 시와 소설 「함박눈」(10
         월호)을 발표하여 문단의 주목을 받았다.

1923년   3월 1일 배재고보 7회 졸업. 대학 입학시험을 준비하기 위해 고향에
         내려가 있는 동안 인근 염호리의 사립 중신학교에서 짧은 교사생활을
         했다. 5월에 동경으로 유학을 떠나 동경 상과대학의 예과 시험에 합격
         했다. 동경에 머물면서 국내의 ≪신천지≫와 ≪개벽≫에 「왕십리」,
         「삭주구성」 등의 시를 발표했다. 9월의 관동대지진 이후 신변의 위험
         을 걱정하는 가족들의 강권으로 학업을 포기하고 귀국했다. (이듬해
         봄에 귀국했다는 주장도 있다.). 경성에 두 달 정도 머물면서 나도향,
         김억, 염상섭 등과 어울리다가 낙향했다. 12월에 김억이 「시단의 1년」
         이란 평론에서 소월을 민요시인으로 규정한 후로 문단에서 민요 시인
         으로 주목받게 되었다.

1924년   ≪영대≫ 동인으로 참가. ≪영대≫는 김동인, 주요한, 전영택, 김관호,
         김억, 김소월, 김여제, 김찬영, 이광수, 오천석, 임장화가 동인으로 참
         가하여 1924년 8월부터 1925년 1월까지 발간한 월간 문예지였다. 이
         무렵 「밧고랑 우헤서」와 「나무리벌 노래」 등의 농촌 현실을 담은 시
         를 창작. ≪동아일보≫ 11월 24일자에 '흰달'이라는 필명으로 「나무리
         벌 노래」 등 3편의 시를 발표했다. 6월에 장남 준호가 출생했다.

1925년   ≪조선문단≫ 1월호 「문사들의 이 모양 저 모양」에서 김소월의 근황
         을 "시골서 여러 가지 고통과 번민에 쌓여 있다는데 시집을 발행할
         듯 서울을 올라올 듯하다니"라고 소개하고 있다. 12월에 김억이 경영
         하던 매문사에서 시집 『진달내꽃』을 출판했다.

1926년   아내와 아이들은 고향집에 두고 처가 근처의 구성군 남시로 이사했다.

(나중에 아내와 셋째 아들 정호가 함께 살게 된다). 5월 둘째 아들 은호(殷縞) 출생. 8월에 동아일보 구성 지국을 개설했다. 8월 26일 나도향이 폐결핵과 영양실조로 사망했다는 소식에 크게 충격을 받았다. 나도향은 소월과 배재고보 동문으로 소월이 늦게 학교에 편입해서 같이 공부하지는 않았지만 교지 ≪배재≫의 편집을 계기로 서로 친해졌으며, 소월이 동경에서 귀국하여 경성에 머무는 동안 즐겨 어울렸다. 김억이 주간하는 잡지 ≪가면≫과 ≪조선문단≫에 시를 발표했다.

1927년　3월 경영 미숙과 일본 경찰들의 압박으로 동아일보 구성 지국을 그만둔 뒤 작품 발표 중단한 채 고독과 실의에 빠진 날들을 보냈다. 12월에 동아일보 방현 지국의 고문으로 취임했다.

1929년　≪문예공론≫ 1호, 2호, 3호에 4편의 시를 발표했으나 1호의 「저급생활」은 검열에 걸려 전문을 삭제당했다. ≪문예공론≫은 1929년 5월 평양에서 방인근이 발행하고 양주동이 주간을 맡은 문예지였다.

1931년　개벽사에서 발행하는 ≪신여성≫ 2월호에 「고독」 등 2편의 시를 발표했다.

1932년　4월 셋째 아들 정호가 태어났다.

1934년　≪삼천리≫ 8월과 11월호에 다시 의욕에 차서 작품을 발표하기 시작했다. 그즈음 김동환에게 보낸 편지에서 중국의 포송령이 쓴 괴담 소설 『요재지이』를 번역하기 시작했다고 쓰고 있다. ≪신인문학≫ 11월호에 본명으로 「차안서선생 삼수갑산운」을 발표하기도 했으나 12월 23일 밤에 돌연 사망했다. ≪동아일보≫ 12월 29일자는 「청년 민요 시인 소월 김정식 별세」라는 제하에 "24일 아침에 뇌일혈로 급작히 별세"했다는 기사를 실었으며 ≪조선중앙일보≫ 12월 30일자도 24일 오전 8시에 사망했다는 기사를 게재하고 있다. 1947년에 김광균이 김억에게서 전해들은 이야기임을 전제하면서 소월의 죽음이 자살이라고 밝혔다. 그 후 김광식이 소월의 처제 홍지인의 말을 빌려 소월의 자살을 말하고(≪조선일보≫, 1959년 7월 8일) ≪동아일보≫ 1967년 11월

4일자에서도 셋째 아들 김정호가 아버지의 죽음에 대한 세세한 정황을 기록하면서 아편을 먹고 자살했다고 밝혔다. 소월은 처음 집에서 15리 정도 떨어진 구성군 서산면 평지동 터진고개에 안장되었다가 5년 후 서산면 왕릉산으로 옮겨졌으며, 1960년대에 다시 고향인 정주군 곽산면 남단동으로 옮겨졌다.

1935년 봄에 유복자 낙호 출생. 1월 28일 오후 5시 서울 종로의 백합원에서 김억, 김동인, 박종화, 염상섭, 이하윤 등 동료 문인 백여 명이 모여서 소월 추도회를 가졌다.

1939년 백석이 편집하던 《여성》에 「박넝쿨타령」 등의 유고시 12편이 발표되었다. 김억이 『소월시초』(박문서관)와 『소월민요집』(산호장)을 발행했다.

1968년 3월, 한국일보사에서 한국 신시 60년을 기념하여 서울의 남산 시립도서관 앞에 「산유화」를 새겨 넣은 소월 시비를 세우고 그 앞길을 소월로라고 명명했다.

1975년 《월간중앙》 11월호에 서지학자 하동호가 「김소월유시문습지」를 발표, 18편의 창작시와 4편의 번역시를 발굴하고 원전을 확인했다.

1977년 《문학사상》 11월호에 소월의 친필 유고시 31편과 영문시 1편, 왕유의 한시 번역시 2편이 발굴, 공개되었다.

1981년 금관문화훈장이 추서되었다.

김소월 작품 연보

발표일	분류	제 목	발표지	기타
1920. 3	시	浪人의 봄	창조 5호	
1920. 3	시	夜의 雨滴	창조 5호	
1920. 3	시	午過의 泣	창조 5호	
1920. 3	시	그리워	창조 5호	
1920. 3	시	春崗	창조 5호	
1920. 7	시	먼后日	학생계 1호	
1920. 7	시	거츤풀 허트러진 모래동으로	학생계 1호	
1920. 7	시	죽으면?	학생계 1호	
1920. 10	수필	春朝	학생계	
1921. 4.9	시	바람의 봄	동아일보	
1921. 4.9	시	黃燭불	동아일보	
1921. 4.9	시	붉은 朝水	동아일보	
1921. 4.9	시	俗謠	동아일보	
1921. 4.9	시	봄밤	동아일보	
1921. 4.9	시	풀따기	동아일보	
1921. 4.9	시	그 山우	동아일보	
1921. 4.27	한시	莎鷄月	동아일보	
1921. 4.27	한시	銀臺燭	동아일보	

발표일	분류	제 목	발표지	기타
1921. 4.27	한시	門犬吠	동아일보	
1921. 4.27	한시	春菜詞	동아일보	
1921. 4.27	한시	緘口	동아일보	
1921. 4.27	한시	一夜雨	동아일보	
1921. 5	시	서울의 거리	학생계 5호	
1921. 6.8	시	舊面	동아일보	
1921. 6.8	시	꿈	동아일보	
1921. 6.8	시	깁히 밋든 心誠	동아일보	
1921. 6.8	시	둥근히	동아일보	
1921. 6.8	시	하늘	동아일보	
1921. 6.14	시	바다	동아일보	
1921	시	이한밤	학생계 6호	
1921	시	맛내려는 心思	학생계 6호	
1921. 10	시	宮人唱	학생계 8호	
1922. 1	시	金잔듸	개벽 19호	
1922. 1	시	꿈	개벽 19호	
1922. 1	시	첫치마	개벽 19호	「俗謠」의 개작
1922. 1	시	엄마야 누나야	개벽 19호	
1922. 1	시	달마지	개벽 19호	
1922. 1	시	개암이	개벽 19호	
1922. 1	시	제비	개벽 19호	
1922. 1	시	樹芽	개벽 19호	
1922. 1	시	부헝새	개벽 19호	
1922. 1	시	黃燭불	개벽 19호	
1922. 2	시	닭은 쏘꾸요	개벽 20호	

발표일	분류	제 목	발표지	기타
1922. 2	시	꿈쒼그넷날	개벽 20호	
1922. 2	시	濟物浦에서 '밤'	개벽 20호	
1922. 2	시	새벽	개벽 20호	
1922. 2	시	내 집	개벽 20호	
1922. 4	시	바람의 봄	개벽 22호	
1922. 4	시	물결이 變하야 쏭나무밧이 된다고	개벽 22호	
1922. 4	시	燈불과 마조 안젓스랴면	개벽 22호	
1922. 4	시	봄밤	개벽 22호	
1922. 6	시	悅樂	개벽 24호	
1922. 6	시	公園의 밤	개벽 24호	
1922. 6	시	오는 봄	개벽 24호	
1922. 6	시	맘에 속의 사람	개벽 24호	
1922. 7	시	진달내꼿	개벽 25호	
1922. 7	시	개(渚)여울	개벽 25호	
1922. 7	시	제비	개벽 25호	
1922. 7	시	將別里	개벽 25호	
1922. 7	시	孤寂한 날	개벽 25호	
1922. 7	시	江村	개벽 25호	
1922. 8	시	먼後日	개벽 26호	재발표
1922. 8	시	풀싸기	개벽 26호	재발표
1922. 8	시	그 山 우에	개벽 26호	재발표
1922. 8	시	바다	개벽 26호	재발표
1922. 8	시	깁히 밋든 心誠	개벽 26호	재발표

발표일	분류	제 목	발표지	기타
1922. 8	시	녯낫	개벽 26호	「舊面」 재발표
1922. 8	시	가을	개벽 26호	
1922. 8	시	님과 벗	개벽 26호	
1922. 8	시	니젓든 맘	개벽 26호	
1922. 8	시	가는봄 三月	개벽 26호	
1922. 10	소설	함박눈	개벽 28호	
1922. 11	산문시	꿈자리	개벽 29호	
1922. 11	산문시	깁흔 구멍	개벽 29호	
1923. 3	시	길손	배제 2호	
1923. 3	시	봄바람	배제 2호	「바람의 봄」과 동일작
1923. 3	시	달밤	배제 2호	
1923. 3	시	접동	배제 2호	
1923. 3	시	깁고 깊은 언약	배제 2호	
1923. 3	시	오시는 눈	배제 2호	
1923. 3	시	비단안개	배제 2호	
1923. 3	시	쩌도라가는 계집	배제 2호	
1923. 5	시	못닛도록 생각이 나겟지요	개벽 35호	「思慾絶」로 묶임
1923. 5	시	예前엔 밋처 몰랏 서요	개벽 35호	「思慾絶」로 묶임
1923. 5	시	해가 山마루에 저믈 어도	개벽 35호	「思慾絶」로 묶임
1923. 5	시	눈물이 쉬루르 흘러 납니다	개벽 35호	「思慾絶」로 묶임

발표일	분류	제 목	발표지	기타
1923. 5	시	자나 쌔나, 안즈나 서나	개벽 35호	「思慾絶」로 묶임
1923. 8	시	樂天	신천지 9호	
1923. 8	시	구름	신천지 9호	
1923. 8	시	어려듯고 자라배와 내가 안 것은	신천지 9호	
1923. 8	시	往十里	신천지 9호	
1923. 10	시	朔州龜城	개벽 40호	
1923. 10	시	가는길城	개벽 40호	
1923. 10	시	山	개벽 40호	
1924. 10	시	밧고랑우헤서	영대 3호	
1924. 10	시	漁人	영대 3호	
1924. 10	시	生과 死	영대 3호	
1924. 11.24	시	나무리벌노래	동아일보	
1924. 11.24	시	車와 船	동아일보	
1924. 11.24	시	俚謠	동아일보	
1923. 12	시	巷傳哀唱 명쥬쌀기	영대 4호	
1923. 12	시	不稱錘枰	영대 4호	
1924. 1	시	옷과 밥과 自由	동아일보	「西道餘韻」으로 묶임
1925. 1.1	시	배	동아일보	「西道餘韻」으로 묶임
1925. 1.1	시	萬里城	동아일보	
1925. 1.1	시	千里萬里	동아일보	
1925. 1.1	시	남의 나라 쌍	동아일보	

발표일	분류	제 목	발표지	기타
1925. 1.1	시	옷	동아일보	
1925. 1	시	꼿燭불 켜는 밤	영대 5호	
1925. 1	시	녯님을 짜라가다가 꿈째어 歎息함이라	영대 5호	
1925. 1	시	無信	영대 5호	
1925. 1	시	無心	신여성 18호	
1925. 2.2	번역시	寒食	동아일보	백거이 한시
1925. 2.2	시	벗마을	동아일보	
1925. 4.13	시	自轉車	동아일보	
1925. 4	시	失題	조선문단 7호	
1925. 4	시	물마름	조선문단 7호	
1925. 5	평론	詩魂	개벽 59호	
1925. 7	시	그사람에게	조선문단 10호	
1925. 7.21	시	서로 미듬	동아일보	
1925. 10	시	불탄자리	조선문단 12호	
1925. 10	시	五日밤 散步	조선문단 12호	
1925. 10	시	비소리	조선문단 12호	
1925. 12	시	눈	문명 1호	
1925. 12	시	紙鳶	문명 1호	
1925. 12	시	깁고깁흔 언약	문명 1호	
1925. 12	시	길	문명 1호	
1925. 12	시집	『진달내꼿』	매문사	
1926. 1.1	시	돈과 밥과 맘과 들	동아일보	
1926. 2	시	팔벼개	노래가면 3호	
1926. 3	번역시	밤가마귀	조선문단 14호	이백 한시

발표일	분류	제 목	발표지	기타
1926. 3	번역시	秦淮에 배를 대고	조선문단 14호	두목 한시
1926. 3	번역시	봄	조선문단 14호	두보 한시
1926. 3	번역시	蘇小小무덤	조선문단 14호	장길 한시
1926. 5	시	해 넘어가기 전 한참은	가면 5호	
1926. 6	시	잠	조선문단 17호	
1926. 6	시	첫눈	조선문단 17호	
1926. 6	시	봄못	조선문단 17호	
1926. 6	시	둥근해	조선문단 17호	
1926. 6	시	바다까의 밤	조선문단 17호	
1926. 6	시	저녁	조선문단 17호	
1926. 6	시	흘러가는 물이라 맘이 물이면	조선문단 17호	
1926. 7	시	七夕	가면 6호	
1926. 7	시	생의 감격	가면 6호	
1926. 7	시	대수풀 노래	가면 6호	
1926. 7	시	고만두풀노래	가면 6호	
1926. 7	시	밤이면[1]	가면 6호	
1928. 7	시	옷과 밥과 自由	백치 2호	재발표
1928. 7	시	배	백치 2호	재발표
1928. 7	시	나무리벌 노래	백치 2호	재발표

---

1) ≪가면(仮面)≫에 발표된 소월의 시는 『素月詩抄』(김억 엮음, 박문서관, 1939)에 수록
되어 있다. 그런데 이 시는 주요한의 「7월의 문단」(≪동아일보≫, 1926. 7. 25)에서 제목
이 언급되었으나 원문을 찾지 못한 상태다. 「고만두풀노래」는 『素月詩抄』에 「고만두풀
노래를 가려 月灘에게 드립니다」로 되어 있는데 주요한의 글을 따라서 발표 당시의 제
목인 「고만두풀노래」로 적었다.

발표일	분류	제 목	발표지	기타
1929. 5	시	低級生活	문예공론 1호	
1929. 5	산문시	길차부	문예공론 1호	
1929. 6	시	斷章(1)	문예공론 2호	
1929. 7	시	斷章(2)	문예공론 3호	
1931. 2	시	孤獨	신여성	
1931. 2	시	드리는 노래	신여성	
1933. 9	시	진달내꼿	삼천리 42호	재발표
1933. 9	시	산	삼천리 42호	재발표
1933. 12	시	信仰	신여성 7권 12호	
1934. 8	시	生과 돈과 死	삼천리 53호	
1934. 8	시	돈타령	삼천리 53호	
1934. 8	시	제이·엠·에쓰	삼천리 53호	
1934. 8	번역시	囉嗊曲	삼천리 53호	유채춘 한시
1934. 8	번역시	送元二使安西唄	삼천리 53호	왕유 한시
1934. 8	번역시	伊州歌(1)	삼천리 53호	무명씨 한시
1934. 8	번역시	伊州歌(2)	삼천리 53호	무명씨 한시
1934. 8	번역시	長干行(1)	삼천리 53호	최영 한시
1934. 8	번역시	長干行(2)	삼천리 53호	최영 한시
1934. 11	시	祈願	삼천리 56호	
1934. 11	시	健康한 잠	삼천리 56호	
1934. 11	시	爽快한 아침	삼천리 56호	
1934. 11	시	氣分轉換	삼천리 56호	
1934. 11	시	機會	삼천리 56호	
1934. 11	시	故鄉	삼천리 56호	
1934. 11	시	苦樂	삼천리 56호	

발표일	분류	제 목	발표지	기타
1934. 11	시	義와 正義心	삼천리 56호	
1934. 11	시	三水甲山 ―次岸曙 三水甲山韻	신인문학 3호	
1938. 10	서간문	巴人金東煥 님에게	삼천리 101호	
1938. 10	서간문	岸曙 金億先生 님에게	삼천리 101호	
1939. 6	시	박넝쿨打令	여성 39호	유고시
1939. 7	시	술	여성 40호	유고시
1939. 7	시	記憶	여성 40호	유고시
1939. 7	시	節制	여성 40호	유고시
1939. 9	시	가시나무	여성 42호	유고시
1939. 10	시	聲色	여성 43호	유고시
1939. 11	시	술과 밥	여성 44호	유고시
1939. 11	시	빗	여성 44호	유고시
1939. 12	시	歲暮感	여성 45호	유고시
1939. 12	시집	『素月詩抄』	박문서관	김억 엮음
1948. 1	시집	『素月民謠集』	산호장	김억 엮음
1966	시집	『決定版 素月全集, 못잊을 그 사람』	양서각	백순재, 하동호 엮음
1977. 11	시	봄과 봄밤과 봄비	문학사상	유고시
1977. 11	시	夕陽	문학사상	유고시
1977. 11	시	비오는 날	문학사상	유고시
1977. 11	시	적어젓소	문학사상	유고시
1977. 11	시	可憐한 人生	문학사상	유고시
1977. 11	시	마음의 눈물	문학사상	유고시
1977. 11	시	忍從	문학사상	유고시

발표일	분류	제 목	발표지	기타
1977. 11	시	봄바람	문학사상	유고시
1977. 11	시	벗과 벗의 넷님	문학사상	유고시
1977. 11	시	숨쉰 그 넷날	문학사상	유고시
1977. 11	시	니불	문학사상	유고시
1977. 11	시	무제(깁움이나~)	문학사상	유고시
1977. 11	시	무제(넷날에~)	문학사상	유고시
1977. 11	시	무제(세월이 빠르쟌코~)	문학사상	유고시
1977. 11	시	무제(사름의 짓튼~)	문학사상	유고시
1977. 11	시	무제(무슴탓에~)	문학사상	유고시
1977. 11	시	무제(그만두세~)	문학사상	유고시
1977. 11	시	무제(내 가슴에는~)	문학사상	유고시
1977. 11	시	무제(그 넷날들을~)	문학사상	유고시
1977. 11	시	무제(퓌여 쪄오르나니~)	문학사상	유고시
1977. 11	시	무제(서러라~)	문학사상	유고시
1977. 11	시	무제(넷날에~)	문학사상	유고시
1977. 11	시	잠 못드는 太陽	문학사상	영문, 일문 창작시
1977. 11	시	If this Great World of Joy and Pain	문학사상	영문 창작시
1977. 11	시	무제(若も君が~)	문학사상	일문 창작시
1977. 11	시	무제(やさしき悲しき~)	문학사상	일문 창작시
1977. 11	시	무제(死の 契約が~)	문학사상	일문 창작시
1977. 11	시	무제(夢とは何?~)	문학사상	일문 창작시

발표일	분류	제 목	발표지	기타
1977. 11	시	무제(黃昏時~)	문학사상	일문 창작시
1977. 11	시	무제(暗き苦しみ~)	문학사상	일문 창작시
1977. 11	번역시	보냄	문학사상	왕원환 한시
1977. 11	번역시	죽리관	문학사상	왕원환 한시
1977. 11	번역시	관작루에 올나서	문학사상	왕원환 한시
1982	시집	『原本 素月全集 上・下』	홍성사	김종욱 엮음

1922. 5 　　　　　박종화, 「월평」, ≪백조≫ 2호.

1923. 1 　　　　　박종화, 「문단의 1년을 추억하야」, ≪개벽≫ 31호.

1923. 12 　　　　김억, 「시단의 1년」, ≪개벽≫ 42호.

1924. 10 　　　　주요한, 「문단시평」, ≪조선문단≫ 1호.

1925. 4 　　　　　김기진, 「현시단의 시인」, ≪개벽≫ 58호.

1926. 7. 25 　　　주요한, 「7월의 문단」, ≪동아일보≫.

1929. 12.11-12 　김동인, 「내가 본 시인——김소월 군을 논함」, ≪조선일보≫.

1932. 9.29 　　　김동인, 「적막한 예원——김소월」, ≪매일신보≫.

1935. 1.22-26 　김억, 「요절한 박행시인 김소월에 대한 추억」, ≪조선중앙
　　　　　　　　　일보≫.

1935. 2 　　　　　김억, 「소월의 생애와 시가」, ≪삼천리≫ 59호.

1935. 2 　　　　　일기자, 「김소월씨 행장」, ≪신동아≫ 40호.

1939. 5.1 　　　　백석, 「소월과 조선생」, ≪조선일보≫.

1939. 6 　　　　　김억, 「소월의 생애」, ≪여성≫ 39호.

1939. 6-7 　　　　김억, 「김소월의 추억」, ≪박문≫ 8권 9호.

1939. 10 　　　　김억, 「기억에 남은 사람들」, ≪조광≫ 48호.

1939. 11 　　　　김억, 「박행시인 소월」, ≪삼천리≫ 138호.

1940. 3 　　　　　김소운, 「신간평『소월시초』」, ≪문장≫ 15호.

1947. 1 　　　　　오장환, 「조선시에 있어서의 상징: 소월 시의 '초혼'을 중
　　　　　　　　　심으로」, ≪신천지≫ 12호.

1947. 3 　　　　　오장환, 「농민과 시: 농민시 성립을 중심으로」, ≪협동≫ 4호.

1947. 4	서정주, 「김소월시론」, ≪해동공론≫.
1947. 11	김광균, 「김소월 — 가을에 생각나는 사람」, ≪민성≫.
1947. 12	오장환, 「소월 시의 특성 —— 시집 『진달래꽃』의 연구」, ≪조선춘추≫.
1948. 1	오장환, 「자아의 형벌」, ≪신천지≫ 22호.
1948	김동리, 「청산과의 거리」, 『문학과 인간』, 백민문화사.
1949. 11.15	김억, 「思 故友 —— 소월의 예감」, ≪국도신문≫.
1955. 2.9	김광균, 「시인 김소월의 만년 —— 시정의 절망에서 그는 가다」, ≪연합신문≫.
1955. 7.7	최일수, 「소월의 시정신」, ≪서울신문≫.
1955. 10	김춘수, 「김소월의 시의 형태에 대한 약간의 비평」, ≪문학예술≫ 7호.
1955. 12	김우철, 「시인 김소월」, ≪조선문학≫(북한).
1955. 12	백철, 「김소월의 신문학사적 위치」, ≪문학예술≫ 9호.
1956. 4	김춘수, 「김소월론을 위한 각서」, ≪현대문학≫ 16호.
1956. 7	강우림, 「'김소월의 시선집'에 대하여」, ≪조선문학≫(북한).
1956. 9.28	정한숙, 「소월 별견 —— 『정본소월시집』을 중심으로」, ≪동아일보≫.
1957. 2	고석규, 「시인의 역설」, ≪문학예술≫ 22호.
1957. 6	정태용, 「민요시인 김소월」, ≪현대문학≫ 30호.
1958. 8	엄호석, 『김소월론』, 조선작가동맹출판사.
1958. 11	박봉우, 「소월의 시와 생애」, ≪여원≫.
1959. 12	전광용, 「소월과 그의 소설: 단편 '함박눈'」, ≪지성≫ 3호.
1959. 5	서정주, 「소월의 자연과 幽界와 종교」, ≪신태양≫ 79호.
1959. 6	서정주, 「소월시에 있어서의 情恨의 처리」, ≪현대문학≫ 54호.
1959. 7.8	김광식, 「고독의 시인 소월 —— 그의 자살설을 듣고」, ≪조

선일보≫.

1959. 8	이어령, 「고독한 오솔길」, ≪신문예≫ 14호.
1959. 8	홍효민, 「소월의 예술적 한계」, ≪신문예≫ 14호.
1959. 8	정비석, 「천의무봉한 소박성」, ≪신문예≫ 14호.
1958. 8	노문천, 「진달래와 눈물의 시대는 가다」, ≪신문예≫ 14호.
1958. 8	김용팔, 「심오한 생명의 소리」, ≪신문예≫ 14호.
1959. 8	김남조, 「소월시전집의 간행 남발은 유감」, ≪신문예≫ 14호.
1959. 8	김현승, 「기교를 초월한 평범한 경지」, ≪신문예≫ 14호.
1959. 8	김종문, 「값싼 낭만의 세계」, ≪신문예≫ 14호.
1959. 8	김규동, 「향토적 에레지」, ≪신문예≫ 14호.
1959. 8	고원, 「산만한 전개」, ≪신문예≫ 14호.
1959. 8	신석초, 「순박한 서민 정서」, ≪신문예≫ 14호.
1959. 8	유치환, 「소월과 春城」, ≪신문예≫ 14호.
1958. 8	한하운, 「영원한 민족의 서정시」, ≪신문예≫ 14호.
1958. 8	정한모, 「소월시의 이해」, ≪신문예≫ 14호.
1959. 10	김종문, 「소월의 작품비평」, ≪자유문학≫.
1959. 11	김상일, 「김소월」, ≪현대문학≫ 59호.
1959	김용제, 『소월 방랑기』」, 정음사.
1959. 6	조영암, 『소월의 밀어』, 신태양사.
1960. 8	정익섭, 「소월시의 음영과 전통성」, ≪국어국문학≫ 22호.
1960. 12	서정주, 「소월에 있어서의 육친, 붕우, 연인, 스승의 의미」, ≪현대문학≫ 72호.
1960. 12	김춘수, 「소월시의 행과 연」, ≪현대문학≫ 72호.
1960. 12	정태용, 「체념적 애수의 세계」, ≪현대문학≫ 72호.
1960. 12	김양수, 「김소월론」 각서」, ≪현대문학≫ 72호.
1960. 12	유종호, 「한국의 퍼세틱스」, ≪현대문학≫ 72호.
1960. 12	김우종, 「숙명적인 기도」, ≪현대문학≫ 72호.

1960. 12	윤병로, 「혈관에서 솟구친 순수시」, ≪현대문학≫ 72호.
1960. 12	천이두, 「소월의 멋」, ≪현대문학≫ 72호.
1960. 12	원형갑, 「소월과 시의 서정성」, ≪현대문학≫ 72호.
1960. 12	하희주, 「전통의식과 한의 정서」, ≪현대문학≫ 72호.
1960. 12.24	곽학송, 「소월의 자살설 이견」, ≪국제신보≫.
1961	김영삼, 『소월정전』, 성문각.
1961	현종호, 「김소월과 그의 시문학」, 『현대작가론2』, 조선작가 동맹출판사.
1962. 11	장일우, 「소월의 시와 자유정신」, ≪한양≫(동경).
1963. 3	김용제, 「김소월과 나의 수난」, ≪현대문학≫ 99호.
1963	신일철, 「소월시의 사상수감: 체념에 대한 편고」, ≪한국 사상≫ 6호.
1963	천이두, 「전통과 소월시」, ≪한국언어문학≫ 1호.
1963. 12	박봉우, 「김소월과 진달래꽃」, ≪한양≫(동경).
1963.	서정주, 「김소월의 시에 나타난 사랑의 의미」, ≪예술원논 문집≫ 2호.
1964. 7	이형기, 「하나가 된 수주와 소월」, ≪문학춘추≫.
1964. 9.26-10.10	정우, 「시인 소월의 재발견──친숙모의 수기를 통해 본 그의 생애」, ≪조선일보≫.
1964. 11	문덕수, 「리리시즘의 발견」, ≪문학춘추≫.
1966. 4	김해성, 「실험을 통해 본 시의 독자: 소월의 작품을 중심 으로」, ≪현대문학≫ 136호.
1966. 8	김윤식, 「소월, 만해, 육사론」, ≪사상계≫ 160호.
1966	양렴규, 「소월시의 고찰──'진달래꽃', '산유화'를 중심으 로, ≪국어국문학≫ 31호.
1966. 5.10-7.1	김영희, 「소월의 고향을 찾아서」, ≪문학신문≫(북한).
1966	이정강, 「김소월의 시에 나타난 꿈과 사랑과 불의 세계」,

이화여대 석사 논문.

1967. 5   임헌영, 「보수와 전통: 소월의 '진달래꽃'을 중심으로」, ≪현
             대문학≫ 149호.

1967. 5   이동주, 「실명소설 김소월」, ≪현대문학≫ 149호.

1967. 11.4   김정호, 「아버지 소월」, ≪동아일보≫..

1967. 12   김정호, 「아버지 소월을 생각하며」, ≪동서춘추≫.

1967   이인섭, 「김소월과 김광균의 작품에 대한 문체론적 고찰」,
             서울대 석사 논문.

1968. 5   문덕수, 「新소월문학론」, ≪사상계≫ 181호.

1968. 7   김우창, 「한국시와 형이상──최남선에서 서정주까지」, ≪세
             대≫.

1968. 8   문덕수, 「현대시인의 연구──김소월론」, ≪예술원논문집≫
             17호.

1968   계희영, 『내가 기른 소월』, 장문각.

1969. 3   송욱, 「기분의 시학과 뉘앙스의 시학: 김억, 시몬즈, 소월,
             베르레에느」, ≪문화비평≫ 1호.

1969. 6   김우정, 「김소월론」, ≪현대시학≫.

1970   조병춘, 「소월시의 부사어 기능 고찰」, ≪국어국문학≫ 70호.

1970. 11   김용직, 「소월의 시와 앰비규이티」, ≪현대문학≫ 191호.

1971. 5   장만영, 「소월시 빛낸 안서 김억 선생」, ≪신동아≫ 81호.

1972. 2   조병무, 「소월의 시세계」, ≪현대시학≫.

1973. 5   정한모, 「근대민요시와 두 시인: 소월과 안서의 작품론」,
             ≪문학사상≫.

1973. 5   서승옥, 「새 자료로 본 두 시인의 생애──김억과 김소월」,
             ≪문학사상≫.

1973. 5   김윤식, 「식민지의 허무주의와 시의 선택」, ≪문학사상≫.

1973   김대규, 「Anima의 시학──소월시의 여성화문제 연구」, ≪연

세어문학(연세대)≫ 4집.

1973	김병익, 「소월 김정식」, 『한국문단사』, 일지사.
1974. 4	이형기, 「20년대 서정시의 결정 : 만해, 소월, 상화」, ≪심상≫ 7호.
1974. 4	문덕수, 「새로 발굴된 소월과 도향의 작품」, ≪시문학≫ 33호.
1974. 5	김종은, 「소월의 병적, 한의 정신분석」, ≪문학사상≫ 20호.
1974. 10	윤재근, 「소월의 의식과 그 오류」, ≪심상≫ 13호.
1974. 10	김윤식, 「소월론의 행방」, ≪심상≫ 13호.
1974. 10	정창모, 「배제의 서정」, ≪심상≫ 13호.
1974. 10	김용직, 「관습적 언어와 그 주류화」, ≪심상≫ 13호.
1974. 10	김우정, 「일상적 정서와 밀착」, ≪심상≫ 13호.
1975	김준오, 「자아와 시간의식에 관한 시고 —— 김소월과 이상의 대비」, ≪어문학(한국어문학회)≫ 33호.
1975. 10	김근수, 「김소월의 생애를 둘러싼 허구들」, ≪문학사상≫.
1975. 11	하동호, 「김소월 遺詩文拾志」, ≪월간중앙≫ 92호.
1975. 11	오세영, 「한국 현대시의 두 세계 —— 이상과 김소월의 이미지 비교」, ≪한국언어문학≫ 13호.
1976. 1	윤주은, 「김소월 시의 개작에 관한 연구」, 계명대 석사 논문.
1976. 2	최동호, 「소월시의 내면적 변형과 조율의 의미」, ≪어문논집(고려대)≫ 17집.
1976	조동일, 「김소월, 이상화, 한용운의 님」, ≪문학과지성≫.
1976. 8	이인섭, 「김소월과 김광균 시의 문체 연구」, ≪월간문학≫ 90호.
1976. 12	조남현, 「개작과정으로 본 소월시의 裏幕」, ≪문학사상≫ 51호.
1976. 12	김종욱, 「서로 다른 소월의 시들」, ≪문학사상≫ 51호.
1976. 112	오세영, 「恨의 윤리와 그 역설적 의미 —— '진달래꽃'과 '초

혼'을 중심으로」, ≪문학사상≫ 51호.

1976   조동일, 「현대시에 나타난 전통적 율격의 계승」, ≪아세아
            연구≫ 12호.

1977   유종호, 「임과 집과 길」, ≪세계의문학≫.

1977. 2   이기준, 「체념과 저항의 시학──김소월재론」, ≪신동아≫.

1977. 3   김시태, 「자연과 인사의 무상──김소월론」, ≪월간문학≫.

1977. 7   박철희, 「한국 근대시와 자기인식──김소월과 한용운의
            경우」, ≪현대문학≫.

1977. 11   김종욱, 「미발표 소월 자필 유고시집 발굴경위와 평가」, ≪문
            학사상≫.

1977. 12   김윤식, 「혼과 형식──소월시와 관련하여」, ≪시문학≫ 51호.

1977. 12   성기옥, 「소월시의 율격적 위상」, ≪선청어문연구(서울대)≫
            2집.

1977   김우창, 「감정주의──김소월의 슬픔」, 『궁핍한 시대의 시
            인』, 민음사.

1977   오영진, 「勝村詩と素月詩の比較硏究」, 외국어대 석사 논문.

1978   김종욱, 「소월유고 발견기」, ≪문예중앙≫.

1978. 4-7   정한모, 「소월시의 정착과정 연구」, ≪현대시학≫.

1978. 4   김희보, 「김소월 시의 자연신비주의」, ≪기독교사상≫.

1978   조병춘, 「소월시에 나타난 윤리의식」, ≪국어국문학≫ 78호.

1978   이인복, 「한국 문학에 나타난 죽음의식 연구」, 숙명여대 박
            사 논문.

1979. 1   최동호, 「혼의 좁힘과 상승의 시학」, ≪현대문학≫.

1979. 3   장호, 「소월시와 엠마뉘엘 시뇨레──'초혼'과 '사랑의 노
            래'를 중심으로」, ≪현대문학≫.

1979. 9   오세영, 「'저만치'의 역설적 거리──소월에 있어서의 자연」,
            ≪시문학≫.

1979	오세영, 「식민지 상황과 불연속적 삶」, 《세계의문학》.
1979. 11	신동욱, 「김소월의 시에 있어서의 자아와 현실관계 연구」, 《예술원논문집》.
1979. 12	오탁번, 「소월시 해석의 한 방법 : '진달래꽃'과 '산유화'를 중심으로」, 《사대논집(고려대)》 4집.
1979	송명희, 「소월시에의 반성」, 《세계의 문학》.
1980. 4	박철석, 「한국시와 이별의 의미——만해, 소월, 상화, 영랑의 경우」, 《시문학》.
1980	조창환, 「소월시의 구조」, 《국어국문학》 84호.
1980	홍경표, 「소월시의 원초적 이미지 분석」, 《어문학》 39호.
1980. 12	류근조, 「소월시의 상상작용考」, 《현대문학》.
1980	김옥순, 「김소월시의 파라독스 연구」, 이화여대 석사 논문.
1980	윤영천, 「1920년대 시의 현실 인식——소월, 만해를 중심으로」, 서울대 석사 논문.
1980	정은임, 「소월시의 민요적 특질」, 고려대 석사 논문.
1980	김창근, 「소월의 시론과 시에 있어서의 시혼과 음영」, 부산대 석사 논문.
1980	강준향, 「소월, 미당, 지용 三家詩 연구」, 청주대 석사 논문.
1980	김현자, 「김소월, 한용운 시에 나타난 상상력의 변형구조」, 이화여대 박사 논문.
1980	오세영, 『한국 낭만주의시 연구』, 일지사.
1980	신동욱 엮음, 『김소월』, 문학과지성사.
1981. 4	김용직, 「김소월——저만치 혼자서 피어있네」, 《문학사상》.
1981. 8	박철석, 「김소월론」, 《현대시학》.
1981	심명호, 「소월 재론」, 《한국학보》 24호.
1981. 9	박진환, 「소월시의 病跡學的 연구」, 《월간문학》.
1981. 9	김용직, 「민요조 서정시의 형성과 전개」, 《한국문학》.

1981. 10   김용직, 「민요조 서정시의 태동과 변모」, ≪한국문학≫.

1981   윤주은, 「김소월시 원본확정에 관한 연구」, ≪어문학≫ 39호.

1981   최상덕, 「소월시 연구 : 소월시에 나타난 죽음의 의식과 형상화」, 이화여대 석사 논문.

1981   윤석산, 「소월시와 지용시의 비교적 연구」, 한양대 석사 논문.

1981   노창선, 「소월시 연구」, 경희대 석사 논문.

1981   오세영, 『김소월 평전 : 꿈으로 오는 한 사람』, 문학세계사.

1982   신동욱 엮음 『김소월연구』, 새문사.

1982   계희영, 『약산 진달래는 우련 붉어라』, 문학세계사.

1983. 1   이기문, 「소월시의 언어에 대하여」, ≪심상≫ 112호.

1983   임영환, 「소월의 시론과 실제」, ≪국어국문학≫ 89호.

1983   박민수, 「소월시의 존재양식 고찰」, ≪국어국문학≫ 90호.

1983. 12   전정구, 「소월의 '진달래꽃'에 관하여」, ≪한국언어문학≫ 22호.

1983. 12   박진환, 「소월시와 이상시의 비교연구」, ≪현대시학≫.

1983   유창근, 「소월시의 원형심상 연구」, 명지대 석사 논문.

1983   김광길, 「소월시에 나타난 한의 양상」, 연세대 석사 논문.

1983   이영길, 「소월시의 어조 연구」, 고려대 석사 논문.

1983   윤장룡, 「소월시의 전개과정 연구」, 서울대 석사 논문.

1983   정효구, 「소월과 이상 시의 구조 연구」, 서울대 석사 논문.

1983   류근조, 「소월과 만해시의 비교연구」, 단국대 박사 논문.

1984. 3   鴻農映二, 「김소월의 일본어작품」, ≪시문학≫ 152호.

1984   조창환, 「소월시의 구조 —— 한국 근대시의 전통리듬 계승에 관한 연구」, ≪국어국문학≫ 91호.

1984   이숭원, 「소월시에서의 자연과 인간」, ≪관악어문(서울대)≫ 9집.

1984   채영진, 「소월시의 율격과 의미구조 연구」, 경기대 석사 논문.

1984   권달웅, 「소월과 목월의 비교연구」, 한양대 석사 논문.

1984	최동호, 「김소월 시의 현재성」, 『한국 문학의 현단계Ⅲ』, 창작과비평사.
1984	양성우, 『나는 세상 모르고 살았노라: 김소월 평전』, 지문사.
1984	이규호, 「소월의 한시번역과정」, 『한국 시가의 재조명』, 형설출판사.
1984	최하림, 「숨어있는 얼굴」, 『시와 부정의 정신』, 문학과지성사.
1985. 7	이승훈, 「'진달래꽃'의 구조분석」, ≪문학사상≫ 153호.
1985. 7	오세영, 「꿈과 현실」, ≪문학사상≫ 153호.
1985. 7	김현자, 「'강촌'의 시적 순간과 '산'의 불귀의식」, ≪문학사상≫ 153호.
1985. 7	김승희, 「언어의 주술이 깨뜨린 죽음의 벽」, ≪문학사상≫ 153호.
1985. 7	김성태, 「소월시에 대한 언어시학적 연구」, ≪문학사상≫ 153호.
1985. 7	김옥순, 「소월시 연구사 개관」, ≪문학사상≫ 153호.
1985	양영신, 「소월시에 나타난 불안의 심리」, 연세대 석사 논문.
1985	윤태수, 「소월시연구」, 단국대 석사 논문.
1985	이경렬, 「소월시에 나타난 자연」, 경북대 석사 논문.
1985	신범순, 「소월시의 서정적 주체에 대한 연구」, 서울대 석사 논문.
1986	윤주은, 「김소월시의 고향인식 연구」, ≪국문학연구(효성여대)≫.
1986	한진희, 「소월시의 민족의식 연구」, 전북대 석사 논문.
1986	전유의, 「소월시에 나타난 전통사상 연구」, 서울여대 석사 논문.
1986	민정기, 「소월시에 나타난 한의 연구」, 원광대 석사 논문.
1986	김은자, 「한국 현대시의 공간의식에 관한 연구 —— 김소월,

이상, 서정주」, 서울대 박사 논문.

1986   조창환, 『한국 현대시의 운률론적 연구』, 일지사.

1986   김용직, 『한국 근대시사 上』, 학연사.

1987   김대행, 「'진달내꽃'의 운률분석」, ≪문학비평≫.

1987   김은자, 「'진달내꽃'의 상상적 구조」, ≪문학비평≫.

1987   정효구, 「'진달내꽃'의 문학사적 의미」, ≪문학비평≫.

1987   림금산, 「김소월시의 운률특성 —— 반복률」, ≪중국조선어문≫ 1호.

1987   김진식, 「소월시 연구: 重義的심상을 중심으로」, 단국대 석사 논문.

1987   권영옥, 「김소월시의 후기시 연구 —— 변모 양상을 중심으로」, 서강대 석사 논문.

1987   박혜숙, 「현대 한국 민요시의 전개 양상 연구」, 건국대 박사 논문.

1987   박상천, 「한국 근대시 형성에 관한 연구」, 동국대 박사 논문.

1987   이영희, 「한국 현대시에 나타난 삶의 인식 방법 연구」, 경희대 박사 논문.

1987   윤재웅, 「김소월시의 화자 연구」, ≪동악어문논집≫ 22집.

1987   신용협, 「김소월의 시정신 연구」, ≪어문연구≫ 16호.

1988. 7   윤석산, 「소월의 리듬 의식」, ≪논문집(제주대)≫ 26집.

1988. 8   김윤식, 「네가지 죽음의 형태: 나빈, 고월, 소월, 이상」, ≪선청어문연구(서울대)≫ 16·17집.

1988   송재일, 「소월시의 혼에 대한 고찰」, ≪국어국문학≫ 99호.

1988   김학동, 「'부재의 님'과 정한의 문학 세계 —— 김소월의 연구」, ≪한글≫ 2호.

1988   송희복, 「소월시의 주제론적 연구」, 동국대 석사 논문.

1988   곽은희, 「소월, 만해시의 정서 구조 연구」, 한남대 석사 논문.

1988   최문자, 「소월시에 나타난 임의 정체」, 연세대 석사 논문.

1988   이영섭, 「김소월 시 연구」, 연세대 박사 논문.

1989. 1   김성기, 「에미네스쿠와 소월: 그 서정과 상징, 그리고 한
                의 비교」, 《동서문학》 174호.

1989. 5   전정구, 「소월시의 문헌학적 전제」, 《한국언어문학》 27호.

1989   신규호, 「김소월론」, 《비평문학》 3호.

1989. 12   김희철, 「소월과 啄木시인의 향토사상 비교연구」, 《인문
                사회과학논총(서울여대)》 4집.

1989. 12   김삼주, 「소월 시의 상징 연구문학」, 《한글》 3호.

1989   유창근, 「소월시의 페미니즘 연구」, 명지대 박사 논문.

1989   이정미, 「소월과 만해시의 자연 형상화 연구」, 연세대 석사
                논문.

1989   박경수, 「한국 근대 민요시연구」, 부산대 박사 논문.

1989   오하근, 「김소월 시의 性상징 연구」, 전남대 박사 논문.

1989   정효구, 「김소월 시의 기호체계 연구」, 서울대 박사 논문.

1989   이봉신, 「김소월과 이상의 수용 미학적 연구」, 건국대 박사
                논문.

1989   김삼주, 「김소월 시의 연구」, 인하대 박사 논문.

1989   이유식, 「김소월 시 연구」, 성균관대 박사 논문.

1989   신용협, 「한국 현대시의 시정신 연구——소월, 만해, 석정,
                청마」, 고려대 박사 논문.

1990   김동훈, 「'긴——熟視'와 북한의 소월 연구」, 《문예중앙》.

1990   전정구, 「김소월시의 언어시학적 특성연구——개작과정을
                중심으로」, 전남대 박사 논문.

1990   윤석산, 「소월시 연구——話者를 중심으로」, 한양대 박사
                논문.

1990   김수복, 「한국 현대시의 상징유형 연구——김소월과 윤동

주」, 단국대 박사 논문.

1991. 2	김종욱, 「북한의 소월 연구 어디까지 왔나?」, 《문예중앙》.
1991	유안진, 「소월과 송강의 시」, 《시와시학》.
1991	임영환, 「김소월의 진달래꽃」, 《시와시학》.
1991	이만갑, 「김소월, 팔베개 노래」, 《시와시학》.
1991	김동호, 「김소월의 '엄마야 누나야'」, 《시와시학》.
1991	임권택, 「김소월 '산유화'에 대하여」, 《시와시학》.
1991. 12	윤호병, 「시인의 영혼의 밀실과 방법적 갈등」, 《국어국문학》 106호.
1991. 12	정순진, 「꿈으로 오는 한사람 ── 소월시에 나타난 꿈 모티프의 분석」, 《국어국문학》 106호.
1991	윤주은, 『김소월 시의 어휘와 그 활용구조』, 학문사.
1991	김용제, 『소설 김소월』, 새날출판사.
1992	고명수, 「김소월론」, 《동악어문논집》 27집.
1992	홍수성, 「소월시에 나타난 한의 양태」, 원광대 석사 논문.
1992	신달자, 「소월과 만해시의 여성지향 연구」, 숙명여대 박사 논문.
1992. 10	송희복, 「삼수갑산에 얽힌 사연: 안서와 소월」, 《문학사상》.
1992. 12-1993. 1	이영걸, 「소월과 예이츠」, 《시문학》.
1993	류철균, 「1920년대 민요조 서정시 연구」, 서울대 석사 논문.
1994	오하근, 「김소월 시의 어구 생략」, 《한국언어문학》 33호.
1994. 6	이영걸, 「소월과 프랑스 상징주의 시」, 《논문집(외국어대)》 27집.
1994	이희중, 「김소월 시의 창작방법 연구」, 고려대 박사 논문.
1994	송희복, 『김소월 연구』, 태학사.
1994	윤주은, 『소월의 이름을 부르노라』, 태성출판사.
1994	김병선, 전정구, 『소월의 시어와 그 쓰임새 1-2』, 한국문화사.

1994	김병선, 『소월의 시어와 그 쓰임새 3』, 한국문화사.
1994	전정구, 『소월 김정식 전집』, 한국문화사.
1994	김영철, 『김소월』, 건국대출판부.
1995	최성심, 「소월시의 이미지 연구」, 동국대 박사 논문.
1995. 10	김시태, 「소월의 낭만주의와 고전적 취향」, 《한국학논집(한양대)》 27집.
1995	김학동 엮음, 『김소월』, 서강대출판부.
1995	오하근, 『원본 김소월 전집』, 집문당.
1995	오하근, 『김소월 시어법 연구』, 집문당.
1996. 6	이영걸, 「시몬즈, 안서, 소월의 시」, 《논문집(외국어대)》 29집.
1996	리해산, 「김소월의 당시번역을 논함」, 《중국조선어문》 1권 3호.
1996	이혜원, 「한용운, 김소월 시의 비유구조와 욕망의 존재방식」, 고려대 박사 논문.
1996	김혜경, 「소월시의 율격에 관한 연구」, 명지대 석사 논문.
1996. 11	김진균, 「소월의 시와 현대가곡」, 《음악과민족》 12호.
1996	김용직 엮음 『김소월 전집』, 서울대출판부.
1996. 12	임영환, 「김소월 시 연구」, 《국어국문학》 96호.
1997	류은종, 「김소월시에서의 공감각적 의미의 전이현상에 대하여」, 《중국조선어문》.
1997	박진환, 『김소월 시 연구』, 조선문학사.
1997	김한호, 「김소월 시 연구」, 경상대 박사 논문.
1998	이영걸, 「안서, 소월, 타고르의 시」, 《외국문학연구》 4호.
1998. 12	편집부, 「시인 김소월의 재발견」, 《윈》(중앙일보사).
1999. 1.6	김종욱, 「김소월 초기시 3편, 청년기 초상화 발굴」, 《동아일보》.
1999. 2	이등룡, 「소월의 시어 '즈려밟고'의 어의」, 《인문과학(성균관대)》 29집.

1999. 12   동시영, 「김소월의 '진달래꽃' 분석」, ≪한국어문학연구≫ 35호.

2000. 6   권영민, 「소월시에서 잘못 읽은 '어그점'과 '잔즈르는 수심가'」, ≪새국어생활≫.

2000   심선옥, 「김소월 시의 근대적 성격 연구」, 성균관대 박사 논문.

2001   오하근, 「한국 현대시 해석의 오류 —— 김소월 '초혼'의 경우」, ≪한국언어문학≫ 47호.

2001   조두섭, 「김소월 시의 상호주관성 원리」, ≪어문학≫ 72호.

2001   권국명, 「소월시의 구비문학적 특성」, ≪어문학≫ 73호.

2001   박건용, 「김소월의 시 '왕십리'의 분석: 상호텍스트성 이론 적용」, ≪한국학보≫ 27호.

2001   오용기, 「한국 현대시의 한에 대한 연구」, 우석대 박사 논문.

2001   최만종, 「김소월 시에 있어서의 '장소애'의 현상학적 연구」, 서강대 박사 논문.

2001. 12   정효구, 「서정의 격조와 낭만적 특성」, ≪시안≫ 14호.

2002   강경호, 「소월시에 나타난 수사법」, ≪한국어교육≫ 17호.

2002   전도현, 「소월시의 담화구조 연구: 화자와 청자의 변환양상을 중심으로」, ≪한국근대문학연구≫ 5호.

2002   신범순, 「샤머니즘의 근대적 계승과 시학적 양상 —— 김소월을 중심으로」, ≪시안≫ 18호.

2002   송희복, 「북한에서 김소월은 어떻게 시와 보아왔나」, ≪시와시학≫ 45호.

2002   김재홍, 「존재론과 저항의식: 소월시 새롭게 보기」, ≪시와시학≫ 45호.

2002   권영민 엮음, 『평양에 핀 진달래꽃: 소월탄생 100주년 기념문집』, ≪통일문학≫ 창간호 부록.

2002. 5   윤수하, 「소월시에 나타난 애증에 대한 연구」, ≪한국언어 문학≫ 44호.

2002. 6   조창규, 「소월과 영랑 시어의 계량언어학적 고찰」, ≪배달 말≫ 30호.

²002. 6   김현자, 「현대시에 나타난 길의 심상——김소월, 윤동주, 박목월을 중심으로」, ≪시안≫ 16호.

2002   심선옥, 「1920년대 민요시의 근원과 성격」, ≪상허학보≫.

2002. 8   유종호, 「옷과 밥과 자유」, ≪현대문학≫.

2002. 8   정현종, 「님과 벗과 꽃과 술」, ≪현대문학≫.

2002. 8   김승희, 「해체주의적으로 '진달래꽃' 읽기」, ≪현대문학≫.

2002. 8   김은자, 「집을 향한 근원적 그리움」, ≪현대문학≫.

2002. 8   정효구, 「빼앗긴 땅, 꿈꾸는 노동」, ≪현대문학≫.

2002. 8   이희중, 「죽음, 경계 또는 관문」, ≪현대문학≫.

2002. 8   정끝별, 「겨운 봄날의 사랑과 사랑의 그늘」, ≪현대문학≫.

2002. 8   김용희, 「리듬과 생략이 주는 파동」, ≪현대문학≫.

2002. 8   신지연, 「김소월과 모더니티」, ≪현대문학≫.

2002   편집부, 「김소월 연구사」, ≪시와시학≫ 47호.

2002   박경수, 「김소월 시와 천기론」, ≪시와시학≫ 47호.

2002   전도현, 「소월시의 방법론」, ≪시와시학≫ 47호.

2002   손진은, 「시 '왕십리'의 상호텍스트성 연구——김소월, 박 목월, 김종삼의 시」, ≪어문학 ≫76호.

2002   김대행, 「소월과 문화 표상」, ≪내일을 여는 작가≫ 29호.

2002. 12   김윤식, 「소월과의 거리 재기: 오장환, 김동리, 서정주의 경우」, ≪예술원논문집≫ 41집.

2002   Peter Wayne de Fremery, 「김소월의 '시혼'」, 서울대 석사 논문.

2003   김점용, 「김소월 시의 심층 심리와 미적 원리」, ≪국어국문

학≫ 135호.

심선옥, 「김소월의 문학체험과 시적 영향」, ≪한국 문학이
                    론과 비평≫ 15호.

곽봉재, 「김소월 시의 시간의식」, ≪한국 문학이론과 비평≫
                    15호.

김옥순, 「은유로 나타난 김소월의 시세계」, ≪한국 문학이
                    론과 비평≫ 15호.

2003   이인영, 「생의 한계와 죽음에의 투사──김소월 시의 물
                    이미지 분석」, ≪한국 문학이론과 비평≫ 15호.

2003   엄성원, 「김소월 시의 문학사적 위상」, ≪한국 문학이론과
                    비평≫ 15호.

2003   김만수, 「김소월의 '진달래꽃'과 샤마니즘」, ≪민족문학사연
                    구≫ 23호.

2003   진순애, 「소월 시의 자연과 근대성」, ≪우리말글≫ 27호.

²003. 12   김정용, 「김소월 시의 심층심리와 미적 원리」, ≪국어국문
                    학≫ 135호.

2004. 5   오세영, 「소월의 초기 시 3편에 대한 작품 해설」, ≪문학사
                    상≫.

작성자 심선옥 성균관대 대학원 졸. 문학 박사. 성균관대 동아시아학술원 연구교수.

김상용 생애 연보[1)]

1902년   음력 8월 27일 경기도 연천군 군남면 왕림리에서 한의사이자 지주였던 아버지 김기환과 어머니 나주 정씨 사이의 2남 2녀 가운데 장남으로 출생했다.

1908년   연천공립보통학교에 입학했다.

1912년   연천공립보통학교를 졸업했다.

1917년   경성제일고등보통학교에 입학했다.

1919년   삼일운동이 일어남과 동시에 학생 운동에 가담했다. 그 후 낙향하여 한 살 위인 박애봉과 결혼했다. 학생 운동에 가담했다는 이유로 경성제일고보에서 제적당하고 보성고등보통학교로 전학했다.

1921년   보성고보를 졸업했다.

1922년   일본 릿쿄오(立教)대학 예과에 입학했다. 이해에 장녀 정호가 출생했다.

1924년   릿쿄오대학 영문학과에 진학했다.

1926년   시 「일나거라」를 10월 5일자 ≪동아일보≫에 처음 발표했다.

1927년   릿쿄오대학 영문학과를 졸업하고 귀국했다. 보성고보 교원 겸 이화여자전문학교 강사로 부임했다.

1928년   이화여자전문학교 교수로 부임했다.

1929년   장남 경호가 출생했다.

1930년   가족을 데리고 경기도 연천에서 서울 성북동으로 이사했다.

1932년   서울 서대문구 행촌동 210의 2로 다시 이사했다. 차녀 명호 출생. 시

---

1) 월파 김상용 시인의 생애 연보와 작품 연보를 작성하는 데 김학동 교수의 『김상용 전집』(새문사)의 도움을 크게 받았음을 밝히고 감사드린다.

「무제(無題)」및 투르게네프의 산문시 번역을 ≪동아일보≫ 및 ≪동방
평론(東方評論)≫ 등에 발표했다.

1933년 시 「무제(無題)」를 ≪신동아(新東亞)≫ 3월호에 발표했다.

1934년 차남 성호가 출생했다.

1935년 논문 「오—마 카이얌의 루바이얄 연구」를 ≪시원(詩苑)≫ 1호부터 5호
까지 연재했다. 시 「나」를 ≪시원≫ 1호에 발표하는 등 ≪시원≫에 집
중적인 작품 발표를 했다.

1936년 삼녀 순호 출생. 시 「그대들에게」를 ≪신동아≫ 3월호에 발표했다. 구
인회에 가담하여 ≪시와 소설≫에 시 「눈오는 아침」을 발표했다.

1938년 수필 「우부우어(愚夫愚語)」를 ≪삼천리문학≫ 창간호에 발표했다. 사
녀 선호 출생.

1939년 시 「어미소」, 「추억」을 ≪문장≫ 창간호에 발표했다. 시집 『망향(望
鄕)』을 문장사에서 5월에 간행, 여기에 모두 27편의 시를 수록했다.

1941년 시 「병상음이수(病床吟二首)」를 ≪춘추(春秋)≫ 12월호에 발표했다.

1942년 삼남 충호 출생. 서울 돈암동으로 이사했다.

1943년 일제의 탄압으로 영문학 강의가 철폐되어 이화여자전문학교를 사임했
다. 종로 2가 장안빌딩 자리에서 장안화원을 해방 때까지 김신실과 공
동 경영했다.

1945년 8·15 해방을 맞아 미군정으로부터 강원도 도지사로 발령받았으나 수
일 만에 사임하고 이화여자대학교 교수로 부임했다.

1946년 미국으로 건너가 보스턴대학에서 영문학을 연구했다.

1949년 귀국과 함께 이화여자대학교 학무처장으로 부임했다.

1950년 풍자적 내용의 수필집 『무하선생방랑기』를 2월에 수도문화사에서 간
행했다. 시집 『망향』을 이대출판부에서 재간행했다. 9·28수복 이후
공보처 고문, 코리아타임즈 사장 등을 역임했다.

1951년 부산으로 피난했다. 6월 20일쯤 김활란의 부산 대청동집 필승각에서
식사한 후 걸린 식중독이 악화, 22일 부전동 57번지 셋집에서 49세를

일기로 별세했다.

1955년   부산에 가매장했던 유해를 이화여자대학교에서 마련한 비용으로 서울 망우리 묘지로 이장했다. 그의 묘비에는 시 「향수」가 새겨져 있다.

김상용 작품 연보

발표일	분류	제 목	발표지
1926. 10.5	시	일나거라	동아일보
1930. 3	시	이날도 앉아서 기다려볼까	조선지광
1930. 4.15	시	춘원(春怨)	동아일보
1930. 4.16	평론	대전(大戰) 영향으로 통속화	동아일보
1930. 10	시	백두산음(白頭山吟) 오수(五首)	신생
1930. 11.11	시	찾는 맘	동아일보
1930. 11.12	시	모를 일	동아일보
1930. 11.14	시	무상(無常)	동아일보
1930. 11.30-12.1	시	살처수(殺妻囚)의 질문	조선일보
1930. 11.16	시	그러나 거문고 줄은 없고나	동아일보
1930. 12	시	실제(失題)	이화
1930. 12	시	어이 넘어 갈거나	이화
1931. 1	번역시	에너벨 리(포우)	신생
1931. 2	번역시	로오즈 에일머어(랜더)	청년
1931. 3	수필	잃어진 소리	이화
1931. 5	번역시	희랍고옹부(希臘古甕賦, 키츠)	신생
1931. 6	번역시	낯익던 얼굴(찰스 램)	신생
1931. 12.19	시	내 생명의 참 시	동아일보

발표일	분류	제 목	발표지
1931. 12.22	시	젖은 그 자락 더 적시우네	동아일보
1932. 1.9-10	수필	백년 후의 새 세상	동아일보
1932. 2.14	번역시	시골(투르게네프)	동아일보
1932. 2.16	번역시	대화(투르게네프)	동아일보
1932. 2.17	번역시	노파(투르게네프)	동아일보
1932. 2.18	번역시	개(투르게네프)	동아일보
1932. 2.19	번역시	나와 싸우던 사람(투르게네프)	동아일보
1932. 2.20	번역시	걸인(투르게네프)	동아일보
1932. 4	시	무제(無題)	동방평론
1932. 7	시	무제(無題)	동방평론
1933. 3	시	무제(無題)	신동아
1933. 4	시	무지개도 귀하건마는	신동아
1933. 4	시	무제(無題)	신동아
1933. 4	시	단상(斷想)	신동아
1933. 5	시	그대가 누구를 사랑한다 할 때	신동아
1933. 5	시	한잔 물	신가정
1933. 6	번역시	폐허의 사랑(브라우닝)	신가정
1933. 7	시	기원(祈願)	동광총서
1933. 7	시	맹서(盟誓)	동광총서
1933. 8	번역희곡	빈궁(알프레드 수트르)	신동아
1933. 8	번역시	공허(유진 해밀튼)	신가정
1933. 8.20	번역시	참새(투르게네프)	동아일보
1933. 8.20	번역시	두 부자(투르게네프)	동아일보
1933. 8.20	번역시	내일! 내일!	동아일보
1933. 9	시	어린 것을 잃고	신생

발표일	분류	제 목	발표지
1933. 9.1	번역시	만족자(투르게네프)	동아일보
1933. 9.2	번역시	처세술(투르게네프)	동아일보
1933. 9.5	평론	오-마 카이얌의 『루바이얕』을 소개하면서	조선중앙일보
1933. 9.9	평론	『루바이얕』 시조역	조선중앙일보
1933. 9.12	번역시	마샤(투르게네프)	동아일보
1933. 9.22	번역시	바보(투르게네프)	동아일보
1933. 10	번역시	탐구자(존 메이스필드)	신동아
1933. 10.1	번역시	촉루(투르게네프)	동아일보
1933. 10.8	번역시	노동자와 백수인(투르게네프)	동아일보
1933. 10.22	평론	모윤숙 저『영운시집』 독후감	동아일보
1933. 11	번역시	두견부(키츠)	중앙
1933. 12	수필	조선의 산악미	중앙
1933. 12	시	단상일속(斷想一束)	신동아
1934. 1	시	무제삼수(無題三首)	중앙
1934. 1	수필	박스는 어델 갔나	신동아
1934. 1.1	평론	세계적인 문예가열전	조선중앙일보
1934. 2	시	무제음(無題吟)	신동아
1934. 2	시	우리 길을 가고 또 갈까	문학
1934. 2	시	자살풍경 스케취	문학
1934. 2	시	남으로 창을 내겠소	문학
1934. 4	시	즉경(卽景)	중앙
1934. 6	시	우주와 나	신여성
1934. 7	수필	여름과 등산	중앙

발표일	분류	제 목	발표지
1934. 8	수필	동해 사장의 신비한 밤	중앙
1934. 8.22-9.29	수필	봉창산필	조선중앙일보
1934. 9	번역시	연못에 오리 네 마리(앨링엄)	조선중앙일보
1934. 9	번역시	유월이 오면(브리지스)	조선중앙일보
1934. 10	수필	가을 원족지 지침	신가정
1934. 11	시	단상(斷想)	신가정
1934. 11	수필	노상유감	중앙
1934. 11	평론	싱클레어 평전	신동아
1934. 11-12	수필	모자새	조선중앙일보
1934. 11.6-12.27	수필	무하선생방랑기	동아일보
1935. 1	시	태풍(颱風)	신동아
1935. 2	시	나	시원
1935. 2	수필	이미 십육년	신동아
1935. 2.-12	평론	오-마 카이얌의 『루바이얕』 연구	시원
1935. 2.23	수필	내 봄은 명월관 식교자	동아일보
1935. 4	시	무제(無題)	시원
1935. 5	시	마음의 조각	시원
1935. 7	시	서글픈 꿈	신가정
1935. 7.25-30	수필	기억의 조각조각	동아일보
1935. 12	시	새벽 별을 잊고	신동아
1936. 3	시	눈오는 아침	시와 소설
1936. 3	시	물고기 하나	시와 소설
1936. 3	평론	시	시와 소설
1936. 3	시	그대들에게	신동아
1936. 3	시	나는 노래 잃은 뻐꾹새	조광

발표일	분류	제 목	발표지
1936. 4	수필	하이킹 예찬	여성
1936. 4	수필	그믐날	중앙
1936. 5	시	연돌(煙突)의 노래	조선문학
1936. 5	번역시	어머니의 꿈(윌리엄 반스)	신가정
1936. 8	시	괭이	신동아
1936. 8	수필	허무감을 받은 그 시절	신동아
1936. 8.21	평론	문학수첩 1 ── 사이비서언	동아일보
1936. 8.22	번역시	참나무(테니슨)	동아일보
1936. 8.23	번역시	틈난 벽의 한 송이 꽃 (테니슨)	동아일보
1936. 8.25-27	평론	바이런의 허무감	동아일보
1936. 9	시	한껏 작은 나	조선문학
1937. 4	시	박첨지와 낮잠	백광
1937. 6	시	기도	이화
1937. 6	시	반딧불	이화
1937. 6.3-4	평론	문학의 정조	동아일보
1937. 9.11-14	수필	추야장	동아일보
1937. 10.21	시	렌즈에 비친 가을의 표정	동아일보
1937. 12	시	무제(無題)	학해
1938. 1	수필	우부우어(愚夫愚語)	삼천리문학
1938. 6	번역시	애시(워즈워드)	해외서정시집
1938. 6	번역시	내 혼은 어둡다(바이런)	해외서정시집
1938. 6	번역시	고별의 노래(바이런)	해외서정시집
1938. 6	번역시	제삼십삼 탄일에(바이런)	해외서정시집
1938. 6	번역시	참나무(테니슨)	해외서정시집

발표일	분류	제 목	발표지
1938. 6	번역시	벽 틈의 한 송이 꽃(테니슨)	해외서정시집
1938. 6	번역시	울려라 요란한 종아(테니슨)	해외서정시집
1938. 6	번역시	깨어져라(테니슨)	해외서정시집
1938. 6	번역시	사주를 넘어(테니슨)	해외서정시집
1938. 6.2	수필	산악	동아일보
1938. 7.20	평론	김광섭 시집 『동경』을 읽고	조선일보
1938. 8.17-25	수필	무하록	동아일보
1938. 9.9	수필	밤	동아일보
1938. 11	시	향수	조광
1938. 11	시	가을	조광
1938. 11	시	포구	조광
1938. 11	시	어린 것을 잃고	여성
1938. 11.1	수필	독서송	동아일보
1939. 1.2-5	수필	엽토만어(獵兎漫語)	동아일보
1939. 1.3	평론	시론의 빈곤에 대하여	조선일보
1939. 2	시	어미소	문장
1939. 2	시	추억(追憶)	문장
1939. 3	시	마음의 조각	신세기
1939. 5	시집	『망향(望鄕)』	문장사
1940. 11	시	여수(旅愁)	문장
1941. 3	시	고궁(古宮)	춘추
1941. 4	시	손없는 향연	문장
1941. 4	번역소설	아내를 위하여(하아디)	문장
1941. 7	번역시	루바이얕 초역(抄譯)	춘추
1941. 9	시	산에 물에	삼천리

발표일	분류	제 목	발표지
1941. 12	시	병상음(病床吟) 2수	춘추
1942. 8	수필	등산백과서	춘추
1949. 9	시	해바라기	문예
1949. 11	시	여수(旅愁)	신천지
1950. 1	시	하늘	민성
1950. 2	수필집	『무하선생방랑기』	수도문화사
1950. 3	시	스핑크스	혜성
1950. 4	시	고녀	이화
1950. 6	시	점경(點景)	아메리카
1957	소설집	『무궁화(無窮花)』	대동사
1958. 8	시	해바라기	사조
1958. 9	시	반딧불	시와 시론
1976	수필집	『애비없는 당나귀』	물결사

김상용 연구 서지

1938. 4	이태준, 「김상용의 인간과 예술」, ≪삼천리문학≫.
1939. 7	김환태, 「시인 김상용론」, ≪문장≫.
1939. 12	이하윤, 「기묘시단 메모」, ≪문장≫.
1950. 4.15	정지용, 「월파와 시집 『망향』」, ≪국도신문≫.
1956. 6	노천명, 「김상용 평전」, ≪자유문학≫.
1963. 2	이희승, 「월파의 인상」, ≪현대문학≫.
1974. 3	홍신선, 「김상용의 시」, ≪현대시학≫.
1976. 2	김학동, 「월파 주옥시의 재구성」, ≪월간중앙≫.
1976. 7	김학동, 「김상용 문학의 전개」, ≪서강대 인문연구논집≫.
1978. 12	노재찬, 「'남으로 창을 내겠소'에 있어서의 웃음」, ≪한국 문학논총≫.
1984. 11	김용성, 『한국현대문학사탐방』, 현암사.
1989. 12	오세영, 『20세기 한국시 연구』, 새문사.
1991. 7	조용란, 「김상용론」, ≪비평문학≫.
1993. 8	김순실, 「김상용 시의 전통성에 관한 연구」, 교원대 석사 논문.
2002. 7	유성호, 『한국 근대시의 초창기와 난숙기를 대표하는 시 세계」, ≪문학사상≫.

작성자 유성호 연세대 대학원 졸. 문학 박사. 한국교원대 교수.

정념과 거리

나도향, 주요섭, 채만식의 소설

김인환(고려대 교수)

영화의 화면에 중립 화면과 시점 화면과 전지 화면이 있듯이 소설의 서술에도 중립 서술과 시점 서술과 전지 서술이 있다. 색채와 음향을 통해 주석을 첨가하는 영화가 없는 것은 아니지만 영화는 주로 중립 화면과 시점 화면의 교체에 의존한다. 헤밍웨이의 「살인자」와 같은 중립적 비개입의 소설이 없는 것은 아니지만 소설은 주로 전지 서술과 시점 서술의 교체에 의존한다. 대부분의 소설에서 우리가 읽는 것은 일정한 사이를 두고 교체되는 인물들의 시각과 작가의 주석이다. 영화의 시점 숏에 해당하는 인물시각 서술과 영화의 전지 숏에 해당하는 작가 주석 서술을 교체하다 보면 자연스럽게 인물의 목소리와 작가의 목소리가 동시에 공존하는 자유 간접화법도 나타나게 되고 발화되지 않은 의식류를 기록하는 자유 직접화법도 나타나게 된다. 발화를 따옴표 속에 넣어 기록하는 것이 직접화법이라면 내심으로 하는 독백을 직접화법처럼 기록하는 것이 자유 직접화법이다. 연극의 발화된 독백은 직접화법이고 소설의 발화되지 않은 내심 독백은 자유 직접화법이다. 그러나 어떠한 의식류건 일단 기록되면 발화가 되므로 발화되지 않은 의식류를 기록한다는 것은 불가능하다. 그러므로 자유 직접화법이란 한 인물의 어떠한 의식류가 발화되지 않았다고 가정하고 그것을 상상하여 기록하는 방법이다. 시점이란 말은 일반적으로 모든 서술 방법에 두루 해당되는 용어지만 영화에서는 인물 시각 서술에 해당하는 용어로만 사용하는데, 시점 화면과 시점 서술을 인물 시각으로 한정하면 중립적인 것 또는 주석적인 것과 구별할 수 있으므로 영화를 보거나 소설을 읽는 데 편리하게 이용할 수 있다. 영화에서는 감독의 주석이 포함된 전지 화면을 구분하기 어렵고 소설에서는 작가의 주석이 배제된 비개입의 중립 서술을 구분하기 어렵다. 주류 영화는 중립 화면과 시점 화면을 활용하는 데 반해서 실험 영화는 색채와 음향을 활용한다. 주류 소설은 시점 서술과 주석 서술을 활용하는 데 반해서 실험 소설은 자유 간접화법과 자유 직접화법을 활용한다.

1902년에 태어난 나도향과 주요섭과 채만식의 소설에는 주목할 만한 공통점이 있다. 그것은 내용의 공통점이라기보다는 서술 방법 또는 화면 구성의 변화에 보이는 공통점이다. 나도향의 경우 「별을 안거든 울지나 말걸」과 『환희』에 나타나는 주관 서술과 「여이발사」와 「지형근」에 나타나는 객관 서술의 차이는 너무나 분명하다. 이러한 차이가 주요섭과 채만식의 소설에도 드러난다. 주요섭의 「치운 밤」과 『구름을 잡으려고』의 차이, 그리고 채만식의 『과도기』와 『냉동어』의 차이는 나도향의 경우와 동일한 양상을 드러내고 있다. 세 작가는 한결같이 초기 작품에서 미려한 문장을 쓰는 데 공을 들이고 사건의 진행에 작가가 조작적으로 개입하고 작중 인물에 대해 작가가 과도하게 정적으로 반응한다. 나도향은 불과 4년 동안밖에 소설을 쓰지 못했고 채만식은 25년 동안, 주요섭은 50년 동안 소설을 썼으므로 일률로 판단하기는 어렵지만 이 세 작가의 후기 작품은 모두 건조한 문장에 공을 들이고 사건의 진행에 작가가 거리를 두고 작중 인물에 대해 작가가 과도하게 지적으로 반응한다. 이 세 작가의 작품에서 우리는 창작론의 작고 유용한 진실을 발견할 수 있을 듯하다.

「별을 안거든 울지나 말 걸」은 "만하 누님에게 한 구절 애달픈 울음의 노래를 드려 볼까 하나이다."(『전집(상)』, 집문당, 1988, 50쪽)라는 헌사로 시작된다. DH라는 작중 화자가 만하 누님에게 고백하는 내용은 자기보다 한 살 위인 여자 MP를 사랑하는 심정과 MP에게 자기를 모함한 R을 증오하게 된 이유, 그리고 아우 L과 자기를 오빠처럼 따르는 설영에 대한 순수한 애정 등이다. R은 화자와 함께 서울 교외로 나가면서 화자를 이해하고 인정하니 형처럼 생각해 달라고 말했다. 그는 형이니 아우니 하는 형식을 만들 필요가 무엇이냐고 반문했으나 생전 처음으로 지기를 얻은 기쁨을 체험하였다. 그러나 화자는 R의 방에서 R이 MP에게 보내는 편지를 우연히 읽게 되는데 그 안에는 "DH는 미숙한 문사요 일개 부르주아에 지나지 않는 자"(67쪽)라는 말이 씌어 있었다. 화자는 MP가 보고 싶어서 교회에 나가보기도 하고 그의 글을 그녀가 높이 평가하더라는 만하 누님의 말에서 희망과 절망을 동시에 느낀다. 그녀가 다 좋으나 신앙이 약한 것이 흠이라고 했기 때문이다. 화자는 그의 글을 그녀에게 보여준 데 대해 누님을 원망하고 누님에게 기독교의 신앙은 이불을 쓰고 그 안에서 세상을 보는 것과 같다고 말한다. 그는 부르주아니 프롤레타리아니 기독교니 불교니 따지는 것은 옳지 않다고 생각한다. 그는 오직 참 사람이 되고자 한다. 그가 아우 L과 어린 설영에 대해 한없는 애정을 토로하는 것으로 미루어 참 사람이란 아마 이익을 따지지 않고 순수한 정념에 따라 사는 사람을 가리키는 듯하다. 제목에 나오는 별도 아우를 가리키는 듯하다. 애정과 우정이 곤경에 처해도 화자에게는 아우의 순수한 사랑이 있다는 의미일 듯하다. 이 단편의 애정과 우정을 큰 규모로 확대해 놓은 것이 『환희(幻戲)』다. 영철과 기생 설화의 연애와 누이동생 정월의 삼각관계를 중심으로 전개되는 이중의 사랑 이야기는 설화와 정월의 자살로 종결된다. 꼭두각시놀음이라는 의미의 제목에서 이미 짐작할 수 있듯이 이들의 불행한 사랑은 운명의 장난일 뿐 어느 누구의 잘못도 아니다. 영철과 설화는 서로 사랑하지만 세상의 반대에 직면한다. 정월은 마치 영철의 아내인 듯이 가장하고 설화를 찾아가 설화를 절망 속에서 자살하게 한다. 정월은 문학도 선용과 은행장의 아들 우영 사이에서 번민하다 우영에게 성폭행을 당하고 우영과 결혼하나 결혼한 후에 비로소 선용에 대한 사랑을 절실하게 느낀다. 우리는 이 소설의 결점을 얼마든지 열거할 수 있다. 누이의 이름이 혜숙에서 정월로 갑자기 바뀐다. 근무하는 은행에서 천 원을 빌려 일본에 있는 선용에게 부쳐주는데 그 돈은 별로 좋지 않게 등장하는 우영이 대신 갚아주고 선용은 선용대로 재산 있는 친척 집의 양자가 되어 그다지 궁하지 않게 살게 된다. 그 집의 누이 경희는 정월과 교회 친구로서 선용과 정월이 다시 만날 수 있게 하는 계기를 만든다. 선용은 정월을 그리워하면서도 일본에서 병원에 있을 때 날마다 찾아와 간호사에게 안부를 물었던 여학생에게도 마음이 흔들린다. 그런데 그가 죽으려고 한 것은 정월에 대한 이루지 못할 사랑 때문이다. 영철과 정월은 부여로 여행을 하고 궁녀들이 죽은 그곳에서 정월이 설화의 죽음에 대한 죄책감으로 자살한다. 도처에 조작적 개입이 있음에도 불구하고 이 소설에는 처음부터 끝까지 지속되는 정념의 힘이 두드러지게 작용한다.

　　우리 인생에는 두 가지 큰 문제가 있습니다. 그것은 열정과 이지입니다. 이 세상의 역사는 이 두 가지의 싸움입니다. 그리고 모든 불행의 근원은 이 열정과 이지가 서로 용납하지 않는 곳에 있는 것입니다. 그리운 이성을 보고 자기 마음을 피력하지 못하고 혼자 의심하고 오뇌하는 것도 이지로 인함이지요. 저는 어떻게 하든지 이 이지를 몰각한 열정만의 인물이 되려 하나 그 이지를 몰각한 열정만의 인물이 되겠다는 것까지도 이지의 부르짖음이지요.(66쪽)

이 소설은 주체할 수 없는 정념의 울림으로 가득 차 있으나 나도향은 이지를 떠난 정열이 있을 수 없음을 의식하고 있었다. 이러한 의식은 정념을 표현하려면 정념으로부터 거리를 취해야 한다는 창작론의 기초와 서로 통한다. 「벙어리 삼룡이」, 「물레방아」, 「뽕」과 같은 나도향의 걸작들은 열정과 이지가 균형을 이룬 결과로 산출될 수 있었다. 문제는 정념이 고갈되고 거리만 남아 정념과 거리의 균형이 초기작과 반대편으로 기울어지는 경우에 발생한다. 우리는 누구나 명작이라고 인정하는 채만식의 『태평천하』와 『탁류』, 주요섭의 「사랑 손님과 어머니」와 「아네모네의 마담」 같은 작품들을 일단 논외로 하고 작가의 과도한 지적 반응이 문제를 야기하는 작품들을 검토해 보고자 한다. 나도향의 「지형근」, 채만식의 『냉동어』, 주요섭의 『구름을 잡으려고』가 그러한 작품들이다. 수리조합 개간 사업과 금강산 전철 공사 때문에 동척에 땅을 잃었거나 일확천금을 노리는 사람들이 철원에 모였다. 몰락한 시골 양반 지형근은 어머니와 아내와 20여 호의 이웃들을 작별하고 철원으로 왔다. 그의 아버지는 인근에서 큰소리 치던 사람이었다. 닷새를 예정하고 떠났으나 예정보다 사흘이나 늦어서 철원에 도착하여 동향의 친구를 찾았다. 오는 도중에 아버지에게 신세를 진 적이 있는 김 서방을 찾아가서 노자를 꾸었다. 김 서방은 예전 상전의 아들에게 반말을 하며 빌려 달라는 액수의 3분의 2를 주었다. 철원에서 지형근은 노동자들의 공동 숙소에 거처하면서 날마다 막일할 데를 찾아다녔다. 여름에는 공사가 적어 아무 수입도 없이 마냥 기다려야 했다.

땅을 파고 서까래를 버틴 후 그 위에 흙을 덮고 약간의 지푸라기로 덮어 놓은 것이 그들의 집이다. 방 안에는 감발이며 다 떨어진 진흙 묻은 양말 조각이 흐트러져 있고 그 속은 마치 목욕탕에 들어간 것 같이 숨이 막힐 듯한 냄새가 하나 가득 찼다. 물론 광선이 잘 통할 리 없었다. 캄캄하여 눈앞을 분간할 수 없는 그 속에는 사람의 눈들만 이리 굴고 저리 굴고 하였다. 그는 손으로 더듬어서 그 속으로 들어갔다.(310쪽)

새벽 다섯 시가 되면 몇 사람은 일터로 나가고 일자리를 못 구한 사람은 일하러 나가는 사람을 질투하여 욕을 했다. 조씨 성을 가진 이가 지형근을 데리고 나가 두루마기를 팔게 하고 마치 제가 내는 양 그 돈으로 술을 샀다. 술집에서 지형근은 한 동네에서 자란 이씨 댁 규수를 만났다. 이화라는 이름으로 창기 노릇을 하고 있었다. 지형근은 그녀의 마음을 바꿔주고 싶었다. 지형근은 밥값도 없이 며칠을 보내면서도 한 번 더 와달라는 이화의 생각을 하였다. 일자리가 생겨 십장에게 부탁해 두었으니 이틀 후에 같이 금화로 떠나자는 동향 친구의 말을 듣고도 이화 생각에 서운한 마음을 지울 수 없었다. 술에 취해 한데서 자는 동향 친구를 옮겨 눕히다가 지형근은 친구의 지갑을 보고 돈을 벌면 갚을 요량으로 그것을 꺼내어 이화에게로 갔다. 30원이 들어 있었다. 술집에서 이화를 두고 면 서기와 시비를 벌이다가 "노동자가 감히 누구 앞에서"라는 면 서기의 말에 지형근은 그의 따귀를 때렸다. 그는 스스로 양반의 자식이라고 여겼지 자신을 노동자라고 생각해 본 적이 없었다. 지형근은 지갑을 분실한 고향 친구의 신고로 체포되어 재판을 받게 되었다. 「지형근」은 양반 의식과 노동자 신분의 괴리를 흥미있게 제시하였으나 이 소설에 등장하는 지형근과 이화는 "배울 것이란 남겨놓지 않고 배우고 익힐 것이란 모조리 익히더니"(316쪽)라는 주석과는 달리 사고 능력이 결여된 자동인형처럼 행동한다. 지형근은 이화보다도 더 현실을 이해하지 못한다. 돈이 없어 열흘씩 걸어 철원으로 나온 형근이 돈을 내야 밥을 먹는다는 것조차 알지 못할 수가 있을까? 밥을 거저 먹을 수 있다고 생각하는 그가 이화에게는 어째서 또 친구의 지갑을 들고 갔는지도 석연히 이해되지 않는다. 정념이 제거되고 거리만 강조되다 보니 작중 인물의 현실 파악 능력이 극도로 축소되어 버린 것이다. 이런 면에서도 우리는 「벙어리 삼룡이」의 죽음보다 강한 사랑의 순수성과 「물레방아」의 목숨을 걸고 하고 싶은 대로 하는 욕망의 정직성에 전율을 느낀다. 「지형근」이 객관성으로 볼 때 『환희』보다 잘 쓴 작품이라고 말할 수는 있겠으나 정념의 힘이 결여되어 있고 조작적 사건 개입이 남아 있으므로 「지형근」을 『환희』보다 더 좋은 작품이라고 평가할 수는 없을 것이다.

주요섭의 「치운 밤」은 열세 살 소년 병서의 시각으로 자기 집의 빈궁을 묘사한 소설이다. 아버지는 늘 술을 마시고 돈이 떨어지면 죽 쑬 돈조차 없는 어머니를 때렸다. 사흘 전에 병서는 아버지의 주정을 견디지 못하여 술집의 지게 작대기로 술 단지를 부수었다. 병서는 이 세상의 모든 술 단지를 깨뜨려버리고 싶었다. 병서는 술과 술 파는 사람과 술 마시는 사람이 그를 그 지경에 이르게 했다고 생각했다. 병든 어머니는 병서와 아기의 이름을 부르며 삼십 평생의 고된 삶을 마감한다. 병서와 아기도 죽는다. 소설에서 병서와 아기의 죽음은 환상적으로 처리되어 있다.

> 그는 그의 조그만 집에 지붕이 벗겨지고 하늘 문이 크게 열리는 것을 보았다. 그리고 그리로부터 저의 어머니가 눈이 부시는 찬란한 옷을 입고 날아 내려오는 자태를 보았다. 그는 황홀히 "어머니!" 하고 외쳤다. 어머니는 사랑스럽게 웃으면서 그와 그의 아기를 양손에 안고 여러 가지 재미있는 말로 위로해 주었다. 그는 이제는 춥지 않았다. 슬프지도 않고 괴롭지도 않고 다만 따스하고 즐거웠다. 그는 그의 즐거움을 마음껏 즐길 수가 있었다. 이튿날 아침 밝은 해는 다시 열어놓은 그의 창문으로 들이 비추었다. 찬 세상을 영원히 떠난 어머니의 표정은 역시 "나를 이 지경에 이르게 한 것은 누구입니까?" 하는 어젯밤 표정 그것이었다. 어머니 옆에 쓰러진 아기의 뺨에는 밤새도록 운 눈물이 얼음이 되어 있었다. 그는 꼭 어떤 재미있는 꿈을 꾸는 얼굴 같았다. 어머니의 가슴 우에 쪼그리고 앉아 영원히 잠자는 그의 얼굴에는 "나는 행복이외다." 하는 표정이 똑똑히 나타났다.(146쪽)[1]

어머니의 시신을 옆에 두고서 어머니가 하늘에서 내려온다고 느끼는 착란이 현실을 환상으로 바꾼다. 인용문의 전반부는 병서의 시각을 보여주는 시점 서술이고 인용문의 후반부는 세 주검을 비교하는 작가의 주석 서술이다. 어머니의 얼굴은 고통스럽게 일그러져 있으나 춥고 배고파서 죽은 아기의 얼굴은 꿈을 꾸는 것 같고 병서의 얼굴도 행복한 표정을 하고 있다. 어머니와 아기의 죽음은 이해할 수 있으나 열세 살 소년이 어머니가 죽었

---

1) ≪개벽≫ 10호, 1921. 4 참조.

다고 하여 갑자기 죽는다는 것은 조작적이고 돌발적인 결말이라고 하겠으나 이러한 종결 방식이 빈민에게는 죽음만이 구원이 되는, 나라 잃은 시대의 현실을 비판하고 있다고 볼 수도 있다. 주요섭은 아오야마학원 중학부 3학년에 편입하여 1년을 다녔고 상해 후장(扈江)대학 영문과를 졸업했고 (1927년) 미국 스탠포드 대학원 교육심리학 석사 과정을 수료했고(1929년) 1934년부터 1943년까지 베이징의 푸렌(輔仁)대학 영문과 교수로 봉직했다. 그는 일본의 침략 정책에 협조하지 않는다는 이유로 중국에서 추방되었다. 이러한 해외 체험이 그의 소설에 여러모로 반영되어 있다. 「인력거꾼」에는 길가에 늘어서서 참대 쑤시개로 대변 통을 부시는 부잣집 마나님들의 모습이 보이고 손톱이 석 자씩이나 자란 떡 장수들이 떡을 만드는 모습, 물을 끓여놓았다가 돈을 받고 물통에 담아주는 모습이 보인다. 혼란스러운 중국의 정세와 넘치는 피란민들 그리고 마구잡이로 몸수색을 하는 군인들도 등장한다. 그러나 주요섭은 그 어느 것에 대해서도 자신의 해석이나 판단을 보류한다. 그는 어디까지나 이방인 관찰자로서 중국에 있었던 것이다. 꿈자리가 사나웠으나 아쩡은 재수가 좋아서 오전에 은전 한 푼과 동전 열두 푼을 벌었다. 오정 무렵에 손님을 받으려고 일어서다가 쓰러졌다. 무료 진료소에 가보았으나 의사가 두 시에나 나온다는 말을 듣고 기다리다가 어떤 신사의 설교를 들었다. 예수를 믿으면 죽은 후에 무궁한 복락을 누린다는 그의 말을 아쩡은 이해할 수 없었다. 왜 자기는 아담과 이브의 죄를 받고 부자들은 죄를 받지 않는지도 이해할 수 없었다. 집 앞에서 점괘를 뽑았더니 전생의 죄로 고생하나 곧 고생이 끝나리라고 했다. 그날 밤 아쩡은 죽었다. 의사와 순사 부장은 과도한 달음질로 인해서 8년에서 10년 사이에는 모두 죽는다는 통계가 다시 한 번 증명되었다고 말했다. 아쩡은 8년 동안 인력거를 끌었다. 세상만사가 정해진 코스를 따르게 마련이라는 이 소설의 전개에는 「치운 밤」의 환상조차 배제되어 있다. 루카치가 말한 나쁜 의미의 자연주의이고 무력한 객관주의라고 할 수 있을 것이다. 『구름을 잡으려고』는 낭만적인 모험담으로 시작한다. 30명의 노동자들에 섞여 배를 탄 준식은 요꼬하마에서 백여 명의 중국인 노동자와 함께 미국으로 떠난다. 그 가운데 준식과 스물두 사람은 하와이에서 내리는 대신 멕시코의 노예로 팔려간다. 노예 생활 중에 준식은 토착민 저항 세력을 이끄는 아리바가 독사에 물렸을 때 그의 발을 빨아 목숨을 구해 준 덕택에 그의 인도로 미국으로 들어가게 된다. 모험담은 여기서 끝나고 미국 캘리포니아에서 겪는 준식의 고생담이 이어진다. 준식은 벌목 노동으로 돈을 모아 샌프란시스코 차이나타운에 조그만 구멍가게를 차렸으나 지진으로 금고 속에 보관했던 돈을 다 날린다. 3년 동안 술과 노름으로 세월을 보내다가 도산(島山)이라고 짐작되는 선생님을 만나 정신을 차리고 포도원에서 고용살이 생활을 다시 시작한다. 고국에 사진 결혼을 신청하였더니 반년 만에 시집오기를 원한다는 편지를 받는다. 순애와 결혼하고 아들 지미를 낳는다. 아이는 예정보다 달포나 일찍 나왔다. 순애는 요꼬하마에서 어느 일본 유학생과 관계를 맺었다. 준식이 돈을 모아 포도밭 하나를 임차하려 할 때 순애는 젊은 학생 송인덕과 준식의 통장을 가지고 도망을 친다. 미국으로 오다가 트라홈 때문에 병원에 잠시 머물던 시기에 어떻게 유학생을 사귀게 됐는지, 편지 결혼을 할 정도의 가난한 집 처녀가 이역만리에서 아이를 버리고 젊은 학생과 눈이 맞을 정도로 대담할 수 있는지 의심스럽기는 하나 준식은 이번에도 역경을 딛고 벼농사에 뛰어든다. 차이나타운의 꽃이라고 불리던 여자의 경우가 보여주듯이 노름과 마약으로 거지가 되는 사람들도 많았지만 미국의 극심한 경기 변동 또한 축적을 어렵게 한다. 쌀값의 종잡을 수 없는 변동은 농사를 선물투기(先物投機)만큼이나 불안정하게 한다. "함께 모여 밤새도록 의논을 하고 주판을 놓아보았다. 그러나 별수 없이 다 익은 곡식을 벌에서 썩으라고 그냥 내버려두고 이리저리 다시 노동 자리를 얻어 흩어질 수밖에 없다는 기막힌 결론에 이르고 말았다. 지금 쌀 시세를 가지고는 그것을 다 추수해서 판대야 추수하는 비용을 채워줄 도리가 도무지 없다는 것이 판명된 것이다."(330쪽) 주요섭은 같은 소설의 페이지에서 "뉴욕 자본가들이 도와주려고만 하면 쌀값을 그렇게 폭락시키지 않을 수도 있다는 사실을 그들은 알지 못했다."는 주석을 첨가한다. 준식은 로스앤젤레스의 채소 가게에서 일하게 되지만 늙어서 일을 제대로 하지 못하기 때문에 한곳에 오래 붙어 있을 수 없게 된다. 그러면서도 그는 아들 지미의 양육비와 교민 회비와 신문 대금은 반드시 부친다. 대공황이 찾아온다. 준식은 길거리에 쓰러져 병원으로 옮겨진다. 죽으면서 그는 멕시코에서 팔뚝에 새긴 노예의 낙인을 본다. 그는 구름 한 조각을 잡으려고 헤매는 것이 인생이라고 생각한다. "준식이는 힘 있게 꽉 그러쥔 주먹 속에 공허를 인식하면서 그 호흡이 끊어지고 말았다."(437쪽) 주요섭은 평생토록 반일과 반공을 자신의 원칙으로 지켰다. 이 소설에서도 회비와 신문 대금을 교민회로 보내는 것이 반일을 의미한다고 볼 수 있다. 그러나 모험담과 고생담이 빈손으로 왔다가 빈손으로 간다는 주제로 귀결된다는 것은 어딘가 소설을 허전하게 한다. 무력한 객관주의는 나도향의 『환희』와 거의 같은 내용을 그것과 반대되는 방법으로 서술한 주요섭의 『미완성』에서도 나타난다. 영순은 부모의 반대를 무릅쓰고 가난한 화가 병직과 결혼한다. 영순의 아버지는 수를 써서 한편으로 사람을 병직에게 보내 높은 보수로 보천교 차경석의 초상화를 그리게 하고 다른 한편으로 병직의 아버지로 위장한 사람을 영순에게 보내 병직에게 이미 아내가 있다고 말하게 하여 그들의 사이를 갈라놓는다. 민족의 얼을 화폭에 담고 싶어하던 병직은 굶기를 밥 먹듯 하다 계룡산에서 돌아오던 날 영순에게 주려고 산 구두를 남기고 죽는다. 구두 이야기가 신문에 실리자 일본 대학을 나온 만석꾼 태식에게로 시집간 영순이 작중 화자인 양만을 찾아와 구두를 받는다. 음모를 사건의 핵심에 두는 것은 작중 인물을 허수아비로 만들기 쉽다. 이 소설에서 병직과 영순은 지나치게 대담하거나 지나치게 소심하게 행동한다. 그들은 사고하고 추리하고 판단하려고 하지 않고 단지 충동에 따라서 행동할 뿐이다. 작품 여러 곳에서 민족에 대한 언급이 나오지만 민족 문제를 하나의 현실 인식으로 제시할 만한 체계적 사고의 흔적은 보이지 않는다. 민족은 진리이므로 따지지 말자는 것 또한 무력한 객관주의의 표현 형태일 것이다. 『환희』와

『미완성』은 동일한 내용이 주관 서술로 표현될 경우에 나타나는 결함과 객관 서술로 표현될 경우에 나타나는 결함을 알려주는 비교의 대상이 될 수 있다.

채만식의 『과도기』는 창작 연대를 알 수 없는 유고이지만 나도향의 『환희』나 주요섭의 「치운 밤」과 유사한 서술 방법으로 그것이 채만식의 초기 작품임을 추정하게 하는 소설이다. 소설의 사건은 도쿄에 유학하고 있는 봉우와 형식과 정수를 중심으로 전개된다. 봉우는 상학, 형식은 의학, 정수는 문학을 전공한다. 봉우는 아내를 미워하여 이혼하려고 한다. 봉우가 나가라고 심하게 구박하자 그의 아내는 양잿물을 마시고 자살한다. 봉우는 양옥집에 피아노를 놓고 신여성과 살고 싶어한다. 고베에서 공부하는 영순을 알게 되어 늘 그녀를 생각하고 그녀와 결혼할 궁리를 한다. 영순의 학비를 주선해 주는 서태문에 대하여 영순에게 친일파요 여학생 꾀어내기 선수라고 알려주는 그의 말 속에는 사실도 있겠지만 질투도 들어 있을 것이다. 형식에게는 아내와 네 살 난 딸이 있다. 그들은 간혹 민족을 말한다. 그러나 그들의 대화 속에 언급되는 민족은 오직 하나의 장식으로 사용될 뿐이다. 그들은 친일파란 말을 일본 사람에게 아부하는 사람이란 의미로 사용하고 민족 문제도 일본 사람에게 아부하는 것은 나쁘다는 의미로 이해한다. 주제를 아무리 넓혀서 해석한다 하더라도 이 소설에는 현실의 구조와 인식의 체계가 보이지 않는다. 1920년대가 중세에서 근대로 이행하는 과도기라는 뜻의 소설 제목에 대해서도 본문 안에서 아무런 언급이 없다. 형식은 하숙집에서 주인의 친척이 되는 후미꼬를 만나 정이 들어 동거하게 된다. 후미꼬의 어머니는 누구든 양자로 들어올 수 있는 사람만 사위를 삼겠다고 하였으나 후미꼬는 집을 나와 형식과 동거한다. 정수가 얻은 방 두 개 가운데 정수와 봉우가 한방을 쓰고 다른 한 방에서 형식과 후미꼬가 산다. 한집에서 자주 만나면서 후미꼬는 정수에게 끌린다. 후미꼬는 정수에게 그가 지은 시와 동화를 번역하여 읽어 달라고 하고 그와 가까워질 수 있는 기회를 여러 차례 만든다. 정수의 친구 히라노의 누이 에이꼬 또한 정수를 사랑한다. 삶에는 아무런 의미가 없다고 믿는 정수가 책임질 수 없으므로 애인이나 아내를 얻지 않겠다고 거절하자 에이꼬는 자살을 시도한다. 히라노는 누이의 마음을 정수에게 전하지만 정수를 설득시켜 마음을 열게 하지는 못한다. 후미꼬와 키스를 할 뻔하거나 신체를 접촉할 뻔할 때마다 정수는 힘겹게 자리를 피한다. 육체의 욕망을 억제하기가 얼마나 어려운가를 그는 잘 알고 있다. 이 소설의 끝 부분은 학기가 끝나 조선으로 떠나는 정수를 배웅하는 역에서 세 사람이 에이꼬를 처음 보고 그녀의 아름다움에 놀라는 장면이다. 미완이라고 하지만 작가가 끝까지 썼더라도 이 부분을 좀 더 다듬는 데서 종결할 수밖에 없었을 것이라고 생각된다. 이성적 구조가 잘 보이지 않고 소설의 어느 부분에서건 감정의 과잉이 쉽게 느껴지는 서술 방법으로는 사건을 더 이상 진행할 수 없었을 것이기 때문이다.

『냉동어』는 문학잡지 춘추사의 편집장 문대영과 일본에서 와 서울에 머물던 스미꼬의 연애담이다. 영화 관계자 김종호가 사무실로 데려와 인사를 시켜준 스미꼬는 그 후로 가끔 대영을 찾아온다. 대영은 처음에 별다른 관심이 없었으나 몇 번 만나고 술도 해보고 하다가 그 여자의 고독한 방황을 안쓰럽게 동정하게 된다. 도쿄에서 조선 청년을 만나 함께 아편을 하였다. 남자는 잡혀가고 애타게 기다리다 형을 마치고 나온 그를 만나보니 이미 아편을 끊고 건전한 시민으로 복귀해 있었다. 그와의 관계를 끊고 집에서도 나와 어머니와 언니들의 도움으로 살았다. 조선 학생들이 조선문단에 대해 주고받는 이야기를 듣던 중 대영의 작품 평에 흥미를 느껴서 번역하여 읽게 하고 내친 김에 쇼찌쿠(松竹)에 있는 지인으로부터 김종호를 소개받고 아예 서울로 왔다. 이 작품은 1940년 1월 19일에 개성에서 탈고하여 ≪인문평론≫ 1940년 4월호와 5월호에 실었다. 발표 시기를 고려하고 읽을 때 이 소설에 나오는 아편은 마르크스주의로 보아야 할 것이다. 그러므로 스미꼬는 전향자들이 넘쳐나는 시대에 너무나 뻔뻔스러운 전향이 못마땅하여 서울까지 와서 방황하는 여자라고 할 수 있다. "일껀 날 가져다 아편에 중독을 시켜주구서, 오래두룩 기다리게 하구서, 재갸는 실끔 손을 씻구 돌아서구. 돌아선 그 자태, 보기에 헤멀끔하구두 능청스럽더라구야. 당하기에 허망하더라구야."(『전집』5, 416쪽) 혼처가 나섰으나 "색시 제껏은 아편쟁이구 저편은 시민인 걸."(419쪽) 하는 자격지심에 스스로 포기한다. 그녀는 문대영의 소설에서 그녀 나름으로 공감할 수 있는 면을 발견하고 그를 만나고 싶어한다. 스미꼬는 서울에서의 생활을 전적으로 대영에게 의존한다. 아내가 딸을 출산한 날에도 대영은 스미꼬와 술을 마시고 스미꼬의 아파트에서 잔다. 급기야 둘은 도쿄로 가서 같이 살자고 계획하고 차표를 예약한다. 사장이지만 동향이고 서너 살 아래라서 대영을 형이라고 부르는 병수가 수유리에 회식 자리를 만들어 놓고 사원들을 부른다. 그 자리에서 택시를 대절해 놓고 술을 마시던 대영은 기차 시간을 넘겨 술을 마시고 인사불성이 되어 서울역 대신 집으로 실려간다. 아침에 대영은 "용서해 주세요, 분상! 분상을 떼어놓고 스미꼬 혼자서 고만 대륙을 향하여 떠나고 있답니다."(461쪽)라는 편지를 받는다. "분상이나 스미꼬나 생활을 가질 기운을 잃어버린, 다같이 아편쟁이…… 아편쟁이요 혈액만 통하는 육괴인 것을, 그 두 개의 육괴가 어떻게?"(462쪽) 사랑을 유지할 수 있겠느냐는 것이 떠나는 이유이다. 대영은 아이의 이름을 징상(澄祥)이라고 짓는다. 일본음 스미꼬상(澄樣)의 한자를 그대로 조선 한자음으로 따온 것이다. 작가는 자신을 아편쟁이라고 부르지 않고 냉동어라고 부른다. 소설에는 "바다를 향수하고 딸의 이름 징상을 얻다."(367쪽)라는 제사가 붙어 있다. 그렇다면 그들이 돌아가고 싶어하는 바다는 무엇일까? 채만식은 문대영의 입을 빌려서 한 번, 그리고 스미꼬의 입을 빌려서 다시 한 번 그 바다가 무엇인지를 암시한다.

1) 그게 무어냐 하면, 중난한 무기와 더불어 적병한테 구차스럽게, 구차스럽게 말야, 포로가 되질 않겠다는 용기요, 즉 일본 군인의 정신이 아니겠소? 그리구 그 배후를 더 캐구 보기루 하면 비행기에 고장이 생겼다는 건 곧 전투력을 잃어버린 것인데, 군인으루 전쟁에 나왔다가 전투력을 잃어버린 이상,

그는 전장에 임한 군인으루서의 생명과 의의를 따라서 잃어버린 게 아니겠소? 그리구는 남은 거라군 군인된 생명두 의의두 없는 단지 육체와 포로의 치욕! 그러니까 구차스럽게 생명두 의의두 없는 고깃뎅일 위해 구차스럽게 포로의 치욕을 받지 않으려구 자폭을 해 버리구……. 그러나 그것은 단지 구차한 치욕을 면하는 데만 그치는 게 아니라 그와 같이 자폭을 함으로써 전장에 임한 군인의 생명과 의의를, 그러니까 절개랄 수두 있는데…… 그걸 일단 더 강조하는 게어든.(436쪽)

2) 요전날 밤, 분상도 이야기하신 대로 일청, 일로 전역 때부터, 더는 도요토미 히데요시, 또 더 그 이전부터 전해 내려오던 일본 민족의 유구한 민족적 사명이요, 그래서 한 거대한 역사적 행동인 중원 대륙의 경륜…… 이는 누가 무어라고 하거나 현 세대를 전제로 한 인간 정열의 커다란 폭발인 것 같아요. 스미꼬, 이 길로 거기엘 가서 보고 대하고 접하고 하겠어요. 새로운 건설을 앞둔 무서운 파괴가 중원의 천지에 요란히 전개되고 있는 그 어마어마한 무대와 행동을…… 스미꼬와 혈통을 더불어 했고 동시에 한 사람 한 사람의 인간인 그네 씩씩한 장정들이, 그렇듯 세기적인 사실의 행동자로서 늠름히 등장을 했다가 끊임없이 시뻘건 피를 흘리고 넘어지는 그 핍절하고도 엄숙한 사실을…… 스미꼬 직접 목도를 하고 접하고 할 때에, 진정으로 한 조각의 붕대를 동여주고 싶은 마음이 우러날 것 같아요. 반드시 어떤 흥분과 감격을 느끼고 말 것 같고, 아편의 독을 잊어버릴 것 같아요.(463쪽)

도도한 시대의 흐름이 바다라면 채만식은 자기가 바다를 그리워하기만 하고 바다로 뛰어들지 못하는 냉동어라고 생각한다. 그는 몇 년 전 1934년에 자신을 개성도 없고 열정도 없는 레디메이드 인생에 비유한 바 있었다. 「레디메이드 인생」에서는 아들 창선이 인쇄소에 취직이 되어 레디메이드 인생으로부터 벗어나는 것으로 사건이 설정되어 있다. 『냉동어』에서는 냉동 상태로부터 탈출하는 것은 스미꼬이다. 그러나 과연 이러한 행동이 탈

줄이 되기는 하는 것일까? 오히려 냉동 상태를 견지하거나 아무리 난처하더라도 이쪽도 아니고 저쪽도 아닌 미확정 상태를 참아보는 것이 섣부른 확신보다 구체적이고 현실적인 선택이 되는 것은 아닌가? 대세를 내세워 따져보지 않고 믿음을 수용하는 것은 무력한 객관주의의 한 특징이다. 묘사의 주체와 묘사의 객체로부터 동시에 거리를 취하면서 아무리 급해도 복합 문장으로 유장한 호흡을 유지하는 것이 채만식의 문체이다. 그러나 해방 이후 그가 고종, 순종 시대를 배경으로 하여 서술한 「아시아의 운명」, 「역사」, 「늙은 극동 선수」 등에서도 우리는 고종, 순종 시대를 조선 후기와 나라 잃은 시대로부터 분리하여 서술하려는 객관주의의 결함을 발견할 수 있다. 다만 장선용이 동학에서 의병까지 고종, 순종 시대의 여러 가지 대중 운동을 샅샅이 경험하고 사랑하는 여자를 위해 테러리즘을 선택하는 채만식의 『옥랑사』(1948)는 누이를 위하여 어쩔 수 없이 노 참사를 죽인 후에 개인의 테러에 의존하여 억압자를 처단하던 김삼봉이 사회주의 단체론을 수용하면서도 사회주의에 반대하고 개인을 넘어 민족적으로 문제를 해결해야 한다는 결론에 이르는 이광수의 『삼봉이네 집』(1930)과 함께 민족 문학의 업적으로 기억되어야 할 것이다. 정념은 표현의 대상일 뿐이지 표현의 주체가 아니며 표현을 위해서는 거리 감각이 필요하지만 정념이 전제될 때에만 정념으로부터의 거리가 무엇인가를 이해할 수 있을 것이므로 정념이 배제되면 거리 감각 자체가 무의미하게 된다는 것이 이 글을 통해 밝히려는 내용이다. 주관 서술에 치우치거나 객관 서술에 치우치면 작품에 결함이 발생한다. 그러나 주관 서술과 객관 서술을 여러 방향으로 개척한 나도향, 주요섭, 채만식의 작품들은 주류 소설과 실험 소설의 발전에 크게 기여했다고 평가할 수 있을 것이다.

문학사와 민족 그리고 비평

최유찬(연세대 교수)

문학은 문학사의 문제라기보다 민족의 문제이다.

──카프카

체험의 문학과 관찰의 문학 : 나도향과 주요섭

탄생 백 주년을 맞은 작가들의 삶과 문학을 돌아보는 일은 유구한 시간에 마디를 내어 삶의 질서 속에 통합하는 문화 행위의 하나이다. 또한 그것은 새로운 척도에 따라 그들의 업적을 다시 해석하고 평가하는 비평의 작업이다. 여기에서 관건은 비평의 방법이다. 나는 방법을 여행자가 일정한 목적지에 도달하기 위해 반드시 밟지 않으면 안 되는 일종의 '길 차례'라고 생각하지만 어느 한 가지에 매일 필요 없이 사정에 따라 항시 융통성 있게 구사될 수 있는 것이라고 본다. 이 글에서 취상법(取象法)과 역사주의라는 대척적인 방법을 이용하는 것은 그 때문이다.

역사주의 방법은 인문학의 연구 일반에 통용되는 것으로 그 핵심은 '항상 역사화하라.'는 프레드릭 제임슨의 구호에 잘 나타나 있다. 그는 "최선의 상태에 있는 그러한 비평에서 '삶' 그 자체는 동일 작가에 의한, 그의 다른 작품 이상의 적지 않은 특권이 있는 또 하나의 텍스트가 되며 작품들과 함께 연구 자료에 첨가돼야 할 것"이라고 말한 적이 있다. 이에 비해서 취상법은 텍스트로부터 '뒤로 물러서서' 일정한 거리에서 바라보았을 때 파악되는 대상의 상(象)을 중시하는 노스럽 프라이의 원형 비평에 근사한 방법이다. 이 두 방법은 분명히 이론적 입각지가 다르고 그에 따라 용처가 다른 것처럼 보인다. 그러나 이 글에서는 두 방법을 일정한 원칙이나 순서에 따라서 기계적으로 적용할 수 있는 것이 아니라 서로 간에 상대의 성과에 입각하여 새로운 차원을 개척할 수 있는, 감싸기 구조 속에서 상호 간섭 효과를 낳는 관계에 있는 것으로 파악하여 작업에 응용하고자 한다.

올해 탄생 백 주년을 맞는 작가 가운데 시기적으로 제일 먼저 두드러진 문학 활동을 펼친 사람은 백조의 동인이자 요절한 천재 작가로 알려진 나도향이다. ≪백조≫ 창간호에 「젊은이의 시절」을 발표하기도 했던 도향은 1922년 ≪동아일보≫에 장편 『환희』를 발표함으로써 일찍이 문명을 얻는다. 도향 스스로 자신의 처녀작이라고 손꼽은 『환희』는 실타래처럼 복잡하게 얽혀 있는 젊은이들의 애정 문제를 다루고 있다. 삼각관계의 애정 갈등에 돈 문제를 끼워넣은 통속 드라마라고도 할 수 있지만 사건의 결구는 나름대로 짜임새 있는 모습을 갖추고 있어 작가의 솜씨를 엿보게 해준다. 또한 「옛날 꿈은 창백하더이다」나 「별을 안거든 우지나 말걸」 등의 초기 단편에 나타났던 누이에 대한 근친애적 상상력이 수면 아래로 잠복하면서 인간의 욕망에 대한 작가의 인식이 심화된 점은 이후의 문학적 성취를 이해하는 데 도움이 된다.

도향의 대표작으로 손꼽히는 「뽕」, 「물레방아」, 「벙어리 삼룡이」는 모두 1925년부터 1926년 사이에 발표된 작품이다. 『환희』에 이어서 「여이발사」, 「행랑자식」, 「전차 차장의 일기 몇 절」 등을 발표한 뒤이므로 세 소설은 작가의 수법이 어느 정도 난숙한 경지에 이른 무렵의 작품이다. 세 작품의 특징은 에로티시즘이 삶의 문제와 긴밀히 결합되고 있다는 점이다. 「뽕」의 안현집이 남편의 부재나 가난과 결부된 문제들로 인해 성의 풍문을 일으킨다면 「물레방아」나 「벙어리 삼룡이」의 주인공들은 똑같이 남의 집 머슴이란 신분적 제약을 안고 있다. 이와 같은 인물 설정은 이 시기에 신경향파 문학이 대두된 사실과 일정한 연관을 갖는다고 할 수 있다. 실제로 이 세 작품보다 약간 뒤늦게 씌어진 중편 「지형근」에서는 빈궁이란 환경적 조건과 성적 충동이 주인공을 타락시키는 주요 요인으로 제시되고 있다. 작가가 다분히 신경향파 문학을 의식하고 있었다는 점을 엿볼 수 있게 해주는 사실이라 하겠다. 그러나 도향의 소설에서 성은 훨씬 더 근원적인 인간 문제로 자리 잡고 있다. 후기 소설에서 에로티시즘이 삶의 문제와 긴밀하게 결합하고 있는 것은 욕망의 사회적 의미, 나아가 인간 자체에 대한 도향의 인식이 심화된 사실을 반증하는 것이지만 그것이 곧 근본적인 문학 경향의 변화라고는 할 수 없다. 이런 측면에서 도향의 문학 전체는 작가의 자기 표현, 표현적 특질이 두드러진 체험 문학이라고 할 수 있다. 낭만주의적 상상력의 한 예증이라고 할 수 있는 마왕을 등장시키며 근친애를 표현한 초기의 문학에서부터 타오르는 불꽃 속에서 웃음으로 죽음을 맞음으로써 이승의 신분적 질곡과 갈등을 정신적으로 승화시키는 벙어리 삼룡이에 이르기까지 도향은 자신의 체험적 진실에 근거한 하나의 주제를 일관되게 추구한 것이다.

주요섭은 초창기 조선 문단에서 특이한 존재이다. 주로 중국에 국한되었더라도 그는 이국의 현실을 여러 차례 소설로 형상화한 작가이다. 이는 작가의 생활 무대가 외국이었던 것도 한 원인이라고 하겠으나 작가의 기질과도 일정한 관련을 지닌다. 주요섭의 소설은 초기부터 뚜렷한 경향성을 띠고 있었다. 실제 등단작이라고 할 수 있는 「추운 밤」은 극도로 가난한 가정에서 일어나는 부자 간의 갈등을 그리고 있다. 얼음장처럼 차가운 방에서 병든 어머니가 죽어가는 가난한 집안의 정경이 사실적으로 묘사되고 있는 이 소설에서 빈궁으로 인해 빚어지는 부자 간의 갈등은 거의 직설적으로 서술된다. 곧 자기 가족의 비극이 아버지의 술로 인한 것이라고 인식한 소년이 술집을 찾아가 여러 사람이 지켜보는 가운데 술독을 깨뜨려버리는 것이다. 이 양태, 곧 사실적인 묘사와 그에 입각한 교훈적 주제의 제시라는 이야기 방식은 작가의 다른 작품 속에서도 반복해서 나타난다. 작가가 중국에 유학하던 시절에 쓴 「살인」과 「인력거꾼」, 「영원히 사는 사람」 등은 다같이 중국인이 등장한다는 점 외에도 「추운 밤」에서 선보였던 이야기 틀을 거의 그대로 이용하고 있다는 공통성을 지닌다. 창녀가 포주를 살해하는 사건이나 인력거꾼이 돈 몇 푼 더 벌기 위해 악착같이 뛰어다니다가 죽어가는 이야기, 마적들의 약탈에서 급행열차를 구해내고 죽는 역무원의 교훈적 이야기가 사실적인 묘사와 함께 반복되는 것이다.

　주요섭 소설의 두 번째 특징은 관찰자적 시점이 많이 등장한다는 점이다. 이는 주로 1930년대 이후 작품에 두드러진 특징으로 작가의 대표작은 대부분 이 계열에 속한다. 「사랑 손님과 어머니」, 「미완성」, 「아네모네의 마담」 등 남녀의 사랑 문제를 다루고 있는 이들 작품에서 관찰자의 시점은 인물들의 미묘한 감정 구조를 포착하는 데 효과적으로 작용하고 있다. 사랑 손님과 어머니의 사랑은 나이 어린 옥희의 순수한 시각과 감수성을 통해서 지극한 아름다움을 얻게 되며 화가 박병직의 인생과 예술의 중첩된 미완성, 아네모네 마담과 손님인 대학생의 잇따른 미완의 사랑은 관찰자의 효과적인 배치와 부조에 의해 우리 앞에 선연하게 모습을 드러낸다. 주요섭의 소설 가운데는 이 밖에도 「진남포행」, 「할머니」, 「대서」, 「봉천역 식당」과 같이 관찰자의 시점을 효과적으로 사용한 작품이 여러 편 있다.

　이야기의 계몽성과 관찰자 시점은 해방 이후 주요섭의 소설에서도 그대로 이어진다. 변화가 있다면 빈궁 현상에 대한 묘사가 사라지면서 계급적 관점이나 사회 비판의 치열성이 희석되고 정밀한 관찰의 시각도 자취를 감추었다는 점이다. 이에 따라 주요섭의 소설은 「대학교수와 모리배」, 「여대생과 밍크 코우트」, 「세 죽음」과 같이 당대 사회의 풍속을 담담하게 묘사하고 꼬집는 비판적 아이러니의 특징을 지니게 된다. 그때그때 눈에 띄는 사회의 비리와 부조리에 대한 작가의 윤리적, 도덕적 관점이 반영된 비판과 풍자가 주류를 이루게 된 것이다.

나도향과 주요섭의 출발점은 낭만주의적 경향과 사실주의적 경향이라는 대극되는 지점이었다. 그러나 자신의 체험이란 확고한 바탕 위에서 문학의 길을 개척한 도향은 점차 여러 사회적 사실들을 자신의 소설 속에 끌어들이지 않으면 안 되었다. 그것은 자기의 고립된 세계로부터 사회 세계로 나아가는 길이었다. 이에 반해서 오랫동안 외국 생활을 해야 했던 주요섭은 이국의 생활을 관찰하는 데서 얻은 방법을 자신의 문학에 도입하여 성공을 거두었다. 소재와 방법이 적절히 융합했을 때 가장 완성도가 높은 작품이 씌어진 것이다. 그로 인해 나도향과 주요섭의 문학은 체험 문학과 관찰 문학이라는 대조적인 이름으로 부를 수밖에 없다고 할지라도 그 정상 부근에서 서로 매우 가까워지는 모습을 보이고 있다.

리얼리스트의 방법과 실천 : 채만식

채만식은 소설 이외에도 희곡, 수필, 비평 등의 여러 분야에서 활동했다. 따라서 그의 문학 행위를 한 가지 장르만을 대상으로 규정하는 데는 무리가 따른다. 또한 그를 풍자 작가로만 간주하는 것도 그의 작품이 지닌 다양한 양상을 외면하는 것이기에 적절한 처사가 되지 못한다. 1923년에 씌어진 「과도기」에서 마지막 작품인 1950년의 「소년은 자란다」에 이르기까지 여러 차례 경향이 바뀐 것도 그에 대한 논의를 어렵게 한다. 첫 작품인 「과도기」와 프로 문학의 영향을 받아 창작된 「산동이」 사이에 어떤 관점의 변화 또는 방법의 변화가 있으며 『탁류』와 「패배자의 무덤」 사이에 어떤 간극이 있는지를 모르고서 그의 문학을 정당하게 평가할 수는 없다.

그럼에도 불구하고 채만식의 문학에서 일관성을 찾는 것은 어렵지 않다. 그의 문학은 일괄해서 리얼리즘이라고 말할 수 있는 조건을 갖추고 있는 것이다. 물론 시기에 따라 심리주의가 우세한 경우도 있었고 자연주의적 경향이 농후한 시절도 있었지만 그의 문학이 전반적으로 리얼리즘의 경역에 놓인다는 것은 많은 사람이 동의할 수 있는 내용의 평가일 것이다. 그러나 여기서 채만식을 리얼리스트의 방법을 구현했던 작가로, 리얼리즘을 실천했던 작가로 평가하는 것은 약간 다른 의미를 함축한다. 곧 그의 문학이 리얼리즘의 성과를 거두었을 뿐만 아니라 그의 문학 행위 자체가 리얼리스트의 전범이 된다는 함축인 것이다. 이러한 평가는 사전에 그 평가를 뒷받침할 만한 충분한 근거가 제시되지 않으면 공허한 주장이 되기 십상이다. 그러나 여러 가지로 제약을 받는 현재의 여건에서 그 일을 수행할 수는 없으므로 여기서는 그 근거에 해당하는 핵심적인 사항만 지적하고 상론은 후일을 기약하기로 한다.

오랫동안 채만식 문학을 연구해 온 김홍기는 최근에 발표한 저작[1]에서 "그는 글쓰는 일을 생명을 내건 투쟁으로 삼았다."고 말하기도 하고 "채만식은 항거로 일관한 작가"라고 평하기도 한다. 이러한 진술이 정낭성을 획득하기 위해서는 적어도 일제 말기 채만식의 친일 문학 행위에 대한 설명이 이루어져야 함은 물론 그의 문학 행위 전반에 대한 재평가가 전제되어야 한다. 그런 의미에서 김홍기의 저작이 수행한 재평가 작업의 결과는 앞으로 면밀한 검토의 대상이 될 필요가 있다. 발표자는 김홍기의 재평가 작업의 유의미성을 인정하는 기본 입장을 갖는데 그 입장에서 채만식 문학의 근본적 재인식을 위해서는 다음의 사항들이 새롭게 고려되어야 한다고 본다.

첫째, 장편 『탁류』의 알레고리 구조에 대한 인식이다. 이 소설은 기왕에 채만식의 대표작으로 간주되어 왔으며 식민지 조선의 현실을 잘 형상화하고 있는 작품으로 평가되었다. 그러나 그 평가의 대부분은 이 소설이 "미두를 통해 미약한 민족 자본의 파편이 어떻게 일제 식민지 자본 속에서 분쇄되는가를 일부 보여주지만 작품 후반부로 갈수록 풍속 소설의 범주에로 전락한다."[2]는 매우 제한된 것이다. 이 장편소설이 전반부에서는 미두나 수형할인 등 자본주의 사회의 특성과 착취 구조인 식민지의 현실을 잘 반영하고 있지만 작품 후반부는 통속 애정물에 지나지 않는다는 관점이다. 하

---

1) 김홍기, 『채만식 연구』(국학자료원, 2001).
2) 김윤식, 『한국근대소설사연구』(을유문화사, 1986), 372~373쪽.

지만 이 작품에서 미두 이야기는 초두에 잠깐 등장하는 부수적인 사항에 지나지 않고 작품의 상당 부분이 부실한데도 그것을 좋은 소설이라고는 할 수 없을 것이다. 그러므로 이 소설에 대한 정당한 이해는 "초봉이의 일생, 정주사의 딱한 처지와 같은 개인적인 문제를 민족의 수난이라는 전체적인 문제와 함께 그리려는 것이 작품의 설정이다."[3]라고 보는 쪽일 것이다. 이 견해는 전자와 달리 작품의 전체 구조를 고려한다는 장점을 지니기 때문이다. 그리고 이 관점에서 보면 "작품 후반부로 갈수록 풍속 소설의 범주에로 전락"한다는 견해는 『탁류』의 전체 구조, 곧 알레고리 구조를 파악하지 못한 데서 기인한 것이라는 사실이 분명하게 드러난다. 조동일은 『탁류』의 소설 기법과 알레고리의 연관을 이렇게 설명한다.

　민족의 처지, 미두장에서 벌어지는 수탈이 먹살이 잡혀 있는 정 주사의 딱한 사정과 안팎을 이루고 있으므로 전체도 보아야 하고 부분도 보아야 한다. 부분만 보는 독자를 위해서는 전체를 조망하는 눈을 열어주고 전체만 막연히 알고 있는 독자를 위해서는 부분을 자세하게 들여다보는 눈을 열어주어야 하기 때문에 전체에서 부분으로, 부분에서 전체로 작가의 사진기가 부산하게 움직이는 것이다.[4]

　이 설명은 기법을 통해 작품의 구조를 읽어낸 점에서 탁월하다. 그러나 작품 첫 부분만 분석했기 때문에 작품 후반부가 풍속 소설로 떨어진다는 주장에 대해서 이 설명은 아무런 대답을 제공해 줄 수 없다. 이와 같은 기왕의 작품 해석들을 종합하면 『탁류』는 전반부는 기막히게 잘 짜여진 알레고리 구조에 근사한 것인데 후반부는 형편없는 멜로드라마가 되고 만다. 이 불균형을 시정하기 위해 작품을 좀 더 꼼꼼히 살피면(그래서 텍스트에서 취상(取象)을 하면) 이 소설의 수평적, 수직적 구조가 드러난다. 많은 사람

---

3) 조동일, 『문학연구방법』(지식산업사, 1982), 94쪽.
4) 앞의 글, 96쪽.

이 주목해 왔던 군산 미두장의 장면이 수평 구조인데 반해 초봉이의 전변하는 운명은 수직적 구조로 되어 있다. (이 수평적, 수직적 구조는 1930년대 초반에 평단의 논란의 대상이 되었던 단편소설 「산동이」에서도 시도된 바 있다.) 그리고 초봉이의 기구한 운명의 변전은 각각의 변화 마디가 대응물을 가지는 알레고리 구조가 되는 것이다. 곧 초봉이의 성의 결합이 일정한 사회 세력의 등장과 관계를 지니는 배치이다. 좀 더 구체적으로 말하면 본남편인 고태수가 저절로 다 망해 가는 대한제국에 비유될 수 있다면, 박제호는 종이 호랑이인 청나라쯤에, 장형보는 극악한 일본 세력에 해당한다고 볼 수 있는 것이다. 이와 같은 성적 결합의 알레고리 구조는 프레드릭 제임슨이 발자크의 『노처녀』를 분석하는 데 사용한 바 있으며 우리 문학에서도 이광수의 『무정』, 박경리의 『토지』, 복거일의 『비명을 찾아서』를 분석하는 데 매우 유용하게 쓰인 바 있다. 그리고 이 알레고리 구조가 한번 확립되면 작품의 모든 요소는 새로운 의미를 지니고 작품의 중심으로 재적응된다. 예컨대 박제호가 자기가 데리고 사는 여자를 순순히 장형보에게 넘겨주는 일이나 계봉이가 남승재를 좋아하는 하면서도 결혼할 의사가 없는 이유, 초봉이가 자수하기 전에 남승재에게 '명일의 언약'을 받는 이유 등등이 납득될 만한 의미를 가지게 되는 것이다.

『탁류』가 알레고리 구조를 지닌다는 사실을 아는 것이 채만식 문학의 재인식을 위해 중요한 이유는 어디에 있는가? 채만식은 『탁류』를 발표한 직후에 『태평천하』를 발표한다. 이때는 1937,8년 어름으로 일제의 발악이 절정을 향해 치달리던 무렵이다. 곧 작가가 문학 행위를 계속해야 할 것인가 말아야 할 것인가를 결정해야 했던 시점이다. 이 선택의 기로에 서 있던 순간에 채만식은 아이러니와 알레고리의 수법을 익히고 있었다. 익히 알려져 있는 대로 아이러니는 "겉으로 나타난 말과 실질적인 의미 사이에 괴리가 생긴 결과"이다. 『태평천하』를 예로 들어서 말하면 겉의 표현은 일제 치하의 현실이 '태평천하'라는 것이지만 실제 의미는 그렇지 않다는 인식이다. 이 아이러니는 보통 말의 아이러니와 극적 아이러니로 구분되는데 채만식의 소설에는 이 양자가 모두 등장한다. 「치숙」 같은 작품은 극적 아이러니로 볼 수 있는 것이다. 뿐만 아니라 채만식의 친일 문학 행위가 시작된 시점의 대표적인 평론으로 거론되는 「문학과 전체주의」에서는 신체제에 협력해야 한다는 이야기를 죽 펼친 다음 작가 자신은 그 논리에 따라 20와트짜리 전등을 끄고 잠을 자기로 결심했다고 적어놓고 있다. 이것은 거룩하고 엄숙한 이야기를 하다가 갑자기 전혀 엉뚱한 이야기를 펼치는 일종의 낭만적 아이러니로서 독자의 쓸쓸한 웃음을 낳게 하는 수법이다. 이것이 우연하게 그렇게 된 것이 아니라는 사실은 비슷한 시기에 발표된 평론 「시대를 배경하는 문학」에서도 똑같은 수법이 사용되었다는 데서 드러난다. 즉 작가들은 "신체제에 순응하는 방향"으로 나아가지 않을 수 없으리라는 이야기를 하던 끝에 기차의 한 좌석에 앉은 일본인 청년이 고단한 잠을 자느라 자신에게 기대는 조선인 노동자 청년을 매몰차게 밀어내더라는 작가의 목격담을 늘어놓고 있다. 이것이 일종의 아이러니 수법이라는 것은 길게 설명하지 않아도 누구나 알 수 있다.

그러나 일제 당국이 눈먼 봉사나 어린아이가 아닌 다음에야 이 수법이 언제까지나 통용될 수는 없다. 작가에게는 일제의 탄압을 이겨낼 새로운 대처 방안이 요구되었던 것이다. 여러 가지 사정상 문학 행위를 포기할 수 없다고 결론 내리고 있던 채만식이 강구해낸 대처 방안은 아이러니의 표면적 발언과 실질적 의미를 각기 다른 글로 분리하는 방법이었다. 예컨대 친체제적인 발언을 담은 글을 발표하는 한편으로 왜 그와 같은 글을 발표할 수밖에 없었는지 그 이면을 밝히는 글을 쓰는가 하면, 친체제 발언과 상치되는 의미를 담은 작품을 동시에 발표하는 수법이다. 일제 말기 채만식의 소설에 사소설적인 경향이나 심리 소설이 나타나는 이유를 여기서 찾을 수 있다. 작가는 이 사소설적인 경향이 문학의 정도가 아니라 "사도(邪道)"라고 인식하면서도 "당분간만 이에 몰두하리라."고 밝히는가 하면 "사도의 길까지 막혀" "최소한의 의식"마저 해결할 수 없는 상황을 이야기하고 있다. 이와 같이 속사정을 이야기함으로써 자기 발언의 의미를 뒤집는 소극적 대응과 함께 채만식은 체제의 논리를 거부하고 정확한 현실 인식을 담보하는 작품을 쓰기도 했다. 이런 종류의 작품에서는 직설법이 불가능했기 때문에 작가는 대부분 고전을 차용하여 패러디하거나 우의적인 수법을 사용하지 않을 수 없었다. 이런 방법을 사용해 창작된 작품으로는 「호 1단」, 「차중에서」, 「삽화」 등의 단편소설과 『배비장』, 『어머니』, 『심봉사』 같은 장편소설이 있다. 이와 같은 사실을 감안하면 일제 말기 채만식의 문학을 올바로 이해하기 위해서는 알레고리 구조에 대한 파악이 필수 요건이 된다. 이 알레고리 구조를 의식하고 살펴보면 채만식의 대표적인 친일 작품으로 거론되는 『여인전기』의 의미조차 다르게 해석할 수 있다. 흔히 『여인전기』의 끄트머리에 나오는 일본군 장교인 임 중위에 대한 긍정적 묘사가 친일의 증거로 들먹거려지지만 이 부분은 작품의 사족이어서 의미를 형성하는 데 별다른 기능을 하지 못하고 그 부분을 떼어내더라도 소설의 완결성에는 아무런 문제가 없다. 임 중위의 묘사는 일종의 입막음 장치에 해당되는 것이다. 다시 말해서 『여인전기』의 작품 의미는 시어머니의 폭압에 의한 여인 수난사라고 할 수 있고, 그것은 바리 공주 이야기와 『춘향전』으로 이어지는 수난 문학의 전통을 잇는 의미를 지니는 동시에 일제의 폭압을 알레고리를 통해 비판한다고 볼 수 있는 것이다.

아이러니와 알레고리 구조에 대한 이상의 언급은 일제 말기에 창작된 채만식의 수십 편에 달하는 장단편소설과 희곡 작품에 대한 기존 문학사의 편견이 시정되어야 할 것임을 말해 준다. 그 작업은 당연히 작가의 문학적 실천에 대한 가치 판단을 포함하지 않을 수 없다. 그렇지만 민족 문학도 문학의 한 가지일 뿐이란 견해와 함께 문학도 민족 생활의 한 부분일 뿐이란 서로 다른 입론이 가능하다는 점을 생각한다면 어느 한쪽의 손을 들어 주는 일이 쉽지만은 않다. 해방 후 친일 문학 행위를 반성한 유일한 소설로 간주되는 「민족의 죄인」에 대해서도 판단은 어렵다. 그것을 구차한 변명으로 치지도외할 것인가 아니면 가치 있는 작품으로 평가할 것인가. 일본 학자 사에구사 도시가쓰(三枝壽勝)는 이 작품의 주인공이 동맹 휴학에서 혼자만 빠져나오려는 조카를 나무라는 마지막 대목이 소설을 맥 빠지게 만든다고 판단한 자신의 느낌을 이야기하면서 그 대목이 필요하다고 보는 한국인 독자들의 "한국적 감수성"을 거론하고 있다. 그렇지만 그것은 감수성의 문제만이 아니다. 거기에는 친일 문제에 대한 일본인과 한국인의 상이한 이해와 함께 작가의 문학적 실천에 대한 사실 판단을 어떻게 내리는가 하는 문제가 관련되어 있다고 보는 것이 온당하다.

채만식은 카프에 가입하지 않은 채 프로 작가를 자임했다. 「산동이」에 대한 논쟁도 그의 독특한 문학관 내지 처신과 긴밀한 관계를 갖는다. 이 소설에서 그는 일제의 감시를 피하여 사회 모순을 표현하는 방법을 찾았다. 그 추구는 그가 소설을 쓰기 시작하면서부터 해방되기까지 20여 년간 지속된 것이었고 그 결실의 한 양태가 아이러니와 알레고리의 방법이었다. 그러나 풍자 문학의 특성 때문에 아이러니의 특성이 일찍부터 관심을 끈 것과는 달리 채만식 문학에서 알레고리가 차지하는 비중은 거의 주목을 받지 못했다. 대표작으로 손꼽히는 『탁류』의 후반부가 풍속 소설로 떨어졌다는 평가가 정설로 굳어지는 속에서 일제 말기에 발표된 채만식의 장단편소설의 알레고리 구조는 관심의 사각지대에 방치되지 않을 수 없었다. 일제의 엄혹한 검열의 눈을 피하면서 문학 행위를 지속하기 위해 작가는 아이러니와 알레고리의 방법을 시험하는 외에 제재를 다루기에 적합한 여러 장르, 양식의 가능성을 타진했다. 채만식의 희곡이 근래에 들어서 주목받는 것은 그의 문학적 실험이 일부분이나마 보상을 받는 것이라고 할 수 있다. 그러나 희곡보다도 훨씬 더 많은 장단편소설의 알레고리 형식은 여지껏 제대로 조명을 받지 못하고 있다. 이것은 작가의 문학적 실천, 생명을 건 투쟁이 빛을 보지 못하고 보상을 받지 못하고 있음을 의미한다.

채만식은 문학을 계속해야 할 것이냐 말 것이냐를 고민하던 시점에서 「패배자의 무덤」이란 작품을 썼다. 이 소설에서 '패배자'는 달려오는 기차에 머리를 부딪혀 스스로 목숨을 끊는다. 시대 상황 때문에 자신이 다니던 잡지사에 사직서를 던지고 나서의 일이다. 그런 의미에서 채만식의 끊임없는 문학적 실험은 끝까지 문학 행위를 지속하고자 하는 노력의 일환이었다고 할 수 있다. 그는 발표가 중단된 작품을 다른 이름으로 완성시키기도 하고 장르를 바꾸어 효과적인 표현의 방도를 모색하기도 했으며 풍자나 알레고리의 방법을 동원하기도 했다. 그러한 갖가지 실험을 통해서 작가는 『탁류』나 『태평천하』, 「제향날」, 「당랑의 전설」 같은 성과를 얻기도 했으나 더 많은 경우는 실패를 맛보았다. 그러나 그가 이룬 성과 가운데 무엇보다도 더욱 값진 것은 어떠한 난관 속에서도 문학을 실천하고 문학을 위해 살아온 그의 문학적 삶 그 자체인지도 모른다.

부정을 통한 긍정적 민족 현실의 모색

채만식과 그의 작품

이주형(경북대 교수)

채만식의 중요성

채만식에 대한 비평과 논문과 서서가 현재 약 500여 편에 이른다고 한다.[1] 그에 대한 본격적 연구는 1970년대에 시작되었으며 이후 가장 각광받는 연구 대상자가 되었다. 그 이전에는 일부 작품만 언급되거나 어떤 현대 문학사 저술에서는[2] 언급조차 되지 않았다. 북으로 간 작가들을 뺀다면 근대 작가들 가운데 가장 후발 연구 대상자라고 할 수 있는데도 짧은 기간에 이만한 연구량이 나왔다는 것은 그의 중요성이 그만큼 크게 인식되었다는 것을 의미한다고 하겠다.

근래의 한 연구자는 첫째, 채만식 문학 세계의 진면목은 아직도 제대로 드러나지 못했다. 둘째, 자료 정리가 미흡하다. 셋째, '풍자 작가'로만 고착되어 채만식의 다양한 측면이 간과되고 있다고 한다.[3] 500여 편의 글이 나

---

1) 이현식, 「채만식은 학문적으로 어떻게 인식되어 왔는가」, 문학과사상연구회 엮음, 『채만식 문학의 재인식』(소명출판, 1999), 225쪽.
2) 조연현, 『한국 현대 문학사』(성문각, 1969).
3) 김홍기, 「채만식 문학 연구의 현황과 과제」, 채만식 문학제 기획위원회 엮음, 『채만식』

왔어도 아직 진면목이 제대로 안 밝혀졌다니 채만식과 그의 문학의 깊이가 어마어마한 모양이다. 진면목을 밝히는 작업은 계속되어야 할 것인데, 채만식에게 많은 관심을 가져온 필자도 '발전적 채만식 연구'라는 과제 앞에서 어려움을 느끼고 있다. 과거의 특정 연구물들이 '권력화'되는 것을 경계해야 한다는[4] 말도 사실상 채만식 연구가 큰 난관에 봉착할 정도로 나아가 있는 현실을 반영해 준다.

여기서는 일단 지금까지의 필자의 생각과 통설이라고 할 만한 것들만을 수용하는 범위에서 머물기로 하겠다. 채만식의 자료 정리는 『채만식 전집』에서 빠진 몇몇 글들이 발굴된 지금쯤은 그리 큰 문제가 되지 않으리라고 본다. 기존 연구물의 '권력화'를 경계하며 새로 시도되는 연구들의 임무는 결론의 차별성을 분명히 드러내 보이는 것일 것이다. 동문들, 혹은 동세대 연구자들의 논문만을 읽거나 인정하는 것도 '권력화'의 길이다. 최근 연구에서 두드러진 점은 채만식에 대한 과거의 긍정적 평가의 편향성을 비판하며 부정적 측면의 평가에 적극적 관심을 갖는다는 점이다. 부정적 평가의 요체는 작품 속에 나타난 역사적 전망의 추상성 혹은 허약성과 채만식의 대일 굴종에 대한 적극적 평가이다. 이 두 가지는 일찍부터 논의되고 밝혀진 것이지만 문제는 채만식(문학) 전체에서 그것들이 가지는 비중을 어떻게 보느냐 하는 것이다. 긍정적 측면의 비중과 부정적 측면의 비중 사이에 균형을 잡아주는 것이 중요할 것이다.

채만식 연구의 대부분은 1970년대에서 1980년대에 이루어졌다. 이 시기에 채만식이 이렇게 많은 연구의 대상으로 떠오르게 된 이유는 무엇인가? 그것은 채만식이 살았고 또 작품에서 다루었던 시대에 대한, 그리고 채만식의 역사와 현실 인식에 대한 관심의 고조에 가장 큰 원인이 있었다고 본다. 이 관심의 고조는 바로 1970년대에서 1980년대의 당대적 상황과 맞물려 있다. 채만식의 시대에서 당대의 얼굴을, 채만식의 발언 속에서 당대 지

(대산문화재단, 2000), 30~32쪽.
4) 이현식, 앞의 글, 같은 쪽.

식인의 긍정적 표상을 떠올릴 수 있었기 때문이다. 물론 그의 문학적 기법도 중요한 문제로 인식되었지만 좀 더 부수적인 것으로 다루어졌다. 이 시대에는 채만식의 긍정적 부분에 대한 박수치기에 치우쳤던 것이 사실이라고 본다. 1990년대에 와서는 채만식 속에서 당대적 의미를 발견하고자 하는 열기는 당연히 식을 수밖에 없었고 과거의 박수치기가 동조의 대상이 될 수 없었다.

채만식은 1902년에서 1950년(한국전쟁 발발 며칠 전)이라는 민족적 고통의 시대만을 살다가 갔다. 일찍 죽지도 않고 오래 살지도 않아서 나쁜 세상은 거의 다 보고 좋은 세상은 전혀 보지 못한, 많지 않은 사람들 중 하나다. 그리고 고통의 시대에만 산 사람답게 고통만을 말하다가 갔다. 그는 그러한 시대에서 비켜나 살지 않고 맞서면서 살았다. 바로 그것이 오늘날 500여 편의 연구물을 낳게 했다. 그는 작가로서만 살지 않았다. 그보다 오히려 식민지 조선의 지식인으로서의 삶을 더 중시했다. 그는 민족 현실에 대해 끊임없이 고뇌하며 지식인으로서의 자신을 돌아보면서 쉬지 않고 작품을 썼다. 그래서 그는 중장편 15편, 단편 70여 편, 희곡, 촌극, 시나리오, '대화소설' 30여 편, 문학 평론 40여 편, 수필, 잡문 140여 편을 남겼다. 시는 소설을 쓰다 실패하는 사람이 쓰는 것이기 때문에 쓰지 않고, 다른 장르의 작품은 모두 썼다. 근대 작가로서 이광수, 염상섭, 김동인과 더불어 가장 많은 작품 양을 남긴 사람의 하나였다. 이 많은 양만으로도 그는 이미 중요한 인물일 수밖에 없다. 그러나 그보다 더 그의 중요성을 높인 것은 그의 치열한 지식인 의식과 작가로서의 노력이었다. 그에게 글쓰기는 '작품 행동'이었다고 할 수 있다. 그는 자신이 산 시대의 '공적 쟁점'들을 구상화했고 그런 작품을 통해 그 시대의 실상을 오늘의 우리들에게까지 알려주었다. 그는 작품에서 하나의 관찰자로 남아 있지 않고 시대의 공적 쟁점에 대해 적극적 참여 의식을 가지고 있었다. 대상에 대해 분석 비판하고 정도에 대해 구상하려 했다. 때로는 자연주의자처럼 때로는 세태 소설가처럼 보인 적도 있지만 그것은 일시적이고 부분적이었다. 그는 리얼리즘 작가로 자신을 지켜나감으로써 식민지 지식인으로서의 자기 역할을 수행하려 했다.

그의 중요성은 그만의 소설적 기법들을 만들고 실천해 보인 데도 있다. 풍자가 역시 그의 최장기로서 『태평천하』는 식민지 시대 유일의 '풍자로 통일된' 완전한 풍자 소설이다. 그 밖에도 여러 기법들을 실험하면서 '대화 소설' 같은 형태도 만들어냈다.

그의 개인사도 중요성을 지닌다. 그것은 개인만의 특수한 것이 아니라 식민지 지식인 삶의 전형적 모습을 지녔다는 점 때문이다. 그는 조선 말기의 어느 시점에서 몰락한 잔반의 후예로서 평민 부농의 아들로 태어나 집안의 경제적 파탄까지 맛보았고, 농촌과 경성과 동경을 잇는 식민지의 공간을 두루 체험했으며, 중앙고보와 조도전대학 부속 제일고등학원 문과로 이어지는 고등 교육을 받았다. 조혼을 하고 뒤에 아내를 버린다든가 고등 교육의 보상을 받지 못한 채 궁핍 속에서 고통받고 신문사나 잡지사 같은 불안정한 직장을 떠돌아다닌다든가 하는 것은 이 시기 많은 지식인들의 실제이기도 했다. 민족 현실에 대해 고뇌하면서 저항에서 흔들림으로, 그리고 대일 굴종으로 떨어지기도 했는데 이 역시 많은 식민지 지식인의 모습이기도 했다.

채만식 문학의 기본 구도

"문학을 고려자기나 사군자와 같이 치는 사람이라면 몰라도 문학이 작으나마 인류 역사를 밀고 나가는 한 개의 힘일진대, 한인(閑人)의 소장(消長)거리나 아녀자의 완롱물에 그칠 수는 없는 것이라고 나는 목이 부러져도 주장하는 자"라는 채만식의 말은 그의 작가적 자세와 문학관을 천명한다. 작가는 예쁜 예술품 제작자이기 전에 지식인이어야 하고 작품은 역사를 밀고 나가는 힘이 되어야 한다는 것으로, 그는 글에서 이를 꾸준히 실천했다. 이것은 결국 식민지 지식인으로서의 역할 인식에서 오는 철저한 현실주의적 문학관이다.

그의 작품에서 일관되는 제재는 민족 현실과 역사의 문제였다. 그는 험난한 시대에만 살아서 부정적인 현실만을 체험할 수밖에 없었다. 그런 그로서는 현재에 대해서는 매우 부정적이었고 부정적인 것을 그려내는 데 익숙할 수밖에 없었다. 체험하지 못한 긍정적인 것을 쓰는 것은 허구이자 기만일 따름이다.

그의 작품 세계의 기본 구도는 부정에서 출발하여 긍정의 모색으로 끝나는 것이라고 본다. 이 부정 의식은 현실에 대한 '탁류' 의식과 저항 의식에서 나왔다. 식민지 및 해방 공간의 현실은 '탁류'의 세계일 수밖에 없었다. 그러나 그는 미래에 대해서는 긍정적 믿음을 가지고 있었다. 작품마다 그는 씻겨나가야 할 구체적인 부정적 양상을 그려나간다. 그는 "부정면을 통하여 기실 긍정면을 주장하기 위해서"라고 했다. 그가 그린 부정면의 반대적 양상이 곧 긍정면이 된다.[5] 부정면의 소멸을 통해 긍정면들이 생성되고 마침내 청류(淸流)가 흐르는 사회가 도래할 것이라는 것이 그의 작품 구조가 가지는 논리이다. 숫자 면에서는 부정적 양상만을 그린 작품이 주류를 이루지만 부정면의 양상과 함께 긍정면 생성의 싹을 보여주는 작품도 많다. 『탁류』, 『태평천하』, 「패배자의 무덤」, 「도야지」, 「낙조」, 「소년은 자란다」 등 그의 중요 작품들이 그러하다. 첫 작품 「과도기」는 부정으로 가득 찬 작품이고 마지막 작품 「소년은 자란다」는 긍정적 전망을 보이는 것으로 끝난다. 일부 작품들은 허무주의나 대일 굴종을 드러내기도 하지만 그의 작품 전체를 보면 부정에서 출발한 긍정에의 귀착 구도라고 생각한다.

부정의 대상이 되는 것은 개인적이고 우연적인 것이 아닌, 민족적, 사회적 의미를 지니는 것들로 일제, 일제의 정책, 봉건적 인습, 반민족적이고

---

5) 1948년 10월 5일 기필하여 조금 쓰다가 중단한 유작으로 「청류」가 있는데, 「패배자의 무덤」의 두 남매 '경순'과 '경호'가 등장하는 것으로 시작된다. 제목과 시작으로 보아 '패배자'가 사라진 후에 도래하는 맑은 세계에 대한 구상을 그려내려고 한 것으로 생각한다.(≪현대 문학≫, 1986년 11월호 수록)

반사회적 가치나 인물, 현실 극복을 포기하거나 방법을 오판한 지식인들 등 매우 다양하다.

그는 부정을 위한 소설적 기법도 다양하게 모색했다. 그 기법으로는 먼저 정면적 묘사가 있는데, 1930년대 초기의 단편들에서 이런 기법을 취한 작품들이 많다. 다음으로는 우회적 기법 즉 풍자, 역설, 반어, 희화, 과장 등이 있다. 1930년대 후기 이후에 이런 기법들이 많이 쓰였다. 세 번째로는 장르적 형식 변화가 있다. '대화 소설', 촌극, 희곡 등의 형식을 취한 작품들이 많았다. 이러한 다양한 기법의 모색을 통해 그는 대상의 예술적 부각, 독자의 흥미 유발, 검열 통과 등 여러 가지 성과를 얻을 수 있었을 것이다.

작품에 나타나는 부정면 극복, 즉 긍정면 생성의 주체는 부정 대상이 된 집단 속에서 자생하는 새로운 세대의 새로운 힘이다. 『태평천하』의 종학, 『탁류』의 계봉, 「패배자의 무덤」의 종택의 아들, 「도야지」의 문태석, 「낙조」의 박영춘, 「소년은 자란다」의 영호 등이 예가 된다. 채만식은 기성 세대에 대한 불신과 신세대에의 믿음을 분명히 드러낸다. 그러나 이 부정면의 극복 논리는 허약하다. 이 세대가 어떤 논리적 바탕 위에서 어떻게 청류의 시대를 도래시킬지가 드러나지 않는다. 그들이 그렇게 할 것이라는 믿음만 보였을 뿐 그들의 이념이나 논리나 행동이 그려져 있지 않다. 채만식은 이런 점에서 "역사적 진로에 대한 확고한 전망과 역사적 주체에 대한 파악은 이루어지지 못하"[6]고 있다는 지적을 피할 수 없다.

채만식의 이념적, 계급적 기반은 확고하지 못했고 어떤 정치적 혹은 혁

---

6) 김재용, 「세계 질서의 위력과 주체 부재의 저항」, 문학과사상연구회 엮음, 앞의 책, 172쪽. 채만식 문학에서의 현실 부정의 현상에 대해 그것이 "현실에 대한 패배주의적 시각에서 비롯한 것"(최현식, 「문학가의 이상과 생활인의 비애」, 문학과사상연구회 엮음, 앞의 책, 209쪽)이라는 주장도 있고, 또 풍자와 아이러니에 대해 "반성적 환멸의 상태에서 행해지고, 그래서 부정면이 지나치게 전경화되어버린 나머지 그 안에 담긴 식민지 현실과 타락한 근대의 극복 의지 같은 '미래의 기획'마저도 상당히 잠식하게 된다."(같은 글, 같은 쪽)는 비판도 있다. 모든 작품에 대해 획일적으로 그렇게 말하기는 어렵다.

명적 구상은 갖고 있지 않았던 것 같다. 어떤 단체나 조직에 참여하지도 않고 현실과 자신에 대해 혼자 고민한 사람이었다. 그는 사회주의자는 아니었다고 할 수 있다. 카프에도 문맹에도 가입하지 않았고, 작품에서 노동자, 농민 등 무산계급의 힘과 그에 대한 믿음을 그려내지도 않았다. 1930년대 초 카프 비평가들로부터 비판받은 것처럼 그의 작품에선 고통받는 노동자, 농민의 모습이 그려지기는 하나 매우 제한적이다. 자신의 농민 소설들에 대해 "사이비 농민 소설"이라고 스스로 비판했거니와 실제로 그는 계급적 상황하의 농민 투쟁을 그리지는 않았다. 사회주의는 현실 극복의 한 방법일 수 있다는 입장으로 그를 수용하기는 했지만 그 자신이 사회주의를 신봉하고 그를 따라간 것은 아니었다.

채만식 소설의 시기 구분과 전개 양상

채만식 소설의 전개는 그 기준에 따라 여러 단계로 구분해 볼 수 있다. 최근의 예를 보면 수련기(등단부터 1933년까지), 전성기(1934년부터 1938년까지, 즉 「레디메이드 인생」에서 「치숙」까지), 동요기(1938년부터 1945년까지, 「소망」 이후), 해방기로 나누는 경우가 있고,[7] 채만식의 '사회주의 이념의 전환'을 기준으로 1934년 전후, 1938년 전후, 해방 후로 나누는 경우도 있고,[8] 자전적 요소의 개입 정도에 따라 '사소설'의 존재를 기준으로 1단계(1923년부터 1939년까지의 '객관' 소설 지향 시기), 2단계(1940년부터 1945년까지의 갑작스러운 '주관' 소설의 활성화 시기), 3단계(1945년부터 1950년까지, '객관' 소설 지향 시기)로 나누는 경우[9] 등이 있다. 첫 번째 경우, 시기 구분의 작품 내적 기준이 좀 더 분명했으면 하는 아쉬움이 있고 두 번째와 세 번째 경우는 채만식 소설에서의 사회주의와 '사소설'의 비중을 너무 확대

---

7) 이선영, 「창조적 주체와 반어의 미학」, 문학과사상연구회 엮음, 앞의 책.
8) 하정일, 「채만식 문학과 사회주의」, 위의 책.
9) 방민호, 「채만식 문학에 나타난 식민지적 현실 대응 양상」, 서울대 박사 논문, 2000.

평가했다고 생각한다. 채만식의 작품에서 사회주의를 드러냈다고 말할 수 있는 작품의 비율과 그 작품들 내에서 사회주의 이념의 비중이 과연 어떻게 되겠는가가 검증되어야 할 것 같다. 세 번째의 경우 아홉 편의 '사소설'이 가지는 비중, 그리고 제1단계의 그 긴 기간의 여러 다양한 양상들을 한 단계로 묶는 것이 무리가 아닌가 하는 점을 다시 검토할 필요가 있다. '사소설' 중 세 편은 유고로 남고 한 편은 해방 후에 발표되었다는 점도 고려해야 할 것이다. 세 경우 모두 각 시기별 소설의 내적 특성과 시기 사이의 소설 내적 변별성을 분명히 드러내주는 더 좋은 시기 명칭이 제시되었으면 하는 아쉬움을 느끼게 한다. 채만식 문학의 내적 흐름을 잘 파악해냄으로써 각 시기의 많은 작품을 아우를 수 있는 명칭을 부여해야 하는데 사실 참으로 어려운 일이다. 필자는 채만식 소설에서의 부정의 양상들이 시기에 따라 달라진다는 점을 기준으로 그의 작품 전개의 시기를 5기로 나누어보았다. 1기로는 1923년부터 1927년까지의 '부정 의식의 출발기', 2기로는 1928년부터 1933년까지의 '부정적 현실 사생기', 3기로는 1934년부터 1938까지년의 '부정 논리의 확대와 심화기', 4기로는 1939년부터 해방까지의 '부정 의식의 잠행기', 5기로는 해방부터 1949년까지의 '해방 현실의 증언기' 등이다. 스스로 만족스럽지 못하게 생각하고 있지만 좀 더 적절한 구분과 명칭을 계속 모색해 나가기로 하고 이 시기 구분에 따라 특징적 중요 사항을 적시하고자 한다.

제1기: 1923년~1927년

이 시기는 습작기 정도로 볼 수 있다. 당시 발표작은 소설 두 편이고 희곡 한 편은 유작이다. 주목할 만한 작품은 미발표 처녀작 「과도기」인데, 부정의 양상은 이 작품에서부터 강하게 나타난다. 주인공들은 반항적 혈기의 동경 유학생들로 그들이 처한 환경과 그에 대한 불만으로 방황하고 있다. 당시 채만식 자신의 모습을 여러 작중 인물들 속에 투영해 놓았다. 방황하는 젊은 지식인, 반민족 행위자, 전통적 인습, 일본인, 모리배 등 당시 많은 현상들이 부정의 대상으로 등장한다. 이때의 부정 의식은 정제되지 않고 감정적 수준이며 사건을 통한 구상화보다는 직설적 독백이나 공상이 장황하게 기술되고 있다. 다른 작품들은 문제의식의 부재 등 주목할 만한 부분을 보이지 못하고 있다.

제2기 : 1928년~1933년

본격적인 작가 활동이 전개된 시기로 채만식의 문제 인식과 소설적 정제 능력이 제1기보다는 분명히 한 단계 향상되었다. 당대적 중요 문제들을 분명하게 파악하고 이를 구상화시키고 있다. 그러나 아직도 성숙도는 불충분하다고 할 수 있으니 문제 인식이 단편, 단면적이라 할 수 있고 표현 역시 직설적이고 소박하다고 할 수 있다. 「생명의 유희」에서부터 계급 의식에 기초하여 빈자의 부정적(궁핍한) 현실을 그려내고 있다는 점도 1928년을 기점으로 시기를 나누는 이유가 된다. 이 시기 작품들에서는 계급 의식의 직설적 표현이 많고 거의 모든 작품들의 길이가 짧다. 짧은 만큼 작품 수는 매우 매우 많은데, 희곡과 '대화 소설' 및 촌극이 20편 정도, 단편이 12편 정도 그리고 장편이 1편이다. '대화 소설'은 채만식의 독특한 형태로서 지문 없이 대화로만 이루어져 있으면서 희곡과는 달리 서두에 인물, 시대, 장소 제시가 없고 막이나 장의 구분이나 무대 지시문도 없다. 다만 단락마다 장소 표시를 한다. 이 시기에 가장 중요한 부정 대상은 농민 현실로 「농민의 회계 보고」, 「부촌」, 「미가 대폭락」 등 그것을 다룬 작품이 가장 많다. 「산적」, 「두부」처럼 인텔리의 궁핍상이나 「감독의 안해」처럼 노동자의 현실, 「간도행」처럼 유이민의 현실 등도 부정의 대상이 되었다. 장편 『인형의 집을 나와서』는 '자유'를 찾아 나서는 여주인공을 통해 가정적 관습, 여성 해방 문제, 계급 문제, 노동 문제 등을 제기하고 있으나 소설적 성취도와 작가의 관점 정제에서는 한계를 보인다.

제3기 : 1934년~1938년

이 시기에 와서 채만식의 현실 인식의 심도와 예술적 성취도는 그의 수준에서는 최고에 도달한다. 작품의 길이도 길어지고 '대화 소설'이나 촌극 같은 짧은 글도 사라진다. 부정의 대상도 더욱 확대, 다양화되었고 시각도 다면화, 거시화되었으며 부정의 논리는 심화되었다. 작품 기법도 다양하고 세련되었으며 어휘 구사도 풍요롭다. 관념의 직설적 표현 대신 풍자의 기법을 많이 활용했다. 이 시기의 「레디메이드 인생」, 『탁류』, 『태평천하』, 「치숙」은 채만식의 대표작들이라 할 수 있을 뿐 아니라 우리 근대 소설사에서도 대표작의 반열에 올릴 수 있을 것이다. 이 작품들은 식민지 시대 현실을 전면적으로 부정하는 데서 시작과 귀결을 보인다.

구체적인 부정의 대상을 든다면 「레디메이드 인생」처럼 인텔리를 둘러싼 현실, 「정거장 근처」처럼 금광과 그 주변의 빈민 현실, 「동화」처럼 공장 부녀자의 노동 착취 문제, 「치숙」처럼 무식층의 노예적 현실 순응 양상, 『탁류』처럼 도시 하층민 현실, 『태평천하』처럼 반민족적이고 반사회적인 천민 유산층 등이 있다. 특히 『태평천하』의 판소리식 풍자 기법이나 「치숙」 및 「소망」의 이중 반어적 우회 표현 기법 등은 채만식의 예술적 성취도를 크게 돋보이게 한다. 「소망」은 사회주의를 지키면서 저항을 포기하지 않는 인물을 내세우고 있는 「치숙」과는 달리 현실과의 정면 대결을 포기하고 미친 이 행세를 하는 주인공을 그리고 있다. 그 점에서 채만식의 허무 의식 혹은 의식의 동요를 나타냈다고 보아 「치숙」과 다른 시기의 작품으로 분류하기도 하는데[10] 그러한 점이 있기도 하지만 그 역시 「레디메이드 인생」에서 연속되는 현상을 그린 것으로 볼 수도 있고 1938년 작이라는 점도 있어 이 시기 작품의 끝으로 잡는다. 「소망」의 경우도 저항의 한 형태를 보인다고 할 수 있다.

---

10) 예로 앞의 이선영, 하정일의 두 글이 있다.

제4기 : 1939년~해방

1939년을 새로운 시기의 시작으로 잡는 것은 이해에 채만식이 독서회 사건으로 '관제'를 당함으로써 동요의 계기를 가지게 되었고,[11] 이해의 작품 「패배자의 무덤」이[12] 「소망」의 주인공과 똑같은 지식인이 죽어 없어진 후의 모습을 그리고 있기 때문이다. 「소망」의 주인공은 그래도 미약한 저항이나마 하면서 죽지 않고 살아 있다. 「패배자의 무덤」에서 시대와의 대결에서 견뎌내지 못하고 자살한 인물을 내세운 것은 이 시대가 지식인이 죽은 시대이며 작자 자신도 이제 더 이상 부정 의식이 깨어 움직이는 지식인으로는 살 수 없게 되었다는 것을 나타낸 것으로 보인다. 일제가 식민지 법과 무력의 양자택일만을 요구한 이 시기의 현실("마호메트"가 "코란과 또한 가지 다른 명물"의 선택을 요구한 것으로 작품 내에 표현)에서 채만식은 의식의 방황을 거쳐 대일 굴종으로 나아갔다. 1939년의 장편 『김의 정열』에서는 현실에 굴종하며 살아가는 시정인들이나 지식인들의 몰락상을 관찰자적 시각으로 그려냈다. 작중 인물들이나 작자 자신에게 현실에의 저항과 극복은 불가능한 일로 인식된다. 현실을 '수리'할 뿐 거의 다 버팀의 세계는 없다. 이 작품은 은봉아의 죽음이라는 미약한 플롯이 있기는 하나 세태소설 쪽으로 나아가 있다. 여기서 작자의 부정 의식은 작품의 표면으로부터 먼곳에 물러나 잠행하면서 부정면을 향해 나아가는 세상 모습을 은근히 즐기고 있다. 이후 현실에 환멸을 느끼며 방향 감각을 상실해 가는 채만식은 「상경 반절기」, 「선량하고 싶던 날」 등을 통해 자신의 주변에서 보이는 조선인들의 생태에 짜증을 드러내기도 하고,[13] 「냉동어」, 「종로의 주민」 등

---

11) 방민호, 앞의 논문, 24쪽. 여기서 '관제'를 당한 것이 채만식 자신은 「민족의 죄인」에서 1938년이라고 하나 그것은 잘못된 기억이고 사실은 1939년 초였던 것을 수필 「액년」을 근거로 밝혔다. '관제'의 기간은 실제로 그리 길었던 것 같지는 않다. 1939년 작품 목록을 보면 그해 1월에서 2월 사이의 어느 길지 않은 기간에 잠시 집필의 공백이 있지 않았는가 한다.

12) 이해 발표된 첫 작품으로는 「정자나무 있는 삽화」가 있으나 이는 《농업 조선》 1월호에 실린 만큼 그 전해에 쓴 것으로 보인다.

으로 현실의 낙오자가 된 지식인들을 그려서 불모지적 현실을 냉소하기도 하고 신변잡사를 다룬 「집」 등의 '사소설'로 한동안 빠져들기도 하다가 마침내 「여인 전기」서 대일 굴종이라는 지점에 들어갔다. 이때 그가 '자본주의의 초극'을 '신체제'를 선택하는 논리로 가졌을 만큼 신념이 있었다고 할 수 있을지는 의문이다.

제5기: 해방~1949년

이 시기에 그는 한편으로는 과거의 흔들림과 굴종을 스스로 비판함으로써 자신의 작품 활동의 논리적 입지를 찾으면서 다른 한편으로는 완숙한 솜씨로 당시의 부정적 현상을 날카롭게 그려내며 자신의 의지를 적극적으로 드러낸다. 「민족의 죄인」은 해방 후 문인들이 보인 자기 비판의 대표적 작품으로서 채만식 자신의 과거 과오를 절대적, 상대적 맥락으로 해명하고 비판하며 현재의 자세를 간접적 방식으로 표출했다. 자기 비판과 변명이 곤혹스럽게 표현되고 있는데, 이 작품에 대해서는 비판적 관점과 수용적 관점이 있다. 그는 결국 좋은 작품을 써서 자기 과오의 빚을 갚고자 했다. 이 시기 그는 좌우 어느 단체나 이데올로기에 편입되지 않고 진보적 중간파로 남아 과거의 부정 의식을 복원하고 심화시켜 주로 풍자적 기법에 기대면서 「미스터방」, 「도야지」, 「맹순사」, 「낙조」 등을 통해 당대의 온갖 추악한 '도깨비'들을 들춰냈다. 그는 당대 현상만을 보는 데 그치지 않고 「늙은 극동 선수」, 「아시아의 운명」 등을 써서 우리 역사의 맥락을 짚어보려는 노력도 한다. 작품 속에서 그는 당대 보수적 우파에 대해서는 아주 부정적이었지만 좌익의 논리를 지지하지도 않는다.

「소년은 자란다」가 그의 마지막 작품인데 해방 전후의 민중 수난사를 그리면서 새로운 시대의 도래에 대한 염원을 표했다. 「낙조」에서는 남침, 북

---

13) 이 작품들은 무질서 등 '민족 근성'에 대해 환멸감을 나타내 반민족적인 작품으로 비판 받기도 하는데, 논리성은 약하고 혼자 즉감적인 '짜증'을 표출한 데서 끝나는 작품이다. 모두 발표되지 않고 묻혀 있었던 것이 뒤에 발견된 경우이다.

침의 동족상잔 가능성을 경계한 바 있는데, 그 중요성은 당대에 거의 주목 받지 못했던 것 같다.

맺는 말

채만식은 우리 근대 작가 가운데 민족 현실과 관련하여 가장 깊고 긴 지식인적 고뇌를 보인 사람이라 할 수 있고, 또 그 고뇌를 모두 문학적 성취로 연결시켜 놓은 사람이라 할 수 있다. 그는 자신이 산 시대의 부정적 현실에 대해 부정 의식으로 대결해 나가려 했다. 때로는 허무주의로, 때로는 대일 굴종으로 나아가는 굴곡도 겪지만 결국 제자리로 돌아왔다. 일제 강점 시대 말기에 그는 논리야 어떻든 '살기 위한' 글을 썼지만 해방 후에는 죽기 위해 글을 쓴 셈이다. 병든 몸으로 눈치 보며 요령 있게 살아야 할 시기에 무엇을 위해 현실과 싸움을 벌이는 열다섯 편의 장단편소설을 썼을까? 먹는 것 때문이었을까? 이 시기의 글쓰기만으로도 그는 지식인으로서, 작가로서의 할 일을 다한 모범적 인물이라 평가할 수 있다.

그가 선택한 작품의 기본 구도는 부정면을 통한 긍정면의 모색이었다. 그의 작품들은 대부분 현실 반영에 충실하면서도 적극적 작가 의식을 담고 있다.

그는 물론 현실 대응의 구체적 방법 제시에서는 추상성을 보였다. 이 점이 그의 대일 굴종과 함께 크게 비판받는 부분이다. 역사 주체의 문제에서도 모호성을 보였다. 사회주의에 대해서 호의를 보이기는 했지만 분명한 지지를 보낸 것은 아니었다. 그의 작품에서는 민중성은 매우 약하다. 현실 극복의 주체로서 그는 민중에 대한 믿음은 갖지 못했다. 그의 작품에서 노동자, 농민 등 민중층이 가끔 나오기는 해도 그들의 현실 극복 주체로서의 의지와 능력이 그려지지는 않는다. 오히려 그들은 종종 부정의 대상으로 부각된다. 『탁류』의 거의 모든 하층민들에 대한 부정은 대표적이다. 해방 후의 경우 「논 이야기」도 한 생원으로 대표되는 농민 그 자체에 대해서는 부정적이다. 혼자 써서 보고 만 작품이지만 「상경 반절기」 등에는 민중에 대한 혐오감이 두드러져 있다. 그는 "개와 무식한 자"를 제일 싫어한다고도 했다. 그렇다면 그는 어떤 역사 주체를 상정하고 있었을까? 그의 작품들에서 제시된 긍정적 젊은 세대들의 공분모는 무엇인가? 분명하지 않다.

이런 한계는 있지만 그는 자기 몫을 충분히 했다. 그는 정치가도 아니고, 민족 해방 투쟁의 실전선상에 선 사람도 아니었다. 문학 연구자들은 흔히들 작가들에게 너무 많은 것을 요구한다.

무엇보다도 정도를 가고 있지 않은 역사와 사회 앞에서 지식인들이 무엇을 어떻게 해야 할 것인가에 대해 긍정적, 부정적 양면에서 커다란 교훈을 일깨워주고 있다는 점에서 오늘 우리가 채만식을 논하는 가장 큰 의의를 찾을 수 있다고 생각한다.

발굴작을 통해 본 채만식 소설의 새로운 지형

손정수(문학평론가)

작가와 작품의 존재 방식

작가론의 대상으로서의 '작가'는 현실 속의 인간으로서의 작가와는 구분되는 측면을 갖는다. 이 경우 작가는 텍스트와 현실의 경계 위에 서 있는 존재라고 할 수 있기 때문이다. 그러하기에 한 작가의 생애를 기록한 연보에서는 그가 창조한 작품들의 근원의 흔적들로 구성된 작가적 생애에 대한 기술이라는, 한 인간이 걸어온 자취를 기록한 일반적인 성장의 일대기와는 구분되는 형태를 취하게 된다. 그가 태어난 출생지, 그가 수학한 학교, 그가 다닌 직장 등이 그의 작품에 접근하는 통로 역할을 할 수 없다면 그의 삶의 이력이란 그저 텍스트 바깥의 사실에 지나지 않을 것이다. 근대 소설이 근본적으로 현실과 허구의 경계에 자리 잡은 의식의 산물임을 고려한다면, 소설 텍스트와 작가의 관련은 제작자와 제작품의 관계를 넘어서는 특수한 의미를 갖는다. 이 지점에서 작품을 창조한 신적 지위에 놓였던 작가가 지속적으로 현실 속의 의미를 부여받으면서 새로운 존재로 갱신되어 가는 유기적 존재로서의 작품에 종속되는 일종의 역설적 장면이 발생한다. 이렇게 본다면 작가론의 대상으로서의 작가는 궁극적으로 해석의 산물이라고 할 것이다.

이러한 맥락에서 본다면 한 작가의 작품들로 이루어진 세계는, 설혹 그 작가의 인간으로서의 삶이 종료되었다고 하더라도 결코 고정된 실체일 수 없다. 한 작가의 작품 세계는 시간적 과정의 변화 속에서 새로운 의미 부여를 통해 끊임없이 변화하고 있으며 여기에 수반하여 작가 또한 작품에 부여된 의미에 따라 생멸과 성쇠의 고락을 겪는 비실체적인 존재로 거듭난다. 이러한 사실은, 가령 월북 작가들의 작품이 역사 속에서 사라졌다가 새롭게 조명받는 시간적 변화의 과정에서 그 작가의 존재 또한 현실로부터 잊혀지고 혹은 다시 새롭게 존재성을 얻는 상황을 떠올려본다면 어렵지 않게 이해할 수 있을 것이다. 이 경우에 있어서도 작품의 존재는 작가의 존재에 선행한다.

그렇다면 한 작품의 새로운 발견은 어떤 의미를 갖는가. 그것은 우선 작품 세계에 새로운 영역을 부가한다. 그러나 거기에 그치는 것은 아니다. 새롭게 부가된 영역은 상호 관련의 체계를 이루고 있는 기존의 작품 세계의 지각 변동을 일으키고 그로 인해 작품 세계의 의미망을 전체적으로 변화시키기에 이른다. 말하자면 새로운 작품의 발견은 작가론의 새로운 판본을 요구하고 있는 것이다.

채만식의 새로운 발굴작에 대해

최근 지금까지 알려지지 않았던 채만식의 초기 소설 네 편이 소개된 바 있다.[1] '화서(華胥)'라는 필명으로 발표된 「박명」, 「순녜의 시집살이」, 「수돌이」, 「봉투에 든 돈」 등 네 작품이 바로 그것이다. 이 소설들은 「세 길로」, 「불효자식」 등과 「산적」, 「그 뒤로」, 「병조와 영복이」, 「앙탈」, 「산동이」 등의 사이에 자리 잡고 있다.(여기에 덧붙여 1923년 작으로 추정되는 「과도기」

---

1) 손정수, 「채만식의 미발굴 소설 네 편에 대해」, 《현대문학》, 2002. 6, 146~155쪽 참조.

와 1928년 5월 29일 작으로 되어 있는「생명의 유희」등의 유고가 있다.)

위의 작품들이 채만식의 것이라고 판단할 수 있는 근거로는 첫째, ≪혜성≫ 1931년 9월호에 실려 있는「조선 문인의 푸로엘」이라는 글의 채만식 항목에서 그가 이전에 '화서'라는 호를 사용했다는 언급이 직접적으로 나오고 있는 점, 둘째, 이와 관련하여 채만식이 1930년에서 1933년까지 개벽사에 근무했고 그 시기 동안 개벽사에서 발행되던 ≪별건곤≫과 ≪혜성≫ 등의 잡지에 활발하게 작품을 발표하고 있었으며 소설 이외에도 여러 필명으로 이들 잡지의 많은 부분을 메우고 있었기에 ≪혜성≫에 사실과 부합하지 않은 채만식의 정보가 실릴 가능성이 희박하다는 점, 셋째, ≪동아일보≫에 실린「순녀의 시집살이」와「박명」등의 작품은 채만식이 동아일보사에 재직하던 시기에 씌어진 것이리는 점, 넷째, 스토리 구소와 어휘의 사용에서 보이는 특징적 양상이 채만식의 다른 작품과의 관련을 설명해 주고 있다는 점 등을 들 수 있다.[2]

---

2)「박명」,「순녀의 시집살이」,「봉투에 든 돈」,「수돌이」등에 나오는 특징적 어휘들은 예외 없이 채만식의 다른 작품, 특히 1930년대 중반 이후의 작품들에 등장한다. 다음과 같은 특징적인 어휘들이 그 근거로 제시될 수 있다.
(1) "그는 새로운 남편도 먼저의 남편과 그 용모로부터 모든 <u>범백</u>이 꼭 같아야만……."(「박명」)
"용택이가 <u>범백</u>을 통솔하며 처리하고, 부인 강씨가 가끔 더러 의견을 말하고……."(「사호일단」)
"<u>범백</u>을 그렇게, 마지막 솥단지 하나 붙이는 것까지도 가형이……."(「집」)
(2) "어린 계집애 하나를 사정없이 <u>잔채질</u>하고 있었다."(「순녀의 시집살이」)
"영주는 아이를 방으로 끌고 들어가서 활씬 벗겨놓고 피가 흐르도록 <u>잔채질</u>을 했다"(「명일」)
(3) "사납기로는 둘째가라면 서러워할 만한 여우 같은 시누이, 그중에도 <u>강짜</u>(嫉妬)-이 틈에서 순녀는 시집살이를 하였다."(「순녀의 시집살이」)
"그게 노총각의 히포코테리로 생기는 <u>강짜</u>다! 처녀가 늙으면 히스테리가 생겨가지구 괜히 <u>강짤</u> 하듯이……."(「종로의 주민」)
(4) "몸에 헝겊 조각 하나 없이 <u>활씬</u> 벗겨놓은 순녀를……."(「순녀의 시집살이」)
"남의 식구라구는 없으니, 아닐말루 <u>활씬</u> 벗구는 여기저기 시언한 자리루……."(「소망」)
(5) "조동지 집 노마나님 옆으로 가서 아주 <u>흠선스럽게</u> 인사를 하고……."(「순녀의 시집

네 작품의 내용을 소개하면 다음과 같다.

우선 「순녜의 시집살이」, 「박명」, 「봉투에 든 돈」 등은 여성의 비극적인 삶과 운명을 그리고 있다는 점에서 한 경향으로 묶일 수 있는 작품들이다. 「순녜의 시집살이」의 서두는 주인공 순례가 시어머니로부터 모멸찬 구박을 받는 장면으로 되어 있다. 그리고 이어 이러한 상황에 이르게 된 내력이 소개되는 역전적 구성의 방식을 취하고 있다. 8년 전 겨울, 걸인으로부터 사정없이 매를 맞는 한 계집아이가 가난한 농군 부부의 손에 의해 거두어진다. 계집아이는 다시 읍내 조동지의 둘째 아들 집에 넘겨져 그곳에서 허드렛일을 하며 살아가지만 소변을 가리지 못하고 꾸벅꾸벅 졸기를 잘해

살이」)

"나는 더욱 <u>흥선히</u> '낫구 말구!'……"(「차중에서」)

(6) "순례는 집―<u>용천박이</u> 집 같은 그 집을 빠져나와 읍내 조동지 집을 찾아들어갔다." (「순례의 시집살이」)

"<u>용천뱅이</u>가 보리밭에 숨어 앉아서 어린애들이 지나갈라치면……"(『태평천하』)

(7) "동무집에 네 <u>썌뱅이</u>가 있나 동무년이 네로 평생 멕이살린닥하더냐."(「봉투에 든 돈」)

"와? 기생이 아들 있다니 이상해서? 하하하. 기생이길래 아들딸 낳기 더 좋지요? <u>썌밝이</u>가 수두룩한 걸, 하하하."(『탁류』)

(8) "친한 도움에게는 <u>세찬</u>도 좀 해야지 집에도 그래도 무어나 좀……"(「봉투에 든 돈」)

"처가에 설 <u>세찬</u>으로 달걀 세 꾸러미와 장닭 한 마리를……"(「두 순정」)

"정월 파접이 되자 설 홍정을 한 것이며 <u>세찬</u> 받은 것이며……"(「순공 있는 일요일」)

(9) "왼종일 이불을 <u>무릅쓰고</u> 누웠다가……"(「봉투에 든 돈」)

"색시는 치마를 벗어서 덥쑥 <u>무릅씩운다</u>."(「두 순정」)

(10) "봉희는 시치름하고 앉아서 <u>신어붓잖게</u> 대답하였다."(「봉투에 든 돈」)

"최씨는…… 기별하겠다고 <u>신어붓잖게</u> 대답했으나……"(「명일」)

(11) "그때에 마침 <u>지친</u> 대문을 삑 여는 소리가 나며……"(「봉투에 든 돈」)

"집은 텅 비어놓구 대문만 <u>지쳐두구서</u>."(「少妾」)

(12) "봉희는 작자가 전에 없이 <u>교를 빼지</u> 아니하고……"(「봉투에 든 돈」)

"가사 내가 <u>교를 뺀다손</u> 치더라도 사람이 그리 없어서 제게다가 교를 뺄 멋이 없을 것이건만……"(「집」)

(13) "수돌이는 병수를 만나면 그저 먹살을 <u>당시랗게</u> 붙잡고 당장에 닭값을 물리되……"(「수돌이」)

"두부장수는 종태의 손목을 <u>당시랗게</u> 훑으려 잡고…… 욕을 한바탕 퍼붓는다."(「명일」)

꾸중을 듣기도 하고 매를 맞기도 한다. 구박을 맞으며 살아가다 보니 순네는 좀처럼 기를 펴지 못하고 나중에는 남을 속이는 버릇까지 생긴다. 하지만 이러한 고통은 이후 순네가 시집을 가서 시어머니와 시누이 그리고 남편으로부터 받는 모진 고초에 비하면 아무것도 아니다. 순네는 오히려 예전의 생활이 그립기조차 하다. 우연히 옛 주인을 만난 순네는 시집으로부터의 탈출을 꿈꾸며 예전에 살던 읍내 집으로 도망하지만 옛 주인은 시어머니의 감언이설을 믿고 순네를 다시 시집으로 돌려보낸다. 순네가 도살장으로 끌려가는 소처럼 시집으로 돌아온 지 열흘이 채 못 되어 조그만 보퉁이를 손에 쥔 순네의 그림자는 동구 밖으로 사라져간다. 소설 끝에는 "단편 창작집 『반거충이 일기』에서"라는 부기가 붙어 있다.[3]

「순네의 시집살이」와 마찬가지로 「박명」 또한 여주인공 봉희의 비극이 서사의 줄기를 이루고 있다. 남편이 죽고 과부가 된 봉희는 개가 여부를 놓고 유교적 관념과 욕망 사이에서 갈등한다. 이렇듯 관념과 욕망 사이에서 갈등하는 봉희에게 길용이 접근한다. 길용의 아버지는 도박과 고리대금으로 재산가가 된 인물이며 삼 년 전 심장마비로 사망했다. "색기 도척이", "놀부", "날남쇠", "생쥐" 등의 별명에서 보듯 길용은 매우 교활한 인물로 그려져 있다. 길용은 봉희의 부모에게 접근하여 평생 해로를 약속하고 논을 나누어 주겠다고 허풍을 친다. 하지만 일시적인 성욕으로 봉희에게 접근했을 따름이었던 길용은 욕심을 채우자 더 이상 약속을 이행하지 않는다.

---

3) 배우던 것을 못다 이룬 사람을 일컫는 반거충이라는 어휘는 「명일」, 「집」 등의 작품에서도 볼 수 있다. 가령 "섣불리 공부를 시켰자 허리 부러진 말처럼 아무짝에도 쓸데없는 반거충이가 될 것이요, 그러니 그것이 아이들 자신 장래에 불행하게 할 뿐 아니라, 따라서 부모의 기쁨도 되지 아니한다고 내내 우겨왔던 것이다."(「명일」)나 "항렬이 대부항이요 나이도 10년을 솟는대서 말이 항용 반거충이로 나오는 것도 그 사람다운 면목이었다."(「집」)와 같은 대목이 그 예이다. 채만식의 소설에는 배운 사람으로서의 자기 조소를 강하게 내비치는 작품, 가령 「레디메이드 인생」이나 「명일」과 같은 작품이 있으며, 이러한 지식인의 자기 풍자는 채만식 소설의 주요한 특징 가운데 하나이거니와 '반거충이'는 그에 대한 상징적 표현으로서의 의미를 갖는다고 할 것이다.

세월이 흐른 어느 가을 날 마을 앞에는 늙은 부부 한 쌍을 앞세운 초라한 한 채의 상여가 지나간다. 그것은 유서를 남기고 자결한 '박명'한 봉희의 죽음을 알리는 상여다.

「박명」과 「순녜의 시집살이」의 경우 신문에 연재된 단편이라는 점이 우선적으로 고려되어야 할 듯하다. 1920년대 당시 신문에 발표된 소설과 문예지에 발표된 소설 사이에는 현격한 질적 수준의 차이가 발견되기 때문이다. 한 작가의 작품이라고 하더라도 발표 지면의 성격에 따라 작품의 내용이나 형식이 달라지는 경우를 볼 수 있거니와 특히 1920년대는 그와 같은 특성이 어느 시기보다 뚜렷하게 나타나고 있다. 1930년대 이후에는 연재 장편이 아닌 단편의 신문 수록이 극히 제한되는 양상을 보이거니와 1920년대 신문에 발표된 단편소설은 현실 취재의 경향이 강하다는 점에서 그 특징을 발견할 수 있기 때문이다. 이와 같은 맥락에서 보면 「박명」과 「순녜의 시집살이」의 경우는 채만식의 독자적인 개성에 의거하고 있다기보다 당시의 신문 연재 단편의 일반적 특성에 의존하고 있는 측면이 강하다고 할 것이다. 이에 비한다면 종합지에 실린 「수돌이」, 「봉투에 든 돈」의 경우에는 채만식 고유의 작가적 개성을 발견할 수 있다는 점에서 주목된다.

우선 「봉투에 든 돈」은 소재상으로만 본다면 「박명」, 「순녜의 시집살이」와 마찬가지로 여인의 비극적 삶과 운명을 그리고 있다는 점에서 공통되지만 그 구체적인 내용이나 소재를 주제화하는 방식에서 뚜렷한 차이를 보이고 있다.

우선 「순녜의 시집살이」와 「박명」의 여주인공들이 농촌의 평범한 인물이라면 「봉투에 든 돈」의 여주인공 봉희는 기생의 신분이다. 「봉투에 든 돈」의 전반부는 기생 봉희가 동료 기생 옥화, 국심이와 나누는 대화로 이루어져 있다. 기생으로서 겪는 직업적 혹은 인간적 문제들이 대화의 주된 내용이다. 집으로 돌아온 봉희를 조주사가 찾아온다. 조주사는 봉희에게 마음을 두고 그에게 접근하고자 애를 쓰고 있는 인물이다. 경제적인 어려움을 생각하면 홀어머니의 기대대로 조주사를 받아들여야겠지만 봉희는 썩 내켜하지 않는다. 쌀쌀하게 쫓아 보내고 싶지만 이번에 거절하면 다시는 찾아오지 않을 것 같기에 조주사를 대하는 봉희의 목소리가 다소 누그러진다. 그 다음날 자리에서 일어나니 조주사가 두고 간 흰 각봉투 하나가 놓여 있다. 봉희는 섭섭한 생각이 든다. 조주사가 그렇게 쉽게 관계를 끝맺을 줄 생각지 못했던 탓이다. 봉희의 어머니는 돈 봉투를 보자 반가워 어쩔 줄을 모른다. 어미의 손에 돈 봉투를 건네는 봉희의 눈에서는 한 줄기 눈물이 흘러내린다. 이 소설에서 봉희는 비록 신분은 기생이지만 경제적 현실과 인간애에 대한 갈망으로 인해 이중으로 고통받는 여인상으로 그려져 있다.

「수돌이」는 여성의 비극적인 삶과 운명을 다룬 앞의 경우와는 다른 경향의 작품이다. 소설 속의 사건은 수돌이가 자신의 집에서 기르던 닭의 다리가 부러진 것을 발견하는 데서 비롯된다. 수돌은 여러 정황상 이 사건이 읍내의 부잣집 아들 병수의 소행이라고 생각한다. 닭 값 5원을 변상받기 위해 병수를 찾아가지만 수돌은 결정적인 증거를 제시하지 못하고 자기보다 나이 어린 병수에게 "네가 무엇을 믿고 꺼떡대냐."는 조롱만 당한다. 돌아오는 길에 수돌은 마을 공의에게 욕을 먹어가며 닭의 부러진 다리에 붕대를 동여가지고 오지만, 그의 가슴에는 큰 못이 박힌다. 수돌은 자신이 병수로부터 모욕을 당한 것이 자기네 집이 병수 집에 비해 돈이 없기 때문이라고 생각한다.

이날 저녁 수돌의 원두막에는 평소처럼 화투판이 벌어진다. 평소라면 노름꾼들에게 참외나 팔고 개평이나 뜯었을 수돌이지만 이날은 낮에 병수로부터 모욕을 당한 터라, 그리고 모욕을 당한 것이 자신이 돈이 없기 때문이라고 생각하고 있던 차라 강참봉의 돈 이백 원을 훔쳐와 노름에 끼어들게 된다. 처음에는 운이 있어 백 원쯤의 큰돈을 땄다. 하지만 그의 운수는 길게 지속되지 못한다. 땄던 돈은 물론 본전 이백 원까지 모두 날리고 만다. 이미 돈 욕심에 정신을 잃은 수돌은 집에 있던 저금 통장으로 빚을 얻어 다시 노름판에 뛰어들지만 통장에 들어 있던 금액 육백 원까지 모두 잃는다. 노름판에 뛰어들게 되는 수돌의 심리, 시시각각 수돌에게 불리하게 진행되는 판세, 수돌을 휩싸고 도는 협잡의 음침한 분위기 그리고 결국 수돌 앞에 다가와 있는 잔인한 운명 등 서사의 진행과 노름판의 묘사가 실감 있게 그려지고 있다.

꿈인지 생시인지 어리둥절하기만 한 수돌을 남겨둔 채 노름꾼들은 하나 둘씩 자리를 떠나고 수돌의 주위에는 악마의 꿈 같은 밤의 장막이 걷히고 날이 밝아온다. 날이 밝자 강참봉의 집에서는 돈을 도적맞았다고 난리가 나고 급기야 주재소에 신고까지 하게 된다. 하지만 수돌은 자백할 용기조차 없다. 잠도 한숨 못 잔 채 참외를 팔러 나온 수돌은 졸면서 화투 치는 잠꼬대까지 한다. 마침 참외를 사러 온 사람이 참외 값 일 전을 흥정하자 수돌은 거절하며 힘 있게 소리를 지르려 하지만 목구멍에서만 맴돌뿐 우물 쭈물하고 만다. 작품의 말미에는 "1926년 12월 18일 정밤중"이라는 부기가 붙어 있어 소설의 탈고 일자를 확인할 수 있다.

발굴작을 통해 본 채만식 소설의 새로운 지형

'화서'라는 필명으로 씌어진 네 편의 소설은 「세 길로」, 「불효자식」 등의 초기작과 이후 ≪별건곤≫, ≪신소설≫ 등의 잡지에 주로 발표되는 「산적」, 「그 뒤로」, 「병조와 영복이」, 「앙탈」, 「산동이」 등의 작품 사이의 공백을 메우고 있다는 점에서 무엇보다 각별한 의미를 지니고 있다. 물론 그 공백 의 일부를 「과도기」(1923), 「생명의 유희」(1928) 등의 미발표 유고작들이 메우고 있지만, 이들 네 편의 소설들이 새로 발견됨으로써 채만식의 초기 소설 세계는 좀 더 풍부한 해석의 가능성 아래 놓이게 되었다.

뿐만 아니라 이들 소설은 1930년도 이후 본격적으로 전개될 채만식 소설의 주요 모티프와 특징적 인물형의 전조를 드러내고 있는 바, 이들 작품들의 발견 및 그에 대한 분석은 채만식의 전체 소설 세계의 맥락을 새롭게 구성하는 데도 기여할 수 있다. 다음에서 이러한 양상을 어휘, 소재, 성격 등의 차원에서 살펴보기로 한다.

첫째, 앞에서 제시한 바와 같이 이번 발굴작 네 편에 실린 소설들의 특징적 어휘는 동시대 작품보다 오히려 1930년대 중반 이후의 소설들에 빈번하게 나타나는 것들이다.[4] 한동안 채만식은 「생명의 유희」, 「그 뒤로」, 「병조와 영복이」, 「앙탈」, 「산동이」 등에서 보이는 이념의 문제나 그와 관련하여 「창백한 얼굴들」, 「레디메이드 인생」 등에서처럼 지식인의 현실을 주된 소설적 대상으로 삼고 있는 것을 볼 수 있다. 초기 경향에 나타난 특징들이 다시 표면에 떠오르는 것은 이러한 이념적 성향의 소설들이 시효를 다한 지점에서인 바, 「순녜의 시집살이」 등의 초기 소설과 1930년대 소설 사이에 보이는 어휘상의 공통적인 특징은 그것을 포함하고 있는 작품 세계 자체의 유사성을 입증하고 있다.[5]

한편 「수돌이」에는 채만식의 초기작에서는 본격적으로 드러나지 않는 특유의 전라도 사투리가 인물들의 대화에 실감 나게 구사되어 있다.

"무엇이 어찌여 이년의 자식. 병신이라니? 누구더러 병신이래여. 이 순 후리개년의 자식 같어니. 니미, 니 애비가 저녁마다 양쪽 어깨에다 쌍으로 촛불얼 써놓고 앉어서 그렇게 가르치데? 이 오사엠병얼 허다가 급살맞일 놈우 자식 내가 병신이면 너넌 무엇이냐?" 하고 욕을 내리 퍼부었다. 이 욕에는 병수

---

4) 각주 2)참조.
5) 어휘상의 유사성 이외에도 구어체 표기나 특정 표현에서도 많은 공통점이 발견된다. 가령 다음과 같은 구절들에서 확인할 수 있다.
  (1) "이리 쥐에기라우." (「수돌이」)
  "오널이라도 그럼, 약을 마련하여 주어기라우." (「병이 낫거든」)
  (2) "아까 보넝개루 병수란 놈우……" (「수돌이」)
  "인제는 거진 다 되었으닝개루……" (「얼어죽은 모나리자」)
  (3) "자 알지?…… 사우 예뻐할사 (장)모라니…… 장모 한 잔 자시게……" (「박명」)
  "사우 이뻐할사 장모라구……" (「少妾」)
  (4) "또 그 고향은 그가 말하는 사투리로 보아 다만 물 건너(忠清道)인 것만 짐작할 뿐……" (「순녜의 시집살이」)
  "원 선생은 올라간 손끝에다 모자챙을 깝신 숙여대면서 웃는 얼굴과 그의 느리고 바라진 물 건너(錦江對岸 : 忠南) 사투리로……" (「여자의 일생」)

도 골이 났다. 그러나 수돌이가 흥분이 된 대신 그는 냉냉하고 쌀쌀스럽게 "너 보구 너라구 히엿다? 옳지, 너넌 나보단 네 살인가 다섯 살 더 먹었다구? 연상 어른이시라구? 자식이 똑 병신 소리만 개려 갖구 댕김서 허넌구만. 아나엇다 어른! 순 못난 잡것 같어니. 야, 이 잡것아, 글씨 니가 무엇 갖구 껍덕대냐. 돈 믿구? 피 에헤. 돈이 있스면 몇 푼이나 있냐? 그까짓 논 몇 섬지기 허구 돈 몇천 원 갖구 돈놀이 히여먹넝 것? 시푼뚱언 구린내두 안 난단다야."[6]

이와 같은 능숙한 전라도 사투리의 구사는 이 작가의 전작 「불효자식」에서 이미 부분적으로 발견할 수 있었던 것이지만[7] 「수돌이」에서는 가히 전면적이라고 할 수 있다. 특히 수돌이와 병수가 다리가 부러진 닭을 두고 다투는 위의 장면에서는 대화의 생동감이 인상적으로 드러나 있다. 소설속의 대화에 나타나는 이러한 생동감 넘치는 구어체의 구사는 1930년대 채만식의 대표작들에서 다시 확인하는 특징이다.

"옳다! 참 잘헌다! 참 잘히여. 워너니 그게 명색 며누리 체껏이 시애비더러 허넌 소리구만? 저두 그래, 메누리 자식을 둘썩이나 은어다 놓고 손자자식이 쉬옘이 나게 생겼으면서, 그래 그게 잘허넌 짓이여?"

"그러닝개루 징손주까지 본 이가 그래, 손자까지 본 메누리넌더러 육장 짝젖을 넌이네, 오두가 나서 싸돌아댕기네 허구, 구십을 놀리너만? 그런 잘허넌 짓이구만? 똥 묻은 개가 저(겨) 묻은 개 나무래지!"[8]

위의 인용은 『태평천하』의 한 대목이다. 채만식 특유의 전라도 사투리

---

6) 「수돌이」, 24쪽.
7) 어리숙한 주인공이 마침내 파멸에 이르는 이 소설의 서사 또한 모르핀에 중독된 칠복이 불쌍한 홀어머니의 진정마저 배반하면서 마침내 파국으로 치닫는 내용의 「불효자식」과 그 맥락이 닿아 있다.
8) 채만식, 『태평천하』, 『채만식 전집』 3(창작사, 1987), 68쪽.

구사와 그 특유의 구어체 표기화가 잘 드러나 있는 바, 이러한 특징은 「수돌이」에서도 유사하게 확인되고 있다. 요컨대 '화서'라는 필명으로 발표된 작품들의 특성은 채만식이 이념 지향적인 작품을 써냈던 1930년대 초기에 잠복되었다가 1930년대 중반 이후 보다 풍부하고 본격적으로 전개되고 있음을 확인할 수 있다.

둘째, 화서라는 필명으로 씌어진 네 작품 가운데 「순례의 시집살이」, 「박명」, 「봉투에 든 돈」 등의 작품은 공통적으로 여성들의 비극적인 삶과 운명을 서사화하고 있는 바, 1930년대 접어들면 채만식이 식민지 시대 어느 작가 못지않게 지속적으로 여성들의 삶을 형상화하고 있다는 점에서 그 의미를 찾을 수 있다. 「인형의 집을 나와서」(1933)의 임노라나 『탁류』(1938)의 초봉이는 말할 것도 없고, 「보리방아」(1936), 「동화」(1938), 「병이 낫거든」(1941) 연작이나 「용동댁」(1938), 「패배자의 무덤」(1939) 등 또한 여성의 비극적 운명의 서사화에 초점이 맞추어져 있는 것들이다. 그럼에도 불구하고 그 이전의 소설에서는 여성을 주인공으로 한 소설이 발견되지 않는다는 사실을 고려할 때 「봉투에 든 돈」을 비롯한 여성 주인공 소설의 존재가 갖는 의미는 특별하다고 할 것이다.

가령 「얼어죽은 모나리자」(1937)에서 눈이 먼 오목이와 그를 유린하다 결국 죽음에 이르게 만드는 금출은 「박명」에서 봉희와 길용의 관계를 연상케 한다. 그런가 하면 「생명」(1937)에서 남편과 그의 아내로부터 모질게 구박을 받는 오월이나 「동화」(1938)에서 주인공 업순의 이웃에 사는 새댁의 시집살이, 그리고 「여자의 일생」에서 시어머니 박씨 부인의 며느리 숙희(진주)에 대한 구박 등은 「순녜의 시집살이」에서 주인공 순녜가 겪는 모진 시집살이에 대한 서술에 이어져 있다.

셋째, 앞서 살핀 채만식 초기 소설의 여성 주인공들과 더불어 「수돌이」에 등장하는 강참봉과 같은 성격의 인물은 이후 채만식 소설의 특징적 인물형으로 발전할 가능성을 내포하고 있는 것이다. 강참봉은 수돌이의 아버지다. 이 소설에서 강참봉의 비중은 그다지 크지 않지만, 그럼에도 불구하고 그의 성격의 내력이 소설 속에서 다음과 같이 상세하게 서술되어 있다.

　강참봉은, '강참봉'이라고 하면 고을에서도 누구에게나 일종의 특수한 기피(忌避)의 감정을 주는 사람이었다. 더욱이 강참봉 그 하나뿐이 아니라 그 집안 사람은 누구할 것 없이 고을에서 인심을 잃었다.
　성질이 모두 괴팍하여 동리에서 일어나는 싸움은 모조리 도맡아 하고 심술이 궂어서 남 못되는 것을 자기네 잘되는 것보다 더 고소하게 여기고 인색한 품은 소위 '제 돈 칠 푼만 알지 남의 돈 칠천 냥은 모른다.'는 속담의 주인공이 되고 성질이 간사하여서 남의 험담 잘하고 아첨 잘하고…… 이러하기 때문에 그 집안 사람들은 누구할 것 없이 고을의 '친한 사귐'으로부터 마치 속담에 '개밥에 도토리' 격으로 제외를 당하였다.[9]

　이처럼 강참봉은 괴팍한 성질의 고약한 영감으로 그려져 있다. 강참봉은 집 안이나 밖에서 "불호랭이" 노릇을 하기 때문에 수돌이 또래의 청년들은 그를 "자가용 경찰서장"이라는 별명으로 부른다. 이와 같은 강참봉의 인물형은 마치 『태평천하』(1938)의 윤두꺼비 윤직원 영감을 떠올리게 만든다.
　이외에도 「봉투에 든 돈」에 등장하는 경상도 사투리의 기생(옥화) 인물형은 이후 『탁류』에서 초봉이 근무하던 박제호의 약국에 찾아와 초봉과 이야기를 나누던 기생 행화로 다시 등장한다든가 「수돌이」에서 "억척스럽기로는 둘째가라면 서럽다고 할 만"한 강참봉의 아내인 수돌 모친의 성격이 "호랑 아씨", "절구통 마나님", "생철통이" 등의 별명으로 불리는 「아름다운 새벽」(1942)에서의 강 부인을 떠올리게 한다는 점 등도 성격화의 유사성을 보이고 있다.
　이렇게 보면 「수돌이」에 나타난 인물 풍자를 비롯하여 '화서'라는 필명으로 발표된 채만식의 초기 소설의 특징들은 1930년대 중반 이후 채만식 소

---

9) 華胥, 「수돌이」, 《동광》 14호, 1927. 6, 22쪽.

설의 본격적 전개를 예감케 하는 의미 있는 자리에 놓여 있는 작품이라고
할 수 있다.

맺는 말

이상에서 「박명」, 「순녜의 시집살이」, 「수돌이」, 「봉투에 든 돈」 등 '화
서'라는 필명으로 발표된 네 편의 소설들의 특징과 그 의미를 살펴보았다.
유고작 「생명의 유희」(1928)가 「회(懷)」(1940), 「근일」(1941), 「집」(1941)
등의 자전적인 소설의 전조를 보여주고 있다는 사실과 더불어 이들 새로
발굴된 소설들은 1930년대 중반 이후 본격적으로 전개되는 채만식 소설 세
계의 특징적 양상을 공유하고 있다는 점에서 채만식 소설 세계의 전체적
지형을 새롭게 검토할 수 있는 계기를 제공하고 있다. 이와 같은 맥락에서
보면, 채만식의 소설 세계는 초기의 습작기에서 동반자 작가 시기를 거쳐
현실 풍자에 이르는 단선적 전개 과정으로는 설명할 수 없는 보다 풍부한
해석의 시선 아래 놓인다. 위에서 살펴본 바와 같이 1930년을 전후하여 발
표된 이념 지향적 성격의 작품을 경계로 한 초기작들과 후기작들 간에는
밀접한 상호 관련성이 확인되고 있기 때문이다.

본고는 '화서'라는 필명으로 발표된 네 작품의 특징이 채만식 소설 세계
에서 갖는 의미를 통해 채만식 소설 세계의 새로운 지형에 접근하기 위한
시론으로서의 성격을 갖는 바, 채만식의 전체 소설 세계에 대한 더 상세한
분석을 통해 이후 보다 구체화될 수 있을 것으로 기대한다.

채만식 생애 연보[1]

1902년   6월 17일 전라북도 옥구군 임피면 읍내리 274에서 아버지 채규섭과
          어머니 조우섭의 9남매 중 5남으로 태어났다. 관향은 평양. 선조 누대
          가 옥구에서 살아왔다 하며 부친 규섭 씨 대에 와서 가산이 늘어나
          어린 시절에는 비교적 여유 있는 생활을 할 수 있었다.
1910년   임파보통학교에 입학. 입학을 전후로 자기 집에 개설된 서당에서 한문
          공부를 했다.
1914년   3월 26일에 임파보통학교(4년제)를 졸업한 후 집의 서당에서 한문 수
          학을 계속했다.
1918년   3월에 상경하여 중앙고등보통학교에 입학했다.
1920년   4월 21일에 3학년 재학 중 19세의 나이로 함열읍내의 은선홍 씨와 결
          혼했다.
1922년   3월 19일에 중앙고등보통학교(4년제)를 13회로 졸업. 4월 14일에 일
          본 조도전대학 부속 제일고등학원 문과에 입학했다. 이 학원 축구선수
          (센터포드)로 활약했다.
1923년   4월에 조도전대학 본과 영문과에 입학했다. 전보를 받고 귀국하니 집
          안이 몰락하여 대학을 중도에서 그만두었다. 대학을 폐한 좌절을 극복
          하고 작가가 되고자 처녀작 「과도기」를 탈고했다. 강화에서 사립학교
          교원으로 잠시 취직했으나 학교 이름은 분명치 않다.

---

1) 백릉 채만식의 생애 연보와 작품 연보를 작성함에 창작과비평사가 간행한 『채만식전집』
   과 김홍기 교수의 저서 『채만식 연구』 및 송하춘 교수의 저서 『채만식』의 도움을 크게
   받았음을 밝혀두면서 감사를 표한다.

1924년	2월 1일에 장기 결석과 학비 미납으로 대학에서 제적당했다. 11월 11일에 장남 무열 출생. 단편 「세 길로」가 ≪조선문단≫ 1권 3호에 이광수의 추천으로 게재되어 문단에 데뷔했다.
1925년	7월에 동아일보 정치부 기자로 입사했다. 단편 「불효자식」이 ≪조선문단≫ 2권 10호에 다시 추천, 게재됐다.
1926년	9월 15일에 딸 복열 출생. 10월, 1925년의 전조선기자대회에 이어 1926년 6·10 만세사건 이후 동아일보 기자에서 면직되어 낙향했다. 낙향 후 3년 기간은 실직 고등 인텔리로서 힘든 시간이었던 반면, 조선 농민들의 실상을 체험하고 사회과학습을 알차게 학습할 수 있는 귀한 계기였다고 술회했다.
1928년	차남 계열 출생.
1929년	11월에 개벽사에 입사했다.
1933년	잡지사의 몰락으로 다시 실직했다. 최초의 장편소설인 『인형의 집을 나와서』를 ≪조선일보≫에 연재했다.
1934년	조선일보 사회부 기자로 입사했으며 실직 당시의 경험을 반영한 「레디메이드 인생」을 발표했다.
1936년	전업 작가의 길을 걷기 위해 1월에 조선일보사를 사직했다. 12월에 개성으로 이사했다.
1937년	대표작 『탁류』를 이듬해 5월까지 ≪조선일보≫에 연재했다.
1938년	대표작 『천하태평춘』(이후 『태평천하』로 개제)을 잡지 ≪조광≫에 연재했다.
1939년	최초의 작품집인 『채만식 단편집』이 출판되었다. 이어 장편 『탁류』를 출간했다.
1940년	5월에 개성에서 안양으로 이거했다. 최초의 친적 글이라 할 수 있는 「나의 '꽃과 병정'」을 7월에 발표하고 이해 말경부터 조선문인협회 회원으로 활동했다.
1941년	서울 동대문 밖 광장리로 이사했다. 5월 30일에 『탁류』 재판이 간행되

었다.(6월 27일자로 조선총독부의 3판 발행 금지 처분을 받았다.) 장편집 『김의 정열』이 출판되었다.

1942년 둘째 부인과의 사이에서 삼남 병훈 출생.

1943년 중편집 『배비장』, 단편집 『집』이 출판되었다.

1944년 딸 영실 출생.

1945년 1월에 부친 규섭의 별세에 이어 장남 무열이 병사했다. 소개령에 따라 4월에 향리인 임파로 낙향하여 해방을 맞았다. 해방 후 상경하여 잠시 서대문 충정로 1가 75에 거처하다가 이듬해 동소문동 38-3 유문각에 머물렀다.

1946년 중편집 『허생전』과 작품집 『제찬날』이 출판되었다. 다시 낙향, 이리시 고현동 중형집으로 집을 옮겼다.

1947년 모친 조우섭 별세. 2월 7일에 둘째 부인과의 사이에서 사남 영훈이 출생했다. 『조선대표작가전집』 8권이 출판되었고 장편집 『아름다운 새벽』 전편이 출판되었다.

1948년 장편 『태평천하』가 출판되었다. 단편집 『잘난 사람들』이 출판되었다. 작품집 『당랑의 전설』이 출판되었다.

1949년 장편집 『탁류』가 출판되었다. 이리시 주현동으로 옮겼다.

1950년 봄에 이리시 마동 269에 집을 사서 이사했다. 6월 11일 오전에 지병인 폐환으로 영면했다. 무덤은 전라북도 옥구군 임파면 취산리 선영 아래에 있다.

1984년 8월 2일에 군산시 월명공원에 채만식 문학비가 세워졌다.

2000년 10월 28일에 백릉 채만식 선생 50주기 추모 심포지엄(사단법인 민족문학작가회의와 대산문화재단이 주최하고 한국문화예술진흥원이 후원했다.)이 고려대학교에서 열렸다. 12월 19일에 군산시 매흥동 285(옛 시립도서관 자리)에 채만식 문학관이 세워졌다.

2002년 9월 26일부터 27일까지 탄생 백 년을 기념하는 문학제(민족문학작가회의와 대산문화재단이 주최했다.)가 세종문화회관에서 열렸다.

채만식 작품 연보

발표일	분류	제목	발표지
1924. 12	단편	세 길로(데뷔작)	조선문단
1925. 7	단편	불효자식	조선문단
1925. 10.9~16	단편	薄命(필명 : 華胥)	동아일보
1926. 1.20~26	단편	순녜의 시집사리(필명 : 華胥)	동아일보
1927. 6	단편	봉투에 든 돈(필명 : 華胥)	현대평론
1927. 6	단편	수돌이(필명 : 華胥)	동광
1927. 7	기행	'白馬江'의 배노리	현대평론
1929. 9.16	수필	毒舌錄에서[2](필명 : 華胥)	중외일보
1929. 12	단편	산적	별건곤
1929. 12	기사	記者總出大京城暗夜探査記[3]	별건곤
1929. 12	잡문	虞美人哀話(필명 : 목차에서는 '楚山人'이고 본문 에서는 '楚山生')	별건곤
1930. 1	단편	그 뒤로	별건곤
1930. 1	잡문	流落東西 七顚八起 偉人奮戰記 : 革命前後 '레-닌'의 生活(필명 : 北熊生)	별건곤
1930. 1	콩트	허허 망신했군	신소설

---

2) 1회와 2회의 소제목은 각각 '아편쟁이와 뿌르조아'와 '守錢奴의 變態的 美意識'이다.
3) 기자 이름 중에 필명인 '北熊'이 있다.

발표일	분류	제목	발표지
1930. 2,3,5	단편	병죠와 영복이	별건곤
1930. 2	기사	숨은 일꾼 其一(필명: 北熊生)	별건곤
1930. 3	잡문	칼 세이지의 愛國英雄 한니발[4] (필명: 목차에서는 '楚山人'이고 본문에서는 '白菱生')	별건곤
1930. 3	잡문	亂中揷話	별건곤
1930. 3	잡문	나폴레온과 佛蘭西의 基業	별건곤
1930. 3	잡문	연분홍 裸體	별건곤
1930. 3	잡문	金起田 氏	별건곤
1930. 3	잡문	奇怪한 '奇怪' (필명: 본문 속에서만 '白菱')	별건곤
1930. 5	잡문	結婚의 最尖端 —— 友愛結婚 이약이	별건곤
1930. 5	잡문	誌上移動座談會 —— 諧謔 속에 眞實: 東亞報를 中心으로 宋鎭禹·李光洙氏를 붓잡고	별건곤
1930. 5	잡문	變態心理	별건곤
1930. 5	잡문	靑春男女들의 結婚準備 (필명: 北熊生)	별건곤
1930. 5	단편	앙탈	신소설
1930. 5	단편	山童이	신소설
1930. 5.31,6.3-5	평론	作者의 辯	조선일보
1930. 6	희곡	落日	별건곤
1930. 6	수필	新綠 —— 其他	별건곤

---

4) 목차에는 「偉傑 한니발의 一代記」라 되어 있다.

발표일	분류	제목	발표지
1930. 6	잡문	超特鬪貧術	별건곤
1930. 6	잡문	現代鬪爭의 六大秘術 (필명: 活貧党)	별건곤
1930. 6	잡문	第一六效 鬪貧術(필명: 雲庭居士)	별건곤
1930. 6-9	잡문[5]	新婦候補者 展覽會(필명: 雙・S)	별건곤
1930. 7	수필	여름 원두막 情趣	별건곤
1930. 7	잡문	빈대考(필명: 浩然堂人)	별건곤
1930. 7	수필	文藝家가 본 朝鮮사람과 녀름 (필명: 浩然堂人)	별건곤
1930. 7	수필	莫斯科夜話(필명: 北熊生)	별건곤
1930. 8	기사	世界各國 弱小民族의 生活相 (필명: 北熊生)	별건곤
1930. 8	잡문	人面蛇身 ──男 便을 謀殺한 少婦哀話(필명: 浩然堂人)	별건곤
1930. 8	희곡	農村 스케치	별건곤
1930. 8	잡문	젊은 마음	별건곤
1930. 8	잡문	소낙비와 쓰르람이	별건곤
1930. 9	잡문	넌센스 人間	별건곤
1930. 9	잡문	歡樂極兮奈何 ──新淸酒有罪	별건곤
1930. 9	수필	가을의 멧 조각	별건곤
1930. 9	잡문	獨居(필명: 浩然堂人)	별건곤
1930. 9	기사	暴利大取締 ──第一回: 藥價와 治療費(필명: 浩然堂人)	별건곤

---

5) 1회에서는 목차에 '諧謔漫文'이라는 부제를 달고 있고, 2회부터는 본문에서 '諧謔・諷刺・奇拔'이라는 부제를 달고 있다.

발표일	분류	제목	발표지
1930. 9	수필	秋夜斷想	학생
1930. 10	기사	暴利大取締 ──第二回 : 전당포·셋집·洋服店(필명은 없으나 같은 잡지 9월호에 浩然堂人이 쓴 기사에서 이어진 글)	별건곤
1930. 10	희곡	밥	별건곤
1930. 11	기사	暴利大取締 ──第三回 : 電氣會社·寫眞館·精米所賣商 (필명은 없으나 같은 잡지 9월호에 浩然堂人이 쓴 기사에서 이어진 글)	별건곤
1930. 11	잡문	子正 뒤의 怪女子	별건곤
1930. 12	수필	눈 나리는 黃昏	별건곤
1930. 12	잡문	印度의 뮤니-틔 ──(土兵反亂) : 及 깐듸運動의 初期	별건곤
1931. 1	희곡	그의 家庭風景	별건곤
1931. 1	기사	女子體育會에 督促함 (필명 : 北熊生)	별건곤
1931. 1	좌담	넌센스 本位無題目座談會 ──本社社員끼리의 (채만식 참석)	별건곤
1931. 1	잡문	쌀갑과 朝鮮女子(필명 : 浩然堂人)	신여성
1931. 1	수필	雜誌記者懺悔(필명 : 浩然堂人)	별건곤
1931. 2	잡문	女學生 얼골에(필명 : 浩然堂人)	별건곤
1931. 2	기사	就職戰線 異常 잇다!(필명 : 浩然堂人)	별건곤
1931. 2	희곡	米價 大暴落	별건곤

발표일	분류	제목	발표지
1931. 2	잡문	妓生집 門 앞헤서 맴도리하든 이야기	별건곤
1931. 2	평론	評論家에 對한 作者로서의 不服 (5회 연재)	동아일보
1931. 3	잡문	핑핑 도라가는 世界大勢 이야기 (필명: 浩然堂人)	별건곤
1931. 3	잡문	肉體의 驚異(필명: 北熊生)	별건곤
1931. 3	희곡	시님과 새장사	혜성 창간호
1931. 3	잡문	東亞日報社長 宋鎭禹 氏 面影	혜성 창간호
1931. 4	수필	碧桃花에 어린 옛 追憶	혜성
1931. 4	수필	봄과 外套와	혜성
1931. 4	수필	봄과 女子와	신여성
1931. 4	잡문	實踐女校를 弔喪하노라 (필명: 浩然堂人)	별건곤
1931. 5	희곡	우리들의 生活 風景其(1) ──두부	혜성
1931. 5	희곡	野生少年軍	동광
1931. 7	가요	新아리랑(필명: 浩然堂人)	별건곤
1931. 7	수필	新綠 二題	혜성
1931. 7	잡문	世界第一人 者(1)(필명: 浩然堂人) 米國의 夜勤大統領 ──犯罪王 알·카포네	혜성
1931. 8	희곡	코떼인 志士	혜성
1931. 8	잡문	검둥이 舞姬·黑眞 珠 ──쬬세핀 뻬-커	혜성

발표일	분류	제목	발표지
1931. 8	잡문	現代의 大珍奇 事實 ——西藏의 戀愛戰爭	별건곤
1931. 8	기사	今日의 世界 問題・戰債와 賠償金 ——支拂 猶豫란 무엇인가 (필명: 浩然堂人)	별건곤
1931. 9	희곡	사라지는 그림자	동광
1931. 10	기사	日本共産黨 法廷鬪爭記 (필명: 浩然堂人)	혜성
1931. 10	단편	蒼白한 얼굴들	혜성
1931. 10	수필	가을 數題	혜성
1931. 11	단편	貨物自動車	혜성
1931. 11	잡문	梨花女專 쎄사―會 雜觀 (필명: 목차에서는 雙・S이고 본문에서는 兪素姬)	혜성
1931. 11	희곡[6]	間島行	신동아
1931. 11.30	평론	文壇小語	중앙일보
1931. 12	희곡[7]	조고마한 企業家	신동아
1932. 1	잡문	잇처지지 안는 그 女子 (필명: 浩然堂人)	별건곤
1932. 1.31	평론	玄人君과 카프에 若干 의 準備的 質問	조선중앙일보
1932. 2	수필	交通遮斷	신동아
1932. 2	희곡	행랑 들창에서 들리는	신동아

6) '寸劇'이라는 장르 명칭이 붙어 있다.
7) '短篇小說', '對話小說'이라는 장르 명칭이 붙어 있다.

발표일	분류	제목	발표지
		소리	
1932. 3	잡문	눈 하나 적은 女人	신생
1932. 3	희곡	監督의 안해	동광
1932. 3	희곡	낙시질판의 風波	혜성
1932. 5	잡문	新恐怖時代	제일선
1932. 5	잡문	李壽興事件의 記憶	제일선
1932. 5	희곡[8]	목침 마진 사또	신동아
1932. 6	기사	財産을 싸고도는 骨肉相爭 總點考	제일선
		(필명: 浩然堂人)	
1932. 6	수필	인테리	신동아
1932. 7	희곡	富村	신동아
1932. 7	수필	瀑布雜筆	제일선
1932. 7	기사	朝鮮 初有의 大疑獄事件	제일선
		——京城府 土木 不正事實의	
		黑幕(필명: 浩然堂人)	
1932. 7	콩트	서울은 무서운 곳	
1932. 7[9]	단편	農民의 會計報告	동방평론
1932. 7-8	평론	玄人君의 夢을 啓함	제일선
1932. 8	잡문	最近 十年間의 四大政客 暗殺史	제일선
		——附 世界 政客 暗殺記	
		(필명: 목차에서는 '北熊'이고	
		본문에서는 '白菱生'이다)	
1932. 9	수필	五聖落潮	신동아

---

8) '寸劇'이라는 장르 명칭이 붙어 있다.

9) '七八月 陪大號'로 되어 있다.

발표일	분류	제목	발표지
1932. 10	수필	가을 하늘	제일선
1932. 10	수필	가을 색씨(필명: 浩然堂人)	제일선
1932. 10	수필	淸凉里의 가을	동광
1932. 11	평론	新人의 痛言	제일선
1932. 12	기사	食色의 作戱((法廷實話) (필명: 浩然堂人)	제일선
1932. 12	잡문[10)	新春誌上 내 자랑 座談會 (필명: 雙·S)	별건곤
1933. 1	수필	매사냥	별건곤
1933. 1	수필	톡기사냥((필명: 浩然堂人)	별건곤
1933. 1	수필	범사냥(필명: 北熊)	별건곤
1933. 1.6	평론	百名이 한 개를 낫트라도 올혼 푸로 作品을	조선일보
1933. 2	수필	아버지의 體溫	별건곤
1933. 2	수필	黃金無用論(필명: 北熊)	제일선
1933. 2	수필	現代女性의 貞操損料 (필명: 浩然堂人)	신여성
1933. 2	수필	學校 無用論(필명: 浩然堂人)	제일선
1933. 3	희곡	曹操	신동아
1933. 3	잡문	末世副産物——코무든 도적놈 (필명: 浩然堂人)	별건곤
1933. 3	평론	文壇第一線(필명: 蔡生)	제일선
1933. 3	잡문	수고 망칙하오(필명: 浩然堂人)	제일선
1933. 3	콩트	내 족하가 밋첫소(필명: 北熊)	제일선

10) 허구적인 좌담 형식을 취하고 있다.

발표일	분류	제목	발표지
1933. 4	수필	길거리에서 만난 女子	신동아
1933. 4	수필	典當票에 온 봄	신가정
1933. 4.24	수필	自轉車 뜨라이브	동아일보
1933. 4	잡문	봄, 가여운 녀석	신여성
1933. 5	수필	五月 街頭風景	신여성
1933. 5	잡문	連作漫談 第3會 '就職篇' ——女子의 一生	별건곤
1933. 5	잡문	王座에서 쫓기어나 王冠을 꿈꾸는 사람들(필명: 浩然堂人)	별건곤
1933. 5	잡문	最近 合走男女 氏列傳 ——봄바람에 날아간 모-던 男女 세상(필명: 雙·S)	별건곤
1933. 5.27~11.14	장편	人形의 집을 나와서 (1933. 7.25 완성, 150회 연재)	조선일보
1933. 6	희곡	잡어먹고 십흔 이야기 (1): 나는 몰나요(필명: 單·S)	별건곤
1933. 6	희곡	잡어먹고 십흔 이야기 (2): 一金 一圓각수也(필명: 浩然堂人)	별건곤
1933. 6	기사	가난과 사랑의 갈등 愛情·憎惡·罪惡의 三重奏(필명: 浩然堂人)	별건곤
1932. 6.1	잡문[11]	넌센스·架空座 談會 시집사리 座談會(필명: 雙·S)	신여성
1933. 7	희곡	들창으로 들여다본 이약이 (필명: 單·S)	별건곤

---

11) 허구적인 좌담 형식을 취하고 있다.

발표일	분류	제목	발표지
1933. 7	잡문	들킨 이야기((필명: 雙·S)	별건곤
1933. 7	잡문[12]	各界男女 逢變 紙上 座談會 (필명: 雙·S)	별건곤
1933. 7	수필	원두막의 밤 이야기	신동아
1933. 7	잡문	별같은 반딧불에 싸인 옛 記憶	신가정
1933. 7	잡문	내가 萬一 조선서 첫째가는 聲樂家가 된다면	신동아
1933. 8	단편	팔려간 몸	신가정
1933. 8.26	잡문	투르게-넵흐와 나와 ── 無意識的 影響	조선일보
1933. 9	잡문	'人形의 집을 나와서'를 쓰면서	삼천리
1933. 10	동화	쥐들은 고양이 목에 방울을 달러 나섰다(필명: 徐東山)	신가정
1933. 10	잡문	넌센스武勇譚(其一) 쏜키호-테(武士修業의 一節)	신동아
1933. 10.4	평론	批評精神과 內容의 兩全에	조선일보
1933. 10.8	잡문	베비-쏠프	조선일보
1934. 1.11	평론	似而非評論拒否 ── 創作의 態度와 實際	조선일보
1934. 2	잡문	今年身數는 좋을 뜻	신동아
1934. 2.15-16	평론	文藝批評家論	조선일보
1934. 3	희곡[13]	다섯 귀머거리	신가정
1934. 4	희곡	인테리와 빈대떡	신동아

12) 허구적인 좌담 형식을 취하고 있다.
13) '童劇'이라는 장르 명칭이 붙어 있다.

발표일	분류	제목	발표지
1934. 5-7	단편	레듸-메이드 人生	신동아
1934. 5.10-11	잡문	鄕愁에 煩惱하여서	조선일보
1934. 5.13-18	평론	文藝時感	조선중앙일보
1934. 5.16-11.5	장편	艶魔(필명: 徐東山)(123회 연재)	조선일보
1934. 7	잡문	因緣 맺어진 女人들	신동아
1934. 7	수필	여름·都市·밤·ETC	중앙
1934. 7.11	수필	飛鷹島의 快遊	동아일보
1934. 8[14]	희곡	英雄募集	중앙
1934. 10.3	평론	한 作家로서의 抗辯	조선일보
1934. 12.11	수필	低廻迷暗의 發源	조선일보
1935. 7.18-21	잡문	夏日雜草	조선일보
1935. 8.	잡문	生活海戰從軍記(4회 연재)	조선일보
1935. 8.31	잡문	나의 無力한 '펜' 한 개	조선일보
1935. 12	잡문	斷章 數三題(5회 연재)	조선일보
1936. 1.4	평론	文壇意見	조선일보
1936. 2.13-16,18	평론	文藝時感	동아일보
1936. 5.26-30	평론	小說 안 쓰는 辨明	조선일보
1936. 6	잡문	콩은 誘惑에 빠졌다가	조광
1936. 6.5-7, 9-13	수필	文學人의 觸感	조선일보
1936. 6.20-21, 24-28, 30	평론	文壇時感	조선중앙일보
1936. 7	잡문	農村 시악시와 나	신동아
1936. 7.4-18[15]	단편	보리방아	조선일보

---

14) 1934. 7. 2 탈고.
15) 13회 연재 중 중단했다.

발표일	분류	제목	발표지
1936. 7.17-19, 21-22	수필	여름 風景	조선일보
1936. 8	잡문	出帆前夜	조광
1936. 8	단편	素服 입은 靈魂	신동아
1936. 8	잡문	人間夏景 數題	사해공론
1936. 9	단편	貧 : 第一章 第一課[16]	신동아
1936. 9	콩트	言約	여성
1936. 9[17]	잡문	身邊雜草	중앙
1936. 10-12	단편	明日	조광
1936. 11[18]	콩트	不傳딱지	여성
1936. 12	잡문	文學青年에게 주는 글 ——志望치 마십시요	풍림
1936[19]	희곡	沈봉사	
1937. 1	단편	젖[20]	여성
1937. 1	좌담	現代作家 創作苦心合談會	사해공론
1937. 3-4	단편	어러죽은 모나리자	사해공론
1937. 3	희곡	흘러간 故鄉	조광
1937. 3[21]	단편	生命	백광

16) 후에 『蔡萬植短篇集』(1939)에 실릴 때에는 「貧·第一章 第二課 ——젖」으로 제목이
   바뀌었다. 목차에는 「貧·第一章 第二條」로 되어 있으나 잘못된 것이다.
17) 1936. 5. 21 탈고했다.
18) 미완으로, 1975년 2월 ≪문학사상≫에 유고로 발표되었다.
19) ≪문장≫에 발표하려다 검열, 삭제되어 『韓國文學全集』 33권(민중서관, 1960)에 수록
   했다.
20) 1936년 9월 ≪신동아≫에 발표된 「貧 : 第一章 第一課」를 개제(改題)하여 재수록한
   작품이다.
21) 3·4월 합본호.

발표일	분류	제목	발표지
1937. 3	自解	文人 멘탈테스트	백광
1937. 3-10	중편	停車場 近處	여성
1937. 4-8	단편[22]	어머니를 찾어서	소년
1937. 5[23]	희곡	예수나 않믿었드면	조선문학
1937. 5	잡문	내 漫話	풍림
1937. 5	잡문	밥이 사람을 먹다	백광
1937. 5	잡문	裕貞과 나	조광
1937. 6	잡문	文藝家協會 問題 檢討 ——한 개의 事象으로 봅니다	백광
1937. 8.6	평론	劇評에 대하야	동아일보
1937. 9	콩트	어떤 畵家의 하루(3회 연재)	동아일보
1937. 9.30, 10.1,3,5	평론	朝鮮文壇 近狀	조선일보
1937. 10.12 -1938. 5.17	장편	濁流	조선일보
1937. 10.24,26	평론	出版文化의 危機	조선일보
1937. 11	희곡	祭饗날	조광
1937. 11.16-21	기행	朴淵行 戲畵[24]	동아일보
1937. 12.1-5,7	평론	僞裝의 科學 評論 ——其實 리알리슴에 대한 侮瀆	조선일보
1937. 12	수필	不可飲酒 斷然不可	조광
1938. 1.3	잡문	百萬圓의 圓卓夢	동아일보

---

22) '長篇小說', '少年小說'이라는 두 개의 장르 명칭이 붙어 있다.
23) 4·5월 합본호.
24) 1회 제목은 「朴淵 戲畵」로 되어 있다.

발표일	분류	제목	발표지
1938. 1.14	잡문	痛哭하고 싶은 心情	동아일보
1938. 1	잡문	作家短篇 自敍傳	삼천리 문학
1938. 1-9	장편	天下太平春[25]	조광
1938. 2.4	수필	退酒受難記	동아일보
1938. 2.18-20, 23-26[26]	잡문	일허바린 十年(7회 연재)	조선일보
1938. 3	단편	童話	여성
1938. 3.7-14	단편	痴叔	동아일보
1938. 4	잡문	봄의 顯微鏡的 檢査	조광
1938. 5.14,17	콩트	饗宴(舊稿에서) ——早春의 街頭에서	동아일보
1938. 6	수필	六月의 아츰	여성
1938. 6	단편	두 純情	농업조선
1938. 6.16-18,21	평론	文學과 映畵	조선일보
1938. 7	단편	쑥국새	여성
1938. 7	기행	錦江滄浪 구비치는 群山港의 今日	조광
1938. 7.3,9,10,12	기행	松都雜記	조선일보
1938. 7. 19	평론	朝鮮文壇의 黃金時代	동아일보
1938. 8	단편	이런 處地	사해공론
1938. 8	단편	龍洞宅의 境遇[27]	농업조선
1938. 8	잡문	세 뼘 자란 흑축	여성
1938. 8	기행	臨津江과 그 流域	조광

---

25) 이후 장편집(1940)을 출간할 때에는 『太平天下』로 게재(改題)했다.
26) ≪현대문학≫ 1980년 1월호에 유고라고 하여 재수록되었다.
27) 후에 『蔡萬植短篇集』(1939)에 실릴 때에는 「龍洞宅」으로 개제(改題)했다.

발표일	분류	제목	발표지
1938. 8.4-7,9	평론	作家의 限界	조선일보
1938. 9	기행	拘杞子 열매만 붉어 있는 故鄕	조광
1938. 9	기행	萬頃平野	여성
1938. 10	단편	少妄	조광
1938. 10	잡문	女人들의 머리쪽	사해공론
1938. 11	수필	餘白錄	박문 2집
1938. 11	잡문	遺言	조광
1938. 11	수필	다듬이	조광
1938. 11	평론	먼저 知性의 獲得을	비판
1938. 12.21,23	수필	壯年의 白髮	동아일보
1938. 12.28	콩트	點景	조선일보
1939. 1.1	수필	'설' 없는 新年其他	고려시보
1939. 1.7	잡문	『濁流』의 桂鳳 ──날보고 늙엇다고 타박	동아일보
1939. 1.28	서평	『大河』를 읽고서	조선일보
1939. 1	평론	演劇發展策 ──劇硏座에의 부탁	조광
1939. 1-2	단편	정자나무 있는 揷畵	농업조선
1939. 2.7,8	평론	模倣에서 創造로	동아일보
1939. 2.21	서평	李孝石 氏 著『해바래기』	동아일보
1939. 2	잡문	怪談(爐邊漫話)	조광
1939. 2	수필	續 餘白錄	박문 5집
1939. 3.7,9,10,14	평론	三月 創作槪觀	동아일보
1939. 3	평론	張德祚 女史의 進境	조광
1939. 3	잡문	戀愛의 道具와 生殖의 道具로	여성
1939. 3	잡문	苛酷할 줄 모르는 그리운 봄빛	여성

발표일	분류	제목	발표지
1939. 4	평론	正當한 評價	조선문학
1939. 4	단편	敗北者의 무덤	문장
1939. 4	잡문	安會南 氏에게	여성
1939. 4.6	평론	文學作品의 映畵化 問題	동아일보
1939. 5	잡문	自作案內	청색지
1939. 5.12	잡문	토-키의 悲劇	동아일보
1939. 5.16	잡문	街頭小見	매일신보
1939. 5.22	서평	朴泰遠 氏 著 『支那小說集』	조선일보
1939. 6.5[28]	서평	廉想涉 作 『二心』	조선일보
1939. 6.19~11.19	장편	金의 情熱(152회 연재)	매일신보
1939. 7	단편	南植이	여성
1939. 7	단편	斑點	문장
1939. 7	수필	茶房讚	조광
1939. 7	잡문	似而非 農民小說	조광
1939. 7.23	수필	葡萄酒	매일신보
1939. 7.28~30, 8.2	수필	鎖夏隨筆	조선일보
1939. 8	수필	犯罪 아닌 犯罪	조광
1939. 8	수필	말 몇 개	문장
1939. 8	수필	紙蟲	박문 10집
1939. 8.4	단편집	『蔡萬植短篇集』[29]	학예사
1939. 8.12	수필	病疾·醫療	매일신보
1939. 9.9	수필	山菜	매일신보

---

28) ≪박문≫ 1939년 7월호에 재수록되었다.
29) 「生命」, 「貧 : 第一章 第二課」, 「童話」, 「이런 處地」, 「少女」, 「쑥국새」, 「龍洞宅」, 「정
   자나무 있는 揷畵」 등 8편이 수록되어 있다.

발표일	분류	제목	발표지
1939. 10	단편	摸索	문장
1939. 10	단편	興甫氏	인문평론
1939. 10	단편	颶風[30]	박문 12집
1939. 10.5, 6	수필	秋窓漫筆	매일신보
1939. 10.16	수필	秋題 二三	고려시보
1939. 11	단편	이런 男妹	조광
1939. 11	장편집	『濁流』[31]	박문서관
1939. 11.15	수필	晩景	매일신보
1939. 12.3	수필	冬眠	매일신보
1939. 12.10	수필	鐵條網	매일신보
1940. 1-2	단편	車 안의 風俗	신세기
1940. 2	잡문	金과 文學	인문평론
1940. 2	수필	봄을 保障한다	조광
1940. 2	잡문	文學을 나처럼 해서는	문장
1940. 2	기행	南行記	문장
1940. 2. 21	기행	登攀岩	매일신보
1940. 3	수필	厄年	박문 16집
1940. 3.14	수필	難物인 音樂	매일신보
1940. 3.14	잡문	車中의 所見	매일신보
1940. 3.23,25	수필	高麗磁器頌	매일신보
1940. 3.26-28	평론	作品權의 辯	매일신보
1940[32]	장편집	『太平天下』	명성사

---

30) 장편 『濁流』에 재수록했다.
31) 재판은 1941년 5월 30일에, 3판은 1949년 민중서관에서 나왔다.
32) 1948년 『太平天下』의 재판본이 출간되는데(이 책의 작자 서문이 씌어진 날짜는 1948년 10월 16일로 되어 있고 출판사는 확인할 수 없었다.), 여기에 실린 초판본 작가 서문이

발표일	분류	제목	발표지
1940. 4	평론	三月의 作品들	인문평론
1940. 4	수필	病餘雜記	조광
1940. 4	수필	애猪찜	박문 17집
1940. 4	단편	巡公 있는 日曜日	문장
1940. 4-5	중편	冷凍魚	인문평론
1940. 5,7-11	중편	젊은 날의 한 句節[33](미완)	여성
1940. 5.10	수필	病後記	매일신보
1940. 6	수필	어머니의 슬픈 祈願	조광
1940. 6.5-8, 10,11	수필	安養卜居記	매일신보
1940. 6.14-15	수필	明日에 企待하는 人間 "타입"	조선일보
1940. 7	평론	小說을 잘 씁시다	조광
1940. 7	수필	나의 '꽃과 兵丁'	인문평론
1940. 8.21-24,26	평론	文學과 解釋	매일신보
1940. 9.25-28,30	평론	文藝時評	매일신보
1940. 10	희곡	螳螂의 傳說	인문평론
1940. 10	수필	外來語 使用의 斷片感	한글 80호
1940. 11.19	서평	金南天 著『사랑의 水族館』評	매일신보
1940. 11.22,23	잡문	大陸經綸의 壯圖, 그 世界史的 意義	매일신보
1940. 12	잡문	新婦의 버선코가	삼천리
1940. 12	단편	懷	조광
1941. 1.5,10,13,	평론	時代를 背景하는 文學	매일신보

씌어진 날짜가 1940년 3월 6일로 되어 있다.

33) 6회에서 9회까지 4회분은 유고로 『蔡萬植全集』(1989)에 발표되었다.

발표일	분류	제목	발표지
14,15			
1941. 1	평론	文學과 全體主義	삼천리
1941. 1	잡문	自由主義를 淸掃	삼천리
1941. 1	단편	近日	춘추
1941. 1.25,27,28	수필	風俗時評	매일신보
1941. 2	단편	四號一段	문장
1941. 2	수필	彷徨 二十年	신시대
1941. 2.20	단편	鐘路의 住民	『祭饗날』
1941. 3.17	단편	邂逅	『祭饗날』
1941. 3.6,7,14,22	수필	住宅	매일신보
1941. 4	동화	왕치와 소새와 개미와	문장 폐간호
1941. 5.15-18	수필	歸鄕途中	매일신보
1941. 6	단편	집	춘추 2권 5호
1941. 6.10	장편집	『金의 情熱』	영창서관
1941. 7	단편	病이 낫거던──「童話」의 續篇으로	조광
1941. 9	잡문	農村에 이바지한 組合의 至大한 功獻	半島の光[34]
1941. 11.7,8,10,11	좌담	國民文學의 工作鼎談會 ──作家의 立場	매일신보
1942. 2.10-7.10	장편	아름다운 새벽((145회 연재)	매일신보
1942. 2	단편	鄕愁[35]	야담
1942. 2.28	단편	揷話	『집』
1942. 2-10	중편	裴裨將	半島の光

---

34) 『家庭の友』를 개제(改題)한 잡지.
35) 「姜선달」로 개제, 단편집 『집』(1943)에 수록했다.

발표일	분류	제목	발표지
1942. 3[36]	수필	嬰兒는 나다	대동아[37]
1942. 9	수필	오리식례, 술멕이	신시대
1942. 12.11	수필	捕虜의 示唆	경성일보
1943. 1.18	잡문	偉大한 아버지 感化	매일신보
1943. 1	잡문	池麟泰大尉遺族訪問記 ——半島 最初로 진 軍國의 꽃	신시대
1943. 1	수필	明太	신시대
1943. 1	잡문	追慕되는 池麟 泰大尉의 自爆	춘추
1943. 1.18	잡문	榮譽의 遺家族을 찾아서	매일신보
1943. 2.17-24	기행	間島行	매일신보
1943. 3-10	장편	어머니[38](미완)	조광
1943. 4	잡문	農産物出荷(供出)其他	半島の光
1943. 5	수필	棍杖一百度	신시대
1943. 7	수필	몸빼-是是非非	半島の光
1943. 10.25	단편집	『집』[39]	조선출판사
1943. 8.3	잡문	鴻大하옵신 聖恩	매일신보
1943. 10.25	단편	善良하고 싶던 날	『집』
1943. 10.25	단편	암소를 팔아서	『집』
1943. 11.30	중편집	『裵裨將』	박문서관
1943	방송극	嬰鷄(유고)	『전집9』[40]

---

36) 잡지 표지에는 5월호로 되어 있다.
37) ≪삼천리≫를 개제한 잡지.
38) 1947년 『女子의 一生』으로 개제, 개작하고 완성하여 출판함.
39) 「집」, 「巡公 있는 日曜日」, 「興甫氏」, 「懷」, 「童話」, 「암소를 팔아서」, 「강선달」, 「挿話」, 「病이 낫거던」 등 9편 수록.
40) 창작과비평사에서 간행한 『채만식전집』을 말한다. 이하에서도 마찬가지로 표기.

발표일	분류	제목	발표지
1944. 3	단편[41]	理想的 新婦	방송지우
1944. 3-7	단편	軍神	半島の光
1944. 6	잡문	輕金屬工場의 하루	신시대
1944. 10	잡문	疎惡品 其他	조광
1944. 10.5 -1945. 5.16	장편	女人戰紀((101회 연재)	매일신보
1944. 11 -1945. 2	장편[42]	沈봉사	신시대
1944[43]	단편	妻子(유고)	자유문학(1961. 7)
1944[44]	단편	實의 功(유고)	가정생활(1962.10)
1945. 10	콩트	遺感	한성시보
1945. 12.22	수필	八·一五 前後	건설[45] 1권 5호
1946. 1	수필	上京後	백민
1946. 1.20	작품집	『朝鮮短篇文學 選集』第一集[46]	범장각
1946. 3.1	수필	己未 三一날	한성일보
1946. 3[47]	단편	孟巡査	백민
1946. 6	단편	歷路	신문학
1946. 6	좌담	創作合評會	신문학

---

41) '방송소설'로 창작, 발표된 작품이며 '가정소설'이라는 장르 명칭이 붙어 있다.
42) 장편으로 계획했으나 4회 연재 중 중단으로 미완성된 작품. 1949년에 이 작품을 개작하면서 다시 한 번 장편 창작을 시도했으나 역시 4회 연재 중 중단되었다.
43) 광장리에 살던 시절 쓴 작품이다.
44) 정확한 집필 시기를 알기 힘들다. 만일 '實'이 작가의 친딸 영실(1944년 출생)을 모델로 한 인물이라면 이 작품은 작가의 말년에 씌어진 작품이 된다.
45) 주보(週報)다.
46) 「螳螂의 傳說」수록.
47) 3·4월 합병호.

발표일	분류	제목	발표지
1946. 7	단편	미스터 方	대조
1946. 10	단편	논 이야기	협동
1946. 11.15[48]	중편집	『許生傳』	협동문고
1946. 12	작품집	『祭饗날』[49]	박문출판사
1947. 3.10	작품집	『朝鮮代表作家 全集』第八卷[50]	서울타임스사
1947. 6-7	단편	흥부傳(미완)	협동
1947. 10-11	희곡	沈봉사	전북공론
1947	장편집	『아름다운 새벽』[51]	박문출판사
1948. 1.18	장편	玉娘祠[52]	희망
			(1955. 5-1956. 5)
1948. 6.20	작품집	『朝鮮文學全集 短篇集』	한성도서주식회사
1948. 7.26	단편	妻子[53]	주간서울
			34, 35호[54]
1948[55]	단편집	『잘난 사람들』[56]	민중서관
1948. 8.15	단편	落照	『잘난 사람들』

48) 1946년 9월 16일에 탈고했다.
49) 「敗北者의 무덤」, 「少妄」, 「痴叔」, 「邂逅」, 「鐘路의 住民」, 「祭饗날」 등 6편 수록.
50) 『女子의 一生』(해방 전 작품인 『어머니』를 개제, 개작하고 완성한 작품), 「摸索」, 「四
號一段」 등 수록.
51) 전반부만 수록되어 있다. 이는 해방 전 ≪매일신보≫ 연재본 중 1942년 2월 10일에서 4월
21일까지의 내용에 해당된다. 나머지 4월 22일에서 7월 10일까지의 내용은 수록되어 있
지 않다.
52) 유고.
53) 해방 전의 같은 제목의 작품과 전혀 다른 작품이다.
54) 직접 확인하지는 못했고 창작과비평사에서 간행한 『채만식전집』의 연보를 그대로 인용
한 것이다.
55) 작가 후기를 적은 날짜가 9월 26일로 되어 있다.
56) 「落照」, 「도야지」, 「논 이야기」, 「孟巡査」, 「미스터 方」, 「痴叔」, 「이런 男妹」 등 7편
수록.

발표일	분류	제목	발표지
1948. 10	단편	도야지	문장[57]
1948. 10.15	작품집	『螳螂의 傳說』[58]	을유문화사
1948. 10-11	단편	民族의 罪人	백민
1948	단편	淸流(유고, 미완)	현대문학 (1986. 11)
1948. 11.19	평론	逆版 그레샴 法則	서울신문
1948. 12.25	작품집	『解放文學選集 短篇集』 1[59]	종로서원
1949. 1	동화	이상한 선생님	어린이나라
1949. 1	서평	『靑春雜俎』를 받아 읽고	협동
1949. 1	단편	歷史 ── 총기 좋은 할머니	학풍
1941. 2-3	단편	늙은 極東選 手 ──「歷史」第二話	신천지
1949	단편	아시아의 運命(유고)	야담 55호
1949. 2.25	중편	少年은 자란다[60]	월간문학 72호
1949. 3	수필	한글 校正·誤植·사투리	민성 5권 4호
1949. 3,5,7,9	장편	沈봉사[61](미완)	협동
1949. 11	수필	밤손님	협동
1949	장편집	『黃金狂時代』[62]	중앙출판사
1950	단편	소 ──白手哀(유고, 미완)	『전집 10』[63]

57) 속간호.
58) 「斑點」, 「懷」, 「四號一段」, 「鐘路의 住民」, 「螳螂의 傳說」 등 5편 수록.
59) 「논 이야기」 수록.
60) 유고.
61) 1944년에 발표된 작품을 개작한 작품. 그러나 그때와 마찬가지로 애초의 계획과는 다르게 4회 연재만으로 중단되었다.
62) 해적판으로 간행된 『太平天下』.
63) 작품 연보에 소개되어 있다. 동서문화사에서 간행한 『동서한국 문학전집 5─채만식』(1960)

발표일	분류	제목	발표지
1956. 4	단편	黃金怨(1938년 작 유고)	현대문학
1958. 1.17	장편집	『愛情의 봄』[64]	대동사
1958. 7.1	작품집	『韓國短篇小說 全集』 제2권[65]	백수사
1958.	장편집	『꽃다운 靑春』[66]	중앙출판사
1958. 12.10	작품집	『韓國文學全集』제9권[67]	민중서관
1960. 5.15	희곡집	『韓國文學全集』제33권[68]	민중서관
1961. 3	단편	車中에서(1941년 작 유고)	체신문화
1961. 10.31	장편집	『玉娘祠』[69]	성화사
1962. 11	단편	上京半折記((1939년 작 유고)	신사조
1969	단편집	『韓國短篇文學 大系』 제3권[70]	삼성출판사
1970. 4.10	장편집	『韓國長篇文學 大系』 제7권 『濁流』	성음사
1972. 8.26,29	평론	閑題 數片((1937년 작 유고)	동아일보
1972. 10.20	작품집	『新韓國文學全集 7 : 蔡萬植選集』[71]	어문각
1973. 2	희곡	가죽버선((1972년 작 유고)	문학사상
1973. 3.15	작품집	『韓國短篇文學 選集』 26[72]	정음사

에는 이 작품의 육필 원고의 맨 첫 장 사진이 수록되어 있기도 하다.

64) 해적판으로 간행된 『태평천하』.

65) 「레디메이드 인생」, 「痴叔」 수록.

66) 해적판으로 간행된 『濁流』.

67) 『濁流』, 『太平天下』, 「레디메이드 人生」 수록.

68) 「沈봉사」(1936년 작품) 수록.

69) 유고.

70) 「레디 메이드 人生」, 「痴叔」, 「巡公 있는 日曜日」, 「논 이야기」 수록.

71) 『濁流』, 「太平天下」, 「레디메이드 人生」, 「痴叔」, 「巡公 있는 日曜日」, 「논 이야기」, 「쑥국새」, 「明日」, 「정자나무 있는 挿畵」, 「生命」 등 수록.

발표일	분류	제목	발표지
1973	단편	過渡期((1923년 작 유고)	문학사상 7·8호
1974. 4.1	단편집	『現代韓國短篇 文學全集』A-17[73]	문원각
1974. 4.1	단편집	『現代韓國短篇 文學全集』A-18[74]	문원각
1974. 8.15	중편집	『韓國中篇小說 文學전집』2[75]	을유문화사
1974. 12.30	작품집	『落照』[76]	정음사
1975. 1.30	단편집	『韓國代表短篇文學』제8권[77]	정한출판사
1975. 1	단편	生命의 遊戲((1928년 작 유고)	문학사상
1975. 2.1	단편집	『레디메이드人生』[78]	삼중당
1975. 9.15	수필집	『韓國代表隨筆 文學全集』제3권[79]	을유문화사
1976. 2	수필	朴淵瀑布로의 招待狀 (1940년 작 유고)	문학사상
1976. 2-3	시나리오	無藏三冬(薄土)(1941년 작 유고)	문학사상
1976. 4.5	장편집	『濁流(上, 下)』	삼중당
1976. 6.25	작품집	『韓國文學大全集 5 ──蔡萬植 篇』[80]	태극출판사
1978. 4.30	수필집	『다듬이 소리』[81]	범우사
1978. 7.1	작품집	『韓國現代文學 全集』제8권[82]	삼성출판사

---

72) 표제작「少年은 자란다」외 7편 수록.
73)「세 길로」외 25편 수록.
74)「레디메이드 人生」외 20편 수록.
75)「少年은 자란다」수록.
76)「落照」,「冷凍魚」수록.
77)「세 길로」외 29편 수록.
78)「레디메이드 人生」외 8편 수록.
79)「碧桃花에 어린 옛 記憶」외 3편 수록.
80)「濁流」,「女子의 一生」,「過渡期」,「富村」,「레디메이드 人生」수록.
81)「어머니의 슬픈 祈願」외 22편 수록.
82)「濁流」,「레디메이드 人生」,「少妄」,「祭饗날」,「閑題 數片」,「茶房讚」,「어머니의 슬

발표일	분류	제목	발표지
1982. 10.15	단편집	『代表 韓國短篇 文學全集』 1[83]	신영출판사
1985. 10.20	작품집	『문예총서 4 —— 한국 대표 명작 蔡萬植』[84]	지학사
1986. 12. 1	작품집	『正統 韓國文學 大系 6 : 蔡萬植·桂鎔默』[85]	어문각
1990. 6. 30	작품집	『동서한국 문학 전집 5 : 蔡萬植』[86]	동서문화사
1995. 1. 10	장편집	『한국소설문학 대계 14 : 탁류』	동아출판사
1995. 1. 10	작품집	『한국소설문학 대계 15 : 태평천하』[87]	동아출판사

<hr>

픈 祈願」, 「劇硏座에의 부탁」 등 수록.

83) 「세 길로」, 「레디메이드 人生」 수록.

84) 단편 「세 길로」 외 9편과 산문 「自作案內」 외 3편 수록.

85) 「太平天下」, 「팔려간 몸」, 「레디메이드 人生」, 「痴叔」, 「少妄」, 「病이 낫거든」, 「미스터 方」, 「民族의 罪人」 등 수록.

86) 「탁류」, 「민족의 죄인」, 「정자나무 있는 삽화」, 「레디메이드 인생」, 「명일」, 「치숙」, 「태평천하」 등 수록.

87) 「태평천하」, 「레디메이드 인생」, 「치숙」, 「냉동어」, 「맹순사」, 「논 이야기」, 「미스터 방」, 「처자 2」(해방 후 작품), 「낙조」, 「민족의 죄인」 등 수록.

채만식 연구 서지[88)

1924. 12	이광수, 「소설선 후언」, 《조선문단》.
1925. 9	6인[89), 「조선문단 합평회 ── 제6회 ──7월창작소설 총평」, 《조선문단》.
1930. 5.28	염상섭, 「5월창작 단평」, 《조선일보》.
1930. 6 · 7	윤기정, 「문예시평 ──5월창작 개평」, 《대조》.
1931. 1.30-2.1	함일돈, 「창작계의 2.3고찰」, 《동아일보》.
1931. 2	김진섭, 「1931년도 상반기 창작 총평」, 《혜성》.
1931. 11	함일돈, 「9월 창작평 ──소설3편, 희곡3편」, 《문예월간》.
1931. 10.24-27	전무길, 「9,10월 창작평 ──소설과 희곡에 한함」, 《조선일보》.
1931. 12	백철, 「문예시평 ──11월호 잡지를 중심으로」, 《혜성》.
1932. 1	현인, 「문단촌침」, 《비판》.
1932. 1.30-2.10	함일돈, 「창작계의 2.3고찰 ──최근 1년간의 작품과 작가」, 《동아일보》.
1932. 2.4-3.8	현인, 「방랑적 작가에게[90) ── 약간의 준비적 질문에 답함」, 《중앙일보》.
1932. 7	채고영, 「채만식 인상기」, 《동광》.

---

88) 연구사를 작성함에 국어문학회 엮음, 『채만식 문학연구』(한국문화사, 1997)를 참조했음을 밝혀두면서 감사를 표합니다.
89) 양백화, 김동인, 현빙허, 나도향, 방춘해, 최서해 등
90) 1회에서만 '蔡萬植君에'로 되어 있다.

1932. 9	신고송, 「동반자작가 문제」, ≪제일선≫.
1932. 11	백철, 「창작계 총평」, ≪신동아≫.
1932. 12	이갑기, 「동반자작가의 제문제」, ≪삼천리≫.
1933. 6.28-29	안회남, 「채만식논변」, ≪조선일보≫.
1933. 12	백철, 「33년도 신문소설계 —— 연재소설과 신인작가시대」, ≪신동아≫.
1933. 12	김팔봉, 「1933년도 단편창작 76편」, ≪신동아≫.
1934. 1	김팔봉, 「조선문학의 현재와 수준」, ≪신동아≫.
1934. 3	임화, 「현대문학의 제경향」, ≪우리들≫.
1934. 8	박영희, 「상반기 단편소설 총평 —— 제2의 과도기를 넘는 조선문학의 제경향」, ≪신동아≫.
1934. 9	S. K생, 「최근 조선문단의 동향」, ≪신동아≫.
1934. 12	박태원, 「주로 창작에서 본 1934년의 조선문단」, ≪중앙≫.
1935. 7.14,18,21	최재서, 「풍자문학론」, ≪조선일보≫.
1936. 2. 21-23, 25, 28	한식, 「풍자문학에 대하야」, ≪동아일보≫.
1936. 7	김문집, 「상반기문단 총결산 —— 정리와 신규요구」, ≪중앙≫.
1937. 2	백철, 「신춘誌 창작 개평」, ≪조광≫.
1937. 3	김우철, 「채만식론」, ≪풍림≫.
1937. 7.10,14	이운곡, 「풍자문학의 길」, ≪동아일보≫.
1937. 11.3	정비석, 「퇴색된 표현기술과 상실된 예술성」, ≪조선일보≫.
1937. 12	이원조, 「정축1년간 문예계 총관 —— 주류탐색의 한 노정표로서」, ≪조광≫.
1938. 5	김남천, 「세태, 풍속묘사 기타 —— 채만식의 『탁류』와 안회남의 단편」, ≪비판≫.
1938. 6	최재서, 『빈곤과 문학』 인문사.
1938. 8	백철, 「종합문학의 건설과 장편소설의 현재와 미래」, ≪조광≫.

1938. 11.17-27	임화, 「속문학의 대두와 예술문학의 비극」, 《동아일보》.
1938. 12	백철, 「금년간의 창작계 개관」, 《조광》.
1939. 10	정인택, 「채만식단편집」, 《문장》.
1939. 11.29	정래동, 「지방색이 농후한 채만식 단편집」, 《동아일보》.
1939. 12.28	백철, 「채만식의 『탁류』를 읽고」, 《매일신보》.
1939. 12	김남천, 「산문문학의 1년간」, 《인문평론》.
1939	이원조, 「평론계」, 『소화 14년도판 조선문예 연감 —— 조선 작품연감』 별권, 인문사.
1939	임화, 「창작계」, 『소화 14년도판 조선문예 연감 —— 조선작품연감』 별권, 인문사.
1939	김남천, 「장편소설계」, 『소화 14년도판 조선문예 연감 —— 조선작품연감』 별권, 인문사.
1940. 1.15	김남천, 「채만식저 『탁류』의 매력 —— 연재소설의 새 경지」, 《조선일보》.
1940. 7	안함광, 「최근의 작품경향」, 《인문평론》.
1940. 8	이헌구, 「극히 인상적인 소묘 —— 상반기의 창작평」, 《조광》.
1940. 10	정의호, 「인간성격의 분열 ——『탁류』의 인물의 제상(장편소설검토(1))」, 《인문평론》.
1940. 11	안회남, 「통속소설의 이론적 검토」, 《문장》.
1940. 11	윤규섭, 「작가의 고립 —— 10월 창작평」, 《인문평론》.
1940	임화, 『문학의 논리』, 학예사.
1941. 2	윤규섭, 「조선문단의 금후」, 《춘추》.
1941. 4.20	김남천, 「요설과 다변성」, 《매일신보》.
1950. 6.23	이무영, 「곡 채만식형」, 《국도신문》.
1956. 3.23	이무영, 「결백했던 채만식」, 《경향신문》.
1956. 4.6	이무영, 「채만식의 인간과 문학」, 《서울신문》.
1956. 8	백철, 「채만식형의 문학적 모습」, 《자유문학》.

1963. 1   안수길, 「간도서 뵌 채만식선생」, 《현대문학》.

1963. 5   박계주, 「채만식과 신소설」, 《여원》.

1963. 9   유화웅, 「채만식론」, 《국문학(고려대)》 7권.

1964. 4.28   하동호, 「처녀작 주변」, 《신아일보》.

1964   두창구, 「채만식 작품론」, 《문경》 16호.

1966   임종국, 『친일문학론』, 평화출판사.

1966   천이두, 「현실과 소설——한국단편소설론(3)」, 《창작과비평》.

1968. 10   김윤식, 「풍자의 방법과 리얼리즘」, 《현대문학》.

1968   장경숙, 「채만식 연구——그의 문학의 한 단편」, 《성심어
              문논집》 2집.

1970   성낙희, 「풍자문학론—— 채만식론을 겸하여」, 《청파문학》
              9호.

1971. 2   이재홍, 「채만식론」, 건국대 석사 논문.

1972. 2   유준기, 「채만식소설에 나타난 풍자 및 해학성 연구」, 고려
              대 교육대학원 석사 논문.

1971   김현, 「식민지시대의 문학——염상섭과 채만식」, 《문학과
              지성》.

1972   윤병로, 「채만식과 그 문학」, 신한국문학전집 7 『채만식선
              집』, 어문각.

1972   신동욱, 「채만식의 '레디메이드 인생'」, 『한국현대문학론』,
              박영사.

1972   김치수, 「역사적 『탁류』 의식」, 『현대한국 문학의 이론』,
              민음사.

1972. 6-12   장영창, 「작가 채만식선생을 회고한다」, 《신여원》.

1972. 7   신동한, 「채만식론」, 《창조》.

1972. 11   정한숙, 「붕괴와 생성의 미학」, 《민족문화연구》.

1973. 2   강금숙, 「한국풍자소설의 연구—— 채만식작품을 중심으로」,

이화여대 석사 논문.

1973. 2	이래수, 「채만식 연구」, 동국대 석사 논문.
1973	홍이섭, 「채만식의 『탁류』── 근대사의 한 과제로서의 식민지의 궁핍화」, 《창작과비평》.
1973	김현, 「채만식 혹은 진보에의 신념」, 《문학과지성》.
1973. 8	최태웅, 「검열에 사장되었던 처녀작」, 《문학사상》.
1973. 10	최하림, 「채만식과 그의 30년대」, 《현대문학》.
1973. 12	채계열, 「아버지 채만식」, 《문학사상》.
1973. 12	윤한숙, 「새 자료로 본 채만식의 생애」, 《문학사상》.
1973. 12	정한숙, 「상황과 예술의 일체성 ── 채만식의 문학사적 위치」, 《문학사상》.
1973. 12	천이두, 「프로메테우스의 언어들 ── 채만식의 문장」, 《문학사상》.
1973. 12	홍기삼, 「풍자와 간접화법」, 《문학사상》.
1973. 12	유민영, 「극으로 본 채만식」, 《문학사상》.
1973. 12	차범석, 「현실투시의 또다른 얼굴」, 《문학사상》.
1973. 12	이혜경, 「채만식 연구」, 《한국어문학연구(이화여대)》 13집.
1973	김병익, 「풍자정신의 채만식」, 『한국문단사』, 일지사.
1973	김용성, 「채만식론」, 『한국현대문학사탐방』, 국민서관.
1974. 2	이주형, 「채만식 연구」, 서울대 석사 논문.
1974. 6	장영창, 「채만식의 인간과 사상과 문학」, 《한국문학》.
1974. 8	송하춘, 「채만식 연구」, 고려대 석사 논문.
1974	윤병로, 「채만식론 ── 풍자문학의 선구」, 『현대작가론』, 선명문화사.
1974	이주형, 「『삼대』와 『태평천하』의 비교연구」, 《우리문화》 5호.
1974	한지현, 「반어법의 성격과 작가의 시선 ── '치숙'과 '날개'를 중심으로」, 《국어국문학》 64호.

1975. 2	남형원, 「1930년대 소설에 나타난 순수문학과 풍자문학 ——이효석과 채만식을 중심으로」, 이화여대 석사 논문.
1975. 8	구창환, 「한국풍자문학의 연구」, 조선대 박사 논문.
1975. 8	김종곤, 「채만식 연구」, 중앙대 석사 논문.
1975	구창환, 「한국현대소설의 풍자성 고찰」, ≪종합논문집(조선대)≫ 1집.
1976. 2	이덕화, 「신화비평방법을 적용한 채만식의 『탁류』 분석」, 연세대 석사 논문.
1976	김윤식, 「한국소설의 미학적 기반(상)」, ≪한국학보≫.
1976. 3	김윤식, 「민족의 죄인과 죄인의 민족 —— 채만식의 경우」, ≪수필문학≫.
1976	김윤식, 「풍자와 그 소멸의 관계」, 『한국현대문학사, 1945-75』, 일지사.
1976	구중서, 「사회성과 풍자성」, 『한국 문학전집5』, 태극출판사.
1976.	유민영, 「채만식의 희곡」, ≪연극평론≫.
1976	이래수, 「채만식 연구」, ≪동악어문논집≫ 9집.
1976	김영화, 「채만식의 소설 연구」, ≪인문사회과학논문집(제주대)≫ 8집.
1976	신언철, 「채만식 문학의 풍자성에 관한 연구」, 『논문집(대전공전)』 19집.
1977. 2	이정숙, 「채만식 연구 ——그의 소설을 중심으로」, 연세대 교육대학원 석사 논문.
1977. 2	최을룡, 「채만식의 『태평천하』 연구」, 계명대 교육대학원 석사 논문.
1977. 8	우명미, 「채만식론」, 서울대 석사 논문.
1977. 8	민현기, 「채만식 연구 ——풍자소설을 중심으로」, 서울대 석사 논문.

1977   三枝壽勝, 「굴복과 극복의 말──일제말기 한국문학이 제기하는 문제점」, ≪문학과지성≫.

1977   이주형, 「채만식 소설 속에 나타난 일제하 인텔리의 운명과 저항──'레디메이드 인생'에서 '냉동어'까지」, ≪국어교육연구(경북대)≫.

1978. 2   강봉기, 「채만식 연구──1930년대 풍자소설을 중심으로」, 서울대 석사 논문.

1978. 2   장양수, 「채만식 풍자소설에 나타난 역사의식」, 부산대 석사 논문.

1978. 2   박기원, 「연암과 채만식의 풍자소설 비교──한국소설의 전통성문제 규명을 위한 시고」, 중앙대 석사 논문.

1978. 12   이래수, 「채만식 문학의 전개양상」, ≪국어국문학≫ 78호.

1979. 2   임영희, 「『삼대』와 『태평천하』의 대비 연구」, 동아대 석사 논문.

1979. 2   이래수, 「상황과 작가의식──채만식론」, ≪현대문학≫.

1979   김윤식, 「서사양식과 극양식──채만식의 경우」, ≪한국학보≫ 16호.

1979   염무웅, 「일제하 지식인의 고뇌」, 『민중시대의 문학』, 창작과비평사.

1979   구인환, 「채만식론」, 『현대작가론』, 형설출판사.

1979   구인환, 「채만식 소설의 이원성」, 『성봉김성배박사 회갑기념논문집』.

1979   구중서, 「채만식론」, 『민족문학의 길』, 새밭.

1979   이정탁, 『한국풍자문학연구』, 이우출판사.

1979   홍기삼, 「채만식의 『탁류』」, ≪정경문화≫ 173호.

1979   백남국, 「풍자적 플롯의 전개과정에서 은유적 구조의 역할──소설 『태평천하』의 풍자성 분석」, ≪국제어문≫ 1집.

1980. 2	이선자, 「채만식 연구」, 연세대 교육대학원 석사 논문.
1980	조동일, 「채만식의 『탁류』──소설 수법의 새로운 양상과 그 효과」, 『문학연구방법』, 지식산업사.
1980	이어령, 「채만식」, 『한국작가전기연구』하, 동화출판공사.
1980	민현기, 「『태평천하』의 작품구조와 작가정신」, ≪관악어문연구≫ 5집.
1980	조건상, 「김유정과 채만식 소설의 특질고──해학과 풍자의 거리」, ≪남학보≫ 3집.
1980	이인숙, 「『태평천하』와 판소리계 소설과의 관계」, ≪한국어교육≫ 1호.
1981. 2	장성수, 「채만식 소설 연구──작가 의식의 변모를 중심으로」, 고려대 석사 논문.
1981. 2	김시중, 「채만식 연구──작품에 나타난 특징을 중심으로」, 고려대 교육대학원 석사 논문.
1981. 2	신상웅, 「『태평천하』의 풍자구조 연구」, 세종대 석사 논문.
1981. 2	천혜숙, 「채만식의 농촌소설 연구」, 계명대 석사 논문.
1981. 2	기춘호, 「한국근대소설의 풍자성 연구──1930년대 작품을 중심으로」, 충북대 석사 논문.
1981. 2	정희룡, 「채만식 소설 연구」, 원광대 석사 논문.
1981. 8	이훈, 「채만식 소설 연구」, 서울대 석사 논문.
1981. 8	김춘강, 「채만식 소설에 나타난 여성상 연구」, 고려대 교육대학원 석사 논문.
1981. 8	최성임, 「채만식의 『태평천하』에 나타난 풍자성 연구」, 이화여대 교육대학원 석사 논문.
1981	김윤식, 「소설의 세계와 희곡의 세계──채만식의 경우」, 『한국현대소설비판』, 일지사.
1981	이주형, 「채만식의 『태평천하』──『태평천하』의 사실주의

적 정신과 반사실주의적 기법」, 『한국현대소설작품론』, 문
장사.

1981   이영숙, 「채만식 연구」, ≪국어교육논총(연세대)≫ 1집

1981   김희숙, 「채만식, 유진오의 작가의식 연구」, ≪문리대논집
(효성여대)≫ 1집.

1981   김인환, 「채만식의 '레디메이드 인생'」, 『한국현대소설작품
론』, 문장사.

1981   두창구, 「채만식 연구──작품세계를 중심으로」, ≪어문연
구≫ 29호.

1981   신상철, 「채만식 소설의 전통성」, ≪선청어문≫ 11·12집.

1982. 2   김인환, 「희극적 소설의 구조원리」, 고려대 박사 논문.

1982. 2   정현기, 「『삼대』, 『탁류』, 『태평천하』의 소설세계에 나타난
인물연구」, 연세대 박사 논문.

1982. 2   윤석달, 「『삼대』와 『태평천하』의 비교 연구」, 고려대 석사
논문.

1982. 2   이인숙, 「현대소설의 판소리 수용연구」, 고려대 석사 논문.

1982. 2   정현숙, 「한국 역사소설 연구──현진건, 채만식 작품을 중
심으로」, 이화여대 석사 논문.

1982. 2   배재욱, 「채만식 소설 연구──돈(錢)을 중심으로」, 경희대
교육대학원 석사 논문.

1982. 2   조병렬, 「채만식 소설 연구──풍자적인 성격을 중심으로」,
영남대 석사 논문.

1982. 8   전정연, 「채만식의 초기소설 연구」, 연세대 석사 논문.

1982. 8   김영택, 「채만식의 풍자소설 연구」, 인하대 교육대학원 석
사 논문.

1982. 8   박정숙, 「채만식 작품에 나타난 작가의식 연구──'레디메
이드 인생', 『탁류』, 『태평천하』를 중심으로」, 동아대 교육

대학원 석사 논문.

1982   신동욱, 「채만식의 소설 연구」, ≪동양학≫ 12집.

1982   신동욱, 『우리시대의 작가와 모순의 미학』, 개문사.

1982   고헌, 「채만식 문학의 배경에 대한 연구」, ≪논문집(군산대)≫ 3집.

1982   최원식, 『민족문학의 논리』, 창작과비평사.

1982   임형택, 최원식, 『한국근대 문학사론』, 한길사.

1982   서종택, 「세속화와 자기풍자 ──『태평천하』, '레디메이드 인생」, 『한국근대소설의 구조』, 시문학사.

1982   유민영, 「시니시즘의 미학 ── 채만식론」, 『한국현대희곡사』.

1982   장양수, 「채만식 풍자소설의 인물고 ── 성격화의 측면에서 본 반영웅적 특성」, ≪국어국문학논문집(동아대)≫ 4집.

1982   이동희, 「채만식 소설의 문체 양상」, ≪국어교육논지(대구교대)≫ 9집.

1982   한주수, 「채만식의 역사소설 연구」, ≪어문학보(강원대)≫ 6집.

1982.   정현기, 「1930년대 한국소설이 감당한 궁핍문제 고찰 ── 염상섭, 박영준, 김유정, 채만식」, ≪현상과인식≫ 23호.

1983. 2   장기호, 「채만식 문학에 나타난 상징성 고찰 : 『탁류』를 중심으로」, 조선대 석사 논문.

1983. 2   조영국, 「채만식의 소설에 나타난 사회성 고찰」, 조선대 교육대학원 석사 논문.

1983. 2   김미영, 「채만식의 『탁류』 연구」, 충남대 석사 논문.

1983. 8   전기철, 「『삼대』와 『탁류』의 대비 고 ── 작가의식과 작품 구조와의 관계를 중심으로」, 서울대 석사 논문.

1983. 8   이정미, 「1930년대 풍자소설의 구조적 연구 ── 채만식 작품을 중심으로」, 중앙대 석사 논문.

1983. 8   김정희, 「채만식의 전희곡에 관한 분석적 연구」, 연세대 교

육대학원 석사 논문.

1983. 8	권혁준, 「채만식 연구——풍자소설을 중심으로」, 단국대 교육대학원 석사 논문.
1983	이선영, 「혼탁한 사회와 반어적 비판」, 『문학이론과 비평의식』, 삼영사.
1983	홍기삼, 「채만식 연구——특히 비판정신을 중심으로」, 『국문학자료논문집(현대문학 편)』.
1983	조건상, 「한국골계소설의 전개과정과 그 양상」, ≪논문집 (성균관대)≫ 33집.
1983	임영애, 「채만식의 역사의식」, ≪우석어문≫ 1집.
1983	신상철, 「'놀부'의 현대적 수용과 그 변형——전통계승의 한 방법」, 『한국고전소설 연구』, 새문사
1983	김지원, 『해학과 풍자의 문학』, 문장사.
1983	신언철, 「채만식 소설의 기법에 관한 연구」, ≪논문집(공주교대)≫ 19집.
1984. 2	이미라, 「채만식 단편소설 연구——소외양상에 따른 작품구조 유형 분석」, 서울대 석사 논문.
1984. 2	김성수, 「이야기의 전통과 채만식 소설의 짜임새」, 한국정신문화연구원 석사 논문.
1984. 2	김용성, 「채만식의 『태평천하』 연구——풍자소설의 심화를 위하여」, 경희대 석사 논문.
1984. 2	박제섭, 「채만식 연구」, 단국대 석사 논문.
1984. 2	김문수, 「채만식 연구」, 국민대 석사 논문.
1984. 2	황국명, 「채만식의 『탁류』 연구」, 부산대 석사 논문.
1984. 2	김상묵, 「채만식 소설의 구조적 조명」, 전북대 석사 논문.
1984. 2	홍정근, 「채만식 단편소설 연구」, 영남대 교육대학원 석사 논문.

1984. 4 　　　　 권영민, 「풍자문학론의 실상과 허상——최재서의 '풍자문 학론'을 중심으로」, 《소설문학》.

1984. 8 　　　　 이경희, 「김유정과 채만식의 작품비교 연구」, 연세대 석사 논문.

1984. 8 　　　　 박영순, 「『탁류』의 의미구조 연구 : 화자의 시점을 중심으 로」, 이화여대 석사 논문.

1984. 8 　　　　 김춘택, 「채만식 소설의 인물 연구」, 성균관대 교육대학원 석사 논문.

1984. 8 　　　　 김윤만, 「채만식 문학의 배경 연구——생장기를 통한 문학 의 형성과정을 중심으로」, 원광대 교육대학원 석사 논문.

1984 　　　　 김윤식(편), 『채만식』, 문학과지성사.

1984 　　　　 이보영, 「출구없는 종말의식, 『식민지시대 문학론』, 필그림.

1984 　　　　 민현기, 「연암, 춘원, 채만식의 '허생전' 대비연구」, 『한국근 대소설론』, 계명대출판부.

1984 　　　　 이주형, 「채만식문학과 부정의 논리」, 『백사전광용박사 정 년퇴임기념논총』, 민음사.

1984 　　　　 이미라, 「채만식 단편소설 연구」, 《논문집(서울대사대)》 19집.

1984 　　　　 이래수, 「채만식의 역사의식」, 《예술평론》 5호.

1984 　　　　 김승환, 「『태평천하』의 윤두섭 연구」, 《개신어문연구》 3집.

1984 　　　　 전흥남, 「8·15공간과 채만식 문학」, 《국어문학》 24호.

1984 　　　　 박덕은, 「채만식의 『태평천하』 연구」, 《논문집(전남대)》.

1984 　　　　 신언철, 「채만식 소설에 나타난 작중인물 연구」, 《논문집 (공주교대)》 19집.

1984 　　　　 홍경표, 「소설에서 나타난 인물유형과 풍자적 기능」, 《논 문집(효성여대)》 28집.

1985. 2 　　　　 조건상, 「한국현대골계소설 연구」, 성균관대 박사 논문.

1985. 2	곽원석, 「채만식의 『탁류』 연구」, 연세대 석사 논문.
1985. 2	김승종, 「『삼대』와 『태평천하』의 대비적 고찰」, 연세대 석사 논문.
1985. 2	김병욱, 「탁류의 작중인물고」, 충남대 교육대학원 석사 논문.
1985. 8	조회경, 「채만식 초기작품 연구」, 숙명여대 석사 논문.
1985. 8	남두현, 「채만식의 '치숙'에서의 아이러니 연구 ── 텍스트 구조분석을 통한 문학사회학적 접근」, 경희대 석사 논문.
1985. 8	김미혜, 「채만식 소설의 풍자성 고찰」, 성균관대 교육대학원 석사 논문.
1985. 8	김두하, 「채만식 장편소설 연구」, 경남대 교육대학원 석사 논문.
1985	임찬순, 「채만식 희곡 연구」, 청주대 석사 논문.
1985	염무웅, 『채만식 평전』, 지학사.
1985	우한용, 「채만식 소설의 언어적 기법」, 『이을환교수 회갑기념논문집』.
1985	이명재, 「채만식 문학 연구 ── 식민지 시대 풍자소설을 중심으로」, ≪논문집(중앙대)≫ 29집.
1985	정경수, 「고전소설의 현대적 수용과 변용」, ≪국어국문학(동아대)≫ 6집.
1985	이래수, 「채만식의 초기소설 연구」, ≪논문집(동국대)≫ 4집.
1986. 2	이래수, 「채만식 소설 연구」, 동국대 박사 논문.
1986. 2	배봉기, 「채만식소설에 나타난 판소리의 서술양식에 대한 고찰」, 연세대 석사 논문.
1986. 2	장난영, 「채만식 희곡 연구 ── 인물분석에 의한 작가의식 고찰」, 이화여대 석사 논문.
1986. 2	이대환, 「채만식의 풍자소설 연구」, 중앙대 석사 논문.
1986. 2	김연숙, 「채만식의 해방 이후 소설 연구」, 고려대 교육대학

원 석사 논문.

1986. 2   최규익, 「채만식의 소설연구」, 국민대 석사 논문.

1986. 2   현상길, 「1930년대 한국소설에 나타난 공간 의식의 양상
           ── 채만식과 이효석의 단편을 중심으로」, 단국대 석사 논문.

1986. 2   간장균, 「채만식 소설 연구」, 단국대 교육대학원 석사 논문.

1986. 2   김재석, 「채만식 희곡 연구」, 경북대 석사 논문.

1986. 2   김호인, 「채만식 소설에 나타난 성격 고찰」, 조선대 교육대
           학원 석사 논문.

1986. 2   송영희, 「1930년연대 풍자소설 일고 ── 채만식과 김유정의
           단편소설을 중심으로 한 대비」, 부산여대 석사 논문.

1986. 8   민용기, 「채만식의 풍자문학 연구」, 원광대 교육대학원 석
           사 논문.

1986   이상갑, 「채만식 연구 ── '소년' 모티브와 세계관상의 구조
           해명을 중심으로」, ≪어문논집(경남대)≫ 2집.

1986   최혜실, 「채만식의 풍자소설 연구」, ≪관악어문연구≫ 11집.

1986   이래수, 『채만식 소설 연구』, 이우출판사.

1986   장성수, 「진보에의 신념과 미래의 전망」, 『한국근대작가연
           구』, 삼지원.

1986   유인순, 「채만식, 최인훈의 희곡작품에 나타난 '심청전'의
           변용」, ≪비교문학≫ 11호.

1986   신상웅, 「채만식문학연구 I ── 장편 『태평천하』를 중심으로」,
           ≪창론(중앙대)≫ 5집.

1986   강정식, 「채만식문학의 풍자 ──『태평천하』를 중심으로」,
           ≪백록어문≫ 1집.

1986   김봉진, 「채만식의 후반기 작품 연구」, ≪한국학논집≫ 9집.

1986   김상선, 「채만식 문학의 연구사 개관 ── 광복되기 전의 것
           을 중심으로」, ≪인문학연구(중앙대)≫ 12, 13집.

1986   김용성, 「아저씨의 총체성 —— 채만식의 '치숙'」, 『한국근대
소설인물 연구』, 인동.

1986   김진기, 「채만식의 희곡 연구」, ≪논문집(청주사대)≫ 18집.

1986   김춘택, 「채만식 소설의 인물 연구」, ≪교육논총(관동대)≫
창간호.

1986   문성숙, 「채만식론 시원」, 『김기동박사 회갑기념논문집』.

1986   박병우, 「채만식문학의 풍자수법 연구」, 『대전어문학』 4집.

1986   최영란, 「채만식 소설 연구」, ≪국어교육논집(대구교대)≫
12집.

1987. 2   신상웅, 「『삼대』와 『태평천하』의 구조에 관한 대비 연구」,
중앙대 박사 논문.

1987. 2   한형구, 「채만식의 세계관과 창작방법 연구 ——『탁류』와 『태
평천하』를 중심으로」, 서울대 석사 논문.

1987. 2   이상갑, 「채만식 연구 ——'소년' 모티브를 중심으로」, 서울
대 석사 논문.

1987. 2   이재명, 「채만식소설 연구」, 연세대 석사 논문.

1987. 2   강현국, 「채만식 소설의 서사구조」, 고려대 석사 논문.

1987. 2   노광복, 「채만식 소설의 서술상황 연구」, 서강대 석사 논문.

1987. 2   박미경, 「채만식 소설의 지식인상 연구」, 성균관대 석사 논문.

1987. 2   박천화, 「채만식 비평사 연구」, 중앙대 석사 논문.

1987. 2   최정숙, 「채만식 소설의 인물 연구」, 덕성여대 석사 논문.

1987. 2   유화수, 「채만식의 소설 연구」, 전북대 석사 논문.

1987. 2   정영길, 「채만식 문학 연구」, 원광대 석사 논문.

1987. 2   윤효식, 「채만식 희곡의 연구」, 영남대 석사 논문.

1987. 2   강성백, 「채만식 소설 연구 ——작중인물의 갈등양상을 중
심으로」, 영남대 교육대학원 석사 논문.

1987. 2   박병윤, 「『태평천하』의 판소리 수용양상에 관한 연구」, 전

북대 교육대학원 석사 논문.

1987. 8   박대성, 「이효석 전기소설의 경향성과 채만식의 『탁류』의 사회성 고」, 한국외국어대 석사 논문.

1987. 8   임학수, 「채만식 소설 연구」, 성균관대 교육대학원 석사 논문.

1987   윤병로, 「채만식의 '「레디메이드 인생'론」, ≪성대문학≫ 25집.

1987   조남현, 「채만식문학의 주요 모티프」, 『한국현대소설연구』, 민음사.

1987   이선영, 「『탁류』의 시각에 관하여」, 『우해이병선박사 화갑기념논총』.

1987   차범석, 「채만식의 희곡세계」, 『동시대의 역사인식』, 범우사.

1987   김동권, 「채만식의 '심봉사'와 '심청전'의 대비 고찰──구성 및 배경설화와 사상성을 중심으로」, ≪목원어문학≫ 6집.

1987   김진석, 「채만식 소설 연구」, ≪논문집(청주사대)≫ 18집.

1987   박창원, 「채만식론」, ≪세종어문연구≫ 3·4집.

1987   장양수, 「채만식의 비동반자작가적 성격」, ≪동의어문논집≫ 3집.

1988. 2   한지현, 「리얼리즘 관점에서 본『탁류』연구」, 연세대 박사 논문.

1988. 2   양승국, 「1930년대 희곡에 나타난 등장인물의 기능」, 서울대 석사 논문.

1988. 2   김경식, 「채만식 문학의 리얼리즘적 성격──리얼리즘 문학의 원론적 접근」, 고려대 석사 논문.

1988. 2   이병원, 「채만식 문학 연구──리얼리즘 및 자연주의 성격을 중심으로」, 중앙대 석사 논문.

1988. 2   박용신, 「채만식 문학의 사상성 연구」, 중앙대 교육대학원 석사 논문.

1988. 2   김동석, 「채만식 소설의 연구 : 사회의식과 문체를 중심으

로」, 성균관대 교육대학원 석사 논문.

1988. 2   박창원, 「채만식론」, 세종대 석사 논문.

1988. 2   정봉기, 「채만식 소설에 나타난 현실 의식 고찰」, 조선대 교육대학원 석사 논문.

1988. 2   이종철, 「채만식 풍자소설 연구」, 계명대 교육대학원 석사 논문.

1988. 2   성락서, 「채만식의 『김의 정열』 연구」, 대구대 교육대학원 석사 논문.

1988. 8   장양수, 「채만식의 민족주의문학 연구」, 동아대 박사 논문.

1988. 8   김인옥, 「채만식작품 연구 —— 현실인식의 전개양상을 중심으로」, 숙명여대 석사 논문.

1988. 8   김종현, 「채만식 소설 연구 : 풍자기법을 중심으로」, 중앙대 석사 논문.

1988. 8   김명숙, 「『태평천하』 연구」, 인하대 교육대학원 석사 논문.

1988   김승종, 「채만식의 '잘난 사람들' 연구」, 《연세어문학》 21집.

1988   황국명, 「가계구성의 극적 실현 —— 채만식의 '제향날'을 중심으로」, 《국어국문학(부산대)》 25집.

1988   류종렬, 「채만식의 역사소설 『옥랑사』 연구」, 《국어국문학 (부산대)》 25집.

1988   박태상, 「채만식의 장편소설 『탁류』 연구」, 《논문집(한국방송통신대)》 9집.

1988   박창원, 「채만식론」, 『백사전광용선생 고희기념논총』.

1988   박창원, 「채만식론」, 《세종어문연구》 5·6집.

1989. 2   강태근, 「한국현대소설의 풍자성 연구」, 경희대 박사 논문.

1989. 2   김영택, 「한국근대소설의 풍자성 연구」, 인하대 박사 논문.

1989. 2   김현주, 「『탁류』구조 연구 —— 독서력학적 관점에서 본」, 서강대 석사 논문.

1989. 2   김현주, 「채만식 희곡의 인물 유형 연구」, 고려대 교육대학원 석사 논문.

1989. 2   노수당, 「채만식 소설 연구」, 인하대 교육대학원 석사 논문.

1989. 2   양수정, 「박지원 소설과 채만식 소설에 나타난 풍자성 비교 고찰」, 전남대 교육대학원 석사 논문.

1989. 2   정석곤, 「채만식 소설의 풍자성에 관한 연구」, 원광대 교육대학원 석사 논문.

1989. 2   지미숙, 「채만식과 김유정문학의 풍자성 연구 ── 단편소설을 중심으로」, 강원대 교육대학원 석사 논문.

1989.   정호웅, 「채만식의 허무주의와 역사담당 주체의 문제 ── 해방공간을 대상으로」, ≪외국문학≫.

1989. 8   김홍기, 「채만식의 숨겨진 필명과 작품고」, ≪선청어문≫ 18집.

1989. 8   김미리, 「1930년대 채만식소설의 풍자성 연구」, 연세대 교육대학원 석사 논문.

1989. 8   권현숙, 「채만식 문학에 나타난 경제의식 연구」, 건국대 교육대학원 석사 논문.

1989. 8   박노태, 「채만식 소설 연구 ── 인물유형을 중심으로」, 영남대 교육대학원 석사 논문.

1989   한형구, 「채만식문학의 깊이와 높이」, 『한국 문학의 리얼리즘과 모더니즘』, 민음사.

1989   임명진, 「『탁류』에 나타난 채만식의 역사의식」, ≪비평문학≫.

1989   유금옥, 「채만식론 I」, ≪원우논총(숙명여대)≫ 7집.

1989   고순자, 「『태평천하』의 구조 연구 ── 판소리계 소설 '흥부전'과의 관련양상을 중심으로」, ≪백록어문≫ 6집.

1989   김숙현, 「『제향날』과 『태평천하』의 대비적 고찰」, ≪경남어문논집≫ 2집.

1989   김상선, 「채만식 희곡론」, ≪어문논집(중앙대)≫ 21집.

1989	장석홍, 「채만식의『김의 정열』연구 —— 상황과 인식을 중심으로」, ≪논문집(건국대)≫ 29집.
1989	김상선, 『채만식연구』, 약업신문사.
1989	신순철, 「『태평천하』연구」, ≪논문집(경주전문대)≫ 4집.
1989	오승룡, 「『태평천하』의 풍자구조 연구」, ≪백록어문≫ 6집.
1990. 2	나병철, 「1930년대 후반기 도시소설 연구」, 연세대 박사 논문.
1990. 2	김홍기, 「채만식 소설 연구」, 연세대 박사 논문.
1990. 2	황국명, 「채만식소설의 현실주의적 전략 연구」, 부산대 박사 논문.
1990. 2	정현숙, 「채만식 소설에 나타난 해방직후 사회상 연구」, 인하대 석사 논문.
1990. 2	최정삼, 「채만식 소설에 나타난 해방직후 사회상 연구」, 원광대 석사 논문.
1990. 8	김숙현, 「채만식 희곡 연구」, 경남대 박사 논문.
1990. 8	강덕구, 「채만식 소설의 인물연구」, 성균관대 교육대학원 석사 논문.
1990. 8	박삼균, 「채만식의 ‘소년은 자란다’에 나타난 현실인식」, 관동대 교육대학원 석사 논문.
1990	조동일, 「서사시의 전통과 근대소설」, ≪관악어문연구≫ 15집.
1990	김재석, 「일제강점기 촌극의 한 양상 —— 채만식을 대상으로」, ≪국어국문학≫ 103호.
1990	박태상, 「『흥보가』, 『태평천하』, 『왕룡일가』의 패러디적 양상 비교 연구, 『1930년대 민족문학의 인식』, 한길사.
1990	배봉기, 「채만식 희곡의 연극성 고찰」, 『1930년대 민족문학의 인식』, 한길사.
1990	한지현, 「『태평천하』의 성과와 한계」, 『1930년대 민족문학의 인식』, 한길사.

1990	송하춘, 「1930년대 소설에 나타난 무산운동의 추이」, 『홍석영교수 회갑기념논총』.
1990	서종택, 정덕준, 「반어와 풍자의 세계」, 『한국현대소설연구』, 새문사.
1990	최시한, 「채만식 희곡의 '가족'」, ≪배달말≫ 15호.
1990	장백일, 「채만식 소설 연구」, 『국문학자료논문집 현대문학(산문편)』 2집.
1990	정경수, 「채만식의 극양식 연구」, ≪어문학교육≫ 12호.
1990	이경훈, 「이중의 탁류── 채만식의 『탁류』에 대해」, ≪연세어문학≫ 22집.
1990	이재명, 「채만식의 극문학 연구」, ≪연세어문학≫ 22집.
1990	신상성, 「한국의 저항문학 연구II ── 채만식의 경우」, ≪논문집(대한체육과학대)≫ 6집.
1991. 2	이용규, 「채만식 소설 연구──시대상황과 작가의식을 중심으로」, 성균관대 교육대학원 석사 논문.
1991. 2	정봉석, 「채만식 희곡의 극적 갈등 연구」, 동아대 석사 논문.
1991. 2	박혜경, 「채만식 희곡 연구」, 전남대 교육대학원 석사 논문.
1991. 8	양길수, 「채만식 희곡 연구」, 단국대 석사 논문.
1991. 8	김규일, 「채만식의 초기작품 연구──현실비판의식을 중심으로」, 중앙대 교육대학원 석사 논문.
1991. 8	우한용, 「채만식 소설의 담론 특성에 관한 연구」, 서울대 박사 논문.
1991	우한용, 「『탁류』의 문학교육적 해석」, ≪선청어문≫ 19집.
1991. 9-10	김윤식, 「채만식론──이야기적인 것과 소설적인 것, ≪현대문학≫.
1991. 9	이남호, 「닫힌 현실과 풍자기법 ──『태평천하』론」, ≪현대소설≫.

1991	송현호, 「『탁류』의 서사구조와 서술방식에 관한 연구」, 《한국의 현대문학》 1호.
1991	김동환, 「『삼대』와 『태평천하』의 환멸구조」, 《관악어문연구》 6집.
1991	최시한, 「가정소설 전통의 지속과 변모 —— 채만식의 『태평천하』를 중심으로, 《배달말》 15호.
1991	이동하, 「이광수와 채만식의 해방기 작품에 대한 연구」, 《배달말》 16호.
1991	김상열, 「채만식 희곡의 현실주의적 성격에 대하여 —— '제향날', '당랑의 전설'을 중심으로」, 《반교어문연구》 3집.
1991	김일영, 「심봉사에 나타난 제재변용양상 고찰」, 《국어교육연구(경북대)》 23집.
1991	민병기, 「세태소설론 재고 ——『천변풍경』과 『탁류』의 거리」, 《비평문학》 5호.
1991	송숙이, 「채만식의 단막극에 나타난 현실인식」, 《대구어문논총》 9집.
1991	송재일, 「'제향날'의 시간구조」, 『한국현대희곡의 구조』, 우리문학사.
1991	송지현, 「채만식의 『탁류』론 —— 여성주의의 형성과 한계를 중심으로」), 《용봉논총》 20집.
1991	최규익, 「채만식과 김유정 소설의 풍자성 연구」, 《우산어문학(상지대)》 1집.
1992. 2	배봉기, 「채만식문학 인물의 특성과 형상화에 대한 연구」, 연세대 박사 논문.
1992. 2	유려아, 「채만식과 老舍소설에 나타난 전통계승의 양상에 관한 비교연구」, 한국정신문화연구원 박사 논문.
1992. 2	김유미, 「판소리 '심청가'의 현대적 계승에 대한 일고찰

──채만식의 '심봉사'와 최인훈의 '달아달아 밝은 달아'를 중심으로」, 고려대 석사 논문.

1992. 2   지병오, 『『천변풍경』과 『탁류』의 대비적 고찰」, 건국대 석사 논문.

1992. 2   이도희, 「채만식소설에 나타난 허무의식 연구」, 국민대 교육대학원 석사 논문.

1992. 2   문진란, 「채만식 소설에 나타난 여성인물 연구」, 전남대 교육대학원 석사 논문.

1992. 5   김일영, 「채만식의 소설 '허생전'에서의 제재변용 양상 고찰」, 《문학과언어》 13집.

1992. 8   이재명, 「1930년대 희곡문학의 분석적 연구──송영, 채만식, 유치진을 중심으로」, 연세대 박사 논문.

1992   송현호, 「'치숙'의 서사구조와 서술방식 연구」, 《인문논총(아주대)》 3집.

1992   송현호, 「채만식의 탈식민지적 경향에 대한 고찰」, 《관악어문연구》 17집.

1992   송현호, 유려아, 「한국근대소설의 전통예술 수용양상─『태평천하』의 서사구조와 서술방식을 중심으로」, 《국어국문학》 108호.

1992   전흥남, 「채만식의 '소년은 자란다'고」, 《국어국문학》 109호.

1992   우한용, 『채만식 소설 담론의 시학』, 새문사.

1992   한기, 「채만식의 여성주의와 『인형의 집을 나와서』」, 《문학정신》 42호.

1992   서연호, 「현실인식과 대응방법──채만식의 희곡을 중심으로」, 《한국극예술연구》 2호.

1992   변화영, 「『태평천하』의 사회시학적 연구」, 《현대문학이론연구》 2호.

1992   박헌호, 「카프 해산 전후기의 풍자문학론과 풍자소설」, ≪반교어문연구≫ 3집.

1992   신아영, 「채만식의 '제향날'에 나타난 서사 연구」, ≪이화어문논집≫ 12집.

1992   한혜경, 「'정자나무 있는 삽화'의 언술과 의미구조」, ≪이화어문논집≫ 12집.

1992   이대규, 「채만식의 단편소설 '소망'의 분석과 해석」, ≪한국문학논총≫ 13집.

1993. 2   정호웅, 「해방공간의 자기비판소설 연구」, 서울대 박사 논문.

1993. 2   한혜경, 「채만식 소설의 언술구조 연구──서술자의 존재 양상을 중심으로」, 이화여대 박사 논문.

1993. 2   이승희, 「송영과 채만식의 풍자희곡 연구」, 성균관대 석사 논문.

1993. 2   전양숙, 「채만식 소설의 개작에 대한 연구」, 한국정신문화연구원 석사 논문.

1993. 2   이수라, 「해방공간의 단편소설에 나타난 작가의식 연구」, 전북대 석사 논문.

1993. 2   신영관, 「채만식 소설 연구」, 국민대 교육대학원 석사 논문.

1993. 2   백금희, 「『태평천하』의 풍자성 연구」, 계명대 교육대학원 석사 논문.

1993. 2   이승진, 「채만식 장편소설 연구──『태평천하』와 『탁류』의 구조분석」, 강원대 교육대학원 석사 논문.

1993. 8   김경수, 「한국세태소설 연구──개화기에서 해방전까지」, 서강대 박사 논문.

1993. 8   임경순, 「채만식 풍자소설의 시간구조 연구」, 성균관대 석사 논문.

1993. 8   임진수, 「해방직후 채만식 소설의 현실인식과 작가적 위치」,

경북대 교육대학원 석사 논문.

1993. 8   여민희, 「판소리 『흥부전』과 채만식의 『태평천하』의 비교
          연구」, 경희대 교육대학원 석사 논문.

1993. 8   최준식, 「채만식문학의 변모양상 —— 허무의식을 중심으로」,
          영남대 교육대학원 석사 논문.

1993. 8   김원용, 「채만식 단편소설의 분석」, 부산대 교육대학원 석
          사 논문.

1993. 8   한소애, 「채만식 소설 연구 —— '과도기'와 『인형의 집을 나
          와서』를 중심으로」, 경남대 교육대학원 석사 논문 .

1993   전흥남, 「채만식의 『허생전』에 나타난 고전소설의 현대적
          수용과 변용」, 《국어국문학》 109호.

1993   한형구, 「작가의 실존적 의식과 여성적 운명의 형상화 ——
          채만식의 『인형의 집을 나와서』론」, 『장편소설로 보는 새
          로운 민족문학사』, 열음사.

1993   조창환, 「1940년대 채만식 소설 연구」, 《우석어문》 8집.

1993   조창환, 「해방 후 채만식 소설 연구」, 《현대문학이론연구》
          3호.

1993   조창환, 「채만식 소설 연구」, 《한국언어문학》 31호.

1993   한혜경, 「채만식 소설의 구조와 서술양상 —— '이런 남매'와
          '맹순사'를 중심으로」, 『이어령선생님 회갑기념논문집』.

1993   한지현, 「전형적 인물의 창조와 작가의 세계관 —— 『탁류』
          와 『태평천하』를 중심으로」, 《논문집(광운대)》 22집.

1993   이은숙, 「문학작품 속에서의 도시풍경 —— 채만식의 『탁류』
          를 중심으로」, 《사회과학연구(숙명여대)》 5집.

1993   신종한, 「한국근대소설의 판소리 서술양식 수용 —— 채만식,
          김유정의 소설을 중심으로」, 《논문집(단국대)》 27집.

1993   이승진, 「채만식의 장편소설 연구 —— 『태평천하』와 『탁류』

의 구조분석」, ≪어문학보(강원대)≫ 16집.

1993 　 권혁준, 「채만식의 『탁류』 연구 ── 도시하층민의 몰락과
　　　　 탁류적 현실」, ≪연구논문집(동해전문대)≫ 1집.

1994. 2 　 조창환, 「채만식의 해방전후소설 연구」, 전주우석대 박사
　　　　 논문.

1994. 2 　 오한근, 「채만식 소설 연구 ──『탁류』와 『태평천하』를 중
　　　　 심으로」, 연세대 교육대학원 석사 논문.

1994. 2 　 윤여익, 「채만식의 풍자소설 연구」, 경기대 석사 논문.

1994. 2 　 이광주, 「채만식 소설 연구 ── 해방기 소설을 중심으로」,
　　　　 경원대 교육대학원 석사 논문.

1994. 2 　 고경아, 「채만식의 ‘제향날’ 고찰」, 조선대 교육대학원 석사
　　　　 논문.

1994. 2 　 배종옥, 「채만식의 해방 후 소설 연구」, 영남대 교육대학원
　　　　 석사 논문.

1994. 8 　 김충실, 「채만식의 소설 연구」, 고려대 박사 논문.

1994. 8 　 김성진, 「아이러니를 통한 소설의 현실인식 연구 ──『삼
　　　　 대』, 『태평천하』를 중심으로」, 서울대 석사 논문.

1994. 8 　 이철우, 「채만식 문학의 서사담론적 특성 연구 ── 단편소
　　　　 설과 희곡을 중심으로」, 한성대 석사 논문.

1994. 8 　 최정윤, 「채만식 소설의 인물유형 연구」, 전남대 교육대학
　　　　 원 석사 논문.

1994 　 우한용, 「채만식 『탁류』의 담론과 사회상」, 『이상비박사 회
　　　　 갑기념논총 ── 국문학의 사적조명(2)』.

1994 　 송하춘, 『채만식 ── 역사적 성찰과 현실풍자』, 건국대출판부.

1994 　 이미원, 「‘인텔리와 빈대떡’과 ‘레디메이드 인생’, 비교연구」,
　　　　 『한국근대극연구』, 현대미학사.

1994 　 임명진, 「한국 근대소설에 있어서 ‘엮음’에 관한 연구(1)

──채만식의 『태평천하』의 경우」, ≪비평문학≫ 8호.

1994   정호웅, 「현실탐구의 깊이와 허무주의」, 『우리 소설이 걸어온 길』, 솔.

1994   정희모, 「채만식 소설 연구」, ≪연세어문학≫ 26집.

1994   김성수, 「1930년대 후반 채만식 농민문학의 변모양상」, ≪한림어문학≫ 1집.

1994   김성수, 「채만식 초기 농민문학의 짜임새와 의미」, ≪반교어문연구≫ 5집.

1994   김양호, 「해방공간과 채만식의 현실인식 ──'민족의 죄인'론」, ≪숭의논총≫ 18집.

1994   김영택, 「일제하 무직 지식인의 희화적 행위와 그 의미 ──'레디메이드 인생'과 '명일'을 중심으로」, ≪국어교육≫ 83·84호.

1994   김재석, 「『태평천하』의 서사 구조와 화자 성격」, ≪문학과 언어≫ 15호.

1994   이병순, 「채만식의 해방직후 소설 연구」, ≪원우논총(숙명여대)≫ 12집.

1994   백현미, 「채만식의 농민극 연구」, ≪한국연극학≫ 6집.

1994   신명란, 「1930년대 소설의 여성인물 연구 ── 염상섭, 채만식을 중심으로」, ≪대구어문논총≫ 12집.

1994   유금호, 채희윤, 「『탁류』의 페미니스트적 독서시론」, ≪논문집(목포대)≫.

1994   유금호, 채희윤, 「바흐친의 카니발 이론으로 본 『탁류』시론」, ≪논문집(목포대)≫.

1995   조회경, 「동반자작가논쟁 고찰 ── 이갑기와 채만식의 논쟁을 중심으로」, ≪원우논총(숙명여대)≫ 13집.

1995. 2   임경순, 「인물 형상화 양상을 통한 소설교육 연구 ── 채만

식 풍자소설을 중심으로」, 서울대 석사 논문.

1995. 2   이정모, 「채만식 소설 연구 ── 작가의 현실인식 양상과 문체를 중심으로」, 동국대 교육대학원 석사 논문.

1995. 2   이종수, 「채만식의 『김의 정열』에 나타난 지식인의 현실 대응자세」, 영남대 교육대학원 석사 논문.

1995. 2   신현달, 「채만식 문학에 나타난 '심청전' 제재변용 양상과 작가의식 연구」, 계명대 석사 논문.

1995. 5   김재용, 「해방 직후 자전적 소설의 네 가지 양상」, ≪문예중앙≫.

1995. 8   신승자, 「채만식의 역사소설 연구 ── '옥랑사'를 중심으로」, 동국대 석사 논문.

1995. 8   김은숙, 「해방 이후의 채만식 소설 연구」, 한양대 교육대학원 석사 논문.

1995   권영민, 「친일문학의 청산문제와 '민족의 죄인' ── 채만식의 '민족의 죄인'」, ≪소설문학≫ 12호.

1995   신두원, 「채만식 소설의 리얼리즘(1) ──『탁류』를 중심으로」, 『한국 문학과 리얼리즘』, 한양출판.

1995   염무웅, 「식민지 민족현실과의 대결 ── 채만식에 관한 두 개의 글」, 『혼돈의 시대에 구상하는 문학의 논리』, 창작과비평사.

1995   홍석영, 「채만식의 풍자문학연구 ── 장편 『태평천하』를 중심으로」, ≪선청어문≫ 23집.

1995   한기형, 「신소설과 풍자의 문제 ──『만인산』을 중심으로」, 『민족문학과 근대성』, 문학과지성사.

1995   윤영옥, 「'심봉사'에 나타난 패러디양상 연구」, ≪국어문학≫ 30호.

1995   김용구, 『한국소설의 유형학적 연구』, 국학자료원.

1995	김재석, 「채만식 장막극의 공연기법과 그 의미」, 《문학과 언어》 15호.
1995	이철우, 「채만식 문학의 서사담론 특성 연구」, 《한성어문학》 14집.
1995	이재봉, 「채만식 소설의 세대관 연구 —— 역사의식을 중심으로」, 《국어국문학(부산대)》 32집.
1995	김창주, 박창원, 「채만식 소설 연구 —— 리얼리즘적 관점을 중심으로」, 《산업개발연구(공주대)》 3집.
1995	민현기, 「어두운 시대의 진실 찾기 —— 채만식론」, 《소설과 사상》 10호.
1995	양문규, 「채만식의 농민소설에 대하여」, 《인문학보(강릉대)》 19집.
1996. 2	유화수, 「채만식 소설연구 —— 서사전통과의 연계 양상을 중심으로」, 전북대 박사 논문.
1996. 2	이정송, 「채만식 희곡의 판소리 수용과 변모 양상 연구 —— 서사성과 공연성을 중심으로」, 전북대 석사 논문.
1996. 2	이정아, 「채만식의 『옥랑사』 연구」, 숙명여대 석사 논문.
1996. 6	한지현, 「채만식의 『인형의 집을 나와서』에 나타난 여성문제 인식」, 《민족문학사연구》 9호.
1996. 8	신아영, 「1920-1930년대 한국희곡의 극적 구조와 수용에 관한 연구 —— 김우진, 채만식, 유치진의 작품을 중심으로」, 이화여대 박사 논문.
1996. 8	이상준, 「채만식의 해방직후 소설 연구」, 계명대 교육대학원 석사 논문.
1996	한혜경, 「익숙한 이야기 다르게 읽기 —— 채만식의 '흥보씨'와 최인훈의 '놀부뎐'」, 『한국 패러디소설 연구』, 국학자료원.
1996	임명진, 「'치숙'의 서술양식에 관한 일 고찰」, 『소라허영석

박사 화갑기념논문집』.

1996   임명진, 「채만식소설의 판소리수용에 관한 연구」, ≪한국언어문학≫ 37호.

1996   한국극예술협회 엮음 『채만식』, 태학사.

1996   송지현, 「여성주의 관점에서 본 채만식소설」, ≪한국언어문학≫ 37호.

1996   김구중, 「사회, 역사를 왜곡시키는 서술자 '나'의 담론 연구 —— 채만식 단편소설 '소망', '치숙'을 중심으로」, ≪한남어문학≫ 21집.

1996   김일수, 「궁핍과 혼란의 도시문화 —— 김동리, 계용묵, 염상섭, 채만식의 소설을 중심으로」, ≪국토정보≫ 178호.

1996   류종렬, 「채만식의 역사소설 연구」, ≪부산외대논총≫ 14집.

1997. 2   우수진, 「채만식의 '당랑의 전설' 연구 —— 구성 원리를 중심으로」, 연세대 석사 논문.

1997. 2   전범진, 「지식인 인물의 유형과 권력의 상관성 연구 —— 1930년대 후반기 김남천과 채만식의 소설을 중심으로」, 고려대 교육대학원 석사 논문.

1997. 2   문정숙, 「채만식 희곡의 특성 고찰」, 조선대 교육대학원 석사 논문.

1997. 2   임기현, 「채만식 소설의 공간성 연구 —— 주로 1930년대 단편소설을 중심으로」, 충북대 석사 논문.

1997. 8   김일수, 「채만식 소설 연구」, 국민대 교육대학원 석사 논문.

1997. 8   정순선, 「채만식 소설의 작가의식 고찰」, 조선대 교육대학원 석사 논문.

1997   국어문학회, 『채만식 문학연구』, 한국문화사.

1997   임무출, 『채만식 어휘사전』, 토담.

1997   우한용, 「시대의 희생제의를 읽어내는 방법」, 『'탁류'를 이

해하는 한 시각』, 서울대출판부.

1997   장양수, 『한국 패러디소설 연구』, 이회.

1997   김승옥, 「'제향날'의 서사구조 연구」, ≪국어국문학≫ 119호.

1998. 2   호미, 「1930년대 한중 여성문제 소설에 대한 비교 연구
            ── 채만식과 老舍의 작품을 대상으로」, 서울시립대 석사
            논문.

1998. 2   서명희, 「채만식 역사소설『옥낭사』연구」, 충남대 교육대
            학원 석사 논문.

1998. 7   나병철, 「구어체 소설과 또다른 근대의 기원」, ≪비평문학≫
            12호.

1998. 8   이종은, 「채만식 소설의 허무의식 연구」, 홍익대 교육대학
            원 석사 논문.

1998. 8   박종우, 「채만식 소설의 현실반영 양상 연구 ── 해방이후
            중단편소설을 중심으로」, 군산대 석사 논문.

1998. 8   문현옥, 「채만식 소설의 서술방식 연구 ──『태평천하』와
            『탁류』를 중심으로」, 전남대 교육대학원 석사 논문.

1998   황국명, 『채만식 소설 연구』, 태학사.

1999. 2   이희정, 「채만식『탁류』의 인물과 공간 연구 ──1930년대
            조선의 비유적 지도 그리기」, 서강대 석사 논문.

1999. 2   임세건, 「채만식 희곡의 실험성 고찰」, 서강대 교육대학원
            석사 논문.

1999. 2   송상섭, 「채만식 문학에서의 판소리 수용 양상」, 국민대 교
            육대학원 석사 논문.

1999. 2   김지연, 「채만식 문학의 상호텍스트성 연구」, 전남대 석사
            논문.

1999. 2   김병채, 「채만식 희곡의 실험성 고찰」, 조선대 교육대학원
            석사 논문.

1999. 2	이남순, 「채만식 소설 연구——1930년대 풍자소설의 유형과 문체를 중심으로」, 아주대 교육대학원 석사 논문.
1999. 6	서경석, 「채만식의『인형의 집을 나와서』론」, ≪문예미학≫ 5호.
1999. 8	윤영옥 「채만식 풍자소설의 서사기법 연구」, 전북대 박사 논문.
1999. 8	박성희, 「채만식 희곡 연구」, 숙명여대 석사 논문.
1999. 8	신운철, 「채만식 문학에 나타난 현실 인식 연구」, 서원대 교육대학원 석사 논문.
1999. 8	정선영, 「채만식 소설의 여성주의」, 안동대 교육대학원 석사 논문.
1999. 8	오선아, 「채만식 희곡 연구」, 대구효성가톨릭대 석사 논문.
1999	문학과사상연구회 엮음, 『채만식 문학의 재인식』 소명출판.
2000. 2	이인아, 「채만식문학에 나타난 패러디 연구——소설작품을 중심으로」, 중앙대 석사 논문.
2000. 2	이선아, 「채만식 풍자 희곡 연구——이중 풍자 구조와 반복 구조 중심으로」, 중앙대 교육대학원 석사 논문.
2000. 2	최기인, 「채만식 소설에 나타난 경제적 관심」, 경원대 석사 논문.
2000. 2	조난희, 「채만식 소설의 시점에 대한 연구——소설 교육을 위한 시론」, 충남대 교육대학원 석사 논문.
2000. 2	표란희, 「'심청전' 패러디 연구——채만식과 최인훈의 경우」, 청주대 석사 논문.
2000. 2	조재석, 「해방 후 채만식의 소설 연구——풍자소설과 '이야기 역사소설'을 대상으로」, 안동대 석사 논문.
2000. 8	김사이, 「채만식의『인형의 집을 나와서』연구」, 상명대 석사 논문.
2000. 8	정주옥, 「골계미의 지도방향 연구——김유정과 채만식의

작품을 중심으로」, 아주대 교육대학원 석사 논문.

2000. 8   차현숙, 「『탁류』의 고소설 수용에 관한 연구」, 전북대 교육
               대학원 석사 논문.

2000   민족문학작가회의, 「백릉 채만식선생 50주기 추모심포지엄」,
               『대산문화재단 자료집』.

2000   신두원, 「풍자와 니힐리즘적 부정정신의 안과 밖——채만
               식론」, 『한국 문학 작가론4 ——근대의 작가』, 집문당.

2000. 12   정홍섭, 「임화 문학론 비판——이식문학론 극복을 위하여」,
               《작가연구》 10호.

2000. 12   황국명, 「채만식의 텍스트상호적 상상력연구」, 《한국문학
               논총》 27집.

2001. 2   권혁준, 「채만식 문학 연구」, 성균관대 박사 논문.

2001. 2   최은정, 「페미니즘 시각으로 본 채만식의 『인형의 집을 나
               와서』 연구」, 인하대 교육대학원 석사 논문.

2001   김홍기, 『채만식 연구』, 국학자료원.

2001   방민호, 『채만식과 조선적 근대 문학의 구상』, 소명출판.

2001   한명환, 「'허생전' 개작 및 변형의 비교 고찰——'허생전'의
               재창작적 변용의 의의를 중심으로」, 『한국 문학의 연속성』,
               국학자료원.

2001. 10   정홍섭, 「채만식 연구의 현재적 의미」, 《작가연구》 12호.

2001.   이선영, 「20세기 한국 문학에 대한 전문가의 반응——『한국
               문학논저 유형별 총목록』 1-7권에 의거하여」, 《실천문학》.

2001. 12   이현식, 「채만식을 다시 살려내기 위하여」, 《민족문학사
               연구》 19호.

2002. 2   심상일, 「채만식의 『탁류』 연구」, 동국대 교육대학원 석사
               논문.

2002. 2   이경섭, 「채만식 소설의 작가의식에 관한 연구——단편소

	설을 중심으로」, 경기대 교육대학원 석사 논문.
2002. 2	정승지, 「1930년대 지식인 소설 연구 —— 채만식과 유진오의 작품을 중심으로」, 대구가톨릭대 석사 논문.
2002. 2	박혜영, 「채만식의 해방기 소설 연구」, 목포대 교육대학원 석사 논문.
2002. 3	김홍기, 「채만식소설에 있어 '사소설'의 특성」, ≪한국 문학이론과 비평≫ 14호.
2002. 3	정홍섭, 「채만식 문학의 풍자적 특질」, ≪한국 문학이론과 비평≫ 14호.
2002. 3	김한식, 「리얼리즘의 이념과 채만식 소설 연구」, ≪한국 문학이론과 비평≫ 14호.
2002. 5. 18	김만수, 「채만식 희곡의 무대화에 관한 문제」, 채만식 탄생 100주년 기념문학제, 한국근대문학회 제6회 학술대회.
2002. 5. 18	정선태, 「『인형의 집을 나와서』: 입센주의의 수용과 그 변용」, 채만식 탄생 100주년 기념문학제, 한국근대문학회 제6회 학술대회.
2002. 5.18	심진경, 「채만식 문학과 여성 ——『인형의 집을 나와서』와 『여인전기』를 중심으로」, 채만식탄생 100주년 기념문학제, 한국근대문학회 제6회 학술대회.
2002. 8	김연숙, 「채만식 문학의 근대 체험과 주체구성 양상 연구」, 경희대 박사 논문.
2002. 8	최용환, 「채만식 문학의 전통성 연구」, 국민대 교육대학원 석사 논문.
2002. 8	이경수, 「채만식 소설의 인물의 욕망과 작가의식 연구 —— 1930년대 풍자소설을 중심으로」, 국민대 교육대학원 석사 논문.
2002. 8	엄춘영, 「채만식 소설의 비공식어 연구」, 원광대 교육대학

원 석사 논문.

2002. 8   천정민, 「채만식 소설의 신여성상 연구」, 울산대 교육대학
          원 석사 논문.

2002. 8   옥광복, 「'심청전'의 패러디 양상 연구—— 채만식, 최인훈,
          오태석의 희곡을 중심으로」, 경주대 교육대학원 석사 논문.

2002.   김재용, 「친일문학 작품목록」, ≪실천문학≫.

2003. 2   정홍섭, 「채만식문학의 풍자양식 연구」, 서울대 박사 논문.

2003. 2   최계화, 「1930년대 한중 가족사소설 비교 연구」, 전남대
          박사 논문.

2003. 2   정경수, 「채만식 소설의 인접 장르 수용 양상 연구」, 동아
          대 박사 논문.

2003. 2   이영지, 「채만식 소설의 인물 원형 연구」, 경상대 박사 논문.

2003. 2   천주리, 「채만식 소설 연구——『탁류』와 『태평천하』를 중
          심으로」, 성균관대 교육대학원 석사 논문.

2003. 2   남준현, 「해방 전후 채만식 풍자문학 연구」, 건국대 교육대
          학원 석사 논문.

2003. 2   한영심, 「채만식 희곡 연구」, 원광대 교육대학원 석사 논문.

2003. 2   안희진, 「채만식의 『탁류』 연구」, 한양대 교육대학원 석사
          논문.

2003. 2   유상우, 「채만식 희곡 연구」, 한국교원대 석사 논문.

2003.   김재용, 「'멸사봉공'으로서의 친일파시즘 문학—— 채만식의
          친일과 내적 논리」, ≪실천문학≫.

2003. 8   표정옥, 「놀이의 서사시학——1930년대 김유정, 이상, 채만
          식의 놀이성(Ludism)을 중심으로」, 서강대 박사 논문.

2003. 8   박심자, 「채만식 소설에 나타난 식민지 현실대응으로서의
          여성주체 연구」, 한국외국어대 박사 논문.

2003. 8   김의선, 「『탁류』 인물 연구——페미니즘 관점으로」, 단국

대 교육대학원 석사 논문.

2003. 8   최은실, 「채만식의 『여인전기』 연구 —— 친일성과 타자화된
             여성성을 중심으로」, 상명대 석사 논문.

2003. 8   김현숙, 「『탁류』와 『낙타상자』의 비교 문학적 고찰」, 한성
             대 석사 논문.

2003. 8   채옥희, 「채만식 소설의 여성인물 연구」, 전북대 교육대학
             원 석사 논문.

2003. 8   류미순, 「채만식 『탁류』의 인물유형 연구」, 영남대 교육대
             학원 석사 논문.

2003. 8   조문주, 「채만식 소설의 여성의식」, 안동대 교육대학원 석
             사 논문.

2003. 8   이의연, 「채만식 소설에 나타난 대일 인식의 이중성 연구
             ——『여인전기』와 『여자의 일생』을 중심으로」, 동덕여대
             석사 논문.

2004. 2   양현진, 「채만식 문학의 풍자성 연구」, 이화여대 박사 논문.

2004. 2   고소향, 「채만식의 『탁류』 연구 —— 시점의 양상과 페미니
             즘적 관점을 중심으로」, 한국교원대 석사 논문.

2004. 6. 25 정홍섭, 「친일 논리에 되비춰 본 채만식 문학의 문제성」,
             『일제강점기 재만 조선인 문학 연구』.

작성자 정홍섭 서울대 대학원 졸. 문학 박사. 한신대 학술원 연구교수.

향락·불안·욕망

나도향 소설을 읽기 위하여

우찬제(문학평론가·서강대 교수)

위험 사회와 불안의 풍경

두말할 필요도 없이 1920년대 소설사에서 나도향의 자리는 퍽 인상적이다. 가업을 잇기를 바랐던 조부의 뜻에 따라 입학했던 경성의전을 포기하고 문학의 길로 돌아섰다는 점, 약관 스물한 살에 ≪동아일보≫에 장편 『환희』를 연재할 정도로 조숙했다는 점, 대부분의 작품에서 에로스의 향유와 관련한 특징적인 스타일을 보였다는 점, 우리 근대 소설의 형성 과정에서 자기 모색의 궤적을 나름대로 보였다는 점, 스물다섯이란 아까운 나이에 폐결핵으로 요절했다는 점 등 여러 면에서 그러하다.[1]

---

1) 나도향은 1902년 음력 3월 30일 지금의 용산구 청파동 1가 156번지에서 출생했다. 배재고등보통학교를 졸업하고 경성의전에 입학했으나(1918) 문학에 대한 열정 때문에 중퇴한다. 이듬해(1919) 조부의 돈을 훔쳐 일본으로 건너가 와세다대학 영문과 입학을 시도했으나 조부로부터의 송금이 끊기자 도로 귀국한다. 1920년 안동보통학교 교사로 근무하면서 중편 「청춘」을 탈고한다. 1921년(20세) ≪배재학보≫에 처녀작 「출학」을 발표했고, 홍사용, 이상화, 박종화 등과 더불어 백조 동인으로 참여, 1922년 1월 ≪백조≫ 창간호에 「젊은이의 시절」을 발표하면서 본격적인 창작 활동에 돌입한다. 장편 『환희』(≪동아일보≫, 1922. 11.21~1923. 3.21) 등 낭만적 경향의 소설을 발표하다가 「여이발사」(≪백

나도향 소설에 대한 기존 논의는 낭만 미학이나 낭만적 환멸의 풍경을 주목하면서도[2] "감상적 낭만주의에서 출발하여 현실의 객관적 묘사 단계를 넘어 낭만성과 현실성의 조화를 향해 나아간 나도향 소설의 변모 과정은 근대적 문학 양식으로서의 단편 소설이 우리 소설사에 정립되어가는 궤적"[3]이라는 지적처럼 나도향 소설의 긍정적 변모 과정을 소설사적 질서 속에서 해명하려는 경향이 많았다.[4] 아울러 일찍이 김태준이 『조선 소설사』에서 나도향의 소설을 "심리적 리얼리즘"으로 평가한 이래 심리적 혹은 정신분석학적 측면에서 접근한 논의들도 여럿 있다.[5] 그중 박헌호는 "근대적 이성에 반하여 분출하는 성욕의 문제를 전면화한 거의 유일한 작가이며, 성욕을 매개로 하여 개인의 내면과 사회적 현실의 변증법적 결합에 도달한 유일한 작가"[6]로 나도향을 평가했다. 이와 같은 기존 논의들을 비판적으로 참고하면서 나는 이 발표에서 "새로운 것을 약간 창조하는 행운을 가질 정도로 이미 말해진 것을 잘 말할"[7] 수 있기를 바란다.

조≫ 3호, 1923. 9)를 전후하여 낭만성과 현실성의 조화를 모색한다. 가장 많이 논의되는 「벙어리 삼룡」(≪여명≫, 1925. 7), 「물레방아」(≪조선문단≫ 13호, 1925. 11), 「뽕」(≪개벽≫ 64호, 1925. 12)은 그의 대표작으로 꼽힌다. 6, 7년밖에 안 되는 짧은 시기에 단편 23편, 중편 1편, 장편 2편, 미정고 장편(유고) 1편 등을 창작하는 왕성한 활동을 보이다가 폐결핵으로 1926년 8월 26일에 사망했다.

2) 이재선, 『한국 소설사: 근·현대편 Ⅰ』(민음사, 2000) 및 김윤식, 정호웅, 『한국 소설사』 (문학동네, 2000) 등.

3) 진정석, 「단편 소설의 미학을 위한 모색」, 『한국 소설 문학 대계』 22(동아출판사, 1995), 581쪽.

4) 송하춘, 『1920년대 한국 소설 연구』(고려대학교 민족문화연구소, 1985) 및 한점돌, 「총체적 식민지 현실의 형상화: 나도향론」, 김용성, 우한용 엮음, 『한국 근대 작가 연구』(삼지원, 1985) 등 참조. 한편 이강언은 「나도향의 후기 작품론」(≪영남어문학≫, 1976. 10)에서 이런 입장에 대해 비판적 견해를 밝혔다.

5) 문성숙, 「나도향론: '벙어리 삼룡이'의 심리학적 해석」, ≪백록어문≫, 1987. 5. ; 이혜령, 「성적 욕망의 서사와 그 명암: 나도향의 『환희』론」, ≪반교어문연구≫ 10집, 1999. ; 장수익, 「나도향 소설과 낭만적 사랑의 문제」, ≪한국문화(서울대)≫ 23호, 1999. 6. ; 박헌호, 「나도향과 욕망의 문제」, 상허학회 엮음, 『1920년대 동인지 문학과 근대성 연구』(깊은샘, 2000)

6) 박헌호, 앞의 논문, 323쪽.

7) 나지오, 임진수 옮김, 『자크 라캉의 이론에 대한 다섯 편의 강의』(교문사, 2000), 23쪽.

그 약간의 행운을 위해 나는 불안과 욕망의 테마를 주목하고자 한다. 굳이 키에르케고르를 참조하지 않는다 하더라도 우리는 인간 일반이 체험하는 근본적 심리 현상으로 불안을 주목할 수 있다. 데카르트의 확실성의 철학을 뒤집으면서 라캉이 "불안, 그것은 속이지 않는 것"이라는 전언은 널리 알려진 바다. 어쩌면 불안은 인간 경험에서 가장 확실한 것이기도 하다. 넓게 보아 인간은 불안의 역설로부터 자유롭지 못한 것 같다. 불안이 인간 존재의 근본 조건이지만 인간을 고통스럽게 하는 병리 현상이기도 한 까닭이다. 인간에게 매우 친숙하면서도 고통스러운 정서가 바로 불안이다. 고통스럽기에 불안을 피하면서도 친숙하기에 불안을 즐기는 측면도 인간에게 없지 않다. 또 삶에서 불안은 사라지지 않고 끊임없이 다른 것으로 대체된다. 즉 한 불안이 사라지면 다른 불안이 다가온다.[8] 한편 「억압, 증후 그리고 불안」에서 프로이트는 초기의 리비도 억압설을 수정하여 불안을 위험(에 대한) 신호로 파악한 바 있다. 위험 상태의 도래를 예고함으로써 이 상황을 효과적으로 피하거나 방어할 수 있도록 자아가 보내는 신호가 바로 불안이라는 것이다.

물론 위험 상황과 자아가 마주치는 불안의 방식은 다양하다. 그에 대한 정신분석학적 논변을 더 펼치기 전에 우선 소설을, 그것도 나도향 소설을 논의하는 자리에서 왜 이 장면을 주목하는가에 대해 간략히 언급하기로 한다. 일단 소설에서 주인공이 욕망하는 것이 발견될 때마다 특징적인 소설적 요소가 발견된다는 프레드릭 제임슨의 지적을 받아들이기로 한다.[9] 그런 측면에서 브룩스가 욕망을 모터에 비유한 것은 시사적이다.[10] 그에 따르면 욕망은 서사적 동기 부여의 원동력이 될 뿐만 아니라 플롯을 추진시키

---

8) 홍준기, 「라캉과 프로이트, 키에르케고르」, 김상환, 홍준기 엮음, 『라캉의 재탄생』(창작과비평사, 2002), 191~192쪽 참조. 불안에 관한 정신분석학적, 철학적 논변은 이 글에 많이 의지했음을 밝힌다.

9) Fredric Jameson, *The Political Unconsciousness*(NY : Cornell UP., 1981), 153쪽.

10) P. Brooks, *Reading for the Plot*(NY : Vintage Books, 1985), 41쪽.

는 소설 안의 모터다. 나아가 욕망은 소설 속에서 매우 복잡한 상호 작용을 한다. 그런데 욕망은 불안에서 형성된다. 그러므로 불안의 방식은 의미있는 행동을 낳고 사건을 엮는다. 특히 소설의 위기 상황이나 갈등 국면을 조성하는 데 위험 상황과 자아가 마주치는 불안의 방식이 현저하게 작동할 수 있다. 스토리 전개 및 플롯, 주제적 효과에 이르기까지 불안의 방식은 역동적인 형성력을 지닌다. 요컨대 소설에서 불안과 욕망에 대한 논의는 소설의 핵심에 육박할 수 있는 의미 있는 거점이 될 수 있다는 것이다.

  예민한 작가라면 누구나 자기 시대를 가장 위험한 시대로 인식하는 법이지만 나도향이 창작 활동을 했던 1920년대 전반기는 특히 위험 사회였음에 틀림없다. 삼일운동의 실패 이후의 당시의 정치 경제적 상황에 대해서 여기서 거듭 강조할 필요는 없을 터이다. 가족적인 상황의 측면에서도 이는 좀 더 면밀한 조사가 필요한 대목이지만, 아버지의 이름을 대신했던 조부와의 불편한 관계 등 여러 면에서 위험 상황이었을 것으로 짐작된다. 개인적으로도 일본 유학 꿈의 좌절, 곤궁한 생활, 고독이나 소외감, 병 등 여러 문제들이 위험한 실존 풍경을 연출했을 것으로 보인다. 범박하게 말해 위험한 시대에 매우 불안하게 살았던 작가가 바로 나도향이 아니었을까 생각한다. 그런 상황에서도 나도향은 불안에 강박되기보다 불안한 자유의 상태를 나름대로 즐기는 방식으로 소설을 택한 작가일 것이라는 가설을 일단 세워본다. 기존 논의에서 많이 언급된 낭만적 환멸의 풍경이나 낭만적 동경의 형식 등은 대개 불안에 대한 나도향 식의 문학적 향유의 풍경일 터이다. 게다가 감상적 낭만주의에서 리얼리즘으로의 변화 혹은 낭만성과 현실성의 조화를 이루었다고 논의되는 후기 소설의 질서 또한 불안을 향유하는 방식의 측면에서 그만의 독자성을 지니고 있다고 생각된다. 실제로 나도향 소설을 발표 순서대로 읽다 보면 대부분의 인물들은 불안한 상황에서 일정한 증후나 증상을 보이고 있으며 그 과정에서 욕망의 주체가 되는 것을 간파할 수 있다. 불안의 서사학으로 나도향 소설의 전모를 체계적으로 검토하는 것이 이 발표의 최초의 욕망이었으나 그 욕망은 전적으로 발표자의 사정으로 한없이 미끄러지고 말았다. 하여 여기서는 일단 후기 대표작의 하나로 꼽히는 「벙어리 삼룡」 읽기를 통해 나도향 소설을 다시 읽을 수 있는 약간의 가능성을 탐문해 보는 것으로서 주어진 의무의 가장자리나마 감당해 보도록 하겠다.

향락의 역설과 불안의 서사학

프로이트는 인간이 느끼는 모든 형태의 불안을 거세 불안으로 환원하는 단순화를 피하기 위해 생물학적 기관의 상실에 대한 불안이 아니라 사랑의 상실 혹은 사랑하는 대상의 상실에 대한 불안이라는 좀 더 실존적인 의미를 덧붙인다. 특히 불안 신경증은 유아기적 갈등 상황과 무관한 것으로, 그 원인이 현재의 위험 상황에 있다고 지적한다. 라캉은 이를 타자의 욕망 혹은 향락에 대한 불안으로 재해석한다. 그가 보기에 불안의 대상은 타자의 욕망 혹은 타자의 향락이다. 즉 주체가 확실히 가늠할 수 없는 타자의 욕망, 그리고 주체를 위협하는 전능한 타자의 향락으로 인해 느끼는 정서가 불안이다.

라캉의 논의에서 향락은 영어 엔조이먼트(enjoyment) 이상의 뜻을 담고 있다.[11] 대체로 향락은 유기체가 견디기에는 지나치게 과도한 어떤 것(지나친 자극, 흥분, 쾌락 등)이다. 지나친 것이기에 향락을 경험하는 거의 모든 경우 주체는 견딜 수 없는 고통을 느낀다. 왜 그런가? 에반스의 요령 있는

---

11) 1954-1945년의 세미나에서는 헤겔의 주인과 노예의 변증법이란 맥락에서 향락이란 용어를 사용한다. 예컨대 노예는 주인의 향락 대상을 제공하기 위해 일해야 한다는 것이다. 그후 배고픔과 같은 생물학적 욕구의 충족에 수반되는 유쾌한 감각만을 의미할 때도 있었고, 1957년에는 성적 함축이 있는 성적 대상의 즐김과 자위 행위의 쾌락을 지시하는데 사용했다. 1958년에는 향락이 오르가즘의 의미를 분명히 갖는다. 1960년대 이후 라캉은 그가 향락(jouissance)이라고 부른 것의 논리를 정식화하려는 시도에 작업의 비중을 크게 둔다. 딜런 에반스, 김종주 외 옮김, 『라깡 정신분석 사전』(인간사랑, 1998), 431쪽 참조.

설명을 따라가 보자. "쾌락 원칙은 향락에 대한 제한으로 기능한다. 즉 주체는 '가능한 대로 적게 즐긴다.'는 법칙이다. 동시에 주체는 항상 그의 향락에 부과된 금지를 위반하려 시도하며 '쾌락 원칙을 넘어서려' 한다. 그러나 쾌락 원칙을 위반한 결과는 더 이상 쾌락이 아니라 고통인데, 왜냐하면 주체는 일정한 정도의 쾌락만을 감당할 수 있기 때문이다. 이 한계를 넘어서면 쾌락은 고통이 되며, 이 '고통스러운 쾌락(painful pleasure)'이 라캉이 말한 향락이다. '향락은 괴로움이다.' 따라서 향락이란 주체가 증상으로부터 얻은 역설적 만족, 달리 말해서 자신의 만족으로부터 얻은 고통을 절묘하게 표현하는 용어다."[12]

고통스러운 쾌락은 역설이다. 프로이트가 무의식을 "내부에 있는 외국"으로 말했을 때처럼 내부와 외부라는 이분법적인 구분을 넘어선다. 이 역설은 어쩌면 인간이 절대적 향유라는 낙원으로부터 영원히 추방되었을 때부터 불가피한 것이었는지도 모른다. 상징계에 거주하는 인간은 그런 존재다. 이렇게 보편적인 만족이 존재하지 않는다는 사실 속에 내재하는 근원적인 정서, 원초적 사실이 불안이다. 보편적 만족의 부재는 역설적으로 부재의 가능성을 통해 현존의 안정성을 획득한다. 인간에게 현존의 안정성이란 결여 없는 만족이 아니다. 부재, 욕망, 자유와 더불어 주어지는 불안스러운 안정성이다.[13]

라캉의 논의에서 욕망의 차원과 불안의 차원은 공존한다. 그러나 주체 형성 과정을 세 단계로 나누어 설명한다. 우선 주체와 타자의 대면이 있다. 여기서 타자는 완벽한 만족을 제공한다고 가정되는 신비적 타자다. 언어의 질서에 규율되는 상징계에서는 있을 수 없는 상상계에서의 타자이다. 분열되지 않은 타자(A)를 통해 주체는 완벽한 향락을 얻고자 한다. 이때는 향락의 주체다. 그러나 완벽한 만족은 존재하지 않고 가장자리에 나머지가 존재한다. 이것이 대상 a다. 대상 a는 만족의 결여 혹은 빈자리를 의미하며

---

12) 딜런 에반스, 앞의 책, 431~432쪽.
13) 홍준기, 앞의 글, 202쪽.

동시에 빈자리를 채우는 구실이자 미끼다. 대상 a를 욕망의 대상이자 원인 (object-cause)으로 부르는 이유가 여기에 있다. 대상 a와 마주할 때 전능하고 신비적인 타자 A는 분열된 빗금 쳐진 타자 A/가 된다. 이때 주체는 불안을 체험하고 이 불안을 통해 주체는 완벽한 향락을 포기하고 결여를 받아들여 분열된 주체(S/)로 이행한다. 즉 불안은 단절과 분리의 역할을 하면서 향락의 주체를 욕망의 주체로 변화시킨다. 완벽한 향락에 대한 소망이 주체에게 어머니(빗금 쳐지지 않은 타자 A)의 향락에 완전히 흡수될지도 모른다는 불안을 발생시키는데, 이런 불안이 아이로 하여금 어머니의 품을 떠나 상징계, 욕망의 세계로 진입하게 한다는 것이다.[14] 홍준기는 "불안은 상징계 속에 존재하는 주체라면 누구도 피할 수 없는 근원적 정서이다. 불안은 '인간의 근원적 유한성의 계시'(하이데거)이며, '자유의 가능성'(키에르케고르)"[15]이라고 정리한다.

그러면 이런 논의를 바탕으로 소설 분석을 어떻게 할 수 있을 것인가. 일단 향락의 주체, 불안의 주체, 욕망의 주체라는 말을 상정하기로 한다. 이런 세 주체의 성격에 대응하는 세 계기체를 또한 상정할 수 있다. 이 세 계기체의 연쇄로 소설의 핵심 갈등을 이해하고 그 전개 양상을 통해 소설 전체를 분석할 수 있을 것이다. 이때 주체와 타자/대상과의 관계망을 면밀히 검토해야 하는데 소설에서 인물의 관계망 혹은 인물 구성의 분석을 통해서 가능할 것으로 보인다. 아울러 유년성 중심의 정신분석학 담론에 후년성(posteriorite)과 관련한 사회학적 담론을 보탤 것이다. 자크 레나르는 "유년의 구조가 소멸되었음을 뜻하지 않고, 형성 과정이 유년기에 정지되거나 응고되지 않았음을 뜻"[16]하는 말로 후년성 개념을 사용하면서 특별히 다른 균형들이 유년기의 구조 대신에 부과될 수 있다고 강조한 바 있다.

---

14) 앞의 글, 205쪽.
15) 앞의 글, 206쪽.
16) 자크 레나르, 「심리비평과 문학의 사회학」, 조르주 풀레 엮음, 김붕구 옮김, 『현대비평의 이론』(홍성사, 1979), 194쪽.

불안의 향유와 타나토스

나도향의 「벙어리 삼룡」은 머슴인 벙어리 삼룡이가 새서방의 핍박과 주인 아씨에 대한 애모 때문에 불안하게 살다가 죽음을 맞이하는 이야기다. 삼룡이가 머슴이기에 주인인 오 생원이나 그 아들과의 관계는 헤겔의 주인과 노예의 변증법을 연상케 한다. 그가 자신의 머슴됨을 수긍할 때, 즉 타자인 주인의 욕망(머슴으로 머물기를 바라는)에 속박될 때 그는 욕망의 주체일 수 없다. 라캉은 1954년에서 1955년 무렵에 향락의 개념을 헤겔의 맥락에서 이해하면서 노예는 주인의 향락 대상을 제공하기 위해 일해야 한다고 말했는데, 삼룡의 경우가 바로 여기에 해당한다. 주인의 향락 대상을 위해 일하면서 주인의 향락을 자신의 향락으로 오인하여 동일시한다. 즉 주인과 머슴 사이의 차이나 균열을 알지 못하는 것이다. 너무 귀엽게만 자란 탓으로 버릇이 없고 포악한 일을 자주 저지르는 주인 아들을 원망하지 않고, 묵묵히 자기 일에만 충실하는 것은 그 때문이다.("벙어리는 얻어맞으면서도 기어드는 충견 모양으로 주인의 아들을 위하여 싫어하지 않고 힘을 다하였다.") 이때까지의 서사는 향락의 주체에 의한 향락의 계기체라 할 만하다. 2장 끝 부분의 서술은 이런 삼룡이의 성격을 요약적으로 보여준다.

속으로 '나는 벙어리다.' 자기가 생각할 때 그는 몹시 원통함을 느끼는 동시에 말하는 사람들과 똑같은 자유와 똑같은 권리가 없는 줄 알았다. 그는 이와 같은 생각에서 언제든지 단념 않을래야 단념하지 않을 수 없는 그 단념이 쌓이고 쌓이어 지금에는 다만 한 개의 기계와 같이 이 집의 노예가 되어 있으면서도 그것을 자기의 천직으로 알고 있을 뿐이요 다시는 자기가 살아갈 세상이 없는 것 같이밖에 알지 못하게 된 것이다.[17]

그러던 중 주인댁 아들이 장가를 들게 된다. 예쁘고 정숙한 색시였다. 그

---

17) 주종연, 김상태, 유남옥 엮음, 『나도향 전집』上(집문당, 1988), 224쪽.

런데 아들은 예쁜 아내를 구박하고 학대하기 시작한다. 이것이 삼룡이에겐 대단한 충격으로 다가온다. 스물셋이 될 때까지 이성과 접촉할 기회를 갖지 못했던 삼룡이로서는 그렇게나 예쁘고 천사 같은 색시가 구박당한다는 것이 도무지 이해되지 않았던 것이다. 그러던 어느날 주인집 아들이 술에 취해 맞고 길에 쓰러져 있는 것을 삼룡이가 업어다 눕히게 되는 사건이 발생한다. 이를 고맙게 여긴 색시가 삼룡이에게 비단 부시 쌈지를 만들어준다. 그것이 새서방한테 발각되어 색시가 구타를 당하자 삼룡이는 이를 제지하고 주인 영감 앞에 색시를 업어다 놓고 몸짓으로 하소연을 한다. 그 다음 날 삼룡이는 주인에게 불경하다며 때리는 새서방의 매질을 고스란히 받아내야 했다. 이런 과정에서 색시에 대한 삼룡이의 감정이 차츰 바뀐다. 천사 같은 색시가 자기 같이 천한 사람처럼 매를 맞는 것이 이해되지 않아 처음에는 색시를 동정하던 마음이 점차 연모의 정으로 바뀌는 것이다. 또 하루는 술에 취해 들어온 새서방이 색시를 때려 기절시키자 약을 사오는 등 집안이 소란해지는 사건이 발생한다. 색시의 안부가 몹시 궁금하고 걱정됐던 삼룡이는 밤에 담을 넘어 색시 방 문틈을 엿보다가 목매어 자살하려는 색시를 발견하고 이를 말리려다가 식구들의 눈에 띄어 오히려 오해를 산다. 이로 인해 주인집 아들에게 뭇매를 맞고 쫓겨난다.

이 두 번째 계기체의 성격은 분명하다. 새로운 타자로 등장한 아씨와 아씨에 대한 그리고 주인에 대한 태도의 변화가 그 성격을 규정한다. 천사같이 예쁜 아씨는 벙어리에게 신비스러운, 균열되지 않은 타자 A다. 그야말로 어머니 같은 존재다. 주인, 주인 아들 역시 향락의 계기체에서 전능한 타자 A였지만 아씨와는 성격이 분명 다르다. 다른 타자 아씨가 등장하면서 오인으로 인한 동일시의 대상은 전이된다. 주인에서 아씨로 말이다. 이 전이로 인해 주인, 주인 아들과 벙어리의 관계망은 변화된다. 벙어리가 그들과 관련하여 만족의 결여를 느낄 때 그들은 빗금 쳐진 A/가 되는 것이다. 새서방이 아씨를 때리는 것이 부당하다고 주인에게 호소하는 장면은 빗금 없는 A와의 관계에서는 불가능하다. 아씨와의 동일시는 주인 아들과의 비동일시의 틈을 더욱 벌려놓는다. 이 틈에서 벙어리의 불안이 생겨난다. 주인과 머슴이라는 거짓 관계의 안정성에 틈이 생기기에 이전까지와는 달리 불안이 생기는 것이다. 여기서 불안의 심리는 밖에서도 오고 안에서도 온다. 주인과 머슴 관계의 균열, 결여에서 오는 것이 밖에서 오는 불안이라면, 이제까지 휴화산처럼 억압되어 있던 리비도에서도 불안이 오기 때문이다. (프로이트는 초기의 리비도 억압설을 후기에 수정하기는 했지만 완전히 취소한 것은 아니다. 라캉 역시 1974-1975년 세미나에서는 프로이트의 첫 번째 이론인 변형된 리비도로서 불안론으로 되돌아가는 것처럼 보인다. 라캉은 몸이 팔루스적 향락에 압도당할 때 몸 내부에 존재하는 것이 불안이라고 말한다.)

이래저래 벙어리는 불안의 주체가 된다. 부시 쌈지 사건 이후 안방 출입을 못하게 되었을 때 벙어리의 불안의 상태는 이렇게 진술된다. "그 후부터는 밥을 잘 먹을 수가 없었다. 일도 손에 잡히지 않았다."(228쪽) 이 불안이 아씨라는 대상에게로 향하는 욕망을 낳는다. 아씨에게로 향한 충동은 그러나 아씨에게 가 닿을 수 없다. "틈만 있으면 안으로 들어가고 싶"어 하지만 "밤에 잠을 자지 않고 집 가장자리를 돌아다"(228쪽)닐 수밖에 없다. 가장자리를 배회하는 이 원무(圓舞)는 불안에 대한 방어, 저항 전략으로서의 행동화(큰 타자에게 보내는 상징적인 신호)이기도 하다. 그러나 타자인 아씨의 시선에 의해 보여지는 것이 아니어서 불안의 장면은 계속 상연된다. 이는 뒤에 아씨가 자살을 시도하는 사건 장면에서 '행위로의 통과'로 연결된다. '성 관계가 없는' 이 사건이 '성 관계가 있는' 사건으로 오해되어 그 집에서 쫓겨나면서 벙어리는 욕망의 주체로 거듭난다. 이것은 "그에게는 이 집 외에 다른 집이 없다. 살 곳이 없었다. 자기는 언제든지 이 집에서 살고 이 집에서 죽을 줄밖에 몰랐다."는 상상적 오인의 단계를 넘어서 "그는 비로소 믿고 바라던 모든 것이 자기의 원수란 것을 알았다."는 상징적 인식의 단계로 진입할 때 형성되는 것이다. 그것은 또한 "그는 모든 것을 없애버리고 자기도 또한 없어지는 것이 나을 것을 알았다."는 표현에서 보이는 것처럼 타나토스에의 충동과 연결되는 욕망이다.[18]

욕망의 주체가 된 삼룡이는 자신을 쫓아낸 그날 밤 주인집에 불이 나자 달려가 영감을 구해낸 뒤, 매달리는 주인 아들을 밀치고 아씨를 어렵게 찾아내 안고서 지붕으로 올라간다. 그러나 벌써 아씨는 숨이 끊긴 뒤였다. 죽은 아씨를 자기 무릎에 뉘고 벙어리 삼룡이는 입가에 평화롭고 행복한 미소를 머금은 채 죽어간다.

불은 마치 피묻은 살을 맛있게 잘라먹는 요마(妖魔)의 혓바닥처럼 날름날름 집 한 채를 삽시간에 먹어버리었다. 이와 같은 화염 속으로 뛰어들어가는 사람이 하나 있으니 그는 다른 사람이 아니라 낮에 이 집을 쫓겨난 삼룡이었다. (중략) 그는 다시 건넌방을 들어갔다. 그때야 그는 색시가 타죽으려고 이 불을 쓰고 누워 있는 것을 보았다. 그는 색시를 안았다. 그리고는 길을 찾았다. 그러나 나갈 곳이 없었다. 그는 하는 수 없이 지붕으로 올라갔다. 그는 비로소 자기의 몸이 자유롭지 못한 것을 알았다. 그러나 그는 자기가 여태까지 맛보지 못한 즐거운 쾌감을 자기의 가슴에 느끼는 것을 알았다. 색시를 자기 가슴에 안았을 때 그는 이제 처음으로 살아난 듯하였다. 그는 자기의 목숨이 다한 줄 알았을 때 그 색시를 내려놓을 때는 그는 벌써 목숨이 끊어진 뒤였다. 집은 모조리 타고 벙어리는 색시를 무릎에 뉘고 있었다.
그의 울분은 그 불과 함께 사라졌을는지! 평화롭고 행복스런 웃음이 그의 입 가장자리에 엷게 나타났을 뿐이다.(231~232쪽)

삼룡이는 벙어리에다 머슴이다. 상징적 질서에서 매우 열악한 처지가 아닐 수 없다. 타자에 속박될 수밖에 없었던 사정을 우리는 앞에서 보아왔다. 그런데 불안의 주체 단계에서 보였던 행동화와 행위로의 통과를 거쳐 이 장면에서 삼룡이는 본격적인 행위로의 통과를 시현하는 것으로 상징적인

18) 욕망의 문턱을 넘어서는 대목에서 초점화 양상의 변화가 보인다. 이전까지는 삼룡이가 초점 주체였는데 불이 나는 장면부터, 즉 삼룡이가 욕망의 주체로 행위하는 대목부터는 그가 초점 대상이 된다.

것으로부터 탈출하고자 한다. 일단 불 지르기 모티프가 그것이다. 폭력적인 주인 아들의 욕망 앞에 직면하여 통제할 수 없는 불안에 사로잡힌 그는 불안에 대한 최후의 저항 수단으로서 불을 지른다. 계급적 반항 욕망을 드러내는 방식이기도 한 이 축선을 밀고 나갔더라면 경향 소설의 방법론과 닮은 것이 되었겠지만 나도향은 그렇게 하지 않았다. 이미 이중적인, 양면적인 타자성과 불안의 전략을 구사해 온 터이기에 소설 내적 논리도 떨어진다. 그래서 행위로의 통과는 더 이어진다. 불탄 집으로 들어가서 아씨를 구해 지붕으로 오르는 행위가 인상적인 것은 이 때문이다. 지붕은 평지와는 다른 고소(高所)이다. 상징적 질서에 속박되었을 때는 늘 아래에서 위를 우러러보기만 했던 삼룡이였다. 그런 그가 고소로 올라가는 운동을 하고 고소로부터 관찰한다. 이 시선의 공간적 위계 변화가 주목된다. 지붕 위에서 그는 "자기의 몸이 자유롭지 못한 것을 알았"으나 "자기가 여태까지 맛보지 못한 즐거운 쾌감을 자기의 가슴에 느끼는 것을 알"게 될 뿐만 아니라 "색시를 자기 가슴에 안았을 때 그는 이제 처음으로 살아난 듯" 한 느낌을 갖게 된다. 처음으로 느끼는 자기 존재의 충일감이요 고양감이다. 그러니까 그가 아씨를 안고 지붕으로 올라가는 공간적 상향 이동은 곧 욕망의 상승 운동이면서 오인이 아닌 자기 인식, 소외를 넘어서 자기 동일성의 상승 운동과 등가인 셈이다. 또한 그것은 리비도가 타나토스를 향해 절정으로 치닫는 운동이기도 하다. 그러나 끝까지 성 관계는 없다. 절정으로 치닫던 리비도는 성 관계로 나타나지 않고, 레비나스식의 타자애의 실천으로 승화된다. 이런 상승 운동과 고소로부터의 자기 관찰 결과로 인해 그는 아주 "평화롭고 행복스런 웃음"을 머금은 채 불안으로부터 완벽하게 탈출하여 죽어갈 수 있었던 것이다. 격정 속에서도 숭고미가 드러나는 이 장면에서 불안의 카타르시스는 독자에게 전이된다.

요컨대 이 장면을 통해 우리는 낭만적인 환멸 의식과 현실적인 비판 의식이 나도향 식의 불안에 대한 방어 전략 안에서 환상적으로 결합되고 있음을 본다. 이미 언급했듯이 이 소설은 1925년 7월에 발표된 작품이다. 이

566

시기는 카프의 결성 등으로 우리 문학이 1920년대 초반의 낭만주의적 경향을 청산하고 현실주의적 모색을 시도하던 때였다. 현진건 등과 더불어 나도향도 그런 변화를 예민하게 자각한 작가였다. 이때 현실주의적 비판 의식을 밀고 나가면 최서해의 소설이나 조명희, 이익상 등 일련의 경향파 소설처럼 된다. 이 소설의 내용으로 치자면 주인과 노예의 변증법 맥락에서, 주인/주인 아들이라는 타자로부터 불안한 시련을 당한 머슴 삼룡이가 주인 아들을 공격하는 이야기에 초점을 맞춘 전개 방식이다. 낭만적인 방식이라면 이 같은 계급 구성이 문제되지 않았기도 했거니와 혹 그런 경우라도 계급 문제와는 상관없이 삼룡이가 사랑의 도피 행각을 벌이는 이야기로 전개되었을 가능성이 높다. 즉 리비도 불안이 극화되는 소설 형태 말이다. 그런데 나도향은 그 중간의 노선을 취했다. 향락―불안―욕망의 계기체에 따른 주체의 성격 변화를 바탕으로 양면적인 타자성, 혹은 양면적인 불안 전략을 구사했기에 나름의 중도적 입장을 효율적으로 처리할 수 있었던 것이 아닐까 짐작된다. 적어도 1925년의 나도향은 쾌락 원칙과 현실 원칙의 경계에서 상상적 향유(enjoyment)를 구가했던 작가였다.

나도향 생애 연보[1]

1902년   음력 3월 30일, 경성부 청엽정 1정목 56번지(청파동)에서 아버지 나성
           연과 어머니 김성녀의 7남매 중 장남으로 출생했다. 본명은 경손, 호
           는 도향(초기에는 隱荷), 필명은 빈이다. 한의사로 자수성가한 조부
           나병규가 집안의 중심이었음은 그의 아명이 '기쁜 손자' 곧 '경손'이었
           다는 사실로 잘 드러난다. 아버지 역시 의사였다고 하나 일보다는 책
           읽기를 즐기며 집안일에 관여하지 않았다고 전해진다.

1909년   공옥보통학교 입학했다..

1914년   배재학당에 입학했다. 회월 박영희에 따르면 이 시기에 나도향은 만점
           을 받은 작문 시험지를 자랑스러워하며 습작에 몰두했다고 한다.

1918년   배재학당 졸업과 함께 경성의전에 입학했다. 경성의전에 입학한 것은
           가업인 의학을 잇기 위해서였지만 나도향은 문학을 향한 꿈을 저버리
           지 않았다.

1919년   문학 공부를 위해 장롱에 숨겨둔 할아버지의 돈을 훔쳐 일본으로 밀
           항했다. 그러나 집에서 생활비를 보내지 않자 빈궁을 견디다 못해 귀
           국했다.

1920년   경북 안동에서 보통학교 교사로 근무했는데, 이곳에서의 생활과 일본인
           여교사와의 연애 경험이 최초의 중편 「청춘」을 탄생시켰다.

1921년   박영희, 최승일 등과 함께 '경성청년구락부'의 기관지라 할 ≪신청년≫
           의 편집에 관여하면서 이 잡지에 다수의 습작품을 발표했다. 당시 '송

---

1) 나도향의 생애 연보와 작품 연표를 작성함에 있어 박헌호 등에 의해 새로 발간될 『나도
   향 선집』(범우사)의 도움이 컸음을 밝혀두면서 감사를 표한다.

은'이라는 필명을 썼던 회월 박영희에게서 최초로 그 감상적인 태도를 지적받기도 했다. 박영희와의 관계는 ≪백조≫의 창간 동인으로 참여하는 것으로 발전했다.

1922년 나도향을 세상에 알린 작품인 장편『환희』가 11월 21일부터 이듬해 3월 21일까지 ≪동아일보≫에 연재되었다. 백조의 사무실에서 숙식을 해결하며 집필에만 몰두했다.

1923년 조부 나병규가 '철원 애국단' 사건에 연루되는 등 독립운동에 일정한 자금 지원을 해주던 인물이었는데, 이 무렵부터 급격하게 가세가 기울기 시작했다. 조선도서에 근무했다.

1924년 시대일보에 들어가 일했다. 이해 7월 31일 조부가 사망했다. 백조가 중단되면서 친구네 집과 여관방 등을 전전하며 건강을 크게 해쳤다.

1925년 ≪시대일보≫에 두 번째 장편『어머니』를 1월 5일부터 5월 10일까지 연재했다. 이후 「벙어리 삼룡이」(7월), 「물레방아」(9월), 「뽕」(12월) 등의 대표작을 잇따라 발표했다. 연말경 문학 수업을 위해 재차 일본으로 건너가나 이태준의 표현대로 "공기만을 먹고사는" 무모한 생활을 지속하며 폐병과 짝사랑에 시달렸다.

1926년 "거지 같은 몰골"로 6월 초에 귀국했다. 「화염에 싸인 원한」을 연재하던 중 8월 26일 오후 1시경에 사망했다. 이태원 공동묘지에 묻고 최서해를 비롯한 친구들이 모금하여 비를 세웠으나 이조차 몇 년 후 주택 단지 개발 계획에 밀려 사라지고 유골은 화장되었다.

1939년 마지막 장편이었던 『어머니』가 박문서관에서 단행본으로 간행되었다.

1940년 미완성 유고인 미정고 장편이 ≪문장≫ 21호에 발표되었다.

나도향 작품 연보

발표일	분류	제 목	발표지
1921. 1.1	단편	나의 과거	신청년 4호
1921. 4	단편	출학	배재학보
1921. 5.20	단편	계영의 울음	조선일보
1921. 6	단편	나는 참으로 몰랐다	청년
1921. 7.15	단편	박명한 청년	신청년 6호
1922. 1	단편	젊은이의 시절	백조 1호
1922. 5	단편	별을 안거든 울지나 말걸	백조 2호
1922. 11.21 -1923. 3.21	장편	환희(연재 중 사망)	동아일보
1922. 12	단편	옛날 꿈은 창백하더이다	개벽 30호
1923. 1	단편	추억	신민공론 4호
1923. 1	단편	은화·백동전	동명 18호
1923. 1	단편	17원 50전	개벽 31호
1923. 3	단편	당착	배재 2호
1923. 7	단편	춘성	개벽 37호
1923. 7	단편	속 모르는 만년필 장사	배재 3호
1923. 9	단편	여이발사	백조 3호
1923. 10	단편	행랑자식	개벽 40호
1924. 3	단편	자기를 찾기 전	개벽 45호

발표일	분류	제 목	발표지
1924. 12	단편	전차 차장의 일기 몇 절	개벽 54호
1925. 1.5-5.10	장편	어머니	시대일보
1925. 3-4	단편	J의사의 고백	조선문단 6-7호
1925. 5	단편	계집하인	조선문단 8호
1925. 7	단편	벙어리 삼룡이	여명 1호
1925. 9	단편	물레방아	조선문단 11호
1925. 11	단편	꿈	조선문단 13호
1925. 12	단편	뽕	개벽 64호
1926. 3	단편	피묻은 편지 몇 쪽	신민 11호
1926. 3-5	단편	지형근	조선문단 14-16호
1926. 7-8	단편	화염에 쌓인 원한 (연재 중 사망)	신민 15-16호
1926	중편	청춘	조선도서주식회사[2]
1940. 12	장편	미정고 장편(미완성 유고)	문장 21호

---

2) 박종화 등의 회고에 의하면 이 작품은 1920년경 집필된 것이라 한다.

나도향 연구 서지

1928. 9	방인근, 「도향을 추억함」, 《삼천리》.
1935. 9	박종화, 「나도향 10주기 추억 편편」, 《신동아》.
1938. 12	안석영, 「조선문단 30년 측면사」, 《조광》.
1947	백철, 『신문학사조사』, 백양당.
1961	조연현, 『한국현대문학사』, 인간사.
1962. 12	이인복, 「나도향론」, 《현대문학》.
1962	김우종, 『한국현대소설사』, 선명문화사.
1964. 12	조연현, 「요절한 천재의 의미」, 《문학춘추》.
1965. 10	천이두, 「한국단편소설론」, 《현대문학》 130호.
1973. 6	정한숙, 「반성과 해명 —— 나도향의 인간과 문학」, 《문학사상》 9호.
1974	김윤식, 『한국근대 문학의 이해』, 일지사.
1974. 5	서정록, 「'불', '뽕', '떡'에서의 한국적 Reality —— 현진건, 나도향, 김유정의 공감대와 그 한국적 특성」, 《동대논총(동덕여대)》 4집.
1975	윤병로, 『현대작가론』, 삼우사.
1975. 10	구인환, 「현진건과 나도향의 소설고 —— 생활과 애정의 미의식」, 《논문집》 20집.
1976	김용직, 『현대한국작가연구』, 민음사.
1976	정한숙, 『현대한국작가론』, 고려대출판부.
1976. 1	안석영, 「나도향의 문학과 단심」, 《문학사상》 40호.
1976. 7	임종국, 「모델의 사회성 —— 나도향의 '벙어리 삼룡이'」, 《현대문

학≫ 33호.

1977. 3   현대문학자료 조사 연구실, 「한국대표작 정리 —— 나도향」, ≪문학사상≫.

1977   구인환, 『한국근대소설연구』, 삼영사.

1977   김동리 외 엮음, 『한국대표 단편문학선집 4 : 나빈 작품집』, 정한출판사.

1978   나도향, 현진건, 『한국현대문학전집 5』, 삼성출판사.

1978   이재선, 『한국현대소설사』, 홍성사.

1979   이인복, 『한국 문학에 나타난 죽음 의식의 사적 연구』, 열화당.

1979   전문수, 「나도향 소설 연구」 계명대 석사 논문.

1979   조동걸, 『일제하 한국농민운동사』, 한길사.

1980   윤홍로, 『한국근대소설연구』, 일조각.

1981   김윤식, 김현, 『한국 문학사』, 민음사.

1981   한점돌, 「나도향 소설 구조와 그 배경 연구」, 서울대 석사 논문.

1981   현길언, 「나도향 소설의 일고찰」, ≪논문집(청주대)≫ 13집.

1982   임종국, 『한국 문학의 사회사』, 정음문고.

1984   이경희, 「나도향 문학 세계와 죽음」, ≪이화어문논집≫ 17집.

1985   김재홍 엮음, 『한국대표명작 : 나도향』, 지학사.

1988   주종연, 김상태, 유남옥 엮음, 『나도향 전집』, 집문당.

1993   조달옥, 「나도향 소설 연구」, 효성여대 박사 논문.

1993   박상준, 「1920년대 초기 소설 연구」, 서울대 석사 논문.

1993   유문선, 「데몬과 맞선 영혼의 굴절과 좌절」, 『장편소설로 보는 민족문학사』, 열음사.

1994   남기홍, 「나도향 문학의 전기적 고찰」, 인하대 석사 논문.

1994. 9   진정석, 「나도향의 『환희』 연구」, ≪한국학보≫ 76호.

1995   김일영, 「나도향 작품 세계 변모와 『어머니』의 관계」, ≪경산어문학≫ 1집.

1996. 11   최원식 「철원애국단 사건의 문학적 흔적——나도향과 이태준」,
            ≪기전어문학(수원대)≫ 10·11호.

1997   윤홍로, 『나도향』, 건국대출판부.

1999. 6   장수익, 「나도향 소설의 낭만적 사랑의 문제」, ≪한국문화(서울
            대)≫ 23호.

1999   박현수, 「1920년대 초기 소설의 근대성 연구」, 성균관대 박사 논문.

1999. 10   박헌호, 「나도향의 『어머니』 연구」, ≪작가연구≫ 7·8호.

1999. 12   이혜령, 「성적 욕망의 서사와 그 명암——나도향의 『환희』론」,
            ≪반교어문연구≫ 10집.

2000   박헌호, 「나도향과 욕망의 문제」, 『1920년대 동인지 문학과 근대
            성 연구』, 깊은샘.

2000. 4   황경, 「나도향 소설의 사랑에 대한 고찰」, ≪작가연구≫ 9호.

2001   차혜영, 「1920년대 한국소설의 형성과정 연구」, 한양대 박사 논문.

2002   곽순애, 「1920년대 전반기 소설의 현실 인식 방법 연구 —— 김동
            인, 나도향, 염상섭, 현진건의 소설을 중심으로」, 명지대 박사 논문.

2002. 7   방민호, 「우리 소설의 전통이 된 초창기 근대 소설의 형상—— 채
            만식, 나도향, 주요섭 소설의 의미」, ≪문학사상≫.

2002. 12   정혜영, 「나도향의 『환희』 연구」, ≪한국문학논총≫ 32집.

2002. 12   한기형, 「잡지 ≪신청년≫ 소재 근대 문학 신자료 1 ——나도향,
            박영희, 최승일, 황석우의 작품들」, ≪대동문화연구≫ 41호.

작성자 구자황 성균관대 대학원 졸. 문학 박사. 성균관대 강사.

주요섭 생애 연보

1902년 11월 24일에 평안남도 평양 신양리에서 목사인 주공삼의 8남매 중 차
남으로 출생했다. 시인 주요한의 아우.

1915년 평양의 숭덕소학교를 졸업했다.

1918년 숭실중학교 3학년 재학 중 아버지를 따라 형 요한이 있는 도쿄로 건
너가 아오야마학원 중학부 3학년에 편입했다.

1919년 삼일운동이 일어나 귀국, 평양에서 김동인과 함께 《독립신문》이라는
등사판 지하 신문을 발간하다가 붙들려 10개월간 복역했다.

1920년 중국으로 건너가 수저우 안성중학 3학년에 편입했으나 다시 상하이
후장(滬江)대학 부속중학 3학년으로 옮겨 수학했다.

1921년 후장대학 부속중학을 졸업했다. 《매일신보》에 단편 「깨어진 항아리」
가 입선되어 문단에 데뷔했다. 「치운밤」을 《개벽》에 발표하면서 작
가로서의 본격적인 작품 활동을 시작했다.

1923년 상하이 후장대학에 진학했다.

1925년 단편 「인력거군」, 「살인」과 중편 「첫사랑」, 「첫사랑값」을 잇따라 발표
했다. 이 작품들은 중국 상해를 무대로 한 것으로 상해의 하층민 즉
노동자, 창녀, 도시 빈민 등의 비참한 생활상을 부각시켜 신경향파 작
가로 평가되기도 했다. 「인력거군」의 주인공 아찡이의 인력거를 끄는
장면은 인상적이며 「살인」도 빈민층의 빈곤과 그 생활상을 사실적 수
법으로 그렸으나 그 밑바닥에는 강렬한 휴머니즘이 깔려 있다. 이는
이 시기의 그의 시 작품에서도 확인할 수 있다.

1927년 후장대학을 졸업하고 「개밥」을 발표했다. 이 작품에서도 위의 경향은

그대로 이어지고 있다.

1928년 미국으로 건너가 스탠포드 대학원 교육학 석사 과정(교육심리학 전공)에 들어갔다.

1929년 대학원 수료 후 귀국했다.

1930년 장편『구름을 잡으려고』를 ≪동아일보≫에 연재하는 한편 아동소설「웅철이의 모험」을 발표했다.

1931년 동아일보사에 입사하여 ≪신동아≫ 창간과 함께 주간이 되었다.

1934년 중국 북경의 푸렌대학 교수로 취임, 이후 1943년까지 재직했다.

1935년 「사랑 손님과 어머니」를 발표했다. 초기의 신경향파 문학에서 벗어나 자연주의로 전환, 작품 활동이 본격적인 궤도에 오르게 되었다. 어린 딸을 화자로 어른들의 애정 심리를 묘사한 것으로 휴머니즘이 애정의 세계로 승화하여 애틋하고 소박한 경지로 발전하고 있음을 보여준다.

1936년 「아네모네의 마담」 발표. 애정 세계를 그린 예술적 향기가 짙은 작품이다.

1943년 일본의 대륙 침략에 협조하지 않는다는 이유로 중국에서 추방되어 귀국, 평양에 머물렀다.

1946년 월남하여 상호출판사 주간으로 일했다. 「입을 열어 말하라」를 발표하는 등 광복 후의 무질서와 혼란을 고발하고 비판하면서 사회 의식과 자아의 각성을 탐색하여 나갔다.

1950년 코리아 타임즈 주필이 되어 1954년까지 재직했다.

1952년 ≪동아일보≫에 장편『길』을 연재했다.

1953년 경희대학교 교수.

1954년 국제펜클럽 한국 본부 사무국장.

1959년 독일 프랑크푸르트에서 열린 국제펜클럽 30차 세계대회에 한국 대표로 참가했다.

1961년 ≪코리안 리퍼블릭≫지 이사장.

1963년 미국의 미주리대학 등 6개 대학에서 '아시아 문화 및 문학'을 강의했다.

1965년 「세 죽음」을 통해 삶과 죽음의 문제, 인간다운 삶의 문제를 다뤘다.

1968년 한국문학번역협회 회장.

1972년 11월 14일에 작고했다.

주요섭 작품 연표

발표일	분류	제 목	발표지
1921	소설	깨어진 항아리	매일신보
1921. 4	소설	치운밤	개벽 10호
1921. 7	소설	죽음	신민공론 2호
1924. 3	번역소설	汽笛	신여성 4호
1924. 10	수필	선봉대	개벽 52호
1925. 3	시	理想 신여성	
1925. 4	소설	人力車軍	개벽 58호
1925. 6	소설	殺人	개벽 60호
1925. 9-1927. 3	소설	첫사랑값	조선문단
1925. 10	소설	영원히 사는 사람	신여성
1926. 1	소설	天堂	신여성
1926. 10	시	물ㅅ결	동광
1926. 10	시	進化	동광
1926. 10	시	自由	동광
1927. 1	소설	개밥	동광
1927. 6	시	젊은 사랑	동광
1927. 7	수필	文明한 世上?	동광
1927. 7	희곡	깊밤	동광
1930. 8	시	낯서른 故鄉	대조

발표일	분류	제 목	발표지
1931. 11	수필	웰스와 쇼우와 러시아	문예월간
1932. 3	수필	음력설날	신동아
1932. 4	수필	봄과 등진 마음	신동아
1932. 5	수필	혼자 듣는 밤비 소리	신동아
1932. 6	수필	마른 솔방울	신동아
1932. 9	수필	미운 看護婦	신동아
1932. 10	소설	鎭南浦行	신동아
1932. 12	수필	十年과 네 친구	신동아
1932. 12	수필	아메리카의 一夜	삼천리
1933. 1	수필	사람의 살림사리	신동아
1933. 1	수필	마담 X	삼천리
1933. 3	동화	미친 참새 새끼	신가정
1933. 8	수필	금붕어	신동아
1933. 10	평론	兒童文學硏究大綱	학등
1933. 11	소설	도록 속의 숙녀	조선문학
1934. 4	수필	晏成中學 時節	학등
1934. 5	수필	1925年 五·州	신동아
1934. 5	수필	異域에서의 어머니날	신동아
1934. 7·8	수필	滬江의 첫여름	학등
1935	소설집	『사막의 꽃』	대성서림
1935. 2	수필	瀋陽城을 지나서	신동아
1935. 2.16-8.4	소설	구름을 잡으려고	동아일보
1935. 4	소설	대서	신가정
1935. 7	수필	趣味生活과 돈	신동아
1935. 11	소설	사랑 손님과 어머니	조광

발표일	분류	제 목	발표지
1936. 1	소설	아네모네의 마담	조광
1936. 4	소설	추물	신동아
1936. 9-1937. 6	소설	未完成	조광
1937. 1	소설	봉천역식당	사해공론
1937. 3	소설	북소리 두둥둥	조선문학
1937. 6	수필	中國人들의 생활을 尊敬한다	조선문학
1937. 11	소설	왜 왓든고?	여성
1938. 5.17-25	소설	醫學博士	동아일보
1938. 6-7	소설	竹馬之友	여성
1939. 2	소설	樂浪古墳의 秘密	조광
1941. 1	시	八紘一宇	삼천리
1946. 11	소설	입을 열어 말하라	신문학
1947. 11	소설	눈은 눈으로	대조
1948. 9	소설	大學校授와 謀利輩	서울신문
1948. 11	수필	科學的 生活	학풍
1948	소설집	『사랑방 손님과 어머니』	수선사
1949. 7	소설	混血	대조
1950. 2	소설	이십오년	학풍
1954. 8	소설	解放一週年 ——어떤 젊은 女人의 手記	신천지
1954	소설집	『사랑 손님과 어머니』	을유문화사
1955. 2	소설	이것이 꿈이라면	사상계
1956. 4	수필	나의 문학수업	문학예술
1957. 6-1958. 4	소설	1억5천만 대 1	자유문학
1958. 4	소설	雜草	사상계

발표일	분류	제 목	발표지
1958. 5	소설	붙느냐, 떨어지느냐?	자유문학
1958. 6-1960. 5	소설	亡國奴群象	자유문학
1962	소설집	『미완성』	을유문화사
1963. 3	수필	理性·讀書·想像·유머어	자유문학
1965. 10	소설	세 죽음	현대문학
1965. 11	수필	죽음과 삶과	현대문학
1966. 3	수필	公約三章의 3월	사상계
1966. 11	수필	제미있는 이야깃꾼 ——나의 文學的 回顧	문학
1967. 5	소설	열 줌의 흙	현대문학
1968. 7	소설	죽고 싶어하는 여인	현대문학
1969. 6	소설	나는 유령이다	월간문학
1970. 6	소설	여대생과 밍크코우트	월간문학
1972	소설집	『길』	삼성출판사
1972. 4	소설	마음의 상채기	월간문학
1975	소설집	『사랑 손님과 어머니 외』	삼중당
1976	소설집	『아네모네 마담』	범우사
1983	소설집	『사랑 손님과 어머니』	삼중당
1984	소설집	『북소리 두둥둥』	대광문화사
1984	소설집	『사랑 손님과 어머니』	동서문화사
1985	소설집	『사랑 손님과 어머니』	어문각
1986	소설집	『사랑 손님과 어머니』	글방문고
1994	소설집	『사랑 손님과 어머니』	학원사
1995	소설집	『사랑 손님과 어머니 외』	범우사
2000	소설집	『구름을 잡으려고』	좋은책만들기

주요섭 연구 서지

1958. 11   신선규, 「심안의 획득 ── 주요섭론」, ≪자유문학≫.

1971   진영녕, 「주요섭 작품의 비판적 분석」, 이화여대 석사 논문.

1976   정재훈, 「한국 현대소설에 나타난 죽음의 연구 ── 황순원, 김동리, 김동인, 현진건, 나도향, 주요섭의 소설을 중심으로」, 경희대 교육대학원.

1976   이주일, 「주요섭의 단편소설고」, ≪어문논집(중앙대)≫ 11집.

1979. 10   김영화, 「사회와 인간 ── 주요섭론」, ≪월간문학≫.

1980. 2   김영화, 「주요섭의 소설 연구」, ≪제주대논문집≫.

1984   허계숙, 「주요섭 연구」, 연세대 교육대학원.

1990   임윤정, 「주요섭 소설에 관한 연구 ── 작품론적 접근」, 연세대 대학원.

1990. 6   이주일, 「주요섭 소설의 분석 연구」, ≪명지대 명지어문학≫.

1991. 12   전정구, 「현란한 빛깔 혹은 슬픈 떨림: 주요섭의 '사랑 손님과 어머니'」, ≪월간문학≫.

1995. 8   서정섭, 「'사랑 손님과 어머니'의 '─다'와 '─요' 연구」, ≪국어문학≫ 30집.

1995. 12   김종구, 「주요섭 소설의 초점화와 담론 연구」, ≪한국언어문학≫.

1996. 5   이용욱, 「서사 상황으로서의 아이러니 발생의 두 가지 유형 연구 ── 시점과 시선의 변별적 자질을 중심으로」, ≪한국언어문학≫.

1999   장순희, 「한국 신경향파 소설의 현실 대응 양상 연구 ── 이익상, 주요섭, 최서해, 조명희의 작품을 중심으로」, 한국외국어대 교육

대학원.

2000   이상우, 「서사 전략을 통한 리얼리티의 구현 ──'아네모네의 마담'의 소설 교육적 양상」, ≪한남어문학≫ 24집.

2000   이재건, 「시점을 통한 소설교육 연구」, 영남대 교육대학원. 2000. 9 정선혜, 「휴머니즘과 근대성의 조화 : 주요섭의 아동문학 발굴 조명」, ≪돈암어문학≫.

2000. 10   한점돌, 「주요섭 소설의 계보학적 고찰」, ≪국어교육≫ 103호.

2003   이주미, 「주요섭 소설 연구」, 고려대 대학원.

작성자 강삼희 서울대 대학원 박사 과정 수료. 홍익대 강사.

근대 문학,
갈림길에 선 작가들

탄생 100주년 문학인 기념문학제 논문집 2001-2002

1판 1쇄 찍음 · 2004년 11월 25일
1판 1쇄 펴냄 · 2004년 11월 30일

지은이 · 김윤식 · 유종호 외
펴낸이 · 박맹호
펴낸곳 · (주) 민음사

출판등록 1966. 5. 19. (제16-490호)
서울시 강남구 신사동 506 강남출판문화센터 5층(135-887)
대표전화 515-2000 / 팩시밀리 515-2007
www.minumsa.com
www.daesan.org

값 25,000원

이 논문집은 대산문화재단과 민족문학작가회의가 공동으로 주최한
'탄생 100주년 문학인 기념문학제'의 일환으로 서울시와 문화관광부의
지원을 받아 제작되었습니다.

ISBN 89-374-1198-9 04810
ISBN 89-374-1197-0 (전2권)